陳浩基

【推薦序】

香港作家才寫得出來的魅力

【推理評論家】玉田誠

繼獲得第二屆島田莊司推理小說獎的《遺忘‧刑警》之後創作的這部本格推理作品，是採用連續短篇的形式。若以「擁有卓越的推理能力而成為傳說人物的關振鐸與駱小明這對搭檔，不斷破解疑難雜症的案件」來介紹這部作品的內容，可能會有不少讀者想起日本的警片連續劇《相棒》。然而，作者陳浩基在這部作品的架構上所耗費的心思，絕非如此單純。

首篇的〈黑與白之間的真實〉，是描寫在本作品中扮演偵探角色的關振鐸因癌症末期，陷入昏迷狀態，他的搭檔小明透過特殊機器與他對話，逐漸揭開了事件的真相。故事以變化莫測的情節再三玩弄讀者，最後拉下了悲哀的布幕。

使用在這篇故事裡的本格推理主題，又延續到下一篇〈囚徒道義〉，把故事拉回到過去。從〈囚徒道義〉到〈Borrowed Place〉，以極盡巧思的本格推理技巧，呈現出隨著回歸前後逐漸改變的香港模樣。誠如開頭引用的「香港警察誓詞」所示，在本作品中，香港警察該是什麼模樣的主題，如通奏低音（thoroughbass）般隨著香港的變遷不斷播放著。事件真相扯上香港警察的內幕，也是這部作品的一大亮點。這部作品因此具有不同於日本警察小說的風格，而不是仿造歐美或日本的推理小說，綻放著唯獨身為香港作家的作者才寫得出來的魅力。

如上所述，這部作品的各篇故事，都是延續前一篇的主題，從這樣的心思可以感受到作者的風格與架構之奧妙。以本格推理手法來說，敢大膽採用異於較為單純長篇小說的連續短篇結構、把故事高潮放在前面再倒逑回去的意圖，以及隱藏在最後的〈Borrowed Time〉的詐騙巧思，都在在強烈地吸引著我。看完〈Borrowed Time〉最後揭露的手法與其真相，讀者會被拉回到〈黑與白之間的真實〉，對開頭的悲哀高潮中的另一個事實感到震撼。在此所表現的某人之死的意義究竟是什麼？我個人深深覺得，這個人物的半生是香港的隱喻。

從這本書所預見的香港的未來，究竟是希望還是悲哀——這個答案或許是要留給我們讀者自行判斷吧。

本作品純屬虛構，與現實的人物、地點、團體、事件無關。

「余茲身為警員，願竭忠誠，依法效力英女皇及其皇儲與繼統人。余願遵守，維護，並維持香港之法律。余復願以不屈不撓，毋枉毋徇之精神，一秉至公，勵行本人之職，並願絕對服從本人上級長官之一切合法命令，此誓。」

"I will well and faithfully serve Her Majesty and Her Heirs and Successors according to law as a police officer, I will obey, uphold and maintain the laws of the Colony of Hong Kong, I will execute the powers and duties of my office honestly, faithfully and diligently without fear of or favour to any person and with malice or ill will towards none, and I will obey without question all lawful orders of those set in authority over me."

——〈香港警察誓詞〉，一九八〇年前版本

一

黑與白之間的眞實

駱督察一直很討厭醫院的氣味。

就是那股飄散在空氣中、嗆鼻的消毒藥水的氣味。駱督察不是在醫院有什麼不快的回憶，只是，這空氣往往令他聯想到氣味相似的停屍間。就算當了二十七年警察，見過無數屍體，他依然無法習慣這種氣味——試問除了對屍體有特殊癖好的變態外，誰會在面對死人時感到愉快？

駱督察吐了一口氣，心底的不安卻沒有因為這一口氣而消減半分。比起在停屍間觀看驗屍過程，這刻他的心情更是沉重。

身穿整齊藍色西裝的他，落寞地瞧著病床上的人。

在這間單人病房裡，病榻上躺著的，是一個龐眉皓髮的老年人。在呼吸面罩下，老人的臉上滿布皺紋，雙目緊閉，膚色蒼白，長著零星老人斑的手臂上插著細管，連接著好幾台運作中的醫療儀器。病床上方懸掛著十七吋的平面螢幕，顯示著病人的脈搏、血壓、血含氧量等資訊，線條緩慢地從右往左移動，如果這畫面不是跳動著，任誰也會覺得這老人已經死去，床上躺著的是一具保存得很好的屍體。

這位老人是駱督察的「師傅」，是多年來指導他調查、搜證、推理、破案，卻從不按牌理出牌的師傅。

「小明啊小明，辦案不可以墨守成規。警隊裡已經有太多因循苟且、只按照死板的規則做事的人，雖然紀律部隊遵從上級指示是鐵則，但你要記得，警察的真正任務是保護市民。如果制度令無辜的市民受害、令公義無法彰顯，那麼，我們就有充分的理由去反抗那些僵化的制度。」

駱督察想起師傅這句老掛在嘴邊的話，不由得苦笑起來。駱督察全名駱小明，他在十四年前升任見習督察後，幾乎沒有同僚直呼這個逗趣的名字，都會叫他「駱督察」。就只有他的師傅，一直喊他「小明」。

畢竟，對他的師傅關振鐸警司❶來說，駱督察就像兒子。

關警司在退休前擔任總部刑事情報科B組主管。簡稱CIB❷的刑事情報科是警方的中央情報機關，負責蒐集、分析和研究各區的犯罪情報，再聯同其他部門策劃行動。如果說CIB是警方的大腦，當中的B組就是負責推理的前額葉，把收到的資訊分析、組合，從蛛絲馬跡找出旁人無法看清的事實。關振鐸從一九八九年開始統領這個核心小組，成為情報科的靈魂人物；而在他退休的一九九七年，當時仍是探員的駱小明調職情報科B組，成為關警司的「關門弟子」。

雖然關警司只正式當了駱小明的上司半年，但他在退休後以合約形式擔任警方的顧問，他有更多的機會指點小明這位年齡相差二十二歲的後輩。對沒有子嗣的關振鐸來說，對方就像自己的兒子。

「小明，跟嫌犯打心理戰就像賭撲克，你要讓對方弄錯你的底牌——你明明拿一對A，就要讓對方以為你只有2、3點湊不成牌型的雜牌；你眼看沒勝算嘛，卻要裝腔作勢加注，令對方以為你勝券在握。只有這樣子，犯人才會露出破綻。」關振鐸曾這樣對駱小明說過。就像父親教導孩子，關振鐸把他查案的訣竅傾囊相授。

經過多年相處，駱小明待關振鐸如父親，對他的脾性更是一清二楚。警隊同僚替關振鐸起過

❶目前香港警察職級由低至高分別為：警員、警長（警長、警署警長）、督察（見習督察、督察、高級督察、總督察）、警司（警司、高級警司、總警司）、處長（助理處長、高級助理處長、副處長、警務處長）。警員及警長合稱為「員佐級」警務人員、警司和處長合稱為「憲委級」警務人員。

❷CIB：Criminal Intelligence Bureau。

好些渾號，像「破案機器」、「天眼」、「神探」等等，但駱小明覺得最貼切的，是已去世的師母──亦即是關振鐸的妻子──的一句。

「他根本就是『算死草❸』，叫他『度叔』還差不多。」

在廣東話中，「度叔」是斤斤計較、吝嗇守財的人的戲稱，而碰巧「鐸」和「度」同音。駱小明想起多年前聽到師母說出這句雙關語，不由得露出微笑。

精明幹練、特立獨行、錙銖必較……就是這樣的一個怪人，經歷了六〇年代的左派暴動❹、熬過七〇年代的警廉風波❺、對付過八〇年代的兇悍歹徒、目睹過九〇年代的主權移交、見證過〇〇年代的社會轉變，數十年間默默地偵破了上百宗案子，暗地裡為香港警隊歷史寫下光輝的一頁。

如今，這位人物行將就木，他曾經參與建立的警隊形象，亦似乎在不知不覺間崩解──在二〇一三年的今天，香港警察的光環業已褪色。

在殖民地時代，香港警察曾因為盡忠職守而獲英女王頒予「皇家」的稱號，七〇年代末肅清貪汙賄賂後，成為全世界數一數二的優秀執法部隊，有效率地遏止香港的犯罪活動，以保護市民為己任，獲得社會各階層支持，確立了公正無私、誠實可靠的專業形象。雖然警隊裡偶有害群之馬，身為警務人員卻涉及嚴重的案件，可是大部分市民會認同這些只是個別事件，並不影響對香港警察的觀感。

真正影響市民對警方觀感的，是政治事件。

在一九九七年香港主權移交後，政治議題逐年升溫。價值觀的差異，漸漸從政治上的對立擴展至社會上的矛盾。社會運動、示威遊行轉趨激烈，首當其衝的便是前線警員。近年，警方多次奉命以強硬手段對付示威者，指派負責嚴重罪案的重案組調查社運分子並進行拘捕，於是社會上冒出質疑警方的聲音——而這聲音愈來愈獲得本來不抱立場的中間派市民認同。

損害警隊形象最深的，是個別事件中，警員執法時有雙重標準之嫌。警隊有「政治中立」的原則，面對所有情況都應該一視同仁，秉公辦理，但當衝突涉及一些親政府組織，警員似是受到掣肘，失去往常高效率的辦案能力。有人言之鑿鑿地宣稱，在香港強權已經壓倒公義，香港警察淪為政權的鷹犬，縱容政府包庇的組織，執法偏頗，單純為政治服務。

駱督察以前聽到這些批評，他都會一一反駁。可是，如今連他自己也懷疑這說法是否真實，他再也無法義正詞嚴地主張警方絕對中立，站在市民的一方，不偏不倚地執法。警隊裡抱著打工心態的同僚愈來愈多，他們忘掉了這份職業神聖的本質，只單純地執行上級的指令，跟以勞力換取薪水的一般工人毫無分別。

「多做多錯，少做少錯，不做不錯」的說法，不時傳進駱督察的耳朵。駱督察一九八五年投考警察，是因為對警察這「身分」有一份憧憬，在他眼中，警察是除暴安良、維持正義的神聖工作。但對不少新入職的後輩來說，警察不是「身分」，只是「職業」，「嫉惡如仇」、「警惡懲奸」不過是紙上談兵，不求把工作做好，但求把工作做完，保持良好的考評紀錄，盡快晉升至安逸高薪的職位，安然待到退休，領取優渥的退休金和長俸❻。

❸粵語俚語，指事事算盡的人。

❹一九六七年香港親中共的左派在文化大革命影響下，發起對抗香港政府的暴動，從罷工示威演變至放置炸彈、槍戰甚至暗殺，事件擾攘了六個月，稱為「六七暴動」。事件中共有五十一人死亡，八百多人受傷，更有無辜市民被土製炸彈炸死，包括一對只有八歲與四歲的姊弟。

❺香港六、七〇年代貪汙風氣猖獗，政府於一九七四年成立廉政公署，調查各界的貪汙案件。一九七七年調查「油麻地果欄案」時，發現涉及上百名警務人員，導致警隊與廉署發生正面衝突。最後由港督頒佈局部特赦令方能平息。

❻警察退休後，除了退休金外，每月仍會發薪水，直至亡故。因為是「長期俸祿」，故稱為「長俸」。

當這種心態愈普遍，警隊便在不知不覺間失去特質，大眾亦漸漸察覺，警察形象逐年下跌。

「小明……就、就算市民討厭我們、就算上級要我們幹違心的事、就算腹背受敵……別忘了警察的本分和使命……作正確的決定……」

不久前，關振鐸氣若游絲，在病床上緊握著駱督察的手，奮力地吐出這句話。

駱督察很了解師傅口中的「本分」和「使命」是指什麼。身為東九龍總區⑦重案組組長，駱督察知道，他的任務從來只有一個——保護市民，逮捕犯人。當真相被掩埋、無法顯露於人前，他就有責任撥亂反正，堅守公義的最後一道防線。

而今天，他就要依賴師傅的餘生，去履行一項任務。

午後的太陽照射著窗外碧藍色的海灣，燦爛的陽光從落地玻璃窗透進房間內。房間裡除了從儀器發出、顯示病人仍生存的機械聲音外，還有零碎的敲打鍵盤聲。在房間的一角，一個女生正協助駱督察進行這任務。

「蘋果，還沒完成嗎？他們快來了。」駱督察轉頭向叫做「蘋果」的女生問道。

「快了。明哥你早點告訴我要改動系統，我就不會這麼狼狽。修改介面不難，但編譯要花點時間……」

「嗯，拜託了。」駱督察對電腦編程一無所知，「介面」或「編譯」是什麼他並不了解，不過他信任蘋果的專業技術。

蘋果回答時也沒有抬起頭，只埋首在鍵盤之上。她戴著一頂陳舊的黑色棒球帽，帽子壓著一頭蓬鬆鬈曲的棕色頭髮，臉上沒半點化妝，鼻梁上架著一副厚重的黑框眼鏡，身上穿著一件黑色T恤和一條殘舊的工人褲，腳上穿著涼鞋，露出塗上黑色指甲油的十根腳趾頭。這女生渾身上下散發著「怪咖」的氣息，而更怪異的是她面前的茶几上放著三台打開了的筆記型電腦，一堆電線凌亂地散在地上。

「叩、叩。」

房門外傳來兩下敲門聲。

「來了。」駱督察心裡暗叫。剎那間，他回復老練如獵鷹的眼神──那是刑警的眼神。

2

「組長，人齊了。」駱督察的部下阿聲打開房門，向上司點點頭。他身後的人魚貫進入病房，每一位都露出疑惑的表情。

「俞先生，謝謝你們抽時間前來……」駱督察離開床邊，向房門走過去。「五位都到了，好。如果你們當中有人沒空，調查又得多拖兩三天。謝謝各位。」

儘管駱督察的話甚為客氣，在場的人都知道那只是粉飾門面的客套話。

畢竟他們面對的是一樁兇殺案。

「對不起，駱督察，我不明白為什麼我們要到這兒……」

領頭說話的，正是駱督察口中的「俞先生」俞永義。一般來說，警方要求證人──或涉案人士──做筆錄，應該會在警署或現場進行，俞永義卻沒想過，他們居然來到將軍澳和仁醫院五樓的這一間單人病房。令他更感詫異的是，和仁醫院是俞家經營的豐海集團旗下的私營醫院之一，可是案件跟醫院沒有半點關係。

❼香港警隊除了總部（HQ）外，把香港劃分成六個總區，分別為香港島總區、東九龍總區、西九龍總區、新界北總區、新界南總區和水警總區。各總區會再劃分成分區，而總部、總區與分區均設有不同的偵緝部門，視案件的性質和嚴重程度，由不同的部門單獨或共同負責。

「請別在意，這只是巧合。警方的顧問不久前轉進你們的醫院，所以得勞煩你們來到這兒……和仁是香港設備最優良的醫院之一，這麼說來，也不算是什麼巧合吧。」駱督察從容地回答。

「啊，是這樣嗎……」俞永義依然感到奇怪，可是他沒有追問。穿著灰色西裝、戴著無框眼鏡、年齡剛滿三十二歲的俞永義臉上還帶點稚氣，但這刻他已成為俞家的一家之主——在母親病逝、父親被殺的今天，他只能硬著頭皮，以家族主人的身分負責跟警察打交道。俞家是城中的名門望族，豐海集團是上市企業，俞永義想過終有一天要接手家族的生意，只是，他沒想過這扁擔會突如其來地壓到自己肩膀上。

雖然俞永義是俞家的二子，但他現在已是家族中最年長的人了。

自從上星期親眼目睹躺臥血泊中的父親屍體，他就不斷回想起二十多年前意外早逝的大哥俞永禮。

「如果大哥仍在世，他一定能沉著應付這處境吧。」俞永義暗暗想道。縱使父親剛逝，俞永義腦海中一再浮現的，卻是兄長俞永禮的臉容。每次想起兄長，俞永義的喉頭都會湧起一陣苦澀。兄長的死令他的少年時代被黑暗籠罩，他花了好幾年才從這陰霾中逃出來，慢慢習慣每次憶起往事所引起的反胃感。

這種久違的悸動讓俞永義知道，俞永禮的死亡是無法遺忘的現實，他只能默默接受、默默承擔俞家主人這份責任。

例如代表家人，跟警官交涉的責任。

雖然每次面對駱督察俞永義都感到緊張，但對俞永義來說，今天來到熟悉的和仁醫院，比起身處氣氛肅殺的警署來得輕鬆一點。

俞永義不是醫生，但他對和仁醫院的病房佈置相當清楚。這跟他是集團高級幹部無關，只是因為過去一年多，他每隔兩三天便會探望住院的母親。

在那之前，俞永義頂多一年到醫院視察一次，畢竟豐海集團旗下除了和仁醫院外，還有不少地產和貨運貿易企業，而後者才是豐海的命脈。和仁醫院不是集團最賺錢的資產，不過它是集團最有名的產業，無論是微創手術、從ＤＮＡ找尋遺傳性疾病的ＲＦＬＰ❽技術、針對癌症的放射線療法等等，都由它率先從外國引入本地。

可是，就像三流的諷刺劇，即使俞家擁有設備精良、醫療團隊優秀的和仁醫院，俞家的夫人終究敵不過癌魔，撒手塵寰，終年不過五十九歲。

「駱sir，你和你的夥計已經煩了我們好幾天，我看警方是破不了案，才特意弄些門面工夫，好向上級交代吧？」俞永義身後的年輕男生語帶譏諷地說。他是俞家的么子俞永廉，比二哥俞永義年輕八歲。和世故的兄長不同，一身價值不菲的流行名牌打扮、頭髮染成紅色的俞永廉的語氣總帶點輕佻，就算對著警察，他仍是口沒遮攔，一副天不怕、地不怕的模樣。

俞永義轉頭瞪了弟弟一眼，怪責對方出言頂撞警察，不過，其實他也有相似的想法，覺得警方只是在敷衍了事。事實上，就連在場的其餘三人——俞永義的妻子蔡婷、俞家的老工人胡媽和家族的私人秘書棠叔——也是如此猜想。他們上星期已分別被召喚到警署進行詳細的筆錄，眾人也不理解再接受問話對調查有什麼幫助。

「俞家是有名的家族，豐海又是支撐香港經濟的重要財團之一，媒體都對這案子虎視眈眈。警隊高層非常重視本案，希望盡快解決案件，以免事件引起政商界的波動，所以只好向我師傅

❽ＲＦＬＰ：限制性片段長度多態性（restriction fragment length polymorphism），是一種比較ＤＮＡ分子的技術。

……總部的諮詢顧問求助，請你們再花點時間詳述案發經過。」駱督察無視俞永廉的冒犯，不緩不急地說。

「你師傅又是什麼厲害的角色？」俞永廉話中帶刺，完全沒有把這位警官放在眼內。

「他叫關振鐸，曾任港島總區重案組指揮官、總部刑事情報科B組組長，現在擔任警方的特殊顧問。」駱督察略帶微笑，說：「他手上沒有破不了的案子，到目前為止破案率是百分之百。」

「百分之百？」俞永義訝異地說。

「百分之百。」

「你……你是誇大吧！怎可能有人破案率達一百巴仙？」俞永廉反駁道，不過他的語氣並沒有之前般囂張。

「請問這位關警官在哪兒？」滿頭白髮、六十多歲的秘書棠叔插嘴問道。他望向在房間角落敲鍵盤的蘋果，但任何人都不會認為這個外表看來只有二十來歲的女孩子曾任重案組組長。

駱督察轉頭望向病床，眾人初時沒反應過來，漸漸才察覺對方的視線所在，正是問題的答案。

「這……這位老人家就是關振鐸？」俞永義訝異地問。

「對。」

眾人沒想過躺在床上、風燭殘年的老頭就是駱督察口中的神探。

「他……患了什麼病？」俞永義甫開口便後悔，說到底病情是病患的隱私，直接發問，很可能惹怒這位他不想招惹的警官。

「肝癌。末期的。」駱督察倒沒有隱瞞，直話直說。眾人沒有察覺，他的語調帶點苦澀。

「就憑這老……老頭來偵查老爸的案件嗎？」俞永廉依舊口不擇言，不過他已經把「老不死」這三個字吞掉兩個。

「永廉，說話尊重些。」說話的不是二哥俞永義，而是俞家的老臣子棠叔。俞永廉嘟嘟嘴，卻沒有反駁。

「駱督察，你要我們來醫院，是要讓我們複述口供給這位……這位關警官聽嗎？」俞永義的妻子蔡婷問道。她似乎仍未習慣「當家夫人」的身分，一副害怕失言的樣子。

「就是這樣子。」駱督察點點頭，說：「我師傅沒辦法到俞宅或警署聽取各位的證詞，只好勞煩各位到這裡來。」

「但……他能說話嗎？」蔡婷望向床上的老人。蔡婷嫁進俞家前是位女醫生，她看到病人口鼻插著喉管，要借助儀器幫助呼吸，就知道要對方問話是無理的請求。

「他不能。而且他還不能動……他再次陷入昏迷了。」

駱督察淡然地說。

「昏迷了？」搶著說話的是俞永廉。

「所以我們遲來一步了？」俞永義問。

「昏迷指數是多少？」蔡婷問。

「三。」駱督察回答。昏迷指數三是最嚴重的昏迷狀況，只有眼睛無法睜開、無法作聲、連半點肢體反應也沒有的昏迷病人才會得到「三分」這個殘酷的分數。

蔡婷很清楚肝癌導致昏迷是怎麼一回事。因為肝臟機能受損，令血液中的氨或某些胺基酸濃度提高，影響神經系統，導致昏迷。這種稱為肝性腦病的症狀初時會影響病人意識，而最嚴重的情況就是令病人昏迷。

「關警官既不能說話又不能動，如何助你調查？」棠叔問道。「駱督察，你跟我們開玩笑嗎？」

「他仍聽得到。」駱督察沉著地回答。「而且他的血氨含量已下降至安全水平，不會影響他思考。」

「就算聽到又如何？他如何告訴我們他的想法？他是個重度昏迷的病人啊？」蔡婷插嘴說。五人中只有她一人具備專業的醫療知識，她知道這時候要挺身而出，替家人發言。

「聽到就足夠了，」駱督察指了指坐在他身後的怪咖女生，「她會處理餘下的工夫。」

穿工人褲的女生沒有回話，只是繼續敲她的鍵盤，無視五人向她投下的異樣目光。

「她叫蘋果，是位電腦專家。」

「電腦專家？」俞永義覺得這說明有點多餘，因為蘋果面前三台大小不一、插滿五顏六色的電線、外殼貼著卡通貼紙的電腦就說明了這女生是個電腦怪咖。俞永義記得集團的資訊科技部門也有好幾位這樣子的員工，畢竟ＩＴ人就是跟他們管理層兩個樣。

「電腦專家可以幹什麼？把那老人的腦袋抽出來，接上電腦嗎？」俞永廉嘲諷地說。

「嗯，差不多。」

眾人沒想到駱督察爽快地給予肯定的答案，呆看著一臉認真的他。

「說明有點麻煩，讓你們親自試一下來得簡單一些。只是為了讓你們試用，不得不花點時間調節一下系統。」駱督察回頭向蘋果問：「還不行嗎？」

「……好，完成了。」蘋果一邊抬起頭回答，一邊把一個像髮箍的塑膠圈遞給駱督察。那個「髮箍」大概有兩公分寬，外表呈黑色，在其中一端附著長長的灰色電線，接到蘋果面前左邊的藍色電腦上。

「這個就是把關警官的腦袋抽出來的工具。」駱督察向眾人揚了揚。「唔……王先生，麻煩你過來這邊，示範一下。」

本名叫王冠棠的棠叔應駱督察的要求走到他旁邊，表情卻有點不知所措。

駱督察著棠叔坐在沙發上，再把髮箍戴到對方的頭上。令眾人覺得奇怪的，是駱督察不像一般人把髮箍戴到棠叔稀疏的頭髮上，反而以水平的方向，把那個塑膠圈套在棠叔的前額，就像孫悟空的金箍圈。塑膠圈兩端壓著太陽穴，而戴上這東西後，棠叔感覺到膠圈內側有數個突起物，緊貼著額上的皮膚。駱督察輕輕地移動髮箍，就像在調節儀器。

「嗯，可以了。」盯著螢幕的蘋果突然說道，駱督察就住了手。

「各位知道什麼是ＥＥＧ嗎？」駱督察向眾人問道。

「腦電圖Electroencephalography？」蔡婷道。

「對，就是那個。」駱督察說：「人的大腦由神經元組成，而當大腦活動時，這些神經元就會產生輕微的放電，通過稱為ＥＥＧ的技術就可以測量得到。科學家們叫這些電波做腦波。」

「這、這髮箍可以把腦波變成語言？」俞永義訝異地問。

「不，現階段科學家們仍無法完整地從腦波解讀出大腦主人的思想內容，」駱督察說：「可是測量大腦狀態卻是應用多年的技術，而這技術近年更有所突破，只要簡單的儀器就能做到。」

「測量腦波的難處在於分辨哪些是腦波、哪些不是，」蘋果插嘴道：「就像這房間，光是一堆醫療儀器就產生大量的干擾電波，以前做ＥＥＧ要在特別的環境才能進行，但今天消除這些『噪音』的技術在電腦運算協助下變得很簡單。我這套儀器的主程式由我獨自編寫，至於減噪的演算法來自美國柏克萊大學一個研究團隊提供的函式庫，介面方面……」

「簡單來說，這儀器讓人只要動動腦袋，就可以測出最基本的想法。」駱督察打住蘋果的長篇大論，伸手示意對方把其中一台電腦的螢幕轉向眾人。蘋果把中間的電腦螢幕扭轉——那是一台螢幕可以一百八十度旋轉的筆電——眾人看到一個奇特的畫面。畫面分成上下兩半，上半為白色，下半為黑色，畫面頂部有一個黑色的「YES」，底部有一個白色的「NO」，而在黑白兩色之間的分界線，有一個小小的藍色十字。

「王先生，請你集中精神，想像這個藍色的十字往上移動。」駱督察對戴著古怪塑膠圈的棠叔說道。棠叔不明所以，但也照著做。

「動、動了！」俞永廉指著螢幕嚷道。畫面中的藍色十字正緩緩地往上跑。當十字碰到「YES」這個字時，電腦發出一聲「嗶」聲。

「大腦專注時和放鬆時產生的腦波有明顯差別。」駱督察指著螢幕道：「當王先生集中精神，他的大腦就會產生……產生……」

「Beta波，即是十二至三十赫茲的腦波，只會在集中精神時發出。」蘋果在螢幕後探出頭來。「而放鬆時大腦會產生八到十二赫茲的Alpha波。」

「對，Beta波。」駱督察笑了笑，暗想自己果然不是唸科學研究的材料。「王先生，請你試試放鬆，例如望向窗外的海景，指標就會往下移。你可以憑『集中』和『放鬆』來控制那個藍十字往上還是往下移動。」

眾人半信半疑，盯著畫面，只見指標慢慢地移動，一時往上，一時往下。棠叔的神色卻告訴眾人這儀器功能不假，他的表情愈來愈驚訝。

「真的！當我努力想它向上，它就真的向上跑！我不去想時，它就慢慢往下掉了！」指標來回移動了好幾次，棠叔嘖嘖稱奇，向眾人說道。

「各位如果想試一下也無妨。」駱督察邊說邊替棠叔取下儀器。

換作是平時，俞永義早就脫口說讓他試試，因為他一向對新奇的事物深感興趣。不過在這個場合，他不想讓自己受到注目，尤其是在這位深藏不露的警官面前。

「等等，那位專家小姐說程式是她編寫的，但硬體呢？這塑膠圈就像訂造似的……」棠叔問道。

「買的。」蘋果回答。

「哪兒有這種東西賣？」棠叔一臉不解。

「玩具反斗城。」蘋果從身後拿出一個紙盒。「用腦波遊玩的玩具近年已經上架了，這不是什麼新鮮事。我只是拿市販的裝置來改裝，別小看今天的玩具，我之前就試過把電玩的立體鏡頭改成ＶＲ感應器來取代ＶＲ手套……」

「慢著，你的意思是讓昏迷中的關警官戴上這儀器，讓他推理案情，告訴我們結果？」蔡婷打斷了蘋果的話，向駱督察問道。

「正是。」

「但這儀器只能讓他回答『是』或『否』，那又如何破案？」

駱督察以俐落的眼神掃向各人，說：「就算他只能答『是』和『否』，對我們的調查已經有莫大的作用……」駱督察頓了頓，嘴角微翹，繼續道：「而且，他操控這儀器的能力，比我們在場所有人高明得多。」

駱督察從沙發走到落地窗的那一邊，繞過蘋果和她的電腦，跨過滿地的電線，從病床左方輕輕地把塑膠圈套在床上的老人額上，直至蘋果說了句「ＯＫ」才放手。

「師傅，你聽到我說的話嗎？」駱督察坐在床頭旁邊的一張椅子上，對著床上的關振鐸說。

「嗶。」電腦喇叭突然發出清脆的聲音。藍色指標一下子跳到畫面的正上方，蓋在「ＹＥ

S」之上。

「十字怎麼突然動了？是壞了嗎？」俞永廉說。

「嘟嘟。」在較低沉的電腦音效下，眾人看到指標剎那間跳到畫面底部，壓著「NO」字。

「我就說，他很擅長控制這機器。」駱督察道：「他之前每次肝昏迷都是用這機器跟我們溝通，練習時間加起來超過一個月，系統已收集了大量他的數據，誤差值接近零。」

「有人能夠如此迅速地改變自己的精神集中程度嗎？」蔡婷一臉驚愕，來回察看老人和螢幕。

「嗶。」十字瞬間移到YES之上。

「瞎子可以憑聲音判斷距離，聾子可以從嘴唇看出說話，人走到絕境就會發掘出潛能。」駱督察十指交疊，放在大腿上。「何況這是他昏迷期間跟外界溝通的唯一工具了，不可能不熟練的。」

畫面上的十字慢慢地回到中間，就像操控者向各人宣示，指標現在就是他身體的一部分，不容他人質疑它的準確性。

「為了方便調查，我今天邀請五位到來，好讓關警官了解案情，以及讓他有機會針對各位查問案發前後的細節……本來我打算等他醒轉後才進行盤問，但我剛才也說過警方高層相當重視本案，我唯有採取這種非常手段讓師傅『發言』，加入調查。當然，查問由我來進行，關警官只會適時做出反應和提示，引導我們找出真相。」

「嗶。」指標指著YES。

「為什麼要我們全部來受審似的？兇手不是小偷嗎？我以為這已經很明顯了啊？」俞永廉一臉不屑地提出質問。

「我會一一說明，況且我要把案情整理再告訴關警官。」駱督察沒有正面回答俞家么子的問題，繼續坐在床頭旁的椅子上，說：「各位請坐，沙發雖然有點擠但可以坐四人，餘下的一位請坐在門口旁的椅子吧。」

棠叔本來就坐著，俞永義、俞永廉和蔡婷往沙發坐下，一直沒作聲的老工人胡媽先站在門旁，猶豫了片刻，才坐在門口旁的木椅子上。沙發在房門的右邊，正好對著病榻的床尾，俞永義坐在沙發中間，被橫跨病床上的桌子阻礙了視線，只看到老人上半邊的臉龐。不過，眾人目光的焦點都放在沙發右前方落地玻璃窗前的蘋果，或者該說，他們在意的是那個代替關警官嘴巴、顯示著黑與白的十七吋螢幕。

3

「阿聲，記錄。」駱督察下命令道。阿聲在蘋果身旁架好三腳架，啟動一台小巧的數位攝錄機，確認鏡頭拍攝到在場所有成員後，向上司點點頭。

「師傅，我就開始陳述案件吧。」駱督察從口袋掏出記事本，翻開，緩緩說道：「二〇一三年九月七日至八日，亦即是上星期六晚上至星期日清晨之間，西貢竹洋路一百六十三號豐盈小築發生兇殺案。豐盈小築是豐海集團總裁阮文彬及家人的寓所，而死者就是戶主阮文彬。」

聽到父親的名字，俞永義不由得有點忐忑。

「被害人阮文彬今年六十七歲，是俞家的入贅女婿，在一九八六年接任總裁一職，在翌年岳父俞豐離世後，亦成為俞家的主人。」駱督察翻過另一頁，說：「他之前在一九七一年跟俞家的獨生女俞芊柔結婚，育有三名孩子。除了長子俞永禮於一九九〇年因車禍逝世，二子俞永義和三子俞永廉皆住在上址，俞永義去年結婚後亦沒有遷出，跟妻子蔡婷與父母同住。死者的妻子俞芊柔於今年五月病逝，而除了上述四人外，目前在寓所居住的還有秘書王冠棠先生和傭人胡金妹女士。事發當晚，豐盈小築內就只有死者、死者的兩位兒子、死者的媳婦、家族秘書和老傭等六人。師傅，我需要重複一次嗎？」

「嘟嘟。」指標很乾脆地回答了一個「不」字。

「我接下來說明一下現場和經過。」駱督察輕咳一聲，清了清喉嚨，不徐不疾地說：「豐盈小築樓高三層，連同花園佔地約兩萬平方呎，位於竹洋路近馬鞍山郊野公園一段，附近只有四、五棟同類型的低層建築，大都是私人別墅。俞家三代也居於此處，自六〇年代開始，豐盈小築就是俞氏的府第。」

駱督察瞥了眾人一眼，留意到胡媽微微點頭，就像同意他剛才所說的資料，回憶起大老爺俞豐在六、七〇年代創立集團的風光日子。

「九月八號早上七點半，俞永義發覺父親阮文彬沒有如常在客廳讀報，結果在二樓的書房發現已經死去的阮文彬。警員到場調查後，初步認為是強盜入屋行劫，死者偶然撞破而遭毒手。」

俞永義聽到駱督察的說明，想起那個早上，不由得心頭一顫。

「書房的窗戶被打破，而房間內有搜掠過的痕跡。」駱督察放下記事本，目光移到床上的老偵探臉上。因為反覆思索過很多次，單憑記憶他也可以準確描述兇案現場的環境。「書房的窗戶外是花圃，栽種了幾棵鳳凰木，犯人很容易穿過園圃避開他人接近。窗戶外面貼上了幾層五公分寬的膠帶，看手法犯人是闖空門的老手，懂得先用膠帶黏在玻璃上再打破，令碎片不會掉到地上發出聲音，再撕開膠帶，從破洞伸手進房間打開窗戶的開關。我們在窗戶旁的地上就發現一捲防水膠帶，鑑證科已確認跟窗子上的膠帶吻合。」

電腦螢幕上的藍色指標一動也不動，沒有打擾駱督察，就像一位正在用心傾聽說明的偵探一樣。

「阮文彬的書房有四百平方呎❾，除了兩個書架、一張辦公桌、一個保險櫃、兩張沙發、兩張茶几、四張附有輪子的椅子外，比較特別的是有一個兩公尺高、一公尺寬一公尺深的鋼櫃。這個鋼櫃放的是魚槍——阮文彬一直有潛水打魚的嗜好，所以申請了牌照，在家中存放打魚的魚槍。另外槍櫃旁有一個一立方公尺的保麗龍箱子，裡面塞滿舊報紙和雜誌，根據死者家人所說，那是死者閒時練習，拿來當作魚槍標靶的代替品。」

「不，駱督察，那不是練習用。」俞永義插嘴說。

「不是練習嗎？我聽秘書王先生說……」

「不，我沒說是練習。」棠叔立即澄清道：「我說那是老闆平時拿來當作靶子用，沒有說是練習。老闆他幾年前患上關節炎，左腳使不上力，已經不能潛水了。他就是因為沒法再去潛水打魚，才叫我替他弄一個靶子，好讓他在書房偶然拿魚槍把玩一下，緬懷一下以前的日子。事實上，懂得潛水打魚的人都知道不應該在陸上替魚槍上膛，因為很危險……」

「啊，原來我弄錯了。總之就是這樣的一回事，師傅。」

「嗶。」電腦彷彿傳來老偵探的點頭，示意繼續。

「房間被人搜掠過，保險櫃和魚槍櫃也有用工具撬過的痕跡，不過保險櫃沒有被打開，而魚槍櫃卻打開了。書架上的書本和文件散滿一地，辦公桌上的電腦螢幕被砸爛，抽屜的物件被倒到地上。點算後，房間內有大約二十萬元現金被盜，不過死者手上的指環、書桌上鑲有寶石的開信刀、以及一個價值三十萬元的古董黃金懷錶，並沒有被犯人帶走。犯人就只搶走鈔票。」

❾約十一坪。

阿聲在一旁聽著上司說明，想起調查的第一天，知道失竊的二十萬元竟然是死者放在書房的「零錢」，才察覺自己跟上流社會的距離是多麼的遙遠。

「鑑證人員沒能在房間內找到腳印和指紋，估計犯人作案時戴上了手套。」駱督察再次打開記事本，瞄了一眼後，說：「以上就是現場的環境狀況，接下來我會說明死者遇害的細節。」

「嗶。」

「死者阮文彬在早上七點四十分被俞永義發現，法醫檢查後，估計死亡時間是半夜兩點至凌晨四點。死者死亡時躺臥在書架旁邊，後頭部有兩處挫傷，但致命傷在腹部，他被魚槍發射的魚鏢刺中，因為失血過多而死。」

父親腹部插著細長的金屬魚鏢的光景，再次浮現在俞永義的眼前。

「我先詳細說一下兇器。」駱督察把記事本翻過數頁，找尋記下魚槍資料的一段。「死者身上魚鏢為一百一十五公分長鋼鏢，鏢頭三公分處有倒鉤片，因為刺進肝臟導致大量失血。在房間正中央的地板上有一把南非魚槍公司羅伯艾倫Rob Allen製、型號為RGSH115的碳纖維魚槍，槍身長一百一十五公分，閉合式槍頭附有三十公分長的橡皮管。魚槍上只有死者的指紋。」

駱督察初接觸這案子時，被這堆專有名詞弄得一個頭兩個大，花了好些時間惡補才了解。基本上，魚槍是用橡皮管的彈力來發射魚鏢，原理就同「丫」型的彈弓一樣，當魚鏢被槍身握把的扳機機關扣住，潛水員就可以把附在槍頭的橡皮管往後拉，將由金屬或繩子製成的鉤子卡在魚鏢上。扣下扳機時，握把的釦子會鬆開，魚鏢就靠彈力向前發射。至於閉合式槍頭則是指那些有個圓孔的槍嘴，魚鏢要穿過它才能架在槍身的凹槽上，另一種開放式槍頭則沒有圓孔，只有一個「V」型的架子，用來托著槍鏢。駱督察聽愛好潛水的同僚說，不少人喜歡開放式槍頭，因為射擊時能準確看到獵物，而閉合式槍頭的好處是能減少魚鏢的晃動，提高命中率。

「我們檢查過槍櫃，肯定這魚槍是死者的收藏之一，因為槍櫃裡有一個可以垂直放三把魚槍的間隔，調查時只餘下另外兩把長度不一樣的RGSH075和RGSH130，而中間的架子空了。槍櫃裡還有一把特長的RGZL160『羅伯艾倫Zulu型』魚槍，以及一把七十五公分長、萊比泰克Rabitech製RB075型鋁合金魚槍，不過這兩把槍已經分拆成部件，分別裝在兩個方便攜帶的箱子內。槍櫃裡還有數支一百一十五公分至一百六十公分長的鋼製魚鏢，鑑證人員亦確定死者身上的魚鏢跟這些同款。」

「那把Zulu父親從沒用過。」俞永義略帶感觸地說：「他說是買來獵鯊魚的，但結果一次也沒用過，他就不能再潛水了。」

駱督察沒有回應俞永義，繼續說：「槍櫃裡還有一些潛水打魚用具，像面罩、頭套、氧氣瓶的調節器、手套、魚槍線、螺絲起子、萬用刀、還有兩把二十五公分長的潛水刀等等。初步調查後，我們猜測犯人撬開槍櫃，取出魚槍襲擊死者。」

阿聲嚥下一口口水。雖然他這兩年來在駱督察手下辦事，見過不少屍體，但一想到帶著倒鉤的長鏢刺進腹部，把內臟搗個稀巴爛，心裡就有點發毛。

「另外，死者身上除了腹部的致命傷，後頭部亦有兩處傷痕。」駱督察說：「這兩處挫傷有點古怪，根據法醫的報告，死者是在受到第一次打擊後，隔一段時間再受第二擊。從衣領上的血跡和傷口推斷，兩次襲擊相隔半小時左右。我們無法確知當時的情況，但鑑證人員已經找到做成傷害的武器——那是本來放在書桌上裝飾用的金屬花瓶。這個花瓶上沒有任何指紋，犯人似乎用它襲擊死者後，曾仔細地抹拭表面。」

駱督察再次把視線從記事本移開，掃過房間裡的眾人，最後停留在病人身上。

「而死者的死亡狀況，卻是最令我感到疑惑的部分。」駱督察皺起眉頭，說：「死者躺臥在書架旁，身旁有一本家族相簿，鑑證人員在裡面發現染血的指紋，相信死者在死前曾翻看。從地上的血跡，我們知道死者在受致命傷後，從書桌爬到五公尺外的書架，再翻看照片，法醫估計，死者受傷後超過二十分鐘才死去。我曾經以為他是想留下什麼訊息，但仔細檢查後，相簿裡的血跡毫無規律，死者像是純粹想觀看舊照片。更奇怪的是死者的手腕和足脛有被膠帶綑綁的痕跡，嘴巴亦曾被膠帶封口，可是死者被發現時這些膠帶已被撕走，沒有留在現場。」

阿聲幾天前知道這化驗結果後，曾提出想法——膠帶不一定是犯人所為，也許是死者有被虐待的癖好，那是跟情婦「玩樂」時留下的證據。結果他這番話令組內的女同僚對他投下鄙夷的目光，就像是看到變態的傢伙。駱督察倒不以為然，只取笑他一句：「你是不是覺得有錢人都荒淫無度，一定有不可告人的異常嗜好？」

「撇開那些有點奇怪的現場狀況，單從環境推斷，我們猜想犯人是竊盜犯，他在半夜打破窗子，潛入書房，在搜掠時遇上死者，於是用花瓶襲擊對方，將他打暈，綑綁後繼續搶掠。犯人發現保險櫃，但無法用工具打開，於是利用魚槍威脅死者，要對方說出密碼，死者不從，結果被犯人用魚槍殺死。犯人最後奪取二十萬元的現金後逃去……」

「嘟嘟。」

低沉的響聲，打斷了駱督察的話。指標指著NO。五位證人面面相覷，為此感到訝異。

「師傅，你想說犯人不是外來者嗎？」

「嗶。」指標爽快地移到YES。

駱督察一臉錯愕，說：「我們深入調查後，確實判斷犯人並非小偷的可能性較大——我們在窗戶外面沒有找到攀爬的痕跡，窗子下方的花圃亦沒有找到腳印。我曾想過犯人或許從別處潛入，利用游繩的方法從屋頂垂降，但頂樓的欄杆沒有任何痕跡。當然犯人仍可能是用直升機……」

「嘟嘟。」這聲音就像老偵探在嘲笑自己的徒弟，錯過簡單易見的事實，一直往牛角尖鑽去。

「師傅你憑我剛才的話就知道犯人不是外來者？」

「嗶。」又是一個爽快的YES。

「我剛才說過的話……是打破窗戶的方法嗎？是死者被魚槍殺死的證據嗎？還是房間被搜掠過的痕跡？」

十字默默地停留在畫面的中間。

「是書桌嗎？是書架嗎？是花瓶？是地板——」

「嗶。」

就在駱督察說出「地板」二字，指標作出反應。

「地板？地板什麼都沒有啊，既沒有指紋也沒有腳印，乾淨得不得了。」阿聲插嘴道。

駱督察突然回頭望向阿聲，再轉頭看著床上的師傅，露出恍然大悟的表情。

「對！那就是啊……」駱督察猛拍一下額頭。

「什麼？」阿聲仍是一臉茫然——雖然俞家的五人亦露出相同的表情。

「阿聲，我們何曾看過如此乾淨的盜竊現場？」駱督察慢慢地說：「沒有指紋可以理解，因為指紋是檢控的鐵證，小偷怕留下證據自然會戴上手套；可是鞋印並不是什麼有力的佐證，尤其是一般的闖空門，犯人才不會想方法消去腳印，只要先買一雙新鞋子，作案後銷毀，那就一勞永逸。」

「可是如果犯人殺人後，為了掩飾，特意清潔地板亦不是沒可能啊。」阿聲說。

「如果這樣的話，散滿一地的文件和雜物就不能解釋了。」駱督察道：「我們假設犯人經過花圃的泥地，闖入空無一人的房間，偷取財物期間遇上死者，綑綁對方後繼續搜掠，因為脅迫不成才動手殺人。如果他為了消去腳印，就要先收拾地上的雜物，可是他沒有理由清潔地板後，再把雜物放回地上。殺了人，消去證據，還留在現場把『搜掠過的痕跡』重現，而不是第一時間逃跑？這完全說不通吧。」

俞永義聽到他們的對答，漸漸了解駱督察要關警官幫忙的原因。不過是敘述了環境資料，這昏迷中的老人就能作出警察花上大量人力物力才得到的結論——一想到這兒，俞永義不由得感到一陣惡寒，生怕自己會被這個連指頭都不能動的老偵探看穿。

他害怕他殺人的罪行會逃不過對方的法眼。

4

「不是外來者的話……」坐在俞永義身旁的蔡婷突然說道，令他猛然回過神來。

「兇手就是在大宅裡的五位成員之一。」駱督察冷靜地說。

剎那間，五位證人——應該說是五位「嫌犯」——明白了這兩三天駱督察調查的真正意義。從大前天開始，駱督察跟他們見面時，都會問及家族中各人的關係，死者的過去等等，而最不尋常的問題，就是「假如犯人不是小偷，你認為兇手會是誰？」。

「你這混……原來你之前是套我們的話嗎？」俞永廉面露嫌惡之色，毫不客氣地說。這一次，棠叔沒有出言阻止。

「俞永廉先生，請你弄清楚一點，」駱督察以他那獵鷹似的眼神盯著對方，一字一句清楚地說：「我的工作是找出真相，為死者討回公道。我不需要討好你們，因為警察就是要站在被害者的一方，為沉默的他們作聲。」

阿聲聽得出，剛才駱督察說話中特別強調了「你們」這兩個字。

房間裡的氣氛霎時掉到冰點，駱督察倒是回復本來的聲調，說：「我現在會複述這星期收到關於各人的資料，如果各位有任何意見，可以直接提出。」

「嗶。」眾人沒有回答，電腦喇叭反而響了一聲，就像老偵探向徒弟示意沒問題。

「首先是死者。」駱督察打開記事本的某頁，說：「阮文彬，六十七歲，男性，職業為豐海集團行政總裁。根據證人供述，死者在商界一向是個狠角色，收購小公司、打擊對手的方法可說是無所不用其極，被人稱為『豐海鯊魚』，跟集團創辦人俞豐的經營方針大相逕庭。不過，面對九七年亞洲金融風暴、〇八年全球金融海嘯，豐海的盈利不跌反升，從結果而論阮文彬的手法或許是正確的。撇開他在商業上的手段，公司的管理人員大都認為他是位友善的上司，即使要求比一般老闆嚴格。」

阿聲總覺得這是下屬的阿諛之詞，雖然老闆已死，但接手的是老闆的公子，如果說了壞話，傳到未來老闆耳中，一樣是吃不完兜著走。用「友善」來形容「鯊魚」，阿聲心想這真是前所未聞的笑話。

「阮文彬本來是俞豐的下屬。豐海最初只是一間小型塑膠製品工廠，不過在六〇年代後期發展成物業投資公司，俞豐把握機會，令公司在香港多間證券交易所上市。當時俞豐喜歡聘用年輕人，二十三歲的阮文彬憑著靈活的頭腦，讓對方留下深刻印象，從文員擢升為大老闆的私人助理。那時候還有另一人獲得提拔，就是現年六十四歲、當時年僅二十歲的王冠棠，亦即是嫌犯之一的家族秘書先生。」

棠叔聽到駱督察提到自己，不自覺地挺直身子。

「根據一些熟悉俞家的退休員工所說，當時一直謠傳俞豐選的不單是私人助理，更是招『駙馬』。六十歲的俞豐只有一個十六歲的女兒，自己又是一脈單傳，傳聞他眼看俞家就要絕後，所以特意找年輕有才幹的人當入贅女婿，將來打理豐海集團。有人指，當時俞豐的女兒俞芊柔跟年輕的王冠棠較要好，可是最後下嫁的是年長的阮文彬。」

「駱督察，你不是想說這是我的殺人動機吧？」棠叔插嘴說。「當年選丈夫的並不是大老闆，而是夫人自己，而且我雖然跟夫人要好，我們從沒有談戀愛。何況事隔四十年，誰會為了這種陳年舊事殺害『情敵』？而且我要動手，要等到今天麼？我還一直在他手下工作啊。」

「我只是陳述事實，並沒有暗示什麼，師傅自會分析。」駱督察回答道。

「對哪，」一直沒作聲的胡媽說：「阿棠才不會是兇手，他跟老闆和小姐一直很要好啊。老闆跟小姐在一九七一年四月結婚，當時香港金銀證券交易所剛開業，公司在這間交易所上市，阿棠為了讓老闆和小姐蜜月旅行，二話不說接過了老闆的所有工作，還向大老爺說是老闆新婚百忙之中抽空完成的。他們兩個就像親兄弟，阿棠才不會做出這樣殘忍的事情哪……」

胡媽口中的「老闆」自然是阮文彬，而「小姐」就是指俞芊柔。儘管俞芊柔是「老闆夫人」，胡媽就是習慣稱她做「小姐」。

駱督察瞄了胡媽一眼，翻過記事本數頁，說：「沒錯，剛才胡金妹女士所說的是事實。那我接下來說一下胡女士的資料。」

胡媽沒想到矛頭突然轉向自己，不禁慌張起來。

「胡金妹女士，六十五歲，一九六五年從大陸偷渡來港，遇上俞豐夫婦，成為了家傭。當時香港雖然已禁止蓄婢，但大戶人家仍會僱用『馬姐』或『妹仔』[10]，只有十七歲的胡金妹女士就當了俞芊柔的保姆。一九六五年……那時候俞芊柔應該是……十二……十三……」

「十一歲。」胡媽捏著手帕，一臉拘謹地說。

「對，十一歲。」駱督察微微點頭。「之後，胡金妹女士就成為俞芊柔的貼身女傭，一直照顧這個家庭，直到四十多年後的今天。依據其他證人所述，胡金妹跟死者夫婦關係一直很好。」

雖然胡媽是個工人，但對俞芊柔來說，這位女傭就像親姊姊一樣，自小照料她，跟她分享心事和秘密。胡媽對她也有一份深厚的感情，在四個月前俞芊柔病逝時，她流下的眼淚並不比家族裡任何一個人少，失眠的夜晚比家族裡任何一個人更多。

「阮文彬與俞芊柔結婚後，同年誕下長子俞永禮，不過俞永禮已於一九九〇年車禍喪生，我就跳過不談……」

「嘟嘟。」

眾人被這聲音嚇了一跳。

「『不』？師傅你要我說俞永禮的事情？」

「嗶。」

駱督察搔搔頭髮，有點無可奈何的樣子。

「俞永禮，一九七一年出世，一九九〇年因為嚴重車禍連人帶車從清水灣道墜崖重傷昏迷，送進醫院後證實不治……我似乎沒記下所有資料，阿聲，俞家的人物關係由你負責調查，你有什麼可以補充？」

阿聲一副準備不足的樣子，手忙腳亂地從口袋掏出棕色外皮的記事本，緊張地翻開一頁，說：「呃，俞、俞永禮，過世時年僅十八歲。十三歲至十七歲時留學澳洲，但因為成績太差，被

⑩馬姐、妹仔：馬姐（或媽姐）指來自廣東順德的女傭，妹仔則是丫鬟的別稱，在廣東話中兩者泛指家庭女傭。

父親強制帶回香港繼續學業，就讀聖佐治中學預科部。由於已在外國考取駕照，俞永禮年滿十八歲免試獲得香港駕照後就經常駕車外遊。跟擅長經營的父親不一樣，俞永禮愛好玩樂，風評差劣，曾多次鬧事，和父母關係疏離……他的出生和死亡日期也有夠巧合的，出生是在中秋節，過世的一天是四月一日愚人節……」

「咳咳。」駱督察故意乾咳兩聲，似要打斷他的話。阿聲抬頭一看，只見五位嫌犯的表情相當難看。

「我這個部下經驗尚淺，口不擇言，如對死者不敬，請見諒。」駱督察道。阿聲亦慌張地點點頭表示歉意。

看到各人沒有表示，駱督察就說：「接下來我要說二子俞永義的事情，可以繼續嗎，師傅？」

「嗶。」畫面上傳來一個ＹＥＳ。

「俞永義，今年三十二歲，是阮文彬與俞芊柔的第二個孩子。跟兄長一樣在聖佐治中學唸書，中學畢業後到美國留學修讀工商管理，學成歸來任職豐海集團的副總裁，亦即是死者阮文彬的副手。根據證人所說，呃，俞永義跟俞永禮不同，處事認真，工作能力不比父親甚至外祖父遜色，深得死者器重，父子關係良好。」

雖然被讚許，俞永義仍緊繃著臉。駱督察以為他為了阿聲提到兄長的壞話而感到不快，然而實際上他正擔心著自己的惡行曝光——儘管他不是蓄意殺人，他亦為此深感悔疚。他開始想，或許在這場合被老偵探指出真相，縱使要面對牢獄之災，他會更輕鬆一點。

「俞永義去年跟蔡婷結婚。蔡婷，三十四歲，蔡氏電子創辦人蔡元三的么女兒。本來的職業是普通科醫生，在柏華醫療中心工作，婚後已辭職。」駱督察突然盯著這位俞家媳婦，說：「有謠言說蔡婷跟俞永義結婚，是因為蔡氏電子近年負債累累，需要財團注資……」

「駱督察，請你不要含血噴人。」蔡婷脹紅了臉，按捺著怒氣，說：「你這樣說，就好像我是為了錢才嫁給永義。」

「我只是轉述情報，而且我已經強調是『謠言』。」駱督察平淡地說：「畢竟說到殺人動機，妳可以說是五人中最明顯。阮文彬一死，俞永義和俞永廉將會繼承遺產，他們本來就不急於用錢，反倒是妳的娘家需要大筆現金周轉。上個月有報導說蔡氏今年虧損達一億八千萬港元，如果俞永義成為集團總裁，妳要調動資金就……」

「混、混帳！你說的全是假的！我、我……」本來舉止莊重的蔡婷歇斯底里地大吼，從沙發站起來，對駱督察怒目而視。

「駱督察，那只是不實的猜測。」棠叔拍了拍蔡婷的手臂，示意她坐下。「蔡氏有財務困難是事實，不過老闆清楚他們的潛力，在二少奶未嫁進門前已不時合作、提供金援，永義少爺也是因為這些合作而認識二少奶。駱督察，你剛才也說過老闆綽號叫『豐海鯊魚』，他從不做虧本的生意，我手上有大量文件證明老闆生前已計畫注資蔡氏，如果二少奶是兇手，她不是搬石頭砸自己的腳嗎？」

駱督察默不作聲，只把目光從蔡婷身上移開，回到他的記事本上。蔡婷覺得，駱督察這動作並非示弱，他的沉默不是認同棠叔所言，而是把自己的想法收起來。就像善於隱藏底牌的老練賭徒，故佈疑陣，令對手猜不透他的打算。

「最後是死者的三子俞永廉。」駱督察對床上的老偵探說：「俞永廉，二十四歲，就讀於香港文化大學工程系，目前休學中。據說他跟死者並不親近，不過對母親卻非常孝順，俞芊柔住院時，他幾乎每天都探望母親。死者要求俞永廉一是完成學業，一是進入集團工作，不過他另有打算，想成為專業攝影師，兩人間中有摩擦。」

駱督察日前向棠叔問及「假如犯人不是小偷，你認為兇手會是誰」時，棠叔就透露了死者跟俞永廉父子之間的緊張關係，不過棠叔強調俞永廉不會是兇手。

「哼。」俞永廉沒有像嫂子那樣子大吵大嚷，只是不屑地吐出一個「哼」字。

「以上就是俞家各人的背景資料，我現在說一下事發前後各人在大宅裡……」

「嘟嘟。」指標指著NO，就像阻止駱督察繼續。

「什麼？」駱督察頓了一頓，似乎忘記了對方無法說話，再說：「師傅你想追問什麼嗎？是他們的資料？」

「嘟嘟。」電腦喇叭傳來否定的答案。

「咦？那……你想問的是和某人相關的問題嗎？」

「嗶。」

「某人是男性嗎？」駱督察問。眾人聽到他的問題，才意會他是利用最快捷的二分法，來縮小答案的範圍。

「嘟嘟。」隨著這一聲「不」，蔡婷差點嚇得把心臟從喉嚨吐出來。

「是蔡婷嗎？」

「嘟嘟。」

胡媽愕住。

「是胡金妹？」

「嘟嘟。」

在場的兩個女人因為這連續兩個「NO」而感到不解。蔡婷正要發作，卻聽到駱督察問：

「那……你想問關於俞芊柔的事情？」

「嗶。」這個答案，讓五位嫌犯鬆一口氣，不過心裡都冒起疑惑——這老偵探怎麼對已死去的人特別感興趣？先問到俞永禮，現在又追問俞芊柔的事。

「師傅，俞芊柔的背景資料很簡單，沒有什麼特別可以說的。」雖然駱督察嘴巴上說沒有什麼特別，手卻翻弄著記事本，直到找到某一頁才停下。「俞芊柔，豐海創辦人俞豐的獨生女，死者阮文彬的妻子，育有三名孩子……這些之前也提過吧。嗯……她今年五月因為胰臟癌病逝，終年五十九歲。勉強要說，她婚後一年似乎患上產後抑鬱症，除此之外沒有什麼特別。師傅，你認為她跟案情有關嗎？」

十字沒有跳到YES或NO之上，反而在畫面中間有節奏地上下徘徊。

「你想說『或者』？」

「嗶。」

「這樣子啊……你們有沒有什麼可以補充？」駱督察轉向五人問道。各人互相對視，卻沒有人首先開口。

「沒有嗎？」駱督察再次問道。

「那個……」胡媽戰戰兢兢地說：「或者沒有什麼特別，但老闆遇害當晚，是小姐過世後的百日祭。我準備了一些紙錢冥鏹，燒給小姐……」

「啊，對，這個我聽王先生提過。」駱督察說：「他還說妳訂製了跟豐盈小築一樣的紙紮大屋。」

「小姐一輩子都是住在這個家，我怕她在下面住其他的房子會住不慣……」胡媽眼眶漸紅，似乎想起主僕間的情誼。

阿聲想起當天到場調查時，房子裡仍充滿焚香燒紙錢的氣味。當時他還以為這家人是虔誠的佛教徒或道教徒，每逢週末都祭祖拜拜。

「那老頭不是想說老爸是被媽回來殺死吧？」俞永廉突然說。這調侃一點都不好笑，棠叔正要出言責罵，但眾人卻被螢幕的異動吸引住。十字指標在畫面正中間有節奏地上下擺動。

那是「或許」。

「這是什麼荒謬的說法啊！」俞永廉笑道，不過任何人也知道他的笑容只是硬擠出來。

「師傅，你說……兇手是俞芊柔？」

指標沒移動，停在畫面的正中間。既不是ＹＥＳ，亦不是ＮＯ。

房間裡一片沉默，似乎沒有人理解老偵探拒絕回答的理由。

「那個……師傅，你是不是像以往一樣已察覺破綻，但需要更多的證據來證明？」駱督察問道。

「嗶。」這次的ＹＥＳ倒很明確。

「那麼，我繼續說明案情，之後你再給我們指示？」

「嗶。」

聽到駱督察這番對答，俞永義拚命掩飾心中的不安。每次電腦響起那兩種沒有起伏的機械音，他就感到被刺了一下，彷彿老偵探的靈魂站在身後，鑽進他的腦袋，不斷挖掘他拚死埋藏的秘密。

他覺得他快要崩潰了。

5

「現在我會說明案發當天的情況。」駱督察保持著沉穩的聲線，說：「正如一開始所說，案件發生在上星期六晚上至星期日凌晨。根據各人供稱，星期六晚上沒有什麼特別事情發生，如同其他週末一樣，六人在家吃晚飯。硬要說當晚稍稍不同的，是當晚準備在飯後拜祭俞芊柔，那頓飯有點……『食而不知其味』。」

這句話是棠叔告訴駱督察的。

「晚飯和拜祭後，晚上十一點各人回到自己的房間。王冠棠和胡金妹的兩間房間在一樓，死者的書房和臥房相鄰，在二樓，而俞永廉的房間、以及俞永義夫婦的臥房在三樓。這案件最麻煩之處，就是所有人都沒有不在場證明，因為除了俞永義和蔡婷外各人都稱案發時獨自在房間裡，沒有留意到任何異動。俞永義和蔡婷雖然可以為對方作證，但彼此都說對方有半夜上廁所的習慣，所以睡眼惺忪之際不會留意對方有沒有離開身邊，而離開的時間長短亦不能作準。」

駱督察頓了一頓，說：「換言之，五位要動手的話，在時間上沒有矛盾之處。」

就算阿聲是隻菜鳥，也看得出駱督察這話引起他們不快。

「從死者臥房的床鋪來看，死者根本沒有睡過，一直在臥房旁的書房，直至死去。當然我們不能排除死者本來在臥房或房間的洗手間裡，偶然走進書房撞破正在偷竊或找尋某東西的犯人。」駱督察摸了摸下巴。「關於死者與兇手在房間裡出現的先後、互動，我們仍未理出合理的推論，因為房間有被搜掠、搗亂的痕跡，無法重組經過。不過我們可以確認保險櫃裡未被偷取的物件清單——價值八百萬美元的鑽飾和古董、一千二百萬美元的不記名債券、四間企業的股權證明文件、死者的遺囑正本、以及一本舊帳簿。那本帳簿是四十年前豐海的帳冊，上面有死者的簽名，據秘書王冠棠先生所說很可能是死者留念之用，因為那是死者擔任俞豐私人助理後首次處理的帳目。」

從眾人的表情，可以知道他們對保險櫃裡有什麼物件瞭若指掌。警方的開鎖專家打開保險櫃時，阿聲和駱督察都被那些債券和鑽飾嚇了一跳，心想這有錢人竟然把如此貴重的東西放自己的家，如果傳了出去，肯定招來一群鼠竊狗偷——跟銀行的金庫或豐海辦公室大樓相比，這兒的價值更高，但保安水平卻不足十分之一。

「純粹推測的話，」駱督察說：「兇手的目標可能是遺囑。他潛進書房，嘗試打開保險櫃，不料死者前來，兩人對質後兇手以花瓶打昏死者，綑綁後以魚槍威脅死者說出保險櫃密碼。死者反抗，兇手殺死對方——或許是失手殺死對方。為了偽裝成強盜所為，於是在窗子上做手腳，又將房間佈置成一片凌亂的假象。由於是『內鬼』的盜竊，犯人先準備好不會留下足印的鞋子和防止留下指紋的手套，以防被警方查出是家族成員所幹的案件……犯人或許打算悄悄地偷走目標，只是沒想過會遇上死者，令事情如此收場。」

駱督察輕描淡寫地提出「遺囑」，似是暗示俞永義、俞永廉和蔡婷比棠叔和胡媽更有嫌疑，不過三人都沒有笨得搶話，反駁對方。他們猜駱督察是想引他們做出反應，讓老偵探從中找出端倪。尤其是俞永義，他知道要隱瞞罪行，就必須保持低調。

「嘟嘟。」就在駱督察說過推論後，電腦傳來老偵探的「ＮＯ」。

「不是？我剛才所說有什麼地方錯誤嗎？」

「嗶、嗶、嗶。」指標移到ＹＥＳ後，接連跳回中線，再重複移到上方。就像老偵探皺著眉，責怪徒弟的想法大錯特錯。

駱督察一副想追問的樣子，可是側了側頭，似要找尋正確的問題。

「……房間的環境，會誤導我們的調查方向嗎？」

「嗶。」

「那麼，我們應該留意哪一點？是死者嗎？是嫌犯的不在場證明？是行兇手法？是兇器——」

「嗶。」

「兇器？魚槍？」

「嗶。」

駱督察稍稍一怔，說：「魚槍嗎……對了，剛才我忘了說，五位嫌犯中，就只有王冠棠和俞永義有潛水打魚的經驗，他們以前有跟死者一同出海。其餘三人都不熟悉如何使用魚槍……」

「等等！就憑這種兒戲的證據指控我們之一是兇手嗎？」棠叔說。俞永義倒沒有作聲，眼神搖晃不定，靜觀著兩人說話。

「可是這是關鍵之一，」駱督察一臉恍然大悟，說：「兇手拿魚槍來殺死死者，不就證明他對這武器很熟悉嗎？否則的話，槍櫃裡還有潛水刀，刀子人人也會用，為何捨易取難？」

「不、不過……」棠叔顯得有點焦急。

「嘟嘟。」

二人的爭拗被這一聲NO打住。

「師傅你有話要說？」

「嗶。」

「你要指出兇手嗎？」

「嘟嘟。」

眾人為了這個答案感到驚奇。本來照著這個發展，老偵探應該指出兇手是誰，可是這一刻卻冒出一個突兀的「ＮＯ」。

駱督察的樣子有點為難。棠叔猜想，這樣子偵訊有點難辦，因為老偵探有話想說，駱督察卻連對方想說哪一方面的話都不知道。如果順著調查，指出推論對與錯則很簡單，這一下突然「有話要說」，真的不知道該如何著手。

不過駱督察很快讓對話回到正軌。

「師傅，你想說的是關於我之前的推論的事？」

「嘟嘟。」

「是死者阮文彬的事？」

「嘟嘟。」

「是五位嫌犯的事？」

「嘟嘟。」出乎意料，這個問題也換來否定的答案。

「是……俞家的事？」

「嗶。」

「是兇案現場的事？」

「嘟嘟。」

「是豐海集團的事？」

「嘟嘟。」

對話到此，眾人頭上似乎要冒出一堆問號。除了「俞家的事」外，其餘都是否定的回應。不是死者、不是嫌犯、不是現場、不是死者的工作……五位嫌犯都感到詫異。

「是俞芊柔的事？」阿聲插口說。

「嗶、嗶。」

各人面面相覷，沒想到老偵探要再提已病逝的夫人的事情。

「剛才師傅你回答了兩次ＹＥＳ……」駱督察說：「你除了俞芊柔的事情外，還想說俞永禮的事情嗎？」

「嗶。」指標剎那間跳到ＹＥＳ之上，就像為了駱督察敲中答案而雀躍。

「你這老頭怎麼總是咬著已死去的人不放啊！」俞永廉罵道。

駱督察抬頭一看，只見眾人臉上滿佈陰霾。剛才阿聲提到俞永禮時，各人一臉不快，似是因為阿聲言語冒犯，不過這一刻任誰也能看出這些表情的真貌——他們是不想提及俞永禮，就像是不想觸碰的髒東西一樣。

不過某人的表情抓住駱督察的注意。

胡媽淚眼盈眶，一臉痛苦的樣子。

「胡金妹女士，如果妳有什麼要說的，請直接說出來。我保證妳的話不會向第三者透露。」駱督察猜想這可能牽涉什麼俞家的秘密，於是作出保證。

胡媽瞧了瞧家族的其餘四人，看到沒有反對的表示，於是吸了一口氣，緩緩說：「駱督察，我想關警官已看出來了，我還是說出來吧……永禮少爺不是老闆的親生兒子。」

「咦？」駱督察發出訝異的叫聲。

「這件醜事只有俞家上下知道……」胡媽一咬牙，說：「小姐當年遇人不淑，被搞大了肚子。」

「什麼搞大肚子！那是強暴！」棠叔搶白道，一臉憤憤不平。

胡媽皺著眉，哀傷地瞄了棠叔一眼，繼續說：「那是一九七〇年的冬天……不，應該是七一年一月快過農曆新年的時候吧，小姐剛滿十七歲，本來品學兼優，卻因為那些什麼鬼嬉皮士熱潮，交上一堆損友。我受大老爺所託，把小姐看得很緊，沒料到有一晚她瞞著我偷偷溜了出去。那晚上我們一家人焦急得四處打探，老爺還到警署找相熟的警官幫忙，結果第二天早上我接到小姐電話，說她在飛鵝山一個電話亭，她又哭著叫我別告訴老爺，自己一個人來接她。我是沒辦法一個人去找她，只好跟文彬、呃、即是老闆說明，叫他駕車載我去。那時候他剛回來，一整夜沒闔眼地四處找小姐，唉，那天大家都累壞了，阿棠也是整夜沒睡，找遍了整個九龍。」

胡媽話到一半，駱督察和阿聲、甚至蘋果已猜到後續的發展。

「我們找到小姐時，她裙子破掉了一大片，蹲在路邊雙手抱膝，唉，那模樣真教人心痛……她一看到我就抱著我大哭，我們也只好先讓她上車休息。她說她跟幾位『朋友』在車子上聽音樂喝酒，有人拿出像是捲菸的東西來抽，又慫恿她試試。抽了好幾口後，她的神志不清，矇矓中感到有人扯她的衣服，當她醒來時就發覺自己獨自在飛鵝山一個停車處的涼亭裡，衣衫不整……唉，冤孽，真是冤孽……」

「那是大麻吧？」阿聲道。

「應該是吧……」胡媽流下眼淚。「小姐就這樣被陌生人強暴了。她哀求我別告訴老爺，我一時心軟就答應了，我還特意回家拿衣服給她更換。老爺只以為她徹夜玩樂，狠狠地教訓她一頓就算了，沒想到麻煩在兩個月後才出現……小姐告訴我，她那個沒來，我才意識到事情何等嚴重……」

阿聲心想，那個時代缺乏性教育，真是害人不淺。

「這事情怎麼也瞞不過老爺了。沒想到老爺沒有大發雷霆，反而跟夫人一起抱著小姐痛哭。

老爺找相熟的醫生檢查，打算讓小姐墮胎，可是醫生診斷後指出，小姐墮胎會影響將來的懷孕。老爺就只有小姐一個女兒，他跟夫人年紀又大，沒能力再生育，小姐如果不能再懷孕，俞家就會絕後。老爺一直為自己只有一個女兒耿耿於懷，覺得對不起俞家列祖列宗，不過將來生下孩子，至少也算是俞家的血脈，只要讓孩子姓俞就行，可是老天爺似乎要連這可能都奪去……」

「所以俞豐要俞芊柔生下孩子？」駱督察問。

「不是老爺硬要的，小姐也願意，不過是為勢所迫。」胡媽神情哀愁，慢慢擦過眼淚。「俞家當時剛發跡不久，如果鬧出這樣一宗醜聞，在公在私都會令老爺聲譽受損，影響剛上市的公司。那個年代不像現在那麼開放，人們會說老爺連女兒也管不住，怎可能管得好公司。於是只好盡快讓小姐結婚。」

「所以王先生和死者真的是俞豐選婿而招來的嗎？」

「不，」棠叔答：「大老闆聘用我們時只是想要找年輕的助理而已，不過因為多接觸，我們跟夫人……跟芊柔變得熟稔，所以大老闆著令我們其一跟她結婚。」

「所以說，你本來有機會成為俞家的主人？」駱督察目光如電，瞪著棠叔道。

「這樣說也沒有錯，」棠叔苦笑一下，「不過我放棄了。好吧，我得承認我對芊柔有好感，可是當我知道她被強暴後，一時接受不了，更不想養育一個沒血緣的孩子。但文彬大哥……老闆他比我有度量，在這個時候肯挺身而出，說肚裡的生命是無辜的。或許他是受到俞氏接班人的名譽地位所吸引，但那個年代，能接受一個非己所出的孩子，接受一個失貞的妻子相當不容易，可見他是很愛芊柔吧。就這個份上，我永遠做不到。」

「老闆對孩子都很好，」胡媽說：「不論是否親生的，他都很疼惜。」

「因為這次事故，大老闆對本地醫療水平感到不足，於是在數年後建立和仁醫院。」棠叔說。「如果當時有更安全的墮胎手術，不會影響孕婦的生育能力，芊柔也不用吃這些苦，亦不會在永禮少爺出生後患上抑鬱症。」

「所以說，俞永禮的劣根性是來自那個強姦犯啊？」阿聲沒頭沒腦地爆出一句，就像在他人的傷口上撒鹽。不過，這次眾人沒有反駁他的話，棠叔更是苦笑了一下。

「對啊……永禮少爺的劣根性……或許真的是來自生父……」棠叔邊搖頭邊說。

「阿棠，永禮少爺再怎麼頑劣，他都已經不在了，就別說壞話吧。」胡媽說道，雖然語氣並不強硬。

「關警官怎麼知道這事情的？」蔡婷突然問道。「就憑我們剛才的話，他就知道大伯和婆婆的過去？」

「嗶……」指標先移到YES，再在畫面中間徘徊。

「這是什麼意思？」

「大概是可以看出大部分，但細節只是猜測吧。」駱督察若有所思，靜默了一陣子，然後說：「對了，剛才阿聲不是說過俞永禮在中秋節出生，愚人節去世嗎？胡金妹則說過阮文彬在一九七一年四月結婚，同年誕下長子。中秋節在九月或十月，跟婚禮相隔不足七個月，就算是早產兒也未免有點誇張，想成未婚懷孕較合理……如果父親是兩位『準駙馬』之一，那王冠棠的可能性比阮文彬更大，因為調查指俞芊柔跟王冠棠較要好。假如是阮文彬強暴俞芊柔令她懷孕，就算俞豐逼他們結婚，婚後也不會將集團的大權交給對方，而是讓王冠棠扶助年輕的俞永禮當接班人。於是得出孩子的爸是第三者的結論。」

「嗶。」一聲音就像是老偵探的嘉許。

「那麼俞永禮……」

就在駱督察說話時，俞永義突然站起來。這時候，眾人才留意到俞永義的臉色蒼白，五官緊繃，滿頭大汗，精神就像接近拉斷的橡皮筋。

「永義，怎麼了？不舒服嗎？」蔡婷關心丈夫，緊張地說。

「我……我……」俞永義結結巴巴，只吐出兩個「我」字。

「俞永義先生，你……」

「我、我自首了。人是我殺的。」

眾人被這突如其來的告白嚇倒。

俞永義雙手顫抖，狼狽地除下眼鏡，不斷回頭偷瞥後方，就像有看不見的人在盯著他。

「俞永義先生，你說什麼？」駱督察緊盯著對方，問道。

「我說，人是我殺的，請、請你別讓關警官繼續說，我一切都招了。」俞永義抱著頭，似乎是受不了老偵探的威懾，忍受不住突然被揭發的恐懼，於是自承罪行。

「你為什麼要殺害自己的父親！」胡媽的眼淚再次流下。「你們的感情一向很好啊！你在工作上有什麼不滿嗎？是因為欠債嗎？是……」

「不、不，父親不是我殺的……但大哥是。」

俞永義的話就像第二個震撼彈，令在場人士都懾住。

6

「俞永禮？俞永禮不是死於車禍嗎？而且當年你只有……只有九歲！」面對突如其來的自白，駱督察也失去本來的沉著。

「對，我九歲時殺死了大哥，這秘密我隱瞞了二十多年。」俞永義再次坐下，雙手掩面。

「九歲的你如何殺死俞永禮？」駱督察問。

「那、那天是愚人節。」

「所以？」

「那、那天我想做些惡作劇，於是請棠叔替我找一些……嚇人的玩具。」俞永義顫聲地說：「那是一些偽裝成汽水罐的小玩意，只要一拉蓋子，罐子底部就會打開，掉下一堆塑膠做的蟲子。」

「啊！是那個！」胡媽說道，顯然她是被作弄的對象之一。

「我覺得有趣，就放了一個進大哥的車子……」俞永義咬緊牙關，手指像要掐進頭皮。「大哥出事後，我聽到有人說不明白他為什麼會在那兒墜崖，尤其是那路段並不險隘，道路又寬，就像是被猝不及防的東西影響，扭動方向盤而失事……」

「所以你認為俞永禮在駕駛時打開罐子，被假蟲子嚇了一跳，於是連人帶車掉下懸崖？」

俞永義無力地點頭。

駱督察一臉為難的樣子，他沒想過會突然冒出這樣一宗舊案件。

「唔……俞永義先生，我們現在調查的是令尊的命案，俞永禮的意外不是我的調查範圍，我暫時管不著。我不是法官，不能說你有沒有罪，但以我的經驗來說，這情況多半會判為意外，相信亦不會起訴。待令尊的案件解決後，我們再商量如何處理這件事，好嗎？」

俞永義抬起頭，以像小孩做錯事的眼神望向駱督察，微微點頭。

「呃……師傅，你連這件事也知道嗎？」駱督察問道。

「嗶。」

指標毫不猶疑，跳到ＹＥＳ的上面。

「那，這件事跟阮文彬被殺有關嗎？」

出奇地，指標沒有反應，只定在畫面正中央。

「師傅？俞芊柔被強暴、生下俞永禮、俞永禮意外去世這些事情跟阮文彬被殺一案有關係？」

指標再次在中線搖擺，眾人也理解這是「或許」的意思。

「或許？師傅……你看到細節中的破綻和矛盾，發現謎團，所以特意提出來證明自己的推理無誤？」

「嗶。」就像一位喜歡解謎、炫耀推理能力的偵探，透過機器吐出一個「是」。

「媽的！你這老不死就是要挖人家的瘡疤！」俞永廉激動得站起來。「為了滿足你的好奇心，就要公然侮辱我媽，讓你們這些外人帶著有色眼鏡對我的母親指指點點嗎？」

「俞永廉先生，請你冷靜一些。」駱督察打圓場說：「我為師傅道歉，希望各位見諒。師傅不會錯過每一個疑點，所以才會想證明剛才那些事情的真確性，畢竟他已判定兇手是俞家的成員之一，俞家的過去就有可能跟案情相關。我想他應該已經了解整件案子的來龍去脈，知道犯人是……」

「嗶。」沒等駱督察說完，電腦已傳來一個肯定的答覆。

「知道誰是犯人了？」說話的是阿聲。

「嗶。」

「讓他說出犯人的名字吧！」胡媽說。

「不，在確認名字前，我想先確認證據。」駱督察說。「沒有足夠的證據，指出誰是兇手也於事無補，犯人只會砌詞狡辯，到頭來只有不實在的互相猜疑。」

「嗶。」

老偵探就像同意徒弟的說法。駱督察這想法繼承自關警官，他年輕時就不下一次被教訓：「指出犯人有何難處？難處是要讓犯人無話可說，乖乖認罪哪。」

「師傅，從剛才告訴你的資料裡，有犯人留下的破綻嗎？」

「嗶。」

「有破綻嗎？」阿聲說：「我看到一堆線索，但就是看不到有什麼破綻啊！而且死者又沒有留下什麼死前訊息──」

「嗶。」這一聲「嗶」好像來得特別響亮。

「死前訊息？」駱督察說。

「嗶。」電腦傳來再一次的肯定。

「有死前訊息嗎？」駱督察奇道。他翻開記事本，說：「是相簿嗎？可是我們在相簿找不到線索……」

「嘟嘟。」

這一個「不」令人不知道是指「死前訊息不在相簿」還是「警方在相簿找不到線索是不對的」。

「死前訊息在相簿嗎？」駱督察再次問道。

「嘟嘟。」答案是「否」。

「是死者留在身上的痕跡嗎？」阿聲問。

「嘟嘟。」

「是血跡嗎？」阿聲再問。

「嘟嘟。」
「阿聲，我們根本沒有提過血跡如何啊。」
「對啊……那，是房間中的物件嗎？」
「嘟嘟。」
「竟然不是房間中的物件？」阿聲訝異地說。「那麼，是在房間外面的物件吧？」
「阿聲，你這不是廢話麼？既然不是房間裡的物件，那就是在房間外……」
「嘟嘟。」電腦傳來的ＮＯ打斷駱督察的話。
「咦？」眾人露出驚訝的表情。
「怎可能？」俞永廉說：「房間內和房間外加起來就是全部的可能！哪有東西既不在房間裡亦不在房間外？」
「是在房門上嗎？」棠叔插嘴說。
「嘟嘟。」這一聲就像是「好嘗試，可惜不對」。
「沒有東西可以既不在房間裡亦不在房間外啊！」俞永廉嚷道。
「嗶。」
難得的肯定答案顯示在螢幕上。
「『沒有』？」駱督察一副沉思中的樣子。他說：「師傅你想說的其實是『死者沒有留下死前訊息』？」
「嗶。」
「這老頭的腦袋壞了啦！剛才說有死前訊息，現在就說沒有……」俞永廉嘲諷道。
「不，我明白師傅的意思了。」駱督察亮出笑容。「他想說『死者沒有留下死前訊息，就是最明顯的死前訊息』。」

眾人不解地瞪著駱督察。

「我們最初以為兇手是強盜，這種情況下，死者是無法留下死亡訊息的，因為他並不認識犯人，不知道該留下什麼。可是，經過調查後我們發現犯人是死者的家人，那麼，死者就應該知道可以留下什麼簡單明確的訊息。」

駱督察瞥了床上的老偵探一眼，繼續說：「再來的是客觀條件。首先是死者有沒有能力去留下一字一句。死者腹部被魚鏢刺中，大量失血，就算他找不到筆，用手指沾血也可以留下指出兇手的線索。雖然死者有被綑綁的痕跡，但死者被發現時，手腳並沒有被綁住，可以自由活動，證明他有能力去提供死前的情報。其次是時間上能否容許，從死者的情況來看，他亦有足夠的時間去留下訊息，因為相冊上沾滿他的血指紋，證明他死前翻看過相簿。可是在這些優勢下，他完全沒有留下半點資訊，這就顯得很不尋常。」

「所以這個沒有訊息的訊息是指什麼？」棠叔問。

「死者可以留下訊息但沒有，說明了……死者寧願死去也不想人知道兇手是誰。」

駱督察這句推論，讓眾人啞然。

「你意思是他要保護兇手？」

「嗶。」

一直沒有發出聲音的電腦，因為棠叔的這一句話而復活了。

「或許……或許那個死前訊息被兇手擦去呢？」蔡婷問。

「唔……不對。」駱督察說：「死者身受重傷之時，他沒有向門口爬過去，反而爬到書架旁拿起相簿，就像是放棄了求救。他很可能覺得自己快死，為了保護兇手，寧可靜靜地在一角假裝被強盜所殺。」

駱督察突然面露笑容，像是在迷霧中看清真相的樣子。

「我想我了解案發前段的情況了。死者跟兇手在書房談話，兇手因為某事被惹怒，拿起花瓶打昏了死者。兇手或許以為自己錯手殺人，於是連忙把房間佈置成被劫的樣子，拿工具撬開槍櫃，又在保險櫃上留下痕跡，再把書架上的東西掃到地上。這時候，死者甦醒，兇手一時情急，再次用花瓶打昏死者。或許他害怕自己被告發，或許因為其他理由，這時候他真的動了殺意。他用防水膠帶——嗯，我想是從槍櫃中取出吧，既然有潛水用具，有防水膠帶亦很合理——他用防水膠帶綑綁死者手腳，再打開窗子，用膠帶在窗子外面偽裝被侵入，然後利用魚槍處刑。」

駱督察停頓一下，繼續說：「兇手用魚槍射擊死者後，以為死者已死，於是解開綑綁死者手腳的膠帶，逃離現場。兇手不知道，原來死者未死，之後死者以僅餘的氣力爬到書架旁……」

「等等，為什麼兇手要解開綑綁手腳的膠帶？」蔡婷問。

「這……」駱督察一時語塞。

「嗶。」

「師傅，你有話要說？」

「嗶。」這句話就像「當然」。

「是剛才蔡婷所問的問題嗎？」

「嗶。」

「那麼，兇手是故意解開膠帶的？」

「嗶。」

「兇手這樣做……是為了轉移視線？」

「嘟嘟。」答案是ＮＯ。

「是為了殺害死者？」

「嘟嘟。」答案仍是ＮＯ。

「是……因為兇手的失誤，不得不解開？」

「嗶。」

駱督察左手摸著下巴，亮出沉思的表情，除了俞永義沮喪地垂下頭，其餘四位嫌犯目不轉睛地盯著他，期待他解讀出老偵探的想法。良久，駱督察忽然抬起頭，向床上的老人問道：「師傅，我剛才的推論是完全無誤，連『次序』也說中了？」

「嗶。」

駱督察臉上再次泛起笑容。他對蔡婷說：「兇手犯了一個低級錯誤，所以不得不這樣做。」

「什麼錯誤？」

「他搞錯了次序。」

「什麼次序？」

「把膠帶貼在玻璃上偽裝入侵，和綑綁死者的次序。」駱督察滿意地說著。

眾人因為這句話露出疑惑的表情，倒是阿聲首先說話：「對啊，如果是入侵者，一定要先打破玻璃窗，進入室內再綑綁死者。如果反過來，鑑證人員搜證，就有機會發現問題——貼在玻璃上最底層的膠帶，不可能跟死者手腳上的膠帶接口吻合！」

假如犯人先在玻璃窗上貼了兩張膠帶——稱為一號和二號——再從膠帶捲撕下兩張綑綁死者——稱為三號和四號，那麼，一號和二號的接口相連，二號和三號相連，三號和四號相連。不過，如果犯人先綑綁死者，再在窗子上偽裝有人入侵，就會出現怪異的情況——被二號膠帶蓋著的一號膠帶的接口，會跟三號或四號的吻合。

「膠帶的搜證技術在美國早有研究，我讀過相關的研究報告。」駱督察說：「兇手應該是行兇後才發現自己犯下這個錯誤，他只有兩個選擇——一是解開死者手腳上的膠帶，一是撕去玻璃上的膠帶帶走。前者較後者合理，因為後者他不但要處理膠帶，更要處理碎玻璃。」

「但我看不到前者和後者有什麼不同，不過是多了幾片碎玻璃要處理吧。」俞永廉反駁道。

「膠帶可以燒毀，但玻璃不能。」

駱督察說出這句時，恍似已看穿一切。

「燒毀？」胡媽問。

「我認為，犯人為了偽裝成劫案，在現場考慮了很多細節，包括贓物的處理。」駱督察豎起一根手指，指著胡媽：「妳幫了犯人一個大忙。」

「什麼！你、你別冤枉……」

「我只是說妳做的某件事幫了犯人一個忙，並不是說妳是兇手。妳在前一晚替俞芊柔燒了好些紙錢，令房子和庭園充滿焚香燒東西的氣味吧。」

「那又……咦？」蔡婷插口說，但話到一半又止住。

「犯人把膠帶用火燒了。灰燼和殘餘物大概丟進馬桶沖走了吧。附帶一提，我想那二十萬現金都燒成灰，沖走了。」

「咦！」

「就是因為這個原因，犯人只取走現鈔，沒有拿戒指和懷錶等等。這些東西太難處理，留在身上或自己的房間有可能被警察發現，況且犯人才不是為了金錢而殺人。」

「所以犯人是誰？」蔡婷問。

「如果以死者寧死不欲告發的人來說，應該是死者的兩個兒子吧。」阿聲說。

俞永廉再次忿然站起身，而俞永義仍繼續抱頭，似乎仍未因為「殺害」兄長的事而恢復過來。

「至少我認為死者不會這樣子保護老工人和秘書。」駱督察說。蔡婷正要反駁，他繼續說：「而我想蔡醫生不會糊塗到分不清昏倒和死亡，亦不會在用魚槍射擊死者後，沒留意到對方仍然生存。阮文彬的死，有一部分是因為他放棄求救而造成的，兇手有取其性命的恨意，可是事情做到一半，卻以為自己完成了。如果犯人是蔡婷，她會確保死者氣絕身亡後才離開，而不會出現死者負傷爬去翻看相簿的情況。」

「所以犯人是俞永義或俞永廉之一……」眾人心裡都冒出這一句話。

「兇手是俞永義吧，」阿聲道。「兩兄弟之中，只有他懂得使用魚槍啊。」

「可是扣下扳機並不困難。」駱督察說。

「但組長你也知道，拉橡皮管上膛對沒經驗的人來說並不容易嘛，一個不小心，更可能傷到自己呢。」雖然阿聲說得像個專家，但他對魚槍的知識，也跟駱督察一樣，是在這個星期內所得，同樣是現學現賣。

「嗶。」一直沒發聲的喇叭傳來老偵探的話。

「魚槍？師傅你對魚槍有意見嗎？」

「嗶。」

眾人都記得，在話題轉變為俞芊柔和俞永禮之前，老偵探就問過魚槍的事。

「我們錯過了什麼明顯的證據嗎？」

「嗶。」這一個ＹＥＳ就像在說「笨蛋，你們都瞎了嗎？」。

駱督察再次翻開記事本，說：「魚槍有什麼問題？死者是被一百一十五公分的鋼鏢刺中腹部，失血過多致死，地板上有一把RGSH115碳纖維魚槍，槍身長一百一十五公分，閉合式槍頭附有三十公分長的橡皮管……」

「呃？」

眾人沒想過，這聲音由俞永義發出。雖然他一臉頹然，但此時他以錯愕的表情盯著駱督察。

「俞永義先生，你有什麼意見嗎？」

「可不可以再說一次？」

「剛才我說的話？死者被一百一十五公分的鋼鏢刺中致死，地板上有一把RGSH115碳纖維魚槍，閉合式槍頭……」

「RGSH115不可能發射那支鋼鏢。」俞永義斬釘截鐵地說。

「為什麼？」

「長度不對啊！」

「槍身和鋼鏢都是一百一十五公分，不是正好嗎？」阿聲說。

「魚槍的槍身一定比魚鏢短的！一百一十五公分的鏢，是用在七十五公分長的魚槍上！」

「對啊！我剛才也覺得怪怪的，原來是這回事！」棠叔說。

「嗶。」喇叭傳來一聲肯定。

「可是，不可能用一百一十五公分的槍發射一百一十五公分的鏢嗎？」阿聲死心不息，追問道。

「一般來說勉強可以，但這把RGSH115不可能。」這一刻，俞永義不像嫌犯，倒像一位偵探。

「因為它用的是閉合式槍頭。」

「這有什麼關係？」

「魚鏢前方有倒鉤片，如果是開放式槍頭還勉強能射出去，可是閉合式的是一個圓洞，如果鋼鏢比槍身短，發射時倒鉤片就會打中槍頭的圓框。你們有沒有發現槍頭和鋼鏢損壞了？」

駱督察搖搖頭，說：「沒有。那麼說，鋼鏢是從另一把魚槍發出的？」

「對，一定是從七十五公分長的RGSH075或RB075其一發射的。」

「嗶。」

俞永義聽到這一下「嗶」，突然有種錯覺，覺得老偵探原諒了自己殺害兄長的罪行。

「那麼說，兇手就是不懂魚槍，於是誤把115和075兩把槍搞混的……永廉？」蔡婷戰戰兢兢，望向坐在旁邊的小叔。

「荒謬。」俞永廉沒有半點怒氣，只是很不屑地說：「既然我不懂魚槍，我又如何給它上膛，當作兇器？如果你說我懂，那其他人也可能弄錯兩把槍吧？從這個角度來看，我反而是最清白的人啊！」

駱督察沒作聲，左手摸著下巴，盯著俞永廉，似是在思考當中的漏洞。

「嘟嘟。」

「師傅，你說『不』？」駱督察說：「你是要反駁俞永廉，指出他就是犯人？」

「嗶。」

這一聲嗶，就像是年邁的老偵探從病床一躍而起，指著俞永廉以雄壯低沉的聲線說：「不用狡辯，你就是兇手。」

俞永廉顯然被這一聲嚇著，可是他不用數秒就回復本來的態度。

「好呀，就看你這個老不死有什麼實證！」

「師傅，有實證麼？」

就像跟犯人對質的名偵探，輕鬆地丟出一個「是」字。

「嗶。」

「可是剛才俞永廉說的也有道理啊？他既然不懂魚槍，又如何替它上膛，用它來殺人？」

「嘟嘟、嗶。」電腦先傳來一個ＮＯ，再來一個ＹＥＳ。

「俞永廉他沒有替它上膛，但用它來殺人？」

「嗶。」

「如果他沒有上膛……啊！」駱督察大喊一聲：「是死者阮文彬自己上膛的！王冠棠說過，阮文彬偶爾會在書房把玩魚槍射靶，那天晚上他正好這樣做！」

「嗶。」這一聲就像在說「正確」。

「那麼說，槍櫃的撬痕也是偽造的！因為櫃門本來沒鎖，這是俞永廉佈下的假象！防水膠帶和手套等等也是一開始就拿到，就連撬門的工具亦可以從槍櫃取得！他沒用刀子，是因為怕自己會沾上死者的血，而且使用他不懂操作的魚槍行兇，更可以減輕嫌疑！」

「嗶。」

「換言之死者在房間重溫舊日，把玩著魚槍時，俞永廉入房，二人交談到一半發生爭執，接下來就是花瓶襲擊、偽裝強盜、魚槍殺人……等等，為什麼犯人要讓魚槍掉包？他開槍時應該已戴上了手套……」

「嗶、嗶、嗶、嗶……」電腦傳來連續的ＹＥＳ，十字指標像電玩遊戲的角色般急速在畫面中間和上方跳動。眾人也明白，這一串嗶的意思是「這裡就是突破一切謎團的關鍵」。

駱督察霍然抬起頭，指著俞永廉，再次展露獵鷹般的目光。「你讓兩把槍掉包，是因為不掉包不行——你在真正的兇器上留下致命的證據！」

俞永廉臉色一變，但仍撐著身子，面對駱督察的指控。

「你用RGSH075射傷死者，因為不擅魚槍的操作，所以只刺中對方的腹部。你企圖多補一槍——問題是，你根本不懂得上膛的方法！拉動魚槍的橡皮管很講技巧，要用胸口頂著槍托，兩手抓住橡皮管同時用力拉，不懂方法的人很容易被部件割傷！因為在兇器上留下了ＤＮＡ證據，怕被鑑證人員找到，加上誤以為死者已死，於是放棄補槍，集中精神處理眼前的危機。你想過拿另一把長度相同的RB075掉包，可是那把槍分拆成部件，你又不懂組裝，於是只好拿RGSH115代替，偏偏你沒想到魚鏢長度和閉合式槍頭的問題。鑑證科不會檢查無關的物件，不過，如今我們知道真正的兇器是什麼，那就會重新——」

電光石火間，俞永廉做了一個犯人會做的動作——逃跑。他一步跨過坐在旁邊的二哥和嫂子，伸手往門把抓過去，沒想到門把扭不開，而在短短一秒間，一雙手掌從後抓住自己。阿聲在俞永廉跳起來時已有反應，俞永廉被按倒地上，束手就擒。

「你當我是菜鳥，沒想過犯人會逃跑嗎？我早吩咐阿聲關門時悄悄鎖上門鎖。」駱督察說。

眾人望向門把，發現門鎖上的轉扭呈水平方向。

阿聲把俞永廉押住，戴上手銬。俞永義、蔡婷和棠叔站起來，讓俞永廉獨個兒坐在沙發上。胡媽很想質問他為何要殺死父親，但這一刻她想到小姐有這個不肖子，就因為哽咽而說不出話來。

「俞永廉，為什麼你要殺害父親？」駱督察問。

「哼。」俞永廉沒有回答。

「剛才你逃跑已間接承認自己是犯人了，我想鑑證科亦能在兇器上找到你的ＤＮＡ證據。你可以保持沉默，而你所說的會成為呈堂證供……不過我想，你如果不把話說清楚，你的家人無法理解你為什麼要這樣做吧。」

「我……我要當攝影師。」俞永廉吐出一句。

「那又如何？」

「老頭子不准，我們口角，我動手打他。然後就像你剛才說的那樣子。」

「就是這樣的理由？」胡媽按捺不住，問道。

「就是這樣。而且他一死，二哥當上總裁，不會再煩我要我加入公司。我又可以分到遺產，讓我專心一意去當攝影師，一舉兩得，這有多好。」

「啪！」胡媽打了俞永廉一記耳光。「這、這種鬼理由，要是小姐泉下有知，她一定傷心得要死！」

「哼。」俞永廉沒有回答，只低著頭，避開胡媽的目光。

「案件終於水落石出，今天的調查麻煩大家，也辛苦師傅了。」駱督察仍坐在床邊，說：「阿聲，關掉攝影機；蘋果，妳也可以收拾電腦了。」

「嘟嘟。」

眾人望向螢幕，只見十字在NO之上。

「師傅，怎麼了？」

「嘟嘟。」

房間裡，以電腦螢幕為中心，泛起一團疑雲。那低沉的響聲像是要說出什麼。

「師傅，你說……這案子未了結嗎？」

「嗶。」

眾人疑惑地瞧著螢幕，而俞永義愣了愣，心想老警官要追究他誤殺兄長的事了。

駱督察眉頭一皺，說：「未了結？我有什麼地方遺漏了嗎？」

畫面上的十字沒有移動。

「師傅？」

電腦的喇叭依舊沉默。

「叮。」突然間，一個提示框從畫面的下方彈出，上面寫著「ERROR :: Interface Linkage Exception / Address: 0x004D78F9」，旁邊有一個紅色的感嘆號，下面有一串眾人看不明白的怪符號。

「怎麼了，蘋果？」駱督察問。

「哎，有Bug。」蘋果依然埋首另一台螢幕後。「我要看看怎辦。」

「要修多久？」駱督察問。

「快則半小時，慢則……半天。我覺得是硬體問題，要回家取備用的。」

駱督察一臉為難的樣子，望向眾人，又望了床上的師傅一眼。「那今天就到此為止吧，天也快黑了。蘋果，麻煩妳修理好系統後明天早上再跟我來一趟，問問師傅他還想說什麼……說不定明天師傅醒過來，可以親自說明。」駱督察轉身向俞永義四人道：「如果有什麼細節需要跟進，我再通知各位吧。」

窗外一片紅霞，藍色的海灣在不知不覺變成紅色。阿聲收起攝影機，架著俞永廉在一旁等候，蘋果只收起一台電腦，留下其餘兩台和地上的一堆電線。俞永義、蔡婷、棠叔和胡媽已站在房間外，駱督察站在病床邊，以敬愛的目光看著床上的關振鐸，握著他的手，說：「師傅，我走了。我會繼承你的志向，繼續努力破案的。」

關警官的嘴角像是微微上揚，不過駱督察知道這只是夕陽映照下的錯覺。

7

翌日早上九點，駱督察和阿聲來到俞家的豐盈小築門前。俞家大宅庭園外有不少記者守候，他們都收到俞永廉被逮捕的消息，於是在豐盈小築外挖獨家新聞。記者們看到警方的車子駛進庭園，紛紛往大閘擠過去，可是他們都被俞家臨時聘用的保全人員攔阻，只能隔著閘門，遙望宅第門前的駱督察的背影。

「駱督察，早安。」應門的是胡媽。她一雙眼睛充滿血絲，顯然昨晚睡得不好。

「早安，胡金妹女士。」駱督察也是一臉憔悴，似是工作勞累的樣子。「其他人在嗎？」

「都在。」當胡媽回答時，俞永義和棠叔在玄關出現。這天是星期日，他們都不用到集團大樓上班。「為了那不肖子，阿棠昨晚四出奔走聯絡律師，永義少爺打了一整晚電話，大家都睡不好……唉……」

「我太太在房間……駱督察，你是為了我的事情而來嗎？」俞永義問。藏了二十年的秘密在昨天吐了出來，縱使家逢巨變，俞永義還是感到安心，比平時安心。殺害兄長這事情，讓他性格大變，九歲開始就提心吊膽，過著戰戰兢兢的日子，亦因此讓他努力學習，養成今天認真處事的態度。

「不，那件事我們之後再說。」駱督察轉向棠叔，嚴肅地說：「王冠棠先生，警方懷疑你跟一宗謀殺案有關，現在正式拘捕你，請你跟我們回警署協助調查。你有權保持緘默，但你所說的一切有可能被記錄，並且成為呈堂證供。」

聽到如此正式的警誡，三人愣住，俞永義和胡媽更立時回頭盯著棠叔。

「兇、兇手不是永、永廉……是棠叔？」俞永義好不容易吐出一句，但駱督察沒有回答。

棠叔的表情慢慢從訝異變回沉著，只是略略皺眉，問道：「我……可以先穿上外套嗎？」

駱督察看了看玄關旁的衣架，點點頭。棠叔穿上外套後，被駱督察扣上手銬。

「說不定永廉在警署胡說八道，想拉其他人下水……不用擔心。」棠叔離開前對呆立在玄關的胡媽和俞永義說。

三人坐上車子，離開俞宅。車子駛經大閘時，記者的鎂光燈閃個不停，隔著車窗拍攝坐在後座的駱督察和棠叔。車子沿著公路往將軍澳的東九龍總區總部駛去。

車廂中三人一言不發，阿聲不時從後視鏡偷瞄駱督察和棠叔，但兩人都擺出一副撲克臉，沒有讓半點情緒浮現出來。棠叔神態自若，毫不焦躁，彷彿剛才在俞家大門被拘捕一刻的詫異全是裝出來的。

「是你唆使俞永廉殺死阮文彬的吧。」首先打破沉默的是駱督察。

「是永廉說的嗎？」棠叔沒有回頭，視線仍放在正前方。

「不。他在警署沒再說話，連你們聘請的律師也無法讓他開口。」駱督察心想這是明知故問，律師不可能沒對這位老臣子報告。

「那為什麼你認為我教唆永廉殺人？」棠叔從容地回答。

「俞永廉自稱的動機，完全站不住腳。」駱督察說：「因為要當攝影師所以殺害父親？這未免太可笑了。如果說是一下錯手殺人倒有可能，用花瓶兩次襲擊死者，再用魚槍殺人，不是一時衝動而幹下的事。」

「你認為兇手不是永廉？」

「不，是他做的，ＤＮＡ報告已經出來，真正的兇器上有他的血跡。他因為不懂上膛的方法，左手腕被橡皮管的V鉤弄傷，有一滴血液沾在鏢槽的側面。他或者曾清潔過，但肉眼看不到，不代表警方沒辦法提取證據。」

「那麼就是他幹的吧。」

「如果真的因為職業問題口角，誤傷對方，沒理由演變成殺人事件。」駱督察說：「一時衝動敲昏了父親，誤以為殺死了對方，佈置成強盜殺人也沒有問題，可是，當俞永廉發現父親轉醒，他再次襲擊對方，甚至用魚槍加以殺害，明顯做得過火了。那不是有預謀的命案，他佈置的假局中有一堆做過頭的漏洞，可是他在襲擊手法上卻非常狠毒，就像是非殺不可。我認為，當中的關鍵是兇手對死者有極大的怨恨，一直沒有發作，因為某事口角，引發兇手的怒火，令事情一發不可收拾。」

「那怎麼說，都是永廉自己的問題嘛。」

「我就是想不通這一點。一個二十四歲的青年，會跟自己的父親有什麼深仇大恨？一般殺害父母的案件，兇手通常都跟死者有長期嫌隙，更重要的是兇手自小沒感到家庭溫暖。俞永廉跟這些兇手最不同的，是他跟母親的關係很好，從他的言行舉止可以證實。就算他對父親有任何強烈怨憤，他也不可能像那些衝動殺父的青少年般動手──事實上，不少弒父案中，貧困是一大誘因，例如不務正業的兒子向父親苛索金錢不遂，先口角再動武，最後出人命。衣著光鮮的俞永廉似乎沒有金錢問題，更何況阮文彬還供孩子唸大學，他們父子之間沒道理有什麼足以令俞永廉動殺機的積怨。」

「阮文彬對孩子只是盡了金錢上的責任，他從來都不是個好父親。他只在乎金錢、權力、名譽與地位，他喜歡永義，也只是因為知道永義有在商界名成利就的潛質。」

駱督察聽到棠叔不再稱阮文彬做「老闆」，直呼其名，他就知道對方根本看不起死者。

「就算阮文彬態度冷漠，我亦不相信俞永廉會因此動手。會做出這種案子的，背後一定有更深遠的原因。」

「這是昏迷中的關警官推理出來的嗎？」

「不，這是我自己的推論。」駱督察微微一笑，可是跟他那疲憊的雙眼有點不搭調。

「所以你認為我就是這個『更深遠』的原因？」

「對。」

「駱督察，你太看得起我了。」棠叔笑道，可是他的笑容毫不由衷，就像一副面具。「我不過是一個小小的秘書……」

「可是你在俞家待了很久。」

「所以？」

「所以我直覺上認為你是這案件的核心人物。」駱督察道：「你記得上星期你來警署筆錄，我曾問過你一個問題——『假如犯人不是小偷，你認為兇手會是誰』？」

「對，我記得。」

「你當時答我，俞家裡面跟死者關係最差的，是俞永廉，不過他不會殺害自己的父親。」

「這證明我看錯人了。」棠叔聳聳肩。

「你知道其他人的答案嗎？」

「他們怎樣答？」

「俞永廉說不知道，但其餘三人說出三個不同的名字，全都是被豐海集團惡意收購的公司的關係人。」

「咦？」棠叔稍稍一怔。

「我的問題是『你認為誰會對阮文彬不利』，他們都想到死者工作上的敵人。『豐海鯊魚』不可能沒有樹敵，以他的強硬作風，商場上大概有不少人想他消失。」駱督察以平淡的語氣說：「可是，身為秘書的你沒有舉出那些名字，反而向我說明俞永廉不是兇手。我才不相信這是口誤或一時間沒想起來，那時候，你就假設我問的範圍是俞家的成員之內。會這樣想的，即使你不是兇手或主謀，亦代表你知道了背後更多的事情，甚至插手其中。」

「真是有趣的構想。」棠叔回復從容。「不過這只是你一廂情願的想法，沒有任何證據。」

「對，沒有證據。」駱督察苦笑一下。「只是我的直覺。如果單憑直覺，我甚至會有更大膽的猜測。」

「什麼猜測？」

「俞永廉不是阮文彬的孩子，是你的。」

「呵！」棠叔放聲大笑。「這想法很新奇，請說下去。」

「如果俞永廉是你和俞芊柔偷情所生的，幾乎可以解釋一半的異常情況。為什麼俞永廉跟阮文彬的關係不好？為什麼他會對阮文彬有所怨恨？為什麼他會砌詞說什麼因為想當攝影師而殺害阮文彬？只要加上『他不忿相愛的父母被阮文彬操控，母親鬱鬱而終，父子倆決定報仇』，那麼理由就較合理。」

「這個假設似乎太濫俗吧，就像八點檔的爛劇本。」

「現實往往就是這麼濫俗吧？我還有好些佐證。」駱督察說：「首先，是你對俞家兩兄弟的態度不同。你對俞永義頗為恭敬，稱他做『永義少爺』，但你會直接叫俞永廉的名字。你甚至不介意在外人面前直斥其非，而目空一切，對兄長也出言反駁的俞永廉，被你責怪後反而默不作聲，這就有點奇怪。你不過是父親手下的私人秘書，為什麼他會對你特別尊重？就算你是老臣子、是家族中的長輩，也不見得這小伙子會乖乖聽話。」

「好像滿有道理，不過理據相當薄弱啊。」棠叔笑道：「試想想，如果我跟芊柔有婚外情，生下永廉，瞞著阮文彬讓他當成親生子來養育，我不是已經報了仇嗎？殺掉他，只是多此一舉嘛。」

「這……」駱督察面露難色，似乎找不到反駁的話。

「駱督察，你的假設太無稽了。」棠叔突然收起笑容，說：「不過，基於你這種無稽荒誕的想法，我可以作出更天馬行空的假設——當然，這只是虛構的、沒有證據支持的假設，即使你記錄下來，律師也能夠以『純粹臆測』當成理由，令口供無法呈交法庭。你有興趣聽聽嗎？」

「請說。」

「首先，假如我是主謀的話，我一定不會唆使永廉殺人。」棠叔換上一副深沉的表情道：「直接教唆他人犯罪是最愚蠢的方法。要令一個人去殺人，只要製造條件，植入一絲恨意，再讓那點仇恨慢慢發酵。到了某個時刻，那股仇恨就會化成殺意，然後遇上某個機遇，普通人就會變成兇手——當然，以上只是我隨便說的意見。」

「好，只是假設。請你繼續說。」

「其次是這份恨意的性質。假設俞永廉的恨意由我培育，那麼我一定有更合理的理由去把這份恨意灌輸給、呃、我的兒子。你假設永廉是我的孩子，這只是一個背景，卻不可能變成殺人動機。你應該好好考慮這股足以令俞永廉殺人的恨意的由來。」

棠叔頓了頓，眼睛似乎在瞪著看不見的地平線。

「譬如說，這恨意來自所愛的人被傷害，不可挽回的傷害。駱督察，你知道嗎？恨和愛是一體兩面的。要令一個人痛恨另一個人，最簡單的方法是讓前者知道後者傷害了前者深愛的人。」

「深愛的人？」

「例如母親。」

「什麼傷害？」駱督察追問。

「就像……俞永禮是阮文彬的親生兒子。」

「親生？可是……」

「假如強暴芊柔的，正是阮文彬呢？」

車廂裡的空氣突然凝結起來。

「假設，我是純粹假設，」棠叔以扣著手銬的手，撥了一下稀薄的白髮，「阮文彬妒忌年輕的同僚跟老闆的千金要好，眼看當駙馬爺的機會快溜走，於是處心積慮策畫一場卑劣的陰謀。他盜用公款，收買一些不良分子，為他們製造機會接近芊柔，在某次派對中叫他們用大麻和酒精讓芊柔昏迷，再由阮文彬親自迷姦對方，讓對方懷孕。他知道膽小的芊柔不敢告訴父母，只要對單純的胡金妹推波助瀾一下，就會瞞天過海。最好的情況，就是芊柔懷孕，俞豐無奈之下找人跟她結婚，而我因為缺乏養育孽種的決心而猶豫，阮文彬就趁虛而入，順利接手豐海的未來；較壞的情況，就是芊柔墮胎，不過只要有過這段不光彩的經歷，裝作體貼的阮文彬也容易跟我競爭；最壞的情況是芊柔沒有懷孕，之後跟我或他人結婚，不過就算是最壞的情況阮文彬也沒有損失，更可以飽嘗獸慾，發洩他的不滿。」

駱督察倒抽一口涼氣。

「這……這個假設很合理，可是，在這個假設中你不可能知道這些事情。」

「有可能，比如說因為工作關係，我接觸了一些黑道，聽到一些十年前的江湖傳聞之類。」

棠叔苦笑一下，「『豐海鯊魚』在商場上要過不少手段，有時對『黑』也要用『黑』，我這個當秘書的，自然有機會跟某些人見面，倒是沒料到世界這麼小，某個當年協助阮文彬侵犯芊柔的小弟，在江湖混了十年當上大哥，某天跟我喝酒，以為我是阮文彬的心腹，就把一些事情說溜了嘴。」

「你唆使兒子殺掉阮文彬，就是為了報復遭奪去的權力和地位？」

「駱督察，我說是假設，是假設。我是因為要報復被偷去權力地位也好，是因為痛恨阮文彬用卑劣手段侵犯心上人也罷，在這一刻都無關重要。或者我是單純因為被好兄弟出賣，當成棋子擺佈了十年，於是決意還以顏色呢？」

雖然一閃即逝，但駱督察留意到棠叔流露出異樣的目光，似是怨恨，卻帶著半點哀愁。

「不過這復仇來得真晚，事隔四十年……」駱督察說。

「哈，這個假設中，復仇早開始了。對付一個人，不一定要殺死他。令他痛不欲生更痛快。」

駱督察瞪著棠叔。他知道棠叔口中的「假設」其實是「自白」，不過棠叔敢於說出來，就代表一個事實——他肯定駱督察無法抓到實質的證據，去證明他說的不是「假設」。

「例如？」

「例如讓那個孽種死去。」

駱督察想起俞永禮。

「那不是車禍嗎？」

「車禍可以是人為的，在方向盤、油門、煞車器弄點小缺陷，對喜歡開快車尋刺激的不良青年來說，往往是致命傷。可惜車子早被銷毀，亦已當成意外處理，所以這只是『假設』。」

「你不怕俞芊柔傷心嗎？」

「她不會。對她來說，阮文彬是個沒有嫌棄她的好丈夫，但俞永禮是強姦犯硬塞給她的孩子。如果阮文彬死去，她會很傷心，但俞永禮死去嘛，就只有知道實情的阮文彬心痛——而且他更不能跟他人說出實情，要在家人面前掩飾喪子之痛，嘿，活該。」

「為什麼等到俞永禮差不多二十歲才動手？聽你剛才的假設，你在事發後十年已從黑道中人聽到真相？」

「我不是個魯莽的笨蛋，不會因為一些混黑道的陌生人說兩句，就完全相信。我只相信自己雙眼。上天待我不薄，在九〇年送我一份禮物。」

「什麼禮物？」

「和仁醫院的DNA檢測中心。」

駱督察驟然想起，和仁醫院是本地首間引入DNA檢查RFLP技術的醫院，RFLP除了用來找遺傳病的基因，更可以用來作血緣檢定。

「身為集團總裁的家族秘書，安排一家人接受身體檢查並不困難，只要抽丁點血液，藉老闆之名要旗下醫院私下做一兩個檢測亦很容易。」

駱督察深深覺得，這老傢伙一點都不簡單，跟阮文彬有得拚。

「為什麼你沒對付阮文彬的二子俞永義？」

「誰說我沒有？」

駱督察訝異地瞪著對方。

「你以為一直讓他以為自己殺害兄長的人是誰？」棠叔平淡地說，不過駱督察聽得出他在忍耐笑意。

駱督察明白他的言下之意。昨天俞永義說過，那個惡作劇的罐子是棠叔給他的，搞不好當時棠叔慫恿對方把罐子放在兄長的車子裡，在意外發生後，再提出「少爺請放心，我不會把你放罐子進去的事告訴他人」，影響小孩的判斷。要操縱一個九歲小鬼的想法，對這個老奸巨猾來說，易如反掌。

「那麼俞永廉……」

「我一直沒告訴他我是他的真正父親，只是默默地關心他，他自小就不喜歡阮文彬，這一點倒跟我相似。即使我沒有對他說明『真相』，在潛移默化之下，他跟我的理念相同，同樣對阮文彬深感痛恨。在芊柔去世後，他無意間看到『不知道誰遺下』的兩份DNA報告，就成為了『壓垮駱駝的最後一根禾草』，我只能『無奈地』將阮文彬如何侵犯、欺騙他至愛的母親的往事告訴他。」

駱督察猜測對方說的「兩份報告」，一份是指阮文彬和俞永禮的DNA血緣報告，而另一份，是棠叔跟俞永廉的。

「所以，俞永廉被母親死去一百日的拜祭刺激，晚上特意向阮文彬對質，質問他是否曾強暴母親，在衝動下以花瓶打昏對方，然後掙扎著是否幹掉這個仇人……在第二次敲昏阮文彬後，他便立定決心擔當劊子手，之後便是昨天推理出來的過程……」駱督察喃喃自語。「為了代替母親報仇，他用上這種方法殺人……俞永廉沒有說出自己的身世吧？對，他不會說出母親紅杏出牆的事，因為他敬愛母親，就算面對仇人，也不願意損害母親的名譽。所以阮文彬寧死也不讓對方的罪行曝光，他只以為是兒子為了替母親復仇而殺害自己……他在臨死前更特意重溫舊照片，為自己曾對俞芊柔所做的事懺悔……」

「不對！」棠叔突然大嚷，「那傢伙才不會懺悔！他只是懷念那個墜崖死去的雜種，在死前仍沉迷於風光的過去吧！那人渣還留著四十年前做假帳偷公款收買流氓的帳冊，我肯定他不是為了隱瞞罪證而收起它——對他來說那是獎盃！是他踏上成功之路的紀念品！」

「怎說都好，俞永廉就在你沒有唆使的情況下，獨力完成這齣殺人戲劇。」

「假設上，就是這樣子了。」

「你害你的兒子入獄，你能安心嗎？」駱督察問。

「我有什麼兒子？」

「不就是俞永廉……」駱督察有點錯愕。

「我就說是假設嘛！我哪有什麼兒子！」棠叔露出狡詐的笑容。「警方可以檢驗我跟俞永廉的ＤＮＡ，肯定會得到『我們沒有任何血緣關係』的結果。依著剛才的假設，最徹底的報仇，當然是『讓仇人的兒子親手殺害對方』吧？」

駱督察瞠目結舌，沒料到有此一著。

棠叔從容地繼續說：「首先是趁著幼子出生時，害死長子，令那個父親精神恍惚，再製造謠言，讓他以為孩子命格不好，為家族帶來不幸，無意間疏遠孩子。這時候主謀用心照顧年幼的小孩，令他從另一個途徑感受到父愛。只要配合一份虛假的ＤＮＡ檢查報告，這二十年的佈局就大功告成。由於主謀跟這孩子沒有血緣關係，即使孩子忍不住說出真相，仍無法證實這個虛構的故事，加上主謀根本沒有參與命案，那個說法只會落得無人相信收場。當然，我認為這孩子會堅守信念，不會說出半句對『生父』不利的話，會用什麼『父親強逼孩子就業』作藉口來解釋自己的殺人動機，獨力承擔罪名。」

所以他才可以侃侃而談——駱督察明白棠叔那份自信從何而來。確實，依照剛才對方所說的一連串「假設」亦無法治他的罪。所有物證都已經消失，餘下的人證，都無法令他入罪。只要他堅決不認，俞永廉的說法只會被當成片面之詞。

而棠叔把這一切說出來，就是為了完成這齣報仇劇的最後一步——讓駱督察成為這場演出的觀眾。

駱督察感到心寒——如果今天不阻止這精於計算的惡魔，到底還有多少人受害？阮文彬也許死有餘辜，但俞家三子並沒有錯。即使控方可能放棄以謀殺提告，俞永廉亦很可能被判誤殺——跡象顯示阮文彬死前放棄求救——而俞永義肩負了不實的罪咎二十年，更別提俞永禮因「意外」死亡，他們的人生都被這惡徒剝奪。

車子轉進總部大樓的大閘。

「駱督察，很高興跟你談天，不過我想，即使你把我拘留四十八小時，仍無法找到罪證。阮文彬的死，跟我完全沒有關係。」

「不用四十八個鐘頭，我想你明天前就會提堂，正式被起訴。」

「呵，怎可能？我就說剛才的是假設，是戲言，你不會找到我跟阮文彬命案的半點……」

「什麼阮文彬？我拘捕你是因為你涉嫌昨晚在和仁醫院殺害退休高級警司關振鐸。」

棠叔當場呆住。

「怎……你……你沒有證據。」棠叔沒有反問駱督察「關警官死了？」，也沒有反駁這指控，只是硬邦邦地吐出一句自辯的話。

「我有。」駱督察掏出手機，打開畫面。棠叔一看幾乎昏倒，畫面裡是關振鐸的病房，有一個男人正躡手躡腳，更換點滴的藥包。

畫面中的男人正是棠叔。

「沒可能……昨天……你們明明已收起攝影機……我也沒有發覺……」棠叔陷入慌亂。

駱督察無視棠叔的反應，說：「我不管阮文彬的案件如何，可是你謀殺關振鐸的證據確鑿。

我們已在藥包找到高劑量嗎啡的證據，就連你丟棄的手套、藥瓶等等，亦一一尋回。今天法醫會替死者解剖，加上這段影片，你法網難逃。」

「不對，這應該是萬無一失的……那是末期肝癌病人，醫生不會檢查末期癌症病人的死因……啊！」棠叔大叫一聲，吼道：「是你！你特意設計讓我踏進陷阱！那一切都是有預謀的！你……」

阿聲打開車門，和幾個警員揪住棠叔。他仍不住大吼，駱督察說：「先鎖他進拘留室，我晚點再處置他。」

目睹阿聲抓著掙扎中的棠叔遠去，駱督察坐在車廂裡，良久沒有離開。

「師傅，這次我幹得不錯吧？」駱督察自言自語道。

早在上星期，駱督察調查魚槍的細節時，已發現當中的矛盾。一百一十五公分的魚槍，不會用來發射一百一十五公分的魚鏢。鑑證科很快就找到真正的兇器，並且在上面找到犯人的ＤＮＡ證據。按照一般程序，駱督察只需傳召俞家各人提供ＤＮＡ樣本，核對一下，就可以鎖定嫌犯，但他感到一絲不對勁。

那個古怪的兇案現場令他感到不對勁。

後頭部的兩處挫傷、半吊子的殺人方式、死者臨死沒有求救只找相冊來看……很不對勁。

於是，他模仿師傅關振鐸，採用一些不合常規的調查手法。

他先傳召五位嫌犯，讓他們到警署作供。一方面套話，另一方面暗中套取ＤＮＡ。駱督察準備了飲品讓嫌犯們在筆錄時喝，然後小心翼翼地把杯子包好，送到鑑證科。

從ＤＮＡ核對中，他知道兇器上的血跡是俞永廉的。

知道犯人的身分，卻讓案情更撲朔迷離。在行兇過程、動機和死者的反應上，都無法找到完整合理的解釋。駱督察憑著直覺，推測犯人背後有主謀，或是唆使他犯案的人。

而棠叔強調「俞永廉不是犯人」的說法，更讓他深信自己的直覺無誤。

——那個老傢伙是個一流的賭徒。

跟隨關振鐸探案多年，駱督察見過不少精明的對手，漸漸能從舉手投足之間嗅出那股不一樣的氣味。棠叔就給他那種感覺。縱使沒有任何證據，駱督察直覺這個老頭才是案件的核心人物。

問題是，在官僚制度之下「直覺」並不是上級會接納的理據。

阮文彬是商界巨頭，在政壇與商界有著千絲萬縷關係的今天，阮文彬命案就不是單純的刑事案件，而是涉及政府、警方、商界與社會輿論的複雜事件。

——「駱sir，你和你的夥計已經煩了我們好幾天，我看警方是破不了案，才特意弄些門面工夫，好向上級交代吧？」

俞永廉的譏諷，正好道出部分事實。駱督察收到總區指揮官的指示，說必須盡快破案，平息輿論，以防警隊予人「無能」的形象。

由於駱督察憑直覺作出「王冠棠是俞永廉生父」的猜測，他擔心俞永廉一旦把罪名全攬到自己身上，上級便就此罷手，認為只要犯人認罪，就沒必要繼續調查。

「多一事不如少一事」——今天的政府官員和警方高層，都只求交差領功而已。他們對真相毫無興趣。

但對駱督察來說，令真兇伏法才是警察的使命。他不容許犯下惡行的歹徒逍遙法外——他真正效忠的，是香港市民。

在進退兩難之際，他想起再次陷入昏迷的恩師。

「小明……讓我死吧……」這是數次昏迷轉醒後，病重的關振鐸對徒弟的請求。時間是阮文彬命案發生前數天。

「師傅，別胡說……一代神探不能向死神屈服啊。」駱小明緊握著關振鐸的手，說道。

「不、不是屈服……」關振鐸喘著氣，用力地把字句吐出。「我不想再苟延殘喘……用機器和藥物延續我的命，又有什麼意義呢……我的腦、腦袋已變得一塌糊塗了……身體也好痛……我想……已經完成這輩子的任務……是時候走了……」

「師傅……」

「可、可是，小明……生命很寶貴……不容浪費……小明……我的命就交給你……你給我好好地用……」

「師傅，你在胡說什麼？」

「我餘下的命給你……就像我以前做過的……不要拘泥於手段……別讓我白白死去……」

駱小明心頭一緊，他明白了師傅的意思。他雖然不是循規蹈矩的刑警，但關振鐸的「遺願」，令他難以回應。

在師傅的臉上，駱小明已看不到昔日「破案機器」的風采。關振鐸退休後當了警方顧問十年，真正退下火線，不過是五年前的事。但這五年來，關振鐸的健康日差，驗出癌症後更急遽衰老。駱小明甚至懷疑，師傅是因為卸下責任身體才會變壞。

「小明……」

「……我明白了。」良久，駱小明道。他擠出一個苦笑，再說：「不愧是『度叔』。」

「哈……這樣子我可以早點跟老妻碰面了……她一定等我等得很不耐煩吧……小明……你要保重……別忘了警察的使命……」

剎那間，駱小明彷彿在師傅渙散的眼眸裡看到一絲往日的神采。

翌日，關振鐸再次因為血氨濃度過高，陷入昏迷。醫生向駱督察說，從器官衰竭的程度來看，這次關振鐸恐怕不會甦醒，癌細胞已經擴散。

就在駱督察苦思如何執行恩師的遺言時，他遇上俞家的案件。駱督察愈查下去，就愈發覺無法用正常手段揪出真相。他已經沒有籌碼了，而底牌更是毫無勝算的弱牌。

就像命中注定，關振鐸成為這場賭局中最適用的底牌。

明明處於被動，駱督察卻佈下一個主動出擊的陷阱——以師傅的性命來試探犯人。如果犯人上鉤，一切就如師傅所願。

結果，老警官真的連自己的命也「毫不浪費」地用上了。

腦波儀器是真的，就是因為是真的才會令嫌犯們相信昏迷中的偵探能解決事件。但正如蔡婷所說，沒有人能夠把精神狀態操作得如此自由。關振鐸的所有回應，其實都是駱督察自導自演。他委託曾被關振鐸幫助過的蘋果製作儀器，在地上放了兩個踏板，只要駱督察左腳一踩，指標就會移到ＹＥＳ，踏右腳的話，就會跳到ＮＯ。因為有病床阻隔，除了蘋果和阿聲外，沒有人看到他的腿部有所動作。

因為駱督察臨時要求蘋果加入突然彈出的錯誤視窗，讓她不得不在現場改寫程式，還好趕得上，儀器方面亦一切順利。她沒想過駱督察一人演得如此生動，自問自答，令一眾嫌犯完全投入，深信關振鐸是個即使昏迷了仍能破案的天才偵探。駱督察直覺上覺得棠叔最有可能是控制俞永廉的幕後黑手，所以他特意要他試戴腦波儀器，令他深信「昏迷中的人亦能發出指令」一事。

駱督察在事前已掌握了大量環境證據，推論出犯人作案的過程，他只是裝作無知，借「師傅」去點出種種破綻，令真兇認為躺在床上的病人洞悉一切真相。關振鐸曾教過他，誤導對手是很有效的招數，就像玩弄他人心理的靈媒騙子，以模稜兩可的話令對方誤信自己有通靈能力。駱督察對俞芊柔、俞永禮的往事幾近一無所知，他只在調查中察覺俞家眾人對死去的俞永禮有點避諱，也發現俞永禮的出生年月跟死者結婚日期相距太短，加上作為俞家中心的俞芊柔不久前病逝，懷疑俞家有些家族秘密，於是特意在「表演」中每次快要揭露兇手時吊眾人胃口，故弄玄虛，改談這兩位已然去世的家族成員，引出外人不可能知悉的家族秘聞，用來神化「昏迷神探」的形象，再謊稱師傅憑現場供詞推理出這些事實，讓真兇誤判「底牌」。駱督察也知道，什麼「從未婚懷孕推斷到父親是第三者」不過是詭辯，只是在那個氣氛之中，任何人也不能客觀冷靜地提出質疑。

因為「關振鐸」表現神勇，令棠叔懷疑自己多年的佈局有所缺失，而逮捕俞永廉後的「系統錯誤」就是駱督察撒下的最後誘餌。

——到底神探最後想說的是什麼？是要指出自己沒留意的破綻嗎？

這樣的疑惑在棠叔心底發酵、變大。駱督察特意讓眾人知道他跟蘋果會在翌日再訪醫院，暗中在真兇心裡加了一道時限。駱督察知道，時間不足會讓人的判斷力變差，就算再精明的罪犯亦有可能作出愚蠢的決定。

結果，棠叔為求保險的行動反而為自己的脖子套上絞索。

俞芊柔患的是胰臟癌，一直默默地愛著她的棠叔跟俞永廉每天都到醫院探望她，棠叔對醫院的運作非常清楚。藥品放哪兒、探病時段幾點結束、如何替病人注射嗎啡……他都瞭如指掌。他知道嗎啡對人體的影響，亦因此想到利用這手法殺害關振鐸。過量嗎啡會抑制呼吸系統，令病人窒息致死，而癌症病人因此去世並不罕見，亦沒有醫院會對這類「死於自然」的病患進行驗屍。基本上，這殺人手法幾近萬無一失——如果沒有人事先預料到的話。

棠叔沒看錯，房間裡的確沒有攝影機，可是他不知道，蘋果放在病房中的兩台電腦都設置了改裝成夜視模式的視像鏡頭，把一切情況透過網路傳送到她和駱督察的眼前。他們一整晚在醫院附近的停車場中監視，留意著房間裡的情況。就在看到棠叔下手的一瞬間，駱督察感到一陣心酸，卻又為師傅不用繼續受苦而欣慰。

腦波儀器的功能沒有作假，俞家的人也會證明昏迷中的關振鐸「協助破案」，駱督察只要在法庭上堅稱蘋果忘記關掉留在病房的電腦的視像功能，就叫棠叔毫無辯駁之地，人證物證俱在。至於棠叔會否承認在阮文彬命案中的責任，駱督察決定不管了——「那些細節，留待檢察官處理吧。」

「咯咯。」車窗傳來兩下輕敲，駱督察抬頭一看，只見阿聲獨自站在車外。

「組長……請你節哀順變。」阿聲打開車門，探頭說道。

「阿聲，如果他日我病重昏迷了的話……」

阿聲凝視著駱督察雙眼，堅決地點點頭。

駱督察苦笑一下。他知道這種辦案手法是踏進了灰色地帶，即使不會被抓住把柄，這方法其實和棠叔那種「不會被逮住」的犯案手法沒分別。毫無疑問，這是違背原則的旁門左道，但駱督察謹記著師傅的一句話。

——你要記得，警察的真正任務是保護市民。如果制度令無辜的市民受害、令公義無法彰顯，那麼，我們就有充分的理由去反抗那些僵化的制度。

警員加入警隊時，會進行宣誓儀式，誓詞因為警隊改制、香港主權移交等等曾作出修改，但總是以相同或近似的字眼作結——「毫不懷疑，絕對服從上級的合法命令」。關振鐸的宗旨明顯違背了這神聖的誓言，但駱督察明白師傅的苦衷。

為了讓其他人安穩地活在白色的世界，關振鐸一直遊走在黑色和白色的邊緣。駱督察知道，就算警隊變得迂腐、官僚、跟權貴私相授受、把執行政治任務當成優先職責，師傅仍會堅守信念，用盡一切力量，去維持他所認同的公義。警察的使命是揭露真相、逮捕犯人，保護無辜者，但當制度無法使壞人繩之於法、當真相被掩埋、當無辜者求助無門，關振鐸就願意捨身跳進灰黑色的泥沼中，以其人之道還治其人之身。

或許手法是黑色的，但目的是白色的。

讓正義彰顯於黑與白之間——這就是駱小明繼承自關振鐸的使命。

二

囚徒道義

「唉，師傅，我想我真的不行了……」

「放心哪小明，這次行動重案組只是協助，黑鍋輪不到你揹。」

「可是，這是我首次領軍的任務啊……你也知道我的紀錄有多難看，難得當上分隊指揮官，卻摔了個狗吃屎……唉，看來我真的不適合當頭兒吧。」

「這次真的是小事一樁啦，如果這種小失誤你也克服不了，才真的不適合當指揮官。」

「這個……」

在旺角麥花臣球場的看台上，駱小明一邊灌著啤酒，一邊向著師傅關振鐸大吐苦水。時間是晚上十點多，在人潮如鯽的旺角區，麥花臣球場算是個難得的清靜地——在探射燈照射下的無人球場旁邊，觀眾席上只有小貓三四隻，畢竟在這種寒冷天氣下，大部分人都寧願躲在室內，不想在球場喝冷冽的西北風。換作夏天的話，麥花臣球場會聚滿三五成群、吵吵嚷嚷的年輕人，或是拍拖談心的情侶，甚至有躺在長凳上假寐乘涼的流浪漢。

關振鐸和駱小明兩師徒，反而時常在寒冬中喝著冰凍的啤酒，在空曠的球場觀眾席碰面。一來他們不怕談到一些工作上較敏感的情報時被旁人聽到，二來關振鐸經常說，在酒吧喝酒太不划算，反正他們不過是要把酒聊天，到便利商店或是超級市場買幾罐特價啤酒，在球場喝跟在酒吧喝其實沒有分別——「酒吧喝一杯的價錢，可以換成在超市買三罐，我為什麼要這麼笨讓人家賺？要吃花生的話，去買一包也不過是十元八塊吧？」每次駱小明邀請關振鐸上酒吧，師傅都會如此回答。

這一晚，駱小明就找師傅出來，向他訴說自己的倒楣事。駱小明的二〇〇二年過得很順遂，事業家庭兩得意，結婚兩年的妻子向他報喜，說他快要做爸爸了，而同一時間他收到通知，他在年末從見習督察晉升至督察，調任西九龍油尖區重案組第二隊指揮官。

駱小明十七歲從警察學校畢業後，已經在警隊度過了十七個寒暑，雖然他的頭腦不錯，做事也相當積極，可是運氣不好，老是遇上背運事，加上他不合群的個性，害他的個人檔案中添上一筆筆負評。在香港警隊，升級除了要通過考試外，更要看紀錄夠不夠「乾淨」，如果處事不夠圓滑便升職無望。所以，小明在一九九九年知道獲得提拔當見習督察時可說是欣喜若狂，而他更沒想過紀錄累累的自己能在三年後擔任分區重案組分隊的頭頭。

可是，他同樣沒想過，擔任隊長後第一次「出征」，便以失敗告終。他沒料到二〇〇三年會以如此糟糕的方式開始。

二〇〇三年一月五號星期日凌晨，油尖警區採取代號為「山蛙」的大規模緝毒行動，同一時間搜查區內十多間卡拉ＯＫ、的士高和酒吧，目的是打擊油麻地和尖沙咀區內的販毒活動。行動由西九龍總區刑事部主導，配合俗稱「反黑組」的總區反三合會行動組、特別職務隊⓫及各分區重案組，出動超過二百名警員。一般來說，這種部署多時、大幅動員的掃毒行動都會取得成果，能有效遏制黑幫和毒販，令犯罪分子收斂好幾個月，但這次「山蛙行動」可說是異常失敗。

整個行動，警方只搜獲不足一百克俗稱「Ｋ仔」的氯胺酮、數十克安非他命，以及小量大麻。雖然拘捕了十五人，但最後決定起訴的就只有九人。套用商業社會的說法，警方這次投入的「成本」大大超過「回報」，換言之是一盤「虧本生意」。

⓫特別職務隊：專門打擊某類型罪案的小組，例如毒品、賣淫、非法賭博等等。在總區和分區均有設立，前者簡稱RSDS（Regional Special Duty Squad），資源和人手較充裕，後者稱SDS（Special Duty Squad），針對的案件與行動規模較小。

一如「虧本生意」，事後自然有人追究責任。因為不是空手而回，對行動底蘊不清楚的記者倒沒有諸多留難，但駱小明在警方內部的檢討會議上，被那股肅殺的氣氛弄得提心吊膽。

「我認為，只搜獲如此小量的毒品，是情報組提供的情報有誤。」首先發難的是總區特別職務隊指揮官歐陽督察。

「我肯定情報無誤，天曉得是不是RSDS裡有人洩漏情報，打草驚蛇了。」西九龍總區情報組[12]組長馬督察氣定神閒地反駁。

「你這是暗示我組內有內鬼嗎？我完全信任我的手下！」歐陽督察對馬督察怒目而視。

「歐陽、阿馬，你們先別動氣，」主持會議的西九龍總區助理指揮官劉禮舜高級警司說：「互相指責無濟於事，我們先看看部署有沒有漏洞吧。」

劉警司執掌西九龍總區刑事部，是會議中最高級警官，也是歐陽督察和馬督察的上司，他如此一說，兩名下屬只好暫時噤聲。駱小明正要為形勢緩和鬆一口氣，沒想到接下來他要面對更難纏的麻煩。

「先從尖東寶勒巷的酒吧『Lion's Pub』開始吧，」劉警司說：「情報組指洪義聯的拆家[13]『肥龍』在該處活動，當天狗仔[14]曾目擊他進入大廈，但我們突擊搜查時他卻不在場。負責Lion's Pub的是油尖區重案組Team 2，駱督察，可以說明一下嗎？」

會議室中十多人直視著駱小明，那些如針刺的目光，令他幾乎無法開口。他結結巴巴地報告當天的部署，指肥龍可能早一步從頂樓逃走，再解釋現場的環境。駱小明很想說明，行動期間他已確保酒吧所有出口有警員看守，但如果肥龍是在行動開始前聞風先遁，就不是他和部下的責任——可是，他知道這樣說等於把矛頭指向情報組，而情報組的馬督察的階級是總督察，貿然說出來，就是以下犯上。

然而，他沒把矛頭指向他人，他人就把矛頭指向他了。

——「為什麼沒有先派人到頂樓看守？」

——「如果嫌犯從頂樓逃走，只要連同旁邊兩棟大廈的出口也守住，就沒有問題嘛。」

——「會不會是肥龍大模大樣從正門離開，你的部下大意錯過了？」

他們想要的是代罪羔羊吧——駱小明心想。

「師傅，我已依足計畫部署，肯定滴水不漏，肥龍反常地沒留在酒吧，這可不是我能控制的啊？」在球場的看台上，駱小明再啜一大口啤酒，借著醉意發起牢騷。

「沒關係吧，那天沒逮住的又不只肥龍一個，整個行動只抓到幾尾小魚，小劉不會特別怪罪於你。」關振鐸也喝了一口啤酒。劉警司是關振鐸後輩，年輕時做過關振鐸部下，二人也曾同在總部刑事情報科共事——劉警司擔任負責監聽嫌犯和收買線民的A組組長時，關振鐸正執掌負責分析情報的B組。

「不過……」

「不要『不過』了，」關振鐸摸了摸下巴上短短的灰色髭鬚，笑著說：「你也知道，肥龍才不是刑事部的目標吧？他們想抓的，是那尾『深海大龍躉⑮』啊。」

駱小明當然知道師傅指的是誰——肥龍是香港黑道組織「洪義聯」的中層分子，而在他之上

⑫總區情報組：Regional Intelligence Unit，跟總部刑事情報科（CIB）職能類似，但隸屬各陸上總區刑事部，負責該區域的蒐集情報工作。

⑬拆家：毒品分銷商、中盤商的俗稱。

⑭狗仔：情報組盯梢小隊的俗稱，跟記者的「狗仔隊」同義。

⑮龍躉：鞍帶石斑魚的俗稱，是石斑魚之中體型最大的品種。

的「大魚」，就是洪義聯的油尖區首腦左漢強。左漢強現年四十九歲，在洪義聯是重量級人物，警方相信他涉及多項犯罪活動；可是，他也是最令警方束手無策的傢伙，原因是他並不像那些作風低調的黑道老大，反而以企業家的身分在上流社會交朋結友，在政商界人脈頗廣。

上世紀八〇年代初，左漢強趁著香港經濟起飛，收購多間酒吧和的士高，以正當生意掩飾不法勾當，並利用它們作為洗黑錢的通路。他旗下的娛樂場所愈開愈高級，吸引不少歌手藝人、唱片監製光顧，他漸漸發覺，演藝界是條捷徑，能賦予他一直渴求的社會身分。一九九一年左右，他創辦星夜娛樂公司，從事經紀人業務，至今旗下有數十位歌手和模特兒，近年他更染指電影圈，跟中國大陸的片商合作，有在不同範疇大展拳腳之勢。

「左漢強才不會這麼容易被抓到辮子吧？」駱小明嘆一口氣，說：「他有一群為他賣命的手下，就算被嚴刑逼供，也不會吐出半句對老闆不利的證詞。」

左漢強恩威並施，把親信們治得貼貼服服。那群手下都知道，如果出賣老闆，即使躲到天涯海角也可能惹上殺身之禍，相反乖乖地為老闆扛下罪狀，出獄後生活無虞，服刑期間家人更會有所照顧。所以，長久以來，反黑組和特別職務隊都把起訴左漢強視為不可能的任務，只能盡量打擊他的「地下生意」，遏止他的勢力擴張。在油尖區，洪義聯是勢力最大的黑道，左漢強掌握了的士高和酒吧等娛樂場所的八成毒品市場。餘下的兩成，由另一個黑道組織「興忠禾」控制，不過興忠禾的「市佔率」日漸下降，警方預計，半年後他們會被洪義聯侵吞多一成的毒品生意。

興忠禾其實是洪義聯分拆出來的組織。五年前，洪義聯雄霸九龍，但在前任油尖區老大意外去世後，高級幹部之間為了爭地盤而水火不容。理論上，繼任人該是剛去世的老大的左右手、人稱「樂爺」的任德樂，沒想到擅長耍手段的左漢強暗中籠絡了其他分區的老大，令樂爺失勢。雖然當時樂爺已經六十歲，但在洪義聯中仍有不少支持者，組織內更有一些「反左」的派系，於是樂爺決定另起爐灶，舉旗建立新組織興忠禾。任德樂跟左漢強最大的不同之處，就是他仍有老一輩黑道的道義，如果左漢強沒有暗中奪權，堂堂正正地反對他繼任老大，他會忍下去繼續待在洪義聯甘心當第二號人物，而左漢強以卑鄙手段成為老大，他也以防內鬨為由，帶著異見者脫離組織，沒有來場火併，鬥過你死我活。

不過，對豺狼仁慈就是對自己殘忍。

興忠禾成立初時，左漢強表示尊重，又冠冕堂皇地說「興忠禾從洪義聯分出去，也算是一家人，部分生意讓樂爺繼續做，更是雙得益彰」；結果一年後，左漢強就千方百計，一點一滴地吞食興忠禾的據點，短短五年間，雙方勢力便從原來的五五對立變成八二之比。

警方相信，任德樂在洪義聯擔當重要角色多年，他掌握了大量情報，只要興忠禾勢力消滅，眼看組織要被吞併，就會逼虎跳牆，反咬左漢強一口。反黑組知道樂爺這種老黑道不屑利用警方打擊敵人，但可以期待他利用黑道的人脈牽制左漢強。左漢強在油尖區獨大，有足夠財力招兵買馬，就能威脅其他老大的地盤——樂爺實力雖弱，但憑著深厚的江湖資歷，他在黑道還有一定影響力，只要他向其他老大求援，左漢強就有所忌憚。

可是警方誤判了，他們忽視了歲月對一個人的影響。

任德樂漸漸對江湖事厭倦。畢竟他已經是個六十五歲的老人，幾年間，鬥志都磨光了。興忠禾的成員日漸減少，轉投洪義聯的、金盤洗手的大不乏人，而樂爺似是默許手下離開組織。今天任德樂手下只餘下追隨多年的幹部，以及一些對老大忠心耿耿、不齒左漢強行徑驕橫跋扈的小弟。

油尖區洪義聯前任老大當「坐館」[16]時，警方仍能有效管治該區，但左漢強上場後，警方頭痛得不得了。左漢強城府很深，出席電影首映禮、演藝圈活動、慈善籌款晚宴時都笑容滿臉，一副正人君子的模樣，但暗中耍的手段卑劣霸道。娛樂圈有過不少傳聞，像某新晉導演在電影中嘲諷醜化左漢強力捧的女模特兒，結果該導演在夜店中被不明人物掌摑教訓，及後向左漢強斟茶道歉才平息風波。警方調查後，曾拘捕掌摑導演的犯人，但他們都一口咬定自己不認識左漢強，獨自扛下刑責。女明星被禁錮、電台名嘴被恐嚇等傳聞時有聞之，當然案件都不會連結到左漢強身上——曾有雜誌專題報導，指左漢強乃幕後主使人，左漢強反而以誹謗罪控告雜誌，最後雜誌要刊登道歉聲明，並且賠償一大筆款項。

然而，這些浮出表面的只是冰山一角而已。警方和黑道所認識的左漢強，比一般人所看到的，心狠手辣十倍。

左漢強當上老大後，警方發現不少線民意外喪生，有的是車禍，有的是失蹤，更有不少是因為吸毒過量而猝死。不少線民是癮君子，氯胺酮、可卡因、海洛因、冰毒等等都是他們的必需品，為了有足夠的金錢購買，於是當上「邊緣人」，向警方提供情報；可是這些線民在左漢強掌權後，都不約而同地「意外使用毒品過量」致死。情報科深信這裡面大有文章，但苦無證據，無法展開調查。

換句話說，左漢強是警方眼中的一根刺，而警方只能以治標不治本的方法去對付。

可是，駱小明沒料到連「山蛙行動」這個「治標」的方法也失敗了。

「師傅，這個世界該是邪不能勝正吧？像左漢強這種披著正當商人外皮的人渣，總有一天會露出馬腳，被送上法庭吧？」駱小明把手中的啤酒乾了後，說道。

「依我看，這種城府如此深的傢伙，很難被人抓住把柄。」關振鐸平淡地說：「他不會笨得留下明顯的犯罪證據，就算有，他也會打點手下，或利用手段封住證人的嘴巴。沒有人願意冒險得罪惡名昭彰的左老闆站上證人台，左漢強當上黑道頭目，只能說是社會的不幸。」

「但我們身為執法人員，明知對方涉及多宗案件，為什麼不乾脆抓他回來盤問？就算無法治他的罪，至少可以威嚇他一下，讓他知道警方不會對他客氣……」

「明知徒勞無功，隨便抓左漢強回來，又有何用？而且在缺乏罪證之下，惹上左漢強這種傢伙，只會落得被警監會⑰盯上的下場，然後讓自己的個人檔案添上一筆筆難看的紀錄。左漢強擅長利用法律作擋箭牌，沒有夥計會笨得押上自己的前途，去賭一局沒有勝算的牌局。」

「連師傅都這樣說，我們無法對付他嗎？唉……什麼鬼『山蛭行動』，現在真的打草驚蛇了，或許左漢強早知道我們想對付他，但現在更知道我們無力對付他。這一局，輸得太難看，連以後的底牌也被對手看穿，我真的不知道將來怎辦。」

駱小明沒想過，調職油尖區重案組會是這樣的一個燙手山芋。特別職務隊無法找到左漢強販毒的證據，反黑組手上的情報都沒能指證左漢強，重案組則只能調查那些吸毒過量致死的線民和被不明人物掌摑的藝人。除非左漢強的親信或熟悉洪義聯內部運作的幹部願意作證，否則，左漢強定能繼續隻手遮天，當油尖區的地下皇帝。

「不要心急，你剛當上小隊指揮官，慢慢學習慢慢適應就好。別讓手下看出你的困惑，連頭兒都失去信心的話，部下就會無所適從。」關振鐸拍了拍徒弟的肩膀，「而且釣大魚要有耐性，現在看不到上鉤的可能，就只好靜心等待，留意水面的變化，抓緊一瞬即逝的機會……」

「有這種機會就好了。」駱小明苦笑了一下。「對了師傅，別老是談我，你最近的工作如何？」

⑯坐館：香港黑社會用語，指組織的領導者。
⑰警監會：投訴警方獨立監察委員會的簡稱，是負責監察和覆檢警方投訴及內部調查科的獨立政府機構。二〇〇九年改名「獨立監察警方處理投訴委員會」，簡稱「監警會」。

「還不是差不多，就是在總部CIB、O記⑱、毒品調查科等等幫忙。」關振鐸在九七年退休後，以特殊顧問身分效力警隊，名義上隸屬情報科，但哪一個部門或分區有需要，他就跑到哪兒。雖然理論上警隊不會跟五十五歲以上的人員續約，可是關振鐸的分析力和破案能力仍舊超卓，上級希望他以這種身分繼續協助。

「總部的毒品調查科也有找你嗎師傅？有沒有什麼情報可以給我？」當出現跨區或涉及境外的嚴重案件，或是地區警署無法有效地進行偵查時，總部的部門就會插手。駱小明知道，自己跟總部之間還隔了一個西九龍總區和油尖分區，如果沒有師傅這條「內線」，他根本無法想像總部那些「高層人物」在幹什麼。事實上，就連他在總部情報科當小卒的三年間，他也只是跟隨指示行動，了解的不過是任務的冰山一角。

「小明，你知道老規矩，除非我判斷對調查有幫助，我不能透露其他部門的情報嘛。」關振鐸摘下頭上那頂邊緣已磨破、帽舌右方繡有一個小小灰色標靶圖案的黑色棒球帽，用手梳弄一下略帶灰白的頭髮，笑道：「你也不想我把你的牢騷告訴小劉吧？」

駱小明尷尬地笑了一下。劉警司是西九龍總區刑事部主管，是駱小明的上司的上司，有什麼風吹草動，他就吃不完兜著走。

「哎，還是回去吧。」關振鐸站直身子，左手握拳捶了後腰兩下。「我太晚回家，你師母又會囉囉唆唆地在唸了——雖然她發覺我關節痛還喝酒，也一樣會唸吧。小明，別想太多，時機總會來臨的。」

「嗯。」駱小明無奈地點點頭。從去年開始，他察覺師傅真的老了。除了頭髮變得灰白外，他以前從沒聽過師傅埋怨身體有毛病。駱小明知道，警員比一般人早退休，其中一個原因是在職時承受的壓力異於常人——無論在精神上還是肉體上。經常面對生死、無時無刻把身體鍛鍊得像精鋼一樣，這樣的生活對四、五十歲的人來說是種折磨。

關振鐸住在太子道西，從麥花臣球場步行十數分鐘就能回家，而駱小明住在港島，今天沒有駕車，要坐小巴⑲回去。

「遲些見囉。」關振鐸戴回帽子，拄著拐杖，緩步往亞皆老街的方向走去。

二人告別後，駱小明往彌敦道走去，在山東街附近走上一輛停在路旁、標示著往港島筲箕灣的小巴。車上只有三名乘客，司機在駕駛席上看著雜誌，等候十六個座位全滿才開車。車上的擴音器播放著電台的音樂，混雜著ＤＪ們的閒談和訕笑。

駱小明透過車窗，望向街上。

旺角的夜晚，一如往常璀璨。色彩繽紛的霓虹燈、五光十色的櫥窗、摩肩接踵的行人，宛如一座不夜城。這繁華的面貌，就像是香港的縮影，靠經濟和消費支撐著這城市的生命，而這些支柱，卻不如一般人所想般堅固。近幾年失業率上升、經濟放緩、政府施政失當，幾乎戳穿這張名為蓬勃的包裝紙。旺角就像一副不會停止運作的引擎，白天的燃料是金錢，黑夜的燃料也是金錢——當來自合法交易的「燃料」消滅，就容易讓不合法的趁虛而入。

左漢強吞掉油尖區所有據點後，就會染指旺角——駱小明心裡暗忖。旺角近年已成為一個勢力混亂的地區，左漢強大概會耍更狠毒的招數，打擊對手，搶下全部毒品市場……

「……我們先聽一首新曲吧！是唐穎Candy的新歌〈Baby Baby Baby〉，大碟將於本月三十號上市……」

⑱有組織罪案及三合會調查科（Organized Crime and Triad Bureau）的簡稱。

⑲小巴：小型公共巴士。

駱小明聽到這一句，不由得在心裡泛起一股嫌惡感。雖然擴音器傳來節奏輕快的樂曲，歌手的聲線也很甜美，但他只感到噁心。

他記得這個叫「唐穎」的女孩子，正是屬於左漢強的星夜娛樂公司的。

那歌聲就像閃亮的白色糖霜，覆蓋著下面那層黑色的、滿佈蛆蟲的腐肉。

2

「山蛭行動」後已過了一個多星期，駱小明寫好檢討報告，上呈給劉警司。正如關振鐸預言，檢討會後沒有任何內部處分，雖然駱小明自問無法在報告中好好解釋失敗原因，但至少他的小隊沒有被怪罪。在這段期間，駱小明沒有向部下露出半分氣餒的神色，更經常說「這次行動只是運氣不好，下次辦好一點就可以了」，隊中成員都對這位年輕的新隊長增添了幾分信任。

重案組主要是調查兇殺、嚴重傷人、綁架、性侵、持械行劫等案件，剿滅黑社會是反黑組的工作，調查販毒是特別職務隊的任務，所以左漢強和洪義聯等事情，駱小明就得先放下，專心處理手頭上的工作。重案組手上有一堆未完成調查的案子，還有不少文書工作，成員經常不得不加班處理，即使一些較輕微的案件由刑事偵緝隊負責，不會交給重案組，但在這個人口密集的都會中，刑警的工作總是沒完沒了。

「隊長，有沒有聽到那個傳聞？」在重案組辦公室內，駱小明的部下阿吉說道。時間是早上八點，駱小明剛回辦公室，阿吉看到隊長回來，就放下手上的報紙問道。

「什麼傳聞？」駱小明邊說邊走進自己的房間，放下公事包。

「楊文海昨晚在加連威老道一間的士高內被毆打。」阿吉站在門旁說。

「楊文海？誰？」駱小明努力地回想，可是他想不起手上哪一起案子中有這個名字。

「楊文海啊，那個最近冒起的電影明星啊。」

駱小明愣了愣，以啼笑皆非的表情瞧著阿吉，就像說「我又不是娛樂版記者，怎曉得楊文海是誰？」。

「隊長，你不認識楊文海不打緊，但這案子我們可能要接手。」阿吉說。

「唔，加連威老道在我們管轄的範圍內，受害者又是公眾人物，我們應該會接手……藝人被毆打，那些麻煩的娛記會問長問短吧？那些傢伙的問題都好沒水準……」

「不，隊長，楊文海沒有報警，而且那只是傳聞，是否事實我也不知道。」

駱小明再次瞧著阿吉，感到不解。

「只是傳聞？藝人醉酒鬧事又不是新鮮事，既然沒人報警，我們重案組也沒有出動的理由吧？」

「不是醉酒鬧事，是被人伏擊毆打。是黑道的手法喔。」

阿吉的這句話，讓駱小明了解對方提起的理由。

「左漢強？」駱小明問道。

「大概是。」阿吉嘛嘛嘴，說：「兩個禮拜前楊文海在廣東道的的士高『Jays Disco』的跨年夜私人派對遇上女歌星唐穎——十七歲的唐穎是左……」

「是左漢強的『星夜』旗下歌手，這個我知道。」

「嗯，楊文海在的士高裡遇上唐穎，好像說他當晚喝太多，借醉向女方飛擒大咬，毛手毛腳一輪，被女方推開後又罵了一堆『臭婊子』、『左老闆的爛玩具』之類，唐穎就匆忙離開。上星期的《八週刊》圖文並茂作獨家報導，不過內文摻了多少『水分』便不得而知。」《八週刊》是一本專門爆料的八卦雜誌，報導一向譁眾取寵，男女藝人同桌吃飯，也會被描繪成奸夫淫婦，加油添醋的工夫相當到家。

「所以唐穎『告枕頭狀』，之後左漢強差人教訓這小子嗎？」傳聞獨身的左漢強跟旗下女明星和女模特兒都有一腿，想獲得老闆力捧，就要先向他獻身。

「應該是了。」

「你說楊文海調戲唐穎是兩個禮拜前的事，為什麼左漢強隔這麼久才動手？」

「楊文海去了上海拍電影，前天才回港。」

「哦……」駱小明坐到座位上，雙手交疊胸前，問道：「楊文海傷得重嗎？」

「聽說不太重，不過一張俊臉多了幾道瘀青，身體也挨了幾下重拳。」

「沒去醫院？」

「沒有。」

「他沒報警，大概是心知肚明？」

「大概。」

「那我們也沒有什麼可以辦啊。」駱小明攤攤手，苦笑道：「楊文海又沒被打死，我們不能介入調查吧。即使社會輿論讓我們出手，按照往例，抓到的犯人也只是洪義聯的古惑仔⑳，他們會扛上一切，左漢強繼續裝出一副無辜者的樣子，甚至會威脅楊文海跟他吃頓飯，拍張『友好照』給娛樂雜誌刊登，詐作事不關己。」

「不，這次有一點不一樣，之後可能很麻煩。」阿吉皺了皺眉。

「為什麼？」

「這說法仍未證實，也是在楊文海被打傷後才傳出來的，但如果是真的話，事情似乎不會像以往那樣子平息……」阿吉頓了一頓，說：「楊文海是個私生子，他的親生老爸，姓任。」

駱小明怔住，直盯著阿吉，問：「任德樂『樂爺』？」

阿吉點點頭。

駱小明用右手敲著額頭，往後倚在椅背上。這的確麻煩大了——駱小明暗忖。任德樂跟左漢強早有嫌隙，如今兒子吃了對頭人的虧，搞不好會以行動還以顏色。

「興忠禾那邊有沒有動靜？」駱小明問。

「暫時沒有，不過我已跟情報組交代過，如有任何消息，第一時間通知我們。」阿吉搔搔臉頰，說：「『預防勝於治療』，可能的話，在雙方火併前制止，或在他們起衝突的一刻拘捕所有人，會是最好的做法。」

駱小明點點頭。阿吉在油尖區重案組待了多年，經驗豐富，辦事周到，駱小明心想有這樣一位部下，算是接此燙手山芋的一點安慰。

「其實，」阿吉若有所思地說：「以任德樂的個性，直接跟左漢強起衝突的機會很小。他近年似乎有淡出江湖之意，興忠禾的人馬也不斷流失，一旦動武，洪義聯應該會大勝。」

「但兒子被侮，這一口氣不會吞得下吧？」

「很難說，當年左漢強踢走任德樂，任德樂也寧可『顧全大局』，忍辱負重。」阿吉指了指駱小明房間裡佈告板上的任德樂的照片。「這老頭是老一輩的黑道，不像左漢強那麼激進。」

「就算樂爺忍得住，也難保他的手下私自代老大出頭。」駱小明用拇指指往任德樂照片下的幾個名字。

「這個也有可能。如果是的話，應該會比雙方直接在街頭毆鬥更難預防，只怕……」

⑳香港俗語，即黑道成員，通常指最低層的流氓。

「只怕有人跑去襲擊左漢強，然後累及無辜。」駱小明接過阿吉的話繼續說。

「對。」阿吉點點頭。「無論成功失敗，他們一旦在公眾場所動手，都會引起麻煩。左漢強有『娛樂公司老闆』的外衣，若公然遇襲，公眾只會覺得警方無能，黑社會氣焰更盛。」

「我待會正式知會情報組那邊。你先為這案子開一個檔案，另外通知瑪莉，你們兩人負責留意洪義聯和興忠禾兩邊有沒有異動，以及調查一下你之前說的傳聞的真確性。我希望這次能先發制人。」

「是，隊長。」阿吉立正，示意接受命令。

「不過，」阿吉正要轉身離去，忽然想起某事似的，向駱小明說：「搞不好先讓興忠禾的人出手，對我們更有利。反正我們無法對付左漢強，就讓黑吃黑，撿個現成便宜，或許更是皆大歡喜？」

「阿吉，雖然我恨不得把左漢強煎皮拆骨，但假黑道之手殺害黑道，我們就枉為警察了。更何況，萬一雙方在鬧市槍戰，害路過的小孩受傷，我想，我這輩子也不會原諒自己。」

「……對，隊長，你說得對。」阿吉再次立正，舉手向駱小明行禮，然後離開。

其實駱小明也想過阿吉的說法。讓黑吃黑，警方不費一兵一卒就盡享漁人之利，沒有比這個更理想了。只是讓黑社會的恩怨浮出社會表面，對警方來說，是得不償失的做法。

就算池塘底堆積了一大片汙泥，只要不隨便攪動，池水仍能保持清澈。要清理汙泥，就要小心，一點一點地挖走，如果翻動太多，令水變得混濁，只會破壞池塘本來的生態。

翌日，情報組傳來明確的情報，楊文海兩星期前在的士高調戲唐穎是事實，他被埋伏毆打也是事實。而最關鍵的一環──楊文海是任德樂的私生子──也被證實。

駱小明從阿吉手上得到較詳細的個人報告。楊文海今年二十二歲，是任德樂四十三歲時跟一位姓楊的夜店媽媽桑所生的孩子。楊文海由母親養大，很少跟生父見面，任德樂亦沒有利用自己在黑道的人脈讓兒子在娛樂圈冒出頭，所以兩人的關係一直沒有曝光。楊文海去年因為在一部電影飾演第二男主角走紅，之後片約不斷，雖然只拍過四齣電影，已被譽為新人王。

楊文海被打傷後，洪義聯及興忠禾都沒有任何異樣。線民沒有提供特別的情報，只是據說樂爺下了命令，禁止部下擅自為他的兒子出頭。他說兒子跟左漢強的恩怨他會親自處理，手下如果先出手，就是不給他這位老大面子。一如阿吉所言，任德樂是個很能忍的黑道大哥。

駱小明翻開另一個文件夾，裡面有唐穎的個人資料。唐穎在三年前加入星夜娛樂公司，去年年中被力捧，憑著甜美的聲線和俏麗的樣子，成為「少男殺手」。雖然檔案中沒說明她跟左漢強的關係，但在駱小明眼中，這個小姑娘和黑道的低層成員沒有分別——小混混為組織賣命，運毒、毆鬥、扯皮條，目的是在黑道往上爬，卻不知道自己被人壓榨、利用；而唐穎向左漢強出賣自己的身體和青春，目的是在娛樂圈成為更閃亮的明星，卻不知道自己淪為左漢強手中的搖錢樹。途徑不同，但手段和遭遇都一樣。

楊文海被毆後第四天——亦即是一月二十號——情報組仍沒有收到新消息，而娛樂雜誌有零星的報導，說楊文海被打傷，矛頭直指左漢強。當然因為有前車可鑑，沒有雜誌明寫左漢強的名字，只說楊文海「可能」得罪了「某位」圈中有勢力人士，說他咎由自取云云。駱小明看到這些報導時倒抽一口涼氣，暗自慶幸，因為它們都沒有寫出最可能掀起軒然大波的一點——楊文海的身世。

雖然兩個黑道組織都沒有行動，但駱小明就是放不下心。他決定致電師傅，旁敲側擊一下，看看能否打聽到什麼。

「哦，小明嗎？這麼閒啊？不忙嗎？」電話另一端傳來關振鐸的聲音。

「一點點啦，」駱小明故作輕鬆，說道：「我打來問候一下，順便看看你下星期有沒有空吃頓飯。」

「我這陣子都在忙灣仔賣淫集團的案子，集團跟大陸一個誘拐少女的組織有聯繫，欺騙女生說到城市打工，實際上是以暴力逼她們賣淫。我下星期恐怕都沒有空……你不是也在忙任德樂兒子被打的案子嗎？」

駱小明一怔，沒料到師傅一語道破。既然師傅提到，駱小明就決定順藤摸瓜，直接問問。

「沒錯啦……師傅你有沒有聽到什麼情報？例如是誰幹的？」

「九成是左漢強下手的。」關振鐸乾脆地說出結論。

「我猜也是，但現在問題是雙方可能會火併。我可不想在我的轄區裡有暗殺或群毆。」

「火併是不用擔心的啦，五年前就難說，但今天的任德樂不會隨便動手，他不會為了兒子讓手下們送死。吹雞晒馬[21]的話，興忠禾要以一敵十，沒有老大會這麼笨。」

「他會不會派人對付左漢強？」

「黑白兩道，除非有把握將左漢強一黨連根拔起，否則哪有人敢碰左老大一根頭髮？」

「師傅，其實我有一個疑問。」駱小明問道：「左漢強會不會早知道楊文海是樂爺的私生子？」

「你是說他明知對方是樂爺的人，所以故意毆打他？」

「對。」

「不會啦，左漢強對他人的家族關係一向很大意，他才不會留意這些細節。」關振鐸笑道：

「而且，為什麼明知對方是敵對組織老大的兒子，就特意下手？」

「為了削弱對手的氣勢？打擊對方的威信？」

「楊文海又不是興忠禾的幹部，打傷他對洪義聯沒有好處，更何況這次是楊文海非禮唐穎在前，『先撩者賤，打死無怨』，任德樂沒作聲，也是因為這個原因吧？這跟過往左老闆派人『教訓』得罪自己的娛樂圈中人一樣，見怪不怪了。」

駱小明覺得師傅所說有點道理，但他仍為局勢感到不安。

「那麼，師傅你認為這事件很快會告一段落？」

「這個嘛……好吧，不瞞你說，總部毒品調查科正在調查任德樂，他們手上有可以直接對付樂爺的證據，」——嘟、嘟——「啊，我有電話進，先談到這兒吧。吃飯的事就之後再聯絡囉。」

「師——」

駱小明沒來得及說話，就被師傅掛了線。

關振鐸的最後一段話讓駱小明有點困惑。毒品調查科要對付任德樂？是趁著興忠禾被洪義聯打壓，先下手為強，讓警方立威示眾嗎？但興忠禾被瓦解，真正得利的漁人，會是左漢強吧？

駱小明搖了搖頭，把念頭驅出腦袋。重案組不是特別職務隊，不是反黑組，他們負責的是維持治安，打擊嚴重罪行。無論興忠禾會不會被殲滅，重案組的工作仍然是防止罪案加劇，以免市民的日常生活被擾亂；至於撲滅毒品、對付橫行的黑社會老大，就由同僚負責。在警隊，必須信任同伴。

一月二十二號，楊文海被毆後第六天，駱小明的預感成真了。事情果然有麻煩的後續。

㉑吹雞晒馬：香港俗語，「吹雞」指吹哨子，「晒馬」指讓人馬亮相，意即召集己方勢力，借人多勢眾來威嚇目標。如果兩股勢力一起「晒馬」就是利用聲勢助威來談判，容易變成武裝衝突。

不過並不是黑幫街頭火併。

重案組在早上收到一片沒有署名的光碟。光碟套上寫著：

「我只是一個膽小的記者，怕惹禍上身。」

而光碟裡只有一個長三分二十八秒的影像檔。

這短短的三分二十八秒，記錄了一個手無寸鐵的人遇襲的經過。

這個人不是左漢強，而是唐穎。

3

「隊長，有一封可疑的信。」阿吉敲了敲駱小明房間那扇沒關上的門。

「可疑的信？」駱小明正在閱讀文件，抬頭問道。

「嗯，我想隊長你出來看一下較好。」

在辦公室內，駱小明的部下們團團圍住阿吉的桌子。桌子上有一堆信件，而在最上面的，是一個大約Ａ５尺寸的土黃色公文袋信封。信封上寫著「油尖區重案組駱督察收」，筆跡相當潦草，字是用黑色麥克筆寫上的。

「沒有郵戳，不是寄來的。」阿吉說。

面對不明郵件，重案組眾人不敢掉以輕心，不過從信件的大小和厚度來看，並不像是爆炸品。

駱小明輕輕拈起信封。摸上去像是一片光碟，不過駱小明仍小心翼翼地撕開封口的膠帶，慎防裡面掉出刀片或像炭疽粉末之類的有害物質。

信封裡面是一片以紙套包住的光碟，沒有其他可疑物品。

在紙套上，有跟信封上相同的筆跡，寫著一段似是匆促間留下的留言。

——我只是一個膽小的記者，怕惹禍上身。

「是匿名舉報嗎？」瑪莉探頭看到文字，說。

「可能是。」駱小明從套子抽出光碟，仔細地瞧了瞧兩面。就是市販很平常的可燒錄光碟，表面沒有寫上任何標籤，而底面很乾淨，沒有任何指紋。

「阿吉，電腦你比較在行吧？」駱小明把光碟遞給阿吉。阿吉接過光碟後，放進電腦的光碟機。

「有一個檔案……只有一個檔案。」阿吉指著電腦螢幕。檔案總管的視窗裡，顯示出一個名為「movie.avi」的檔案。建立時間是今天早上六點三十二分。

「打開看看吧。」駱小明說。

阿吉點開播放器，把檔案拖放過去。視窗下方顯示影片長三分二十八秒。

畫面先是一片漆黑，兩秒後，亮出一個街景。影片中是晚上，街道兩旁相當荒涼，只有地盤工地圍板和數支街燈。馬路上沒有半輛汽車，行人路上只有一個背影。

「這應該是佐敦道近渡船街一帶，前面就是填海區。」瑪莉指著畫面一角說。佐敦道往西就是西九龍填海工程的所在地，接連西區海底隧道、地鐵東涌線九龍站等等，不少建築項目仍在興建中，預計將來會變成九龍西部一個熱鬧的區域。填海區前身是佐敦道碼頭，曾是九龍最繁忙的交通樞紐之一。

「阿吉，沒有聲音的？」駱小明問。

「這影片只有畫面。」阿吉按了一下「檔案內容」，上面沒有音軌資訊。

拍攝者就像跟蹤者，跟在行人路上僅有的一個人影後方。那人影是個女生，穿著一件寬闊的大衣，肩上掛著巨型的包包，頭頂戴著毛線帽。這女生有一頭黑色長直髮，個子不高，正緩慢地往前走。由於街燈的光線偏黃，駱小明無法看出她身上衣裳的顏色。

「這是什麼偷拍A片嗎？」駱小明的年輕部下小張笑道。

駱小明正要訓斥對方兩句，畫面中的女生突然停下了腳步，緊張地轉頭往左方望過去。她似乎被什麼聲音嚇到。

駱小明看到女生的側面，登時感到血液衝往腦門。他彷彿有預感之後會看到什麼。

「這是唐穎！」阿吉嚷道，他也認出女生的身分了。

說時遲那時快，畫面裡的唐穎突然拔腿就跑，消失於街角的右邊。拍攝者似乎有點慌張，鏡頭擺動了幾下，然後移往左前方——四個戴著口罩、棒球帽和工人手套、手執鐵棒和西瓜刀的男人，殺氣騰騰地追在唐穎後面，從畫面的左方奔往右方。鏡頭停頓了一秒，然後也是一陣猛衝，走到街角，往右繼續追拍。

畫面追著男人們拐彎後，看到四人正追著唐穎。其中一個抓鐵棒的矮個子腳程快，率先追上，伸手抓到對方的衣領，似要將她按倒地上，沒料到唐穎狠狠地回了一記肘擊，直擊施襲者的面門。矮個子似乎被這舉動嚇了一跳，踉蹌地跌了一下，左手掩著口鼻。唐穎成功甩開對方，可是，這拖慢了她的腳步，其餘三人和她的距離不過幾公尺。

鏡頭所見，街道上依然沒有其他人，行人道盡頭是死路，盡頭左方是一條行人天橋，唐穎就往階梯奔跑過去。雖然拍攝者跟他們有一定距離，但因為角度恰好，可以清晰看到唐穎的樣子。她連跑帶爬地走上天橋階梯，表情扭曲驚惶，恰似是面對死亡時的恐懼。她跑上階梯時幾乎仆倒，但她狼狽地用手抓住梯級，沒有放慢腳步，繼續往上爬。她的肩上已沒有了包包，駱小明猜想是在轉彎時掉下，但他並不在意這個細節——因為在數秒間，那幾個男人已跟隨唐穎躍上梯級，似乎快要逮住那個手無寸鐵的女生。

五人跑上天橋，身影被橋墩遮蔽，由於影片沒有聲音，所以駱小明他們只能焦急地盯著畫面，等待拍攝者追到天橋上。可是，鏡頭快到階梯前卻停了下來，沒有追上去。

「為什麼沒有繼續走？」瑪莉緊張地問。

「大概……拍攝者因為一些事情分心了？」阿吉目不轉睛地凝視著螢幕，頭也不回地說道。拍攝的人沒有往階梯走過去，反而把鏡頭轉往旁邊——當畫面出現在眾人面前，沒有人不被那光景嚇倒。

在天橋旁邊的行人路盡頭，俯伏著一團物體。盯著畫面的各人，起初無法意識到那是什麼——雖然那物體表面上披著一件長大衣，但駱小明和阿吉他們都無法把這東西跟「唐穎」聯想起來，因為這東西以怪異的姿態伏在地面，雙手以異常的角度撐著地面，其中一條腿屈曲到腰部旁邊。戴著毛線帽、披著散亂長髮的頭部歪到一邊，深色的液體緩緩滲出，在地上慢慢往外延伸。而最令在場各人懾住的，是這副肢體扭曲的身體抽搐了好幾下，然後忽然靜止不動。

「她、她掉下來了？」小張驚呼道。

「可能……是被推下來？」阿吉遏抑著語氣中的不安，緩緩說道。

那條行人天橋有差不多三樓的高度，如果從上面以「頭下腳上」的姿態掉下來，上半身先著地，就有可能變成那駭人的模樣——而且，頭顱猛擊硬地，九成即時斃命。

駱小明猜測，剛才拍攝者停頓是因為他聽到巨響，是唐穎墜下撞上地面的聲音。

鏡頭往上移，駱小明看到天橋欄杆邊有兩個探出來的人影，其中一個仍舉著鐵棒。而下一刻，又是另一個出乎重案組各人意料的情況——其中一個探身查看橋下受害者的人，轉頭直盯著鏡頭，然後退回欄杆後。

「糟了。」阿吉不自覺地吐出一句。

鏡頭猛然晃動，天空、地面、街燈、天橋，景物迅速變換，畫面模糊不清。駱小明知道，這是因為拍攝者被行兇者發現，連忙逃命，連攝影機也沒關上就拚命逃跑。約半分鐘後，鏡頭落在一個車廂之內，透過畫面角落的一扇車窗，可以知道拍攝者逃到自己的車上，僥倖避過一劫。

「啪。」畫面黑掉，時間卷軸停在三分二十八秒的最後尾。

「唐穎……被殺了？」瑪莉結結巴巴地說道。

「阿吉，通知軍裝㉒立即封鎖佐敦道連翔道交界的行人天橋，另外傳喚鑑證科到場，瑪莉留守辦公室負責聯絡，其餘人跟我出發。」駱小明命令道。他抑制著怒氣，冷靜地指示部下。他很久沒有如此憤怒過——雖然他討厭唐穎，但四名兇徒肆無忌憚地殺人，就更加不可以原諒。

從尖沙咀警署往現場的路程很短，只要數分鐘車程。在車上，駱小明努力釐清腦海中的千頭萬緒。

「拍攝者應該是娛樂雜誌的狗仔隊。」駱小明說：「他為了查訪楊文海事件，所以跟蹤事件的女主角唐穎，想挖掘新聞……」

「而這隻狗仔不小心拍到黑道殺人的經過，怕惹禍上身，所以把影片交給我們？」阿吉說。

「很可能是。」駱小明皺著眉，說：「影片沒有聲音，看來他是平面媒體的記者，希望從影片中剪輯幾個值錢的畫面，刊登在雜誌上。」

駱小明猜想，不少八卦雜誌想用「楊文海被毆打、唐穎風騷得意」或「唐穎與左老闆密會」作封面，刺激銷量。

「瑪莉說，大堂的同事沒留意光碟是什麼時候混進郵件中的。」小張接過電話後，向駱小明報告。光碟的信封沒有郵戳，就代表信件是人手直接送到警署。

「送信人可能是經常到警署的資深記者，偷偷放下光碟。」阿吉說。「可能那個娛記託社會版的記者送信，或者是從社會版調職娛樂版的記者……」

「這個容後再查吧，找出拍攝者並不是這案件的首要任務。」駱小明說。

「案發後一直沒有收到有人墜橋的報告……那些兇徒移走了屍體？」阿吉問道。

「不知道。但如果被毀屍滅跡，調查就更麻煩了……」

駱小明在影片中看到唐穎的一刻，就有不祥預感。任德樂下命令不讓手下胡來，是為了親自動手，確保行動依其想法進行——「左漢強斗膽碰我的兒子，我就對付你的『女兒』」——教訓一下唐穎，樂爺保得住面子，也不會跟左漢強起嚴重的衝突，勉強算是互相扯平，照理是雙方也好下台的方法。

可是，下殺手就是另一回事。

是行動出錯了嗎——駱小明暗想。本來只是想羞辱對方的部署，卻因為唐穎「狗急跳牆」而出岔子。

重案組眾人來到空曠的現場。由於仍是發展中的區域，附近沒有民居，也沒有商店，雖然已有一輛衝鋒車和八名軍裝警員到場戒備，但實際上也沒有路人接近。那些軍裝警員都一副摸不著頭腦的樣子，不知道為什麼要封鎖這一條沒半點異樣的天橋。

駱小明瞧了瞧手錶。早上九點五十三分。光碟檔案的燒錄時間是早上六點半，假設案件在凌晨發生，那麼距離案發時間頂多只有九個鐘頭。現場應該仍有不少證據。

他和阿吉走到天橋下伏屍之處，地面沒有明顯的血跡，但若有人用水沖刷過，在這種北風

㉒指巡邏警員。

天，幾個鐘頭便會乾掉。他吩咐鑑證人員檢查後，就沿著階梯走上天橋。階梯和天橋上都沒有異常之處，駱小明和阿吉兩人走到預計唐穎墜下的位置，查看欄杆上有沒有留下血跡或其他痕跡。

「犯人都戴上了手套，應該沒留下指紋。」阿吉說。

「不過還是要檢查一下，」駱小明蹲下，一邊抬頭查看欄杆的底部，一邊說：「唐穎沒有戴手套，欄杆上如果找到唐穎的指紋，就能知道她是被人蓄意推倒還是因為害怕而自行翻越欄杆。這關係到事件是謀殺還是誤殺。」

駱小明在欄杆邊放下標示用的指示牌，然後繼續往天橋的另一端走過去。橋面沒有任何特別之處，他想不到唐穎有狗急跳牆、冒險躍過欄杆的理由，除非她被那四人追上，或是被犯人的同伴在橋上圍堵。畢竟橋下的行人路已是盡頭，被追捕的人只能逃上天橋，如果行兇的傢伙們先派人守在天橋，唐穎就手到擒來。

「長官！有發現！」在橋下的鑑證人員向駱小明喊道。

駱小明和阿吉回到橋下，鑑證人員指著地面說：「有血跡反應，還是很大的一片。」

鑑證人員以血液顯影劑噴灑地面，地上就現出一片約五十公分乘三十公分形狀不規則的螢光顏色。那位置跟影片中受害人頭部所流出的血液位置相符。

「這種出血量，應該受傷不輕，如果是從上面掉下來的，恐怕沒救了。」鑑證人員補充說道。

「檢查有沒有其他血跡，我要知道受害者之後被移到哪裡──無論她是生是死。」駱小明命令道。

「隊長，」年輕的重案組組員小張趨近，說：「我們在唐穎被追逐的路線上有發現。」

駱小明跟對方往街角走去。那是拍攝者初時跟蹤唐穎所到的街角，旁邊是一個建築工地，路旁有修路工程，堆放了一些路障和鋼板。

「這裡。」小張指著路邊一個一公尺深的坑洞。在遮蓋水管和電線管道的帆布旁，有一個茶色的手提袋，掉在坑洞的角落。那個手提包的款式，和影片中唐穎所帶的一模一樣。

駱小明吩咐手下拍照存證後，伸手抓住手提包的帶子，把它從洞中拉上來。裡面有化妝品、零嘴、記事本、衣服、手機和皮夾。駱小明打開皮夾，抽出身分證，上面印著唐穎的樣子和姓名。

「兇徒追逐時沒留意她掉了手袋吧。」阿吉說：「晚上光線不足，這個坑洞又暗，應該是唐穎拐彎時不慎掉下，但因為被人逼近而沒有拾起。」

「可能她為了減少負擔，直接丟棄包包哩。」小張說。

「怎說也好，這讓我們確認受害人的身分。」駱小明把皮夾塞進手提包，再掏出手機。最後一次通話是昨晚十點二十分，來電者是「公司」，通話時間是一分十二秒。在那之前的，全都是「經紀人」和「公司」。駱小明按下通訊錄，裡面就只有「經紀人」和「公司」兩個項目，而手機裡沒有保存任何簡訊。

「阿吉，跟電訊公司核對一下通訊紀錄。」駱小明把手機遞給阿吉。

「既然知道是『公司』打來的，直接去星夜娛樂調查不是更快嗎？」阿吉問。

「如果唐穎把通訊紀錄刪除了呢？」駱小明反問。

「咦？隊長你認為……」

「這只是買個保險而已。」

駱小明有一點想不通，就是為什麼唐穎會在半夜獨個兒跑到這邊。佐敦道填海區仍是發展中的區域，附近沒有夜店，也沒有完整的交通配套。唐穎是公眾人物，她要到某個地方，只要坐計程車或讓經紀人駕車就可以了，但她偏偏一個人步行至這荒蕪之地。駱小明直覺唐穎是被某人相約，秘密赴會——如此一來，她就可能曾收過電話。

整支手機裡，通訊紀錄都是「公司」和「經紀人」，如果唐穎不是如此孤僻，就是有刪除通話紀錄的習慣。不少娛記會想盡辦法偷取明星藝人的手機，通話紀錄和文字簡訊在他們眼中都是寶物，某某與某某有曖昧、某某跟某某說某某的壞話，都可以炒作成娛樂頭條。謹慎的藝人有清理手機內容的習慣並不出奇。

誰能讓唐穎半夜孤身赴會？而且這更是一個陷阱，唐穎現身後，就遭遇伏擊。

一個名字閃過駱小明的腦海——楊文海。

可是，如果楊文海找唐穎單獨見面，她會赴約嗎？對方被自己的老闆派人打傷，她該有點戒心吧？

——除非她是被威脅而不得不前來。

駱小明搖搖頭，擺脫這些想法。他覺得自己想太遠了。目前手上的資訊有限，得徹底分析後，才能作出合理的推論。

經過在現場一輪搜證後，重案組各人回到辦公室，部分成員馬不停蹄，查訪相關人士，以及以佐敦道為中心，向外查探有沒有目擊者。駱小明親自到星夜娛樂公司調查，經紀人說唐穎今天沒有通告，應該在家休息，但當經紀人發現唐穎家中電話無人接聽，加上確認手提包屬於唐穎，不禁焦急起來。駱小明前往位於觀塘的唐穎寓所，發覺房子沒有異樣。唐穎一個人住在一間套房式公寓，房間很小，房內擺設一目了然，駱小明沒有查到任何奇怪之處。從床鋪和垃圾桶看來，唐穎昨晚沒有回家，但經紀人說昨夜十一點駕車送她回來。

「你有沒有看著她進入大樓？」

「這個倒沒有……我只是在停車場停一下，就離開了……我真的不知道……」經紀人皺著眉，一副大難臨頭的樣子。駱小明覺得，面前這個男人似乎在頭痛自己如何向老闆交代，多於擔心唐穎的安危。

駱小明到公寓的管理室調度大樓正門和電梯監視器的影片，快速檢視後，沒有找到唐穎的身影。如果經紀人沒說謊，唐穎下車後沒有回家，然後直接前往佐敦道的遇襲現場。

「她特意瞞著經紀人赴會？」駱小明暗想。

經紀人說唐穎在失蹤前——駱小明沒有告訴他影片的詳情——和平常沒兩樣。他說唐穎一向寡言，喜怒不形於色，是那種默默耕耘的藝人。

「她不像那些發明星夢的同齡女生，做事很踏實。」經紀人補充道。

「唐穎的家人呢？」駱小明問。

「應該……沒有。」經紀人支吾以對。

「沒有？」

「唐穎從不提家事，她只說過家人都不在了。」

「那麼誰是她的監護人？她三年前加入星夜，那時她只有十四歲，應該有監護人同意才能工作吧。」

「我……不知道。警官先生，我只是打工的，老闆派我當經紀人，我不敢問太多。」

原來如此——駱小明明白這男人困擾的理由。唐穎可能是個離家出走的少女，碰巧被發掘，以左漢強的做事方法，監護人這些繁文縟節自然不多理會。

駱小明在唐穎居所找不到有用的線索，就回到警署。警方沒有公佈唐穎遇襲，只對外宣稱佐敦道天橋半夜發生墜橋意外，涉及黑幫打鬥，正在調查中。鑑證科交來報告，指天橋欄杆上沒有唐穎的指紋，所以搞不好是兇徒在糾纏間把她推落橋下；而路面的血跡檢查中，發現血跡延到馬路邊後消失，猜測兇徒把屍體——或瀕死的唐穎——用私家車運走。

「為什麼要移走屍體？」瑪莉問道。「黑道殺人，就是為了立威，這手法很不常見啊。」

「這不就說明了兇手不是想『殺人立威』嗎？」小張說：「可能老大只是下命令好好『招呼』目標，結果那些古惑仔做得過火，錯手殺人了。」

「就算真的是誤殺，為什麼要運走屍體？」瑪莉一臉疑惑。

「因為那些兇手都知道闖禍了嘛，」阿吉接口道：「唐穎是左漢強的人，樂爺要報復，頂多該做到禁錮拍裸照之類，殺了人，就無法回頭了。江湖道義，你的手下錯手幹掉我的人，就要一命賠一命，那些古惑仔怕死，當然要藏起屍體，讓唐穎『失蹤』，這樣子只要死不認帳，洪義聯就沒有理由要興忠禾交人。」

「但他們行兇過程被拍到……」瑪莉沉吟，她細心推敲當中的利害關係。

「總之這回麻煩大了。」阿吉說。

駱小明默默地聽著部下們的討論。雖然阿吉的說法很合理，但他直覺上覺得有點不對勁。

「隊長，不好了。」翌日上午，當駱小明對著貼在佈告板上的一堆照片和人物關係圖思考案情時，阿吉走進房間，焦躁地說道。他指了指辦公室，示意外面出了狀況。

在場的重案組成員再一次圍在阿吉的桌子前，對著正在播放唐穎遇襲影片的電腦而議論紛紛。

「怎麼了，影片中有什麼新發現嗎？」駱小明問。

「不，」阿吉緊皺眉頭，指著螢幕說：「這不是我們收到的光碟，這是今天在網上流傳的——有人把那影片放上網路了。」

4

唐穎遇襲的影片一公開，頓時引起轟動。

消息最初出現在香港一個匿名討論區上。標題是「我收到這樣的影片」，而內容只有一條連結，連往一個免費網路空間，影片就放在那空間的伺服器上。

最初的回應，都是「這是什麼電影宣傳」、「那是唐穎吧」、「好奇怪噁心的影片」，但當有人提出「今天預定唐穎當嘉賓的某個電台節目臨時抽起了」，就漸漸有人察覺片段的真實性。雖然有懷疑論者仍堅持這是電影公司或電視台的宣傳手法，但亦有人反駁：

「唐穎的演技一向爆爛，她在《秋日戀歌》的演出連三歲小鬼都不如，如果她有這種精湛演技，去年就該拿下新人獎啦！」

這說法獲得不少支持，影片中女生瘋狂逃命、拚死甩開追捕者的樣子明顯不是偽裝，亦有人提出上週末見過唐穎穿相同的外套和帽子出席活動，於是各人從討論「片中人是否唐穎」，變成討論「唐穎是否遇害」，留言者更有不少是憂心忡忡的歌迷。而令一眾網民確信影片為真實犯罪的關鍵，卻是因為討論區管理員刪文——管理員以影片可能引起不安為理由，刪走整串留言。管理員刪文並不代表影片是真實，但這大大減低了電影宣傳的可能性，網民就憑此咬定事情並不簡單。縱使影片連結已刪，但有不少人備份，陸續貼出連結甚至把片段拷貝到其他空間。

駱小明在早上十一點收到通知，指有十四份報案報告，全都來自看到網路影片的市民。駱小明昨天沒有向媒體公佈任何訊息，畢竟兇徒運走的可能不是「死去的唐穎」而是「受重傷的唐穎」，受害者生死未卜，縱使生還機會渺茫但仍有一線希望，太早公開事件只會危及被害人；可是如今影片曝光，警方就要有一個明確公開的說法，平息公眾疑慮。

「警方證實有一名十七歲的女性失蹤，並且因為一段來歷不明的影片，警方相信該名女子在佐敦道天橋被四名兇徒襲擊。目前該女子下落不明，警方高度重視本案，重案組已經著手調查。基於案件仍在調查中，警方無法公開更多資料，但希望於本月二十一號晚上至二十二號凌晨期間，步行或駕車經過佐敦道及連翔道一帶的市民能提供情報，如果當晚任何人看到異常情況，請盡快與警方聯絡。另外，警方急欲會晤拍攝該影片的人士，我們會保證他的人身安全，請他或認識他的人與警方聯絡。」

駱小明在記者會中如此說道。

「請問被害者是女歌手唐穎嗎？」一位記者問。

「警方仍在調查中。」

「據聞警方昨日已經封鎖現場搜證，是不是昨天已知道案件？」

「我們有接到報告，但不能透露詳情。」

「你們鎖定兇徒沒有？」

「無可奉告。」

面對媒體的提問，駱小明都盡量迴避，尤其是跟受害者身分、影片細節、警方調查進度等等相關的問題，他都以「無可奉告」回應。

一名雙眼瞇成一線、樣貌有點像狐狸的記者舉手問道。

「駱警官，我想問事件跟洪義聯和興忠禾兩大黑幫結怨有沒有關係？」

「我們不排除兇徒有黑社會背景。」駱小明以四兩撥千斤的手法，擋開了問題。

「我的意思是，唐穎被殺，會不會跟楊文海是興忠禾老大任德樂的私生子有關？」

媽的——駱小明心裡罵道。紙果然包不住火，他最不想媒體知道的情報，似乎已被某些嗅覺靈敏的野狗咬住了。

「這方面我無可奉告。」駱小明保持著撲克臉，沒多說半句廢話。然而，其他記者都因為這個問題而譁然，在會後追問那位提問的同行。

「難搞。」駱小明回到重案組辦公室，鬆開領帶。「那群鯊魚聞到一滴血，就洶湧而上。我怕調查會遇上不少阻礙。」

「隊長，我已經核對過唐穎手機的紀錄，」阿吉向上司報告：「最後一通電話就是從公司打進的，沒有其他。」

「沒有？」駱小明感到有點意外。

「沒有。」阿吉說：「所以唐穎沒有刪除紀錄。或者她有兩支手機，這一支是公事用的吧。」

這亦有可能——駱小明想。不過如此一來，另一支手機搞不好在唐穎的衣袋，連同屍體——假設唐穎已遇害——被兇徒處置了。

「另外我調查了今早在網路上發放影片的源頭，」阿吉拿著記事本，說：「我聯絡過那個討論區和放影片的空間公司，取得發文者和上載者的IP，不過兩個地點都不是本港，前者是瑞士的巴塞爾大學，後者是墨西哥首都墨西哥城。」

「瑞士和墨西哥？」比起唐穎沒有刪電話紀錄，這更令駱小明意外。

「應該是用駭客技術，繞道屏蔽真正的IP。要查下去也可以，但很花時間，而且很難確定對方繞過多少地方，如果他圍繞地球跑了五六個點，恐怕要查好幾個星期。」

「唔……暫時先擱下這條線吧。」記者的人脈很廣，駱小明猜拍攝者可能碰巧認識某位駭客，在對方慫恿下用這個曲折的方法公開消息。

如果那人不是因為怕惹上黑道，他大概巴不得把影片賣給電視台賺一筆獨家消息的報酬——駱小明心想。

「另外瑪莉調查過唐穎的家庭狀況，」阿吉把手上的記事本翻過幾頁，說：「唐穎的父母沒有結婚，母親鄧佩佩在十年前去世，父親唐希志五年前也已經死去，以前住在深水埗。所以唐穎對經紀人說她沒有家人倒是事實。」

「她父母生前是幹什麼的？」駱小明順口問道。他其實正在想，唐穎父母雙亡，警方就不用幹向家人傳達「生死未卜」的苦差。

「在油麻地一間酒吧當酒保和侍應，」阿吉把視線從記事本移開，說：「瑪莉向唐穎老家一位鄰居打聽過，據說唐穎的父母很年輕，在酒吧打工，不是『正當人家』。」

駱小明心想，那鄰居很可能是上了年紀的老人，看到那種黃昏上班清晨回家的人，自然心存偏見吧。

「那我去唐穎寓所附近，調查一下她當晚的行蹤？」阿吉問。

「不，讓瑪莉代你去，你隨我來，有更重要的工作。」駱小明道。

「更重要的……？」

「『請』樂爺回來協助調查。」

「可是，隊長，我們沒有任何證據……」阿吉面有難色。

「我知道。」駱小明打斷阿吉的話：「沒有證據指事件跟任德樂有關，但我想看看他的反應。」

阿吉知道，唐穎遇害，跟任德樂相關的連結，統統只是猜測而已。雖然警方有權調查任何可能涉案的人物，但如果對方是個黑道頭目，這做法就未免太魯莽。若然對方是主謀，在找到證據前驚動對方，只會令犯人有所防備，例如令兇徒潛逃海外；若對方並未涉案，就可能引致黑道向警方報復，以示「禮尚往來」。過往，就曾發生過黑道頭目被帶回警署調查，結果分區警署門外聚集了上百個古惑仔「晒馬」。

事實上，本來駱小明也沒打算驚動任德樂。昨天兇手應該不知道警方收到告密光碟，就算知道，對方也不曉得影片拍到什麼。如此一來，主動權就在駱小明這邊。可是，如今影片已經曝光，他就決定兵行險著，快刀斬亂麻地抓最大的回警署，看看能否先打亂對方陣腳。

因為這是「協助調查」而不是「拘捕」，所以駱小明有點擔心事情不會順利。萬一樂爺耍狠，雙方擦槍走火，難免節外生枝。

不過現實出乎他的意料。

當駱小明和阿吉闖進「敵方大本營」——做為興忠禾的合法門面「興樂財務公司」——之際，雖然那些一臉橫肉、殺氣騰騰的「公司職員」毫不友善，「董事長」任德樂倒很樂意見他們，甚至願意跟他們回警署。

「這兒人多嘴雜，到你們的辦公室談就最好。」樂爺說。

這是駱小明首次跟任德樂見面，之前他只看過照片和資料，以為對方是個陰沉的黑道老大，怎料對方就像一位平凡的老伯。唯一跟一般人不同的是，駱小明察覺到樂爺的眼神仍帶著幾分銳利，即使臉帶笑容，這老人的雙眼卻沒流露半點笑意。

樂爺和一位穿黑色西裝的親信上了駱小明的車，回到尖沙咀警署。警署眾人看到興忠禾的老大駕臨，無不投下注目禮。

「任先生，請進。」駱小明打開警署三樓一間接見室的房門。

「阿華，你在這兒等我。」樂爺向黑西裝男說道。

「可是老大——」

「叫我『老闆』。」樂爺臉色一沉，但隨即變回平常的表情，說：「我一個人跟兩位警官聊聊就好，這兒是警署，難道你怕他們關上門後會對我不利嗎？」

駱小明覺得這老人毫不簡單，短短幾句話，就反客為主，暗示警方別想要什麼小把戲。換成缺乏經驗的警員，一定會被他牽著鼻子走。

在房間內，駱小明和阿吉坐在桌子的一邊，任德樂坐在另一邊。

「任先生，我們請你來是為了佐敦道……」駱小明說。

「不就是唐穎被殺的事嗎？」樂爺沒有拐彎抹角，直接說道。

「你知道唐穎已被殺？」駱小明試探對方道。

「我的部下今早給我看了影片。摔成那樣子，很明顯死了吧。」樂爺沒有說出對自己不利的話。

「你為什麼肯定那是唐穎？影片裡人有相似也不出奇。」駱小明問。

「我本來不肯定，但既然你們來找我，那就一定是了——」樂爺咳了一聲，說：「因為犬兒被毆打，所以你們懷疑我找人對付那女人。」

「楊文海真的是你的兒子？」

「警官先生，你別跟我兜圈子了，」樂爺不懷好意地笑道：「警方一定已查到文海跟我的關係。雖然是那女人勾引犬兒在先，然後又突然變臉，再向左漢強那廝打小報告，害文海被打，但我可以清楚告訴你，我沒有派人對付那女人。你想問的就是這回事吧。」

駱小明沒想到警方的猜測已被這老人看穿。

「你說的『對付』，是指『威嚇』還是『謀殺』？」駱小明說到「謀殺」時，特意提高聲調。

「總之我沒有派人對唐穎做『任何事情』，她跟我毫無瓜葛。」樂爺神色絲毫沒變。

「剛才你說唐穎先勾引楊文海？誰說的？」駱小明問。

「文海說的。警官先生你或許不相信，但我認為我的兒子不會為這種小事說謊。」

「但他當時喝醉了啊？」阿吉插嘴說。

「唔……好吧，或許那女人沒有『勾引』犬兒，但至少我相信坊間流傳的說法不完全是事實。可能文海急進了丁點——男人有時得對女人來硬一點，女人才會受用。」

駱小明和阿吉慶幸瑪莉不在場，否則主張男女平等的她一定發飆，大罵這個黑道老大是沙豬。

「你說你沒有派人向唐穎報復，但楊文海被伏擊，你就沒半點憤怒嗎？」駱小明問。

「如果我說不氣你也不相信吧，警官先生，」樂爺保持著平淡的語氣，說：「兒子被打，哪有父親不心痛？不過憑著一時衝動，盲拚瞎幹，只會壞大事。」

「壞什麼大事？」

「警官先生，咱們就打開天窗說亮話吧。你是重案組督察，對這區的勢力平衡不會不清楚，咱們社團只是受壓的一方，小弟們都紛紛轉陣營，或是『洗底』當回奉公守法的良民。頂多兩年後，『興忠禾』這名字就會從江湖上消失。我也對這些沒完沒了的江湖事厭倦了，自己以前作孽太多，要報在我身上，我沒有怨言。我猜我會在赤柱或石壁㉓度過餘生，可是，我不想手下們被我拖累，更不想文海這笨兒子走上我的老路。」樂爺頓了一頓，說：「娛樂圈品流複雜，但至少

㉓指赤柱監獄和石壁監獄，前者位於港島南部，後者位於大嶼山南部，皆是香港的高度設防監獄。

是正行。我如果傷害唐穎一根手指頭，傳開了，只會影響文海的前途吧？」

駱小明對這說法感到詫異，他沒想過樂爺口中的「大事」，指的竟然是楊文海的演藝事業。

「任先生，你在我面前坦承自己是江湖中人，不怕我以此起訴你嗎？」在香港，宣稱自己是黑社會分子已干犯刑事罪行。

「嘿，你目前要辦的是唐穎的案子吧！抓我對你有什麼好處？」樂爺露齒而笑，說：「更何況，姓蔣的傢伙已在你們毒品調查科手上，對付我，輪不到你們分區動手。」

駱小明想起關振鐸的情報——總部毒品調查科有起訴任德樂的證據。「姓蔣的傢伙」大概是某個證人，駱小明雖然不清楚細節，但也猜到八八九九。看樣子，樂爺已有入獄的心理準備。

從任德樂的態度，駱小明找不到破綻——要麼他是個老奸巨猾，要麼他剛才說的全是實話。

「任先生，我再問你一次，」駱小明直視著任德樂雙眼，問：「你有沒有派人襲擊唐穎？如果你的手下錯手殺人，早點自首，檢察官改控誤殺的機會較大。謀殺和誤殺，我不說你也知道刑期天差地遠吧？」

「我沒有指使任何手下傷害唐穎一根頭髮。」任德樂收起笑容，認真地說：「正如我剛才所說，我不會做出任何危害兒子的事業的蠢事。」

「那麼，任先生，你認為你的手下會不會瞞著你，為了替你的兒子出一口氣，於是對付唐穎？」

樂爺沉默下來，雖然只有一瞬間，但駱小明留意到他的眉頭蹙了一下。駱小明知道，就算樂爺不是主謀，看過影片都會跟他有相同的結論——兇徒是黑道，那是典型的黑幫尋仇的手法。良久，樂爺緩緩地回答道：「我信任他們。他們多年來都聽我的指示，從來沒有擅自作主。」

「或者有人知道老大即將入冊[24]，想為你幹一點事呢？」

「不會，我的手下之中沒有這種幫倒忙的蠢貨……唐穎是組織外的人，正所謂『禍不及妻兒』，興字頭旗下沒有這種違背江湖道義的孬種……」

雖然樂爺口硬，但駱小明和阿吉也看出他有點動搖。人心隔肚皮，即使是自己的左右手，也無法確保對方依足命令行事。

駱小明知道今天無法從樂爺口中套取名字，於是先讓對方回去，並表示之後會再請他協助調查。阿吉說過樂爺是個老派黑道人物，不屑出賣他人，更遑論要他供出可疑的手下的名字；只是，駱小明希望這次會面，能傳達一個清晰的訊息——如果兇徒是興忠禾的成員，錯手殺死唐穎，向警方自首是最妥善的做法，一來可以向洪義聯表示唐穎被殺只是意外，免卻兩派紛爭持續，二來犯人在法庭上可以要求減刑，與其擔憂被左漢強的手下報復，惶惶不可終日，不如讓罪行曝光。

不過，駱小明沒有天真到把全盤希望寄託在這個年邁的黑道大哥身上。他向情報組發出一道指示，收集任何興忠禾成員在案發當天的情報，以及調查有沒有成員在案發後失蹤潛逃等等。不少組織外圍的小弟願意向情報組出賣消息，當然接觸他們存在著反向洩漏警方動態的風險，但這是最直接掌握情報的方法。兇徒至少有四人，如果是興忠禾的成員行兇，這種多人參與的行動很難不走漏風聲，事後更可能有人吹噓過程、或是因為心虛向同伴說出經過，再輾轉傳到某些線民的耳中。

然而，四天過去，沒有任何線報。黑道方面就只有洪義聯的某些小弟不滿興忠禾對組織外的關係者下殺手，似要報一箭之仇，但這些只是個別的情報，中級以上的頭目都沒有動作。而在兇案現場更沒有找到任何目擊者，甚至沒有報告說明唐穎是乘坐什麼交通工具從觀塘前往佐敦。每

㉔香港俗語，即入獄。

天凌晨，在事發現場旁邊的馬路每隔半小時就有一班通宵巴士經過，但所有司機都說當晚沒看到任何異樣，包括追逐、襲擊、移屍、沖洗地面等等。駱小明猜想，如果司機們說的是實話，犯人就在事前掌握了巴士班次、警員巡邏路線等細節，務求襲擊能在短時間之內完成。

娛樂圈因為唐穎遇害而沸沸揚揚，流言四起，有同情的聲音，有譴責行兇者的聲音，也有暗示唐穎自招惡果的聲音。記者都想採訪星夜娛樂的老闆左漢強，但星夜的公關人員說左老闆在外地處理要務，過幾天才會回來。

「隊長，青山灣發現女屍。」警方公佈事件後第五天的中午，阿吉收到電話，連忙向駱小明報告。

「是唐穎？」駱小明緊張起來。

「不知道，聽說屍體是水警撈起的，已經浸泡了好幾天，面目全非了。不過應該是十五歲至二十五歲的長髮女性。」

「服飾呢？」

「是裸屍。」阿吉說：「要我去確認一下嗎？」

「唔……不，我親自去。」駱小明抓起掛在椅背的西裝外套。

駱小明和阿吉趕到位於紅磡的九龍公眾殮房時，屍體仍未送到。在等待期間，兩人的心情都有點忐忑，一方面希望屍體就是唐穎，能在她身上找到更多的線索，另一方面卻希望唐穎仍然生存，畢竟除了兇手外，沒有人會因為有人死亡而感到高興。

「屍體到了。」殮房的人員通知他們。駱小明和阿吉往停屍間走去。

一如阿吉所說，屍體的狀況相當不妙。不但因為浸在水中數天，令臉容浮腫，身體多處更有不同的損傷，不知道是被魚類噬咬，還是給船隻的螺旋槳擊中。幸好，有兩隻手指頭的狀況較好，勉強可以憑指紋驗證身分。

在駱小明查看屍體時，法醫到場。他對警方比他還早出現有點訝異，但當他知道駱小明是唐穎一案的負責人時，就明白對方的苦衷。

「詳細的解剖較花時間，我先作初步檢查吧。」法醫說。

根據法醫說，死者並非溺死，身上有多處骨折，頭骨有數處明顯傷痕，乃死者生前所造成。雖然不能確定屍體是否是唐穎，但算是跟唐穎的情況吻合。

「我先把指紋給你，讓你查核死者身分。」法醫抓著屍體的右手，小心翼翼地花上二十分鐘弄乾指頭皮膚，再拿起墨水印台替屍體套取指紋。法醫只負責調查死因及屍體狀況，核對身分，還是得靠警方的鑑證科。

駱小明向法醫道謝後，收好印有指紋的文件，離開停屍間。

「隊長，你認為這是唐穎嗎？」阿吉問。

駱小明正要回答，卻因為在殮房玄關看到熟識的人影而打住。

「師傅？」

關振鐸站在殮房的接待處，正在跟工作人員談話。

「哦，小明，你也來辦案嗎？」關振鐸說。

「對，青山灣發現浮屍，我們來認認是不是唐穎。」

「結果呢？」

「不知道，因為浸水太久，樣子認不出來。」駱小明邊說邊拍拍公事包：「不過已從法醫那邊拿到指紋，交給鑑證科就一清二楚。師傅你為何而來？」

「跟你一樣，就是那具浮屍囉。」

「咦？」

「灣仔那樁賣淫集團案，汙點證人供出有三名妓女被虐打致死，但其中一具屍體下落不明。聽到青山灣發現屍體，我就先來跟進一下。」比起正式的警員，關振鐸這位顧問的動作更快。

「那麼說，我們都希望屍體是自己的案子的，唉。」駱小明嘆一口氣。

「面對他人的不幸，是咱們刑警的工作嘛。」關振鐸苦笑一下。「我不阻誤你們了，我也要去停屍間跟法醫聊聊。」

駱小明跟師傅道別，但他剛走了數步，卻被關振鐸叫住。

「哎，忘了說，我這星期有空了，小明你可以隨時到我家找我，只要傍晚後我就在家。」關振鐸說。

在駕車回尖沙咀警署途中，阿吉問：「隊長，那位戴球帽的前輩是誰？」

「我之前在總部情報科的上司，前警司關振鐸。」

「『天眼』關振鐸？」阿吉詫異地嚷道。「那位過目不忘、光從步姿就能認出犯人的『超級神探』？」

駱小明會心微笑，師傅這些綽號似乎在警界流傳很廣。在駱小明眼中，師傅的確厲害，但像「天眼」這類別稱，未免太神化了。

回到警署，駱小明就把指紋文件傳給鑑證科。報告在下午五點多傳回，結論令重案組眾人黯然，但又為案情有多一分進展而欣慰。

鑑證科回報，浮屍的指紋跟唐穎的紀錄相符。

找到唐穎屍體的新聞一傳出，全港各界轟動。唐穎被謀殺一案受盡關注，但重案組一籌莫展。重案組各人猜想，總部應該很快會插手，尤其事件涉及黑幫仇殺，O記接手也是很合理；可是，任何警員都不希望正在調查的案子移交他人手上，畢竟這就像自己的價值被否定，之前的努力統統白費。

翌日重案組士氣相當低落，加上線索連番落空，駱小明亦感到相當乏力。雖然他在警界多年，熟知調查方法，但這是他首次主導調查，壓力自然不少。他覺得自己愈心急，思緒就愈混亂。在苦無對策之際，他看到案頭上他跟關振鐸的合照——他決定今天讓腦袋休息一下。

「喂，師傅？我在彌敦道，正往你家……」下班後，駱小明駕車往旺角駛去，在車上打電話給師傅。

「哎，真不巧，我今天要晚點回來……你在我家等我吧！你師母在家，不過她七點到朋友家搓麻雀，我先打電話叫她等一等。」電話中師傅如此說道。

駱小明停好車後，想到很久沒見師母，就特意到餅店買了半打精緻的水果塔當伴手禮，又想起師母偏好栗子蛋糕㉕，再追加一塊。師母見到駱小明很是高興，自從駱小明調職前到關家吃過一頓飯後，二人已有一個多月沒碰面，她收到禮物更是一臉雀躍，說可以給「雀友」們當飯後甜點。駱小明知道，師母並不嘴饞，她的反應只是出於她可以向其他老太太們炫耀有個關心自己兩夫婦、像兒子般的晚輩。關振鐸夫婦膝下猶虛，待駱小明如親生子，駱小明亦早將他倆當作乾爹娘了。

師母離開寓所後，駱小明獨自在關家等候師傅。雖然關振鐸是退休警司，但因為他慳吝的個性，他跟老妻只住在約五百平方英尺㉖的小房子內。駱小明好幾次問師傅為什麼不搬到較大的寓

㉕即是蒙布朗（Mont Blanc）。

㉖約十四坪。

所，關振鐸卻回答道：「房子小，打理也較容易嘛，省工夫省時間，電費也少花一點。」駱小明也滿佩服師母，堂堂退休警司夫人，甘願過這種平淡儉樸的生活。不過若師母是個好高騖遠的女人，師傅當年就不會娶她吧——駱小明心想。

駱小明坐在客廳沙發上，腦袋卻被唐穎的案子細節填滿。他愈坐就愈心浮氣躁，覺得自己乾等著浪費時間。他站起來，在客廳踱步，繞了幾個圈子，再走進關振鐸的書房。關家只有兩房一廳，除了師傅師母的臥室外，就只有一間小小的書房。房間裡有一張桌子、兩張扶手椅、幾個書架和一台電腦，平日關振鐸就在這兒閱讀警方各部門送來的文件，整理線索，再推敲出結論。

駱小明無意識地掃過書架上大大小小的文件夾，再坐在師傅的椅子上。房間的牆上掛滿裝裱在相框的照片，當中有不少已經褪色，也有數幅是黑白照。在窗戶旁邊的一幅照片最古老，相中的關振鐸只有二十多歲，駱小明知道那是一九七〇年師傅到英國受訓時所拍攝的。傳聞關振鐸在六七暴動時有出色的表現，獲得洋人上司嘉許，開展他的「神探」傳奇；不過駱小明從沒聽過師傅講述那件事，他好幾次主動問及，師傅都避而不談。他猜想，師傅可能不想吹噓，畢竟在那場暴動中，不少警員殉職，也有不少平民受連累，親身經歷過的人，大概都不欲回想。

關振鐸的案頭堆滿雜物，一片凌亂，文件、筆記等等胡亂地佈滿整個桌面。雖然客廳打理得井井有條，但關振鐸的桌子十年如一日亂成一團，駱小明聽過師母說，師傅禁止她碰他的桌子，而師母也怕影響他辦案，所以多年來任由這個「亂葬崗」保持原貌。

案頭上的雜物遠超過一般人的想像，除了文件和筆記之外，還有墨水筆、藥瓶、照片、幻燈片、檯燈、放大鏡、顯微鏡、化學試劑、開鎖道具、指紋檢查粉末、針孔鏡頭、偽裝成原子筆的錄音機、複製鑰匙的泥膠板……駱小明總覺得，比起警察顧問，擁有這些裝備的師傅更像私家偵探或間諜。不過因為他熟知師傅那種「非常」的調查手段，所以對這些物件倒是見怪不怪。

駱小明坐在師傅的椅子上，蹺起雙腿，模仿師傅平日思考的樣子。他抓起一個五公分高的玻璃瓶，隨手把玩，就像師傅平日的模樣。瓶中有一顆子彈頭，是關振鐸辦案的紀念品——其實彈頭是違禁品，不能以這種方法保管，但對一向不會循規蹈矩的關振鐸來說，這只是小事中的小事。

駱小明輕輕搖動著玻璃瓶，子彈跟瓶身碰撞發出清脆的響聲，再漫無目的地瀏覽著桌上雜亂的文件。偶然間，一個寫在土黃色文件夾上的名字蹦進他的眼簾，讓他霍地回過神來。

——任德樂。

關振鐸的案頭上，放了樂爺的個人檔案。

雖然擅自翻動師傅的文件大概會招來責備，但駱小明沒有多想，打開文件，細看裡面的每一頁。然而，翻不到半分鐘，他就失望地合上文件夾，因為那只是樂爺的個人檔案副本，他的皮包裡就有一份一模一樣的，內容分毫不差。

他撥開樂爺的檔案，正要挨在椅背上，六個紅色的文字抓住他的注意。

樂爺的檔案下方有一個蓋著「機密：內部文件」印章的公文袋。

他伸手拈起公文袋，發現袋口沒有密封。他受不住好奇心驅使，打開公文袋，抽出裡面的紙張。

駱小明本來以為那是樂爺的個人機密資料，可是一看之下，那根本是風馬牛不相及的東西。那是某個證人保護計畫檔案的相關文件，是警方保護證人組與入境事務處的信件副本。駱小明察覺內容敏感，正要把信件放回公文袋內，剎那間他看到某個關鍵字。

「蔣福」。

這個名字對他來說很陌生，但「蔣」這個姓氏，讓他想起任德樂的話。

——「姓蔣的傢伙已在你們毒品調查科手上，對付我，輪不到你動手。」

這文件跟樂爺的個人檔案放在一起，不會是碰巧——駱小明暗想。他重新掏出文件，快速地閱讀內容。那些信件中，說明了叫蔣福的人會參加證人保護計畫，需要入境處提供新身分，並已獲警務處長及行政長官批准。其中一頁似是入境處某回信的附件，上面列出五個名字，並在名字後寫上另一個中英文兼備的名字。五個名字中，四個姓蔣，一個姓林，駱小明猜想，這是連同證人家人一起更換身分的保護計畫。

「蔣福改成江瑜、林紫改成趙君怡，蔣國軒、蔣麗明、蔣麗妮分別改成江志強、江小宜和江小玲……」駱小明默唸著文件中的名字。

「咔嚓。」

大門傳來扭動鑰匙的聲音，駱小明連忙把文件塞回公文袋，免被師傅責怪。

「小明，讓你久等啦。」關振鐸一打開大門就說。

「不、不要緊。」駱小明從書房匆匆走出來。

「嗯……」關振鐸瞥了徒弟一眼，把帽子和拐杖掛在玄關牆上的鉤子，邊脫鞋邊說：「你看過我桌上的文件也不打緊，別說出去就是了。」

駱小明一怔，沒料到自己露了餡。

「你未吃飯吧？咱們去哪兒吃飯？街口明記有特價燒鵝套餐。還是叫外送？雖然我不大喜歡吃『西洋燒餅』，但我有披薩的折價券，這個禮拜到期，不用就太浪費了。」師傅輕鬆地說。

「師傅，你也在調查樂爺？」駱小明答非所問。

「我就說過嘛，總部毒品調查科那邊要對付他。任德樂十多二十年來在黑道涉及大量毒品交易，毒品調查科一直沒證據，結果去年竟然找到證人願意頂證他，真是踏破鐵鞋無覓處，得來全不費工夫……」

「那個蔣福？」駱小明想起那份「機密文件」裡的名字。

關振鐸挑起一邊眉毛，說：「對。他是越南華人，跟東南亞的毒販有點瓜葛，現在是汙點證人。如果被越南那邊的毒販知道他變節，他應該活不過數天，所以他會和家人在香港以新身分生活。其餘的細節，我就不能說了──事實上，告訴你這些我已經違規了啦。」

「對付任德樂要如此大費周章嗎？就算放著任德樂不管，興忠禾都會被洪義聯吞併吧？」駱小明頓了一頓，說：「還是說，這個證人還掌握了洪義聯……左漢強的販毒罪證？」

「沒有，蔣福的證言在香港就只能定樂爺的罪而已，其餘能對付的老黑道都已經去世了。」關振鐸攤攤手。

駱小明很想批判說毒品調查科拘捕樂爺，只不過是門面工夫，讓市民覺得警方有辦事，實際上，油尖區的毒品問題才沒有任何改善。可是，他不敢在師傅面前放這種狠話，總部毒品調查科的頭兒是關振鐸的舊友，據說兩人在七〇年代時在九龍區刑事偵緝部共事過。

「師傅，殺死唐穎的兇手是樂爺的手下嗎？」駱小明不再執著在汙點證人的事情上，改口問道。

「你已經盤問過樂爺吧？你認為呢？」關振鐸坐在沙發上，從容地反問。

「我……覺得他不是主謀。但我不肯定他有沒有愚蠢的手下，獨斷獨行為老大出氣，然後意外令唐穎墜橋身亡。」

「一般而言這個想法很合理，」關振鐸笑道，「不過，根據你目前已知的事實，你仍這樣想就證明你功課做得不夠。」

「我有什麼看走眼了？」

「你知道興忠禾是從洪義聯分裂出來的吧？」
「嗯。」
「而興忠禾近年勢力不斷被洪義聯蠶食，不少小弟轉投左老闆門下，對不對？」
「對。」
「樂爺在兒子被打後，下了命令禁止手下對付洪義聯的人，你知道嗎？」
「我從情報組那邊聽過了。」
「綜合上述三點，你認為興忠禾裡仍有那種不聽老大命令，自把自為的傢伙嗎？首先，年輕的激進派傢伙根本不會跟隨樂爺出走，只會跟隨『臭味相投』的左漢強；而會做出殺人這種勾當的『能幹』小弟，一是早被洪義聯挖走，留下的，就一定會忠實執行老大任德樂的每道指示。就算樂爺真的有這種失控的手下，那傢伙要殺的，該是左漢強，而不是無關痛癢的唐穎。追殺唐穎，只會為組織和老大添麻煩，得不償失。」
「唐穎的死可能是意外啊？那些打手不一定想殺人吧？」
「不殺人的話，拿西瓜刀幹啥？切西瓜嗎？」
駱小明想起影片中那些揮動武器的兇徒。
「從影片看來，那是一開始就打算取人性命的部署啊。」關振鐸淡然地說。
「那麼，師傅你認為犯人不是興忠禾的人？」
「小明，我今天很累啦，你這案子沒有什麼好推理的，只要抓到有用的線報，讓證人作證，再拘捕犯人就是了。黑道的案子，主謀都能置身事外，幾乎沒有物證可用，唯有找到證人指證才能解決。耐心一點吧。」
「可是，師傅……」

「你現在是重案組幫辦㉗，有些事情你要獨自解決，別老是倚賴我這個老傢伙啦。」關振鐸笑道：「你要相信自己，上級提拔你就是信任你的才能，如果連你自己都懷疑自己，又怎可以帶領手下呢？」

駱小明欲言又止，師傅說到這地步，他就不好意思再追問。

這一夜駱小明沒有什麼收穫，關振鐸似乎對唐穎的案子興趣缺缺，之後完全沒有提過相關的事，加上兩人到了街口的燒味餐廳用餐，關振鐸就更像是特意迴避討論案情。駱小明猜想，毒品調查科著手處理任德樂，萬一師傅說溜了嘴，把某些情報——像那個姓蔣的證人所在之處——外洩，就會危及檢控程序。

因為家中有懷孕的妻子，駱小明沒有待太晚，十點半左右就離開——以前他跟師傅會聊至一、兩點。臨走前，關振鐸拍拍他的肩膀，說：「小明，放鬆一點吧，下班後就別老想著案件，聽聽音樂、看看電視，這樣工作才會順利嘛。」

雖然師傅如此忠告，回家路上，駱小明腦海內仍然充斥著唐穎、任德樂、楊文海等名字。

「咦，妳還未睡？」駱小明回到家已是十一點多，發現妻子美美倚在床上。雖然電視正亮著，但她正在看八卦雜誌。

「等你嘛。」美美向丈夫撒嬌道。

「孕婦熬夜不好。」駱小明邊說邊給妻子一個親吻。

「才十一點多，算什麼熬夜。」美美作勢抱怨道。自從她懷孕後，駱小明就開始緊張她的起居飲食、生活作息。

㉗幫辦：香港俗語，即督察。

「要喝熱牛奶嗎？我去沖給妳。」

「喝過了。」美美溫婉地說：「你忙了一整天就好好休息吧，我已給你放好洗澡水。」

駱小明脫下外套，瞥了妻子手邊的八卦雜誌一眼。那是最新一期的《八週刊》，封面人物是楊文海，還附上唐穎的舊照。

「這種沒營養的雜誌就別看吧，搞不好會影響胎兒發育。」駱小明說。

「朋友們都在聊這些話題，不看就脫節了。」美美嘛嘛嘴，反駁道。「說起來，這個女孩子真可憐，眼看要到外國發展，居然飛來橫禍被害死了。」

「這個唐……妳說她要到外國發展？」本來駱小明想罵唐穎遇害是咎由自取，卻突然發現他不知道另一項情報。

「對啊，有朋友的朋友的親戚是娛記，據說有間大型的日本公司相中唐穎，打算高薪挖角，捧她做亞洲區的偶像明星。」

「唐穎不是跟星夜有合約嗎？可以跳槽？」

「喔？這我就不知道了……」美美側著頭道。

駱小明浸泡在浴缸中，想著妻子的話。雖然是無關痛癢的傳聞，但不知何解，他就是很在意唐穎有機會跳槽這一點。

離開浴室，回到臥房時，駱小明發覺妻子已經入睡。他小心翼翼地替妻子拿掉手中的雜誌，再伸手取過電視遙控，打算按下關機鈕——然而在這一刻，電視畫面讓他心頭一震，他渾然忘掉在旁剛睡著的妻子，把電視音量調高。

「……我對唐穎遇害感到非常痛惜和憤慨，我們失去一位如此有潛質的歌手，不單是星夜的損失，更是全香港樂迷的損失……」

在電視畫面裡，被十數支麥克風團團圍住、西裝筆挺、面容嚴肅的男人，正是左漢強。駱小明瞧了一下畫面角落，這是娛樂新聞節目，下方的文字寫著「星夜左老闆返港，首為唐穎事件開腔」。駱小明猜，這是一兩個鐘頭前的事。

「星夜娛樂公司譴責兇徒的暴行，這種罪行令人髮指，我們要求警方全力追查犯人。對於有傳聞指唐穎之前跟楊文海先生發生過一些不愉快事件，我本人並不知情，但唐穎是一位很善良淳樸的女孩子，我相信責任不在她身上。」

左漢強侃侃而談，一派企業家的模樣。

「請問您知道楊文海兩個星期前被毆打嗎？」一個記者問道。

「我聽記者朋友說過。對於近期連續發生這類暴力事件，我們星夜跟全港市民的想法一樣，就是希望盡快將兇徒繩之以法。」

媽的，把事情說得跟自己毫無關係一樣——駱小明心裡罵道。

「唐穎的大碟會如期推出嗎？」

「這片大碟是唐穎的心血，既然兇徒要阻止樂迷們欣賞唐穎的歌聲，我們就不能讓他們得逞，唱片會如期在本星期上架。」左漢強肅穆地說：「不過原來配合發片的小型演唱會將會取消，我們正籌備一個悼念唐穎的燭光晚會，邀請各位歌手出席演唱，預定下個月月中舉行……」

忽然間，駱小明耳邊響起師傅的忠告。

——「下班後就別老想著案件，聽聽音樂、看看電視，這樣工作才會順利嘛。」

那不是「忠告」，是「提示」。

駱小明驚覺自己一直往錯誤的方向調查了。

——「釣大魚要有耐性，現在看不到上鉤的可能，就只好靜心等待，留意水面的變化，抓緊一瞬即逝的機會……」

駱小明凝視著電視畫面，但他已經沒再留意左漢強在說什麼。因為他的心神，全放在如何把握這個一瞬即逝的機會之上。

這個控告左漢強「串謀及唆使謀殺」的機會之上。

5

就連一向不善於察言觀色的小張，也知道隊長今天心事重重。

從早上駱小明回到辦公室開始，隊員們就察覺氣氛有異。駱小明的臉，比平時還要緊繃，上次「山蛭行動」失利，他被上級圍攻後，表情也沒有如此嚴肅。

「隊長，」阿吉敲了一下隊長房間的門，說：「我查看過興忠禾低層打手的檔案，比對影片中四名兇徒的身型，找到七個可疑的人物……」

「不用查了，你不會在那兒找到犯人的。」駱小明嘆一口氣，頓了一頓，說：「阿吉……你覺得我這個隊長稱職嗎？」

阿吉搞不懂駱小明的用意，一時之間答不上話來。「嗯……隊長，我在你手下工作的時間尚短，客觀而言，實在答不出來。不過，隊長你對我們很好，上次行動出漏子，你也沒有給我們臉色，手足們都覺得隊長你值得信任。」

駱小明微笑一下，似乎對這個答案很滿意。「這麼說，就算我被調走，我算是心安理得吧。」

「隊長？」阿吉對駱小明的話感到訝異。

「今天的行動，由我全盤負責，如果要被追究，我一力承擔。」駱小明站起來，「阿吉，我們去拘捕殺害唐穎的主謀。」

「誰？」

「左漢強。」

這答案讓阿吉吃了一驚。他連忙問：「左漢強？為什麼他要殺唐穎？不，隊長，你有證據嗎？」

「沒有。」駱小明淡然地說。

「這樣的話……」剎那間，阿吉明白了為什麼駱小明要為接下來的行動承擔責任。在沒有證據下找左老闆的碴，麻煩事可能會源源不絕地出現，更何況動手的人只是小小一個分區重案組的隊長。「隊長，你是想引誘左漢強自白？」

「不。」駱小明苦笑道：「這種大鱷，不會笨得說出對自己不利的話。只是為了保住自己的仕途，明知對方作奸犯科也不聞不問，就有違我的原則。就算無法入罪，我也要讓左漢強知道，在油尖區，他不能為所欲為。」

阿吉很想告訴駱小明，如果這一刻他再被問到之前的問題，他一定會答「你是一位非常稱職的隊長」。即使在警隊這副龐大的機器裡，每天被官僚制度打磨而變得圓滑，好些警員的內心，仍有著一股嫉惡如仇的熱血。

駱小明帶著阿吉，前往星夜娛樂公司，「邀請」左漢強到警署協助調查。星夜的大門外，一早塞滿跟進報導的記者，期望挖到第一手資料，駱小明到來，記者們便認得他是唐穎一案的負責人。

「駱督察，你來是向左老闆查問唐穎的事嗎？」

「駱督察，請問警方鎖定兇徒了沒有？」

「傳聞警方先前拘捕了楊文海的父親任德樂，請問楊文海是否涉案？」

駱督察面對這些質問，他一概沒有回應。他向接待處的女職員明言，警方要找左漢強。

「警察先生，是要我提供唐穎的資料嗎？我只負責行政工作，恐怕幫助有限……」左漢強一身名牌西裝，頭髮梳理整齊，沒有半點江湖味，從外表來看就是一位奉公守法的殷實商人。

「左漢強先生，」駱小明保持著平穩的語氣，說：「我是油尖區重案組駱小明督察，現在懷疑你跟一宗謀殺案有關，麻煩你跟我們回警署協助調查。」

左漢強露出不可置信的表情。不過，在下一刻，他便回復本來的商人面貌，臉上堆出笑容，說：「這樣嗎……我想請我的法律顧問同行，可以嗎？」

「請。」駱小明沒有多說半句，示意左漢強可以致電律師。

左漢強在電話交代兩句，就跟駱小明和阿吉兩人離開。在公司門外，記者們看到這一幕都大為詫異，因為左漢強沒理由要跟警員離去，不少人覺得事有蹊蹺。

「沒事，我只是去協助警方，提供一些線索而已。」左漢強繼續擺出輕鬆的態度，但記者們沒有錯過這機會，拿起相機猛拍。

雖然左漢強神態自若，但駱小明知道，此刻他的內心極度不悅。

三人回到尖吵咀警署，左漢強的律師已在等待。警署上下再一次為駱小明的行動感到驚訝，數天前他才抓了興忠禾的老大回來，今天居然連「碰不得」的洪義聯油尖區地下首腦左漢強也在警署亮相。

「左先生，請坐。」在接見室內，駱小明讓左漢強和他的律師坐在桌子的一邊。這個房間，正是之前駱小明盤問任德樂的那一間。

「駱督察，我不明白你要我的委託人浪費時間到警署協助調查的理由。」律師率先開口。

「如果只是取證，我的委託人可以要求在他的辦公室作供。」

「我相信左先生涉嫌串謀及唆使他人謀殺。」駱小明沒有拐彎抹角，直接把結論丟出來。左漢強眉毛一揚，但他沒有說話，他的律師也立時舉手，示意他不要作聲。

「被害人是誰？」律師問。

「星夜娛樂公司旗下的歌手，唐穎。」

「駱督察，這未免太荒謬了，」律師笑道：「為什麼星夜娛樂公司的老闆要傷害自己旗下最有前途、最具賺錢能力的員工？」

「照你所說，兇徒應該反而是跟星夜娛樂公司或左漢強先生有仇的人，傷害唐穎以換取打擊左先生的生意為目的？」駱小明反問道。

「這我不清楚，我們是事件的被害人之一，捉拿犯人是你們警方的責任，不是我們的。」律師以凌厲的目光掃過駱小明和阿吉。

「演員楊文海被毆打一案，請問左先生能否提供任何線索？」駱小明突然轉換話題。

「我只是從記者朋友口中得悉此事，之前對此並不知情。」左漢強的答案，就像昨天面對記者時所說的差不多。

「那麼，左先生有沒有任何猜想？例如為什麼楊文海會被毆打？」

律師正要搶白，左漢強伸手攔住律師，說：「以一位市民的角度，我猜他可能因為平日行為不檢點，跟某些人物結怨，招來報復。我聽說楊文海的生父是黑道人物任德樂，如此說來，他被毆打，可能跟黑社會有關，這一點我想警方比我這個普通市民更清楚。」

好傢伙——駱小明心中暗罵。

「那麼，導演梁國榮、女演員沈雪詩和電台節目主持丁占美等等，左先生又認識嗎？」

「他們是公眾人物，我當然聽過名字，或許曾在某些場合見過面，但我不記得了。」

「梁國榮三年前被掌摑、沈雪詩和丁占美去年分別被擄上休旅車禁錮五小時和遭到六名大漢恐嚇，這些事件都發生在他們公開發表跟左先生或星夜娛樂公司旗下藝人相關的言論之後。你有什麼意見？」

「這些事件都沒有關聯性。」律師代左漢強回答：「丁占美遇襲之前，就不斷在電台節目中批評香港政府，這麼說來，警方有沒有請特首到警署問話？」

「當然，如果有粉絲覺得某些言論傷害了他們的偶像，於是做出違法的行為，我本人也深感遺憾。」左漢強微笑道。

駱小明發覺，左漢強根本不需要律師陪同，單靠自己也可以把事情撇得一乾二淨。他要律師在場，純粹是為了令現場多一位自己人，讓他可以暢所欲言，找機會奚落警方，將攻守位置逆轉。

「之前左先生你說楊文海被毆打，可能是跟他父親的黑社會身分有關，但剛才你又說或許某些粉絲會做出違法的行為，這不是自相矛盾嗎？」

「那只是不同的可能性，我不過猜猜罷了，」左漢強再度微笑，說：「而且，我們旗下的藝人獲得不同階層的市民支持，如果有粉絲是黑道人物，這也不是我這個老闆能夠控制的。」

「督察先生，」律師跟左漢強就像相聲般一唱一和，「你一直在說的事情，都跟左先生無關，我實在無法想像你有什麼理據認為我的委託人涉及唐穎的案件。如果你要繼續糾纏下去，我會考慮向投訴科立案，指你在缺乏證據之下騷擾左漢強先生。你剛才高調地邀請左先生到警署，明天應該會有大量媒體報導，這已經構成星夜娛樂公司的公關災難，我們保留循法律途徑追究的權利。」

一如駱小明所料，左漢強的嘴巴很緊，不會吐出半句對自己不利的話。他搖了搖頭，決定單刀直入。

「我之前認為，唐穎是被興忠禾的手下所殺的。」駱小明說。對於突然冒出的這一句話，左漢強、律師和阿吉都不明所以。

「那麼……」

駱小明伸手打斷律師的話，繼續說：「唐穎先前被楊文海調戲，之後有黑社會人物圍毆楊文海報復，卻不知道楊文海的生父是興忠禾的老大任德樂。按照這個想法，任德樂或其手下向唐穎報仇，在動機上非常足夠。」

「所以你應該去拘捕那位任先生啊。」左漢強說。他的眼神充滿笑意。

「但從情報和形勢來看，我判斷任德樂並沒有主使這場襲擊。行兇的沒錯是黑道，但不是興忠禾，而是洪義聯，亦即是左漢強先生你的手下。」

「警官先生，你剛才的發言嚴重損害我的委託人的名譽……」律師猛然站起，雙手按著桌面，向駱小明作出威嚇。

「等等，讓他繼續說。」左漢強突然說道。阿吉也看到，律師明顯沒料到左老闆這一個決定，狐疑地盯著對方。

「首先，我說說唐穎遇害當晚的經過。」駱小明不徐不疾地說。「唐穎在二十二號晚上，乘坐經紀人的車子回到寓所外後，沒有回家，是因為左漢強先生之前要求跟她密會。左漢強用的藉口我不大清楚，但左漢強是老闆，先前更替自己向楊文海報復，唐穎沒有不赴會的理由。然而，這只是引誘唐穎步向陷阱的手段，因為左漢強根本沒打算現身，在那個地點等候的，就只有『左老大』安排的洪義聯低級打手。」

律師數度想發難，但每次他想說話，都先瞄瞄左漢強，看到他沒有示意，就讓駱小明繼續說。

「案發現場是個伏擊的好地點，路人少，沒有民居，也沒有店鋪，更重要的是，被埋伏的人無處可逃，只能走上天橋。」駱小明一邊說，一邊直盯著左漢強的雙眼。「只要讓一兩人在天橋上守著，獵物就會自投羅網。」

「駱督察，」左漢強突然笑道：「你神志清醒嗎？你剛才的話毫無邏輯可言——就算如你所說，我是黑道老大，我竟然殺害自己旗下最具賺錢能力的員工，這已經難以理解。而且我還大費周章地引她到一個公眾場所，讓她被我的『手下』伏擊，這不是相當多餘嗎？為什麼我不直接擄走她？我大可以讓她登上我指定的車子，然後對她為所欲為。由動機以至做法都充滿漏洞，就連我這個對查案一竅不通的門外漢也能指出矛盾了。」

「先說動機。」駱小明聲調不變繼續說：「唐穎沒錯是星夜最賺錢的歌手，但只限於『現在』——在不久的將來，她反而會成為阻礙星夜其他歌手發展的敵人，因為她即將跳槽。她一旦轉到新的經紀公司，她對星夜就毫無價值，之前在她身上的投資不但白費，更變相成為同行對手的資產。」

駱小明知道，左漢強向來重視「市場佔有率」，從洪義聯蠶食與忠𥚃勢力版圖的手段，可見這個男人對壟斷市場有著異常的執著。

「駱督察，我不知道你從哪兒聽到不可信的傳言，但唐穎跟星夜簽了十年合約，離合約完結還有七年……」律師反駁道。

「如果合約沒有法律效力呢？」駱小明冷冷地丟出一句。從律師和左漢強的表情，駱小明知道這一點他算中了。「香港法例規定，十五歲以下的未成年人如需要工作，必須有父母或監護人同意。唐穎十四歲加入星夜，她簽的合約，在法律上不會被承認。打算挖角的日本公司一定從唐穎口中知道這細節，而這一個漏洞就成為他們合法地讓唐穎跳槽的理據。你們留意這一點的時候已經太遲，唐穎知道自己有機會在更龐大更具規模的公司發展，自然不願意跟星夜補簽新合約。」

「日本公司挖角只是坊間傳聞，沒有事實根據。」律師說。「即使真的有公司挖角，憑此便誣陷我的委託人串謀殺人，未免太荒唐了。」

「這是動機之一，還有其二其三。」駱小明繼續說：「失去唐穎這隻『會生金蛋的鵝』已是無可避免的事實，將其幹掉一拍兩散是減少損失的最佳辦法，但左先生是位非常精於計算的生意人，就連死去的『鵝』，他也會用盡牠身上的每一分血肉。偶像明星的死亡永遠是最佳的宣傳，人雖然死去，但只要擁有死者遺作的發行權，反而可以賺取數十倍甚至數百倍的利潤。重點是，這一場死亡的戲碼要夠矚目，配合公關宣傳，將死者塑造成為『殞落的巨星』，作品就能大賣。」

駱小明昨天看到左漢強在記者會上說唐穎的新唱片如期上市，才驚覺這個隱藏起來的利害關係。

「所以，你不但用計令唐穎在公眾場所遇襲，更偷偷通知八卦雜誌的狗仔隊去跟蹤她——唐穎遇襲的影片，是你刻意安排的。你希望這場血腥的襲擊登上雜誌封面，不過，那些娛記並不像你那麼喪盡天良，拍到這種情景，反而第一時間送到警察手上。」

因為師傅點破了「兇徒持刀襲擊唐穎是有預謀殺人的證據」，駱小明就發現之前猜想的「興忠禾小弟意外殺人」並不是事實。

「而這場『秀』，更是一石二鳥的好方法。」駱小明沒有讓律師抗議，說：「你或許已收到風聲，知道任德樂被警方盯上，這是完全吞併興忠禾的最好時機，萬一任德樂在退位前將權力交予接班人，事情就會添變數。唐穎被殺，任何知道楊文海跟任德樂關係的人都會猜想興忠禾的小弟是兇手，無論是否樂爺主使、是蓄意殺人還是意外誤殺，道義責任都在興忠禾身上。左老大有此為藉口，往後對付興忠禾便有節有理、名正言順，其他區域勢力也無法干涉——江湖就像戰爭，你一直欠的，就是一個『出兵』的藉口。」

「我的委託人對你的臆測不會作任何答覆，」律師緊皺著眉，說：「你說的全是無稽之談，如果你有足夠的證據，麻煩你放出來。」

「沒錯我沒有證據，但你的手下犯了一個錯誤。」駱小明保持著語氣，說道：「我之前一直猜想興忠禾的古惑仔行兇後移走屍體，是因為錯手殺人，一時情急，於是讓唐穎『人間蒸發』，以免招來洪義聯的報復；可是，當我發現唐穎的屍體沒有衣服，我才明白當中的原因。兇手想帶走的，不是『屍體』，而是『屍體身上的衣服』。左先生，你有看過唐穎遇襲的影片吧？」

「我有看過，那又怎樣？」

「沒有人料到，嬌小柔弱的唐穎，居然在危急關頭肘擊兇徒。那一下反擊力度很猛，那個犯人正面吃了一記，雖然鏡頭沒拍到，但我相信他的鼻子或嘴巴被打個正著，即使戴著口罩，多半他有流鼻血，或被打掉門牙。」

影片中，那個矮個子的確有用手掩住口鼻。

「唐穎被殺後，犯人之一發覺自己滿臉血跡，這一刻，他才察覺自己的血液可能沾到唐穎的衣服上。問題是唐穎墜橋而死，身上已沾滿她的鮮血，兇手無法確認在糾纏中有沒有留下血液證據。一般黑幫尋仇，犯人未必在意身分暴露，可是這一回卻是整個計畫中必須隱藏的關鍵——犯人是誰不要緊，重要的是他所屬幫派是哪一個。若警方成功抓住行兇的古惑仔，利用血液ＤＮＡ證明他就是兇手，而他是洪義聯而非興忠禾的成員，那就壞了左老大的大事。兇手們沒辦法在現場花時間脫去屍體的衣服，只好整具屍體運走，之後再處理。」

「如果事情像你所說，不也是沒有證據了嗎？」左漢強冷冷地說。他的樣子變得相當難看。

「衣服是沒有了，但血液不一定在衣服上。」駱小明取出幾張角度不同的照片，上面是兇案現場的天橋階梯。「鑑證科幾經辛苦，在一個扶手上找到血跡，而血跡所在之處，正是影片中被唐穎打中的矮個子曾用手觸摸過的位置。那影片記錄了完整的行兇過程，是難以推翻的鐵證，現在，我們只欠找出血液的主人。是的，我手上沒有證據可以證明左先生唆使他人謀殺，但這個矮個子兇手的證言便能夠。」

「你們已抓到這個矮子？」左漢強以低沉的語氣問。雖然他的外表仍是西裝筆挺，但他擺出的姿態，已經不再像一位光明磊落的商人。

「我們已有同事在跟進，明天之前就會抓到目標。」駱小明露出一個意味深長的微笑。

「那麼，你們現在仍未有任何證據吧？」左漢強說。「你所說的不過是猜測，John，你有沒有計算過這位駱督察剛才說了多少足以構成誹謗罪的話？」

律師怔了一怔，他沒料到左老闆在這時會叫他。「嗯、嗯，那些話一旦被公眾知道，便足夠提告了。」

「駱督察，你要跟我玩嗎？我奉陪到底。」左漢強露出奸險的笑容：「你儘管扣押我四十八個小時，但如果你一無所獲，你就會面對排山倒海的訴訟。」

「我沒打算扣押你。明天這個時候，你就會被正式拘捕。我今天找你來，只是想告訴你一個重要的訊息——」駱小明站起來，說：「我管你是黑社會大哥還是上流社會的大老闆，總之，我不買你的帳。其他同僚不敢抓你回警署，但我敢。你別以為能夠一直隻手遮天下去。」

話畢，駱小明打開接見室的房門，示意左漢強他們離開。左漢強似乎沒受過如此侮辱，二話不說，往門外走去。律師跟隨其後，臨走前瞪了駱小明一眼。

「隊長，原來扶手有血跡嗎？我記得報告中沒有這個？」阿吉在他們離開後，在走廊上向駱小明問道。

「沒有，那照片是假的。」

「咦？」

「阿吉，通知手足和情報組，全面警惕洪義聯今晚的所有活動，尤其注意那些負責行動的武鬥派。我剛才撒了餌，就看左漢強上不上鉤了。」

「上鉤？啊！你是指左漢強今晚會幹掉那四個行兇的古惑仔！」阿吉恍然大悟。

「對，以左漢強的性格，他應該會令兇手們來個死無對證。」駱小明說：「我設了時限，他應該會很心急，會在明天前解決那四個人。無論如何，我們必須保住至少一人的性命，讓他作供指證左漢強。」

駱小明想起師傅的提示──「黑道的案子，主謀都能置身事外，幾乎沒有物證可用，唯有找到證人指證才能解決。」

「好，隊長，我現在立即去辦。」阿吉點點頭，往重案組辦公室奔去。

雖然駱小明剛才擺出一副毫不認輸的架式，實際上，他並不如外表那樣剽悍。他押上自己的職位和前途去賭這一局，而他知道，勝算不過是一半一半。

「幹得不錯嘛。」

駱小明不防有人站在身後，不過那道聲音沒有讓他太驚訝。在他身後不遠處、左手撐著一根短短拐杖的，是關振鐸。

「師傅？你為什麼……不，你說我幹得不錯，是指左漢強的事？」駱小明本來想問師傅為什麼在警署。

「當然。」關振鐸指指接見室旁的房間，那兒有監察接見室的儀器。「我剛才一直在看。」

「可是左漢強會否露出破綻仍是未知之數……」駱小明嘆一口氣。

「來吧，小明，我們到外面走走，你的手下會處理餘下的事，不用你費神。」

「到外面？去哪兒？」

「去破案。」關振鐸亮出一個神秘的笑容。

6

駱小明跟隨師傅，來到警署的停車場。

「給我車匙，我來開車。」關振鐸對小明說道。雖然關振鐸有駕照，但他沒有車。他經常說，在香港開車成本太高，除了汽油費外，還要租停車的位置，況且香港的公共交通非常便利，駕車太不划算。不過，他老是坐同僚或下屬的便車，小明就時常當他的私人司機。

「咦？」駱小明遞過車匙，有點不解。

「與其我告訴你路線，不如乾脆由我開來得方便。」關振鐸打開車門，坐上駕駛席。

車子離開尖沙咀警署後，往紅磡海底隧道的方向駛去。

「我們去哪兒？」小明問。

「上環。」關振鐸握著方向盤，從後視鏡瞄了駱小明一眼。「明天你應該會聲名大噪，新官上任一個月，接連抓了任德樂和左漢強到警署協助調查，嘿，大概黑白兩道都會知道你這位『辣手神探』的名字吧。」

「如果今晚找不到左漢強的罪證，我這個『辣手神探』就會被調去守水塘㉘了。」

「小明，老實說，你太低估左漢強了。」關振鐸說道。這句話就像在駱小明的大腿上扎了一針，讓他緊張地盯著師傅。

「我太低估左漢強？」

「沒錯你這幾年跟我學到好幾道板斧，你這招『引蛇出洞』對一般罪犯挺有效的，但對城府深密的左漢強來說，只怕會被看穿。」

「你是說，左漢強會按兵不動，不會對殺害唐穎的手下們出手？」

「左漢強跟其他黑道大哥不一樣，他處事深謀遠慮。」關振鐸把車子駛進海底隧道，說：「你想想，他在洪義聯奪權後，花上五年來侵蝕任德樂的勢力，這傢伙做事表面上橫蠻狠毒，實際上粗中有細。你剛才的計策有一道破綻，對手是左漢強的話，一定會察覺。」

「破綻？」

「你無法解釋為什麼今天要高調抓他回來啊。」關振鐸笑了笑，說：「假設警方真的如你所說，掌握兇手血跡這種重要的證據，並且已經盯上嫌犯，那你為何要把這一切告訴左漢強這幕後老大？是為了過偵探癮嗎？」

駱小明低頭思考當中的邏輯。

「他很可能以為我是個菜鳥隊長，為了立威所以這樣做……」

「如果你真的如此不濟，就不可能推理出之前所說的每個細節。你的推理讓他知道你是一個高明的賭徒，但你沒有用盡手上的籌碼，在抓到犯人、獲得確切的證言後才拘捕他，反而在決勝之前先驚動對手，這便證明你只是虛張聲勢。」

駱小明張口但沒說出話。他想向師傅說明左漢強仍有機會中計，但理智上他知道師傅說的半點不差。

「小明，唐穎這案子你是無法解決的，因為對手太壞了。」

車子離開隧道，午後的陽光照進車廂內，駱小明卻覺得眼前一黑。關振鐸的這句話，就像法官的判詞，一鎚定音。可是，駱小明沒想到，這一刻他並沒有為自己的前途而擔憂，反而是為了犯人逍遙法外而發愁。

沉默了好一陣子，小明頹然地說：「師傅，那你有方法逮捕左漢強吧？」

「當然有。」關振鐸笑道：「不然我為什麼帶你出來？」

「我們去上環幹什麼？左漢強的勢力應該沒有伸到港島區吧？」小明從車窗看到，他們剛轉進皇后大道中。

「去見一個姓蔣的傢伙……啊，不對，現在該說是姓『江』的。」

「咦？」師傅的答案出乎小明意料。從姓蔣換成姓江的，駱小明當然記得那是指總部毒品調查科起訴任德樂的汙點證人。

「你不是說過蔣福的證詞動不了左漢強嗎？」駱小明追問道。

「對，他只是任德樂販毒案的汙點證人。」

駱小明無法理解師傅的做法，但又不想表現得太愚笨，於是閉嘴思考各種可能。不一會，關振鐸把車子停在路邊，說：「到了。」

小明下車張望四周，發覺身處上環必列者士街附近。這一區域雖然鄰近中區，但仍有不少舊式的唐樓㉙，在不久的將來應該會拆卸重建。

㉘香港的水塘位於人跡罕至的郊區，「守水塘」就是指警員被編至偏僻的地區擔任投閒置散的工作。

㉙唐樓：香港古舊的中式建築。

「這邊。」關振鐸走在前方，來到永利街一棟只有五層高、外牆破落的唐樓入口前。駱小明猜想，這可能是保護證人組的安全屋之一，畢竟這種不起眼的大樓，比起鬧市中的高級寓所更不容易出事。

二人走上樓梯，來到三樓的梯間。這棟唐樓每層只有一個單位，住所大門外有一道簡陋的鐵閘。關振鐸按了按門鈴，房子內卻沒有響起相應的鈴聲。小明剛想問門鈴是否故障，鐵閘內的木門卻應聲打開。站在鐵閘後的，是一位大約四十來歲，身型肥胖的中年婦女，她的打扮很隨便，身上罩著一件印有卡通圖案的橙色T恤，完全不像保護證人組的警員。

婦人看到關振鐸，表情沒大變化，就像早知道按門鈴的是他。她打開鐵閘，讓二人進屋內。

「麻煩妳了，古小姐。」關振鐸向婦人說。小明為「古小姐」這稱呼納罕，不過細心一想，說不定師傅跟她結識了十多二十年，那時候婦人仍然是「小姐」。

「關sir，我今天有點事忙，你們自便吧。」古小姐關上大門後，走進客廳右邊一個房間，關上房門。房子內的佈置，跟小明所想的完全不一樣，他本來以為室內是那種六、七十年代的老香港風格，可是客廳裝潢得非常時髦，發亮的木地板、流線型的桌椅，真皮沙發前更有一台差不多五十吋的平面電視，天花板安裝了小巧的射燈。這些亮麗的家具都讓小明嘖嘖稱奇，因為他沒想過，警方會砸大錢在安全屋上。

「這不是安全屋。」關振鐸從小明的表情知道他心中所想，微笑著說道：「這是古小姐的房子。」

「那位古小姐是什麼人？她不是警務人員吧？」

「她當然不是警員，更貼切地說，她算是距離警察最遠的人……可以說是罪犯吧。」關振鐸裝出一副煞有介事的樣子，說道。

「罪犯？」小明愕然地反問。難道這古小姐又是汙點證人——小明心裡暗忖。

關振鐸露齒而笑，沒有回答。他逕自走到客廳左邊的一扇房門前，敲了敲，房門不一會「咔」一聲打開。

「關警官，您好。」小明看到說話的是一個綁馬尾、戴眼鏡的少女，對關振鐸的態度很是恭敬。

「小明，跟你介紹，這位是江小玲。」

小明伸出右手，江小玲先有點猶豫，但隨即也伸手跟他握一下。小明記得，這位「江小玲」真名叫「蔣麗妮」，應該是任德樂案的證人蔣福的女兒之一。

「蔣福不在嗎？」小明探頭向房間裡張望。房間非常寬敞，但明顯裡面沒有其他人。江小玲聽到小明這樣問，露出不解的神色。

「當然不在啊。」關振鐸插嘴道。

「我們不是來見蔣福嗎？」

「不，我們是來見蔣麗妮。」

「這女孩子？」

「對。」

「為什麼？」

「蔣福跟妻子林紫和一對子女，一家四口接受香港警方的證人保護計畫。」關振鐸似是答非所問，向小明說。

「你說的我都知道啊，我看過你那份文件嘛。」

「你沒聽清楚，我說的是『一家四口』。」

剎那間，小明發覺當中的落差。

「蔣福不是有三個孩子嗎？就是這位蔣麗妮、蔣麗明和蔣國軒……」小明問。

關振鐸沒有回答，只對著江小玲——即是蔣麗妮——指了指頭髮。江小玲解下馬尾，除下眼鏡，抬起頭，把長髮撥往一邊。

小明不明白對方這樣做的用意，但當他要發問時，江小玲的眼神勾起他一點記憶，而這一點記憶，就像雷擊一樣，讓他感到一股力量直衝腦門。

「妳……妳是唐穎？」小明結結巴巴地問。

江小玲點點頭，露出一個靦腆的微笑。

駱小明完全看不出，面前這個不施脂粉、外表樸素的女孩就是唐穎。她跟娛樂雜誌上嬌俏豔麗的樣子判若兩人。

「為什麼唐穎在此？不，她沒有死去嗎？我們不是找到她的屍體嗎？」駱小明一口氣丟出一堆問題。唐穎仍然活著這事實，顛覆了他對案件的一切認知，令他腦袋裡充滿著矛盾。

「小明，這案子比你想像的複雜十倍啊。」關振鐸拍了拍小明的肩膀，說：「我們先坐下，再慢慢談吧。」

小明跟師傅坐在沙發上，唐穎端來兩杯熱茶，再坐在旁邊的椅子。當她放下茶杯時，小明仍緊盯著她的臉，想搞清楚她到底是不是真正的唐穎。

「小明，」關振鐸啜了一口熱茶，說：「你一直負責的是唐穎兇殺案吧。不過實際上，這案子並不存在，這只是一項行動的某一環節。」

「什麼行動？」

「釣那尾『深海大龍躉』的行動。」

「左漢強？」

「當然。」

「師傅，你的意思是，唐穎被殺是一宗不存在的案子，是偽造出來、欺騙法庭讓左漢強被判串謀殺人的虛構事件？」

「唐穎被殺沒錯是一宗不存在的案件，這行動亦有很多不能見光的旁門左道，但現在又不是七〇年代，你以為捏造證據這種下三濫的手段行得通嗎？」關振鐸笑道：「我剛才說過，唐穎的案件是這項行動的『某個環節』，事情比你想像中更早開始。」

「是從楊文海被毆打的事件開始？」

「不，是從籌備『山蛭行動』開始。」

小明聽到這答案，不禁錯愕地嚷道：「那行動去年十一月已在籌備啊！」

「我就說那也是行動的環節之一，」關振鐸莞爾一笑，「連它的失敗也是。」

駱小明完全摸不著頭腦，如墜五里霧中。

「讓我從頭說起吧。」關振鐸蹺起雙腿，說：「小明，你記得我說過，要讓左漢強這種心思細密的大鱷入罪，只能靠證人的證詞，但左漢強手下沒有人敢出賣老大，連提供小情報的大部分線民都被幹掉，左漢強治下，幾乎可說是滴水不漏。」

「所以就說沒有人願意作證嘛。」

「你把兩件事混淆了。」關振鐸豎起食指，邊擺動邊說：「左漢強麾下是『不敢』作證，而不是『不願』作證。然而，在洪義聯之外，偏偏有相反的人物，那個人不會『不敢』作證，只是『不願』作證。」

駱小明感到糊塗，但靜下來一想，就發覺師傅指的是誰。

「任德樂？」小明狐疑地吐出這名字。

「沒錯。」關振鐸像是滿意徒弟的答案，點點頭。「任德樂在洪義聯混了四十年以上才脫離組織，他不但看著左漢強加入黑道，更清楚知道幫派運作的一切細節。問題是，沒有黑道老大會跟『黑道的共同敵人』警察合作，而任德樂更是那種重視江湖道義多於性命安危的老派黑道，他不可能出賣左漢強。小明你知道什麼是『囚徒兩難』吧？」

「知道，就是博奕論的一套理論。」

在「囚徒兩難」中，假設警方拘捕了兩名嫌犯，並向他們說明，如果他們不招供出賣對方，兩人只需服刑一個月；如果他們一同招供，兩人服刑一年；如果一人招供，出賣同伴的嫌犯會變成證人，即時釋放，被出賣的人就要服刑十年。兩名嫌犯在隔離之下，必須選擇「沉默」或是「出賣」，諷刺的是，如果兩人保持沉默，二人的刑期就會最短，可是因為他們都無法確定自己會否被出賣，為了減少刑期於是只能招供，變成兩者服刑一年的情況。「囚徒兩難」指出合理的利己主義無法達致團體的最大利益，理性的選擇反而得出不理想結果。

「在左漢強和任德樂之間，『囚徒兩難』完全崩潰。」關振鐸說：「任德樂是那種明知自己有可能被『背叛』，仍會保持『沉默』的嫌犯，套用那個例子，左漢強便會是最大得益者。而現實跟理論最不同的，是左漢強很清楚任德樂的個性，他完全肯定任德樂不會『背叛』。任德樂並不是要保護左漢強，而是保護他所信奉的『道義』──左漢強早算準這一點，所以他五年前才會成功奪權，並且逐步逐步地侵蝕興忠禾的勢力。」

關振鐸頓了一頓，再說：「所以，要對付左漢強，最簡單的方法就是『粉碎任德樂所信奉的江湖道義』。只要樂爺不再堅守他的信念，他們兩人之間的平衡就會失效，左漢強的防線就會崩解。樂爺作供會讓左老大的手下產生錯覺，認為左漢強必定完蛋，為了確保自己的利益，自然願意跟隨任德樂『背叛』。全世界的流氓都差不多，尤其是以利益維繫、位居其下的，沒幾個是真心為老大賣命。這個圍剿左漢強的行動，就是要製造出人為的『囚徒兩難』。」

「人為的『囚徒兩難』？」

「讓所有被隔離的嫌犯都以為自己會被出賣，教他們認為只有背叛才能獲得自身最大的利益。」

「可是，我不明白這目的如何跟唐穎假裝被殺有關。」小明轉頭望向唐穎，不解地說：「而且，她到底是什麼人？為什麼會配合師傅你們的行動？她是臥底警員嗎？但她這麼年輕，沒可能是臥底啊……」

「去年一月，國際刑警那邊提供情報，說東南亞一位負責替毒販管帳的男人打算變節。」關振鐸沒有回答小明的問題，自顧自地說道。

「蔣福？」

「對。不過，總部毒品調查科發覺，蔣福手上的證據和證詞，只能令任德樂入罪。他們很清楚，興忠禾早晚會在油尖區消失，讓任德樂入獄，不過便宜了左漢強。他們按兵不動，直到十月小劉找上唐穎，行動才有進展。」

「劉警司？」駱小明沒料到這時會蹦出他上司的上司的名字。

「對，就是西九龍總區刑事部指揮官。你知道小劉以前管哪一個部門吧。」

「不就是總部情報科A組？那時候我在B組，在你手下工作嘛。」

「小明，A組負責什麼的？」

「監聽，還有接觸和收買線民。」

「唐穎的父親就是一名線民，負責提供洪義聯的毒品情報。」關振鐸望向唐穎，以平淡的語氣說。

「啊？」駱小明沒料到這一點。不過，他想起阿吉提過，唐穎父親唐希志在油麻地一間酒吧當酒保，跟洪義聯的勢力範圍吻合，而且酒保人脈廣，能打聽的情報也相當豐富，擔任警方的線民並不出奇。

「那個唐希志……」小明瞧著唐穎，想向她查問她父親的事，但又不知道該從哪兒問起。

唐穎聽到父親的名字，身體不由得顫抖了一下。她跟駱小明的眼神對上，立即別過頭，就像想迴避對方的問題。可是，當她看到關振鐸向她微微點頭，她就鼓起勇氣，抬頭望向小明，說出她多年來鮮少提及的心底話。

「……爸爸在五年前被謀殺了。」唐穎語氣帶點憤恨，緩緩說道。

「謀殺？」小明訝異地問。

「醫院說是服用過量氯胺酮……但我知道爸爸沒有毒癮，他從來沒碰毒品。」

「警方沒有調查嗎？」

「沒有！那些警察都說沒有可疑！他們都有偏見！因為爸爸在有毒品交易的酒吧打工，就認定他是那些混蛋的一分子……」駱小明的疑問觸及唐穎的痛處，讓她激動起來。

「其實不是沒有可疑之處，只是當時分區警署並不知情。」關振鐸說：「當時左漢強剛當上『坐館』，小劉手上針對洪義聯的線民便死了八成，ＣＩＢ裡任誰都知道不對勁。線民的身分很敏感，情報科不想讓資料流到分區，只好自行調查，可是犯人很聰明，所有死者都沒有被謀殺的徵狀，他們不是死在自己的車上，就是死在家中，或是死在工作的地方。」

「爸爸是被強逼服毒的……那天我放學回家時，在街上看到爸爸被五個男人帶上車子……」唐穎愈說，眼眶就愈紅。

「妳沒有向警察說明嗎？」小明問。

「他們不相信我，說我只有十二歲，而且爸爸是在工作的酒吧的休息室內死去，他們都說沒可疑……」

「那五個人應該是左漢強的手下，而他們收買了酒吧老闆，製造了唐希志吸毒過量的假象。」關振鐸說。

「我不會原諒那些害死爸爸的混蛋……」唐穎用手指擦了擦泛紅的眼睛，咬牙切齒地說：「我之後找到爸爸的日記，上面記載了他當線民的事，還有一堆人名……但我不會再求警察了，警察把爸爸當成棄卒，我決定用自己的方法復仇。」

駱小明對唐穎的態度感到詫異，但他開始理解事情的脈絡。「於是，妳加入星夜，打算……殺掉左漢強？」

唐穎搖搖頭。「殺掉那人渣也不能讓爸爸復活。我要令他的罪行曝光，還爸爸一個清白。」

「妳一個女孩子，如何令左漢強的罪行曝光？」小明問。他心想，這女孩實在太天真了。

「傳聞左漢強好色，只要能跟他上床，就有機會接近他，找到他的犯罪證據。」

小明愣住。他沒想過面前這個十七歲的少女在幾年前已有這覺悟，出賣身體為的不是名利，而是復仇。

「結果……有沒有找到？」

「我連跟他見面的機會也很少，更別說色誘他了。」唐穎沮喪地說。「我加入星夜的頭兩年，就只有經紀人替我安排一些瑣碎的工作，到第三年才有機會跟左漢強見面。經紀人說老闆打算捧我，我滿以為左漢強這廝看中我的身體，結果他每次跟我見面時都是談公事，我完全沒有跟他私下會面過。」

「她太小看左漢強了。」關振鐸插嘴說：「左漢強根本不像傳聞那樣好色，那只是他刻意安排的謠言。」

「謠言？」

「我說過很多次，左漢強是個城府極深的混蛋，為了誤導敵人，他佈下的假局多不勝數。」關振鐸笑道：「為了掩飾真正的弱點，特意製造出虛假的弱點。小明你想想，假如現在有新冒起的黑道，藉著對左老大的女伴不利來打擊他，或是警方收買傳說中跟他有親密關係的女明星，這樣對左漢強會有什麼效果？」

「……沒有效果？」小明察覺到這幌子的用途。那些女明星有什麼意外，對左漢強來說都不痛不癢，如果警方收買她們，只會白費氣力，往錯誤的方向挖掘不存在的罪證。而且，這樣做產生了屏障效果，只要左漢強留意這些女明星有沒有異常行為，就知道敵人是否有所行動。

「一個系統的強度，並不取決於最強的部分，而是在最弱的環節所決定。左漢強深明此道，所以他偽造出他的系統中最弱的一環，用來擾亂敵人。」關振鐸說：「為了維持這一層煙幕，他更刻意教訓那些失言的藝人和ＤＪ，只要說他『親愛的女明星』的壞話，就會被好好『招呼』。這做法有三個好處，一是令這個偽造的弱點更真實，二是讓人誤會他是個急躁蠻幹的老大，三是增加組織成員對他的敬畏。比起色慾，他更渴求權力慾吧。這傢伙是個老練的賭徒哩，什麼時候拿到好牌，什麼時候虛張聲勢，他人完全摸不清。」

「即是說，左漢強其實從來不著緊自己或女藝人們的聲譽受損？」

「對。雖然這種強硬手段會讓自己是黑道老大的事成為公開的秘密，但他更藉此製造出『法律也站在自己的一方』、『警方也對自己無可奈何』的神話。警方對傳召他有所顧忌，他就更容易管理手下，令自己跟違法生意切割——直到今天某位新上任的『辣手神探』，在毫無證據下仍敢去捋虎鬚，才讓這『神話』破滅。」

小明怔了一怔，他不知道師傅是在稱讚他還是在取笑他。

「小劉從ＣＩＢ調至西九龍總區當刑事部主管，其中一個目的就是剷除左漢強。」關振鐸徐徐說道：「可是他一直找不到對方的破綻，而且，去年他更發覺，星夜的新進女歌手唐穎，好像是某位死去的線民的女兒。他仔細調查後，發覺唐穎真的是唐希志的孩子，雖然可能是巧合，但他害怕唐穎是因為某目的而接近左漢強——而他猜中了。那批線民遇害，小劉一直耿耿於懷，他自然想阻止唐穎以身犯險，畢竟左漢強是個冷血的傢伙。」

「劉警司找上我的時候，我裝作他認錯人。」唐穎說：「我不會容許他人干涉我的計畫，更何況警察都不可信……」

「於是小劉向我求助了。」關振鐸喝了一口茶。

「向你求助？」小明問。「所以……師傅你是行動指揮官？」

「什麼指揮官！我只是個顧問，是顧問。」關振鐸朗聲大笑道：「正因為是顧問，所以可以胡作妄為，用一些你們不敢用的手段。」

小明很清楚師傅的為人，當他說出「胡作妄為」，就代表他不按牌理出牌，用上一堆牴觸法律的方法去破案。

「首先我找上唐穎，向她說明她正在做的全是徒勞無功的事，而且萬一她能夠接近左漢強，對方一定會察覺她的動機可疑。我說過左漢強對他人的家族關係很大意，可是如果做得太過分，他亦有可能注意到。」

小明這時才發覺，原來師傅之前提過左漢強對他人的家族關係大意，不單是指楊文海，更是指唐穎。

「關警官告訴我，只要跟他合作，就能徹底解決左漢強。」唐穎神情堅毅，眼神不像十七歲少女該有的眼神。「而且，他還對我說，這計畫我不但要參與，更要擔當最重要的關鍵角色。這樣子，我就能靠自己的雙手去報仇。」

小明望向師傅，只見他露出淺淺的微笑。小明知道，師傅的口才了得，而且洞悉人心，往往能擊中他人的心理弱點，讓對方在不知不覺中就範。唐穎想要復仇，更想憑自己的力量去復仇，所以師傅才會用這種方法去完成劉警司的請求。

「我一開始就提過，只要讓任德樂踏上證人台，左漢強的防線便會崩潰，所以這是行動目的。」關振鐸說：「蔣福是制約任德樂的第一個條件，警方得到蔣福，任德樂就會知道自己即將失去自由，接下來就是要想辦法讓任德樂放棄他所堅持的江湖道義。這行動的第一步，就是『山蛭行動』。」

「山蛭行動不是失敗了嗎？」小明問。

「山蛭行動就是為了『失敗』而設計的。」

「為了失敗？」小明瞠目結舌，追問道：「你是說，西九龍總區動用上兩百人，早預料到行動失敗？」

「沒錯，不過知道這目的的人，就只有小劉和我。」關振鐸嘴角微揚，說：「你以為像肥龍這些拆家，為什麼會反常地提早逃離現場？當然是有人洩漏情報了——不過沒有人想到，洩密的居然是行動指揮官吧。」

小明幾乎想跳起來埋怨師傅，畢竟那場檢討會議中，他被一眾老鳥圍攻得體無完膚。不過一想到劉警司沒有責備，這似乎又有點意料之內。

「……為什麼要設計一場失敗的行動？」小明把焦點放在行動上，問道。

「這是做給任德樂看的一場戲，讓他認為連警方也無法遏制左漢強的勢力。黑道老大們很清楚，警方每隔一段時間便會『掃場』，就像季節變換一樣無可避免，然而這次大型緝毒行動竟然動不了左漢強分毫，任德樂就會有『連警方也對左漢強束手無策』的印象。左漢強不會起疑，反正他的手下們只會為保住『貨物』而邀功。」關振鐸瞄了唐穎一眼，說：「而在籌備這場『失敗任務』的同時，我指示唐穎做了幾件事，埋下伏線。」

「哪幾件事？」小明問。

「首先是向娛記透露自己有可能被日本公司挖角。」關振鐸說：「那其實是假的，不過娛樂圈一向充斥『煲水新聞㉚』，傳聞真實與否，根本無關痛癢，我只要這消息流傳就好。另一方面，我要唐穎惹上楊文海。」

小明察覺到當中的連結。「是增加左漢強和任德樂之間的衝突？」

「對。警方很早已掌握到楊文海跟任德樂的關係，不過楊文海並非黑道中人，而且任德樂一向不是主要目標，自然不多加理會。可是，在我的計畫中，他是引發事件的開端。我要唐穎在派對上對楊文海示好，當對方有進一步行動時就跟對方翻臉。左漢強以教訓得罪旗下明星的藝人作煙幕，我就將計就計，製造條件讓他對楊文海出手。他一動手，就會直接跟任德樂扯上關係。」

「但你怎樣確保派對上的事件傳到左漢強耳中？」

「小明，你以為《八週刊》的記者在場是巧合嗎？那是一場私人派對，《八週刊》有獨家報導，當然是有人帶記者進去嘛。」關振鐸邊說邊瞧向唐穎，小明才意會到，那是唐穎自導自演。

「但之後連我也被關警官騙了。」唐穎苦笑道。

㉚香港娛樂圈俗語，指虛假或真實性成疑的消息。

「騙了？」

「他告訴我，楊文海被毆打，就能挑起任德樂和左漢強之間的嫌隙，但原來那只是第一步。」唐穎說：「我不知道自己要死一次。」

小明疑惑地瞧著面前的兩人。

「要欺騙敵人，先得騙過自己人。」關振鐸聳聳肩，說：「就算兒子被打，任德樂也不會放棄他『不出賣他人』的金科玉律，他當了這麼多年老大，很懂得衡量輕重。楊文海被打，只是個引子——讓唐穎被殺的引子。」

「襲擊唐穎的人，是師傅派去的？」

「對，都是我的一些『朋友』，他們就像這房子的主人古小姐一樣，算是某些不大見得光的行業的菁英……當然，他們口風很緊，不會向黑白兩道洩漏半句。」

「那天關警官通知我晚上一個人到佐敦道，之後又指示我步行至連翔道，我完全不知道理由。」唐穎對小明說：「當我走到一半時，突然有四個蒙面的人衝過來，我就以為左漢強識穿我們的計畫，或是楊文海的老爸來找碴。我拔腿就跑，衝上天橋後，發覺關警官站在橋上。他一看到我，就說做得好，然後拉著我從行人天橋的另一端離開了。他之後才告訴我原因，我完全沒料到這計畫要做到這地步。」

「妳指的是假裝被殺？」小明問。

唐穎點點頭。

「師傅，所以那影片是你刻意安排，內容全是偽造的了？」

「看你怎樣定義『偽造』這詞語吧。」關振鐸莞爾一笑。「唐穎被殺當然是假的，橋下的『屍體』由另一人假扮，我們事前暗中監視唐穎，確認她的服飾，再讓那人穿上一模一樣的。當攝影師走到橋下死角時，他便俯伏在路上假冒瀕死的唐穎。影片沒有聲音也是出於這個原因，現場根本沒有什麼『墜橋巨響』，但只要利用拍攝的停頓，就很容易讓人作出聯想。」

「那麼，那個吃了唐穎一記肘擊的矮子……」小明突然想起。

「我們也沒想過會發生這種事，他鼻子瘀青了一整個禮拜。」關振鐸笑道。「不過這樣正好，影片的真實性更不會讓人懷疑。」

「師傅，你們不怕演這場戲太冒險嗎？萬一有路人看到，怎麼辦？」

「小明，你弄錯因果了。就是因為沒有目擊者，我們才決定繼續計畫的。而且，你們不是連唐穎如何從寓所跑到現場也查不出來嗎？」

「是師傅你開車載她的？不，不對，剛才你說過她是在天橋上才遇到你……」

「我是坐計程車在彌敦道下車，再步行至現場的。」唐穎插嘴說。

「但妳『被殺』的新聞如此轟動，那個司機怎會沒作聲？那又是師傅你安排的嗎？」

「嘖嘖，小明，你還未看穿啊，這是簡單得無可再簡單的方法。」關振鐸舉起手指頭，說：「你在二十二號早上收到影片，並不表示影片是在二十一號晚上至二十二號凌晨拍攝的嘛。那片子是在楊文海被打的兩天後，即是十八號拍攝的。」

「咦？」小明以不可置信的表情看著師傅。

「唐穎『被殺』是在十八號，但沒有人知道，而她得悉計畫後，十九號繼續平常的生活。她在二十一號特意穿上十八號穿過的服裝，再在跟經紀人分別後『失蹤』。二十二號凌晨，我們只在現場做了兩件簡單的事──在『伏屍』的位置潑上跟影片吻合的血液，加上延伸至馬路旁的血跡，再用水沖刷掉，以及在路邊的坑洞丟下唐穎的手提包。兩件事加起來花不到兩分鐘，比起十八號晚上演出的重頭戲輕鬆多了。」

小明啞然失笑。既然唐穎並不是受害者而是同謀，那一切環境證據和時序都變得不可信。他霍然想起師傅在車上說的一句話，不由得苦笑起來。

──「唐穎這案子你是無法解決的，因為對手太壞了。」

師傅說的「對手」並不是左漢強，而是關振鐸自己。

「二十二號早上，把光碟混進警署信件的人是師傅嗎？」小明沒好氣地問。

「不，是小劉。封套上面的字都是他寫的。」

小明滿以為自己不會再被師傅的話嚇倒，但他確實沒想過總區刑事部指揮官居然是幹這事的人。

「那屍體呢？青山灣發現的屍體不是證實了是唐穎嗎？」

「不，那是我提過的港島區賣淫案中被殺的大陸妓女。」

「但指紋……」

「我掉包了。」關振鐸攤攤手，說：「你告訴我法醫給了你指紋，我便第一時間到鑑證科把你傳過去的文件掉包。你也知道這種小事情對我來說是輕而易舉吧。」

小明拍了一下額頭。

「我本來打算利用其他通道偽造遺體的，但碰巧有現成的案子，借用一下就更簡單。屍體火化後我只要把紀錄複製歸檔就不會引起懷疑──畢竟對方是個無名無姓、以假文件入境的妓女，恐怕要花好幾年才能查出她原來的身分，通知她在中國大陸的家人。」

「好了，就當我明白唐穎『被殺』一事的來龍去脈，但我仍無法理解當中的目的啊？」小明向關振鐸問道。

「就是為了讓你出場嘛。」

「我？」

「對，整個行動中除了唐穎，你就是另一個關鍵人物。」關振鐸指著駱小明，道：「沒有人比你更適合當這角色。」

「什麼角色？」

「不畏強權、熱血固執、負責破案的『辣手神探』。」

小明聽得一頭霧水。

「唐穎被殺，任何人都會認為是任德樂為了報復兒子被打而下手，但任德樂很清楚自己並不是兇手。這時候，有一位警官指出左漢強才是真兇，即使說服力未必充足，但也足夠讓任德樂產生疑竇。日本公司挖角、兇徒手持西瓜刀、左漢強對死訊的冷靜處理等等，都是我安排、誘導你得出左漢強是主謀的佈局，不過你無法取得實證，因為事實上『實證』並不存在，左漢強沒有派人殺害唐穎。左漢強明知自己清白，他就不會幹多餘的事，讓你這位警官自取其辱，但我就是要利用這一點，令任德樂深信左漢強為了吞併興忠禾，連一個隸屬自己、人畜無害的少女都不放過。你今天對左漢強的指責，只要傳到樂爺耳中，他就會深深質疑自己對道義的執著是否正確。」

小明想起他的結論——左漢強殺害唐穎，是一石三鳥之計，既可免除唐穎加盟對手公司，又可增加遺作的銷量，更重要的，是陷興忠禾於不義，令人以為樂爺胡亂殺害黑道外的弱女，讓洪義聯名正言順吞併任德樂的勢力。

「如果樂爺認為你說的是事實，他就會擔心歸順左老大的手下會否被迫害，更懷疑他日楊文海會否被連累。在『囚徒兩難』裡，只要一人相信自己會被背叛，就會選擇先背叛他人。樂爺不重視自己的安危，但他這種老一輩的黑道，就是重視兄弟和孩子，所以我就對症下藥。」關振鐸說。

「……為什麼讓我做這工作？是因為我是師傅你的徒弟嗎？」小明沉默了好一會後問道。

「不，因為你同時具備兩個特質——敢作敢為和優秀的推理能力。這個計畫愈少人知道實情就愈好，只有這樣才能騙過左漢強和任德樂兩個老江湖。推理能力不足，就無法依據我設下的細微線索，推論出左漢強才是犯人的『真相』；而不夠膽識的話，就不會跟左漢強對質。這種人物不易找啦，今天警局裡大都是畏首畏尾、只重視仕途安穩的傢伙，天曉得數年後他們坐上高位要職，我們這些老鬼多年來為警隊建立的形象會不會斷送在他們手上，像你這種敢作敢為的笨蛋大概會吃不少苦頭……」

小明再一次不知道師傅是在稱讚他還是在揶揄他。

「你剛才跟左漢強硬碰的事，今晚便會傳到樂爺那裡。」關振鐸微笑道：「明天左漢強沒有被逮捕的消息傳出，樂爺就會以為左漢強用了某些方法再次逃過法眼。到時，有一位能言善道的傢伙跟他分析利害，他就會變成『出賣別人的囚徒』了。」

本來小明想問那個能言善道的傢伙是誰，但他回心一想，這差事毫無疑問由師傅負責，只要他出馬，就十拿九穩。

「那之前我抓左漢強到警署，左漢強自己會以為……」

「以為你打算栽贓嫁禍，偽造證據逼他承認教唆殺人罪。」關振鐸接過小明未說完的話。

「他大概以為殺害唐穎的是興忠禾的成員，或是其他跟他結怨的黑道。他亦可能懷疑真的是自己的手下自把自為動手，為的就是你剛才說的理由，讓洪義聯有『出兵』討伐興忠禾的藉口，甚至是有手下陷害自己，製造奪權篡位的機會。在你跟他對質期間，他漸漸失去從容，應該就是考慮到這一點。他明知自己沒做過，但你舉出的條件又吻合，他就會猜想搞不好有親信瞞著他進行這樣的計畫。聰明的左老闆絕不會笨得說出這想法，他回去後大概會不動聲色一一偵查。不過，正如我之前說過，他一定看穿你在虛張聲勢，他這幾天會按兵不動。」

小明苦笑搖頭。他沒想到，原來連自己的推理也在師傅的計算當中，在師傅面前，他只像個耍小聰明的中學生。

「對了，為什麼唐穎會變成什麼蔣福的女兒？」小明想起這一點，問道。

「其實唐穎被『伏擊』後，她有兩個選擇。」關振鐸說：「一是讓人以為她失蹤、負傷被兇徒擄走，在左漢強因為販毒、串謀殺害線民等等被判罪後『奇蹟般獲救』；一是目前的狀況，徹底地消失。」

「我選擇後者。」唐穎說。「我並不留戀這個身分，只要能復仇，什麼也可以放棄……況且，我根本討厭演藝圈。」

「唐穎假裝被殺一事，當然不能寫進報告裡，既然如此，就讓她以另一個身分重生就好。」關振鐸咳了一聲，像是佩服唐穎的覺悟。「蔣福是牽制樂爺的棋子，亦是令樂爺願意指證左漢強的一著，橫豎要替蔣福一家申請新身分，我就偷偷讓唐穎混入其中。『蔣麗妮』一開始就不存在，蔣福也不會知情，但我就可以讓唐穎擁有合法的新身分『江小玲』。這種雙重虛構的身分，就是讓唐穎消失的最佳掩飾。」

「師傅，我還有一點想問清楚。」小明皺著眉，問道：「把影片放上網路也是你的意思吧？」

「當然，如果消息不公開，計畫就無法進行。而且影像比語言更具威力，讓任德樂看到過程，就更易令他動搖。」

「那為什麼在公開前一天先把光碟交給我？」

「小明，你是我的好徒弟嘛。」關振鐸親切地說。

駱小明這一刻才察覺師傅的心意。他大可以直接公開影片，重案組就要同時處理媒體的追問、調查和搜證，小明提早收到影片，就為重案組掙了一整天的時間，可以理清調查過程，不至於手忙腳亂。

「唉，師傅我認輸了，我完全被你玩弄於股掌之中……」小明嘆一口氣，再笑道：「對了，你哪兒找來駭客，令影片經過瑞士和墨西哥貼上討論區？」

關振鐸微微轉身，朝身後的房門努了努下巴。

「你就別問我你屁股下的義大利沙發是用什麼來源的資金買的。」關振鐸向徒弟打一個眼色。

＊

「師傅，我回去後要幹什麼？」離開古小姐的寓所後，在車上駱小明向關振鐸問道。他們正回去警署。

「你的部下應該在緊盯左漢強的人馬，繼續這事就可以了。」關振鐸坐在副手席，說：「我明天就會去找任德樂。材料已經齊備，之後就看我這位廚師如何料理。」

「師傅，其實你有其他方法令任德樂就範吧？為什麼要弄這一場難以收拾的戲？新進女歌星被殺，最後還要變成懸案，對警方來說也是一項打擊啊！」小明知道，就算左漢強因為販毒、操控黑社會、串謀殺害線民等罪入獄，唐穎「被殺」一案也不會算到左老大頭上。

「因為要逼唐穎盡快離開左漢強身邊。」關振鐸淡然地說：「只要她多待在星夜一天，就多一分被左漢強發現她的動機的危險。幸好左漢強沒留意小劉曾接觸唐穎，但萬一唐穎父親的身分被揭穿，左漢強鐵定不會放過她，即使是手上最賺錢的女歌星、一個只有十七歲的少女，他一樣照殺不誤。這次行動除了令左漢強繩之以法，更是一項拯救行動。警察的道義就是保護市民，就算對方視死如歸，我也不容許一個女孩白白犧牲掉。撇開一切法律規條不談，生命是最具價值，不可浪費的事物。」

駱小明聽到這個答案，感到釋然。對師傅來說，他可以無視一切，用盡卑鄙手段去完成目的，但他重視每一個人的性命，哪管對方只是一個素昧平生、微不足道的十七歲少女。

事情的發展一如關振鐸所設計。任德樂在兩天後願意向警方提供大量洪義聯的情報，包括左漢強販毒的證據，而左漢強手下的幹部為求自保，紛紛供出老大的罪證。雖然有些指控的證據不足，但餘下的，亦足夠檢察官提告，對警方而言，這次撒網是大豐收。除了左漢強，洪義聯有不少幹部同時被捕，包括那個曾在駱小明眼下逃去的拆家「肥龍」。

唐穎的案子因為證據不足而無法檢控，但坊間輿論一致認定是左漢強主謀。駱小明雖然知道左漢強是無辜，但他樂於看到這結果，因為有好幾宗線民被殺的案子基於證據不足而無法加在左漢強身上。

「反正他逃過了好幾條人命的責任，就讓他承受一條他沒殺害的人命的責任吧。」

駱小明如此想。

兩個月後，駱小明跟師傅到古小姐的寓所探望唐穎。古小姐在家門外設置了針孔攝影機，駱小明剛按門鈴，古小姐就從螢光幕看到訪客的樣子。駱小明從師傅口中得知此事時，覺得這位駭客果然謹慎，說不定她房間裡有「自爆」裝置，一按鈕就會把電腦中的所有資料刪掉。

「妳……是唐穎？」駱小明進屋後，再次認不出唐穎。她剪短了頭髮，更把黑髮染成棕色。

「駱督察，我叫『江小玲』。」唐穎糾正小明道。

「呃……對，江小玲、江小玲。」小明重複了對方的名字兩次。

「小玲妳乾脆學我叫他做『小明』吧，小玲和小明，真是逗趣的組合。」關振鐸笑道。

「至少也該叫我明哥吧，如果我再老幾歲，就可以當她父……」小明話到嘴邊，不禁止住。

「沒關係，爸爸的案子重開，我很感激你們，明哥你不用介意。」唐穎道。

「妳今後有什麼打算？」小明問。

「沒有……我現在只想等左漢強宣判的一刻。那之後再想吧。牛姊對我很好，讓我免費寄住在這兒，我就替她打理家居，偶爾充當她的助手之類。」

「牛姊？」

「就是古小姐。她的網名叫『牛頓』，很帥氣吧。」關振鐸插嘴道。

駱小明怔了一怔。他本來想勸說唐穎還是不要太接近古小姐較好，畢竟駭客幹的大都是非法勾當，可是他想到古小姐或許正偷聽著他們的對話，再次把話打住。

「雖然最近有致命的傳染病，政府都呼籲多留在家，不過咱們還是到附近找家餐廳吃飯吧。小玲妳平時很少到外面對不對？」關振鐸說。

唐穎高興地點點頭。在小明眼中，這副率直的樣子似乎才是唐穎的本性。

「師傅，怕不怕她會被人認出？」小明上下打量著唐穎。唐穎換了髮型、架上眼鏡，臉上沒化妝，加上土氣的運動褲和毛衣，其實任誰都不會注意，但小明還是有點擔心。

「加頂帽子遮一遮就好。」關振鐸除下自己的黑色棒球帽，戴到唐穎頭上。唐穎將帽舌向下壓了一下，靦腆地笑了笑。

在玄關，唐穎脫掉拖鞋，沒穿襪子直接換上運動鞋，小明無意間瞥見怪異的特徵。

「小玲，妳怎麼只塗了三隻腳趾的指甲油？還是黑色的？」小明問。

「爸爸的案子重開，調查指除了那五個帶走我爸爸的男人、酒吧老闆和左漢強之外，還牽涉兩個拆家和一個酒吧員工。」唐穎淡然地邊穿鞋邊說：「目前只有左漢強和那兩個拆家被捕，其餘七人在逃。我塗這黑色指甲油，就是要提醒自己事情並未完結，每多一個人渣受法律制裁，我就會多塗一片趾甲……」

駱小明從她的眼神知道，對唐穎來說，這場復仇戰只是剛開始。而他只能寄望，他能早日把餘下的犯人逮捕，讓唐穎從這場戰爭中解放。

畢竟，跟罪惡對抗的人，該是警察，而不是受害者的家人。

駱小明想對唐穎許下承諾，但他還是沒說出口。

因為他知道，正義並不是用嘴巴說的。

三

最長的一日

The Longest Day

對大部分香港人來說，一九九七年六月六日只是平平無奇的一天。兩天前下過滂沱大雨，天文台曾發出紅色暴雨警告，部分排水設施不足的街道發生水浸，但今天一切已回復常貌。天氣還是一貫悶熱，即使從早上開始天色已是一片昏濛濛，偶爾灑下幾陣梅雨，氣溫卻沒有下降的跡象。雖然清晨時分港島西環一棟公寓發生火災、上班繁忙時間中區德輔道中有一輛盛載化學原料的貨車翻車導致交通嚴重擠塞，對一般人而言，六月六日只是個平凡的星期五。

但對關振鐸來說，這一天毫不平凡。今天是他在崗位的最後一天。

在警隊服務了三十二年，五十歲的關振鐸高級警司明天開始就會卸下職務，光榮退休。他本來的退休日期在七月中旬，但他積攢了很多補假，按照警隊守則，他必須在離職前清掉所有休假。屈指一算，他的退休日提早了一整個月，不過他心想這來得正好，如果他在七月一日之後才退休，警隊要為他準備新的委任證和制服警章──在一九九七年七月一日香港主權移交後，「皇家香港警察」會變成「香港警察」，警徽上的王冠換成紫荊花。關振鐸不是對「皇家」的稱謂有什麼留戀，他只是覺得，新的委任證他用不到一個月便要註銷，這實在太浪費了。

過去八年間，關振鐸都在刑事情報科工作，擔任Ｂ組組長。Ｂ組的工作是分析情報，像是從大量的監視器影片中整理出嫌犯的身影、從累積數個月的監聽紀錄中抽出暴露罪證的一分鐘。Ｂ組成員在工作上所冒的風險比其他警員低，他們不用像Ｄ組的同僚貼身跟蹤可能懷有致命武器的歹徒，亦不用像Ａ組的探員在目標地點隔壁夜以繼日地截聽、接觸敵我難分的線民，更不用像早前成立的「攻擊隊」需要直接進行拘捕任務；可是，Ｂ組成員承受的精神壓力卻高於其他人，因為他們知道分析出來的每一個結果，對任務成敗起著關鍵作用。以前就試過情報出錯，低估了匪徒的火力，結果令前線警員殉職。

在B組工作，必須了解人命的價值。稍有輕率，即使是最微不足道的細節，也可能帶來嚴重的後果。前線警員可以臨機應變，在千鈞一髮間作出改變命運的決定，但B組的警員只能在事前抉擇，或是在事後檢討錯誤——而這錯誤，往往是無法挽回的。

關振鐸對這個崗位，可說是又愛又恨。情報科讓他充分發揮所長，身處警方的情報核心，他掌握了全香港所有案件的情報，他的洞察力令其他部門獲得更精準的資料，大大減少了行動失敗的風險，保障了前線警員的安全。然而，關振鐸並不喜歡這職位，因為他只能從其他人手上得到資訊。在加入情報科之前，他在地區的刑事偵緝部、重案組等部門工作，可以親力親為，在案發現場搜證、盤問證人和嫌犯，得到第一手的證言和證據。在情報科的八年裡，他不時對其他部門傳來的口供紀錄感到疑惑。為什麼查問的警員沒就某一點追問？為什麼沒有檢查現場的某一個角落？

「我還是適合在現場調查吧？」

關振鐸偶然會這樣想。不過，他知道這只是自己一廂情願的想法，尤其他在四十五歲後，察覺身手已遠不及年輕時靈活。在前線從事偵緝工作，意味著跟悍匪對峙的可能，關振鐸很清楚自己已沒有這一份魄力了。

何況，他的職級不容許他踏足前線。

在行動中幹活的，只會是督察級和員佐級警務人員。憲委級的警司或更高的階級，負責的是策畫行動、指揮部下等統籌工作。關振鐸知道，其實自己在情報科B組管太多，近年他都盡量讓手下辦事，只在關鍵時刻插手，指出下屬們的分析有何漏洞。在他眼中，不少線索是顯而易見的，但部下們都一臉訝異，直到他說出理由——或是行動後證實他的「預言」正確——部下們才徹底心悅誠服。

這也是關振鐸選擇在五十歲退休的理由。

他可以在部門多待五年，直到五十五歲才退休，但他知道他留在情報科只會阻礙下屬們成長。情報科是警隊的核心，如果B組的成員無法獨當一面，只會危害整個警察部。

「……以上就是來自海關的報告。」早上九點半，B組第一隊的蔡督察在關振鐸的辦公室向他進行匯報。B組分成四隊，各有一位督察擔任隊長，由關振鐸分配任務。今天，第二隊正在休假，第三隊協助商業罪案調查科分析一樁內幕交易的調查，第四隊則和有組織罪案及三合會調查科合作，籌備一次打擊西九龍黑社會滲入學校的臥底行動。第一隊早前跟海關合力搗破一個走私集團，行動於兩天前結束。

「好。」關振鐸滿意地點點頭。蔡錦剛總督察是B組年資最長的隊長，關振鐸退休後，他就會獲拔擢，接掌B組。關振鐸知道蔡督察很適合這位置，他在人事管理上有條不紊，跟其他部門合作的手腕相當靈活。

「第一隊目前正在跟進兩名大圈㉛四天前非法入境的情報，」蔡督察遞上另一份文件，裡面有兩張模糊的照片，「有線民指他們藏有手槍，可能打算在主權移交期間，警務繁忙之際動手。從賊人的背景情報所知，他們是有前科的搶匪，目標應該是金飾店或鐘錶店，初步排除涉及恐怖襲擊。」

「這人數未免太異常吧。」關振鐸說。

「對，兩人實在太少了，所以我們推斷主謀另有其人，或者是本地的犯罪集團，這兩個大圈只是『僱傭兵』。他們應該未察覺警方已注意到他們。」

「有他們的據點的情報嗎？」

「有，在柴灣㉜，估計是貨物裝卸碼頭附近的工業區一帶。」
「未找到確切地點？」
「還沒。那邊的空置單位很多，業權很散亂，篩選可疑的單位要花點時間。」
關振鐸摸了摸下巴，說：「動作快一點，我怕他們等不到月底就動手。」
「你認為他們會在這一兩個禮拜內做案？但七月一號之後才是遊客高峰期，到時店鋪的現金存量會比現在更充裕……」
「那個人數教我太在意了。」關振鐸說：「如果這兩人其中一人是主腦，他不會只帶一人來港，至少要有一名車手、兩名副手，大陸的賊頭不會潛進香港才找手下。如果他們是『傭兵』，即是主腦是本地人，那首腦不會不擬妥計畫，準備行動才召來那兩個大圈。他們現身，就代表臨近行動。」
「嗯……組長你有道理。」蔡督察細想一下，回答道。「那我跟D組聯絡一下，叫他們分一隊狗仔到柴灣監視。」
「還有其他在處理的案子嗎？」
「沒有了……不，還有之前的『鏹水㉝彈』案吧。但暫時沒有新線索，恐怕要等犯人再動手才能繼續調查。」蔡督察嘆一口氣。
「的確，這種案子反而最難解決哩……」
半年前，旺角通菜街發生高空投擲腐蝕性液體瓶的案件。通菜街是個市集，有大量售賣衣

㉛大圈：香港人對來自中國大陸的賊匪的俗稱。
㉜港島東北部的一個社區。
㉝鏹水：強酸的俗稱，逐漸引伸指任何具腐蝕性的液體（包括強鹼）。

服、裝飾、日用品等等的露天攤檔，是稱為「女人街」的著名遊客購物區，道路兩旁舊式樓宇林立，是一條很有香港特色的街道。那些舊式大廈缺乏保安設備，不少大廈連大閘也沒有，任何人都能自出自入，結果讓犯人有機可乘。有人在晚上九點潛進這些五至六層高的大樓，在頂樓把打開了瓶蓋的水管疏通劑丟到街上，腐蝕液四濺，由於正值週末晚飯後的夜市繁忙時間，令不少檔主和路人受傷。兩個月後的一個星期六晚上，在市集的另一端發生相同事件，兩瓶品牌相同的腐蝕液從天而降，受傷人數比第一次更多，其中更有人頭部被液體灼傷，差點瞎掉。

西九龍總區重案組著手調查，但無法鎖定任何嫌犯，因為附近大樓有不少樓上店舖，而頂樓都彼此相連，犯人很可能從遠離案發現場的大廈逃走。第一宗案件發生後，警方呼籲民眾加強保安，可是基於大廈業權分散、商戶認為不過是亡羊補牢一直拖著，結果兩個月後案件重演。

刑事情報科接到西九龍總區刑事指揮官的要求，調查現場附近百多間商店和數十台路邊監視器拍到的防盜影片，尋找可疑人物。經過大量的交叉比對、篩選，兩次案發前後，有一名身高一百六十公分、身材肥胖、戴著相同黑色棒球帽遮掩面部的男人在影片中出現，但情報科無法確認該男子與案件有關。警方發出了尋找這男人的通告——以找尋證人而不是嫌犯為名——可是沒有任何收穫。

可幸的是，之後四個月再沒有同類案件發生。或許那個帽子男就是犯人，因為發現行蹤曝光而放棄繼續做案，或許因為眾大廈的業主們終於願意付錢安裝大閘和聘請保安員，總之通菜街市集再沒有「鏹水彈」飛墜，令無辜者受傷。

只是，這令情報科的調查無法繼續了。

「集中精力處理大圈的案子吧。」關振鐸合上文件，對蔡督察說。

「明白。」蔡督察從椅子站起來，換了語氣說：「組長，這大概是我最後一次向你匯報吧。」

「對啊，下星期就換你坐我這個位置，聽他們匯報了。」關振鐸笑道。

「組長，這幾年手足們都很感謝你的指導，我們受益良多，」蔡督察邊說邊打開房門，向外面招招手，「為了表示感激，我們準備了這個。」

關振鐸沒料到，原來第一隊的成員們都站在房間外，其中一人捧著一個寫上「榮休之喜」的蛋糕，臉帶笑容走進房間，眾人不斷鼓掌。負責捧蛋糕的，正是年初才加入B組的駱小明，他任職後經常被關振鐸使喚，就像組長的私人助理，所以同僚們就叫他擔任「蛋糕大使」。

「嘿呵，你們這麼破費啊，」關振鐸微笑道：「其實下星期已約好了全組聚餐，這個蛋糕就不用吧？」

「組長你放心，這蛋糕手足們一起吃，保證半點奶油都不會浪費。」蔡督察調侃道。他很清楚上司節儉的個性，所以蛋糕也沒有買特別大的。「今天你榮休，其他小隊有任務在身，無法替你慶祝，如果連我們都沒有半點表示，未免太薄情了。」

「哈哈，好，那就謝謝各位了。」關振鐸點點頭，說：「只是現在才十點多，大家吃得下嗎？」

「我沒吃早餐。」其中一位部下插嘴說。

「趁匯報後才有空檔，下午大家可能各有工作，很難人齊咧。」蔡督察補充道。

「組長，恭喜退休！」

「組長，有空記得回來探望我們啊。」

「快拿刀子給組長切蛋糕……」

「哦，發生什麼事嗎？」

這句話一傳出，除了關振鐸之外，所有人都不禁僵住。站在眾人身後的，是身穿筆挺西服、頭髮梳理整齊、一臉凜然正色的曹坤總警司。比關振鐸年長四歲的曹警司是刑事情報科總指揮官，為人不苟言笑，一天裡有二十三個鐘頭眉頭緊蹙，大部分刑事情報科的警員對他既敬且畏。蔡督察和部下沒想到頂頭上司突然親臨B組辦公室，慌忙立正，而駱小明則最狼狽，因為他雙手捧住蛋糕，一時間找不到地方放下，卻又不得不對上級行禮。

「曹sir，有特別事情找我嗎？」關振鐸站起來，從容地說：「手足們剛好準備了蛋糕，給我慶祝退休。」

「這樣啊……我晚點再來？」曹警司轉身指了指後方。

「不、不！」蔡督察連忙說：「我們先離開，請您們慢慢談。」

曹警司擺出一副理所當然的樣子，點點頭，第一隊的成員們立即抓住機會退出關振鐸的辦公室，最後一人更謹慎地把門帶上，沒有發出半點聲音。

下屬們離開後，關振鐸笑道：「曹兄，你嚇死他們了。」

「只是他們膽小吧。」曹警司聳聳肩，坐在桌子前。曹坤跟關振鐸相識多年，雖然他老掛著冷臉，但在老朋友面前他不會擺架子——縱使他是對方的上司。

「你特意過來，有重要事情嗎？」每個星期刑事情報科會舉行例會，各組組長向指揮官及副指揮官報告，但都是在會議室進行。曹坤難得一回親自走進B組的辦公室。

「今天你退休嘛，我當然要走一趟囉。」曹警司說罷，從衣袋掏出一個小盒子。關振鐸打開一看，是一支銀白色的墨水筆。「我們這些老傢伙，還是喜歡用筆吧，雖然現在都用電腦寫報告了。」

「啊……謝謝。」關振鐸收下禮物，雖然他覺得筆只要能寫就好，精緻的墨水筆有點浪費。

他笑著說：「其實我退休後也很少有機會再用筆了，你想我用它來撰寫回憶錄嗎？」

「除了給你紀念品外，我來是再次確認你的意願。」曹警司身子前傾，直視著關振鐸雙眼說道。

「曹兄，你知道我去意已決，多說無益。」關振鐸苦笑一下，搖了搖頭。

「真的不再考慮一下？在部門裡，論資歷、論才能、論人脈，還是你最優秀。我明年一走，ＣＩＢ裡就沒有夠分量的指揮官了。阿鐸，你還年輕，『翻閹』五年坐我的位置，一哥[34]也求之不得啊。」

香港警務人員在退休領取退休金後，可以申請以合約形式繼續在警隊工作，俗稱「翻閹」。合約聘用最多四期，每期兩年半，完成合約後更會有合約完成金。即使是「翻閹」，警員通常也會在五十五歲後不獲續約，但高級警員——例如憲委級的人員——可能會破例，因為他們的經驗難以取代。

關振鐸很清楚，曹警司在明年就會退休。曹坤的家人已移民英國，他自己亦早獲得居英權，只是一直留在香港警隊。香港不少人對主權移交後的社會環境存有疑問，於是選擇移民外國，雖然英國政府否決了讓全香港數百萬市民獲得英國國籍的提案，但為了防止香港公務員大量流失，削弱政府工作能力，特意推出居英權計畫，讓合資格的香港公務員申請，要他們安心留在香港工作。所以，這些公務員的家人往往先一步移居英國或其他英聯邦國家，他們的子女更往往在外國留學，然後落地生根。

「不啦，把機會留給其他人吧。」關振鐸說：「小劉也很適合嘛，而且他比我年輕，我『翻

[34] 一哥：香港警務處處長的俗稱。來由是警務處處長的官方坐駕車牌為「1」號。

闇』五年，結果到時一樣要面對青黃不接的問題，倒不如及早處理，讓年輕的傢伙們邊做邊學。」

「雖然小劉不錯，但他太感情用事了。」小劉是情報科的A組組長。「阿鐸你知道，情報科的頭兒要頭腦冷靜、眼觀六路、耳聽八方，其實小劉比較適合在地區工作……」

「曹兄，你別多費唇舌了。我本來就只喜歡做分析推理，你叫我只做策畫工作，我一定受不了。你不是很清楚嗎？我升級高級警司卻仍然當組長，也是你的主意啊。」

在情報科，一般組長都只是警司級，只有副指揮官是高級警司。多年前關振鐸晉升至高級警司，但保留組長的職務，就是曹坤衡量各人能力後的特殊安排。

「唉，阿鐸，我敗給你了。」曹警司慣常地皺一下眉，說：「那你要不要聽『二號方案』？」

「什麼『二號方案』？」

「『翻闇』，但不是坐我的位置。」

「那你叫小蔡怎辦？他已準備好接替我的工作……」

「不，我不是叫你繼續做B組組長。」曹警司緩緩說道：「我跟洪處長討論過，讓你以特殊顧問的身分，為警隊服務。名義上仍是屬於情報科，但你有自由協助調查任何案子——當然，這要由負責的部門提出委託，你才可以插手，我們可不想干預各警區的內務，打擊士氣。」

「咦？」雖然關振鐸推理能力非凡，他倒沒預料上級們會提出如此破格的提議。曹警司口中的洪處長是洪家成高級助理處長，是警隊「刑事及保安處」的主管，刑事情報科及毒品調查科等等均隸屬於其下。洪家成只有四十一歲，是擁有大學學位、加入警隊時已是督察的菁英分子，跟曹坤和關振鐸這些從低級警員做起的警察很不一樣。

「這是我們想出最好的方案了。我不想強迫你，但請你好好考慮一下。九七後，大家都不知道會面對什麼挑戰，你的經驗一定有顯著的作用。」

關振鐸沉默下來。這個提案對他來說莫名地吸引，但他一心離開警隊，一時之間無法作出決定。能回到前線調查，但又不用考慮身體負擔，這大概是最完美的做法了。只是，關振鐸是個思慮周詳的人，就像分析情報一樣，他不會貿然說出結論。

「我……先考慮一下。」關振鐸回答。「我什麼時候需要回覆？」

「七月中之前，你可以慢慢考慮。」曹警司站起來，說：「你本來的退休日是下月中吧，在那之前答覆就行。」

關振鐸送曹警司到房門前，曹警司說：「阿鐸，不管你接不接受提案，我也再跟你說句，恭喜退休。你我都知道，在警隊能平安退休，是一件值得慶賀的事情。」

「嗯，曹兄你說得對，謝謝。」關振鐸跟曹警司握手，打開房門。

B組辦公室裡各人在自己的位置埋首工作，有人一臉凝重地講電話，有人大力翻閱文件。曹警司離開辦公室後，關振鐸以為手下們會解除這副故弄玄虛的神情，但他細心一看就察覺有異，那股緊張的氣氛並不是裝出來做給頂頭上司看。

「組長，有案子。」蔡督察看到曹警司離去，匆忙向關振鐸報告：「剛才港島總區傳來消息，再有『鏹水彈』事件發生，目前港島重案組一隊正在跟進。唉，我們才剛說沒線索調查不了，真是一語成讖……」

「港島？」關振鐸皺一下眉。「不是旺角？」

「這次就在附近，在中區嘉咸街市場。」蔡督察回答道：「暫時不知道是旺角的犯人還是模仿犯，我已派人詢問詳情，另外手足們正在整理舊資料，只要新證據一到，我們就能做交叉分析。」

「好，有進展再告訴我。如果能鎖定同一個嫌犯，我們就要知會西九重案。」關振鐸拍了一下蔡督察的臂膀，回到自己的房間。他坐在椅上，心想這案子有任何後續，也得由小蔡一人負責——畢竟自己明天就不在，無法再作出任何指示了。

雖然關振鐸決定放手不管，但他沒關上房門，一邊審核最後一批行動報告，一邊留意著第一隊成員的動態。在電話聲、交談聲此起彼落間，他聽到案件的初步消息——四瓶水管疏通劑在早上十點零五分被人從一棟舊式大樓頂樓投下，分別擲向嘉咸街與威靈頓街一帶的攤檔。嘉咸街市集是香港歷史悠久的露天市場，既有售新鮮食材也有賣生活雜貨，是附近居民經常光顧的街市，亦是一個著名的遊客觀光點。由於是早上市民買菜的繁忙時段，這次襲擊導致三十二人受傷，其中更有三人負傷較嚴重，被腐蝕液灼傷臉部和頭部等等。關振鐸知道，「三十二人」這個數字並不一定正確，在任何案件發生初期，傷亡人數通常有誤，待傷者名單經醫院和警方核實後才能作準。現在報告有三十二位被害者，搞不好最後發覺有四十多人受傷。

半個鐘頭後，蔡督察眉頭深鎖，緊張地敲關振鐸的房門。

「怎麼了，有傷者不治嗎？」關振鐸問。

「不、不，組長，剛收到另一宗更麻煩的突發事件報告——有囚犯趁著到醫院診症時發難，越柙逃走了。」

「哪兒？瑪麗醫院？」瑪麗醫院位於港島薄扶林，赤柱監獄的囚犯會被送到這公立醫院求醫。

「嗯、嗯，瑪麗。」蔡督察結結巴巴地說：「但問題不是『哪兒』，是『誰』——落跑的囚犯，是石本添。」

關振鐸聽到這名字，不由得怔住。八年前關振鐸加入情報科，履新第一天便參與了圍捕石本添、石本勝兄弟的行動。這兩兄弟當年位列通緝名單第一、二位，兄長石本添是個奸險狡詐的智囊，弟弟石本勝是個殺人不眨眼的悍匪。石本勝在八年前的行動中遭擊斃，但石本添不知所終。行動後一個月，警方成功找出石本添的藏身之所，將他拘捕。

而憑著散亂的情報逮住石本添尾巴的人，正是關振鐸。

2

在蔡督察向關振鐸報告石本添逃跑後的一個鐘頭裡，刑事情報科B組各人的心情就像雲霄飛車似的，大起大落。

最初，B組因為一個巧合才得知事件。因為鏹水彈案件的關係，蔡督察派人到俗稱「電台」的指揮控制中心調度報案紀錄，正好遇上懲教署㉟緊急求助，指石本添從瑪麗醫院逃走。「電台」主管大為緊張，立即通知所有衝鋒隊、騎警和巡邏警員支援，嘗試在對方消失在人海前加以攔截——結果，這行動成功了，也失敗了。

根據報案者描述，石本添在瑪麗醫院跳上一輛停在急症室大樓不遠的白色本田思域，他一進後座車子就急速發動，撞毀醫院車道那形同虛設的欄柵，沿著薄扶林道往北絕塵而去。因為早上西環發生火災、中區又有交通意外，巡邏車遇上不少阻延，指揮控制中心即使努力調配，仍然鞭長莫及。

㉟負責管理監獄和更生院所、羈管囚犯的政府機關。職能近似台灣的矯正署。

蔡督察收到的初步報告，亦即是他在十一點向關振鐸說明的，就是以上的情況。他不知道的是，在同一時間，衝鋒隊第二號車在西半山區發現目標車輛。二號車收到電台指示，趕往薄扶林道與山道交界設置路障[36]，截查可疑車輛，但警員們還未佈置好，就看到目標車輛直衝過來，把告示牌撞個稀巴爛。二號車的成員立即上車追趕，兩車沿薄扶林道轉往般咸道追逐，險象橫生。然而，當犯人的車子駛至漢寧頓道附近，為了閃避一輛迎面而來的貨車，意外地撞上燈柱，衝鋒隊警員得以從後趕上。

接下來就是麻煩的開端。警車上的五人完全沒想過，追捕中的賊人身懷重火力槍械，他們還未下車，已遇上一輪密集式子彈掃射。帶隊的警長連忙出動車上的ＭＰ５衝鋒槍和雷明登霰彈槍，跟歹徒槍戰。過去，衝鋒隊只配備基本左輪手槍，在匪徒日益猖獗、動輒使用自動武器的今天只有捱打的份，九〇年代初警隊為了抗衡，為衝鋒車裝備ＭＰ５、雷明登和防彈背心等等，以備不時之需。

剎那間街上子彈橫飛，變成戰場，警員和犯人彼此進退維谷，但警方獲得幸運之神眷顧，另一隊衝鋒隊及時抵達，形成前後夾擊之勢。在猛烈火力圍攻下，三名犯人中槍身亡，警員成功阻止他們繼續發難。事件中只有五位市民和警員受輕傷，是不幸中之大幸，但十五分鐘後，負責接手的刑事偵緝探員到場時，卻揭發了令各人震驚的事實。

三名被槍殺的歹徒中，沒有一個是石本添。

由於槍戰時一片混亂，犯人從車上逃離，參與槍戰的警員都不能確認有沒有人利用聲東擊西的手法，趁著所有人注意開槍的傢伙，裝成逃難的市民，從車子另一邊逃去。又或者，石本添根本在衝路障時已不在車上，早一步換了車子或利用公共交通工具，大模大樣地混進人煙稠密的市區。

「石本添逃亡一案，O記正式接手，我們剛才已收到情報分析的要求。」正午十二時，蔡督察召開正式簡報會議，對下屬作出調查指示。在過去的一個鐘頭裡，先是知道石本添逃逸，再得悉歹徒跟衝鋒隊槍戰，傳出犯人全數被擊斃，再發現石本添並不在名單當中。對情報科來說，掌握正確的消息是首要任務，畢竟前線警員只看到事情的片面，能觀覽全局的，就只有位居核心的CIB。CIB必須在短時間之內，整合各方的情報，釐清每一條線索，判斷出案件的原貌——以這次事件為例，只要每拖延一分鐘，石本添就獲得多一分鐘的逃亡時間，搜索範圍就得增加一百公尺。

在簡報室內，除了B組成員外，還有D組跟蹤組第二隊的隊長和O記的探員列席。在聯合行動中，B組除了負責分析情報，更要協調各部門運作，務求情報有效率地流通。關振鐸坐在蔡督察旁邊，雖然他放手讓蔡督察全權負責，但他今天依然是組長，自然不會缺席會議。

事實上，B組上下都希望關振鐸提供調查意見。這除了因為他擁有優秀的破案能力，更因為他是目前組裡唯一一位曾跟石本添「交手」的警探。關振鐸沒有正式跟石本添碰過面，但他對石本添的個性可說是瞭若指掌。

「石本添，四十二歲，八年前因為多宗持械行劫和綁架被捕，被判入獄二十年。」蔡督察邊說邊按下投影機按鈕，展示石本添的照片。「在一九八五年至八九年間，他跟弟弟石本勝二人列為頭號通緝犯。跟負責執行的石本勝不同，石本添是參謀型角色，負責策畫行動部署、決定下手時間地點、選擇目標等等。一九八八年商人李裕隆綁票案，暗中與李裕隆家人談判勒索四億贖款的亦是石本添。這傢伙不是動刀動槍的賊匪，他動的是腦袋和口才。」

㊱即臨時攔檢站。

而這種人最難對付——關振鐸心想。螢幕上的照片由懲教署提供，是上個月才拍攝的相片。雖然關振鐸記憶中只有石本添八年前的模樣，但他發覺眼前的男人跟印象中差別不大，一樣是國字臉型、薄嘴唇、眉間狹窄、黑框眼鏡。最大的差異是比以前清減了一點，眼角多了幾道皺紋，削薄的髮間隱約帶點斑白。看來，監獄生活令他蒼老得特別快。

「今天早上九點，於赤柱監獄服刑的石本添聲稱腹痛，監獄主診醫生替他注射止痛針後一個鐘頭仍無法止痛，於是懲教署安排押解及支援組將石本添送到瑪麗醫院接受詳細檢查。」蔡督察環視簡報室各人一眼，繼續說：「由於石本添服刑期間一直行為良好，所以署方只採取一般押解犯人措施，即是只有兩名懲教人員看管犯人，石本添身上亦只扣上一副手銬。」

蔡督察沒說出口的話，各人都聽得明白。石本添兄弟是困擾了警方好幾年的社會毒瘤，警隊上下才不相信這種人渣會改邪歸正。因為行為良好就掉以輕心，這分明是懲教署的責任。香港警隊一直有協助懲教署處理甲級重犯的押解事務，如果懲教署提出要求，警方一定會派員確保羈押順利——換言之，石本添根本沒機會從醫院逃走。

「懲教人員與石本添於十點三十五分到達瑪麗醫院。約二十分鐘後，石本添表示要上廁所，而由於一樓的急症室擠滿今晨西環火災的傷者、中環鏹水彈案的受害者以及其他求診的病人，兩名懲教人員押送石本添到二樓的洗手間。石本添趁著懲教人員一時不慎，跳窗逃走，並且坐上同黨安排的汽車，撞毀醫院大門的電動欄杆後，沿薄扶林道往西區駛去。」蔡督察用麥克筆指著投影螢幕旁的地圖。

「十一點零一分，ＥＵ[37]Car 2在山道交界截獲目標車輛，」蔡督察把麥克筆筆尖移到地圖上方，「疑犯沒有停車，但在般咸道近英皇書院附近發生意外。Car 2的警員與對方發生槍戰，同一時間Car 6從西邊街趕到，前後夾擊，三名匪徒中槍，當場不治。」

蔡督察按一下按鈕，螢幕換上三張照片。

「遺憾的是，三名死去的犯人裡沒有石本添，他仍然在逃。三名死者的身分已經確認，第一個是綽號『細威』的朱達威，他曾是石本添手下，十年前因為傷人罪被判監，五年前出獄；另外兩名死者是先前入境的大圈，我們早就收到線報知道他們準備犯案，可惜情報太少，沒能提早阻止本案發生。」

螢幕上的其中兩幀照片，正是早上蔡督察交給關振鐸的報告裡的那兩張。一如關振鐸預言，他們沒等到月底便做案。

「犯人身上有一把蠍式Vz61衝鋒槍、兩支54式黑星，還有近百發子彈。我認為這種火力不會只用在劫走石本添這事件上，從這兩名大圈和石本添的背景，他們應該是打算劫獄後再部署大型的持械行劫。這場意外為警方爭取了不少時間，讓我們調查他們的黨羽和計畫，但目前最大的問題是，懷疑是主腦的石本添不知所終。」

螢幕換上幾張現場照片。白色的車身滿佈彈孔和血跡，可見槍戰如何激烈。

「在細威身上我們發現另一串車匙，估計那是用來替換的車輛，只是匪徒在換車前遇上意外。另外，我們在車廂後座發現一套號碼牌被撕去的囚衣，以及一副破爛的黑框眼鏡，相信石本添目前應該已換上便服及戴上隱形眼鏡。」蔡督察走到地圖前，說：「ＥＵ的同事無法確定石本添是在槍戰中還是槍戰前逃走，如果是槍戰中混進路人中，他目前很可能仍在西營盤一帶。」

蔡督察用麥克筆繞著槍戰地點畫了一圈。「西區警署的同事正進行地毯式搜索，替現場人士錄口供。暫時未知道結果。」他接著將麥克筆往下移，「不過，如果石本添是在槍戰『前』逃

㊲衝鋒隊（Emergency Unit）的簡稱。

走，那就相當麻煩。在車子離開醫院至Car 2在山道發現之間，有五至六分鐘的空白期，這段期間石本添會不會另有接應，我們不得而知。根據紀錄，石本添是個狡猾的罪犯，一般人逃獄後應該會跟同黨逃走，他卻很可能反過來要同夥當誘餌，為自己爭取更多時間。如果真的如此，他最有可能在士美菲路下車，然後在西環尾一帶混進人群。石本添的照片已發給各單位，所有巡邏警員都會留意他的蹤影，另外，相關照片亦已交給媒體，希望市民能提供情報。」

關振鐸知道，冀望市民提供有力的情報，跟緣木求魚沒有分別。石本添不是一般逃犯，如果他真的在槍戰前逃去，他一定已準備好不讓公眾認出的偽裝。

「本來我們的處境相當被動，但幸好我們先前獲得一項情報，可以讓我們主動出擊。」蔡督察走回螢幕前，指著兩名大圈的照片，說：「我們收到情報，知道這兩名大圈藏身於柴灣貨物裝卸碼頭附近的工業區。既然他們是石本添的同夥，我們就有理由相信他們的巢穴就是石本添的基地。石本添一定沒料到細威他們會被警方擊斃，這場意外為我們增加了相當有利的條件，細威負責接應，證明他是石本添逃走計畫的重要人物，如今他跟兩名兇悍的大圈被殺，石本添應該會方寸大亂。石本添在獄中多年，對外面的環境未必熟識，他應該會以靜制動，藏匿於秘密基地之內，躲避風頭。麻煩D組的同事負責在柴灣全天候二十四小時盯梢，尤其留意豐業街、新安街一帶。」

D組跟蹤組的隊長點點頭。

「O記的同事會繼續從三名死者身上著手，從他們身上的物品、遺留在汽車上的證據去縮小調查範圍。」蔡督察向O記的探員示意後，轉向自己的部下，說：「阿豪，你負責跟進O記同事的搜證；光仔和Elise負責分析報案紀錄、整合參與槍戰的同事的證供；波叔負責聯絡A組，看看有沒有線民知道內幕；其餘人給我檢查薄扶林道至般咸道一帶所有有可能拍到線索的監視器影片，我要知道那五分鐘的空白期內石本添有沒有可能下車逃走。有沒有問題？」

沒有人提問。

「ＯＫ，行動開始。解散。」

蔡督察話音剛落，手下們各自散去，光仔等有特別任務的成員更匆匆地奪門而出。Ｄ組的隊長跟蔡督察談了幾句就帶著文件離開，Ｏ記的探員也在交代細節後，神色凝重地走出簡報室。在香港主權移交前夕Ｏ記已有不少工作，防範有組織罪案發生，如今因為懲教署捅出漏子，同僚們工作量大增，自然不是味兒。

「組長，你有什麼看法？」簡報室只餘下蔡督察和關振鐸二人。

「看法嘛……暫時沒有。」關振鐸聳聳肩。「意見倒有一個。」

「什麼意見？」

「你最好趁現在吃午餐，半小時後證供紀錄和監視器影片送到，你大概會分身不暇，一直忙到晚上。」關振鐸微微一笑，拍了拍蔡督察的肩膀。蔡督察苦笑一下，就跟關振鐸說先去食堂買個飯盒。

關振鐸一臉輕鬆地目送蔡督察，但實際上，他內心百感交集。

八年前石本添的弟弟石本勝就是在一場槍戰中喪命。那事件中更有多位無辜人質死亡，是關振鐸不想憶起的往事。

今天，石本添越柙逃走，居然引發另一場槍戰。關振鐸在ＣＩＢ的八年，彷彿就是以一場槍戰作開端，再以另一場槍戰作終結。

真是巧合得相當諷刺。

或許世事就是冥冥中自有主宰，開端和結束總有著凡人無法參透的巧合。在時間洪流之中，人類不過是渺小的砂礫，無力地隨著時代漂流。

不過，八年前關振鐸可以親手解決事件，更將漏網之魚石本添逮住，今天他卻沒有時間了。

「有些事情，不能強求吧。」關振鐸自言自語道。這案子他自問管不了，負責的是蔡督察。可是，如果接受曹警司的建議，以顧問的身分續約，就可以繼續追捕石本添——這念頭在關振鐸腦海中閃過。

「不，不對。這決定太草率了。」關振鐸心想。

下午一點，情報科辦公室一片紛亂。各人的案頭堆滿報案紀錄或證人口供檔案，告示板上貼滿槍戰現場照片和畫滿線條的分區地圖。B組大部分探員各自盯著螢幕，檢查著一段又一段的監視器影片。搜索範圍擴展至醫院以南的置富花園及華富邨一帶，因為石本添很可能在上車後隨即換車往相反方向奔逃，蔡督察就指示手下查看那些路段的交通監視器紀錄。只是，由於石本添換車基於假設，探員們都不曉得該留意什麼，他們就像一群不知道兔子氣味的獵犬，盲目地東聞西嗅，希望找出那一點點蛛絲馬跡。

當接到「有可疑分子躲在西環觀龍樓」的情報時，辦公室裡冒起一陣倉皇的氣氛。有人報案，稱十二點半左右看到一名形跡可疑的男人在公共屋宛觀龍樓C座出沒，西區警署急忙調派大批荷槍實彈的警員搜索。觀龍樓共有兩千多個單位，居民超過一萬人，要徹底搜查絕非易事，而且既然細威三人身上有武器，石本添很可能懷有槍械，警方更要慎重處理。即使石本添不是「實戰型」的歹徒，警方都不敢輕率行事。

「觀龍樓的消息可能是誤報，你們給我打醒十二分精神，繼續找那混蛋的蹤跡。」蔡督察命令道。從搜索行動開始至今一個多鐘頭，調查幾乎完全沒有進展。探員們在蒲飛路附近的加油站監視器影片中找到那輛白色思域，但從瑪麗醫院至蒲飛路一段三分鐘車程仍然空白，他們無法確定石本添有沒有在這期間離開。相對地，槍戰現場也沒有有力的情報，能指出賊車意外撞毀時車上到底有三人還是四人。

媽的，看樣子要變成長期戰了——蔡督察在心裡罵道。他回過頭，正想查問負責分析證人筆錄的手下有沒有發現時，卻發現關振鐸站在告示板前，握著咖啡杯，仔細地瞧著某幾張槍戰現場照片。

「這傢伙，」關振鐸指著一名胸口中槍的歹徒說：「他的髮型跟那張照片不一樣。」

蔡督察望向旁邊，那是早上交給關振鐸的兩張大圈照片之一。

「嗯……但肯定是同一人，你看，除髮型外五官、身材、甚至連左頰的疤痕都吻合。」蔡督察指了指兩張照片上的肖像。那名匪徒在數天前的照片中頭髮是三七分界，但在槍戰後的卻是露出額頭的平頭裝。

「的確，就算是雙胞胎也不會在臉上有相同的疤痕吧。」關振鐸邊說邊啜了口咖啡。

蔡督察帶著困惑的表情瞧了關振鐸一眼，不明白對方在說什麼。他正想追問，小明抱著一疊文件，走到二人跟前。

「阿頭，O記剛送來負責看管石本添的懲教人員的口供。」小明說。蔡督察的部下習慣稱呼他作「阿頭」，這稱謂在各部門各小隊也很常見。

「OK……我不是吩咐阿豪負責跟進O記的搜證嗎？」

「豪哥分身不暇，所以我幫忙跑腿。」

蔡督察苦笑一下，說：「小明，你現在『肩膊有柴』，就不要聽阿豪差遣吧。」

駱小明上月通過升級試，被推薦升級當警長。警長制服肩章上有三道V形條子，這些條子俗稱為「柴」，警長就俗稱「三柴」。雖然小明職級比阿豪高，但他加入CIB只有半年，年紀也比阿豪小十歲，而且他從來沒有在公餘跟同僚們到娛樂場所耍樂，阿豪自然恃老賣老，不把這個比自己高級的離群者放在眼內。

「我想知道，那兩個懲教人員為何如此大意，居然被石本添逃掉。」關振鐸忽然說道。

「組長，這重要嗎？」蔡督察回頭反問。「現在不是追究責任的時候吧？況且懲教署那邊自然會有內部紀律處分……」

「我只是有點好奇而已。」關振鐸邊說邊翻開小明手上捧著的文件。

「組長……」小明頓了頓，恍似在考慮越過蔡督察直接向關振鐸搭話是否合適，再說：「除了文字筆錄外，O記有拍攝詢問兩位懲教人員的經過，錄影帶在我桌上。組長如果想看的話……」

「哦，那更好。」關振鐸合上文件，用眼神示意叫小明去拿錄影帶。

蔡督察看到關振鐸的反應，換了語氣，慎重地問道：「組長，你認為石本添逃脫的過程有重要的線索？畢竟我們已經確定大致的情況，目前應以搜索為重……」

「線索嘛，可能有，亦可能沒有。」關振鐸聳聳肩，說：「但我肯定的是，對付石本添這種老謀深算的犯罪首腦，任何細節都不容錯過。」

蔡督察循著關振鐸的視線，望向告示板上石本添的相片。

「當然，」關振鐸繼續說：「這是你全權負責的案子，我管不了。如果你認為抽人手審視石本添從醫院逃走那一刻的細節太浪費，我都沒有異議。」

小明拿著錄影帶回到兩人面前。

蔡督察環顧一下辦公室裡對著螢幕和文件忙得不可開交的部下，說：「OK，組長，你有道理。不過他們沒空看這個，就由我們親自看一遍吧。」

關振鐸嘴角微彎，轉身指了指自己的辦公室，示意蔡督察和小明跟他一起在房間裡看影帶。其實蔡督察有點懷疑，關振鐸只是想一睹那兩個犯錯的懲教人員的樣子——關振鐸是逮捕石本添的幕後功臣，他大概想知道哪兩個笨蛋令他在退休前留下遺憾。

3

——請說出你的姓名、年齡、職級和工作部門。

吳方，四十二歲，一級懲教助理。在懲教署押解及支援組工作。

——請你講述一下今天，即是一九九七年六月六日星期五，早上的工作情況。

今早十點左右，我收到上級指示，要押送一名男性囚犯到瑪麗醫院進行檢查。該名囚犯編號二四一一三八，叫石本添，於赤柱監獄服刑。我和二級懲教助理施永康負責看管押運，救護車於十點零五分出發，十點三十五分到達瑪麗醫院。

——只有你們兩名懲教人員負責押送？

是的。

——以石本添的犯罪紀錄來看，他是個危險人物，為什麼沒有要求警方協助？

二四一一三八號囚犯在獄中行為良好，多年來沒有任何犯事紀錄，在獄中更積極參與更生活動，獲得多次表揚。當值的懲教主任認為他只要用一般的押解程序就可以。

——在瑪麗醫院發生什麼事？

二四一一三八號囚犯被送到急症室後，經救護分流站初步診斷，列為非緊急類別，於大堂左方等待，我和施永康在旁戒備。等候期間他仍不斷聲稱腹痛，在十點五十分左右，他要求上廁所大解。我和施永康商量後，決定押送囚犯到二樓的洗手間。

——為什麼不使用一樓大堂的廁所？

今早急症室候診病人極多，洗手間不斷有市民出入，我們不想影響其他人，所以選擇二樓的洗手間。為了防止囚犯在候診期間與一般人接觸，我們都會嚴格看管，犯人要如廁，就要先清空洗手間，確保室內沒有其他人，以及沒有可以被囚犯拿來當武器的雜物。

——你們到二樓後，有檢查過洗手間嗎？

有。二樓是醫務社會服務部，人很少，我們選擇了東翼梯間的廁所。那個洗手間只有三個廁格，施永康在門外看守囚犯，我就逐一檢查。洗手間裡有兩個玻璃瓶和一個拖把，我認為那有機會被當作武器，所以特意移走；另外我亦確認過三個廁格沒有人。接近門口的廁格門被掩上，上面貼著「修理中」的告示，我亦有推開，確定裡面沒有人或可疑物品。

——窗戶呢？當時你沒有考慮到犯人有可能從窗口逃走嗎？

嗯……我有考慮過。所以我們已經有採取對應的措施防止囚犯利用窗戶逃走，只是……那些措施失效了。

——什麼措施？

我檢查完洗手間後，跟施永康一起押解囚犯進洗手間。當時我站在已關好的窗戶前，而施永康站在囚犯身後，囚犯沒機會擺脫我們跳窗逃走。囚犯表示戴著手銬無法如廁，施永康就解開囚犯的左手手銬，扣在馬桶旁的扶手上，那是為行動不便的病人安裝的扶手。我容許囚犯半掩廁格的門，我就站在廁格外，確保沒有異樣，而施永康則守在洗手間外，阻止任何人進入。

——那石本添如何逃脫的？

囚犯進入廁格後一分鐘左右，我聽到洗手間外傳來吵鬧聲，爭吵一直持續著，我確認了囚犯仍鎖在扶手後，就到外面支援。一名長髮男子跟施永康發生爭執，他似乎因為我們禁止他人使用洗手間而大發雷霆。他指責我們沒有權利妨礙他使用洗手間，還想硬闖，我們就出手阻止。我喝止對方，並指我們正在執行職務，可以控告他妨礙罪，他才停手，一邊咒罵一邊從梯間離去。這段時間不到一分鐘，但當我回到洗手間時，就發現二四一一三八號囚犯已經解開手銬，逃離現場。

——請你詳細說明。

我回到洗手間內，首先看到的就是門打開了、空空如也的廁格，然後是敞開的窗戶，以及窗前地上的手銬。我連忙奔到窗前，就看到囚犯往遠處一輛白色汽車跑過去。我於是向著窗外大叫示警，不過囚犯沒有理會，附近亦沒有警員或醫院警衛。施永康聽到我的叫喊，衝進洗手間，見狀就攀上窗緣，叫我從樓梯追趕，他扶著窗邊跳到外面。我衝出洗手間，沿著樓梯跑到一樓，可是走到大樓外面時，汽車已經離開，施永康站在車道的遠處，似乎他追了一段，但徒勞無功。

——你之後做了什麼？

我連忙用對講機向上級報告，並且詢問守大門的警衛，查問汽車的車牌。

——為什麼你會離開監視石本添的位置，讓他有機可乘？

我……我一時大意。我離開時曾確認他仍扣著手銬，在押送前亦搜過身，確保他身上沒有收藏任何可以用來開鎖的工具。他就是能夠抓住我鬆懈的一剎那，在數十秒間解開手銬再跳窗逃走，我完全沒有考慮到他有這樣的判斷力和體力……

——這根髮夾是在現場發現的，石本添很可能是利用它來打開手銬。請問你有沒有印象？

沒有，完全沒有。我肯定他身上沒有藏這東西，押送他之前，就連他口腔裡也檢查過。

——那麼，這髮夾應該是在廁格內他拾到的吧？

我……我不知道。我有檢查過那個廁格，當時我沒察覺任何異樣。

——石本添在押送期間，有沒有可疑之處？

現在回想，他腹痛是裝出來吧，這麼說他的行為一直很可疑。但撇開這點不提，我完全沒有留意今早的任務有何異常特別，就連在候診期間，都沒有人走近囚犯，或是跟他有眼神接觸。

＊

——請說出你的姓名、年齡、職級和工作部門。

我、我叫施永康，今年二十五歲，在押解及支援組工作……

——你的職級是？

二級懲教助理。

——請你講述一下今天，即是一九九七年六月六日星期五，早上的工作情況。

嗯、嗯。今天早上我和方哥收到指示，要押送那個叫石本添的囚犯到瑪麗醫院。我們在十點多出發，在車上石本添不斷呻吟，好像肚子很痛的樣子。

——「方哥」是指一級懲教助理吳方嗎？

是、是的。

——你們幾點到達醫院？

我……忘了。大約是十點半左右。

——之後發生什麼事？

石本添喊肚痛，要大便。但急症室塞滿人，我們就帶他到二樓的男廁。急症室好混亂，好像有好些被火災濃煙嗆到的傷者，聽說還有被鏹水潑到的人，人多到不得了……

——在二樓男廁發生什麼事？

方哥先檢查廁所，確保沒有人、沒有可以用來當作利器的東西，才讓石本添進去。我將石本添鎖在扶手上，因為他說雙手被手銬鎖住上不了廁所。

——你肯定手銬有鎖上嗎？

有、有。方哥也可以作證。

——接著你和吳方在廁所看管石本添嗎？

方哥在廁所裡看守，我就負責守門口。但我站在入口不久就有一個黑色長髮、穿紅色T恤的男人走過來，想進入洗手間。

——你阻止他了？

當然，我們要防止犯人接觸其他人。但那男人很不滿，說他也有權使用廁所，罵我濫用職權。我好言勸阻，他不聽，於是我們吵起來了。我說了幾句後，方哥就從廁所走出來。他在懲教署工作了很多年，很懂得處理這種麻煩。我之前押送犯人到醫院，都沒遇過這種事……

——結果那男人被吳方喝退？

是的，方哥說可以召來警察將他拘捕，他就摸摸鼻子、一臉不快地走了。

——接下來你們發現石本添跳窗逃亡？

嗯……方哥回到廁所後，不到幾秒，我就聽到他大喊「別逃！」，連忙衝進廁所支援。方哥站在窗前，指著外面，我走近他身後一看，只見到穿著咖啡色囚衣的石本添向著一輛白色汽車直奔。我叫方哥從樓梯包抄，我就直接跳出窗口追過去。

——但你追不上。

是的……我追不上。或者我沿著窗緣攀下去的動作太慢吧！我走到車道時，石本添已經跳上車子，任憑我如何努力也追不上，唉……

——你和吳方之後就聯絡署方？

沒錯……唉，這次麻煩大了……不過責任不在我身上吧？我沒有犯錯啊？我已經依足規則執行任務啊？方哥是老鳥，他一定無事吧，但我只在懲教署工作了幾年，長官，你要替我向署方好好說明啊……

——施先生，我們只是負責調查，懲教署的內部聆訊是你們署方的事，警方無權干涉。

哎……但署方會參考警方的調查報告吧？拜託，別把我當成代罪羔羊，我不想丟掉差事……

——談回案件吧。你從窗口追出去時，有沒有留意手銬在地上？

咦？啊，好像是，我不太記得了。

——我們在現場找到這根髮夾，你認為石本添用它來開鎖嗎？

是……吧？我不清楚，我只肯定鑰匙一直在我身上。署方的手銬並不特別，如果說石本添懂得用髮夾開鎖，一點也不出奇……

——這根髮夾會是石本添事前藏在身上的嗎？

應該不是……方哥有替石本添搜身。

＊

看完兩段影片，蔡督察站起來，說：「就和簡報前知道的差不多吧。」

「差很多喔。」

冷不防地，關振鐸吐出這一句。蔡督察和小明不由得盯著坐在自己位子上、雙手十指互扣、一臉從容的關振鐸。

「差很多？」蔡督察問。

「他們的口供，提供了一個很明顯的破案方向。」

「什麼方向？」

「那個穿紅色T恤的長髮男人。」關振鐸神態自若地說：「那傢伙是共犯。」

「共犯？他可能只是普通市民……」蔡督察反駁道。

「你是想說，石本添趁著這個巧合逃走吧。沒錯那長髮男人有可能純粹巧合地製造出讓石本添逃走的機會，但有兩點令這個巧合變得很詭異。第一，那場騷動前後不過兩分鐘，吳方離開洗手間亦不過一分鐘，在如此短促的時間框架裡，石本添能有效地開鎖和跳窗，一定是事前有所準備。如果事出突然，石本添必須在一分鐘作出計畫、決定行動再準確執行，這太無理了。以他這種擅長策畫的智慧型犯人，不會利用『偶然』這種不穩定因素，萬一事敗，他就失去『懲教署認為他是個不用提防的囚犯』這極為有利的籌碼——這是他逃走計畫中的最大優勢。」

關振鐸輪流瞄了蔡督察和小明一眼，看到他倆沒有疑問，就繼續說下去。

「第二，那男人的行為未免太異常吧？小明，假設你人有三急，走到洗手間前卻被某人妨礙，你會怎麼辦？」

「唔……匆忙跑到另一間廁所解決。」

「對，而那個男人卻跟兩名穿制服的懲教人員糾纏了兩分鐘。正常人就算不知道妨礙公職人員有罪，看到穿制服的紀律部隊，或多或少會有一點敬畏心，如果守在門口的是穿便服的普通人，會找碴的人或許存在，但明知對方執行公務中，還特意挑釁，這傢伙就大有問題。我的想法是，他一直在候診室待機，等到石本添有所行動，便用這方法引開貼身監視的吳方，為石本添製造那一分鐘的逃走機會。」

「可是，或者他並不是內急呢？他可能只想到洗手間洗手之類。又或者他是二樓的職員，所以對兩名陌生的懲教人員的舉動感到不滿……」小明提出異議。

「假如他是在急症室候診的病人或家屬，他會到二樓使用洗手間，就是因為一樓人太多，他不得不到二樓解決，這樣的話，他更不會在懲教人員身上浪費時間，因為他必須盡早回到急症室等候護士叫名，或是陪伴親人。如果他是職員，也不會做出這種行為——二樓是醫務社會服務部，就算那男人不是醫院社工，也是從事向病人及家屬提供心理輔導或援助的相關工作。從事這種職業的人，會莫名其妙地跟他人為洗手間這種小事起衝突嗎？」

「那麼我們……」蔡督察本來認定是「石本添抓住機會逃跑」，但經關振鐸一說，發現對方的說法更合理。

「翻看醫院所有監視器影片，找那長髮男人的蹤跡。他很可能會喬裝，說不定那長髮是假髮，但只要依據時間篩選，便能夠縮小範圍。」

「嗯。另外要找那兩個懲教人員做肖像拼圖吧？他們應該會記得那人的樣子……」

「找年長的那個吳方就好了，」關振鐸說：「那個二級懲教助理太菜，別浪費時間在他身上。拼圖做好就發給柴灣的狗仔隊，除了找石本添外，也要留意這男人。」

蔡督察正要走出組長室，給下屬下指令時，兩位探員敲了敲房門，似要向蔡督察報告。

「阿頭，O記有新發現。」其中一人道：「O記在賊車上找到一張收據，由般咸道與柏道交界的便利店發出，時間是今早六點。O記的同事在那便利店附近調查，找到跟細威身上的車匙吻合的第二輛接應車輛。那是一輛黑色的小型客貨車，停在巴丙頓道的路邊車位。」

「接應車居然在半山區？我還以為他們本來打算從山道駛至西營盤換車，只是被EU逼得無路可逃，原來他們本來就是要走半山區的路……」蔡督察揉了揉額角，思考著接下來的調查方向。

「為什麼他們會捨易取難？」小明插嘴問道。「跟半山區巴丙頓道相比，將接應車停在西營盤更方便吧？只要沿著德輔道或干諾道，就能輕鬆走上東區走廊直達柴灣，如果有任何岔子，也可以經海底隧道逃到九龍。可是，半山區的路既狹窄又少分岔，萬一設下路障，他們就很難逃了。」

「德輔道中今早有車禍嘛，中區交通大混亂，半山區反而比較好逃啦。」報告的探員答。

「吩咐手足去索取附近的監視器影片，尤其是便利店的。」蔡督察打斷他們的對話，說：「只要了解細威和那兩個大圈今早的行動，就能掌握他們的巢穴的位置。」

「已經有同事跟進了。」

「好。」蔡督察點點頭，再望向另一個手下：「你有什麼發現？」

「不，阿頭，」另一人臉色有點尷尬，說：「我想告訴你，港島重案打電話來，索取旺角鏹水彈案的資料，以及今早嘉咸街同類案件的分析。」港島重案組手上沒有之前在旺角發生的兩宗案件的資料，得由情報科整理再提供，篩選出重點情報。

蔡督察皺著眉，攤攤手，說：「前頭號通緝犯逃獄，順序自然比那種惡意犯來得優先啊！跟他們說我們暫時騰不出人手，請他們體諒一下。」

「但電話裡的是港島重案組黃督察……」

隨著那位探員的目光，眾人望向關振鐸桌上的電話。三號內線按鈕旁的紅燈在閃，表示電話另一端仍未掛線，正在等候回覆。

蔡督察嘆一口氣，正想著如何有技巧地安撫對方，關振鐸卻突然拾起話筒，按下三號內線按鈕。

「我是ＣＩＢ關振鐸高級警司。」

他的舉動讓在場各人暗暗吃驚，而且他們心想電話另一邊的黃督察搞不好比他們更驚訝。剛才接電話的不過是一般探員，卻突然換上警司級警官了。

「對，對。Ｂ組目前分身不暇，因為要處理石本添的案子，很抱歉。」關振鐸莞爾一笑，蔡督察猜想對方一定是反過來向組長賠不是。「Ｂ組各隊都有重要任務，Team 2剛辦完大案休假中，不過即使緊急召集，也要今晚才能提供協助……而且一直處理旺角鏹水彈案的是第一隊，他們正在全力追查石本添的下落……啊，你能體諒就最好了。」

各人聽到關振鐸這樣說，想必對方已經讓步——當然，面對一位高級警司，就算是總區重案組督察，也只能唯唯諾諾。

然而，當他們正要鬆一口氣，卻聽到關振鐸繼續說：「我就派一位……不，兩位探員暫時跟進鏹水彈的案子。幫助未必很大，但至少我們掌握旺角同類型案件的情報，相信那兩位同事能給予幫助。對，對。不，不用客氣，同是警隊一分子，自然會盡力協助。好好，說不定將來ＣＩＢ要倚靠你們提供的消息，到時請多多關照了。再見。」

關振鐸放下話筒，抬頭便看到眾人訝異的神色。

「組長，我們要抽人手去處理鏹水彈事件嗎？」蔡督察緊張地說：「光是找那長髮男人，以及翻看接應車輛相關的影片，我們的工作量已經大增了……」

「不用擔心，反正小明只負責跑腿，抽掉他對你們影響不大。」

「你要小明去跟進？但他……」蔡督察想說小明只是個新人，調職ＣＩＢ時旺角第一宗鏹水彈案已發生，他沒有參與調查。

「我沒車嘛。」關振鐸邊說邊站起來。

「咦……？」蔡督察這時候才明白關振鐸的意思。「組長，你要親自去處理鏹水彈案？」

「石本添這邊的線索已夠多了，你們繼續查下去，早晚會挖出柴灣那個巢穴的實際位置，到時便能一網打盡。相反鏹水彈的案子就像大海撈針，不抓住這一刻，恐怕調查又會多拖幾個月。」關振鐸從案頭撿起幾個文件夾，再從抽屜取出槍套和左輪手槍。「況且，我可以藉這個機會看看我有沒有能力回到前線調查。就當作實驗吧。」

蔡督察和三位手下對關振鐸的話全不理解，畢竟他們都不知道曹警司今早的建議。

關振鐸用文件拍了拍小明的頭頂，說：「還在發什麼呆？我還有幾個鐘頭就退休了，要爭取時間哪。」

4

駱小明隨著關振鐸離開情報科的辦公室，二人來到警署大樓正門。

「組長？我的車停在那邊……」小明正要轉左往停車場，關振鐸卻筆直往大閘走過去。

「嘉咸街跟這兒不過十分鐘步程，用走的便可以了。」

「但您說要我開車……」

「那只是藉口罷了。」關振鐸滿不在乎地回頭瞟了小明一眼，「還是說，你寧願回去繼續當跑腿？」

「不、不，能當組長的助理當然更好。」小明趕緊加快腳步，走到關振鐸旁邊。這半年來，他經常被關振鐸差遣，但他毫無怨言——事實上，能待在這位警界第一頭腦身旁，看他辦案、聽他分析案情，對任何一位從事偵緝的探員來說也是求之不得的機會。小明不知道為什麼關振鐸看中自己，他猜想或許前任組長跟班被調，碰巧他加入情報科填補空缺，所以順勢繼承了這項任務。

從中區警察總部走到嘉咸街市集，只有數個街口，關振鐸和小明不一會就來到現場。愈接近事發地點，就愈多媒體的採訪車停在路旁，小明心想記者們對這案件也相當重視——至少，他們沒有因為西半山區發生槍戰，就一窩蜂地跑去報導那邊的新聞，丟下這邊不管。

「黃督察應該在附近。」關振鐸說。

「咦？」小明表情略帶訝異，問道：「他在現場嗎？」

「剛才我在電話中聽到頗嘈雜的背景聲，他肯定不在警署。」關振鐸邊張望邊說：「而且，他繞過地區情報組，親自打電話來催促，可見他焦急得不得了。這也不能怪他，事發至今已有四個多鐘頭，他再不給記者們一個說法，那些無冕皇帝恐怕會暴動。黃督察手上沒資料，可不能一直以『仍在調查中』拖延……嗯，我看到他了。」

小明循著組長的視線，看到警戒線內有一位穿灰色西裝，頭頂半禿的男人。那個蹙著眉、以難看臉色跟下屬說著話的，正是港島總區重案組第三隊隊長黃奕駿高級督察。

「黃督察，很久沒見。」關振鐸邊說邊將警察證掛在胸口，向守住警戒線的軍裝警員示意讓他和小明進入。黃督察轉過頭，先是呆了兩秒，再連忙向關振鐸的方向走過去。

「關警司，怎麼……」黃督察詫異地說。

「第一隊太忙，我就親自過來囉。」關振鐸遞上文件，說：「與其傳真給你，不如直接拿給你吧，反正傳到重案組，你人也不在。」

黃督察本來想問對方為何知道自己身在現場，但一想到眼前的人是ＣＩＢ「天眼」關振鐸，就沒有問下去。

「要勞煩您親自走一趟，實在太抱歉了。」黃督察邊說邊對下屬揚揚手，叫他們去辦自己的事。「我明白石本添的案子很重要，但這邊也不容忽視。跟旺角那兩次案件相比，這次嚴重多了，犯人丟了四瓶鏹水，暫時沒有死者可說是不幸中之大幸。」

水管疏通劑的成分主要是高濃度的氫氧化鈉溶液，沾上皮膚會引致嚴重的化學灼傷，如果灼傷範圍大並且缺乏及時治療，有機會導致肌肉組織壞死，引起併發症，甚至致命。

「跟旺角一樣是五百毫升的『騎士牌通渠水』嗎？」關振鐸問。

「對，完全一樣。不過，我們還是無法確認是同一個犯人還是模仿犯，這必須先由ＣＩＢ確認……」

「我們沒表示，你們不敢貿然跟記者說吧。」

「呃……對。」黃督察有點尷尬。

關振鐸很清楚這些部門之間的潛規則。因為案件涉及另一地區的嚴重罪案，在收到ＣＩＢ的說法之前，黃督察作出任何公開言論，責任便落在港島重案組身上。如果黃督察的判斷出錯，日後他和下屬就會受到上級責難；若他採取模稜兩可的說法，又容易引來「警方無能」的批評，一樣會打擊重案組的士氣和威信。可是，只要有ＣＩＢ背書，無論言論正確與否，黃督察都不用承擔責任，畢竟ＣＩＢ是警隊的中央情報部門，重案組依照ＣＩＢ的報告作出結論，即使有誤，也無可厚非。

「能鎖定犯人投擲鏹水彈的位置嗎？」關振鐸問。

「大致上能確認……請來這邊。」黃督察示意關振鐸和小明跟他向前走。三人走到威靈頓街和嘉咸街交界一棟唐樓前。

「調查所知，先有兩瓶鏹水從這兒往嘉咸街的攤檔投擲，」黃督察指著唐樓的頂樓，再指了指警員們仍在調查搜證的嘉咸街，「然後，當人群爭相走避，再有兩瓶丟向威靈頓街的方向。」黃督察指向他的左邊。

「是從這頂樓投擲的？」關振鐸抬頭望向五層高的頂樓，問道。

「相信是。」

「咱們上去看看。」

三人沿著樓梯，走上那棟土黃色外牆的唐樓頂樓。那唐樓兩年前已荒廢，前身是一棟公寓，一樓以前更是一間有名的糧油雜貨商行。棄置兩年，全因地產商未能收購鄰接的另外兩棟舊樓──發展商打算把三棟大廈拆掉，改建成三十層高的新式大廈。

關振鐸站在頂樓邊緣，探頭看了看兩邊街上，再走到另一邊，看看鄰接大廈的屋頂。他來回走了幾趟，跟一位正在搜證的鑑證人員聊了幾句，再細心檢查他們放在地上的標示，然後一語不發，緩步走到黃督察跟前。

「關警司，怎麼了？」黃督察問。

「……完全吻合。」關振鐸說道。小明察覺，雖然關振鐸給了黃督察一個正面的答案，可是他說話時表情有點微妙。

「確定是旺角的犯人嗎？」

「七成……不，八成。」關振鐸環顧一下，說：「旺角的兩起事件，犯案地點都是這種頂樓相連的唐樓，一樣沒有保安員、大門沒有上鎖。旺角第二起案件中，跟這次一樣，犯人是在一棟位於街角的大樓頂樓投彈的，同樣是先投擲一邊，引起混亂後再擲向另一邊。媒體都只集中報導『兩瓶鏹水從天而降』，對投擲的先後次序、方向、距離細節沒有著墨，但這次的犯人『巧合地』跟上次相同。」

關振鐸指向街上攤販中一面明顯被水管疏通劑腐蝕過的帳篷，說：「犯人上次已用這種手法，把打開的瓶子丟向帳篷，讓帳篷反彈，濺出更多腐蝕液體，製造更大的傷害。」

「那麼，就是說那傢伙來到港島做案了。」黃督察嘆一口氣，說：「大概是旺角女人街的居民提高警戒，犯人發現無法再下手，於是換地點吧……」

「剛才我給你的檔案中有幾張從影片擷取的照片，」關振鐸說：「我想你或者知道，我們在旺角的案件中篩選出一位身材肥胖的可疑男人，雖然向外公佈是『證人』，但那胖子很可能就是犯人。ＣＩＢ暫時分不出人手，但你們可以自行檢視今早附近的監視器影片，看看有沒有那男人的蹤跡。」

「明白了，關警司。」黃督察翻開文件夾，瞧了幾眼。

「事件中最新的傷者數字是多少？」關振鐸問。

「三十四人，其中三人傷勢最嚴重，一人正在深切治療部留醫，另外兩人也未出院，很可能要接受手術。其餘三十一人都是皮外傷，大部分是被鏹水濺到手腳，敷藥後就能回家……不過，身體治得好，精神上會留下瘡疤吧，平平一個日常的早上，突然遇上這種惡意的襲擊……」

「三名重傷者是什麼身分？」

「哦，他們嘛……」黃督察掏出傷者名單，說：「在深切治療部的病人叫李風，男性，是個六十歲的老頭，他獨居在附近的卑利街，今早他到現場買菜，被鏹水迎頭灑中，傷勢十分嚴重。他的雙眼也沾上了鏹水，所以很可能會失明，加上他本身有高血壓和糖尿病，情況不大樂觀。」

黃督察翻過另一頁，繼續說：「其餘兩人都是市集的檔主，一樣是男性。一位叫鍾華盛，三十九歲，街坊稱他做華哥，經營一個接小型水電工程生意的檔子，據說已有十年。另一人叫周祥光，四十六歲，他的攤檔是賣拖鞋的，兩人跟李風差不多，都被鏹水直接潑中，傷及臉額、脖子和肩膀。關警司，這些資料有什麼用途嗎？」

「可能有，可能沒有。」關振鐸攤攤手，笑道：「案件中的細節，有九成是無用的，但萬一錯過餘下的一成，卻往往令案件破不了。」

「這是情報科恪守的信條嗎？」黃督察報以一個微笑。

「不，這是我的信條。」關振鐸笑著摸了摸下巴。「我想周圍逛一下，行嗎？我不會影響你的手下工作。」

「請便，請便。」面對比自己高數級的老前輩，黃督察當然不敢說不。「我要準備向記者發聲明……ＣＩＢ認為犯人很大機會跟旺角案件的做案者是同一人？」

「沒錯。」

「嗯，麻煩您了。」黃督察得到關振鐸再次確認後，在腦袋中組織著該向記者透露的內容。關振鐸轉身離去，小明亦步亦趨跟在身後，兩人回到街上。

警方封鎖了嘉咸街和威靈頓街各約三十公尺路段，現場除了仍在搜證記錄的警員外，只餘下一片狼藉。翻倒的攤子、散落一地的中式糖果、被踐踏得一塌糊塗的蔬菜，還有被腐蝕液弄至發黑的地面，令小明想像到數小時前那個混亂的景象。雖然距離事發已有一段時間，小明仍然嗅出空氣中那一絲水管疏通劑的難聞氣味，那股化學氣味就像包含了犯人的惡意，散佈在空氣之中，教人反胃。

小明滿以為關振鐸會細看各個攤檔的受災程度，但出乎他所料，關振鐸頭也不回向著警戒線外走過去。

「組長，您不是說要看看現場嗎？」小明問。

「剛才在上面已看到很多了，我找的不是證物，是情報組。」關振鐸邊走邊說。

「情報組？」

關振鐸離開警戒線，環顧一下，再對小明說：「看，找到了。」

小明循著關振鐸的視線，看到一個賣廉價衣服的攤販。貨品大都是些過時的女裝服飾，掛滿攤子上上下下，左方有一個掛著形形色色帽子的架子，而架子前面有三個女人坐在摺椅上交談著，其中一人腰上繫著黑色的腰包，像是攤檔的主人，年紀約莫五十。

「妳們好，」關振鐸走近那三個女人，說：「我是警察，可以問妳們一些事情嗎？」

當聽眾的那兩個女人明顯怔住，但繫腰包的卻一臉從容，回答道：「長官，你的同事們早就問過啦！你是想問我們有沒有見過什麼可疑的陌生人吧？我就說過好幾次，這兒是遊客區，看到陌生人是自然不過的事……」

「不，我想問妳們有沒有見過什麼不可疑的熟人。」

關振鐸的答案教對方先呆了一呆，再爆出笑聲。

「哈，警察先生，你是認真的嗎？你是想逗我們笑吧？」

「其實我想問妳認不認識傷者。聽說有三位傷者傷勢尤其嚴重，其中兩位是這市集的檔主，一位是街坊，我就想看看附近有沒有人認識他們。」

「呵，這就問對人了。我在這兒擺攤二十年，就連街角豬肉榮小兒子考上哪一間中學我都知道。聽說留醫的是老李、華哥和賣拖鞋的周老闆吧，天殺的，今早還好端端的人，現在就躺在醫院，唉……」

一說就指出了三位傷者的名字，真不愧是「情報組」——小明心想。在這種市集內總有一些長舌婦，她們從早到晚只能守在同一位置顧攤，跟熟客和鄰人們說三道四就是唯一的消遣。

「所以妳跟他們都認識？啊，對了，妳怎稱呼？」關振鐸老實不客氣，從旁邊拉過一張椅子，乾脆坐在那幾個女人身旁。

「叫我順嫂就可以了。」順嫂指了指自己的攤檔上方，在那些土氣的衣帽之間，就有一個寫著「順記成衣」的招牌。「老李和華哥都是十幾年街坊了，那個周老闆就只是近幾個月才認識。拖鞋檔的前任檔主因為移民加拿大，將檔子頂讓出去，周老闆接手不過幾個月。」

「老李是六十歲的李風嗎？」關振鐸為了確認，問道。

「對，就是住在卑利街的老李囉。」順嫂說。「聽說他在發記菜檔買菜時被鏹水彈打中頭，真是恐怖……」

「嘿，我不是想說人家壞話，」順嫂左邊的女人插嘴道：「但如果老李不是好色，老是趁著發記不在菜檔就跟發記的老婆搭訕，也不會被鏹水淋中吧！」

「哎喲，花姐妳就別在長官面前說這個，雖然老李是有點色，但妳這樣說就好像指老李跟發記老婆有一腿似的……」順嫂臉帶鄙夷之色，半笑地罵道。小明看在眼裡，心想這個李風大概是個色老頭，每天在市場吃吃這些比他年輕的女性豆腐，風評似乎不大好。

「李風是個老街坊？他每天都來買菜嗎？」

「嗯，不管好天下雨，老李都會在早上來買菜，我們跟他認識也有十年啦。」另一女人答道。

「妳們知不知道李風有沒有什麼不良嗜好？或是有沒有跟人有金錢瓜葛、結怨之類？」關振鐸問。

「這個倒沒聽過……」順嫂側了側頭，想了一下，說：「他跟老婆離婚多年，沒有子女，雖然外表寒酸，實際上有幾間房子在放租，光是租金就夠他花了。至於結怨嘛……因為他常常跟發記老婆搭話，發記應該很不喜歡他，但我想那稱不上結怨……」

「另一位傷者鍾華盛妳們也認識？」關振鐸問。

「鍾華盛就是在街角開檔的水電師傅華哥囉。」順嫂向警戒線圍住的現場指了指。「他平時很少在攤檔，大部分時間都是在客戶家裡修理水電，沒想到今天巧合地遇上個亂擲鏹水瓶的神經病，人算不如天算……」

「華哥人很好，希望他早日出院吧！我想他老婆跟兒子應該擔心死了……」剛才調侃李風好色的花姐說。

「你們認識好久了？」

「算久吧，華哥在嘉咸街開業也十年有多了。他工夫好，收費便宜，街坊有什麼小型水電工程，像是換水喉、安裝熱水爐、修理電視天線之類，都會找華哥。他好像住在灣仔，老婆在超級市場當兼職，有一個剛進中學的兒子。」順嫂道。

「聽妳這麼說，這個華哥應該很受歡迎囉。」

「是呀，聽說老李受傷，大家都沒有什麼反應，但知道華哥要住院，街坊們都很擔心。」

「所以說，華哥應該是一等良民，沒有什麼不可告人的秘密吧？」

「應該……沒有吧？」順嫂言詞閃爍，跟花姐對望了一眼。

「咦？竟然有？」關振鐸表現出好奇的樣子，直接說出順嫂的心底話。

「這個……長官，這只是謠傳，你聽過就算。」順嫂嘆一口氣，說：「華哥雖然人很好，但聽聞他坐過監。他以前好像混過黑道，但他在父親臨死前改過自新了。」

「我曾找他修冷氣，」花姐說：「那天有三十四、五度，他熱得脫下外衣擦汗，背脊上竟然紋了一條張牙舞爪的青龍，嚇了我一跳。」

「這麼說，他也不介意人家看到他的紋身嘛。」關振鐸說。

「嗯……這個嘛，或許吧。」順嫂不置可否地攤攤手。小明心想，也許華哥根本不在意他人知道他的過去，倒是這些三姑六婆戴著有色眼鏡看人。

「那最後一位周祥光……」

「原來周老闆叫周祥光嗎？」花姐插嘴問道。

「好像是，我記得叫周什麼光的。」順嫂說。

「看來，妳們不大認識這位周老闆喔。」關振鐸說。

「認識時間短，不代表認識不深啊。」順嫂搶白道，就像被人質疑自己的專業似的。小明心想，對這位順嫂來說，聊八卦是她的專業，賣衣服只是兼職而已。

「周老闆的拖鞋檔就在旁邊。」順嫂探前身子，往左方指了指。關振鐸和小明依她所指望過去，看到一個掛滿各形各色的拖鞋的小攤。「如果說嘉咸街最熟識周老闆的人，我認第二，沒有人敢認第一。」

關振鐸忍住笑，問道：「妳剛才說，周老闆只在這兒經營了幾個月？」

「對，應該是……今年三月開始吧。周老闆有點孤僻，平日就只有簡單地打招呼，他從來沒有跟我們聊天。」

「我跟他買過拖鞋，問他有沒有小一個碼的，他竟然叫我自己找。」花姐說。「反而他的夥計阿武更像老闆，聽說他是周老闆的親戚，暫時找不到工作，所以就幫周老闆顧攤。」

「那個阿武剛畢業？」

「看樣子才不是啦，雖然個子矮小，但他有二十多三十歲吧。依我看，是給前一份工作的老闆炒魷魚，所以才在親戚手下打零工。」

「周老闆經常不在嗎?」

「那又不是,他幾乎每天都在,只是開檔收檔的都是阿武,周老闆只會每天現身兩三個鐘頭。有時阿武沒上班,他就乾脆連檔也不開了。」順嫂說。

「依我看,周老闆一定跟老李差不多,是『有樓收租』的房東,拖鞋檔只是消磨時間用。」花姐努努嘴,一副憎人富貴厭人貧的樣子。「他每逢賽馬日就失蹤,看樣子他十分好賭啦!只要第二天有賽事,他便馬經不離手,對人不瞅不睬。」

「呵,就算沒有賽事,他也一樣懶得理人啦。」順嫂調侃道。

「等等,」小明突然問道:「為什麼周老闆會受傷的?他的檔子在這邊,但犯人投擲鏹水彈是在市集的另一邊啊?」

「他和阿武去搬貨。貨車駛不進市集,我們要從馬路用手推車運貨過來,貨車一是停在威靈頓街,一是停在荷李活道。」順嫂往攤檔兩邊指了指。「今早我才跟周老闆和阿武打個照面,他們說要去搬貨,沒料到轉眼間遇上意外。」

「阿武一直沒有回來嗎?」關振鐸瞄了無人顧攤的拖鞋檔一眼,向順嫂問道。

「花姐說看到他跟周老闆一起上救護車,所以來不及收檔吧。一場街坊,我就替他顧攤,不過老實說,這種小攤檔也沒有什麼好偷的。」

「咦,妳看到事發經過嗎?」關振鐸轉頭問花姐。

「算是啦,當時我在轉角的雜貨店跟店主聊天,突然聽到外面有兩聲巨響,然後就有人在喊『好痛』、『鏹水』之類,接下來有人慌張地衝進店內要清水洗傷口。我們連忙用盤子裝水,又遞瓶裝水給躲進店內的人,他們的手腳都被鏹水灑中,衣服都『燒』穿了一個個洞。當街上稍稍平靜下來,我就大著膽子出去看看,見到老李躺在路邊,發記老婆正在用水淋他的臉。」

「妳看到華哥和周老闆嗎？」

「有，有，我拐過街角，看到差不多的境況，華哥和幾個街坊在賣香燭的店子裡躲避，當我走近時，便看到阿武扶著周老闆從另一邊走過來，焦急地喊著救命。周老闆和華哥的樣子好糟糕，當時周圍也是哭喊聲，十足活地獄。」花姐說得繪聲繪影，比手畫腳。

「這樣啊……」關振鐸沉吟。

「長官，你接下來要問周老闆有沒有跟人結怨吧？」順嫂揚起一邊眉毛，說：「我看沒有，但如果你問我他有沒有什麼不良嗜好，我就真的答不上了。你會問他們的情況，是有什麼原因吧？警方認為有人要對他們不利嗎？我口風很緊，你告訴我，我不會跟其他人說。」

關振鐸忍住笑，將食指放在嘴巴前擺了擺，示意他不會說。「謝謝妳們的情報，我們要去繼續調查了。」

關振鐸和小明甫離開，三個女人再一次七嘴八舌討論著。

「『我口風很緊』……呵，除非她變成啞巴，否則她這輩子也跟『口風緊』這三個字沾不上邊吧……不，就算她說不出話，她仍會跟人用紙筆來說八卦的。」回到警戒線內，關振鐸笑道。

「組長，我們為什麼要追查那三名傷者的資料？我們不是應該追查可疑的人物嗎？」小明問道。

「那三個人是關鍵啦。」關振鐸說。「小明，你現在回警署開車過來，我在皇后大道中街口等你。」

「咦？我們要去哪裡？」

「瑪麗醫院。想偵破這樁鏹水彈案，就要從傷者入手。」

「為什麼？這不是那種沒有特定目標的惡意犯罪嗎？」

「沒有目標？才怪。」關振鐸定睛凝視著犯人投彈的頂樓，說：「這是一起精心策畫、有特定目標的案件哪。」

5

小明回到警署，開著他的藍色萬事得㊳121，來到嘉咸街和皇后大道中交界。關振鐸挽著一個紫色的小膠袋，站在路邊向小明揚揚手，小明停下車子，關振鐸就坐上副駕駛座。

「瑪麗醫院。」關振鐸重複一次目的地。小明踩下油門，車子沿著皇后大道中向西駛去。

關振鐸一邊繫上安全帶，一邊說：「剛才我知會黃督察我們離開，原來他剛接到指令，今早西環的火警也要跟進。西區刑偵認為火警起因可疑，所以港島重案組會接手調查。聽說有二十多名居民留醫，重案組探員在瑪麗醫院剛替嘉咸街的傷者做好筆錄，便要跟火災的受害者錄口供，也算是因利乘便，不用跑兩趟……喂，小明，你在聽嗎？」

小明如夢初醒，趕忙向組長回答道：「啊、啊，對不起，我正在想組長您之前的話。您說投鏹水彈的犯人是精心策畫、有特定目標？」

「對。」

「為什麼？」

「一開始，我以為這次的是模仿犯。」關振鐸答非所問，令小明疑惑地透過後視鏡瞧了組長一眼。

「模仿犯？」

㊳汽車製造商馬自達（Mazda）的香港譯名。

「嘉咸街的案子在本質上跟旺角的完全不同，在到現場之前我還對這假設滿有信心的。」關振鐸緩緩說道。小明頓時明白關振鐸對黃督察說「完全吻合」時的微妙表情，就是因為環境證據跟預測不一樣所致。

「有什麼不同？一樣是露天市集、在唐樓頂樓投擲水管疏通劑、令大量無辜市民受傷……」

「旺角的案子，是在週末晚上發生的，而這次卻在週五早上。」關振鐸打斷小明的話，說：「光天化日之下做案，要冒上較大的風險，例如因為怕被附近大廈的居民看到，只能在頂樓逗留較短的時間，而且離開現場時，就算不擔心被路人目擊，也有可能被附近的監視器拍到。在光線充足的白天，犯人外表曝光的可能性大增。」

小明猛然察覺，因為同樣是鏹水彈，所有人都只考慮案件相同的元素，而沒有思考當中相異的理由。

「另外，」關振鐸繼續說：「週末和週五也不一樣。星期五早上的嘉咸街市集再繁忙，也不及週末晚上旺角女人街那麼多人。假設犯人是個神經病，純粹以傷害他人為樂，他挑選這個犯案地點和日期就不太對勁。如果他挑週末才動手，那就有更多的獵物，製造更大的混亂；而且，他可以挑唐樓更多、更容易逃逸的銅鑼灣渣甸坊市集，或是灣仔太原街市集等等。」

「所以，這案件是不同人做的？」

「不，從現場環境看來，犯人是同一人……或是同一夥。當中的矛盾，正好令犯人的動機浮現。」

「什麼動機？」

「小明，你有讀過一些以連續殺人事件為題材的推理小說嗎？假如兇手不是喜歡殺人的變態，那大量殺人的理由是？」

「……為了掩飾真正想殺害的目標？」小明在想到答案的瞬間，倒抽了一口涼氣。

「答對。我認為鏹水彈案也是類似的情況，犯人在旺角做案，用途有二，一是『藏葉於林』，製造同類案件，在嘉咸街犯案才是真正的目標；二是預演，在旺角測試投擲腐蝕液瓶子會造成的傷害程度、實習逃走過程、檢視警方應對的手法等等。本來我以為這是模仿犯罪，那還可以推說這犯人不如旺角案的做案者深思熟慮，所以挑了一個對自己不利的犯案地點和時間；但既然手法完全吻合，犯人很大機會是同一人，那麼旺角的案子就是預演了。」

「嘉咸街的案子不也可能是預演嗎？」

「不，因為風險太高。如果是預演，就算地點決定是中區嘉咸街，也可以挑週六或週日，遊人更多，混亂更大，逃走就更易。這是『正式演出』，所以，受傷最嚴重的傷者就值得調查。」

小明亮出恍然大悟的表情，明白組長剛才向順嫂查問三名傷者的底蘊的理由。小明猜想，犯人在旺角做實驗，隨機挑選某路人作為目標，嘗試用鏹水瓶向對方投擲，看看能否令目標受重傷。第一次可能失敗了，所以第二次就用上兩瓶，一瓶是向虛擬的目標攻擊，另一瓶是製造混亂的幌子。犯人確定方法可行，就一直部署，然後今天早上向真正的目標動手。因為是早上，所以用上四瓶製造更大的混亂。老李、華哥和周老闆，當中一人就是犯人想對付的仇人。

這樣的話，到底三人之中誰是目標？小明暗忖。犯人為了伏擊在嘉咸街出沒的仇人，半年前已經在旺角預演，那麼三個月前才在嘉咸街開業的周老闆就不會是目標；華哥在街坊之間的風評很好，雖然年輕時可能混過黑社會，但他在市集經營已有十年，換言之他金盆洗手至少有十年，即使以前跟人結下梁子，對方也沒道理待十年後才復仇。傷勢最嚴重的李風機會最大，從結果而論他現在徘徊生死邊緣，這或許正因為犯人有目的地向他投擲瓶子，確保他受重傷，而街坊對這個色老頭的風評也不是很好，搞不好某個善妒的丈夫要教訓這個老傢伙；不過，如果因為這理由部署半年，似乎未免過於小題大作。

「噯，小心駕駛。」關振鐸的聲音將小明從思緒拉回現實。小明剛才想得出神，完全忘記自己手握方向盤，在馬路上飛馳。

「嗯，嗯。」小明將注意力放回路上。車子剛經過香港大學黃克競樓，跟瑪麗醫院相距只有數分鐘車程。

「組長，您那個膠袋裡是什麼？」來到一盞變紅的信號燈前，小明向關振鐸問道。他從剛才開始便發覺關振鐸手上多了一個紫色膠袋。

「哦，剛才離開嘉咸街前跟順嫂買的。」關振鐸從袋子掏出一頂簇新的棒球帽，往自己頭上一戴，說：「原價三十，我殺價至二十，還可以吧。退休後我打算多到郊外走走，這種帽子遮太陽應該挺合用。」

「可是黑色吸熱，大暑天戴這個會很辛苦吧。」小明瞧了瞧那頂黑色的帽子。帽子的材質很粗糙，正前方沒有任何文字或圖案，但在帽舌的右邊有一個硬幣大小的灰色標靶符號，似乎想模仿某些知名品牌的前衛設計，可是怎麼看都只是失敗的山寨版。

「很熱嘛……這個也是。」關振鐸把帽子放回膠袋。

小明不了解關振鐸為什麼在這節骨眼還有閒情逸致買帽子，不過在這半年間，他知道這位組長一向特立獨行，對這種事情已經見怪不怪。

數分鐘後，車子來到瑪麗醫院入口。瑪麗醫院是香港最大型的公立醫院，服務市民逾半個世紀，從急症室到各種專科以至精神治療一應俱全，而醫院同時是香港大學醫學院的教學醫院。瑪麗醫院共有十四棟大樓，規模足可媲美一個小型社區。

「S座。」甫下車，關振鐸說道。

「咦？」小明正要向急症室所在的J座走過去。「不是該問一問急症室的職員嗎？」

「矯形及創傷外科在S座，化學灼傷的意外都由那個部門處理，直接問那邊的接待處就好。」

在矯形及創傷外科的接待處，關振鐸向當值護士出示警察證，查詢三名傷者的情況時，對方卻擺出一副愛理不理的樣子。

「警察先生，我不就跟你的同事說過，醫生吩咐暫時不可以替病人做筆錄嗎？」年輕的女護士不客氣地說。

「很抱歉，我們不是同一部門的。」關振鐸和氣地回答。「傷者的情況很糟糕嗎？」

「在深切治療部的李風情況嚴重，不過沒有生命危險。」護士見關振鐸沒有擺警察架子，語氣也變得溫和一點。「另外姓鍾的和姓周的因為臉部被鏹水灼傷，現在勉強說話會影響皮膚癒合，而且情緒激動會影響康復進度。」

「哦，這樣嘛……那我可以直接問醫生一些問題嗎？」

護士不大情願地拾起電話，對話筒說了幾句，不一會一位年約三十、高大帥氣、身穿白袍的男人從走廊另一端走過來。

「馮醫生，這兩位警官想查問被鏹水潑到的三位傷者的事情。」護士說罷便埋首繼續處理自己的工作。

「我姓關。」關振鐸跟馮醫生握握手，說：「警方不能向傷者問話嗎？」

「是的，以醫生的專業立場判斷，我不能讓您們做出有可能令傷者情況惡化的事情。請您們體諒。」

「那沒關係，我問馮醫生您也可以了。」關振鐸微笑道。

馮醫生沒料到對方有這反應，說：「如果我可以幫得上忙，請說。」

「李風的傷勢很嚴重嗎？聽說他雙眼有失明的可能。」

「是的，腐蝕液濺到雙眼，待他情況穩定，我們就會讓眼科的同事跟進。」馮醫生搖了搖頭。「他左眼比較嚴重，應該救不了，但右眼還有六成復明的機會。」

「鍾華盛和周祥光呢？他們沒有傷到眼睛嗎？」

「沒有，不幸中之大幸。鍾華盛被腐蝕液潑到肩膀，再濺到臉部的下半部，脖子和口鼻的傷勢最重。周祥光則迎面灑中，但他幸運地戴了太陽眼鏡，液體沒有沾到雙眼。」

「他們的手腳沒有受傷嗎？」

「有，不過臉部最嚴重，手腳的都只是輕度灼傷。鍾華盛左手臂和左腳都有傷，周祥光則是雙手受傷……他應該是被腐蝕液潑到臉，慌張地用手去擦，結果雙掌也被灼傷了。」馮醫生邊說邊做出用手掩面的樣子，示範他預計中的情形。

「他們要留醫很久嗎？」

「暫時很難說長短，但我想兩個星期是合理的預測。」馮醫生向接待處牆上的月曆瞧了一眼，再說：「而且，我預計三人在後天要進行植皮手術。周祥光應該會先做，他的應急處理最不足，雖然受傷範圍不及其餘兩人，但皮膚的傷勢最嚴重。」

「應急處理不足？」

「就是被腐蝕液濺到後，有沒有即時沖洗、急救員有沒有充分中和皮膚上的腐蝕液、用紗布包紮防止細菌感染等等。聽急症室的同事說，檢查時才發覺情況嚴重，連分流站都看走眼，沒有讓他優先接受診治。不過今早急症室出了一堆狀況，也不能怪責他們了，先有火災，再來是鏹水彈，還加一樁囚犯越柙，有夠手忙腳亂的。」

「今早真是不得了哩。」關振鐸點點頭。

「我們部門也一樣，」馮醫生苦笑一下，「西環火災已有幾個燒傷的傷者要接受治療，之後還有一堆被腐蝕液灼傷的，還好今早八點多運載化學原料的貨車車禍沒有傷亡報告，否則我現在仍在處理傷者吧。」

「您指的是今早德輔道中的車禍？」

「對，我跟認識的警員說今天很忙，他就說如果中區車禍的貨車載的不是無害的乳化劑而是腐蝕性液體，醫院今早就會塞爆了——不過現在也幾乎塞爆了吧。其實如果中區交通不是因為這車禍而大擠塞，那三十多名被鏹水灼傷的市民部分會改送到灣仔鄧肇堅醫院，我們的急症室就不會如此忙亂……」

「我想問一下，替三位傷者辦入院手續的是誰？」關振鐸將話題拉回案件上。「既然我們不能向傷者問話，我想跟他們的親人聊聊。」

「您提起這個，確實有點麻煩呢。」馮醫生露出困擾的表情。「李風沒有家人，我們暫時仍未聯絡上他的任何親屬，有不少文件待簽。」

「鍾華盛和周祥光呢？」

「關警官，您正好錯過了。鍾華盛的妻子今早在醫院，周祥光則好像有一位當夥計的親戚陪伴，但現在不是探病時間，他們都離開了。我想他們六點會再來吧——六點開始是晚間的探病時段。」

「那我們只好等一下囉。」關振鐸說。小明看了看手錶，現在是下午三點半，還有兩個半鐘頭才到六點。

「我是時候巡房，先失陪了。」馮醫生向二人點點頭。

「啊呀，多問一句，請問鍾華盛和周祥光住哪一間病房？」關振鐸問。

「六號房，就在前面左邊第三個房間。他們住在同一間病房。」

馮醫生離開後，小明悄聲問關振鐸：「組長，是要趁沒有人留意，溜進病房向二人問話嗎？」

「就算溜得進去，他們都不一定願意回答我們吧。」關振鐸爽快地說。「咱們就在這兒等一下，兩個鐘頭很快過去。」

關振鐸走到接待處旁的一張沙發前，坐下，留下小明呆站著。小明沒想到行事不按章法的組長這回居然乖乖地遵守指示。

小明無奈地坐在關振鐸旁邊，正想問他如何從三位傷者口中找出犯人的線索，關振鐸卻開始談化學灼傷的相關知識。他從應急治療開始，一直滔滔不絕地談到使用抗生素和非類固醇消炎劑的藥物治療，再聊到植皮手術和人工皮膚對傷口癒合的效果。小明心想，旁人大概會以為關振鐸是專科醫生，而他是正在了解治療程序的病患家屬。

「組長，我去一趟洗手間。」當關振鐸說到燒傷者因為皮膚無法阻止水分流失，所以要持續補充水分時，小明打住組長的長篇大論，借上廁所逃避一下對方的疲勞轟炸。

「到底組長為什麼會懂這堆冷知識啊……」小明步往洗手間時，內心不斷嘀咕。他繞過兩個彎角，按指示找到洗手間，解決後對鏡子洗了把臉。離開廁所，正打算回到接待處時，小明不自覺地瞄到一個指示牌。

——「往J座」。

瑪麗醫院有不少大樓設有空中走廊，把各大樓互相連接，讓醫務人員和病者節省移動時間。J座一樓就是急症室，小明當然對急症室沒有興趣——他有興趣的，是二樓東翼的洗手間。

石本添越窗逃走的那一間洗手間。

雖然他跟隨組長到醫院是為了調查鏹水彈案，但他身為一名刑偵探員，自然會在意另一宗案子。小明前幾年在各個警區大大小小的偵緝部門待過，參與過不少案子，雖然他擔當的只是毫不起眼的角色，但他清楚自己身上流著的是刑警的血。石本添曾是頭號通緝犯，是警隊和市民的公敵，如果他可以選擇，他也會選擇追捕石本添而不是調查這個勞什子鏹水彈案。

「反正尚有時間，去瞧瞧吧。」小明看看手錶，下定決心，往J座走過去。

通過走廊，小明來到J座，在梯間有說明各層部門的指示牌。一如他在盤問懲教員的影片所知，J座二樓是醫務社會服務部，一樓就是急症室。J座九樓是懲教署管轄的羈留病房，用來扣留患病的嫌犯，或是讓需要留醫的囚犯暫住。

「如果那兩個懲教員謹慎一點，押石本添到九樓的廁所，就不會讓他逃掉了。」小明心想。

沿著樓梯，小明找到二樓的事發現場。洗手間位於東翼樓梯轉角，附近沒有辦公室或病房，環境相當冷清，小明心想難怪懲教人員會押石本添到這裡如廁。洗手間沒有警員駐守，小明猜想同僚搜證後就將現場解封，畢竟封鎖這廁所對追捕石本添沒有幫助。

洗手間比小明想像中略大一點，一邊有三個廁格，另一邊有一列尿槽，尿槽旁有一個長形的洗滌槽。洗手間入口沒有門，採用的是以牆壁遮蔽入口的彎角設計，而入口正對著一扇偌大的窗戶。

小明逐一檢查廁格，仔細察看有沒有他人錯過了的蛛絲馬跡。三個廁格中只有貼著修理告示的木門虛掩，他推開一看，只見馬桶廁板脫落，水箱的沖水鍊子也斷掉，除此之外跟其餘兩格沒有分別。三個廁格裡的牆壁上都鑲有金屬扶手，讓行動不便的病人使用，但小明看了十分鐘，也無法確認懲教人員把石本添鎖在第二格還是第三格。小明本來猜測，金屬扶手上可能留下石本添慌忙解鎖造成的刮痕，但他的想法落空了。

在廁格裡一無所獲，小明便轉往窗前偵查。站在窗前，他發覺可以清楚看到J座大樓外的行車道，而他望向遠處，估計石本添同黨待機的位置應該約在三十公尺之外。他探頭到窗外往下觀察，窗緣距離地面約有四至五公尺，而窗子正下方有一道淺淺的石簷，左方有數根水管，只要小心一點，任何成年人也能利用它們順利攀到下面，如果身手夠好，說不定直接躍下也毫髮無損。

小明在洗手間裡逗留了差不多二十分鐘，可是沒有看出丁點有用的線索。他灰心地離開洗手間，轉到梯間打算回到S座，卻突然憶起組長的話。

——「翻看醫院所有監視器影片，找那長髮男人的蹤跡。」

為什麼那個長髮男人沒有一起逃跑？

小明沿著樓梯往下走，發現在一樓和二樓之間有一扇窗戶，可以看到跟洗手間窗口相同的景色。窗子鑲有金屬格子，小明用手搖了一下，格子文風不動，上面積了不少塵埃。他穿過梯間，通過一樓走廊，繞到洗手間窗子下方，花了約半分鐘。

「如果我是那個共犯，為什麼不一起坐車離開？」小明心想。「雖然他不能從梯間的窗口跳出去，但全力奔跑的話，加上這段三十公尺的距離，頂多只要二十秒。他是害怕駐院警察阻撓，盡量縮短行動時間嗎？可是，他們手上連衝鋒槍也有，即使來硬的，在醫院大幹一場，也肯定能救出石本添啊？」

小明對長髮男人的去向感到相當疑惑。囚犯越柙，最困難的環節是解開手銬，擺脫羈押人員，石本添在跳出窗口的一刻已經確保這兩項條件了。既然長髮男人是共犯，他的任務已經完成，就沒必要繼續保持低調，直接奔逃也可以。

不對、不對——想到這兒，小明更感到案件的不對勁之處。

石本添是著名的悍匪，就算他是智囊，他的手下都是一群亡命之徒，光看到他們在逃走遇上意外時，毫不猶豫地跟警方槍戰，就知道他們肆無忌憚、無法無天。如此一來，石本添要逃，可以用更簡單的方法——叫長髮男人用子彈殺死兩名懲教人員，再帶同石本添一起離開就行了。為什麼石本添用上更麻煩的方法逃跑？是他良心發現，不想殺人嗎？還是說他不確定羈押時有沒有全副武裝的人員看守，怕用槍的話會導致行動失敗？

小明努力思考，可是他無法找出合理的結論。

站在行車道上，一輛救護車從小明身旁駛過，他猛然從沉思中回到現實。他看看手錶，發覺自己已離開足足半個鐘頭，於是三步併成兩步，匆忙跑回矯形及創傷外科的接待處。他一邊跑，一邊想該如何對組長說明自己的想法，同時亦擔心組長怪責自己擅離職守，獨個兒晃到某處開小差。

當小明回到S座，情況卻出乎意料。關振鐸挨在接待處櫃台，跟之前板起臉孔的護士有說有笑，那個護士滿臉笑容，跟之前判若兩人。

「哦，小明，你上廁所這麼久嘛。」關振鐸轉向護士，說：「還是不打擾妳工作了，有空再聊。」

「組長，您們……在談什麼？」坐回沙發，小明訝異地問。

「沒什麼，就是閒話家常，健康養生之道等等。」關振鐸莞爾一笑，再壓下聲線，說：「還有聊關於馮醫生的事，例如他的興趣、嗜好之類。」

「馮醫生……有什麼可疑之處嗎？」小明緊張地問。

「當然沒有，只是我剛才留意到他的手錶、左手手指的繭、鞋子、夾在襯衫口袋的筆，知道他喜歡潛水、彈吉他、對某個英國品牌情有獨鍾，還有個性相當節儉，就跟那護士聊起來了。」

小明露出不解的表情。

「唏，你怎麼還不明白嘛，」關振鐸笑道：「那護士對馮醫生有意思。」

「咦？」

「小明，你要多多學習觀察他人的反應細節，每個人一舉手一投足，都無意間說出不少事實。剛才那護士打電話通知馮醫生，和跟馮醫生面對面說話時，表情都跟之前有著明顯的不同。」

「那麼，是那個護士有什麼可疑……」

「不，我只是打發時間罷了。」關振鐸因為小明的「冥頑不靈」忍俊不禁。「不是每一件事都跟案件有關的。」

小明搔搔頭，對關振鐸的行徑感到不解。他們面前明明有一堆難解的案子，關振鐸竟然還有心情說三道四。小明心想，或許對「神探」而言，從來沒有教他為難的情況吧。

「組長，我剛才突然有個想法……」

「是鏹水彈案還是石本添案的？」

關振鐸一語道破，小明才知道組長猜到他剛才「失蹤」半小時的理由。

「嗯……石本添案的。」

「姑且說出來讓我聽聽吧。」

小明滿以為組長會責備自己分心，沒料到對方爽快地回應。他於是將剛才想到的疑點一一向關振鐸說明。

「這長髮男人的做法實在太不合理了。」小明說。

「嗯，不錯，你的疑問很合理。」關振鐸露出滿意的笑容。

「那麼，組長您有什麼看法？」

「我？我現在是來調查鏹水彈案的，石本添的事情，就先擱下。」關振鐸攤開雙手。

「咦？組長？」

「先處理好這邊，再處理那邊吧。有沒有聽過英諺『一鳥在手勝過二鳥在林』？或是日本諺語『追二兔者不得一兔』？不過你可以趁這個時間思考一下，或者你會想出什麼結論。」

小明老是搞不懂組長，不過既然對方如此說，身為下屬就不應該苦苦追問。

「天才果然難以捉摸啊。」小明暗忖。

在接下來的一個鐘頭裡，關振鐸沒有再跟小明說什麼化學灼傷知識，也沒有主動找護士聊天，只是沉默地坐在沙發上，看著在面前經過的人。小明托著下巴，繼續苦思石本添逃走的情況——不過他就像被組長下了咒，每當想到長髮男人的行徑，就不期然想起順嫂談及三位傷者的情景。他的思緒恍如一頭困窘的獵犬，不知道該往左邊樹林追那隻叫石本添的狐狸，還是到右方草叢找那頭胡亂傷人的野豬。

時鐘的短針指向「六」字，本來人不多的走廊開始繁忙起來。有些人行色匆匆，一臉愁容，但也有不少人氣定神閒，緩步經過關振鐸和小明跟前。

「我們到病房門口等鍾華盛的妻子和那個阿武？」小明問。

「不用心急，再坐一陣子。」關振鐸沉著地說。

探病的人一一在他們面前走過。五分鐘後，關振鐸站起來，說：「可以進去了。」

小明依從組長的指示，跟在他身後。他突然發覺，關振鐸手上已沒有那個紫色膠袋，可是他回頭一看，又發覺沒有遺留在沙發上。

正事要緊——小明把話吞回肚子。他本來想叫住組長，問他是不是丟失了那頂新買的帽子。

兩人走進六號病房，房間裡有四張病床，左邊近門口的床上躺著一個失去左腿的老年人，另一張則空空如也，而右邊有兩位手臂插著點滴、頭部包裹著紗布宛如木乃伊的病人。近門口的病人除了頭臉被包紮，雙手也纏著繃帶，小明猜他是拖鞋檔的周老闆；床邊有一個中等身材、穿深藍色夾克、斜揹著咖啡色肩包的青年正湊近床上的人耳邊說話，小明相信他就是阿武。至於近窗子的病人床邊有一位三十餘歲的婦人和一個穿校服的男孩，男孩緊抓住床上病人的右手，小明估計他們是鍾華盛一家。

「你就是阿武嗎？」關振鐸跟小明走近那個穿藍色夾克的男人，對方表情略帶疑惑。小明記得他就是剛才在自己面前走過、行色匆匆的訪客之一。

「我們是警察。」關振鐸向對方出示警察證。「你是周祥光先生的親戚阿武嗎？」

「嗯、嗯，我就是。」看到證件，阿武抖擻精神回答道。「兩位長官想問今早的情況嗎？我已經跟另一位長官說過了……」

「哦，今早的事就不用說了，我已經很清楚。」關振鐸露出笑容，說：「你真人比上鏡瘦得多……不，短時間減肥減那麼多，應該很不容易吧。」

小明站在阿武的左後方，完全不了解關振鐸在胡說什麼。

「長官，您說什麼？」阿武跟小明一樣，露出疑惑的表情。

「你別再裝了，我們連證物都拿到了啊。」關振鐸從懷中拿出一個透明膠袋，裡面有一頂按扁了的黑色棒球帽。「你三次犯案也戴著它吧？你不小心把帽子丟失在那個頂樓，鑑證科的同事撿到了。」

「不可能——」阿武臉色大變，伸手摸向自己的肩包。

「哦？原來在肩包裡嗎？」

關振鐸話音未落，阿武突然轉身奔逃，但小明站在對方身後，阿武還沒來得及反應，已被小明緊緊抓住。病房裡其餘的人，紛紛因為這突變愣住，訝異地看著小明將阿武制伏。

「組長，這個阿武……」小明用力把掙扎中的阿武按倒，確認他身上沒有武器，扣上手銬，抬頭向關振鐸問道。

「他就是半年前、四個月前和今早三起鏹水彈案的犯人。」關振鐸聳聳肩。

「為什麼……不，組長您怎麼知道他是犯人？」

「我就說，每個人的舉手投足都會透露不少資料，」關振鐸笑說：「每人的步姿都有獨特之處，剛才我看到他在走廊經過，就知道他是旺角鏹水彈案件中監視器拍到的胖子。那兩段影片我看過上百次，即使在街上碰到，我都能把他認出來。」

小明呆住，他沒想到組長居然會以步姿相同就認定犯人的身分，這未免太武斷了——可是，阿武的舉動恰恰證明關振鐸的判斷正確，令小明大感不可思議。

「發生什麼事？」接待處的護士和另一位男看護聽到騷動，慌忙地走進病房。

「皇家香港警察拘捕嫌犯。」關振鐸舉起證件，冷靜地回答。護士看到這一幕，不禁怔住。

「麻煩妳通知駐院警員前來協助。」

護士六神無主地點點頭，急步走回接待處打電話。

「好了，小明，這邊告一段落囉，那麼，我們可以進行另一邊的調查了。」關振鐸轉過頭，對床上的病人說：「我們終於見面了，周祥光先生……不，石本添先生。」

6

小明幾乎以為自己聽錯了，對於關振鐸的話，他完全反應不來。床上的人就是石本添？雖然小明仍擒住阿武的肩頭，將對方按在地上，但現在他的注意力只放在面前那個滿臉紗布、只露出眼睛、鼻孔和嘴巴，猶如恐怖電影中怪人角色的男人身上。

「組、組長，您說……他是石本添？」小明結結巴巴地問。

「對啊，他就是逃犯石本添。」關振鐸從容地說。床上傷者沒有反應，一雙眼珠不住左右移動，像是跟小明一樣摸不著頭腦。

小明沒有追問，他把阿武拉起，按倒在病床旁的一張椅子上，再仔細打量那個不知道是周祥光還是石本添的男人。那個男人微微張嘴，似乎要說什麼話，但他沒有發出聲音。

「你想說我弄錯了嗎？」關振鐸對那男人說。「石先生，要確認你的身分，警方有很多方法，像是抽血驗ＤＮＡ，或是利用牙齒紀錄，法庭都會接納。不過，我很懷疑你有沒有機會熬到上法院的一天——如果我沒有來揭穿你的詭計，你大概活不過明天。」

男人定睛瞪著關振鐸，眼神冒出一絲疑惑。

「你的詭計很有趣，可是你缺乏專業的醫學知識，這足以造成致命的意外——我說的是真正會令人死去的『致命』。」關振鐸泰然自若，說：「你知道病人到急症室時，檢查分流站有什麼用途嗎？除了判斷病人的危急程度以決定治療的先後次序，更用來確定病人有沒有對藥物過敏，以及之前接受了什麼治療。跳過那個程序，後果比你想像中嚴重。你今早在監獄訛稱腹痛，醫生替你打了一劑止痛針吧？那是注射用的阿斯匹靈。而現在你手臂上的靜脈注射，是一種叫『酮洛芬』的非類固醇消炎劑。如果醫生知道你今早注射了阿斯匹靈，就不會使用酮洛芬，因為酮洛芬依賴肝臟進行代謝，而阿斯匹靈的藥效阻礙了肝臟的代謝機能，令肝和腎受到酮洛芬的損害。十二個鐘頭內不接受治療的話，便會導致肝衰竭和腎衰竭，當病者覺得腹部不適，就代表肝臟已有八成受損，需要進行肝臟移植才能保命……」

關振鐸還沒有把話說完，床上的男人猛然坐起，伸手抓往手臂上的點滴喉管，可是由於他雙手包著繃帶，無法使用指頭，狼狽地抓了兩三次，才成功把喉管拔掉。小明看到，那男人的目光不再猶豫，只是混雜著恐懼和敵意，焦躁地瞪視著關振鐸和小明兩人。

此刻，小明在這男人身上感到一股跟之前不同的氣息。男人的眼神令小明想起受傷的野獸，在敗陣的同時，卻流露出狡詐與不忿。

一陣急促的腳步聲，打破這突兀的沉默。病房內無人說話，眾人就像掉進一個不現實的空間。兩個軍裝警員隨著護士趕到。

「ＣＩＢ關振鐸警司，」關振鐸向他們揚了揚證件，「另外這位是駱沙展㊴。」警員看到兩位比自己高級的同僚，連忙立正，再詢問詳情。

「這傢伙是今早中區鏹水彈案的嫌犯，」關振鐸指了指阿武，再指著床上一副狼狽相的石本添，說：「而這是通緝中的逃犯石本添。先把他們押到羈留病房，我會通知有關部門的同事來拿人。」

聽到關振鐸的話，兩個軍裝警員無不啞然愣住。小明將阿武推到其中一人面前，他們才有反應，另一人轉身向醫院要求轉移病人，並立刻用兩副手銬將石本添鎖在病床上。負責運送的人員在三分鐘之後到場，將石本添移到擔架床上，一名護士看到他手上的點滴被拔掉，正要替他插上，他便連忙撥開。

「不……不要……」石本添以微弱的聲音喝道。

關振鐸走到床邊，按住石本添戴上手銬的右手，向護士點點頭，示意她再插上點滴。「石先生，我剛才是騙你的，你才不會死。你手臂上的靜脈注射，只是用來防止脫水的營養液，酮洛芬

㊴沙展：警長（Sergeant）的俗稱。

早就注射了，而阿斯匹靈和酮洛芬都是非類固醇消炎止痛劑，兩者混和不會造成肝衰竭，頂多只會令你有輕微胃潰瘍而已──沒錯驗血或對照牙齒紀錄能確認你的身分，但我就是要你親自承認才會滿意。」

石本添瞪大雙眼，以既驚訝又怨憤的眼神瞧著關振鐸。可是他沒能多看一眼，醫護人員便把他推離病房。

關振鐸向仍未搞清楚情況的鍾華盛一家致以簡單慰問後，和小明兩人前往J座九樓的羈留病房。羈留病房主管對石本添被捕感到相當驚訝，他更沒想到這位逃犯躲在醫院裡，就在羈留病房旁邊的一棟大樓之內。阿武被送到一間空置的病房中作暫時羈押，由一位駐院警員看守。

小明以為關振鐸會立即致電那個半禿頭的重案組黃督察，以及通知O記和情報科中止搜索石本添，關振鐸卻往羈押阿武的房間走過去。

「他們兩人分開了，有一件事要先做。」關振鐸向小明說。

阿武沮喪地坐在椅子上，雙手被手銬鎖在背後，身子前傾，關振鐸和小明進入房間時，他只微微瞥了一眼，便繼續低頭凝視地板。

「我要你們的藏匿地點地址。」關振鐸以命令的口氣說。

阿武沒有回應。

「你別弄錯，我不是要逼供。」關振鐸淡然地說：「我只是想讓你清楚了解你的情況。你的石大哥注定要回去監獄，細威和那兩個大陸來的槍手已死，你的同夥們大部分已經完蛋。你很幸運，鏹水彈案雖然嚴重但至今沒有人死，醫生也說那個傷得最重的李鳳多半能保住老命，你的刑期最多十數年，看樣子甚至比石本添更早出獄。可是，如果你的同夥把那個可憐蟲幹掉，你就會被控串謀謀殺，終身監禁，直至老死。你現在應該不到三十歲吧？吃十餘年牢飯，出來還不過是四十來歲，如果你有八十歲命，你還可以享受三十多四十年的自由；但換成無期徒刑，你未來五十多年就只能被困在跟這房間差不多大小的監倉，日復一日地等死。」

阿武對這番話有反應，雖然他沒回答，但他抬頭以複雜的表情望向關振鐸。

「狗仔隊早在柴灣監視，我們早晚會挖出你們的巢穴，我只是不想到時找到一具屍體，而真正動手殺人的傢伙逃之夭夭，罪行卻落在你頭上而已。」關振鐸繼續說。

「我……」阿武欲言又止，皺起眉頭。

「我知道在道上混要講義氣，但我不是要你出賣同伴，我只是要你放過一條無辜的性命罷了。你犯不著為你沒幹的罪行負責，尤其是殺人這種大罪——況且，你跟那可憐的傢伙相處了這麼久，也不想他毫無價值地被殺吧？」

「……柴灣豐業街恩榮中心四一二號室。」阿武吐出一個地址，便再垂頭不語。

關振鐸點點頭，跟小明離開房間。他先打電話給屬下的蔡督察，交代石本添被捕和犯人一夥巢穴的資料，再通知黃督察已拘捕鏹水彈案的嫌犯。

「組長，你說要救的人命是誰？」在羈留病房外，小明向關振鐸問道。

「當然是真正的周祥光啊。」關振鐸輕描淡寫地說。

「為什麼周祥光有生命危險？不，我應該問的是，裡面那個真的是石本添嗎？周祥光又是什麼人？」

「我們先找個地方坐下來慢慢聊吧。」關振鐸說。他告訴羈留病房主管他和小明會在一樓等候，又叮囑對方小心看守。小明不明白為什麼不乾脆留在九樓，不過這時候他只想盡快了解真相，便默默依從組長的決定。

兩人搭電梯來到一樓，關振鐸步出大樓，看著漸沉的天色。電梯大堂跟急症室在J座的兩端，跟繁忙的急症室相比，這邊寧謐得有點不像現實。關振鐸坐在花槽旁的一個石墩上，示意小明也一同坐下。

「該從哪兒說起呢……」關振鐸摸了摸下巴。「嗯，先說一下那兩個大圈的照片吧。」

「大圈的照片？」小明訝異地反問，他完全不曉得那些照片有什麼異常。

「中午簡報過後，老實說我也沒有什麼頭緒。當時蔡督察認為石本添可能在槍戰中混入人群逃走，或是在從醫院至EU發現之間的五分鐘空白期換車逃走，我個人認為後者可能性較大，石本添是個會耍這種手段的歹徒，當所有人以為他向北逃跑，他便向南潛逃，所以他反其道而行，躲在港島南區，或是利用船隻躲到離島也毫不奇怪。可是，當我看到槍戰現場的照片，就勾起我的注意。」

「槍戰現場的照片？」

「那兩個大圈中槍身亡的照片。」關振鐸指了指自己的額角。「其中一人的髮型改變了，跟早幾天拍到的照片不一樣。」

「那又如何？歹徒喬裝或變裝很常見啊。」

「不，你要搞清楚，歹徒在『犯案後』喬裝很常見，但在『犯案前』喬裝卻是不尋常的。」關振鐸微笑道：「犯人做案後換裝很合理，因為案件發生時可能有目擊者記得犯人的樣子，他為了逃避耳目所以改變髮型。做案時喬裝也有可能，例如戴假髮改變形象，方便之後以平日的容貌活動。問題是，我完全找不到這個大圈將三七頭剪成短髮的理由。」

小明想起他在告示版上看過那兩幀照片。

關振鐸繼續說：「犯人不知道他們已被情報科盯上——事實上我們知道的情報也很少——那

人根本沒需要剪短髮，如果說是為了做案時喬裝，那他應該反過來，在救出石本添後才剪髮，因為三七頭可以變成平頭，但平頭沒辦法變回三七頭。在看到照片的一刻，我甚至想過是不是被表象誤導了，因為死者跟我們手上的相中人外貌相同，就以為是同一人，或許死的根本不是我們所知道的那個大圈，可是死者左頰的疤痕跟相中人吻合，如果猜想那是『有相同疤痕的雙胞胎兄弟』未免太不切實際。所以，問題只有一個——為什麼他要在拯救行動前理平頭。」

「可能是……天氣太熱了？」小明說，雖然連他自己也覺得這理由很牽強。

「雖然這也有可能，但我當時想的是另一回事。他理平頭的確是喬裝用的。」

「但組長您剛說歹徒犯案前沒理由喬裝去逃避追捕……」

「所以他喬裝的目的不是逃避追捕。」關振鐸笑道：「小明，哪種人最常理平頭裝？」

「初級警員、軍人……啊！囚犯！」小明想到答案，喊道。

「對。我留意到這點時，便猜想我們是不是被另一個表象欺騙了——在醫院逃跑上車的不是石本添，而是這個大圈。因為事出突然，只要有一個理平頭、戴黑框眼鏡、身穿咖啡色囚衣的男人奔逃，所有目擊者都會直覺地認為那是消失了的石本添。」

小明想起簡報時石本添的照片。石本添的頭髮很短很薄，如此說來，那個髮型正好跟死去的大圈相似。

「槍戰後，O記在賊車上找到號碼牌被撕去的囚衣，也令我有點在意。囚犯越獄後換上便服很自然，但為什麼要撕去號碼牌？要毀滅證據、隱藏行蹤，可以燒掉囚衣，那麼在處理前撕掉號碼牌是多餘的。如果不怕暴露蹤跡，那也不用拿走號碼牌，反正今天越柙的囚犯只有石本添一人，不論找到的囚衣有沒有號碼牌，都會知道是他的。所以，如果說那囚衣根本不是『石本添身上附著編號二四一一三八牌子的衣服』，而是『偽裝成石本添的道具之一』，那也可以說得通。」

「於是組長您想知道石本添從洗手間逃跑的詳細過程。」小明想起他捧著文件向蔡督察匯報的情景。

「對。」關振鐸點點頭。「剛才說的只是一種可能，懲教員的口供卻令我幾乎確定這推論是事實。」

「是那個長髮男人嗎？」

「那是很重要的線索，但還有好些明顯的證據。只是當時我仍未整理好思緒，為免小蔡他們陷入混亂，甚至打草驚蛇，所以只囑咐他進行最有把握、最實際的行動，找尋那個長髮男人。」

「還有明顯的證據？」小明詫異地問道。

「明顯得要死。」關振鐸朗聲大笑，再搖搖頭，說：「你、小蔡、替懲教員筆錄的警員，以及所有看過筆錄的同僚竟然無視於那個證據，真教我擔心啊……或者你們被槍戰抓住注意力，待調查走進死胡同，你們就會再審視所有證供，到時便會察覺吧。那副掉在窗前的手銬不是很奇怪嗎？」

「有什麼奇怪？」

「石本添原本是雙手扣上手銬，懲教員解開一邊，把他鎖在扶手上，如果他要逃，他只要解開其中一邊的鎖，一是解開手腕上的，這樣手銬會留在扶手上，一是解開扶手上的，這樣他便會戴著手銬逃跑。結果他竟然沒有爭取時間，多此一舉地解開兩邊的鎖、丟棄手銬才越窗逃跑——哪有這麼笨的逃犯嘛！」

小明經關振鐸提醒，才發現這個事實，不由得敲了自己的腦袋一下。

「所以……當時石本添沒有逃走？」

「對。他利用手銬吸引看守人員到窗邊，然後當替身的大圈就從窗子下往車子奔跑，製造石本添跳窗逃亡的假象。當時石本添應該躲在那間修理中的廁格裡。懲教人員吳方說過，他進去前推開了那廁格的門檢查，而檢查完順手讓木門回到本來虛掩的位置是一般人無意識的動作，這便給石本添提供了一個很好的盲點。」

「組長，您是說……那時候石本添就躲在木門虛掩的第一間廁格裡，聆聽著外面兩個懲教人員追捕自己？這做法風險太大吧？」

「不大，尤其那兩個懲教員之中，有一個是自己人。」

「咦？」

「懲教署有內鬼。」關振鐸壓下聲音道。

小明以難以置信的目光回望關振鐸。

「是……那個四十來歲的一級懲教助理吳方嗎？」小明小聲地問。他明白為什麼關振鐸離開羈留病房，這些話可不能被懲教署的人員聽到。

「不，是年輕的那個，施永康。」

「可是施永康只負責守在廁所外面……」

「這才是高明之處。」關振鐸認真地說：「這內鬼沒有直接利用自己的職權讓石本添逃走，只是製造出一個又一個有利的條件，這樣便令自己被懷疑、被追究的程度減至最低。我想，想出這詭計的人不是那個施永康，而是石本添。雖然我討厭這傢伙，但也不得不說句佩服。」

「什麼有利條件？」

「我重組一次案情吧，以下說的未必完全正確，但至少有九成是實情。施永康早就知道計畫，所以當石本添要求如廁時，就提出到二樓的洗手間。他是菜鳥，檢查廁所的工作由年資較深的吳方負責，這時他就有跟石本添獨處的機會。他大概在這一刻給石本添一根髮夾，讓他藏在褲子或衣領，那根髮夾就是之後搜證人員找到的。」

「石本添用這根髮夾開鎖？」

「不，我認為不是。這只是幌子。」關振鐸搖頭道：「吳方檢查完畢後，和施永康押著石本添進廁所，施永康解開左手的手銬，讓石本添的右手扣在扶手上。這時候，施永康偷偷將鑰匙塞到石本添右手，再裝作把鑰匙放進自己的口袋。醫院的廁格雖然比一般的大，但施永康也能輕鬆遮住身後吳方的視線，而且，吳方在意的只是手銬有沒有鎖好，囚犯有沒有可能逃走。合上手銬不用鑰匙，吳方更沒想到鑰匙已在石本添的掌中。」

小明疑惑地聽著組長的講解，但心想這推論似乎有點憑空想像。

「這只是一種猜測，但如果我是石本添，就會如此設計。」關振鐸看穿小明的想法，向他解釋道。「假如吳方之前沒有順手虛掩修理中的廁格的門，這時候施永康就可以找藉口檢查那個廁格，例如推說看錯了有危險物品，再隨手掩上門。之後，吳方在洗手間裡看守石本添，而施永康就在門外，準備和那個長髮共犯合作演戲。那共犯出現，兩人演出爭執的一幕，引吳方離開現場。吳方一走，石本添便用鑰匙解開手銬，打開窗戶，將手銬放在窗前地上，把鑰匙丟出窗外，再閃身躲進修理中的廁格裡。我之所以猜他用鑰匙開鎖，是因為在那個短促的時間框架裡，他必須採用最有效率的手段，他知道施永康和長髮男頂多拖延一分鐘，時間上不容他做多餘的事情。長髮男離開，用方法通知在大樓外面待機的細威一夥人，示意站在窗下、裝扮成石本添的大圈向車子全力奔跑。」

小明想起他在梯間見過的窗子。那扇窗戶雖然鑲著鐵格子，但如果要向外面的人打手勢可說是輕而易舉，長髮男很可能離開洗手間門外，便轉到梯間，向車上的人示意，在車上的細威見狀，就向在另一扇窗子下的替身揮手，窗下的人脫去遮掩囚衣的外衣，把外衣塞進囚衣前襟裡，再往車子直衝。

「這個詭計最大膽的設計就是這裡，」關振鐸瞄了正在思考的小明一眼，「當時石本添躲在木門半掩的廁格中，只要吳方冷靜一點，他就無所遁形，但施永康的行動令吳方失去正確的判斷——施永康從窗子追出去。同僚單槍匹馬追捕逃犯，自己當然要全力支援，這是任何紀律部隊都具備的常識，甚至可以說是一種本能反應。吳方當時腦袋中只有『支援同僚』的想法，失去平常的觀察力和注意力，石本添很容易逃過對方的法眼。」

「剛才您說石本添將鑰匙丟出窗外……所以施永康是趁著這時回收鑰匙？」

「對，不過這只是合理的猜想。」關振鐸點點頭。「雖然施永康有可能事先準備多一支鑰匙，但用上同一支較簡單，施永康也不用冒準備這種工夫而招來懷疑的風險。施永康只要在窗下拾回鑰匙，再追一下明知追不上的車子，就徹底扮演『盡忠職守的看守員』這角色了。」

小明想起關振鐸吩咐蔡督察只找吳方做長髮男的肖像拼圖，這刻他才明白不找施永康的原因，是不想洩漏長髮男人已被警方盯上的情報。

「組長，可是這種內應不是很愚蠢嗎？看守中的囚犯越柙，自己會惹禍上身吧？另外，您為什麼會認為施永康是內應？假如事情一如您的說明，吳方也可能是內應啊？」

「所以說，石本添這詭計很高明，他讓施永康的責任比吳方的小。就算是內應，如果會惹上大禍，施永康也不會願意吧？兩名懲教員都要因此事負責，但任何人都會覺得，失職的是吳方而不是施永康，因為讓囚犯獨處的人是前者，而後者一直按著規程辦事，甚至『奮不顧身』地追捕逃犯。」關振鐸以嘲諷的語氣說道。「至於我為什麼會認為施永康是內鬼，只要從他跟吳方的作供影片就可以看出來了。」

「他們的證供沒有什麼破綻啊？」

「沒有，但在態度上有明顯的差異。」

「是指施永康很膽怯地追問自己會不會被追究？」

「不，是在對石本添的稱謂上。吳方一直用『囚犯』來稱呼石本添，但施永康卻用上名字。對吳方來說，石本添只是一個每天工作上都遇上的尋常囚犯，但施永康卻視之為一個有名有姓的人物。這種態度上的差別，加上所有環境證據，令我確信施永康是內鬼。」

小明回憶起兩段影片，發覺關振鐸所言非虛。

「那麼，石本添是在吳方從樓梯追出去後才逃走？」小明問。

「與其說是逃走，不如說是輕鬆地離開吧。」關振鐸苦笑道。「他先將用來解釋他如何開鎖的髮夾丟到地上，再跟來接應的人離開。」

「來接應的人？是長髮男？」

「是長髮男、阿武和周祥光。」

小明狐疑地盯著關振鐸，等待他的說明。

「當我從吳方的作供影片中知道手銬掉在窗邊，我就發覺之前的猜想全錯了。」關振鐸說。「我之前猜石本添採用聲東擊西的手法，讓同黨作利誘，自己往南區逃走，但窗邊的手銬告訴我們一個事實，他當時沒有跳窗，因為他真的從窗口逃跑，就不用解開兩邊手銬。這兒出現很離奇的矛盾──石本添為什麼不從窗口逃跑？如果他想利用同黨誤導追捕者，他可以簡單地越窗而逃，再在中途換車往南走，然而他卻大費周章地用上替身製造騷動，這種捨易取難的行徑顯出內裡大有文章。就像小明你一個鐘頭前提出的疑問，為什麼他們不大幹一場？不直接硬搶把石本添救出去？細心一想，他要人家誤以為他離開了，就是說他其實仍在醫院。為什麼一個逃犯不抓住時機遠走高飛，反而要留在逃走地點？」

「為了……偽裝成周祥光？」小明從結果推回原因，雖然他仍無法了解來龍去脈。

「正是。」關振鐸點點頭。「不過看完影片後我並未想到這一步，直到知道O記找到第二輛接應車在巴丙頓道，才帶出一些新想法。」

「那輛車有什麼可疑之處？」

「O記是在第一輛賊車上找到一張便利店收據，從而縮小範圍，結果在西半山區的巴丙頓道找到第二輛車吧。」

「嗯。」

「當時你提出了一個好問題。」關振鐸以讚賞的目光瞧著小明道：「你說接應車停在半山區是捨易取難，如果停在西營盤對逃走更有利。」

「啊，對。不過當時不是有答案了嗎？因為今早八點多九點的上班繁忙時間德輔道中發生車禍，中區交通混亂，如果目的地是柴灣，經半山區的路反而較快捷……」

「O記找到的便利店收據，時間是早上六點——當時中區未發生車禍。」

「咦……？」小明察覺到問題所在。

「這很奇怪吧，細威一夥人就像預知中區塞車，特意將更換逃跑的車停在半山區。或者這只是出於偶然，但石本添是個精於計算的犯罪者，他寧願選擇路狹易被圍攻的逃跑路線，便代表這隱藏著某種意義。當時我便想，中區的車禍會不會是石本添策畫，是整個行動的部署之一？」

「但在德輔道中製造車禍有什麼用途？為了讓警察來不及對細威他們一夥進行圍捕嗎？」

「不，如果這是目的，他們在中區交通要道上弄出車禍效果不大，西區警署一樣有人手可以調配，若石本添要拖慢警方，他應該將車禍地點放在西營盤，時間也該晚一些，畢竟車禍跟他的逃走事件相距有兩個多小時。」

「對啊，在中區製造車禍根本沒有用嘛。」小明說。

「你說錯了，在中區製造車禍是對『逃走』沒效果。」關振鐸特意強調「逃走」二字。「我們因為發現第二輛車子在半山區，知道歹徒打算繞過中區的路線，所以找尋『車禍』跟『逃走』的直接關係，這是一個謬誤。在我腦袋中浮現的另一個關鍵字，並不是『逃走』。」

「是什麼？」

「『醫院』。」

「醫院？」

「你忘了我之前從手銬的異常情況，作出石本添要留在醫院的推論嗎？將『醫院』和『中區交通癱瘓』放在一起，畫面便清晰起來了。港島設二十四小時急症室的公立醫院有三間：西區的瑪麗、灣仔的鄧肇堅和東區的尤德夫人那打素醫院㊵，在西區和中區發生意外，傷者都會送到瑪麗，但萬一瑪麗醫院病者太多，急症室人手接近飽和，救護車就會轉送傷者到灣仔的鄧肇堅醫院。然而，如果中區主要幹線發生涉及化學品的車禍，工人要封路清理，平日已經水洩不通的中區交通更會接近癱瘓，救護車難以確保傷者準時送抵急症室，救護員便只好繼續使用瑪麗醫院。」

小明想起馮醫生提過，早上因為交通關係，鏹水彈案的傷者沒能轉到鄧肇堅醫院，結果瑪麗的急症室從早上一直手忙腳亂，應接不暇。一想到這兒，小明彷彿被電擊打中，他突然理解關振鐸介入調查的理由。

「組長……您認為……清晨的西環火災也是石本添主使的？」

「對。」關振鐸嘴角微翹，似乎對小明趕上他的思路感到滿意。「假如在德輔道中製造化學原料貨車車禍是為了癱瘓瑪麗醫院急症室，那麼，製造傷者便更不可能是意外。清晨西環的火災、中區運載化學原料的貨車翻車、嘉咸街鏹水彈事件，全部的始作俑者都是石本添。」

小明記得黃督察說過西環火災的起因可疑，重案組會接手調查——那麼說，縱火狂徒應該就是細威一夥。

「細威和兩個大圈先在五點多縱火，再駕著車子……兩部車子來到西半山區的巴丙頓道，並在便利店買食物，然後等待十點多在醫院上演逃亡劇？」小明一邊推敲一邊說。

「差不多是這樣子。」關振鐸十指互扣，放在膝蓋上，點點頭。「不過，這想法沒有實質的證據支持，只是一種合理推論，所以我沒有跟小蔡說明，決定親自到嘉咸街鏹水彈事件現場看一下。」

「組長，您說過您本來以為嘉咸街的犯人是模仿犯，就是出於這個推測？」

「沒錯。我當時想，或許石本添別有所圖，於是派人模仿旺角的案子，製造混亂，好讓他在醫院進行某種詭計——但當我發覺嘉咸街的案件跟旺角的吻合，我便發覺，這不是偶然、或是簡單的詭計，而很可能是一項籌備了半年、精心策畫的犯罪行動。」

關振鐸乾咳了一聲，再說：「如果嘉咸街的案件只是出於模仿，那可能純粹是石本添想進一步令急症室陷入混亂，讓大量傷患擠滿醫院，但若動機如此單純，他就不用安排在嘉咸街動手的犯人事先在旺角做案，而且還要做兩次。旺角的案子，一定出於某種理由，於是我就提出『旺角的是預演』的推理。」

「組長，您不是說過犯人是為了伏擊仇人，所以在旺角做實驗嗎？」小明想起早前在車上的

㊵灣仔鄧肇堅醫院急症室於二〇〇二年停止服務，由毗鄰的律敦治醫院接辦。

對話。

「什麼伏擊仇人？」關振鐸怔了怔。

「您舉了連續殺人事件的推理小說做例子嘛，我當時答『為了掩飾真正想殺害的目標』……」

「你怎麼只取字面上的意思啊！」關振鐸失笑道：「重點是『掩飾』，而不是『殺人』哪。原來你以為我調查那三名傷者，是為了找出他們有沒有仇人嗎？我找的不是受害者，而是共犯。」

小明拍一下額頭，暗罵自己想錯方向了。

「組長您怎麼會猜傷者中有共犯？」

「將『石本添故意調虎離山、留在醫院』、『令急症室擠滿傷者、陷入混亂』和『部署半年、使用腐蝕性液體製造大量傷者』並排，最合理的答案便是『趁亂偽裝成另一個人』。安排一個普通人入院，然後讓石本添跟他掉包，之後石本添便能夠以那個人的身分光明正大地生活，而警方永遠無法找到業已消失的『石本添』。循這個方向去推論，傷者之中就一定有石本添的棋子——而那顆棋就是拖鞋檔的周老闆。」

「慢著，這麼說的話……周祥光是假裝受傷入院？」

「不，當然是真的。沒可能騙得過急救人員嘛。」

「咦？但組長您說案子是石本添策畫，但傷者又是共犯……」

「即是說故意用鏹水毀容啊。」

小明聽罷，愕然地盯著關振鐸。

「您是說，周祥光用鏹水潑向自己的臉？」

「動手的當然不是周祥光，而是阿武。」關振鐸稍作停頓，再說：「不過，周祥光是自願的。」

「自願？」

「我估計，周祥光是因為欠債所以願意當棋子。石本添的手下——可能是細威、可能是阿武、可能是那個長髮男——物色一個身材和年齡跟石本添接近、欠下高利貸的債戶，以金錢威逼利誘對方合作，不少欠債戶願意為錢鋌而走險。半年前他們找到周祥光，於是按石本添吩咐，籌備一個讓石本添取代周祥光身分的計畫。阿武在旺角製造鏹水彈案，故佈疑雲，之後讓周祥光『合理地』在嘉咸街市集工作，為抹消他的容貌作準備。」

小明這一刻才明白關振鐸向順嫂問及三名傷者有沒有任何金錢糾紛之類的用意，問題不是他們有沒有跟人結怨，而是他們有沒有被人利用的把柄或弱點。

「今早，阿武按計畫執行，跟周祥光以搬貨做藉口，一同竄進嘉咸街和威靈頓街交界的荒廢唐樓之中。周祥光很可能只待在梯間，或是在唐樓門前裝作搬貨替阿武把風，而到頂樓投擲鏹水彈的只有阿武。阿武做案後，在梯間進行了重要而大膽的一步——用腐蝕液潑向周祥光的臉和雙手。我猜，這瓶腐蝕液的濃度應該較低，但一樣可以造成二級化學灼傷。或者阿武有準備瓶裝水，在確認周祥光的臉部皮膚受損後進行清洗，總之周祥光就是如此自願地受傷了。」

小明想像著當時的情況，不禁吞了一口口水。

「隨後急救人員趕到，替周祥光清洗和包紮，而阿武就陪伴他上救護車，一同到達瑪麗醫院，完成這一幕。」

「組長，您何時確認周祥光就是用來掉包的替身？李風或鍾華盛也有可能吧？」小明問道。

「跟順嫂她們聊過後，就確認了八、九成。」

「那時候便知道了？」

「首先，李風年紀太大，不適合用作掉包，而且醫生說他傷到眼睛，那應該是真正的意外受傷。」關振鐸舉起右手食指。「餘下是鍾華盛和周祥光，兩人都有嫌疑，但鍾華盛的機會較小，因為他身上有紋身，一旦掉包便很易被第三者發現。周祥光最可疑，一來他在嘉咸街工作的日子最短，二來他在市集的舉止奇怪，完全不像一位商人，三來，他的眼睛沒有受傷。」

「眼睛沒受傷不是理由吧。」小明插嘴說。「醫生說他戴上了太陽眼鏡，所以才沒有被腐蝕液體濺到眼。」

「你錯了，馮醫生的話反而讓我更確定周祥光就是共犯。早兩天暴雨後，這幾天都天色昏沉，哪需要戴什麼太陽眼鏡？」

小明細心一想，這幾天的確沒有陽光。

「傷者被送到醫院，同時間石本添也因為訛稱腹痛到達，接下來就是那場『逃走』的戲了。」關振鐸回頭往急症室的方向望了望，說：「傷勢不及李風或鍾華盛嚴重的周祥光，在分流檢查後會排在他們之後接受治療，而事實上因為傷者太多，急症室處於混亂狀態，周祥光就容易避過耳目，離開本來的位置，進行掉包詭計。剛才已說過石本添、施永康和長髮男如何在二樓洗手間進行計畫，同時間，阿武應該扶著周祥光在附近守候……可能在三樓的洗手間，或是二樓的雜物房吧。兩個懲教人員一走，長髮男就回到二樓洗手間接走石本添，跟他一起到周祥光所在的地點掉包。」

「讓石本添換上周祥光身上的衣服？」

「不，不是衣服。周祥光被腐蝕性液體所傷，衣服早脫光了，他那時應該只穿著袍子，或是裸著上身吧。要掉包，就要再執行之前做過的步驟一次——用鏹水毀掉石本添的容貌和雙手。」

小明倒抽一口涼氣。

「組長，您說……石本添為了逃跑，連自己都要忍受劇痛，淋腐蝕性液體？」

「對啊，如果不這樣做，沒可能瞞過醫護人員的。」關振鐸保持著淡然的語氣，就像對這極端的做法毫不訝異。

「石本添毀掉臉孔，用水清洗，再以類似急救人員的手法包紮後，便跟阿武回到本來周祥光等待治療的位置。而周祥光則換上衣服──大概是連帽的風衣──忍住痛楚跟長髮男離開醫院。當時醫院正因為石本添越柙大亂，他們要進行這步驟相當容易。雖然周祥光包得像個木乃伊，但在醫院出現包紮著繃帶紗布的出院病人並不稀奇吧。長髮男更可能準備好車子，兩人可以輕鬆離開現場，從容不迫地駕車回去柴灣的巢穴，跟細威三人集合。」

「難怪馮醫生說『周祥光』應急處理不足，原來不是分流站看走眼，而是『那個人』根本沒接受正確的急救治療啊！」小明恍然大悟。

「石本添的計畫到這時都很順利，但他再聰明也料不到那個意外。」關振鐸語帶諷刺、又有點無奈地說：「細威他們居然撞車了，還爆發槍戰，三人死亡。長髮男和阿武知道後應該很焦急，但主持大局的石本添只能待在醫院裡，更教他們束手無策的是，阿武甚至無法收到石本添的進一步指示，因為黃昏六點前醫院不接受訪客。他們大概六神無主，連本來殺掉真正的周祥光的步驟也延後了。」

「殺掉周祥光？」

「阿武表面上是拖鞋檔員工，實際上是監視者，在市集打工是為了令周祥光成為一個不會被人懷疑的普通攤販老闆。周祥光知道自己的臉容會毀掉，身分會被人取用，但為了報酬，他只好默默地按計畫行事。我想，阿武應該告訴他，掉包之後石大哥會找黑市醫生替他治療，再讓他偷渡到大陸或東南亞生活。不過，石本添才不會真的這樣做，對於這種沒利用價值的棋子，用完便自然丟棄掉，乾淨俐落。」

「所以組長您剛才要阿武說出巢穴地址啊……」小明摸著下巴，點頭道。

「縱使周祥光是個微不足道的小人物，但人命就是人命，我也不想他無辜被殺。」

「組長，您真的從阿武的步姿認出他是旺角案件的犯人嗎？」

「我當然認得，但我不是因為那原因『找出』犯人，而是用來『驗證』自己的推理是否正確。在跟馮醫生談過後，因為所有客觀證據全指往相同的結論，我幾乎肯定周祥光就是石本添，阿武就是鏹水彈案的犯人，我需要的只是確認這推論無誤。我在嘉咸街等你開車來時已想到用方法引阿武露馬腳，於是買了這頂黑色的棒球帽，再來就是等候一個跟旺角案那胖子步姿相同的人走過。如果那個人出現，他又往六號病房探望『周老闆』，我就能完全確定自己的推理。我倒是沒料到阿武竟然瘦了這麼多，難怪警方多月來發放資料，仍找不到他啊。」關振鐸從懷中取出包著透明膠袋的帽子。

「您怎知道阿武犯案時戴上了帽子？」

「他沒理由不戴。在光線充足的白天犯案，很容易被人看到，如果他連帽子也不戴，附近大廈的居民目擊，就有可能認出他。我猜，他犯案時大概還披上外套了，甚至可能戴上口罩。而且，他知道自己戴帽的模樣已曝光，警方正在找他，他就更需要戴上帽子行動，因為一旦被目睹，便能順水推舟令嘉咸街的案件跟旺角的連結起來。」

「為什麼他要把案件連結起來？讓人以為是模仿犯不是更好嗎？」小明奇怪地問。

「小明，我現在把你的問題丟回給你——為什麼石本添不來硬的，直接從醫院搶人？」

「呃……他怕節外生枝？」

「他連懲教署內應也有了，要逃易如反掌啊。」關振鐸笑道。

「嗯……他良心發現不想傷人？」

「太陽從西邊升起的機會較大。」

「我真的搞不懂，他為什麼用上如此複雜的方法去逃走。」小明搖搖頭，表示放棄。

「小明，逃獄跟殺人一樣，其實很簡單的。」關振鐸緩緩地說。「要殺一個人，只要用一顆子彈、或用刀子輕輕一劃，對方便死了。逃獄也是一樣，只要你有足夠人力物力，就算是森嚴的監獄，你也可以在牆上轟出一個洞來，把囚犯帶出去。這些犯罪最難的不是『過程』，而是『善後』。殺了人，如何逃過警方耳目？逃獄後，如何不被警方追捕？這些才是令謀殺和越獄變得困難的原因。」

小明默默地聽著組長的講解，就像徒弟傾聽師傅的教誨。

「石本添要逃，很容易，但他一逃就要躲在黑暗之中，因為全香港所有人都會知道這位前頭號通緝犯藏匿在我們身邊，而警方會鍥而不捨地一直搜索，他只是從一間監牢逃到另一間較大的監牢而已。石本添不笨，他不會願意讓自己陷入這種困境，他是個追求徹底勝利的傢伙，所以他才用上這個計畫。在香港這個都市，要獲得新身分是很困難的，除非你參與了證人保護計畫，獲得港督——嗯、九七後便是行政長官——批准，更改了一切紀錄和檔案，否則難以成事。但石本添採用了匪夷所思的做法，他毀掉自己和目標的容貌和指紋，再取代對方，如此一來，他便獲得新生。」

「但他其實只要製造一起獨立事件，譬如叫阿武直接向周祥光潑鏹水便可以了，為什麼要做一連串、傷及數十人的鏹水彈案？」

「如果是獨立事件，傷者和加害者都會被警方留意，即使成功掉包，也有可能在調查中露餡，風險反而更大。意外毀掉容貌和雙手的案例幾近沒有，即使有，警方都會先把事件當做有意圖的傷害事件，這就增加了不穩定因素。比較之下，製造一連串、裝作惡意犯罪的案子才最有利，如此一來，真正的目的——讓石本添取代身分——便難以察覺，警方亦會把周祥光當成芸芸傷者中的一員，而最好的是，萬一犯人落網，亦不會牽連到石本添，因為每人都以為犯人只是個憤世嫉俗的神經病。所以，石本添反過來希望警方發現嘉咸街的案子跟旺角的是由相同犯人所做，他就可以暗渡陳倉，而阿武為了在細節上讓事件連結起來，便會戴上帽子。」

小明覺得，關振鐸跟石本添跟自己就像不同層次的棋手，他們在每一步都在運算，推敲對手的意圖、策略，而自己不過是見步走步而已。從關振鐸的說明，小明漸漸理解早前所見所聞的每個細節，例如關振鐸對順嫂說笑的那句「有沒有見過不可疑的熟人」，就是因為知道犯人早混進市集，不會以陌生人的姿態做案；石本添要阿武在嘉咸街做案，而沒有選擇灣仔或銅鑼灣的市集，是為了令掉包用的傷者被送進瑪麗醫院而不是東區醫院，因為赤柱監獄的犯人都會被送到瑪麗；醫院J座二樓是醫務社會服務部，石本添利用火災和鏹水彈案製造大量傷者，二樓的社工們就忙於到急症室及各病房輔導傷者和家屬，進一步「掏空」二樓，減少被人撞破的可能。

如果石本添計畫順利進行，植皮手術後他會面目全非，徹底抹消本來的面貌，以周祥光的身分光明正大地過活，同時暗中策畫新的犯罪活動。小明預計，石本添應該不會以周老闆的身分返回嘉咸街，反正阿武只要向街坊推說老闆受傷留家休養便成，之後再出讓攤檔、消聲匿跡便可。最諷刺的是，公立醫院甚至會提供善後的整形手術，由政府負責買單，如果關振鐸沒有識破詭計，石本添可說是獲得完全勝利。

「這個膠袋，也不過是剛才向接待處的護士討的。我根本沒有帶證物袋。」關振鐸一邊笑著說，一邊從透明膠袋中取出帽子，戴到自己頭上。

「組長……您為什麼剛才要嚇唬石本添？騙他說什麼藥物有危險會致死之類？」

關振鐸用鼻子哼了一聲，說：「石本添是個人渣。他弟弟石本勝雖然也是個壞蛋，曾經在逃走中面不改容地槍殺五個人質，但如果論個性狠毒，石本勝在兄長面前不過是個小毛頭。石本添可以漠視一切，利用他人的性命來達到他那微不足道的目的，在他眼中，燒掉一棟公寓、用鏹水彈製造恐慌，令數十甚至過百位無辜者捲入事件，都沒有什麼大不了。我平生最痛恨這種自私自利的混蛋，就算石本添這回失敗了，他回到監獄裡肯定仍不會反省。我騙他，不過是小懲大戒，讓他知道在這世上至少有一個人能夠看穿他的一舉一動，他並不是什麼犯罪天才，只是一隻輸給年老刑警的喪家犬罷了。」

小明少有地從組長眼中看到憤怒，不過關振鐸的怒氣很快熄滅——港島重案組黃督察和負責追捕石本添的O記探員同時駕車抵達。

「關警司，我們在您提供的地址拘捕了兩名嫌犯，其中一人臉部有嚴重的化學灼傷，已送到東區醫院治理。」O記的探員向關振鐸報告。「我們在那個單位內還搜出兩把AK47突擊步槍、數支手槍和大量子彈，看來我們及時阻止了一宗嚴重的械劫案。」

關振鐸滿意地點點頭，小明猜想，這說不定也在組長的預料之中。

在辦過手續，說明了大概的案情後，關振鐸將羈留病房中的兩個嫌犯留給黃督察和O記處理。小明跟他回到停車場，天色已接近全黑，時間已來到晚上七點。

「組長，現在回家嗎？」小明問。他載過關振鐸回去旺角的家好幾次了。

「不，回去總部吧。」關振鐸說。

「咦？您急著回去完成報告，好安心退休嗎？」

「不哪，」關振鐸笑道：「案子解決了，手足們就會下班——我想趕在他們離開前回去吃蛋糕啦，哎，不吃就太浪費了……」

＊

翌日早上，小明回到刑事情報科B組的辦公室。第一隊因為昨天忙碌了一整天，蔡督察就批准隊員休假，反正餘下都是一些文書工作。小明其實也不用回來，他只是趁週末上午回辦公室收拾一下，中午跟女朋友到郊外兜兜風。

「咦，組長，您回來了？」小明發覺關振鐸正在房間收拾私人物件。

「哦，是小明嗎？」仍戴著棒球帽的關振鐸稍稍抬頭，瞄了一眼便繼續執拾。「雖然我可以晚幾天才收拾，但我想盡早把房間讓給小蔡使用——他之後就升級當組長啦。」

「可是組長您不用寫昨天的調查報告嗎？」小明說。小明心想，案子如此複雜，恐怕只有關振鐸能有條理地完成報告。

「報告可以回家慢慢寫。」關振鐸笑道。

「對了，」小明突然想起一事，「昨天O記的同事說在柴灣拘捕了兩人，那應該是長髮男和真正的周祥光吧，那當內應的懲教員施永康呢？好像沒有看到拘捕的消息？」

「沒有啊，他的確沒有被捕。」關振鐸輕描淡寫地說。

「沒有被捕？但他不是一樣有罪嗎……」小明有點錯愕。

「小劉會處理了。」

「劉警司？A組的劉警司？」

「對，我叫他派人接觸施永康，逼對方做線民。」

小明疑惑地瞧著關振鐸，他以為自己已了解案情，但他完全不明白為什麼對這內鬼網開一面。

關振鐸看到小明的表情，便說：「施永康是內應，但懲教署的內應不只一人，只抓一個施永康並沒有好處。」

「不只一人？」小明對這突如其來的情報感到奇怪。

「施永康是押解及支援組的，他平日根本沒機會跟石本添接觸，石本添的計畫必須要有充分的溝通才能實行，石本添身邊肯定還有其他棋子。小明，你知道為什麼我推斷懲教署有內應？」

「不就是施永康的作供影片……」

「不只哪。是時間啊。」

「時間？」

「鏹水彈案在十點零五分發生，恰好在吳方他們接到通知，要押解石本添到醫院之後，兩者的時間太吻合了。監獄方不一定會讓石本添送醫，送醫的時間也不確定，所以內應確定石本添會到醫院，就通知阿武行動，好讓傷者和石本添在接近的時間到達醫院。萬一有任何情況，鏹水彈案就不會發生，留待將來再執行，反正西環火災和中區車禍對石本添來說都是容易再準備的部署，唯獨鏹水彈案不可以輕率進行。」

「啊……」小明在腦海中思考案子的時間關聯。

「事實上，醫院二樓洗手間那個修理中的廁格也很可疑。如果沒有那一格，石本添的詭計就不能實行，但把廁格偽裝成修理中，只要警方一調查就會發現可疑之處。換言之，『修理中』是真的，而要令廁格真的需要維修，就要安排人手加以破壞。在醫院破壞一個廁格可能不難，但如果要確定時間、狀況、沒有引起懷疑就很困難。所以，醫院裡必須有內應，在適當時間弄壞廁所後，再通知院方的總務部，好讓『修理中』成為事實。」

「所以醫院裡也有內應？有醫護人員被收買？」小明嚇了一跳。

「醫院裡不只醫護人員的——別忘了在J座也有懲教人員駐守。」

「啊！羈留病房！」

「我恐怕石本添在這幾年間，利用口才籠絡了一些懲教員。」關振鐸仍是一邊執拾，一邊說：「監獄是一個與世隔絕的天地，懲教員很容易跟囚犯建立微妙的關係，在石本添這種惡魔面前，年輕的菜鳥很容易掉進他的心理圈套，成為他的同黨。施永康可能只是其一，搞不好押解及支援組還有其他內應，畢竟誰負責押解囚犯都是主管隨機決定，石本添未必只有施永康一顆棋。起訴施永康是件易事，但石本添回到獄中，到時只會有另一場計畫。他喜歡安插內鬼嘛，我們就以彼之道還施彼身，嘿。」

「這樣啊……」小明沉吟道。他加入情報科只有半年，雖然知道A組有從線民獲得情報，但這一刻他才感到這一環節如何重要。

「……組長，您要我送您一程嗎？我待會可以順道載您回旺角，我中午約了女友到西貢兜風。」小明指了指關振鐸面前的瓦楞紙箱。

「哦，那就太好了，我本來打算搭地鐵的。」關振鐸說：「以後如果順道，也可以載我嗎？」

「以後？組長您不是退休了嗎？」

「我是退休了，但之後會以顧問的身分替警方效力，相信仍會經常出入警署。」

「啊！」小明對於日後還有機會從關振鐸身上學習辦案技巧，感到相當雀躍。「當、當然沒問題！請組長盡量吩咐我！」

「我已經不是組長啦。」關振鐸笑著說。

「啊，對……關警司？呃，不，關前警司？」小明覺得這稱呼好彆扭。

關振鐸看到小明困窘的樣子，不禁噗哧一笑，道：「如果你不介意的話，叫我師傅吧，我以後就把你當徒弟囉。」

四

泰美斯的天秤

The Balance of Themis

關振鐸離開電梯，踏進昏暗的走廊。一個被塵埃染成灰色的電燈泡掛在天花板上，忽明忽暗地照亮破敗剝蝕的石磚地板，以及滿佈來歷不明汙跡和塗鴉的白色牆壁。由於走廊的這一端沒有窗戶，警員的腳步聲、對講機傳出的話音，就在牆壁間迴盪，令人產生耳鳴的錯覺。在這條迂迴曲折的走廊裡，豎立著一扇扇了無生氣的門，而門前都加裝了冰冷嚇人的鋼閘。這些鋼閘彷彿訴說著這大樓的治安如何不善，哪位住客不裝設森嚴的防盜設施，就會招來闖空門的竊賊——事實上，這確是實情。

這一層的住客在數分鐘前已有秩序地疏散，按警員指示沿著樓梯離開大樓。關振鐸知道，其實最險惡的時機已經過去，現在疏散住戶，不過是亡羊補牢罷了，只是指揮官依照行事守則，完成每一項步驟。當然，萬一現在有未發現的危險品突然爆炸，傷及無辜，警方便要面對比當前更嚴苛的責難。

如果我是指揮官的話，也會作出相同的指示吧——關振鐸心想。

雖然關振鐸是現場階級最高的警官，但他不是行動指揮。他只是個因緣際會，碰巧遇上事件的局外人。

他可以逗留在行動指揮中心，或是跟曹兄回警察總部，但他決定到現場看看。他想，他會跟隨同僚走進這大廈，說不定是出於在前線打滾二十餘年的刑警本能而已。

關振鐸很清楚自己的角色。因為他比指揮官更高級，如果他提出什麼意見，對方必定言聽計從，但這就干涉了地區行動和調查的獨立性，所以他不打算做什麼，當個旁觀者。

他唯一想做的，是到那個令人窒息的空間，感受一下他那位前下屬不久前面對的光景。

數分鐘前，關振鐸在一樓大堂跟那位久違的前部下相遇。雖說是「前部下」，對方不過是關振鐸策畫的拘捕行動中，從其他部門調派支援的小探員，但當年的幾項行動，對方的勇猛和判斷力都叫關振鐸留下深刻的印象。

而剛才，這個果敢勇毅的傢伙正躺在擔架床上，茫然地接受著急救人員的護理。

當關振鐸經過他身邊，兩人目光對上時，對方亮出訝異的神情。那位前部下沒想過，昔日的上司、屢破大案的神探關振鐸居然在這一刻出現在自己跟前。關振鐸本來想稱讚對方幹得不錯，但就結果而論，這句讚譽反而更像嘲諷。關振鐸把話吞回肚子，伸手拍了拍對方沒受傷的那條臂膀，微微點頭，沒說半句話便往電梯走過去。

站在走廊上，關振鐸彷彿感受到不久前那股生死一線的壓迫感。拐過彎角，經過樓梯間的木門，關振鐸清楚看到牆上密集的彈孔。兩位探員正在取證，聚精會神地檢查並記錄著每一道彈痕，他們完全沒留意關振鐸這位警司在身後走過。

關振鐸繼續往前走，來到燈火通明的事發現場。

這兒沒有走廊那令人眼花撩亂的閃爍燈光，可是環境卻教人更不舒服。空氣中充滿混和硝煙氣味的血腥味，地板上、牆壁上、家具上滿佈斑駁的血跡和彈孔。

最教人不安的，是躺在地上的屍體。屍體頭顱被子彈打破，腦袋被轟掉一半，灰白色的腦漿混著血流滿一地，摻成骯髒的、異樣的粉紅色。血液從屍體身上流出，形成殷紅色的血泊。

而屍體不只一具。在這個不大的單位裡，調查人員正圍著一個又一個慘死的死者，無奈地記錄和檢查每一個細節。

他們都不敢直視死者的臉。沒錯這些屍體的樣子很難看，但探員們不是因為害怕而迴避他們的遺容。

他們不敢面對死者，是出於愧疚。

這些容顏被子彈打爛、身體被彈頭貫穿的死者，似乎在控訴著皇家香港警察如何無能。

刑警們都知道，這些死者中，該死的，只有一人。

1

「高，這位是新上任的刑事情報科B組主管關振鐸警司。」

高朗山總督察沒想到曹警司會突然到訪，更沒料到他會跟著名的關振鐸一同前來。行動指揮官往往不想有比自己高級的警官來到指揮中心，就像領兵的將軍不願意國王或官員駕臨前線——對前線人員來說，上級就是麻煩的代名詞。高朗山跟關振鐸握手時，努力掩飾自己的想法，不過他懷疑面前這位精於鑑貌辨色的神探其實早看穿自己，對方只是出於禮貌保持微笑。

「關警司，您好。」高朗山說道。過去幾年，關振鐸主管港島總區重案組，接連偵破多宗大案，效率之高令其他總區的探員又羨又妒。高朗山升任西九龍重案組組長後，不少同僚暗中將他跟關振鐸作比較，縱使他往蹟彪炳，搗破不少製毒工場、瓦解了好幾個詐騙集團，但在關振鐸那種「怪物」面前，只能當第二名。高朗山不過比關振鐸年輕三歲，可是在他眼中，這位前輩就像遙不可及、永遠追不上的目標。

一起步已經輸了——這是高朗山的心底話。關振鐸除了能力優秀外，更是早期警隊中少數的華人菁英。關振鐸在六〇年代投考警察，當時高級警員一律是洋人，本地人只能負責基層工作，但關振鐸是少數獲得提拔、給送到英國受訓兩年的華人警員。關振鐸在一九七二年回港後，適逢警隊重組內部架構，他便晉升督察，立下不少功勞，扶搖直上。在那個年代，「到英國受訓」等同「升職通知」，就像皇帝授予黃馬褂，象徵著在組織的特殊地位。高朗山沒得過這種機會，他聽聞關振鐸曾在六七暴動時解決了某事件，獲得當時某位洋督察垂青，故此往後一帆風順，高朗山便暗自埋怨自己晚了幾年加入警隊，沒能夠藉那個動盪的時代爭取表現。

「關警司知道你們的行動後，特意過來打打招呼，希望將來合作愉快。」曹警司保持著一貫冷靜的語調，對高朗山說。曹坤高級警司擔任刑事情報科副指揮官，為人嚴肅，辦事幹練，警隊中人都認定他會是情報科下一任頭兒。

「我明白，石氏兄弟掌握了大量犯罪集團情報，對ＣＩＢ來說，他們是金礦吧？」高朗山故作輕鬆地說。

「對，如果逼得他們招供，至少可以堵截四條非法槍械流通管道。」關振鐸點點頭。

石本添、石本勝兄弟是警方通緝名單中排行首兩名的罪犯。自從四年前，即是一九八五年開始，他們犯下多宗嚴重罪案，包括八五年連環行劫彌敦道四間珠寶金飾店、八六年解款車劫案、八八年富商李裕隆綁票案等等。直至今天，這兩兄弟仍然在逃。警方相信，他們跟中港兩地數個犯罪集團有聯繫，利用這些管道獲得重火力槍械、僱用好勇鬥狠的亡命之徒、變賣贓物、偷渡到海外避風頭。警方試過數次搜捕，但奈何總是功敗垂成，頂多抓到他們的同黨，無法逮住這兩個首腦人物。

然而，數天前警方意外發現這兩個危險人物的行蹤。

因為旺角區的罪案率有上升趨勢，旺角分區的重案組多次掃蕩藏匿的犯罪分子。探員收到情報，知道可疑人物躲藏在某大廈某單位後，便會進行放哨確定位置和人數，評估危險性後再一舉攻入，拘捕犯人。這些歹徒包括毒販、劫匪、謀殺嫌犯、黑道幹部等等，分區探員除了偵查外，更往往要跟匪徒搏鬥，甚至有可能面對持槍的敵人還擊。分區警署資源並不充足，難以調動大量人手作支援，探員們只好硬著頭皮，見機行事，冒生命危險去拘捕疑人。

在這些日復一日、探員們都當成例行公事的行動當中，旺角區重案組第三隊某天遇上不一樣的情況。一九八九年四月二十九日——即是上星期六——第三隊準備到新填地街的嘉輝樓一個住所逮捕可疑人物。第三隊收到情報，指一名涉及偷車案的嫌犯藏身嘉輝樓十六樓七號室，隊長便派員監視，調查情報真偽。探員發現嫌犯跟一名身分不明的男子於目標地點出現，於是計畫翌日晚上進行拘捕。就在三十號黃昏，探員們在隊長帶領下準備攻入嘉輝樓前，突然收到中止行動的指示。旺角區指揮官下命令，案件由西九龍總區重案組接手，分區重案組第三隊改為支援。

原因在於那名身分不明的男人。

「旺角重案本來要抓的是這個綽號『積架』的偷車犯，」高朗山在告示板前，指著一張照片，「但他們發現這個不明的男人，將照片傳給情報科，看看有沒有涉及其他案件……」

「他是外號『喪標』的沈標，是石本勝的副手。」關振鐸接過話，說：「我已讀過報告了。」

高朗山略帶尷尬地點點頭，繼續說：「去年年末的銀行劫案，除了石氏兄弟外，我們確定這個喪標也是犯人之一。他跟石氏兄弟一同失蹤，如今現身，他們很可能正籌備另一宗『大買賣』。嘉輝樓十六樓七號室是上月才租出的，我們估計是作巢穴之用，只要監視著，就有機會抓到那兩個頭號通緝犯。」

「那麼，這五天有什麼收穫嗎？」

「有。」高朗山露出勝利的笑容。「弟弟石本勝已經現身了。」

關振鐸揚起一邊眉毛。

高朗山沒有將石本勝出現的消息向總部報告，除了考慮走漏風聲的可能外，更因為自身利益。向總部匯報頭號通緝犯出現的消息，只會讓O記介入，成功拘捕的話，除了功勞被奪外，更會打擊地區前線人員的士氣。在「總部、總區、分區」的分隔上，地區性的警員都不想給「外人」插手干預。因為行動仍在進行中，為防行動失敗，高朗山有足夠理由壓下石本勝現身的消息，如今他向總部ＣＩＢ的兩位高級警官說明，就代表他胸有成竹。

「前天，我們已發現積架駕車接載一名禿頭男人回來。」高朗山指著一幀光線不足的照片，相中的兩個男人正步往嘉輝樓的其中一個出入口。「我們仔細鑑定過，雖然容貌有點改變，但他是石本勝。」

「是左手手背上的疤痕吧。那是四年前槍戰造成的。」

高朗山心下一凜，這線索他和手下花了好幾個鐘頭才發現，關振鐸只瞄一眼便輕鬆說破。

「根據過去的案例，石本添不會丟下弟弟，讓對方單獨行動，而且目前犯人巢穴只有三人，這規模亦不足以他們進行大規模的案子。」高朗山把心思放回案件上，說：「我們截獲情報，估計石本添會在明天現身，他很可能僱用兩至三名大圈去犯案。等石本添到場，我們就行動。」

「情報來源是？」

高朗山暗自竊笑，心想這次可以扳回一城。「我們知道積架手上數部傳呼機的號碼。」

「哦？」

「我們先前抓到一個道友㊶，他供稱替積架申請了五部傳呼機。既然積架跟石氏兄弟是一夥，我們就相信這些傳呼機是石本添他們這次使用的。」高朗山笑道。

在香港，申請傳呼機服務必須出示身分證明文件，聰明的罪犯不會笨得洩漏行蹤，通常會僱用一些古惑仔或吸毒者，要他們去辦幾部傳呼機，作為同黨間聯絡之用。

「而我們昨天收到這樣的訊息了。」高朗山走到一台螢幕旁，跟操作電腦的部下示意，叫他

㊶道友：吸毒者的俗稱。

找出那條訊息。

「042・623・7・0505」

黑漆漆的螢幕上，亮出這一串綠色的數字。

「雖然電訊商不太情願，但我們有法院頒令，他們不得不讓我們攔截通訊。這串數字說的是……」

「石本添在五月五號現身。」關振鐸說。

「呃，對……啊，這暗號是情報科解開的，關警司當然知道了。」高朗山苦笑地打圓場道。

香港早在七〇年代已有傳呼機出現，但直到八〇年代中才開始普及。從早期只會發出響聲和閃燈，機主必須致電服務台才知道傳呼者留言的工具，傳呼機到今天已進化成附有液晶數字螢幕的「數字機」。雖然傳呼機未能顯示文字——預計這功能會在幾年內實現——但能顯出數字，已大幅減少機主打電話到服務台的時間，無論在效率和降低經營成本上都是一大進步。電訊商會給機主一本小小的代碼表，讓大部分常用訊息代碼化，用戶只要拿著小冊子核對，就能理解內容。例如姓「陳」的編號是004，「正在前來」的代號是610，「交通擠塞」是611，「時間」是8，那麼「004・610・611・8・1715」就是一位姓陳的先生或小姐告訴機主，他因為交通問題，要在下午五點十五分才能到達。代碼表還有一堆地名和地標，像「中環」、「佐敦」、「太子」、「中港城」、「海洋中心」、「新城市廣場」等等，也有一些泛稱，比如「餐廳」、「酒吧」、「賓館」、「公園」之類，盡量令口訊代碼化。

其實一般來說，傳呼者都是留下姓氏和電話，所以機主看到「004・3256188」便知道要撥打3256188給姓陳的朋友，不用先打電話到服務台，查問號碼後再打給朋友，而這種詳細的代碼表讓機主連回電傳呼者的工夫也能省下。當然，太複雜的口訊，服務台還是會留下「請覆台」的代號，機主還是要用老方法才能知道訊息。

過去數次搜捕石氏兄弟的行動中，警方偶然找到他們的黨羽遺留下來的傳呼機，可是調查後，對通訊紀錄大感不解，因為內容並無意義。後來，情報科從僅有的紀錄中，推斷出一套代碼，估計石氏兄弟使用代替原來號碼的暗號。例如本來代表「打麻雀」的623其實是「集合」，「吃飯」的625是「行動開始」，「取消約會」的616是「逃跑」等等。縱使情報科只憑著核對紀錄和犯案過程，推敲出部分密碼，但他們確信，代表姓「林」的042，是兄長石本添專用的代號。

換言之，石本添只要向服務台說出「我姓林，請告訴機主五月五號打麻雀」，傳呼機亮出「042．623．7．0505」，實際內容便是「老大告訴同夥五月五號集合」。

這一點上，警方的確占了上風，為防石本添更改暗號，這代號表只有督察級人員和ＣＩＢ成員知悉。不過，高朗山知道，石本添不是省油的燈，他老早有補救的方法。這幾天高朗山截取的訊息很少，至少他沒有收到積架接石本勝到場的訊息。他相信，這群賊黨每人身上有數部傳呼機，輪流隨機使用，即使部分訊息外洩，警方仍無法掌握全盤大局。

關振鐸和曹坤都了解這串「042．623．7．0505」意義重大。以往警方只會在收拾殘局中獲得這些暗號訊息，在「事發前」攔截到，是頭一遭。這代表警方可以充分部署，請君入甕。

「人手足夠嗎？」曹坤問道。石本添兄弟是窮兇極惡的悍匪，過去數次犯案都用上大火力的槍械，造成不少傷亡。

「暫時有點吃緊，但我們已知會飛虎隊㊷，即使石本添提早現身，他們能隨時出動，在半小

㊷飛虎隊：特別任務連（Special Duties Unit）的綽號，簡寫為ＳＤＵ，是香港警方的特種部隊，專門處理危險性高的罪案、反恐、拯救人質等等。

時之內到達。」

「不過他們不在現場待命，萬一有突發事件，便得單靠你們了。」關振鐸環顧了指揮中心，說道。

所謂「指揮中心」，不過是嘉輝樓旁邊一棟唐樓的二樓寓所。在這個不足四百平方呎的房間，除了指揮官高朗山總督察外，只有三名探員，一位負責監察傳呼訊息，一位負責跟外面埋伏的成員聯絡，最後一人擔當支援跑腿等等。指揮中心的窗戶對著嘉輝樓南翼出入口，但嘉輝樓的構造，增加了部署的難度。

嘉輝樓於五〇年代建成，樓高十八層，每層有三十個單位，曾是旺角與油麻地區有名的住宅大樓，吸引不少中產階級家庭居住。在七〇年代末開始，由於社區發展重心遷移，以及大廈本身老化，嘉輝樓不復昔日光彩，漸漸變成一棟品流複雜的商住兩用大廈。嘉輝樓有三成單位被用作非住宅用途，從裁縫店、中醫館、髮廊、貿易行、到安老院甚至佛堂都有，另外也有不少影響治安的按摩店、聯誼會、小型賓館、一樓一鳳㊸等等。

然而這種組合成為了警方的噩夢。

因為是大型屋宛，嘉輝樓光在一樓已有三個通往大街的出入口，分別在南翼、中間和北翼，而大樓有六部電梯、三道樓梯，每層的走廊迂迴曲折、窗戶少通路多，變成罪犯潛藏的溫床。由於擁有不少商戶，大樓的保安措施極其鬆散，管理員對訪客不聞不問，在此出入的陌生人多不勝數。藏匿大樓的歹徒，可以利用環境擺脫警員，即使不利用那三個出口逃走，也可以從二樓跳窗離開。嘉輝樓最南端和最北端相距足有一百公尺，警方要進行搜捕，必須動用大量人手，否則極其吃力。

「外面還有十二位同事，除非是正面衝突，否則應該足夠應付。」高朗山用拇指向窗外指了指。「換成一般大廈，這人手足夠夷平目標地點了，偏偏遇上嘉輝樓。」

「分三隊守住三個出口嗎？」曹坤問道。

「基本上是，還有一隊在街道對面的文昌中心頂樓，那兒可以看到目標單位外面走廊，勉強能透過窗戶進行監視。」高朗山指了指告示板上的地圖。他猜想石本添刻意選這個房子當巢穴，目標單位外的樓宇不夠高，無法直接看到室內的環境，警方只能在文昌中心隔著老遠監視，而且看到的只是走廊一隅。高朗山考慮過派人到目標單位外放哨，但對手是石氏兄弟，這做法就太危險，輕則打草驚蛇，重則害手下喪命。

「調配了總區重案兩隊人馬嗎？」關振鐸問。外面十二人，指揮中心有四人，如果沒有要求ＣＩＢ派出狗仔隊或總區行動部支援，這人手足有兩隊。

「不，只有西九重案組第一隊，其他分隊有案子在處理。另一隊是旺角分區重案第三隊。」

「就是本來要逮捕積架的那一隊？」

「正是。」

「合作沒問題嗎？」關振鐸問道。

「當然……當然沒問題。」高朗山沒料到關振鐸如此直接。

「旺角重案三隊隊長是那個ＴＴ吧？」關振鐸笑道。

高朗山看到關振鐸的笑容，知道他並不是刁難自己，便鬆一口氣，道：「關警司也知道鄧霆這傢伙嗎？」

㊸一樓一鳳：香港獨有的色情場所。香港法例規定，任何場所由兩名或以上的人士用作賣淫用途，出租或管理該場所的人便違法，但如果只有一名妓女賣淫則不會被起訴，於是發展出一個住宅單位只有一名妓女獨自經營的賣淫行業。粵語中妓女被蔑稱為「雞」，再從「雞」引申至「鳳」，「一樓一鳳」由此得名。

「他五年前在灣仔區重案工作，我在好幾次行動中見過他。」關振鐸笑道：「他頭腦靈活、身手敏捷，就是個性過於放肆，跟他不對盤的同僚多不勝數。」

鄧霆督察今年三十三歲，擔任旺角區重案組第三隊隊長，外號「ＴＴ」。這綽號不單來自他的名字Tang Ting縮寫，更來自他在灣仔任職探員時，熟識槍械的隊長的一句戲言：「阿霆，你果然人如其名，像ＴＴ手槍啊。」ＴＴ手槍全名「7.62mm托卡列夫手槍1930型」，是蘇製的半自動手槍，特色是火力強大但容易走火。ＴＴ手槍欠缺一般曲尺手槍應有的保險裝置，鄧霆就是被譏笑像ＴＴ手槍，行動極具效率但難以駕馭。鄧霆對這個綽號沒有感到反感，反而覺得很威風，他在警隊裡連續好幾年贏得射擊比賽冠軍，所以很喜歡這個以槍命名的別號。於是，無論上司或同僚都習慣以ＴＴ來稱呼他，有些人甚至忘記他的本名了。

「你剛才說另一隊是西九重案第一隊，我記得隊長是馮遠仁督察。他跟ＴＴ不和的傳聞當年傳遍灣仔警署，所以我才有此一問。」關振鐸解釋道。

高朗山心想要瞞過關振鐸真不容易。「對，他跟ＴＴ同期在警校畢業，兩人有什麼過節我不清楚，但兩人不和倒是事實。不過，大家都是專業的警務人員，不會將私人感情帶進工作，在簡報、調配、行動上，他們都做好本分，我完全信任他們。」

關振鐸微微一笑，沒有再問下去。高朗山說的不過是門面話，馮遠仁高級督察在階級上比ＴＴ高半級㊹，擔任總區重案組隊長，如果二人心存芥蒂，這種差異只會火上加油。事實上，高朗山亦擔心兩人難以合作，於是安排ＴＴ到北翼出口看守，馮遠仁則負責南翼。

「不過那個ＴＴ應該會改變吧，他快結婚了。婚後男人要顧及家庭，到時應該不會如此胡來。」曹坤說。ＴＴ經常被上級訓示，指他處事的「賭性」太烈，恃著自己身手好、槍法準，在缺乏支援下仍然會隻身跟匪徒搏鬥。

「ＴＴ要結婚了？」關振鐸倒不知道這消息。

「對，對象還是副處長的女兒，在公共關係科任職的Ellen。」曹坤嗤笑一聲，彷彿暗示ＴＴ還會因此飛黃騰達，被上級刮目相看。

關振鐸不置可否，瞄了高朗山一眼，看到對方一副不欲插嘴的樣子，就不打算繼續這個話題。

「拘捕石本添、石本勝就拜託你了，高督察。」關振鐸說：「只要能生擒他們，我就有把握挖出他們掌握的情報。」

「請放心，這次行動我們相當有信心，石氏兄弟這一回插翅難飛。」高朗山再次跟關振鐸握手。

「如果要ＣＩＢ支援請開聲。」曹坤也說道。

「一定，一定。」高朗山回應道。

正當曹坤與關振鐸打算離開，桌上的對講機突然傳出聲音。

「水塔Calling穀倉，水塔Calling穀倉，麻雀和烏鴉剛剛離巢，麻雀和烏鴉剛剛離巢，Over。」

「水塔」是文昌中心頂樓哨站的代號，「穀倉」指的是高朗山身處的指揮中心，「麻雀和烏鴉離巢」的意思是積架和喪標離開了單位。在這次行動中，警方在通訊中以「貓頭鷹」代表石本添，「禿鷹」代表石本勝，「麻雀」和「烏鴉」分別代表積架和喪標。

「各單位注意，各單位注意，麻雀和烏鴉已經離巢，重複，麻雀和烏鴉已經離巢，打醒十二

㊹高級督察比督察薪酬高，但實際屬於同一層級。

分精神。Over。」負責聯絡的警員在高朗山的指示下，透過對講機通知埋伏中的警員。如果犯人離開大樓，他們就要分派人手進行跟蹤，餘下的探員就有可能改變部署，確保沒有漏洞。

「這幾天都是積架當跑腿，喪標從沒有外出過。」高朗山慎重地向關振鐸他們說道。

這突如其來的消息，令曹坤和關振鐸沒有離開。他們都站在原地，注視著事情發展。

高朗山最擔心的，是石本添提早出現，而賊黨又在飛虎隊到場前離開，直接去犯案。這樣的話，只能靠現場的警員拖延。

只能依靠包括自己在內的十六位警員臨機應變。

2

中午十二點五十五分——駱小明瞧了瞧手錶，覺得時間過得很慢。他沒想過，他一直憧憬的刑偵工作如此沉悶。從警校畢業後，在軍裝的三年間小明一直希望調任刑事部，即使不少前輩告訴他刑偵和重案的生活非常刻苦，有可能忙到「三過家門而不入」，但他自問是個吃得苦的人，加上年紀輕輕，心想必須趁早磨練，他日才有機會獨當一面，成為出色的警務人員。

然而他沒料到，重案組的工作不是「苦」，而是「悶」。對一位剛滿二十歲的小伙子來說，沉悶的工作比忙碌的工作難熬。

因為工作勤奮，態度積極，在警校的成績也不俗，上級讓小明調職到刑事部，告別穿了三年的制服，碰巧旺角分區重案組缺人，他便提早還了心願。他在加入部門的這兩個月內，見識了不少重案組的偵查方法，拘捕行動也跟他想像中相距不遠，問題是，這些工作占的比例實在太小——大部分時間，小明和同僚都在等候犯人現身、地毯式搜索不存在的證物、向數百人詢問對方一無所知的事情。拘捕行動可能只需一分鐘，但事前的等待、事後的查問卻花上好幾天。

這一刻，他正在執行這種沉悶的工作。

「阿頭這麼慢啊……」

坐在小明旁邊的沙皮嚷道。「沙皮」是探員范士達的綽號，他比小明年長五歲，在旺角重案組待了三年。小明加入重案組，跟沙皮最投緣，因為二人都不太合群，反而令他們頗合得來。

「嗯，他回來了。」小明正不知道該附和還是反駁沙皮，便看到ＴＴ從大堂走過來。

小明、沙皮和ＴＴ被高朗山安排，守在嘉輝樓北翼一間外賣速食店。嘉輝樓一樓大堂有不少商戶，有些店面朝向大街，有些向內，也有一些位於角落，同時面對街上和室內。這一間速食店就是位於轉角，毗鄰嘉輝樓北翼出入口，左邊還可以看到北翼的電梯大堂，店內不設座位，就是純粹販賣飯盒的簡餐店。警方向店主徵用店子，老闆兼廚師的大叔便讓兩位員工放假，給警員們裝扮成店員進行監視。

「沙皮，到你。」滿身菸味的ＴＴ穿上圍裙，站在櫃台後，沙皮便離開店子。他連圍裙也沒有脫下，一溜煙地往梯間走去。

長時間、無止境的監視往往會影響警員的精神狀態，所以上級都會安排複數成員一組，除了讓警員們互相照應外，更可以讓他們適時小休。十五分鐘前，ＴＴ便跟部下們輪流上廁所，因為速食店內沒有洗手間，要方便就要用一樓大堂內近梯間的商戶用廁所，不過這樣正好讓ＴＴ和沙皮這兩個菸槍好好抽根菸。雖然在隱蔽監視期間，警員抽菸也不怕上司責難，但ＴＴ他們身處食店，老闆一再告誡，他們邊抽菸邊盛飯菜會影響商譽，他們只好利用上廁所的時間止止菸癮。

「其實這間店根本沒幾個顧客，飯菜又難吃，哪用管什麼商譽啊……」小明曾趁著老闆在廚房工作，對沙皮抱怨道。

ＴＴ剛回到崗位，又再掏出傳呼機瞄了一眼。小明看到這個小動作，不由得笑了出來。

「隊長，籌備婚禮很辛苦吧。」小明問。

ＴＴ苦笑一下，答道：「辛苦到不得了。小明，你別太早結婚，就算要結，也記得等沒有行動、或調職到一些較空閒的部門才結。」

因為ＴＴ婚禮在即，小明對隊長經常開小差沒有怨言。光是今天早上，ＴＴ的傳呼機響個不停，他已經三次到大廈管理處借電話回覆，小明猜想是婚禮事宜。雖然速食店裡也有電話，但老闆不許他們使用——老闆說不想因為線路繁忙錯過顧客打來訂外賣——所以ＴＴ想打電話到服務台查訊息，必須走到管理處。

小明知道，雖然ＴＴ和沙皮沒有說過半句洩氣話，他們對待在這裡監視相當不忿。本來，他們在上星期日便要行動，把那個叫積架的偷車慣犯抓回警署，想不到在動手前一刻被上級截停，然後由西九龍總區重案組橫奪案子。如果光是這樣，小明頂多只會嘆句運氣不好，最教旺角重案三隊惱火的，是總區重案要他們擔當支援角色，待在現場卻又投閒置散。目標單位位於嘉輝樓南翼，石本勝現身也是經過南翼出入口，守在北翼的ＴＴ等人根本無作為可言。現場部署的六位三隊成員，一人在文昌中心的哨站，兩人跟西九重案的探員守在嘉輝樓中間出入口，餘下的ＴＴ等三人就待在這個鳥不生蛋的北翼速食店。

這是公報私仇吧——小明心想。他從沙皮口中得悉ＴＴ跟西九重案一隊隊長馮督察的關係，昨天更親眼目睹兩人在指揮中心針鋒相對的情景，不由得猜這是藉公事惡整對方。反正成功逮捕石氏兄弟，功勞盡歸西九龍重案組，旺角重案所付出的努力不會被重視。小明估計，高總督察大概也是跟那可惡的老馮一掛，二人是直屬上下級關係，自然親疏有別，同一個鼻孔出氣。

按原來的計畫，旺角重案三隊拘捕積架後，便能暫停外務，主力盤問犯人、撰寫結案報告、轉交資料給檢察官等等，小隊可以在忙碌中喘一口氣，隊長也有較多時間安排婚禮事務，可是現在整隊人馬只能留在現場，守株待兔地任由時間白白溜走。

「各單位注意，各單位注意，麻雀和烏鴉已經離巢，重複，麻雀和烏鴉已經離巢，打醒十二分精神。Over。」

眾人耳機傳來指揮中心的訊息。

「稻草人收到，Over。」TT按下衣服下的按鈕，對著藏在領口的麥克風說道。「牛棚」、「磨坊」和「稻草人」分別是嘉輝樓南翼、中間、北翼三個出入口的代號，三個小隊分別被稱為A隊、B隊和C隊。警方在行動中使用暗號，是考慮到無線電波有可能被截聽，如果直接說出名字、地點，就有洩密之虞，危害任務。

「這裡是水塔，麻雀和烏鴉剛進電梯，Over。」

雖然這些訊息抓住了小明的注意，但他認為這跟自己無關。在速食店守了四天，別說是石氏兄弟，就連當跑腿的積架也沒有經過，這幾天下來，小明反而更像一位速食店實習生，對寫單、盛菜、結賬愈來愈熟習。

「小明，別太鬆懈。」TT對小明說。聽到隊長的話，小明立刻抖擻精神，環顧四周，留意有沒有可疑人物。

「這裡是牛棚，電梯到達一樓，Over。」

耳機傳來馮督察的聲音。

「沙皮怎麼還未回來？」TT皺起眉頭，低聲嚷了一句。

「或者沙皮哥正在『辦大事』，情況正狼狽吧。」小明替拍檔打圓場。剛才沙皮一副匆忙的樣子，小明猜他是人有三急。

「牛棚Calling磨坊，牛棚Calling磨坊，麻雀和烏鴉正往磨坊方向飛去，Over。」

突然傳來的訊息，讓小明和ＴＴ感到訝異。過去幾天，積架從來沒有沿著一樓大堂的走廊往嘉輝樓中間出入口走過去。

「這裡是磨坊，已看到麻雀和烏鴉……麻雀和烏鴉沒有離開，繼續往北飛。兩隻鳥正飛向稻草人，Over。」

「稻草人收到，Over。」ＴＴ冷靜地回覆。得知歹徒漸漸接近，小明不由得屏息靜氣，緊盯著大堂轉角處，等待對方現身。

「隊長，他們……」

「別亂說話，小心暴露身分。」ＴＴ壓下聲線，喝止小明。

ＴＴ話音剛落，小明就看到那兩個石氏兄弟的爪牙，從大堂筆直往己方走過來。他們穿著Ｔ恤牛仔褲，喪標戴著太陽眼鏡，而積架戴著一頂灰色的帽子，外表跟一般人無異。小明瞟了ＴＴ一眼，發現隊長正低頭裝作整理冰箱的飲品，眼角卻瞧著店外，於是自己也有樣學樣，用勺子翻動櫃台旁保溫盤裡的牛腩，不動聲息地斜視著二人的動靜。

「嗨。」

突如其來的聲音，令小明感到一陣寒慄。

「嗨！」積架和喪標沒有經過大門離開，反而站在速食店前，跟小明只有一個櫃台相隔。發出聲音的人，是積架。

小明緩緩抬起頭，跟積架眼神對上——在這一刻，「露餡了」的想法在小明腦海中閃過，但他無法想到該做什麼應對。是要找掩護嗎？還是該拔槍？抑或是保護市民為先？小明不知道積架和喪標身上寬鬆的Ｔ恤下，是不是跟自己一樣藏著手槍。石氏兄弟一夥慣用54式黑星手槍，重案組配備的只是點三八左輪，無論子彈數目和威力都不及前者，一旦起衝突，小明只會落下風。要先發制人嗎？跟積架纏鬥時，隊長能牽制那個兇悍的喪標嗎？

「嗨！我叫你呀！」積架探頭往櫃台裡瞧了瞧，說：「蘿蔔牛腩飯多少錢？」

小明剎那間如釋重負。自己沒露馬腳，對方只是來買中餐。

「十、十五元。」小明答道。

「我要兩盒蘿蔔牛腩飯。」積架回頭對喪標說：「你這麻煩鬼，老埋怨我選的菜難吃，你自己選自己的吧。」

喪標踏前一步，也探頭看著櫃台後的保溫盤。

「粟米斑塊新鮮嗎？」喪標的聲線低沉，一開口，小明便知道他是個不好惹的傢伙。

「還好，還好。」小明按捺住緊張的心情，說道。就在喪標探身的瞬間，小明留意到對方腰間右方鼓鼓的，幾乎確定那是一柄曲尺手槍。

「唔……那個粟米汁看來很倒胃口。給我豉椒排骨飯好了。」

「是，是。」

小明取過三個飯盒，從飯窩盛飯，再用勺子把菜餚盛進飯盒裡。因為心慌意亂，小明拿勺子的手使不上力，芡汁和牛腩掉到盤子旁，弄得一片狼藉。

「喂，小哥，你別一味給我蘿蔔，牛腩卻只放三塊嘛。」積架罵道。

「抱、抱歉。」小明戰戰兢兢地點點頭，再去盛牛腩，卻不小心放了更多蘿蔔。

「哎……」積架的話聲剛起，卻突然止住。小明同時警覺自己犯了一個大錯——他側身盛菜，身體右方面向積架，而他的右耳正掛著耳機。從正面來看或許不會被察覺，但二人站得這麼近，積架沒理由看不到。

在這一秒鐘，小明的腦袋再次變成一片空白。

「啪！」

小明後腦勺被狠狠打了一下。霎時間，小明以為自己被積架襲擊，但他卻發覺動手的人是TT。

「操你媽的！你這臭小子，打工時老是聽收音機，還要弄得一團糟，老闆請你回來是趕客嗎？幹！」

TT一口氣髒話連發，直衝著小明罵道。小明呆立當場，半秒後才意會這是隊長替他解圍。

「給我閃到一邊！」TT一把將小明的耳機扯下，這時候，小明才看到TT已藏好自己的耳機。

「兩位，很抱歉，這臭小子正一『出爐鐵』，不打不行。我免費送飲品給兩位吧，下次請再光顧。我們有罐裝汽水和紙包檸檬茶，請問要什麼？」TT接過勺子，俐落地盛好三個飯盒，再向積架和喪標賠笑。

「可樂就好了。」積架說。他的態度明顯放鬆了，對TT回報了一個笑容。

「總共四十五元，謝謝。」TT將飯盒、汽水和即棄餐具塞進膠袋，遞給積架。積架付過鈔票，跟喪標往大堂走去。在TT接手期間，小明像個被老師責罰的小孩，站在冰箱前的角落。旁人以為他是個被老闆責罵的員工，事實上，他正注意到另一件事──沙皮站在轉角處，扮作路人，觀看旁邊的服裝店的櫥窗。小明猜想，沙皮聽到通訊，從廁所匆忙出來時，已發現兩個疑犯站在店子前。為免節外生枝，他只好站在附近靜觀其變。

積架和喪標遠去後，小明深深抖了一口氣，對TT說：「隊長，謝謝你，我真是太嫩了。」

「多浸淫一段日子就好。」TT再用手敲了敲小明的頭，不過力度很輕。

「老天，嚇死我了。」沙皮回到崗位，說：「那兩個傢伙來買飯嗎？好選不選竟然選中這家店？」

「沒出事就好。」ＴＴ笑道。他戴回耳機，對麥克風說：「稻草人Calling穀倉，麻雀和烏鴉只是買鳥食，正在歸巢，Over。」

小明看看手錶，時間是下午一點零二分。不過是數分鐘的光景，小明就覺得像是過了幾個鐘頭。

「這裡是水塔，麻雀和烏鴉已經回巢，Over。」三分鐘後，現場所有警員都收到這訊息。

「看來戲還是要明天才上演吧。」沙皮伸了個懶腰，似笑非笑地說道。

小明點點頭表示認同，可是，一分鐘後卻發現他想錯了。

「水塔Calling穀倉！緊急狀況！三隻鳥兒離巢！麻雀、烏鴉和禿鷹三隻都帶著大型旅行袋，似乎有異常，Over！」

聽到這訊息，小明頭皮一陣發麻。

「水塔Calling穀倉！情況有異，三隻鳥沒搭電梯，沿走廊往北走！他們似乎在撤退！Over！」

「水塔繼續監視！其餘單位立即行動，準備拘捕犯人！守住大堂及出口！報告電梯情況！」靜默片刻，指揮中心傳來緊急的命令。

小明腦袋一片混亂，擔心是否剛才暴露了身分，責任在自己身上。沙皮往他背上一拍，說：「別發呆，幹活了。」小明搖了搖頭，擺脫之前的想法，趕緊脫下可笑的圍裙，拔出手槍，隨著ＴＴ和沙皮往電梯大堂走去。

「警察辦公！別出來！」沙皮對著旁邊幾間商店中，因為好奇探頭察看情況的店員和顧客喝道。那些市民聽到吆喝，加上看到三人手上拿著槍，連忙關上店門，躲在店子裡。從早上一直打瞌睡的管理員老頭也因為沙皮的話而回過神來，緊張地蹲在管理處的櫃台後。

「牛棚報告，兩部電梯都停在一樓。」

「這裡是磨坊，一部電梯從四樓往下，另一部停在一樓。」

「稻草人Calling穀倉，一部電梯停在一樓，另一部五樓往上……不，停下了。」ＴＴ對麥克風說。

「所有單位守在原位，等候支援，Over。」

小明心跳加速，跟ＴＴ和沙皮蹲在大堂轉角，每當有市民經過或進出，便連忙阻止他們。有些熱心的市民見狀，猜測有匪徒躲在大廈裡，於是自發地站在街上，防止歸家的居民或前來光顧店家的顧客捲進危險當中。

「嘎。」剛才在五樓的電梯回到一樓，電梯門一打開，小明三人便舉起手槍戒備。電梯內只有一個婦人，她看到三個持槍的探員不禁嚇得驚呼，沙皮急忙抓住她，把她推到他們身後安全的位置。

「這樣下去不是辦法。」ＴＴ突然說道。

「什麼？」小明不明白隊長所指。

「時間一久，石本勝到達二樓，就可以跳窗逃走，我們守在這兒於事無補。」

「可是上級指示我們死守啊。」

「石本勝一黨一向使用重火力武器，哨站說他們持大型旅行袋，他們肯定有衝鋒槍甚至AK47突擊步槍，就算軍裝夥計到場我們火力一樣不足，如果他們攻到這兒，後面的市民不會平安無事。」ＴＴ神色凝重地說。

小明和沙皮明白TT所指。石本勝曾在一次圍捕中衝上一輛小巴，脅持著司機和乘客逃走，成功逃逸之際，竟然還開槍把司機和四名乘客打死。生還者憶述，石本勝根本沒必要開槍，他只是不滿司機沒有盡力踏油門，又嫌那四名乘客因為害怕哭喊教他不爽。

「不過，隊長，我們加起來才不過十八發子彈……」小明膽怯地說。

「但對方也只有三個人，三對三，只要能拖延到飛虎隊到場便行。」TT邊說邊檢查彈筒，確認六發子彈俱在。

「雖然我寧願留在這兒，但阿頭沒說錯，進攻就是最好的防守。」沙皮道。「唉，誰教我們是皇家香港警察，不得不挺身而出啊。」

看到兩位前輩認真的表情，小明深呼吸一下，點點頭。

「老伯！」TT對躲在身後管理處的老頭嚷道：「有沒有把電梯鎖上的鑰匙？」

「有、有。」老頭倉皇地掏出鑰匙，在TT和沙皮保護下，走進電梯，打開控制板，暫停電梯操作。

「如此一來，他們只能利用樓梯走下來。」TT指了指梯間。「如果他們從南翼或中部的樓梯或電梯逃走，會遇上其他夥計，我們從這邊攻上去，就能包抄。」

TT張望一下，再向管理員老頭問：「老伯，北翼這邊八樓以上有沒有打開門做生意的商戶？」

「那麼高應該沒有……啊，不，九樓三十號室是間小型賓館，叫海洋賓館。」

「糟。」TT回頭向沙皮和小明說：「現在是白天，出入的住客較少，他們未必能抓到住客當人質，但如果是賓館的話，我怕裡面的人有危險。」

小明懂得TT的意思。如果石本勝他們抓了幾個人質當肉盾，那麼警方就束手無策，只能眼巴巴看著他們逃跑，而之後人質也兇多吉少。要行動，便要當機立斷。

「就賭一賭吧。」ＴＴ吐出這句後，便按下對講機的按鈕，說：「稻草人Calling穀倉，Team C現在從樓梯攻上去，Over。」

「穀倉Calling稻草人，請守在原位，請守在原位，Over。」

「不用理會，」ＴＴ把耳機拔掉，「我們就靠自己了。上吧。」

ＴＴ率先打開梯間的門，沙皮和小明從後掩至。

「一口氣跑上去，」ＴＴ謹慎地從樓梯欄杆間空隙往上望，「從剛才哨站報告的時間推斷，如果他們利用這條樓梯逃走，現在頂多走到十二、三樓。」

「不怕他們走到一半，以其他樓層的走廊折返而錯過他們嗎？」小明問。

「如果他們真的是發現到什麼而逃跑，他們只會一心走到二樓跳窗，不會跟我們玩捉迷藏。」ＴＴ邊答邊跨步踏上樓梯。「他們沒有搭電梯，代表他們知道不對勁，如果只是跟石本添或其他同黨會合，他們不會沿著走廊離開。他們帶齊裝備、不以正常的路徑離開，最大的可能性便是他們發現危險，不得不逃。」

「媽的，剛才他們買飯時樣子還正常，應該不是我們露餡吧？」沙皮走在ＴＴ身後，罵道：「搞不好是老馮他們辦事不周，惹來他們注意……唉，希望別出事，咱們老大還要結婚，上天保佑……」

ＴＴ和小明沒有搭話，沙皮也沒繼續叨唸，只專注地往上跑。

三人跑到八樓梯間時，ＴＴ赫然停下，示意小明和沙皮別作聲。小明沒有察覺任何異樣，但行動經驗深厚的隊長發出指示，他相信對方一定是有某些發現。

他們踮起腳步，小心翼翼地不發出聲響，靠在牆邊緩步向上前進。梯間缺乏照明，每兩層才有一扇小小的窗子，對他們來說，要探視前方相當困難，不過，他們別無選擇，只能憑著刑警的經驗去彌補不足。

來到八樓和九樓之間，跟在沙皮後面的小明也看到了。在九樓梯間門外，有一個人影。嘉輝樓的梯間有二重門，就是說從走廊走到樓梯要推開兩扇門，門與門之間有一條約五公尺長、兩公尺寬的走道，居民用來放置垃圾桶。門上一個二十公分寬、一公尺高的窗口，透過玻璃，小明看到人影晃動。

是歹徒？還是住客？ＴＴ知道，錯誤的判斷會帶來嚴重的後果。他們彎腰前進，來到門前，ＴＴ從窗口窺探，看到走道和走廊間的門前有一個人。那扇門的門底似乎塞了木條或舊報紙，筆直地打開，雖說消防署經常呼籲往梯間的門要長期關上，以防火警時濃煙湧進梯間阻礙逃生，但居民往往貪方便，用不同方法令這些防煙門形同虛設。

由於門上的玻璃蒙了厚厚的塵埃，加上光線不足，ＴＴ和沙皮都無法判斷那個人影是不是目標之一。小明在後方戒備，以防這邊誤中副車，石本勝等人突然從十樓出現。如果被敵人從後襲擊，他們鐵定全軍覆沒。

ＴＴ對沙皮和小明做了幾個手勢，指示小明負責拉門，沙皮和ＴＴ進攻。重案組其實沒受過正式的戰術訓練，純粹以實戰經驗補足，不過這一刻不管門外的人是不是歹徒，他們除了進攻外沒有選擇。小明知道，走廊外不遠處便是三十號室，亦即是那家賓館所在，如果石本勝真的抓到人質，那便相當麻煩。

「三……」ＴＴ用手勢倒數。

「……二、一、零！」

小明奮力拉開厚重的木門，ＴＴ和沙皮一左一右衝進去，門旁的人驚訝地回頭，三人互相照面，便了解當前的形勢。

站在門旁的人，是積架。

積架認得在速食店「打工」的ＴＴ，此刻對方手上握著手槍，一切不言而喻。小明滿以為積架被兩個槍口對著會舉手投降，可是在ＴＴ還沒來得及喝止對方前，積架迅速從腰間拔出曲尺手槍。他背對梯間時，右手一直按著槍柄，在面對ＴＴ和沙皮的一瞬，他本能地抽出黑星準備還擊。

「砰！砰！」

在這生死一瞬間，ＴＴ沒有猶豫，往對方身上連轟兩槍。ＴＴ槍法神準，正正擊中胸膛，積架被子彈的威力微微拋起，連扳機也來不及扣便往後倒地，鮮血從胸前兩個重疊的彈孔噴出。

正當沙皮對隊長先發制人感到振奮，他萬料不到真正的危機現在才出現。就在積架倒地的同時，一道身影從門旁閃出。

那是喪標。

而他正雙手持著AK47突擊步槍，槍嘴對著狹窄走道中的三人。

「噠噠噠噠噠——」

ＴＴ、沙皮和小明本能地伏下，可是步槍子彈的速度遠勝三人的反應。待在最後的小明邊伏下邊往側邊躲避，但ＴＴ和沙皮在走道中，唯一的掩護物只是一個塑膠製、毫無保護作用的紅色垃圾桶。小明感到子彈從頭頂上方劃過，刺耳的槍聲在梯間和走廊中反彈，火藥的味道湧進鼻腔。

在這短短三、四秒間，小明從本能地閃躲回復警察的思維——必須支援隊長和沙皮。他知道貿然衝出去會挨子彈，但身為警察，這一刻他只能不顧安危地還擊。

然而這一刻槍聲停止了。

小明伏在地上，探身以槍口對著走道另一端的人影，卻見對方緩緩跪倒，步槍丟落地上。在有限的光線下，他看到喪標眉間有一個黑色的洞。

在小明仍沒反應過來的時候，他感到一股力量揪住自己的左臂。

「後退！」是ＴＴ的聲音。

小明如夢初醒，看清目前的形勢——在走道前方有兩具屍體，一個是積架，另一個是喪標，而小明身旁有半蹲著的ＴＴ，以及俯伏地上、大力地喘著氣的沙皮。

ＴＴ和小明拉著沙皮，後退回梯間，就在防煙門自動關上時，一串「噠噠噠噠」在門後響起，門上的玻璃應聲碎裂。小明知道，那是石本勝。

小明和ＴＴ舉槍戒備，但看樣子石本勝不像喪標那麼魯莽，不到五秒鐘，門後變回一片靜默。

剛才喪標恃著手中武器火力大、ＴＴ等人被困在狹窄的走道中，便站在門前開火。電光石火間，ＴＴ抓住轉瞬即逝的機會，朝敵人頭部開了兩槍。點三八子彈威力雖然不及步槍子彈，但對人體而言，前者反而更有效。高彈速的步槍子彈穿透力強，可以打穿金屬，對人時很容易穿過身體，傷害不及低速、彈頭在身體造出較大孔洞的手槍子彈。

只是，任何彈頭也非常致命。

「沙皮！沙皮！」ＴＴ呼喊著，企圖喚回沙皮的意識。沙皮身中三槍，左肩和左邊小腿受傷，但最嚴重的是脖子正噴出鮮血。

「沙、沙皮哥！」小明見狀，立即用力按壓著沙皮脖子的傷口。他知道這是頸動脈破裂，如果不盡力止血，傷者在數分鐘便會因為失血過多而死。

小明從來沒遇過同僚受重傷。事實上，他甚至沒親眼見過受重傷的人。他當軍裝警員時，不知道是否運氣好，每次都能及時制止犯人，見過的傷者也只是輕傷。他不是沒接過死人的案子，只是那些案件都是平凡的通報，例如某老人在家中意外跌倒死亡，數日後被發現，或是車禍中死亡的受害人。換句話說，他沒經歷過那種生死一線、自己的行動足以影響一條人命的情景，更遑論連自己都不知道自己會否在下一刻被殺。

「要、要求救……」小明左手按壓著傷口，嘗試以染紅的右手掛上因為衝擊而掉下的耳機，卻因為雙手顫抖而掛不好。「Calling指揮中……怎麼沒聲音的……」

小明慌張地掏出放後褲袋的對講機本體，卻發現剛才躲子彈的同時不小心將它壓壞，對講機的外殼碎裂，按鈕沒有反應。

「嘩啊！」門外走廊隱約傳來驚叫聲。

這聲音令ＴＴ和小明警覺地回頭。

「小明，」ＴＴ凝視著木門，以冷靜的語氣說：「放下沙皮，我們攻出去。」

「隊長？」小明倏地抬頭，直瞪瞪地瞧著ＴＴ，不相信自己剛聽到的命令。

「放下沙皮，掩護我。」

「隊長！如果我放手，沙皮哥會死的啊！」小明大喊。他跪在地上，沙皮的血已把他的褲子染成一片猩紅。

「小明！我們是警察！保護市民比照顧同僚更重要！」ＴＴ怒道。小明從沒見過隊長對部下如此動氣。

「但、但……」

「把沙皮留給支援隊！」

「不……」小明仍沒有放手。

「小明！這是命令！放手！」

「不！我拒絕！」小明聲嘶力竭地喝道。小明沒想過，他會違抗隊長的命令。

「媽的！」TT罵了一句，拾起小明放在身旁的手槍，迅速檢查了子彈數，一把拉開被子彈打得破破爛爛的木門，彎著腰往走廊衝過去。

3

當第一聲槍聲從窗外傳來時，高朗山感到脊項發涼。

搞砸了。

在「穀倉」的警員們——包括曹坤和關振鐸——都聽得出那是槍聲。雖然那不是砰然巨響，但經常進行射擊訓練的警察，都不會分辨不出槍聲。

而且，緊接那槍聲之後，是更響亮的、連續的槍聲。

街上的路人彷彿留意到異常，有人抬頭找聲音來源，有謹慎的人連忙躲進屋簷下或店舖內。像是爆竹連發的聲音，一陣一陣地在水泥建的大廈間迴響，可是沒有人知道聲音來自哪一棟大廈、哪一層樓房。

高朗山也不知道確切的地點，但他當然猜到製造這些聲音的人物。

剛才TT傳來一句「我們現在從樓梯攻上去」後，便沒有回應指揮中心的任何呼叫。

這混蛋——這幾分鐘之內，高朗山在心底罵了數十遍。

哨站報告積架和喪標帶著飯盒回去後，本來已鬆一口氣，所有人都為這場虛驚抹一把汗。曹坤和關振鐸也以為部署仍在高朗山掌握之中，正要再一次告別之際，哨站卻傳出三人帶著裝備離開的消息。

「他們是準備犯案嗎？還是跟石本添會合？是收到指示嗎？」負責通訊的警員當時向高朗山問道。

「我們所知的傳呼機號碼沒有收到任何新訊息。」另一位警員立即報告。

「或者石本添利用了另一部傳呼機送信？南翼和中間的警員都沒有發現異常，我們不應該假設他們是要撤退吧？」高朗山狐疑地說。

「不，那是逃跑。」關振鐸插嘴說：「就算他們沒有發現埋伏，但肯定是察覺了些什麼，所以趕緊撤了。」

「為什麼？」

「如果跟老大會合，也不差一時，可以先吃飯吧。剛從容地買了午餐，卻不到一分鐘便全副裝備離開，連電梯也沒搭，這不是撤退是什麼？」

高朗山愣了愣，吩咐部下發出「準備拘捕、死守出口」的命令。這一刻，等待石本添自投羅網已是奢想，但如果能抓到石本勝，總算完成一半任務。高朗山很清楚目前人手不足以包圍猶如蟻巢一樣的嘉輝樓，於是立即通知飛虎隊到場，並向警署要求增援。即使巡警和衝鋒隊火力不如石氏兄弟，這時多一個警察、多一把手槍就是多一分保障。

ＴＴ報告「進攻」後，已有兩輛衝鋒車和三位騎「鐵馬」㊺的交通警趕至，現場增加了一倍人手，足夠重重包圍嘉輝樓。不過，高朗山既擔心石本勝手上有重型槍械，警員不堪一擊，更擔心匪徒會劫持人質，傷及無辜。他現在只能寄望飛虎隊趕到，盡快解決事件。

而那聲槍響讓他知道事情只向著更壞的一方發展。

守在嘉輝樓一樓的警員都留意到槍聲，紛紛向指揮中心要求指示。

「磨坊Calling穀倉，樓上傳來槍聲，請作出指示，Over。」

「牛棚Calling穀倉，槍聲應該不在我們這邊，Over。」

高朗山無法確定位置，只好發出「封鎖電梯、沿樓梯往上搜索」的指令。

「Team A收到，電梯已封鎖，現在離開牛棚，開始搜索。Over。」不到半分鐘，對講機傳來馮遠仁的聲音。

「Team B離開磨坊，現在往上。」守中間出入口的警員隨著A隊之後報告。

除了守在北翼、代替TT的軍裝警員外，本來在南翼和中間埋伏的兩隊重案組探員沿著兩道樓梯進攻，一樓交給增援的警員負責看守。槍聲在走廊和梯間徐徐迴響著，探員們都不敢掉以輕心，畢竟槍聲雖遠，不代表敵人全部在遠方——萬一石本勝和喪標等人分開撤退，警察們依然有可能在轉角處忽然遇上手持致命武器的悍匪。

高朗山頭痛之餘，偷偷瞄了曹坤一眼。對高朗山來說，即使關振鐸的階級較高，他都會視之為平輩；但曹坤是上級，是總部情報科的副主管，不久會是統領情報科的大人物。天曉得「曹警司」會不會更進一步，不日變成「曹助理處長」，高朗山在他面前出醜，等於斷送自己的仕途。就算退一萬步，曹坤一直只待在CIB，被總部要員認為自己是無能之輩，也難以向自己的直屬上司、西九龍總區的區域指揮官好好交代。

徹底搞砸了。

在斷斷續續的槍聲下，各人的耳機突然收到訊息。

㊺鐵馬：警用摩托車的俗稱。

「九樓北翼梯間有警員中槍受傷，要求救援！Over！」

高朗山認得這是ＴＴ的聲音。在訊息傳來之時，一陣槍聲再次響起。

「ＴＴ！報告位置！」高朗山搶過麥克風，喝道。

「九樓三十號室海洋賓館！我在門口，積架和喪標已死，現在只有石本勝一人！但、但對方有AK，賓館裡有人質——」ＴＴ喘著氣，焦躁地說。高朗山聽到他的話說到一半，窗外又傳來連續的槍聲。

「ＴＴ，守在原位！支援很快就到！」高朗山聽到只餘下石本勝，內心有一點雀躍，但知道對方手上有人質時，又不禁眉頭一皺。

「不！那混、混蛋正在殺害人質！」ＴＴ的聲音幾乎被槍聲掩蓋。

「別胡來！支援頂多一分鐘就到！」高朗山大嚷。

「人質要死光啦！媽的！」指揮中心的擴音器傳來ＴＴ口齒不清的聲音，之後便是一片靜默，相反，窗外傳來響亮的槍聲。

「各單位注意，立即趕到九樓北翼三十號室海洋賓館……」高朗山呼叫了ＴＴ數次仍沒回應後，向其他小隊發出指示。

「Team B收到，目前位置在七樓，立即趕到，Over。」

「Team A收到。Over。」是馮遠仁的聲音。

高朗山雙手撐著桌面，緊緊咬著牙齦。事情已變得不可收拾。

在其他小隊報告後，嘉輝樓再傳出幾串槍響，但十數秒後一切回歸平靜。在場的警員都預想著下一輪的槍聲即將響起，可是全數落空。指揮中心窗外只傳來警笛聲、汽車的引擎聲、修路工人的機器聲、以及嘈雜的人聲。剛才那些刺耳的聲音，恍如不存在的假象。

在這樣的平靜下，高朗山只能祈求這不是暴風雨前夕的沉寂。

「Team B已到九樓，位置在二十五號室前，轉角便是賓館。現在進行突擊，Over。」在槍聲停下約半分鐘後，本來守在「磨坊」的四位警員趕到。四位探員之中，兩個隸屬西九重案，兩個是TT部下。TT的部下知道隊長陷入危機，自然更為著緊，一馬當先地搶去支援。

「收到。」高朗山靜待B隊報告，可是對方沒有回音，窗外也沒有槍聲。

半晌，擴音器再次發出聲音，可是說話的探員聲調帶點嘶啞，情緒似不大穩定。

「Team B報告……要求救護車緊急支援，現場……現場Clear，疑犯已經死亡。但有警員受傷，以及大量死傷者。Over。」

高朗山感到眼前一黑。

「Eric，你暫代指揮，我要到現場視察。」高朗山對負責通訊的手下道。

高朗山回頭，看到關振鐸蹙著眉，而曹坤更是板著臉。他們不是要給對方臉色看，只是沒有警察會在行動出意外時——尤其像這種嚴重的意外時——露出笑容。

「阿鐸，我先回總部了。」曹坤說。

「不看看現場嗎？」關振鐸問。

「我又不是指揮官。」曹坤說話時，以無奈的眼神瞟了高朗山一眼。「唉，出了這種狀況，上級們一定不高興，我得先回去調配人手。如果石本勝真的死了，O記會接手追捕石本添吧，CIB便要整理大量情報。」

曹警司的話叫高朗山啞子吃黃蓮，對方的潛台詞就是「捅出這麼大的漏子，你死定了」，但高朗山只能默默接受。

「我多留一會，或許現場會有關於石本添的情報。」關振鐸回答曹坤道。

「兩位，我先到現場打點，資料會交給關警司，先失陪。」像是為了逃離這種尷尬的氣氛，高朗山夥拍一位探員，離開了指揮中心。曹坤也隨後離開，餘下關振鐸一人，陪伴著兩位西九重案的探員，留在這個小小的房間中。

高朗山橫過馬路時，內心忐忑不安。他三步併成兩步，越過正維持秩序的交通警員，往北翼電梯大堂走過去。他指示管理員重啟電梯，來到九樓海洋賓館，看到那極端的一幕。

石本勝是死了，他胸膛和頭部各中一槍，躺臥在大廳正中。開槍擊斃他的，是左腕被步槍子彈貫穿、現正垂頭喪氣地跌坐在櫃台旁邊地上的ＴＴ。

而本來在賓館的一般人，無一生還。

海洋賓館是間獨立經營、簡陋細小的廉價賓館，全店只有四個房間，會光顧的，不是因為特殊情況要找臨時住宿的中下階層，就是有特殊背景的人物，而更多的是闢室尋歡的嫖客。有些自由工作、兼職性質的妓女或「伴遊女郎」，會利用時租賓館為嫖客提供性服務，海洋賓館便是這類場所。

只有約七十平方呎的「賓館大廳」內，除了仍握住AK47的石本勝屍體外，還有兩個死者。一個年老的男性伏在櫃台後，而玄關旁的沙發上有一位中年婦女。老頭臉部下半被子彈打得稀巴爛，下巴掉落，脖子和胸口一片血腥；中年婦女則半倚在沙發上，雙眼突出，胸前有兩個彈孔，白衣上就像刺繡著兩朵紅色的牡丹。在大廳和通往房間的走廊之間，躺著一個遭槍殺的男人，他頭顱被子彈打破，腦漿流滿一地。多發子彈從後腦射進，前額射出，雖然他背部還有不少彈孔，但任何人只會被那個噁心的頭顱抓住注意。

在這幅地獄繪圖中，還有三具屍體。走廊盡頭的４號房間內，有一位二十來歲的女死者，頭顱被轟了一槍；斜對面的１號房，則有一對死去的年輕男女。那對男女年衫不整，女的沒穿衣服，躺臥在床上，僅用被單遮掩，如今白色的被單變成斑駁的紅色，那男的只穿四角褲，胸口有兩個彈孔，俯在房間門口旁邊地上。

「人質全數死亡……」早高朗山一步到達、檢查了狀況的馮遠仁督察向上司報告。「積架和喪標的屍體在樓梯口，另外旺角重案的兩個夥計在梯間，其中一人受了重傷。」

「我……我大意了……沒能一槍擊斃他……」ＴＴ似乎終於察覺到高朗山站在身旁，微微抬頭，語調苦澀地說：「那個婦人本來能救回的……我以為至少能救回一個的……」

高朗山環顧四周，一陣暈眩感襲來。這實在太糟糕了。雖然三名歹徒被ＴＴ解決，但有無辜市民遭牽連——還數量這麼多——事情就是壞得無可再壞。一般人以為歹徒被誅滅，警方至少有點功勞，但高朗山知道這其實更糟。石本勝不死便可以進行盤問，找出石本添的行蹤，如今線索全斷，石本添更可能暗中策畫更嚴重的罪案，以報殺弟之仇。

「高sir，救護員到。」一位探員從玄關外衝進賓館，嚷道。他讓高朗山回過神來。

「阿仁，你帶兩位救護員去梯間，替那位受傷的旺角手足急救，這兒我負責。」高朗山說罷，再回頭向另一位手下說：「你通知軍裝夥計，給我疏散八樓以上所有住戶，另外派人調查十六樓七號室，我怕石本勝設了陷阱，留下爆炸品。」

馮遠仁和另外的探員聽到命令，立即執行，而高朗山則和留在現場的救護員——除了一位替ＴＴ包紮外——逐一檢查死者，希望有奇蹟出現。救護員看過每一具屍體，做了基本檢查後，都搖頭嘆息，表示沒有生命跡象。人質沒救，警員就要保持環境狀態，以進行搜證和記錄。

面對著彈孔滿佈的牆壁、被打得破爛的家具、猩紅色一片的地板、隨處可見的木屑和彈殼，高朗山有一種不真實的感覺。ＴＴ和沙皮被救護員抬走後，搜證的同僚陸續到場，但高朗山覺得自己在現場毫無意義。現今所做的一切，不過是亡羊補牢的例行公事。內疚和後悔充斥著高朗山的內心，他不斷思考到底哪兒出錯——

是ＴＴ嗎？

他很想把責任推到ＴＴ身上，埋怨他抗命導致這慘酷的結局，但是，他知道那只是藉口。石本勝是隻殺人不眨眼的惡魔，他逃到街上，遭毒手的人或許更多。從石本勝三人撤退的一刻，行動就已告失敗。

理智上，高朗山很清楚自己比ＴＴ要負更大的責任。ＴＴ報告石本勝正在殺人質時，高朗山只是按本子辦事，指示ＴＴ等待支援，無視了現實問題所在。如果當時他早幾秒容許ＴＴ進攻，那幾秒間，ＴＴ能否救回一命？因為自己不信任部下，才會令情況惡化。

高朗山指示手下記錄證據，聆聽手下疏散居民的報告，連關振鐸來到現場也沒有注意。關振鐸從其他警員口中知道這悲慘的情況，在搭電梯上來前，跟ＴＴ在一樓碰過面。

「高sir，飛虎隊問行動是否取消。」一位探員來到高朗山身後，問道。

「取消……取消。」高朗山本來想叫對方告訴飛虎隊他們來晚了，但他還是忍住。身為指揮官，情況再壞也不可以說意氣話。

從槍戰爆發，到現在這一刻，不過是二十多分鐘的事情，高朗山卻有過了數小時之感。部下匯報，十六樓的賊人巢穴沒有發現任何陷阱或危險品，他便安排搜證人員前往找線索。鑑證科人員、支援警員等等陸續到達，而記者亦紛紛到場，圍在嘉輝樓的數個出口前，拍攝警務人員進出的樣子。

「高督察，我先走了。」關振鐸待了好一會，在現場走了一圈，察看過那悽慘的環境後，跟高朗山說。這時候，高朗山才發現關振鐸在場。

「好的，如果有任何關於石本添的線索，我會送到ＣＩＢ。」高朗山勉強地擠出一個不由衷的微笑，說：「讓關警司您看到這慘況，實在抱歉。」

「這不是你的錯，我們總會遇上這種無奈的案子吧，唉。」關振鐸點點頭。

「謝謝。請慢走。」

「再見。」

關振鐸離開嘉輝樓時，被眼尖的記者看到，一擁而上。他們以為有名的關振鐸警司負責此案，但關振鐸只是苦笑著搖搖頭，沒有回答任何問題便離開。

這天的電視和電台新聞，都以「頭號通緝犯石本勝在槍戰中被擊斃」為重點，也有描述人質被殺害，警方束手無策的報導。翌日的報章新聞更為詳細，亦有不少意見質疑警方是否行動失敗，應否對死者負上責任。

表面上，雖然石本添仍未落網，石本勝的案件算是告一段落。然而，這時候沒有人知道這只是一場風波的開端。

一場由內部調查科挑起的風波的開端。

4

槍戰後的幾天，媒體都鋪天蓋地地報導「嘉輝樓事件」。頭號通緝犯之一、數年內犯下多起嚴重罪案的石本勝被警方擊斃固然是頭條新聞，但大眾更關心多名市民被害的細節。對追求「腥羶色」的群眾來說，這陣子報章的社會版比副刊可觀，「悍匪拉普通人陪葬」已經非常聳人聽聞，而大部分死者是社會的邊緣人士，更是這些讀者追求的調味料。

在海洋賓館大廳死去的老年人和中年婦女，分別是五十七歲的老闆趙炳和清潔女工李雲。他們大都獲得民眾同情——雖然也有人指責趙炳經營這種賓館等於鼓勵色情業——可是餘下的四位被害者，都有不少批判聲音，甚至涼薄地說「死不足惜」。

1號房間裡被殺的男女，男的是皮條客，女的是未成年的離家少女。男死者叫邱才興，二十二歲，在旺角區砵蘭街一帶的色情業界薄有名氣，綽號「姑爺興」。因為有一張俊臉，加上油嘴滑舌，姑爺興勾搭了不少無知少女，誘騙她們賣淫，在床上遭殺害的裸女便是其中之一。十五歲的錢寶兒在三個月前離家出走，輾轉遇上姑爺興，在遊說下成為對方操控的妓女。有記者找到姑爺興的同行接受訪問，稱姑爺興事發前說為一匹新馬「試鐘」——即是指導床上技巧——沒料到這成為他的遺言。

4號房的女死者處境跟錢寶兒相似。那位頭部中槍的二十三歲女性叫林芳惠，是在尖沙咀新富都夜總會上班的女公關，洋名Mandy。新富都只是一間走低檔路線的夜店，女公關都會為錢向客人出賣身體，如果說錢寶兒是妓女，Mandy只不過是高級一點、收費較高的妓女，兩者本質上沒有分別。夜總會的媽媽桑估計，Mandy是約了客人「短敘」，在上班前兼差賺外快，結果客人未到先遇上悍匪，死於非命。Mandy更有同事稱她先前說找到個好男人，不久便會從良當家庭主婦，告別迎送生涯——她大概沒想過，會是如此告別。

這三位死者都被站在道德高地的群眾批判，成為家長和老師向子女和學生說教的反面教材。縱然大眾知道他們的身分與被殺沒有關係，但中國人總喜歡以因果報應來判斷事物，用「多行不義必自斃」來解釋他們為何交上這種噩運，他們就像被鞭屍似的，每天接受報章雜誌的道德制裁。

如果套用民眾的價值觀，姑爺興、錢寶兒和Mandy都是「自食其果」的話，在走廊被石本勝轟掉腦袋的男人其實最無辜。

那個男人叫汪敬東，三十八歲，是個大陸人，來自湖南。半年前他來港投靠香港的親戚，因為跟親戚的老婆互生齟齬，最後忍受不了決定離開，暫時住在海洋賓館。他入住才不過第二天，便遇上這場無情的槍戰。

汪敬東在家鄉是位農民，他個性勤勞，為人沒機心，但「相見好、同住難」，日子一久，便跟親戚的家人發生不少摩擦，只好搬離住處。由於他的大陸人身分，有個別媒體將他描繪成「落後」、「不文明」、「貧窮」、「沒知識」的移民，同情他遭遇的人不多。多年來，大陸人的刻板印象植根香港人心中，即使某些特質其來有自，媒體仍鍾情於放大、誇張，去招徠更多的目光。正如大陸人認定香港人一定貪財市儈，香港人覺得所有大陸人粗魯無知，兩者都出自相同的狹隘思想。

結果，好些人同意「汪敬東如果安分留在故鄉就不會死」的說法。他們認為，這也是某種「因果報應」。

關振鐸這幾天在報章上老是讀到調子相同的文章，覺得相當乏味。五月八日星期一中午十二點，他在情報科B組辦公室剛跟部下開完會，準備到警署餐廳午膳時，一位朋友敲了敲他的房門。

「關sir，有空嘛？」

「啊，小劉。」關振鐸抬頭看到劉禮舜高級督察，露出微笑。「今天什麼風把你吹來？」

「我早幾天一直在忙，今天難得有空，所以特意過來找你了。」小劉走近正在穿外套的關振鐸，熱情地說：「我還未跟你慶祝你新上任，你今天有約嗎？我做東，到太平吃燒乳鴿。」

「那我就恭敬不如從命了。」

劉禮舜比關振鐸年輕八歲，八三年至八五年在港島重案組工作，當時二人的關係就像馮遠仁和高朗山，一位是分隊長，一位是指揮官。劉禮舜個性率直爽朗，處事積極樂觀，在各部門都獲得好評，才不過三十歲出頭，就被調到總部刑事情報科A組。同僚們都相信，上級是要他處理線民與臥底的管理工作，他累積幾年經驗，便會晉升成A組組長。

兩人離開位於中環的警察總部，邊聊邊往太平餐廳。中環除了是香港的商業核心，更有不少老字號西餐廳和茶樓，老饕都知道分布在德忌笠街一帶的餐廳茶館哪一間物超所值、哪一間味如雞肋。小劉對太平情有獨鍾，除了因為廚師烹調技術精湛，更因為餐廳的桌椅間隔寬敞，談話內容不易被人聽到。

嘗過皮脆肉嫩的乳鴿後，小劉跟關振鐸不著邊際地閒聊著，話題轉到上星期四的槍戰。

「關sir，聽說當時你在場？」小劉問道。

「對，碰巧跟曹兄去跟西九重案高朗山打招呼，結果在現場看著事情發生。」關振鐸為服務生剛送來的奶茶加了兩匙砂糖。

「哦……」小劉揚起一邊眉毛，回頭望了四周一眼，再壓下聲音說：「既然你在場，我想不妨先跟你說一聲吧——你知道內部調查科介入了嗎？」

「內部調查科？雖然行動出了不少問題，TT又擅自行動，紀律聆訊是逃不了，但要內部調查科介入？有什麼要調查？」

「當然是內鬼啊。」小劉吐吐舌頭。

「內鬼？」

「關sir，你知道我交遊廣闊，在不同部門都有認識的人吧……」小劉啜了一口咖啡，繼續說：「我聽到內部調查科接手後，就從O記和西九那兩邊打聽情況了。那天，喪標和那個叫積架的傢伙曾外出買午餐吧，據說他們回去巢穴時，喪標在嘉輝樓南翼一樓大堂打開了信箱，拿了一些信件出來。」

「信件？」

「其實是一些廣告宣傳品，像是外賣菜單、搬運公司之類的單張，O記接手案件後搜索十六樓那個單位時確定的。因為其他住戶都收到相同的信件，所以幾乎可以肯定喪標當時從信箱拿的就是這些東西。」

「這些宣傳信有什麼異樣嗎？」

「它們沒有，但調查人員在它們『之外』發現奇怪的紙張。」小劉確認附近沒有人留意他們的對話，再說：「有一張十點五公分乘七點四公分的白紙擱在檯面，上面用藍色原子筆寫著六個數目字──『042616』。」

關振鐸聞言，不禁瞪大眼睛。

「不愧是關sir，一聽便明白意義了。」小劉看到關振鐸的反應，便知道他了解這數字是什麼。

「逃跑。」關振鐸沉吟著。石本添一黨利用傳呼機代碼作暗號通訊，原來代表「約會取消」的616，是「逃跑」的意思。之前數次搜捕失敗，便有警員找獲留下「616」訊息的傳呼機。

「根據現場紀錄，石本勝三人離開時顯得相當匆忙，檯面上的三個飯盒有兩個未打開，另外一個只吃了一口。飯盒旁有一疊散亂的宣傳信件，擱在上面的，便是這張616字條。」小劉說。

「O記懷疑有內鬼利用這方法向石本勝提出警告？」

「對，不過情況有點複雜。最初，有人猜石本添派人用這個方法向弟弟傳訊息，通知對方逃走，但這很不對勁，因為石本添可以用傳呼機通訊，他沒必要用這種間接的方式去警告自己的同夥。事實上，石本添在事發前日便用傳呼機通知了對方集合日期。」

關振鐸想起高朗山提過的事，向小劉點點頭。

「如此一來，發出字條的人便應該不是石本添。」小劉敲了敲桌面，繼續說：「O記再猜，告密者可能是無法聯絡石本添和石本勝的手下，於是唯有用這方法向對方示警，那麼說，犯人便是西九重案組的人。」

「因為重案組的內應不能在監視之下直接警告石本勝，只可以趁同僚沒注意，偷偷把字條塞進信箱，並寄望積架會檢查──只是，積架數天都懶得打開信箱，直到喪標在當天發現。」

「就是那樣子。」小劉點點頭。「於是O記將那部分的偵查交給內部調查科，這便是他們介入的原因。」

「可是，這說法也站不住腳吧。」關振鐸蹙一下眉，說：「假如石本添有手下混進了重案組，那名內應可以趁休息或換班時聯絡對方，讓石本添警告石本勝他們便行了。畢竟行動開始至事發期間有三、四天，如果說這個內鬼碰巧聯絡不上石本添，那便太扯了。」

「關sir，你說得沒錯，所以現在有第三套理論。」

「第三套理論？」

「寫字條的人是重案組成員，但他不是內應。」

「那他為什麼特意破壞行動？」

「為了對付同僚，讓對方死於非命。」小劉噘了噘嘴，亮出不屑的表情。

「對付……ＴＴ？」關振鐸頓了頓，說：「所以頭號嫌犯是跟他不對盤的馮遠仁？」

聽到關振鐸的話，小劉立時笑了出來。「關sir，你的想法真是比所有人都快。沒錯，那便是目前內部調查科的調查重點，眾所周知ＴＴ是個『核彈頭』，如果石本勝逃走，他一定身先士卒衝出去，即使沒被悍匪殺死，也一定會違抗命令，事後被追究。而且，只要行動失敗，高朗山有可能被調職。馮遠仁在西九重案是明星級的分隊長，上級倒楣，他獲得拔擢的機會便更大。一石二鳥啊。」

「唔……」關振鐸沉思著，再問：「誰說出喪標從信箱取信的證供？」

「就是當時守南翼出入口的西九重案組探員。」小劉以一副煞有介事的表情說：「微妙的是，三名探員裡，只有兩人在之後的報告提到此事，另外一位省下沒說。你知道是哪一位吧。」

「馮遠仁。」

「對。他說他當時擔心所有人注視著積架他們，會對其他事情疏忽，於是留意著附近有沒有異樣——那可能是真話，但亦可能是搪塞之詞。而且，聽說事發前日，馮遠仁跟TT在指揮中心因為調配問題起了小爭執，或許那便是導火線，讓藏在馮遠仁內心的怒氣一下子爆發，決定設陷阱讓TT掉進萬劫不復之地。」

「TT現在怎麼了？」關振鐸想起，問道。

「已經出院，暫時在家休養，但內部調查科介入前，紀律聆訊的前景不大看好，未必會貶職，但可能給丟到小分區負責雜務調查吧。反正聽聞他左手骨折，天曉得以後能不能勝任激烈的前線任務。」警察部有不少支援及庶務工作，像是處理區內餐廳售酒許可牌照的申請、統籌警隊內部的職業安全及健康政策、管理警用車輛及裝備之類，當然關振鐸知道，要TT擔任這些職務，根本是人手錯配。

「聽說——這個真的是道聽塗說——」小劉喝光杯中的咖啡，說：「當天案發後，馮遠仁的A隊特意唱慢板，B隊趕到九樓時，A隊才走到六樓。這可能是因為馮遠仁個性謹慎，但也可能是他不想支援TT，讓對方自生自滅，恨不得TT跟石本勝同歸於盡。」

關振鐸沉默不語。警隊流行一個說法——「穿制服的便是自己人」，意即在警隊裡不管你職級高低、隸屬哪個部門，身為警隊一分子就是好夥伴。如果說有成員因為私利謀害手足，這不但手法齷齪，更是十惡不赦。關振鐸不想相信這是事實，但內部調查科因為目前的證據向這方向進行調查，的確合情合理，無可厚非。

「關sir，你當天在現場，也許內部調查科會向你查問當天的事。你比內部調查科那些傢伙聰明，早點告訴你，或者可以更快釐清真相。西九罪案率高，如果重案出事，高興的只會是那些古惑仔，咱們情報科的工作也會愈吃重。」

「嗯，我姑且留意一下吧。」關振鐸摸了摸下巴，說。

午飯後兩人回到總部，關振鐸跟小劉分別後，開始思考問題。

馮遠仁真的利用如此惡質的手法對付TT嗎？

馮遠仁跟TT一樣曾駐守灣仔警署，關振鐸對他也略有印象。關振鐸記得他個性謹慎，處事一絲不苟，跟TT的性格南轅北轍，正是二人交惡的基本原因。關振鐸覺得，除非這幾年間馮遠仁有什麼性格上的改變，否則，他很難認為馮遠仁會幹出這種壞事。

不過關振鐸知道，任何先入為主的觀點都會影響推理，所以他沒有斬釘截鐵地判定馮遠仁是無辜——或是有罪。

下午，關振鐸向O記和西九龍總部取得事件的檔案，因為情報科也要分析在逃的石本添的線索，所以索取嘉輝樓事件的紀錄其實是例行公事。關振鐸看過所有探員的報告，包括在醫院急救了半天、勉強逃出鬼門關、綽號沙皮的警員范士達的口供。

如同小劉所言，信箱、支援略遲等細節也記錄在案。關振鐸最不清楚的是TT抗命後的情況，但因為三位探員都生還，他們的證詞也足夠組合出一個完整的畫面。

根據TT的報告，當時他從梯間衝出，向指揮中心求救，聽到賓館內傳出槍聲和慘叫，知道石本勝正用槍「減少」人質數目——反正人質不用多，一個便足夠當他的盾牌。在高朗山嘗試制止TT不果後，TT向室內還擊兩槍，打光了子彈，舉手向抓住清潔女工李雲的石本勝投降，丟出配槍。趁著石本勝將槍口轉離人質，ＴＴ拔出之前藏好、屬於警員駱小明的配槍，擊中石本勝，但左腕同時被對方打中。然而，ＴＴ說因為一念之差，決定放棄瞄準頭部改向範圍較大的身軀開槍，結果石本勝中槍後仍能活動，以另一把手槍胡亂開火，李雲中槍，ＴＴ開第二槍制止石本勝卻為時已晚。

新加入旺角重案組的警員駱小明的報告補充了槍戰前段的空白，敘述了他們跟積架和喪標遭遇的經過。雖然隊長ＴＴ抗命在前，這菜鳥在行動中寧願救助同僚，無視上級命令，甚至因為沙皮一條性命而放棄拯救更多人質的機會——關振鐸心想，這個駱小明大概會在紀律聆訊中被批得體無完膚，個人檔案被狠狠寫上一筆，以後不用指望升級了。

ＴＴ在報告中雖然沒有明寫，但暗示了指揮官高朗山沒有適時作出合理的判斷。Ｂ隊在通訊中得悉ＴＴ獨自攻堅後半分鐘趕到現場，可是已經遲來一步，而ＴＴ在這三十秒間已跟石本勝分出勝負，獨力解決對方。ＴＴ認為，如果指揮官早一點亮綠燈，部分人質便有機會生還。

兩天後，關振鐸趁著工作空檔，到鑑證科一趟。他很在意那張寫上「042616」的字條，可是在紀錄中著墨不多，而他又不想這時候招惹內部調查科，於是改向鑑證科著手。關振鐸過去偵破不少案子，經常出入鑑證科辦公室，熟悉部門運作，而他又跟鑑證科的司徒督察相熟，知道直接向鑑證科討人情取資料，會比跟內部調查科交涉輕鬆得多。

「關警司！你不是到ＣＩＢ了嗎？為什麼會來？」司徒督察笑道。他嘴唇上留著八字鬍，笑起來的模樣有點滑稽，跟喜劇明星吳耀漢頗為相似，又有點像美國歌手小森美・戴維斯㊻。司徒

㊻小森美・戴維斯：Sammy Davis Jr（1925－1990），美國著名黑人歌手、演員。

督察對關振鐸前來感到詫異，是因為對方貴為情報科B組主管，用不著親自跑來取報告。

「有點事情放不下心，所以來跟你聊聊囉。」關振鐸微笑道：「我想知道嘉輝樓事件的細節。」

「為了追查在逃的石本添嗎？」

「不，我比較在意內部調查科正在查的事。」

司徒督察聽罷，吹了一下口哨，說：「關警司也插手這件事了？」

「我當天碰巧在現場。」

「啊，這樣嘛……」司徒督察搔搔像鳥巢的頭髮，說：「的確，你看到疑團會放手不管才怪哩。」

「那張字條仍在鑑證科嗎？」

「你指的是那張暗號字條？在，連同其他物品一概在鑑證科。前線一口氣刮了一堆證物，每一件也要套取指紋，還要跟紀錄一一比對，我們哪來這麼多人手啊，同事們每天對著燈箱做比較，看得快瞎掉了……你等我一下，我拿字條給你看。」司徒督察聳聳肩，誇張地攤攤手，再轉身往辦公室旁的房間走過去。說話時表情豐富、動作大是他的特色。

司徒督察回來時捧著一個長、寬、高也差不多是五十公分紙箱。

「這便是字條。」司徒督察從紙箱中取出一個透明塑膠袋，裡面有一張白紙，上面寫著「042616」。

關振鐸細看這證物的每一處。紙張尺寸約為A7，三邊裁剪平滑，頂部的一邊有人手撕下的痕跡，看來紙張來自拍紙簿。撕下的痕跡上，左邊比較平直，右邊比較參差，顯示是用右手撕下紙張，因為往右邊拉扯，紙的左上角最受力，會沿著拍紙簿的邊緣劃出平直的撕痕，撕到一半時手腕著力點改變，紙張右上方便有機會出現參差不齊的痕跡。

紙張材質很薄，白中帶黃，是廉價的拍紙簿，紙上沒有線格，關振鐸將字條舉起，透光一看，也沒有看到任何壓痕。他本來想看看字條有沒有留下前一頁的筆壓痕跡，這往往會是破案的一大線索。

「042616」這數字寫得很潦草，似乎寫的人刻意隱瞞筆跡。一如小劉所說，數字以藍色原子筆寫成，關振鐸仔細看，知道那是出自很常見的原子筆，並非墨水筆或鋼筆之類。如果要追查原子筆的種類，核對墨水來源，就連鑑證科也束手無策，必須交給政府化驗所屬下的法證部處理。鑑證科只針對指紋、攝影紀錄、現場紀錄進行處理分析。

「這字條上有沒有指紋？」關振鐸問。

「就只有三名匪徒的，沒有其他的了。」

關振鐸凝視著字條，翻來覆去，可是沒找到新線索。他把字條放回紙箱，看到箱中有大量雜物，包括石本勝一夥的傳呼機、幾本筆記本、數張從歹徒身上找到的名片等等。忽然間，箱裡有東西抓住他的視線。

「那就是匪徒從信箱取走的宣傳信件嗎？」關振鐸指著那幾個塑膠袋。

「對，對。」司徒督察邊點頭邊從箱中取出它們，並列在桌面上。這些宣傳品共有三份，放在左邊的是嘉輝樓附近一間茶餐廳的外賣餐單，中間的是某大型披薩連鎖店的宣傳信，連信封也沒有打開，餘下的一張單色的卡片，是一間搬運公司的宣傳小卡，上面印著公司名稱、電話、宣傳語句和一個豎起拇指的老頭的樣子。

「這些東西上面有不少指紋，但應該來自郵差或派發人員以及印刷工人，內部調查科的人卻要我們一一弄清楚，真是勞民傷財，白費氣力……」司徒督察將手臂交疊胸前，擺出一副嫌麻煩的姿態。

「只有這三張？」關振鐸打斷對方的話，問道。

「對，只有這三張。」

「真的沒有其他？」

「調查人員就是交來這三份啊。有什麼不對勁嗎？」

「唔……只是有點讓我在意而已。」關振鐸沒有正面回答，他不會把某些未證實的想法宣之於口。

「其實呢……我剛才問你是不是為了在逃的石本添而來，是因為軍械鑑證科那邊有點發現。未必是很重要的線索，但的確有點『令人在意』。」司徒督察模仿關振鐸的語氣，強調了「令人在意」這四個字。

「軍械鑑證科？」

「對……或者我們到軍械鑑證科找盧督察聊聊？由他來說明會方便一些。」

軍械鑑證科俗稱「軍火專家」，專門槍械和爆炸品的鑑證工作，像是彈道測試、核對彈頭等等，也負責儲存警方從案件中繳獲的軍械。

司徒督察跟關振鐸搭電梯來到軍械鑑證科的辦公室，盧督察正好有空，可以跟他們聊一下。

「關警司，好久沒見了。」盧督察跟關振鐸握手，用英語說道。盧督察全名盧森，是位身材壯碩的蘇格蘭人，在軍械鑑證科工作多年，雖然在港居住了十多年，還是學不懂拗口的廣東話，只懂得隻言片語。他的本名是Charles Lawson，取中文名時乾脆只用姓氏作音譯，替他起名的同僚覺得音調較接近的「羅森」不大吉利——中國神話中閻羅王居於「森羅」殿——所以改為「盧森」。雖然皇家香港警察是根據西方制度編配的紀律部隊，但這個以華人為主的團體裡，仍對一些中國傳統風俗有所遵從避諱，各警署仍供奉關帝便是一例。

「Charles，你說石本勝身上有奇怪的東西，可能跟石本添有關，關警司剛好來找我，我便請他過來談談。」司徒督察以一口港式英語說道。

「對。」盧森高興地點點頭，轉過身，取出一個箱子。箱子跟剛才司徒督察拿出來的尺寸差不多，但關振鐸覺得這個箱子比剛才那個重得多。

「這是在歹徒身上找到的曲尺手槍。」盧森撿出四柄黑星，並排在桌上。「這一柄是那個叫『積架』的歹徒使用的，這一把在『喪標』身上找到，其餘兩把是在槍戰現場石本勝身旁的手提包裡找到的。」

盧森說出「喪標」的名字時，發音有點彆扭。

「這四把槍都沒有發射過的痕跡。」司徒督察插嘴說。關振鐸記得，從TT他們的報告中知道，積架未發一槍便被擊倒，而喪標用的是AK47突擊步槍，這把黑星可能是備用手槍。

「我記得TT……鄧霆督察的報告中，說石本勝臨死用手槍擊斃清潔女工李雲，不是左邊這兩柄其中之一嗎？為什麼沒有發射過的痕跡？」關振鐸問。雖然槍戰後他到過現場，但當時鑑證人員已替槍枝拍照存證，先一步將危險品撿走，關振鐸沒看到這些槍械。

「因為他用的是這罕見的東西。」盧森從紙箱中取出第五把手槍。

「67式？」關振鐸看到後，一臉錯愕。

「少見吧。」盧森笑了笑。「這便是可能跟石本添有關的線索了。」

67式微聲手槍跟54式「黑星」手槍一樣，由中國製造，屬於軍用手槍。67式之所以特別，是基於它的設計——它是用於偵察、夜襲等特種作戰中使用的消聲槍械。越戰期間，越共游擊隊就運用這款武器教美軍吃了不少苦頭，關振鐸在警界多年，也是第一次看見實物。

盧森拉開槍膛，把槍遞給關振鐸。67式微聲手槍的槍管是整體式消音器，槍身設計得密不透風，減少槍管內火藥引爆時外洩的氣體和聲音。這把槍使用時可以選擇手動或半自動模式，在半自動模式下，它和一般曲尺手槍無異，會自動退膛、上彈，讓槍手連續開槍；它也可以設定成手動模式，發射後要拉動槍膛，子彈殼才會排出，下一顆子彈才會推進槍管。這設計會使開槍後槍管保時氣密狀態，降低槍聲和火花亮度。採用手動模式時，配合低速子彈67式手槍只會發出約七十分貝的聲音，跟一般高達一百四十分貝的槍聲有天淵之別。

不過，消音手槍並不像電影描述得那麼神奇，不會靜得只餘下「咻咻」的槍聲。一般情況下槍聲依然會被人察覺，不過如果隔著牆壁，或在較吵鬧的環境，人們只會以為是很普通、像是東西掉到地上的噪音。簡單而言，就是從「砰」變成「啪」。

「我們已經核對過彈頭，跟以往的案子做比較，發現一個吻合的案子。」盧森說：「關警司，你記得那個替不少黑道人物打官司的魏耀宗律師嗎？」

「去年二月在旺角藍魔鬼酒吧後巷被槍殺的那個？」

「對，就是那個。他是被這把手槍殺死的。」同一把手槍射出的子彈，會因為槍管的來福線造成獨特的刻痕，只要利用顯微鏡便能鑑定兩顆子彈是不是從同一把手槍發射。

「那不是職業殺手的所為嗎？居然跟石氏兄弟扯上關係？」關振鐸奇道。

「對，就是這麼奇怪。」盧森聳聳肩，說：「石氏兄弟一向用搶劫或綁架求財，不會幹這種委託殺人的勾當，可是眼前證據確鑿，我們可能一直誤判了他們的生意規模。」

魏律師被殺的案子，一直未能偵破，不過沒有他替那些黑道老大辯護，不少人——包括敵對組織的老大和警方——額手稱慶。這案子重案組仍在調查中，不過旺角區罪案多不勝數，在缺乏線索下沒有人積極偵查就是了。

「我不認為石本勝是殺死那律師的兇手，」司徒督察說：「槍械在黑市中一直流通，說不定他們只是碰巧取得這把槍，不用白不用。」

關振鐸細看手槍，再問道：「在石本勝一伙的手提包內，找到多少發未用的子彈？」

盧森從身旁架子取下一份文件，看了看，說：「超過三百發。」

「種類如何？」

「種類？」盧森略微訝異，再從文件找出數字。「未計在槍中彈夾的子彈，有二百零二發7.62 x 39毫米步槍子彈，以及一百五十六發7.62 x 25毫米手槍彈……」

「怪了。」關振鐸說：「竟然沒有7.62 x 17毫米的。」

「咦？是啊……」盧森明白關振鐸所指。黑星手槍用的是二十五毫米長的手槍子彈，而67式用的是較短小的十七毫米長子彈。

「其實反過來想，不正很合理嗎？」司徒督察指著面前的槍械說：「因為67式是意外到手的，沒有補給彈藥，所以正好要先使用，用光後就甚至可以把槍丟棄。萬一失去黑星手槍，只有一把67式和百多發不合用的子彈，這便有夠笨了。」

「我始終覺得石本添、石本勝跟魏耀宗被殺案有關，這回石本勝隨身帶著這把手槍，恐怕有特殊目的。」盧森搖搖頭，表示不認同司徒督察的推論。

「如果有特殊目的，那石本勝就該使用手提包裡的黑星當近身武器，而不是這把67式啊。」司徒督察據理力爭。「更何況他開了這麼多槍，他該省下子彈嘛。」

「開了多槍？」關振鐸問。

「根據環境證據，當時石本勝交替使用AK47和67式。」盧森解釋道。

「正確來說，是『同時使用』。」司徒督察擺出雙手持槍的姿勢。「我們在那柄67式上找到石本勝的左手指紋，AK47上找到右手，他便是這樣子對付人質。」

過去石本勝也試過握雙槍犯案，他手腕粗壯，把步槍肩托夾在腰側進行「腰側射擊」也綽綽有餘。

「鑑證科有沒有依照環境證據，重組石本勝殺人的過程？」關振鐸問。

「有是有，但有什麼用？」司徒督察反問。「那是準備給死因研訊用的。」

「關警司是想從經過判斷這把手槍是有特殊目的，還是如司徒所說那樣子，純粹是石本勝碰巧拿來用？」盧森追問道。

「嗯，差不多。」關振鐸不置可否。

盧森翻開文件夾，取出一疊照片。照片都是現場屍體的多角度特寫。

「首先，當積架和喪標在九樓梯間被旺角重案的手足擊斃時，石本勝用AK47還擊數槍，但不知道是否僅有的手下在面前喪命，他放棄跟警察衝突，走進打開門經營的賓館。他往盡頭的4號房衝過去，我們猜想，他是希望從那兒逃走，因為三十號室是嘉輝樓北翼的最北端，當北翼樓梯被堵，那便變成一條死胡同。」司徒督察說。

「他用腳踢開門，先用手槍殺死坐在床上的女公關Mandy Lam。」盧森將林芳惠屍體的照片推前。「因為拍照時傷口的血液已出現凝固現象，比其他死者明顯，所以法醫肯定她是第一個被殺。」

「加上我們在房門上找到石本勝的腳印，這些證據支持了上述的推理。說起來，這傢伙氣力真大，海洋賓館的房門頗厚重，他也能踢開。」司徒督察說。

「當他發現無法從4號房逃走後，匆忙回頭，這時候汪敬東從2號房探頭察看，看到持槍的石本勝，於是往玄關逃命。石本勝用AK47掃射，打爆對方的頭顱。」盧森將一幀血肉模糊的照片放在林芳惠的照片旁。

「石本勝走到汪敬東的屍體旁，再用AK掃射，這時候鄧霆督察應該被迫待在玄關外。在這輪掃射中，賓館老闆趙炳被殺。」

盧森就像配合司徒督察的話，將下巴被子彈打碎的趙炳的照片放在第三個位置。這照片比汪敬東的更嚇人，鮮紅色的血液濺到牆上和櫃台上，這些血花跟臉部破爛的屍體組成像美國恐怖片般的場景。

「這時候，愚蠢的邱才興打開房門，石本勝正好站在門口不遠，於是他用67式手槍殺死房間裡面的兩人。」盧森邊說邊將姑爺興和錢寶兒的照片放出來，姑爺興身中兩槍，錢寶兒胸口中了一槍。

「之後他抓住嚇得無法動彈的清潔女工李雲，準備用來當作盾牌……」

「然後ＴＴ裝作投降，丟下配槍，在石本勝意圖槍擊自己時，拔出同僚的手槍向石本勝開火。」關振鐸接過話。

「對，就是那樣子，可是石本勝沒有一擊斃命，他用67式還擊，卻打中了李雲。」盧森將最後一位人質的照片推前。

「３號房間沒有人嗎？」關振鐸問。

「沒有，我記得搜查人員說那是空房，賓館名冊上也是這樣記錄……」司徒督察忽然想起某事似的，低頭瞧瞧桌上的照片，說：「看，老闆趙炳伏屍的照片中，有拍到櫃台案頭，上面只有一把鑰匙，其餘三個掛鉤都是空的。」

司徒督察指著趙炳的照片一角。那兒有四個掛鉤，只有一個掛著一把銀色鑰匙。鑰匙附有一個半張名片大小的藍色牌子，上面印著賓館名字，還貼著一張寫著「３號房」的簡陋貼紙。

「如果有人入住的話，恐怕又多一位死者了。」盧森說。

「關警司，你看這種用槍的手法，才不是有目的地預留子彈吧？」司徒督察把話題拉回來。

「即使不算最後用來還擊的數槍，他已浪費了四發子彈。」

「不，不，」盧森再次提出異議，「雖然他們身上沒有7.62 x 17毫米子彈，說不定石本添已另外準備好。他們一向有非法軍火管道，要準備也不是難事……」

「這把槍應該是巧合得來的，但的確有特殊用途。」

兩人沒想到關振鐸說出如此模稜兩可的話，不約而同地一起詫異地瞧著關振鐸。

「即是……」司徒督察搔著頭，欲言又止。

「我目前還不大清楚，我會吩咐部下跟進了。」關振鐸笑著點點頭，不過笑容有點苦澀。

「我想再問一下，」關振鐸向盧森問道：「所有死者身上的彈頭都核對過嗎？」

「這些基本工夫當然做好了。完全沒有問題，人質身上的子彈都來自石本勝手上的AK和67式，至於有沒有未解決的案子用上相同的槍械……」

「歹徒身上的呢？」關振鐸打斷盧森的話。

盧森對這問題感到奇怪，說：「當然是來自鄧霆督察的配槍，以及他部下駱小明的配槍了。難道關警司認為，有第三者闖進現場，幹掉歹徒，然後被鄧督察搶去功勞嗎？」

「不，我只是想確認一下。」

關振鐸向盧森告別，跟司徒督察搭電梯時，跟他說：「我可不可以借那張寫著暗號的字條一用？」

司徒督察皺起眉頭，回答道：「抱歉啦，關警司，這個人情我可賣不了。這是關鍵證物，萬一不見了，我可不是革職便能了事。」

「那我可不可以要一個影印本？」

「那就當然沒問題囉。」

二人回到鑑證科，司徒督察取出字條，放在影印機上，正要蓋上蓋子按複製鈕，關振鐸卻把他叫停。

「用這個來蓋。」關振鐸隨手拿起影印機旁一本黑色的筆記簿。這種紅邊黑色硬皮的筆記簿政府各部門已沿用多年。

司徒督察感到奇怪，不過他照著關振鐸指示做。

關振鐸收過字條副本後，向司徒督察道謝，回到情報科的辦公室。他剛進門，便向一位部下指示工作。

「你替我聯絡電話公司，我要五月四號從嘉輝樓九樓海洋賓館撥出的所有電話紀錄。」

「有什麼重要的線索嗎？」那位部下邊記下指示邊問。

「未必有，我只是想看看有沒有異樣。」

「明白了，組長。」對方點點頭，再說：「差點忘了，剛才有電話找你。」

「誰？」

「A組的劉禮舜高級督察，他說如果你有空請回覆他。」

關振鐸回到房間，撥了內線電話給小劉。

「小劉，有什麼事嗎？」關振鐸邊看著字條的影印本，邊對電話說。

「關sir，內部調查科的人有沒有找你？」

「還沒有，他們大概未完成基本調查，待查完西九重案各人後，才會找我吧。」

「那你知不知道他們似乎認定犯人了？有人剛被停職啊。」

「誰？馮遠仁嗎？」

「不，高朗山。」

5

高朗山被停職，在警隊引起很大的漣漪。消息不到一天便傳遍各區警署，畢竟嘉輝樓事件如此矚目，即使是不認識高朗山的警員，聽到消息後也會說句「原來是圍捕石本勝行動的指揮官嘛」。不過，因為這是內部調查，不會有正式的公告，故此高朗山因此事停職只屬「傳聞」，在各警署和部門裡醞釀、發酵，沒有人知道謠言的真確性有多高。

尤其這謠言的內容相當駭人聽聞。

傳聞中，高朗山便是向歹徒發出提示、暗中破壞行動的犯人。他沒有被石氏兄弟收買，甚至跟石氏兄弟毫無瓜葛——他不惜讓自己揹上「任務失敗」的黑鍋，危害自己仕途，目的只有一個。

殺害旺角重案組第三隊隊長鄧霆督察。

「行動指揮官設計殺害前線警官」——這對所有警察來說，是一種難以言喻的恐怖。在行動中，面對兇狠的匪徒、無情的槍彈，警員除了靠自己，便只能將性命交託給同僚。「穿制服的便是自己人」的想法，就是來自這種對同伴的信賴，這信任一旦失去，人與人之間互相懷疑，便會製造出分歧，令組織瓦解，而警隊不容許這種情形發生。

不少在工作上認識高朗山的警員，都認為這傳聞只是空穴來風，或是內部調查科冤枉好人，因為高朗山一向盡忠職守，脾性溫和，很難想像他會怨恨一位同僚到非殺不可的地步。不過，當眾人知道那個傳聞中的動機，卻不由得吐出一句「這也有可能」。

英雄末路，原因往往只有一個——女人。

高朗山年近四十仍是孑然一身，不少人猜他是立志單身的工作狂，或是不敢公開怕影響仕途的同性戀者，但實情並非這樣。幾乎沒有人知道，原來他曾跟一位女性相戀，後來因為女方變心，令這段感情無疾而終。

這位女性也是警察，在公共關係科任職，更是副處長的女兒。

她便是ＴＴ的未婚妻Ellen。

Ellen在公共關係科是有名的美女，加上口才了得，經常替警方擔任宣傳節目的主持。由於她是副處長的女兒，不少人暗地裡稱她為「郡主」，猜警隊裡有沒有幸運兒會成為「駙馬爺」。雖然說，當上副處長的女婿不代表出人頭地，在警隊裡升遷始終要看實績，但若岳丈是升級面試審查官的上司，只要沒犯大錯，前途應會一片光明。

高朗山曾秘密地跟Ellen談了三年多戀愛。當時剛升任見習督察的高朗山不願意靠女朋友獲得上級優待，這段關係一直不為人知，然而當他晉升至高級督察時，Ellen卻移情別戀，愛上另一個男人。那個人便是ＴＴ。

ＴＴ的性格跟高朗山完全不一樣，作風強悍，處事離經叛道，對在溫室中長大的Ellen來說，這種「壞男人」更具吸引力。而且，ＴＴ明知Ellen有男朋友仍熱烈追求，即使高朗山的前途比ＴＴ安穩，Ellen最後還是選擇了ＴＴ。交往四年，兩個月前二人決定結婚。

他們傳出婚訊之後，高朗山約了一位交通部的摯友灌酒。這位朋友在高朗山酒醉後才知道原來數年前他的「秘密情人」便是副處長的女兒，而當晚高朗山喝得酩酊大醉，曾一度揚言會破壞婚禮，又咒罵Ellen有眼無珠選錯郎，婚後注定不會幸福云云。那位朋友當然沒把這些話當真，不過他看出高朗山對Ellen餘情未了，對ＴＴ橫刀奪愛恨之入骨。高朗山一向穩重，朋友不信他會對兩人做些什麼事——直至嘉輝樓槍戰案爆發。

內部調查科針對當天參與行動的警員，進行背景調查，尤其留意有機會接近南翼一樓大堂信箱的人物。跟ＴＴ有嫌隙的馮遠仁自然是頭號調查對象，但他們沒放過其他成員，包括在行動初期，親自到南翼出入口視察的高朗山。內部調查科約見那位跟高朗山到酒吧的交通部警員，對方知悉案情後不由得把高朗山的某些言論跟事件聯想起來，在調查科的探員再三追問下，終於將當天聽到的一五一十全部說出。

於是，內部調查科的頭號懷疑對象便從馮遠仁變成高朗山。探員們向Ellen求證，又跟在家養傷的ＴＴ核實，確定四年前三人的三角關係。Ellen透露，之前她曾跟高朗山見面，但不歡而散，其後高朗山經常打電話騷擾她。

高朗山知道ＴＴ生性衝動，只要石本勝逃走，自己下達待機的命令，ＴＴ一定會自把自為當獨行俠，陷入跟持械悍匪對峙的局面——這便是內部調查科的推論。動機已被證實、犯案手法可行，而高朗山身為行動指揮官，除了因為Ｏ記太早插手令他無法回收的那張「暗號字條」外，即使有其他物證，亦肯定已利用職權將之銷毀。內部調查科認為，這時候只能以人證去調查真相，於是便高調地暫停高朗山的職務，進行長時間的盤問和心理戰。

他們想高朗山自白。

五月十二日，星期五，高朗山被內部調查科的探員疲勞轟炸一整天後，待在家中。

他將電話掛起，又關掉傳呼機，獨個兒待在房間。他不知道為什麼自己會落得如斯田地。他不想見人，不想跟人談話，只想一個人冷靜一下。

他兩天沒刮鬍子，頭髮凌亂，雙眼滿佈血絲。沒有人能從這個模樣看出他是一位獨當一面的重案組總督察。

或者該說，「曾經」是一位獨當一面的重案組總督察。

「叮咚。」

門鈴響起。

高朗山步履蹣跚地走到大門前，從茶几上取過皮夾，打算付錢——十五分鐘前他打電話到樓下的燒味茶餐廳，隨便點了叉燒飯外賣。他其實一點食慾都沒有，只是他理智上知道人必須進食。

「高督察。」

高朗山打開木門，沒料到站在鋼閘外的不是茶餐廳的員工，而是關振鐸。

「你……你來幹什麼？」高朗山沒意圖打開鋼閘。相反，他想關上木門。

「我有事找你。」關振鐸面不改容地說。

「我不想談。」高朗山關上木門。

「等一下——」關振鐸伸手從鋼閘的鐵條間按住木門，不讓高朗山把它關上。

「請你離開！我想一個人靜靜！」高朗山用力地推著門板，大聲地叫道。對高朗山而言，關振鐸是對手、是宿敵，自己潦倒時，最不想讓他見到。

關振鐸沒有退縮，跟高朗山隔著門板角力，不過這場比拚不到十秒便中止了。

「是……是不是有人點了叉燒飯？」

一個穿白色茶餐廳制服，提著膠袋的青年，站在關振鐸身後，怯生生地說道。他看到兩個男人在門前隔著鋼閘糾纏，深感奇怪。

「嗯……是我點的。」高朗山見狀，只能嘆一口氣，怪自己倒楣，無奈地打開門取過飯盒。

關振鐸當然不會錯過機會，毫不客氣直接走進高朗山的家。

「好吧，關警司，你有什麼話儘管說。說完請你快走，我要吃晚飯。」高朗山搬了張椅子過來坐在上面，對著已經擅自坐在沙發上的關振鐸說。

「我想問是不是你幹的。」關振鐸單刀直入地問道。

「你們都認為是我幹的吧！因為我曾和Ellen交往過，就認為我用這下三濫的手段去對付ＴＴ吧？我說什麼又有何用？媽的！」高朗山連珠砲發，一口氣罵道，把對內部調查科的怒氣發洩到關振鐸身上。

「你沒回答我的問題。你有沒有向石本勝提供情報，提示他逃走，引發槍戰？」

「沒有！我沒有！」高朗山高聲呼叫。

「我就知道不是你。」關振鐸露出微笑。

「關警司，你說……」

聽到關振鐸的話，高朗山為之愕然。

「我知道你是清白的。」關振鐸靠在沙發背上，輕鬆地說：「不過能夠親耳聽你說一次，我才會安心。」

「你……插手調查嗎？」高朗山問。警隊上下都知道關振鐸是個破案天才，而且他更是個多管閒事的天才。

「沒有什麼插手不插手的，搜捕石本添本來就是ＣＩＢ的任務之一，我只是順道查一下罷了。ＣＩＢ已從槍械的取得途徑、留言到傳呼台的電話撥出地點和積架的人脈關係著手，總有辦法找出石本添那廝。」

高朗山聽到關振鐸不介意告訴他ＣＩＢ目前的調查方向，就知道對方真的信任自己，相信他不是謀害ＴＴ的犯人，更不是石氏兄弟的內應。關振鐸提起這些，亦是為了讓高朗山增加信心。

「那麼，關警司你來是為了什麼？就是為了想聽我說一句『我是清白的』？抑或是想問我當天行動的細節？如果想調查那場一塌糊塗的行動，我勸你到Ｏ記拿報告，或是到嘉輝樓現場走一圈，或者會有更多得著……」

「我今天下午已到嘉輝樓逛過了。」關振鐸十指交疊，放在大腿上，說：「其實我當天也在現場，基本上該看的已看過。我今天找你，最主要的原因是想看看你的情況。」

「我的情況？」

「就是慰問一下你嘛。」關振鐸笑道：「向內部調查科供出你和ＴＴ跟Ellen的三角關係的人是你的摯友，我怕你連一位可以傾訴的友人都找不到。警隊裡，恐怕只有你、我和那個真正的犯人知道你是清白……說起來，我也費了點工夫才找到你家的地址哩。」

「真正的犯人……誰？不會是……阿仁吧？」

「調查的事留給我吧。先告訴你的話，恐怕你忍不住告訴內部調查科的人，但那群保守的傢伙只懂用老方法查案，到時真犯人只會找到脫罪的漏洞。你只要繼續堅持無辜就行了。」

高朗山點點頭，表示明白。

然而他不知道，其實關振鐸撒了一個謊。

「現在連總部都在談論你跟ＴＴ還有Ellen的事。聽說Ellen為了躲避麻煩，暫時休假。」關振鐸說。

「這……害苦她了。」

「你對她還有感情嗎？」

高朗山沒料到關振鐸有此一問。

「關警司，你好像已結婚了？」高朗山反問道。

「對，十年有餘了。」關振鐸舉起左手無名指上那只有點褪色的婚戒。

「你愛你的太太嗎？」

「當然。」

「如果你明知道她會幹一件蠢事，你又阻止不來，你會不會心痛？」

「你想說，Ellen嫁給ＴＴ是一個錯誤的選擇？」

高朗山無奈地點點頭。「我知道他們的婚訊後，便約了Ellen出來談。我們談不到五分鐘她便板起臉孔，還罵我幼稚……」

「人家已經決定結婚了，你如何努力也無法挽回吧。」

「不！不是這樣子！」高朗山帶點激動地說：「你跟她一樣誤會了！我阻止她下嫁ＴＴ那混蛋，並不是要她選我啊！我只是、只是不想她沒認清ＴＴ的真面目便貿然決定婚事……」

「ＴＴ有什麼真面目？」

「有同事說他很風流，他以前駐守的警署，都曾經有女同事被他欺騙感情……」

「就是這樣子？」

高朗山瞪大眼睛，說：「什麼『就是這樣子』？他連窩邊草也下手！天曉得他在外面如何亂搞了！這種男人最要不得！他是個用情不專的色胚，是女性公敵！」

關振鐸覺得高朗山有點誇大，不過他沒反駁，只默默地聆聽著。

「我沒錯仍喜歡著Ellen，而我也知道感情不能勉強……如果她嫁的是一位誠實專一的男人，我只會默默地送上祝福，但眼見她被那個壞男人瞞騙，我可不能默不作聲啊？」

「他們交往了這麼多年，為什麼你不早些去阻止？」

「我以為她終有一天會醒覺嘛！」高朗山咬牙切齒地說：「就算ＴＴ假裝對她一心一意，我不相信他不會露出狐狸尾巴……」

「唉，高督察，你在工作上表現出眾，沒想到你在感情上如此糊塗啊……」關振鐸嘆了一口氣。「放了手便不要回頭，回頭只會讓自己痛苦。Ellen的決定是對是錯，都是她一個人的責任，你跟她說了，她不聽，你就沒權利扭轉她的想法。如果你自問是她的朋友，你只能做的，是在她孤立無援時站在她身旁，而不是硬把自己的價值觀塞進對方腦袋。戀愛中的女人是盲目的，你愈說，她便愈固執。話說回來，你沒有因為此事而在工作上刁難ＴＴ吧？」

「從來沒有，我處事公私分明。」高朗山認真地回答：「我要他守在嘉輝樓北翼，是因為知道他的衝動性格有可能令他和同僚身陷險境，如果守在南翼，每天看到歹徒經過，天曉得他會不會因為一些事突然發難。我在行動前已有覺悟，為了一網成擒，拿下石本添石本勝兩兄弟，未到無選擇餘地時也得按兵不動。」

「我覺得你想多了。」關振鐸搖搖頭。「ＴＴ的個性不是『衝動』，而是『放肆』，過於恃才傲物，自視過高。他或許是個很喜歡冒險、勝算再低都敢於放手一賭的人，但他不是個笨蛋，如果你安排他守在南翼，他也不會犯下你說的錯誤。」

高朗山對關振鐸這說法有點訝異。

「在相人的能力上，似乎你不夠我和曹兄高明哩。」關振鐸笑道。高朗山心中嘀咕，自己不只在相人的能力，基本上在任何一方面也不及對方吧。

關振鐸瞄了瞄桌上的飯盒，說：「看來你沒有之前那般沮喪，我先回去，不阻礙你吃飯哪。談了這麼久，你的叉燒飯都涼了。」

高朗山赫然發覺，自己的心情似乎變好了不少。除了因為關振鐸這位神探相信他是清白之外，更因為這段短短的交談，他再次感到自己能熬過這難關。

「啊呀！」高朗山忽然驚叫一聲，說：「對了，既然ＴＴ過去有不少緋聞，或者謀害他的是某一位被他欺騙過的女性？假如我有部下跟那些女性有關係，便有可能借此機會報仇……」

「高督察，你別想太多，我答應你，我下星期一前將事件解決，讓你復職，好嗎？」

「關警司，你是認真的嗎？」

「當然。」關振鐸笑道：「這個週末你便當成難得的假期，好好休息，待你回到崗位上，我們還有不少合作機會。保重啊。」

高朗山送別關振鐸，分別時他打從心底感激這位前輩。

雖然他仍有點懷疑對方三天內破案宣言的真確性。

關振鐸離開高朗山的家後，沒有進行任何調查，只是搭地鐵回家。在路上，他眉頭緊皺，沒有半分笑容。他沒告訴高朗山，他很久沒遇上這種令他煩惱的案子。

翌日黃昏，關振鐸獨個兒來到深水埗。深水埗位於旺角西北面，是九龍一個頗有歷史的社區，因為曾經是紡織製衣工廠的集中地，所以即使近年工廠遷離，區內仍有大量批發成衣布匹、製作販賣服飾配件的商店。另外，從七〇年代開始，區內以出售電子零件為主的鴨寮街愈來愈有名，吸引不少男性顧客前來尋寶，選購新奇的電子玩意。這時，關振鐸穿過週末前來購物的人潮，滿頭大汗之下，來到目的地。

他要去的是位於鴨寮街的一棟住宅大廈。

ＴＴ便是住在這兒。

如同他去探望高朗山，他沒在事前打電話通知。他不知道對方在不在家，只是他想，就算不在也不要緊，他可以在附近逛一下，隔一陣子再去看看TT回家沒有。

來到TT的寓所前，關振鐸按下門鈴。

「噠——」

跟高朗山家中清脆的門鈴聲不同，TT家的門鈴是傳統的電鈴，只會發出嘈雜的噪音。關振鐸想，住在鴨寮街的TT居然沒有到樓下選購一個聲音較悅耳的門鈴，畢竟街上的攤販和商店便是售賣這些「高科技」電子產品為主。

「來了。」門內傳出人聲。

隨著大門打開，左手被繃帶包紮著的TT探出頭來。他看到關振鐸時先是一愕——跟高朗山一樣——然後展現熱情的笑臉——這便跟高朗山不一樣。

「關、關警司！」在門後的TT立即立正敬禮。

「這裡又不是警署，不用行禮啦。」關振鐸笑道。

TT招呼關振鐸進家裡。TT一個人住，房子大約有四百平方呎，一個人住也算寬敞。

「要喝茶嗎？還是咖啡？」

「茶或是水便可以了。」

TT進廚房倒了一杯普洱，雙手奉上。

「關警司，您有事找我嗎？」TT問道。

「你的手如何了？」關振鐸指著TT的左腕。

「子彈打碎了橈骨，醫生說沒有大礙，但將來要做物理治療，否則難以回復以前的靈活性。

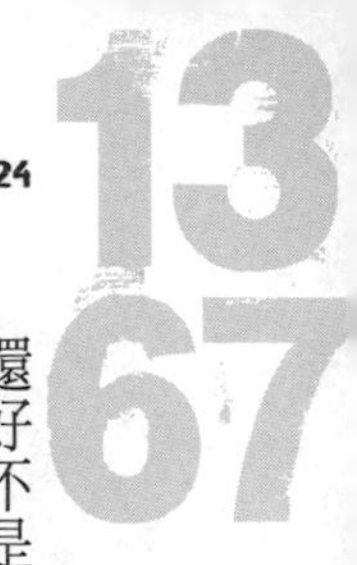

還好不是右手，不然多年鍛鍊的槍法便白廢了。」

「我相信以你的天分，即使右手報廢，你一樣可以在三年內練好左手的。」

「關警司過獎了。」ＴＴ用右手搔搔頭，一臉不好意思。「那天我受了傷，沒能向您問好，真抱歉……對了，我聽說您在ＣＩＢ當組長，為什麼當天您會到現場的？」

「那天我跟曹坤警司找高朗山督察，只是巧合罷了。」

「如果您當指揮的話，事情未必會弄到這地步吧……」ＴＴ搖頭嘆道。

「不，就算我當指揮，我想事件一樣會發生。」

「關警司，您是有名的神探，有您坐鎮，行動才不會出岔子啦。」

「不，我……」關振鐸突然停下說話，頓了一頓，再說：「ＴＴ，我們還是別說這些無聊的客套話吧。」

「關警司有什麼事情要問我嗎？」

「你自首吧。」

關振鐸斬釘截鐵的一句，令氣氛驟然降至冰點。ＴＴ以難以置信的眼光瞪著關振鐸。

「ＴＴ，你便是通知石本勝逃走、破壞行動的主謀。」

6

「關警司，您跟我開什麼玩笑？」ＴＴ似笑非笑地說。

「我知道你便是寫那暗號字條的人。」關振鐸淡然地說。

「不對啊，我一直守在北翼的速食店，從來沒到過南翼，又如何把字條丟進信箱呢？」ＴＴ笑道：「如果我出現在Ａ隊的監視範圍，馮遠仁那傢伙才不會默不作聲，一定指責我擅離職守，我又怎麼會笨得自找麻煩啊？」

「字條不是喪標從信箱裡找到，而是在裝飯盒的膠袋裡找到的。」

ＴＴ身子微微一震，但他仍保持笑容。

「那只是假設吧？或者你沒說錯，但信箱的可能性可不能抹煞啊。」ＴＴ反駁道。

「不，那字條鐵定不是從信箱取得的。那只是你一時走運，遇上一個令你嫌疑大減的巧合。」關振鐸搖搖頭，說：「當我在鑑證科知道喪標從信箱取出的只有三份宣傳品，我便知道，字條不是在信箱裡。」

「為什麼？」

「如果喪標從信箱取出一大堆信，他跟積架回到巢穴才發現字條，那還可以說得通，但只有寥寥三封信，那便不可能。任何人從信箱取信後，只要兩手有空，在搭電梯時都會無聊地看一下，如果當時喪標或積架已看到字條，他們不會毫不緊張地回到巢穴。」

「你怎知道他們不緊張？或者他們當時已察覺危險，故作鎮定呢？」

「他們緊張的話，便不會有一個飯盒吃了一口。」

ＴＴ沉默不語，直愣愣地瞧著關振鐸。

「如果他們察覺危險，應該甫回到單位，便立即告知老大石本勝，再收拾槍械裝備逃走。可是，他們不但把飯盒拿出來放檯面，有人還吃了一口。宣傳品中，只有一份是用信封裝好，但由於信封仍然密封，所以字條不是因為夾在信封裡，他們回到巢穴拆信才發現。最合理的推測，警告字條是在飯盒的膠袋底部，當身為跑腿的積架取出所有飯盒和飯品時，才發現那張字條，石本勝便下令撤退。根據你們的報告，積架曾罵過喪標對飯盒諸多挑剔，他大概是發覺信箱裡有外賣餐單，所以特意拿回去，怎料這舉動反而令調查走歪路。」

「關警司，你也說這個只是『推測』吧。」ＴＴ回復輕鬆的神色。「換言之，字條是在信箱的可能性並不是零啊。」

關振鐸搖搖頭，從懷中取出一張紙。那是暗號字條的影印本，上面那串「042616」清晰可見。

「你想說這是我的字跡嗎？」ＴＴ笑道。

「重點不是數字。」關振鐸指了指字條的上方。「是撕下來的痕跡。」

因為影印時，司徒督察應關振鐸要求，用一本黑色的記事簿蓋住，所以字條的四邊黑白分明。

關振鐸掏出一個膠袋，ＴＴ見狀笑容立即消失。

那是一本Ａ７尺寸、一半頁數被撕掉的拍紙簿。

「這是昨天我向你們駐守的速食店的老闆討來的。」關振鐸神情肅穆地說：「聽老闆說，如果有顧客以電話下單，或人太多的時候，他就會記下訂單，用的就是這種常見的Ａ７尺寸拍紙簿，這一直放在櫃台附近。當我第一次看到那張紙時，我就想起茶餐廳服務生用來記點菜的拍紙簿，加上信件數量和吃了一口的飯盒等異樣，我就知道該到哪兒找證物。這種拍紙簿的紙張是以書釘釘好，紙片撕下來時，會遺留小部分在拍紙簿的簿脊上，我已經找到跟字條頂部相符的那一頁，只要交給鑑證科或法證部，我敢保證那是完美的吻合……」

「慢、慢著！」ＴＴ打斷關振鐸的話，說：「這一定有什麼誤會！如果真的是我告密，通知匪徒有危險，那之後完全說不通啊！我不可能是內應，因為三個賊人都是我槍殺的，如果說我是藉此破壞高督察的行動，好讓自己跟石本勝單打獨鬥搶功勞，那不是很無稽嗎？試問哪一個正常人會冒這種險，以六發點三八子彈跟兩把AK47對抗？就連我也覺得太瘋狂吧！為了邀功不值得冒生命危險啊！」

「但為了掩飾謀殺便值得了。」

關振鐸淡淡地說出這句話，令ＴＴ啞口無言，以複雜的表情盯著對方。

「死者之中，」關振鐸直視著ＴＴ雙眼，「有人是在槍戰『前』被殺的——你把那個人混進受害者裡了。」

關振鐸取出兩張照片，放在面前的茶几上。那是在現場拍攝、4號房死者林芳惠和賓館老闆趙炳的屍體照片。

「我到現場時距離槍戰已有二十分鐘左右，待調查人員完成基本的搜證後，我在現場走一圈時已是一眾死者死亡後四十至五十分鐘，當時我沒察覺異樣。」關振鐸指著照片，說：「可是，當我看到這批照片時便發覺有問題。這兩張照片是搜證人員在差不多的時間拍攝的，趙炳被AK打中，血花四濺，血液仍呈鮮紅色；但林芳惠傷口流出的血液已有凝固現象。血液暴露在空氣中，會隨著時間凝固，顏色會愈來愈深，最後甚至會凝結成塊，跟淡黃色的血清分開。按道理，林芳惠跟趙炳被殺的時間頂多只有一分鐘之差，可是照片上血液凝固程度的差異，卻有十至二十分鐘。當然，時間愈久，分別就愈不明顯，四十分鐘前死亡和一個鐘頭前死亡所留下的血跡，幾乎沒有分別，那便是我在現場看不到漏洞的原因。」

ＴＴ沒有作聲，關振鐸就繼續以平淡的語氣說下去。

「鑑證人員對槍戰過程不清楚，這十數分鐘的差異並不足以引起注意，而一般探員對血液變化程度並不敏銳，這便成為一個盲點。更重要的是，因為對手是殺人如麻的石本勝，沒有人會猜想到，現場居然『巧合地』在槍戰爆發前十五分鐘發生另一宗謀殺事件。」

「關警司，你也說『巧合』了，這種推論只是一種臆測，難以令人置信。」TT為自己辯白。

「乍看是巧合，但實質上是一次釜底抽薪、因為沒有退路而做出的操作。」關振鐸若無其事地說出沉重的話。「我問過速食店老闆，亦向在醫院留醫的警員范士達求證，你在事發當天十二點四十分左右離開了一會，大約十分鐘。范士達說那是上廁所和小休的安排，但我相信，你當時並不是『小休』。你利用那短促的時間空檔，到海洋賓館跟林芳惠見面。」

關振鐸掏出記事本，翻開一頁，說：「我向電話公司取得事發當天從海洋賓館撥出的所有電話紀錄，十一點開始，有五通電話從4號房撥出，五通都是撥到傳呼台。我之後向傳呼公司取得紀錄，查明了那五個口訊，首兩個都是『通知機主林小姐在海洋賓館4號房等你』，第三和第四個是『通知機主立即到海洋賓館4號房，有要事商量』，第五個是『通知機主，如果他不在十分鐘內到海洋賓館4號房，後果自負』。最後一通口訊是在十二點三十五分留下。我向傳呼公司查詢機主登記資料，有趣的是登記者是林芳惠本人。換言之，這台傳呼機是林芳惠申請給某人使用，顯示兩人並非一般朋友或客戶關係，加上口訊內容，我相信對方有可能是林芳惠同事口中她的結婚對象——那便是你，TT。」

「你在胡說什麼？」

「范士達說，那天早上你經常離開崗位覆台查口訊，我已經調查過，當天你名下的傳呼機根本沒有訊息。而撥到傳呼台查訊林芳惠口訊的通話，紀錄顯示來自嘉輝樓管理處的公用電話。別小看CIB蒐集情報的能力。」關振鐸說。

ＴＴ沒有回應，他身體微微向後，似乎在思考反駁的理由。

「我推測，林芳惠跟你有親密關係，她甚至以為你會跟她結婚，讓她不用在夜總會工作。可是，當你告知她你要跟她分手，或是她偶爾發現你即將跟高官的女兒結婚，她便從溫馴的情人變成潑婦。從她留下的口訊，可見她要找你談判，到賓館開房間說不定是打算用身體留住你的心，可是你置若罔聞，直到她口出惡言才不得不應約。我相信她會在嘉輝樓等你並不是巧合，而是她知道你那幾天的工作地點，換言之，你們的關係比想像中更密切。她說的『後果自負』，大概是破壞你的婚事，甚至揭發一些令你更麻煩的事情。」

關振鐸前往探望高朗山，除了慰問對方外，更想從他口中查問他和ＴＴ跟Ellen之間的三角關係。他沒有主動詢問，只是以旁敲側擊的方法，引導高朗山說出ＴＴ和Ellen的事。

「你在十二點四十分左右利用上廁所和覆台的機會，到了海洋賓館。在房間裡你們談不久便關係破裂，林芳惠大概撂狠話來威脅你，你發現無法擺平對方，知道林芳惠一離開你便無力挽回，於是把握唯一的機會，拔出藏在身上的67式微聲手槍槍殺她。」

「我從哪裡找來什麼67式手槍？」

「天曉得。不過旺角重案搜查圍捕可疑分子是家常便飯，一年下來足有五、六十次行動，常中包括劫匪、毒販等等。如果說你某次行動發現這種罕見的槍械，扣下來私藏沒上報那並不出奇——畢竟你是個喜愛射擊的神槍手，也不是個循規蹈矩、一板一眼的死腦筋警察。」

「就算如你所說，『有人』事前殺害了那個姓林的女人，將屍體留在海洋賓館４號房，但兇手沒辦法確保槍戰在那個地點發生啊？甚至該說，沒有人能預先知道歹徒往哪裡逃，他們可以跑到嘉輝樓的任何一處，如果他們利用南翼樓梯，或是搭電梯撤退，兇手的計畫便完全落空吧？」

「你事前指示石本勝他們便行了。」關振鐸說出簡單的一句。

「我有什麼能耐令石本勝按我的指示行動？」ＴＴ以嘲笑的語氣道。「而且，我用什麼方法通知他們？打電話嗎？還是用心靈感應……」

「用鑰匙。」關振鐸指著趙炳屍體的照片一角。「海洋賓館的房門鑰匙都扣著寫上賓館名字和房號的牌子，你塞進放飯盒的膠袋裡的，除了暗號字條外還有4號房間的鑰匙。你殺害林芳惠後，鎖上房門，回到崗位，打算用方法引石本勝到賓館，製造混亂，而這時候積架意外地到速食店買飯，你發現機不可失，便匆忙使用這個方法。石本勝看到字條和鑰匙，只會認為這是兄長石本添傳來的警告——他大概以為兄長因事故不得不用這種迂迴的方式傳訊息，叫他們撤退至海洋賓館4號房。他們沒想過暗號會被利用，他們的敵人只有警察，而警察偽造逃走的訊息不但沒有意義，更會加添引起混亂的麻煩，石本勝確信這是來自己方的密信。於是，他和手下收拾裝備，按指示前往『避難處』。你早知道他們的目的地，所以才會筆直地沿樓梯衝上去，到九樓前又突然改變行動模式，準備迎敵。」

ＴＴ沒有回答，只是默默地瞪著關振鐸。

「當時，石本勝應該是如此部署，先叫手下守在賓館外的走廊和梯間，自己到4號房看看是怎麼一回事，你們『及時』趕到，跟積架發生衝突。你必須殺死他們三人，才能夠完成計畫，阻止自己殺害林芳惠的罪行曝光，所以你根本沒打算活捉他們。ＴＴ，你是個好賭的賭徒，火力上你跟石本勝一黨相比完全處下風，但相反你猜到他們的所在，而且你對自己的射擊能力有信心，敢於押上這賭注——畢竟你殺死林芳惠後，這賭局已是勢在必行。」關振鐸知道，ＴＴ在個性上是個只求全勝或全敗的賭徒，在他以前敢於隻身深入虎穴，跟匪徒對抗，就顯出他那種經常以性命作籌碼的豪賭。不成功便成仁——這種極端心態，造成了今天無情的結果。

「你跟積架和喪標駁火，」關振鐸繼續說：「石本勝連忙支援——我想，他當時仍未進4號房。根據警員范士達和駱小明的報告，他的手下被你殺死後，石本勝以AK47向梯間射擊，阻止你們前進，離奇的是他沒有往走廊的另一邊逃走，反而往賓館撤退。」

「他是要抓人質當盾牌吧。」TT吐出一句。

「不，這不合理，因為這時候抓人質，根本寸步難行，他無法抓住那人走九層樓梯。要抓人質，應該先利用樓梯逃跑，發現被困，再在那一層找一家商戶，或強行闖入民居劫持人質。他會回頭走進賓館，是因為他以為兄長在4號房預留了逃走路線，甚至石本添就在房間裡。他抓住步槍回到賓館，來不及用鑰匙開門，只好用腳將門踢開，怎料裡面只有林芳惠的屍體。這時候，他終於察覺事有蹊蹺，自己可能中計了，於是乾脆大開殺戒，因為他不知道在場的人對他有沒有危險，會不會藏有武器。汪敬東和趙炳就此慘死。可是，你已經趕到賓館門口，大概向室內鳴槍示警，石本勝才逼不得已抓躲在一旁的女工李雲當盾牌。」

「這些都是你的想像而已。」TT滿不在乎地說。

「想像？TT，你這時候仍沒有半點悔意？」關振鐸露出厭惡的神情。

「我該有什麼悔意？」TT冷冷地回答。

「你這混蛋把原本能獲救的人質都殺光了！你為了掩飾自己的罪行，將現場的無辜者都殺光了！」

一直保持冷靜的關振鐸，突然提高聲調，一臉憤慨地罵道。

「你並不是用假裝投降的方法，令石本勝分心而成功狙擊的！」關振鐸一口氣說：「李雲是胸口中槍而死，如果石本勝先中槍，她逃走時被對方追擊，她該是背部中槍！沒有人質會笨得能逃走時面向歹徒！你用的方法是以藏在身上的67式手槍，射擊人質，令石本勝分心而成功擊中對方！石本勝完全沒料到警察會殺死人質！由於你先用左手握67式向人質開槍，右手單手持警槍射擊石本勝，失了準頭，沒能一槍制止對方，才會被流彈打中左手手腕，需要往他的頭顱補槍。為了殺死石本勝，你利用了李雲——不，你根本打從一開始，就不打算留活口，封住賓館所有人的嘴巴！」

ＴＴ沒料到一向從容的關振鐸會露出如此焦躁的表情，反而他擺出一副撲克臉，冷冷地盯著對方。

「邱才興和錢寶兒也是！石本勝死亡時他們仍然生存！他們不是被石本勝所殺，而是你動手的！沒有人會笨得聽到槍聲仍打開房門，尤其邱才興是在旺角見慣江湖的扯皮條！他會開門，只有一個可能，就是門外有人跟他說已經安全，要趕緊逃走！ＴＴ，你利用這種藉口令他開門，然後立即槍殺二人！你這天殺的冷血傢伙！為了掩飾謀殺林芳惠，你居然令一群無辜者喪命！」

「所以你認為我用這種方法殺人後，把67式手槍上的指紋抹掉，塞進已死的石本勝左手，製造他雙手持槍的假象？關警司，你似乎忘了一件很重要的事情。」ＴＴ回復本來輕鬆的表情，微笑著說：「我衝進賓館後，不到一分鐘——不，該是三、四十秒左右——Ｂ隊便趕到，試問這短短的數十秒間，我如何有足夠時間槍擊李雲、殺死石本勝、欺騙邱才興開門、射殺二人、抹乾淨槍上的指紋、把槍塞進石本勝左手？別忘了我當時左手負傷，就算我能忍痛，也不可能來得及完成吧？再退一萬步，我真的如此神速地做到以上的事情，我身為『詭計多端』的兇手，會冒被Ｂ隊撞破的風險來行事嗎？搞不好邱才興打死不開門，我便麻煩大了喔？」

「你只要在衝進賓館『前』做好便行。」

「荒謬，我懂分身術嗎？你的腦袋是不是壞掉了？」

「我說的是，你只要在『通報』衝進賓館前完成就行。」關振鐸以看到醜陋怪物的眼神，瞪著TT，說：「你根本沒有向高朗山通報，就直接殺進賓館，槍殺李雲和石本勝，誘騙邱才興開門，解決二人完成部署，才假裝自己在賓館外準備行動。當時，所有人已死，你肯定計畫已完成，撿起石本勝的步槍，向走廊開火製造槍聲，假裝他正劫持人質，與你對峙。你告知高朗山你要衝進去『拯救人質』後，你要做的，不過是再開數槍假裝槍戰中，然後抹掉AK47上的指紋，把它塞回石本勝的手上，再坐在一旁等候『救援』。四十秒？十秒便足夠完成了。」

「你沒有證據。」TT收起笑容，說。

「沒有實證，但只要檢視整個行動中各小隊的時間便會發現異常。當嘉輝樓傳出第一聲槍聲，高朗山才發出『封鎖電梯，沿樓梯往上進攻的指令』，換言之當時你們在九樓梯間跟積架和喪標相遇。根據駱小明的報告，從遭遇到撤退到梯間，不過是十至十五秒的事，之後石本勝還火，向梯間做出約五秒的掃射便退回賓館。石本勝槍擊、後退、你跟駱小明在梯間因為范士達發生爭執，前後頂多用上十五至二十秒。假如你真的在梯間槍戰後，立即衝到賓館門口向指揮中心要求支援，期間不過是四十秒左右——但這四十秒之內，本來駐守一樓的B隊警員已經到達七樓，而他們更在第一聲槍響後在一樓等待指揮官指令、指示管理員鎖電梯，浪費了至少半分鐘。全力奔跑的話，或許真的能在十數秒間跑上七樓，但警員們當時是小心翼翼地前進，以防歹徒餘黨伏擊，直到你發出『只餘下石本勝被困於九樓海洋賓館』的訊息，他們才一鼓作氣衝上去。結論就是，你從梯間衝出去後，並沒有即時通報，當你要求支援時，應該已是梯間槍戰後的兩分鐘左右。在那種緊張的環境裡，一般人不會察覺這時間差，尤其當時沒有人知道槍聲從何而來，在憂慮之下，人的時間感就更不可靠。而你就利用這盲點，去完成你的詭計。」

「啪啪啪……」ＴＴ拍起手掌，亮出一個大大的笑容。「好精采的推理。不過，關警司，就算你的推理再精采，我敢問一句，你有證據嗎？」

關振鐸沒想到ＴＴ這一刻會變臉，不禁蹙起眉，說：「我有速食店的拍紙簿。」

「你無法證明那是我寫的。」ＴＴ冷靜地說：「如果我是犯人，我會先撕走數頁，以免之前的壓痕留下線索，寫好暗號後用圍裙一角捻住撕下，確保沒有留下指紋。如果字條上沒有我的指紋，你便無法證明『我』是犯人，因為犯人可以在我們駐守前、甚至在監視期間偷偷撕下紙張。在這項證據上，駱小明、范士達，甚至速食店的老闆和員工，以及多日來光顧的客人都有嫌疑。」

「但你無法解釋李雲胸口的槍傷、邱才興開門的理由、林芳惠血液凝結的異狀、通報時間上的差異。」

「我根本無須解釋，因為你舉的這些理由只是『異常』，並沒有跟我的口供『矛盾』。為什麼會發生這種差異，我怎麼知道？取證不是我的責任啊。」ＴＴ嘴角微微揚起。

「你曾多次使用管理處的電話覆傳呼台。」

「那個管理員老頭一直在打瞌睡，他會記得誰用過電話嗎？我很懷疑。」

「我已通知鑑證科檢查4號房鑰匙的指紋。」

「假如我真的是兇手，你以為我會留下指紋嗎？」

「我想也是，但如果上面有石本勝的指紋……」

關振鐸沒說下去，因為他看到ＴＴ的笑容沒有消失。他知道，ＴＴ在善後工作中並沒有忘掉抹走丟在林芳惠身邊的鑰匙上的指紋，已把積架和石本勝的指紋抹走。事實上，也許他在殺死石本勝後，在他身上搜出鑰匙，處理後才放回4號房內。雖然鑰匙完全沒有指紋會顯得相當怪異——林芳惠沒道理抹乾淨它——但這如同剛才關振鐸列舉的理由，在疑點利益歸於被告的前提下，TT沒責任去做任何解釋。

「還有一個可以令你的罪行曝光的方法。」關振鐸皺一皺眉，「動機。只要從林芳惠入手，便有辦法找到證據。」

「關警司，你可以循這個途徑去調查，但我認為你會徒勞無功呢。」

TT顯出的自信，令關振鐸明白這個漏洞並不足以威脅對方。關振鐸在今天中午，已經到林芳惠工作的夜總會調查，知道林芳惠口風很緊，沒有進一步的線索。

「關警司，其實你真的很大膽啊。」TT露出皮笑肉不笑，以冷漠的眼神盯著關振鐸，說：「如果我真的是兇手，你今天來找我，便是找死。你的所謂證據，最容易引起麻煩的是那本拍紙簿，而你偏偏帶來了。你沒想過，我是兇手的話會強搶證物，將你打昏甚至殺死？」

「你不會這樣做，因為如果你會做出這種事，你便不會大費周章，用這種手法掩飾殺死林芳惠。你很清楚，殺人的『過程』很容易，困難的是處理屍體、撇清嫌疑等『善後』工作。一個人一死，只要警員、醫生、親人或朋友有絲毫懷疑，在香港這個密集式的都市裡很難逃過法眼。就算你有方法令屍體消失，只要受害人失蹤，便會引起警方注意。你知道，最簡單、不用善後的殺人方法，便是找代罪的兇手，問題是要令代罪的兇手噤聲，只會製造另一個需要善後的麻煩。所以你用這種毒計去解決事件——將林芳惠的死推到石本勝身上，再用『合法的途徑』殺死石本勝。」

「所以結論是，剛才的全是廢話嘛。」TT擺出勝利者的姿態，笑道。「相比之下，高朗山設計陷害我的可信性還要大一些，內部調查科的傢伙們認定了高朗山是犯人，只會不認輸地否定你的推測。他們都是群心高氣傲、自詡為菁英的警探，你舉不出實證，他們不會改變立場，削弱威信，讓自己難看。」

關振鐸將雙眼瞇成一線，發現TT比自己想像中更思慮周全——只是他沒將才智放在偵查之上，反而投放在犯罪計畫之中。

關振鐸無奈地搖搖頭，伸手探進外套的裡袋。

「關警司，你不是想告訴我，你藏著錄音機，已把我們的對話錄下來，當作證據吧？我沒有承認過任何事情喔。」TT以嘲弄的語氣說。

「不，反過來，如果你告訴我你一直在錄音，我比你更困擾。」關振鐸掏出一個五公分高的玻璃瓶，裡面有一顆子彈的彈頭。

「這是……」TT感到疑惑。

「如果說不擇手段，我跟你不遑多讓哩。」關振鐸用右手食指和拇指夾著玻璃瓶，說：「這是石本勝胸口中槍的那顆子彈。」

「你拿出來有什麼意思？」

「我掉包了。」關振鐸滿不在乎地說。

「拿什麼掉包？」

「一顆從那把67式手槍射出來的彈頭——去年打死黑道律師魏耀宗的那一顆。」

「你……」

「我已經發出指示，要求軍械鑑證科再檢查石本勝、積架和喪標身上的彈頭。明天是星期天，他們不會上班，但星期一便會執行工作，然後會發現之前的檢查有誤差——石本勝身上中的第一槍，竟然是由那把67式手槍發射的。這『證據』會令你的報告出現矛盾，逼使內部調查科研究其他可能性，例如我剛才說的『假設』，只是你開槍射殺李雲和石本勝時犯下小錯誤，情急之下誤用67式槍擊石本勝。石本勝身上的彈頭跟你的報告有出入，你便有重大嫌疑。」

「你、你偽造證據！」ＴＴ驚訝得從椅子站起。

「你可以向內部調查科檢舉，但我跟你一樣，沒有留下半點『犯罪』的痕跡。你也可以嘗試闖入軍械鑑證科破壞證物，不過軍械鑑證科儲存了大量軍火，守衛森嚴，要神不知鬼不覺潛進去並不容易。」

ＴＴ坐回椅子，一雙眼珠浮移不定，關振鐸猜他正在思考解決辦法。

「你死心吧，」關振鐸打斷對方的思路，「這局棋我已把你將死了。你要知道，我跟你的賭注是不對等的，你要徹底擺脫嫌疑、隱藏真相才算勝利，而我只要製造事端，引導調查向對你不利的方向發展，便已經成功。」

關振鐸有想過這時候ＴＴ發難襲擊自己的可能，但他認為對方不會這樣做——因為ＴＴ一動手，便等於認輸。既然對方是個好賭的人，只要還有一天的時間，他便不會放棄，嘗試在有限的時間內扭轉局勢。

「我要說的就只有這些。」關振鐸站起來，將照片、彈頭和拍紙簿放回口袋。「ＴＴ，如果你打算逃亡或躲起來，便是輸了。你如果還想賭一局的話，我建議你將籌碼押在法庭上，賭一下你能否以誤殺罪脫身、或是利用精神異常報告逃過無期徒刑的懲罰。要賭這個，便要比軍械鑑證科檢查彈頭早一步自首。」

關振鐸走到玄關，ＴＴ仍一動不動。關振鐸回頭說：「最後問一下，假如——我是說假如——你是犯人，積架沒有到速食店買午餐，你會用什麼方法引石本勝到賓館？」

ＴＴ抬頭瞄了瞄關振鐸，緩緩地說：「說發現可疑人物，需要跟蹤，獨自離開嘉輝樓到附近的公眾電話亭打電話到積架身上的其中一台傳呼機，留下逃走的口訊。事後只要聲稱該可疑人物打過電話，便製造出石本添派手下告密的假象。」

「但如何在不回覆服務台的條件下留下海洋賓館和房號的資料？」

「代碼表裡有『海洋中心』、『賓館』和『房號』，只要用這些組合便能傳達。當然他們可能會誤會成『海洋中心』的『賓館』而不是『海洋賓館』，但海洋中心的高級酒店不會有只得個位數字的房間編號。」

「可是指揮中心的高朗山會即時收到同樣的訊息，這不是暴露了林芳惠涉案嗎？」

「只要留下房號『３』而不是『４』便沒有問題了。」

關振鐸想起那間空置的3號房。他沒有再說話，默默地打開大門，離開ＴＴ的家，ＴＴ也沒有動半步，似乎仍在思索取勝的辦法。

關振鐸走在大街上，跟遊人摩肩接踵，心裡有無限的感慨。ＴＴ的確是一個很聰明的人，當年在行動中關振鐸已覺得他是可造之材，怎料他走上歪路。昨天，關振鐸對高朗山撒謊，說不指出犯人是誰，是怕內部調查科會打草驚蛇，被犯人找到脫罪的漏洞，其實真相是他想給ＴＴ一個自首的機會。他一直煩惱著能否妥善處理事件，令ＴＴ自首；關振鐸對罪犯可以很絕情，但對曾經一起辦事的優秀部下，他始終無法以相同的態度去拘捕對方。

他想，沒有事情比看到這麼出色的警員變成惡魔更教人唏噓。

可是，關振鐸錯了。

星期一早上，他收到消息。綽號ＴＴ的旺角重案組第三隊隊長鄧霆督察在警署吞槍自殺。

＊

「所以說，你根本沒有把彈頭掉包？」曹坤問。

「對，那只是虛張聲勢。要在鑑證科截取一些文件我還有辦法，但在軍械鑑證科動手腳，未免太難了。」關振鐸說。

傳出ＴＴ死訊當天下午，關振鐸便將嘉輝樓事件的疑點、證據、資料統統送到內部調查科。翌日，曹坤找關振鐸詢問情況，關振鐸便將跟ＴＴ見面的經過一五一十全告訴曹坤。

「我今天早上還有發現，」關振鐸翻開一個舊檔案，「去年年初被殺的魏律師，原來經常光顧林芳惠工作的新富都夜總會，雖然這可能是巧合，但也許，ＴＴ便是殺死魏律師的兇手。」

「真的？」

「沒有確切證據，只是一種推測，要證實也很困難，畢竟我們無法知道ＴＴ何時得到那把67式手槍。」關振鐸聳聳肩。「不過，如果這是實情，林芳惠被殺的理由便不是破壞ＴＴ婚事這麼簡單，她可能是協助ＴＴ槍殺魏耀宗的共犯，因為這點，ＴＴ更有需要解決林芳惠，防止她以此事跟自己同歸於盡。」

「這也有可能，她會在嘉輝樓等ＴＴ，便說明他們彼此知道對方不少秘密……」曹坤點點頭。

假如ＴＴ真的是殺死魏律師的兇手，關振鐸想，自己也無法知道他是為了讓工作輕鬆一點，還是因為林芳惠跟死者有瓜葛，被林芳惠唆使而行兇。除非找到新證據，否則這案件只能變成無法確知真相的懸案。

「結果TT沒有自首，反而畏罪自殺啊……」曹坤嘆一口氣。

「不，這傢伙不是『畏罪』自殺。他是向我示威，表示我贏不了他。」關振鐸蹙起眉頭，一臉不快。

「示威？阿鐸，你會不會想太多了？」

「曹兄，那傢伙雖然跟我在做人宗旨上南轅北轍，但我不能否認，我們的思考模式相像。對我們來說，性命也是工具的一種，只是我明白性命的可貴，誓死拯救任何一條人命，而他心裡沒有這個制約。有必要時，我願意犧牲性命去解決案件，而那傢伙，會願意犧牲性命去換取精神上的勝利。」

「這麼說的話，他這次真的贏了呢……」曹坤無奈地說：「Campbell正在考慮要不要公開事件。」Campbell是刑事及保安處處長，中文名譯作金偉廉。

「什麼『要不要公開事件』？」

「上級正在考慮要不要隱瞞整件事，把責任全推在石本勝身上，讓TT以『無法救回人質導致抑鬱症發作』為理由自殺。」

「什麼！」關振鐸大喊。「他居然打算對公眾說謊？教李雲、錢寶兒那些無辜者死得不明不白？」

「投訴及內部調查科主管袁總警司插手干預了。」曹坤說：「他說這事情會大大打擊皇家香港警察的聲譽，為了不讓警隊蒙羞，必須全力隱瞞事件，反正沒有決定性的證據證明TT是兇手，加上死者已矣，誰殺的關係不大，讓警隊負上責任，也不會讓死者復生。」

「但金偉廉竟然應承？」

「阿鐸，你也知道現在政治形勢複雜啊。Campbell是英國人，八年後香港主權移交他便回英國老家，他不得不考慮警隊裡的華人意見嘛。傳聞今年一哥退休，接任的也是中國人，首名華人警務處長上場，英國人在香港警隊的地位便愈來愈低了。」

「就算如此，他這樣做不正是破壞了警隊的精神嗎？」關振鐸一副氣急敗壞的樣子。

「他就是因為這樣陷入兩難啊。袁警司堅持寧願作假也不可危害警隊的金漆招牌，說這是『為了大義』，警隊失去市民信任，得益的只會是那些黑幫古惑仔。」

「可是，我們利用虛構的事情來鞏固市民的信任，這份信任還有意義嗎？」關振鐸緊皺眉頭，用力握拳。

「沒辦法，嘉輝樓事件已讓警隊聲譽下跌，上級們確是禁不起另一次衝擊。」

關振鐸揉了揉太陽穴，閉嘴不語。良久，他開口道：「曹兄，你有沒有在皇后像廣場抬頭看過立法局大樓？」

「有吧？」曹坤不知道關振鐸突然說這個幹什麼。

「你也知道立法局大樓以前是高等法院，一九七八年才停止法院用途，後來改為議會使用吧。」關振鐸緩緩地說：「因為本來是法院，所以在門廊頂部有一個代表公義的泰美斯女神雕像。」

「哦，我知道，那個拿著天秤和劍的蒙眼希臘女神像嘛。」

「我每次經過立法局大樓，我都會抬頭看看那女神像。神像雙眼蒙布，是代表法律精神不偏不倚，對所有人都公正嚴明，天秤代表法院會公平地衡量罪責，劍則是象徵無上的權力。我一直想，警察就是那把劍，為了消滅罪惡，警察必須擁有強大的力量；可是，我們不是天秤，判斷罪責、刑罰是法院的責任。我可以用盡一切手段捉拿犯人，誘騙他們招供，但我所做的，只是把他們送上天秤上，讓公義去衡量他們是否有罪。我們沒有權力去決定什麼是『大義』。」

曹坤苦笑一下，說：「你說的我都明白，但目前形勢比人強，袁警司一再堅持，又有何辦法？」

關振鐸嘆一口氣。「曹兄，袁警司的理由是警隊目前形象太差，承受不起另一宗醜聞吧？」

「對。」

「那麼，如果警隊幹出一番大事，挽回聲望，到時公開有個別的害群之馬，功過相抵，警隊的聲譽不會有太大影響，鬼頭[47]們應該可以接受？」

「Campbell應該會接受。」

「那麼，請你告訴他，我會在一個月——不，從嘉輝樓事件發生開始的一個月——之內，抓到在逃的頭號通緝犯石本添。我還要把他生擒，要他吐出他掌握的犯罪情報。」

「一個月內？」曹坤詫異地問：「你有把握嗎？」

「沒有，但就算要我這個月不眠不休，追到天涯海角也要把石本添找出來。」

曹坤知道，關振鐸認真起來，這種不可能的任務也有機會成功。

「好吧，我跟Campbell商量，如果你一個月內抓到石本添，他就否決袁警司的要求吧。希望你能做一齣好戲。」

關振鐸點點頭。

曹坤正想告別關振鐸，關振鐸卻突然叫住他。

「對了，你知不知道那個駱小明現在如何了？」

「不大清楚，應該會被踢回去當軍裝巡警吧。怎麼了？」

「我覺得他因為這件事被記過，有點無辜。」關振鐸說：「雖然他沒有依上級指示，寧願拯救同僚放棄救助人質，但他沒有動搖，堅持救助自己有把握挽救的生命，也不能說他有錯。如果他只死板地按照規則行動，盲目服從上級命令，警員范士達應該已經失血過多死去，而他會在賓館裡被ＴＴ滅口。在記得『警察』的身分之前，必須先記得自己『人類』的身分，在這一點上，這個駱小明似乎有點潛質，在危難之中還能獨立思考。這種人如果放在軍裝行動部門，只會成為同僚的累贅，但如果放在刑事部，可能會有不錯的表現。」

「這樣的話，我跟Campbell聊聊，看看能否給這個菜鳥多一次機會。待在旺角有點麻煩，或者讓他調到港島刑偵之類。」

「希望我這次沒看錯人吧。」關振鐸無奈地微笑一下。

㊼鬼頭：警隊對洋人高級警官的俗稱。廣東人俗稱洋人為「鬼佬」，當上「頭領」的洋人便俗稱「鬼頭」。

五
Borrowed Place

「鈴……鈴……」

矇矓中，夏淑蘭聽到刺耳的電話鈴聲。

「鈴……鈴……」

她翻過身子，用枕頭蓋著耳朵。她不知道自己睡了多久，只知道自己還睡不夠。

「鈴……鈴……」

電話無視夏淑蘭的心情，就像討債的債主，一直堅持著，發出響亮而煩人的鈴聲。

「Liz……Liz……」

夏淑蘭喊出兒子保姆的名字。

「Liz……妳接一下電話好嗎？」

夏淑蘭提高聲調喊出這一句時，頭腦已漸漸清醒。她仍記得剛才在作什麼夢——夢境中，她跟丈夫和孩子在英國老家看科幻劇集，劇中的主角「博士」忽然從電視機跳進客廳，跟丈夫討論債務問題。正當對方談到可以借火星人力量減少夏家的債務，門鈴忽然大響，債權人的律師們在門外不斷按鈴。

當然那其實不是門鈴，而是那死不罷休、吵耳的電話鈴聲。

夏淑蘭迷迷糊糊地坐直身子，撐開雙眼，瞄了瞄床頭的時鐘。時間是中午十二點四十六分。雖然她不擅長心算，但她也立即知道，自己不過睡了四個鐘頭多一點。夏淑蘭昨晚當通宵班，早上七點多才回家，八點半便累倒睡著。

「Liz？Liz！」她一邊下床，一邊喊道。十二點多，按道理Liz和孩子該在家，可是夏淑蘭一再呼叫，臥房外還是沒有半點回應，空氣中只有那單調的電話鈴聲。

「她和雅樊在房間聽不到電話嗎？」夏淑蘭心道。她其實知道這不大可能，她在關上房門的臥室也聽到電話響，Liz就算在房間或陽台也該聽到。相反，她其實知道自己大喊Liz沒有用，因為如果對方聽到自己的叫聲，便不可能沒聽到那要命的鈴聲。

「鈴……鈴……」

這傢伙還真死心不息啊——夏淑蘭穿上拖鞋，打開房門，走進客廳。一如她所料，客廳空無一人，不見Liz，也不見兒子雅樊。她再一次望向時鐘，客廳的大鐘跟臥房的鬧鐘一樣，告訴她時間是中午十二點四十六分，燦爛的陽光正從陽台射進大廳中。夏淑蘭心浮氣躁地拾起話筒，鈴聲遽然止住。

「喂。」她以極之不耐煩的語氣嚷道。由於剛睡醒，她的聲音帶著濃厚的鼻音。

「妳是夏雅樊的家人嗎？」對方是一個男人，操著一口不純正的英語，夏淑蘭聽得出對方是本地人。

「是？」聽到兒子的名字，夏淑蘭睡意全消。

「這兒是公主道南氏大廈嗎？」對方再問。

「是……咦？雅、雅樊出了什麼意外嗎？」夏淑蘭緊張地問。她突然驚覺，兒子和保姆不在家，又突然接到陌生人的電話，搞不好兒子遇上車禍。今天早上她回家時，剛好跟雅樊和Liz碰上，當時Liz送雅樊上學。雖然丈夫說孩子已經十歲，學校不過是十分鐘的行程，應該訓練孩子獨立，不用保姆照顧上下課，但夏淑蘭總是對這個充斥著不同膚色、操著不同語言的陌生城市抱著戒心，吩咐Liz待在兒子身邊。雅樊就讀小學四年級，學校分上下午校，他只要上上午的課，平時十二點半便跟Liz回家。如今人不在，電話裡的男人又確認名字和住址，夏淑蘭不禁往壞的一面想。

「妳是夏雅樊的母親嗎？」對方沒答夏淑蘭的問題，再問。

「是、是的。雅樊他……」

「請放心，他沒有遇上意外……」

夏淑蘭正要舒一口氣，可是對方說出她沒想過的話。

「……不過妳的兒子在我手上，妳想他平安回家的話，請準備贖金吧。」

夏淑蘭對這句話無法反應過來。「想兒子平安，便要準備贖款」是綁架案中的常見台詞，夏淑蘭在電影和小說中聽過看過很多次。然而，當這句話出現在現實之中，她霎時間無法理解。

「你在說什麼？」

「我說，夏雅樊在我手上。如果我收不到錢，我會殺死他。如果妳報警，我也會殺死他。」

一陣寒慄從心底湧出，夏淑蘭感到頭皮發麻，呼吸困難。她終於聽懂對方的話。

「你、你說雅樊在你手上？」夏淑蘭剛說完，便回頭對著空蕩蕩的客廳，大喊：「Liz！雅樊！」

「太太，妳別白費氣力。我想跟妳丈夫談談，畢竟我想金錢方面還是他才能作主吧。請妳盡快叫他回家，我會在下午兩點半再打電話來，如果到時他不在，就別怪我對妳兒子不客氣。」

「你、你……你根本在胡說吧！我的兒子才不在你手上！」夏淑蘭強忍住顫抖，對著電話罵道。

「太太，我勸妳別惹怒我，因為我不高興，吃苦的只會是妳的寶貝兒子。」對方保持著平穩的聲調，緩緩地說：「妳當然可以不相信，不過，這樣子妳便沒機會再跟兒子見面了……啊，我說錯了，應該是如果妳不相信的話，妳便沒機會再跟『活著的』兒子見面。為了表達誠意，我有一份禮物送妳，放在南氏大廈正門外的街燈燈柱下，妳不妨先去領取，到時再決定是否聯絡丈夫吧。」

對方話音剛落，電話便被掛斷。夏淑蘭腦袋一片混亂，無法了解這是什麼情形。她丟下電話筒，在住所裡大叫著兒子的名字。她衝進兒子的房間，看到空無一人，再走進洗手間、雜物房、書房、客房、廚房、保姆Liz的房間，可是不見兒子的蹤影。偌大的房子裡，就只有她自己一人。

時鐘的時針指著十二和一之間，分針指著五十分的位置。平日這個時間，兒子該坐在飯廳的長桌上，吃著Liz烹調的午餐。雖然兒子個性內向，就算對著父母也鮮少露出笑容，但他在餐桌上總會津津有味地大口吃著午飯。夏淑蘭和丈夫在香港住了快三年，仍然吃不慣中菜，但兒子反而很快適應，更特別喜歡Liz弄的豆腐湯。夏淑蘭望向冷清的餐桌，感到一股難以言喻的不協調感。

是惡作劇嗎？

在這一刻，她仍認為「綁架」這種事情不可能發生在自己和家人身上。

她回到電話旁邊，提起話筒，翻開一旁的電話簿，找尋一個她很少撥的號碼。

「九龍塘英童學校附屬小學校務處……」她默唸著名字，再撥出那名字之後寫著的一串數字。

「英童學校小學部校務處。」電話彼端傳來一把女聲，英語十分標準。

「妳好，我是４Ａ班夏雅樊的母親。」夏淑蘭沒有拐彎抹角，直接問道：「請問夏雅樊是不是仍在學校？」

「夏太太您好，所有班級都已經下課了啊。因為考試週已完結，今天是課外活動日，同學們在十一點半已提前下課了。雅樊同學仍未回家嗎？」

「是……是的。」夏淑蘭猶豫著該如何應對。

「請您等等，我替您接一下４Ａ班班導。」

在等候轉接時，夏淑蘭瞧著客廳時鐘的秒針。秒針就像跑得比平時慢，十數秒鐘的光景，卻像幾個鐘頭那麼久。

「您好，是夏太太嗎？我是沈老師。」

「請問雅樊已經離開了嗎？」夏淑蘭焦急地問。

「他在十一點半已離開了，我親眼看著他離開校門的。他還沒回家嗎？」

「沒有。」夏淑蘭語氣中帶點苦澀，說：「你有沒有看到他跟同學們一起？他會不會跟同學們一起去玩了？」

「我記得有幾位同學找他說話，但他搖了搖頭，那些同學便早一步離開，依我看，他是拒絕了同學們的邀約……」

「平日來接他的保姆也不在嗎？」

「咦？啊，好像有看到，但又好像沒看到……」沈老師頓了一頓，似乎在努力回憶當時的情況，只是下課時校門擠滿人，自己的學生還能夠記得，要記住其他面孔便有點困難。「雅樊同學未回家，會不會是保姆帶他去了某處？」

「不，如果是的話，她會先告訴我，或是留下字條……」因為工作關係，夏淑蘭跟保姆和兒子的作息時間經常不一樣，有要事會利用字條留話。

「這樣啊……如果您擔心的話，打電話到警署備案會不會較好？」

夏淑蘭想起那男人的話——「如果妳報警，我也會殺死他」——連忙嚷道：「不、不！這……這太小題大作了，畢竟才一個鐘頭而已。我想他可能跟保姆去買東西之類，麻煩你真不好意思。」

「啊，這也對。如果您有需要，請再打電話給我，我今天直到六點都在學校。您們家在……」電話傳來翻頁的聲音：「……南氏大廈，跟學校很近嘛，萬一有什麼事情請告訴我，我能在十分鐘之內趕到。」

夏淑蘭猜想，對方正在翻閱學生通訊冊。她為免對方再提報警，於是寒暄兩句，答謝對方後便匆匆掛線。

放下話筒的一刻，夏淑蘭感到徬徨。她一方面感到慚愧，因為工作關係跟孩子日漸疏離，連今天是課外活動日也不知道，另一方面對這個毫不現實的情境感到陌生，她六神無主，不知道這時做什麼才正確。是要打電話給丈夫嗎？還是再打一次電話到學校，請老師幫忙？

她想起早上回家時，在玄關遇上兒子的情形。雅樊似乎比平時高興，他一向上學時都有點不情不願的，有時更會鬧彆扭，但這天早上雅樊表現得很雀躍。顧名思義，課外活動日就是以活動為主的學校節日，學生不用在課室上課，改到操場或活動室參與不同的項目，例如運動競技、電影欣賞、音樂表演之類。夏淑蘭一直以為兒子對這些活動沒大興趣，但回想起雅樊早上的笑靨，她不禁覺得自己沒有做好母親的職責。

夏淑蘭提起電話筒，打算打給丈夫之際，霍然想起那個男人掛線前的話。

——「我有一份禮物送妳，放在南氏大廈正門外的街燈燈柱下，妳不妨先去領取，到時再決定是否聯絡丈夫吧。」

雖然手指在電話轉輪上已撥了兩個數字，夏淑蘭還是放下話筒，走出陽台。陽台正對著大廈正門，可以看到下方的露天停車場、園圃、圍欄，以及圍欄外的大街，如果燈柱下放著什麼，在陽台也能看到。

從室內走出室外，陽光令夏淑蘭睜不開眼，幾秒後才適應那猛烈的光線。她撐著欄杆，探身往外，仔細察看街上的燈柱。當她的目光移到圍欄正門外右邊第二根燈柱時，她不由得深深抽了一口氣。

燈柱下有一個咖啡色的瓦楞紙箱。

本來，夏淑蘭還有一絲「這是惡作劇吧」的想法，但那紙箱把這想法從她腦海中驅除。南氏大廈位於九龍塘的高尚住宅區，街道一向整潔，既沒有小販，也沒有工人。她住進南氏大廈這三年間，從來沒看到附近街上有人遺下雜物。

夏淑蘭趕緊穿上鞋子，連大門也沒有上鎖，直奔出去。她按動電梯按鈕，電梯卻遲遲沒有反應，她便往樓梯跑過去。夏宅在南氏大廈七樓，夏淑蘭一步跨幾級，不到一分鐘，她已來到街上。

她經過一樓玄關時，管理員正奇怪她為什麼衣衫不整、髮鬢凌亂、氣喘如牛地跑出去。她站在燈柱前，看到那個瓦楞紙箱。那個箱子長、寬、高只有二、三十公分，大概可以放一個小號的皮球。紙箱沒有用膠布封死，蓋子只是交叉互疊。夏淑蘭仔細看了看箱子四邊，四邊都沒有寫上任何文字，只是一個光禿禿的紙箱。

她戰戰兢兢地用雙手提起箱子，然而一提之下，卻發覺箱子意外地輕，感覺上箱子裡根本沒有東西。因為這個重量，夏淑蘭的戒心稍稍降低，她大著膽子以左手捧著箱子，再用右手掀開紙箱蓋。

對一般人來說，箱子裡的東西並不嚇人，但夏淑蘭看到，頓時陷入歇斯底里。箱子裡有兩件東西，最先抓住她的視線的，是一件衣服——那是一件滿佈汙垢、還有零星血跡的淡綠色襯衫。

那是英童學校附屬小學的校服。
而放在那件皺巴巴的校服之上，有一撮用繩子紮緊、五公分長的啡紅色頭髮。
那髮色跟夏淑蘭頭上的一模一樣。
夏雅樊五官和個性都跟父親相似，唯獨髮色遺傳自母親，保留了塞爾特人血統的特徵。

2

夏嘉瀚丟下工作，駕車回家期間一直心緒不寧。
他很清楚妻子是個冷靜的人——身為護士，面對瀕危的病人也得冷靜應付——所以當他從電話聽到妻子號啕大哭，說孩子出了事，要他立即回家，他便知道情況一定很嚴重。
就是因為他知道情況嚴重，才不得不放下工作，向上司請半天休假。換作平時，他一定以工作為先，在電話打發妻子，下班後才回家處理。
夏嘉瀚是個擁有強烈責任感的人，而他的工作，正好需要這份責任感。
他在香港廉政公署任職調查主任。
夏嘉瀚是英國人，本名是Graham Hill，當他來香港工作時，一如其他洋人，給起了一個中文名字。他一直覺得這有點可笑，他明明是一個不懂中文的老外，卻有一個中文名字，而香港的本地華人為了趕時髦，往往替自己改一個洋名。像兒子的保姆梁麗萍，英文名叫Liz，可是她卻不知道這是Elizabeth的縮寫，Liz剛到夏家工作時夏嘉瀚便常常叫她做Elizabeth，對方卻一臉茫然，說明後雙方才發現這個小誤會。
而更可笑的是，因為中文姓氏中沒有近似的音譯，「夏」的粵語發音是「Ha」，跟「Hill」其實不大相像，有些同僚會稱他做「Mr. Ha」。夏嘉瀚覺得，自己和妻子變成「Mr. & Mrs.

Ha」，每天卻喊著華人保姆的洋名，香港真是片古怪的殖民地。殖民者漸漸跟本地人同化，被殖民者在生活和文化上卻愈來愈像外來人。

他的妻子叫Stella，因為中文名字通常只有單音節或雙音節，於是取了個不大相像的名字「淑蘭」。兒子Alfred也一樣，起了名字叫「雅樊」，而他自己的「嘉瀚」似乎是三者中跟原名發音最相似。替他們起名的人一再保證這些都是漂亮吉利的名字，夏嘉瀚倒沒有在意，因為他不是個迷信的人。他一直相信，中國人那些「風水術數」，只是一些沒有科學根據的玩意。

他深信人要得到幸福，便得靠自己的雙手爭取。

夏嘉瀚在一九三八年出生，兒時經歷了二次大戰，成長於英國最反覆的年代。畢業後投考警察，在倫敦警察廳工作，在同事介紹下認識淑蘭，二人結婚組織家庭，婚後第三年雅樊出世，就是很「正常」的一個英國公務員生涯。當時夏嘉瀚猜想，他大概會繼續這種「正常」的人生，工作至退休，然後跟妻子在近郊找個平靜的小鎮安享晚年，節日時跟兒子和孫兒玩樂。可是他錯了。

淑蘭是位護士，婚後仍然工作——夏嘉瀚知道妻子是個很要強的女性——但在孩子出生後，淑蘭還是辭職，專心在家照顧孩子。夏嘉瀚為了讓家人有更豐裕的生活，以及彌補妻子辭職後減少的收入，他將多年累積的財產投資在房屋市場。由於他的信貸紀錄良好，加上公務員的身分，從銀行借貸買房子，再放租賺錢沒有任何阻礙，而他自己也計算過，如果房價持續上升的話，他甚至可以提早退休，亦不用為兒子將來上大學的學費煩惱。

問題是英國經濟突然陷入衰退。

四年前，即是一九七三年，英國房市逆轉，大量信貸銀行陷入財務漩渦，面臨破產，而同時出現的石油危機、股災和滯漲更是雪上加霜，令英國經濟短期復甦無望。夏嘉瀚因為一念之差，沒有及時將手上的樓房脫手，結果因為租戶潛逃，他無法供款，物業被銀行賤賣，財產一夜間全部蒸發，更反欠銀行一筆不小的債務。為了還債，妻子重操故業，可是因為全國失業率高企，薪水不如從前。百物騰貴，每月償還部分債項後收入不敷應用，頭幾個月兩夫婦還互相勉勵，認為假以時日問題便能解決，但時間一久，兩人發覺清還債務的日子遙遙無期，忍耐力逐漸磨光，不時因為瑣事鬧脾氣，偶然大吵一頓，六歲的兒子亦察覺氣氛有變，性格漸漸變得內向，笑容不再像以前整天掛臉上。

在夫婦二人快被生活逼得發瘋時，夏嘉瀚在報章看到一則廣告。在遠東的香港，殖民地政府剛成立一個叫「廉政公署」、專門打擊貪汙的執法部門，招聘各地有經驗的執法人員。一級調查主任月薪有港幣六至七千元，折合約六百英鎊，這比夏嘉瀚的月薪高上一大截。而且，廣告還註明提供不少福利和津貼，於是夏嘉瀚跟妻子商量後，決定試試轉換跑道。因為夏嘉瀚在倫敦警察廳有豐富偵緝經驗，面試後不到幾天便收到應聘通知，一家三口整裝待發，準備離開熟悉的故鄉，到亞洲一個陌生的城市工作還債。

夏嘉瀚和家人之前對香港不甚了解，只知道是有一百年歷史的英國殖民地，鄰近葡萄牙管治的澳門，因為決定到異地生活好一段時間，他們才去增加認識。對他們來說，香港的地名和街道名字很拗口，而且夏嘉瀚在閱讀書籍時發覺原來這片「殖民地」有部分並不屬於聯合王國——香港島和九龍半島是割讓給英國的佔領地，但新界只是租借，租約在一九九七年到期。英國不可能在一九九七年後將香港切成兩邊，保留港島和九龍的管治權，將新界還給中國，而問題仍未解決，兩國政府未有定案。夏嘉瀚讀到此處，便覺得香港不過是一片借來之地，今天他到這城市工作，跟其他英國人一樣，只是在別人的土地上討生活而已。

一九七四年六月，夏嘉瀚帶同妻子和兒子遠赴香港。為了盡早還清債務，妻子夏淑蘭在九龍醫院覓得一份工作，院方認為她的護士經驗非常值得本地護士學習，所以待遇亦相當不錯。香港廉政公署替夏嘉瀚辦好不少遷居的繁文縟節，最大幫助的，是提供夏家一間政府宿舍。位於九龍塘的南氏大廈是高級公務員專用的宿舍，單位寬敞，設計接近英國的高級公寓，令來自歐美的人員不會因為居住環境落差太大而感到不安。雖然不是獨棟房屋，但宿舍附近的環境優越，治安良好，在南氏大廈旁邊各樓宇居住的，不是本地的大老闆，便是在外資公司工作的高級員工，或是調職香港的外國企業菁英分子。

孩子的教育本來也是夏嘉瀚夫婦擔心的問題，他們當初考慮來港，幾乎因為這一點而卻步。對夏氏夫婦來說，到異地工作五年、十年沒有什麼大不了，畢竟形勢比人強，自己欠債便不得不認命；但對小孩子來說，童年的生活環境、學習階段都很重要，他們擔心在香港找不到好的學校，孩子沒辦法結交朋友，大大影響他的成長。夏嘉瀚寫信給在香港居住的友人，查問教育水準和素質，對方熱心地寄了一大疊學校資料和招生章程給他參考。在讀過資料後，兩夫婦稍稍安心，因為他們知道香港教育制度跟英國接軌，而且有好些專門招收歐美學生的學校，課本、作業、教學語言、甚至家長通告等等全部使用英文，英國小孩在香港唸書，跟在英國並無太大差異。他們為兒子選擇了在住所附近的學校，校園雖然不大，但老師和職員都能說流利的英式英語，態度熱心親切，給予夏嘉瀚和妻子相當大的信心。

在香港三年，夏家省吃省用，努力儲蓄，香港政府給予的津貼和福利亦比夏嘉瀚想像中多，加上加班費以及妻子的薪金，本來以為要三、四年才能還清的債務，意外地兩年便解決了，近一年還能存上一筆可觀的積蓄。因為過去的慘痛教訓，夏嘉瀚夫婦學懂了「積穀防飢」的道理，他們不敢將錢拿去投資，大部分撥到銀行的定期存款帳戶，賺取利息。

夏嘉瀚打算在香港多工作一段時間才返英，一來薪水優厚，二來，香港的經濟情況竟然比英國本土好得多，他每天讀報，看到家鄉的社會新聞都不禁搖頭嘆息。英國這幾年間失業率完全沒好轉，超過一百萬人失去工作，勞資糾紛不斷，工會罷工示威無日無之。曾幾何時，英國有著「日不落帝國」的強悍稱號，如今居然被譏諷為「歐洲病夫」，淪落到跟十九世紀的土耳其帝國混為一談，夏嘉瀚既感到荒謬，又感到洩氣。當然，他還有一點慶幸，遠渡重洋來到東亞這個小城市，只花兩年便令家庭的財務重回正軌，如果待在倫敦，搞不好因為金錢問題弄至離婚了。

當然，豐厚的薪水代表著工作並不簡單。

剛就職時，夏嘉瀚被工作內容、案件數量嚇一大跳。廉署成立之初，每天都收到大量匿名舉報，而且大部分都是投訴政府部門的貪瀆事件。案件不一定很嚴重，涉案金額不見得龐大，但範圍之廣、程度之深令夏嘉瀚訝異。小販每天都要付幾塊錢給巡邏警員，稱為「茶錢」；在公立醫院住院留醫，如果不「打賞」負責雜務的女工，病人便會被置之不理，不會得到合理的服務。幾乎所有公營部門都有類似的問題，夏嘉瀚便明白，香港政府成立廉署是有迫切的需要，否則當社會愈繁盛，這些小貪便會演變成大貪，蠶食社會制度，到時再處理便為時已晚。

對半個中文字都不認識的夏嘉瀚來說，這工作尤其困難，某些調查涉及本地文化和習俗，他初接觸時更覺得一頭霧水。然而，廉署聘用他是看中他的工作經驗，讓他領導一批經驗不足的本地新人，學習調查、掌握證據、以符合司法程序的搜查行動令行賄貪汙的人被送上法庭。廉署成立之時，在香港最具有偵緝經驗的當然是皇家香港警察隊，但是警隊貪瀆情形錯綜複雜，警員都是被調查的對象，廉署只好另覓新人，重新培訓，這便是夏嘉瀚受聘的主要原因。

這三年間，夏嘉瀚的工作充滿挑戰性。

香港警隊的貪汙問題，一向十分嚴重。因為是跟罪犯直接交手的部隊，警察涉及貪汙，便直接構成治安問題。香港從開埠時期起，罪犯和黑社會利用金錢「疏通」，令執法人員開一眼閉一眼已是慣例，任何不法勾當，只要付得起錢，便能一一解決。警察掃蕩非法賭場、色情場所、毒販巢穴，目的並不是要肅清罪惡，而是收取黑錢。歹徒付過款，便等同買了通行證，警方在一定時期之內不會再騷擾。罪犯們為了讓警員們可以向上級交差，通常每隔一段時間便安排一些自願坐牢的同黨，連同證物「送給」被收買的警察，當然他們上繳的毒品、賭款，遠不及實際流通使用的數量，不過是九牛一毛。因為前線警員沒全力履行職務，警隊核心的高級人員都蒙在鼓裡，他們不知道某些社區治安日壞，滿以為地區警員已盡力打擊罪惡。

加入警隊，成為組織的一分子，即使是正直的人，也不得不低頭。警隊裡有一個說法——「行賄」是一輛車子，小隊收到錢，你可以「上車」，給你分一份；你不願意同流合汙，便不要收賄款，但也不要多管閒事，這叫做「跟車跑」；如果你硬要向上級舉報，便是「站在車子前」，你只會被車子撞倒、輾過，害自己遍體鱗傷。任何不自量力的傢伙，想阻止這輛車子，就算不被整治，也很大機會給投閒置散，在警隊裡被孤立排擠，當然更別奢望有任何晉升機會。

警方內部本來有反貪汙部，但由於反貪汙部也是由警員組成，與其他部門關係千絲萬縷，成效自然不彰。廉政公署便是為了突破這困局而成立，直接隸屬香港總督，以獨立身分調查所有涉貪的人物和部門。

夏嘉瀚在任職第一年已檢控了不少受賄的警員，和同事合力揭發不少隱藏於檯底下的交易，第二年開始發現更多涉及較高級警員的案子，例如警長統率部下一同貪汙，包庇罪犯。廉署調查案件時十分謹慎，他們必須分辨貪汙指控是事實還是誣告——有些罪犯為求減刑，往往以能提供「黑警」情報做藉口，廉署的調查員便要反覆核實該指控有沒有根據。夏嘉瀚雖然不懂中文，但他曾說「全世界的流氓都差不多」，犯人是否說謊、證供在細節上有沒有矛盾，他都心裡有數。

目前，他所屬的調查小組接手一宗案子，本來他以為內容跟以往見過的差不多，卻漸漸發現規模比以往任何一起案件更大。

事件追溯至去年春季，即是一九七六年四月。政府工商署㊽緝私隊在西九龍油麻地果欄㊾附近一棟大廈搜出毒品，拘捕一名美籍混血兒及數名人士，控以藏毒罪，四個月後，警方接連掃蕩全港二十三個地點，檢獲一批價值兩萬多元的海洛因，拘捕八名嫌犯，包括涉嫌在果欄一帶販毒的集團首腦。嫌犯在候審期間主動要求跟廉署人員會面，聲稱要揭發執法人員集體貪汙，而在上個月犯人被定罪後，正式成為廉署的控方證人，協助調查相關的貪汙案。

犯人要揭發的，便是警務人員收賄，容許他們在當地販毒的交易。

犯人以金錢換取警察「放生」，經營一年後，不料被工商署逮捕，而工商署的調查迫令警隊正視事件，涉貪的警員在上級壓力下無法干預，導致犯人落網。犯人對此深深不忿，明明已交付大筆賄款，到頭來還是躲不過牢獄之災，於是決定來個玉石俱焚，要教訓那些收了錢但「辦事不力」的警察。

販毒集團保管了帳冊，記錄了詳細的行賄名單，包括警員和中間人，不過帳冊全部用上暗號，而且犯人「派片」──「交賄款給警員」的黑話──時只約略知道對方的職級和所屬部隊，要明確指認涉案的警員，得花上大量工夫。廉署的調查員必須確保對方指出的警員沒有任何案情上的矛盾，能成為法庭認可的證供，夏嘉瀚便要仔細檢查案件中所有人物關係、賄款流動過程。雖然他看不懂帳冊中的中文，但同僚的文件以英文寫成，他便以類似辨識符號的方法，深入挖掘事件的真相。久而久之，他漸漸認得某些中文字，只是這對他日常生活毫無幫助，因為帳冊中全是暗語，像「本C」代表「油麻地警署刑事偵緝部」、「老國」代表「九龍總區特別緝毒隊」、

㊽即今天的海關。工商署職責包括偵緝走私貨物，同時亦有偵緝販毒、運毒等權力。

㊾油麻地果欄：位於油麻地的水果批發市場，自一九一三年起已開始運作，至今天仍然是香港和九龍市區水果批發、競投、交易的集散地。

「E」代表「巡邏車」等等。為了熟習這些鬼畫符似的漢字，夏嘉瀚甚至把文件和帳冊副本帶回家，在公餘時繼續埋頭研究。當然他也知道這些是敏感資料，平日塞進保險櫃裡，連妻子都無法過目。

然而，當調查愈久，他便知道事件牽連愈大。

這起集體貪汙案，並不只涉及前線的警員和警長，根據汙點證人的口供和帳冊內容，受賄的執法人員包括總區甚至總部的人物，甚至有督察級或以上的幹部。夏嘉瀚和同僚們發現，這跟以往地區警員收「茶錢」的小案很不一樣，一旦動手，便會揪出幾百個警察，把整個貪汙集團連根拔起。

廉署低調運作了三年，似乎就是為了迎接這一場戰爭。

然而，即使廉署的保密工夫再好，世上沒有能包住火的紙。在果欄販毒案的首腦被捕後，警隊已傳出「廉署要對警隊開刀」的謠言，而且，廉署成立後不時調查警務人員，雙方關係勢成水火，廉署認定警隊裡百病叢生，所有警員都有貪汙嫌疑，而警隊認為廉署矯枉過正，動輒想把看不順眼的警員踢進監倉，要他們跟被自己一手抓進獄中的犯人為伍。

正因為這個緣故，當夏嘉瀚回到寓所，從陷入恐慌的妻子口中知道情況後，他感到震驚之餘，同時對應否報警躊躇不決。

那件染血的校服、那撮兒子的頭髮，令他知道綁匪不是鬧著玩。身為執法人員，他當然知道聽從歹徒所言，不報警獨自處理是最愚蠢的做法，因為無論肉票的家人報不報警，匪徒收贖金後放人的機率也一樣，不過是一半一半。要跟綁匪周旋，盡力救助人質，有警方作後盾是最保險的做法，夏嘉瀚在英國時見過警方在千鈞一髮間救出肉票的案子，歹徒本來打算收贖款後殺害人質，幸好警員成功跟蹤取贖金的犯人，找出對方的巢穴。

然而，他不知道向警方求助，負責的警員發現他是廉署人員，會不會敷衍了事——不，敷衍了事還好，最怕是公報私仇，有意無意間作出妨礙，害兒子喪命。

他呆在電話前，內心不斷掙扎，妻子夏淑蘭在他身後無力地癱倒沙發上，捏著那撮頭髮，不住哭泣。

時間一分一秒過去，時鐘指針指著下午一點三十分。夏嘉瀚瞧著那件髒兮兮的校服，聯想到兒子被歹徒剝去上衣，現在衣不蔽體、被關在某個黑暗的房間擔驚受怕，終於立定主意，提起話筒。他知道，即使警方跟廉署有嫌隙，這一刻，他只能向皇家香港警察求助。

他根本沒有選擇。

3

「阿頭，這回你親自出馬啊。」在狹小的車廂裡，負責開車的阿麥頭也不回地說道。

「綁架案分秒必爭，肉票命懸一線，當然要咱們『大幫』出動嘛。」關振鐸還沒有回答，在他身旁的警長老徐插嘴說道。

三十歲的關振鐸不置可否，只象徵式地微笑一下，把視線放回車窗外。關振鐸任職九龍區刑事偵緝部，年初從督察晉升至高級督察，幾年間偵破不少案件，效率奇高，被上級重視。督察在香港俗稱「幫辦」，高級督察便被叫做「大幫」(50)，在分區任職偵緝督察已是不少探員的目標，而關振鐸更在三十歲前坐上九龍總區ＣＩＤ(51)的高位，惹來不少羨慕眼光。當然也有嫉妒的聲

(50)「大幫」一詞自八〇年代已式微，但「幫辦」至今仍於日常使用。

(51) CID：Criminal Investigation Department，刑事偵緝部的簡稱。

音，有人暗罵他是英國人的走狗，被送到英國受訓兩年，已忘記自己中國人的身分，也有人嘲諷他不過走狗屎運，在十年前的暴動被洋警官賞識，才碰巧獲得出人頭地的機會。不過，無論是羨慕的目光還是妒忌的惡言，警察部裡無人對關振鐸的能力有半點質疑。在調查上，他具有真材實料，尤其在七二年受訓歸來，他的表現愈來愈亮眼。

在車子上，關振鐸帶著三位下屬，正前往南氏大廈。駕車的麥建時探員是四人中最年輕的一個，只有二十五歲，調職ＣＩＤ不過一年。同僚稱他做「阿麥」，雖然資歷尚淺，但為人機靈，反應敏捷，曾為了抓一個匪徒追了十個街口，成功逮捕對方。坐在副駕駛席的，是二十八歲的魏思邦探員，而跟關振鐸一同坐在後座的，是綽號「老徐」的徐真警長。事實上，老徐並不老，只有三十六歲，但他的一張臉卻像四十多五十歲的老頭，被叫做老徐已是多年的事。

關振鐸在這次行動起用他們，最主要的原因是這三人都能說英語。報案者是不懂中文的英國人，如果在場的探員不懂英文，光是翻譯便浪費不少時間，更遑論在綁架案中，一不留神便可能導致肉票死亡。縱使警隊中報告都要用英文記錄，警察入職亦有一定的英文水平要求，但實際上英文半桶水的警員大不乏人。警隊一直流傳著一個笑話，有不懂英文的交通警員要撰寫車禍報告，說明兩車相撞的經過，結果他在報告寫上「One car come, one car go, two car kiss.」[52]，被上司罵個狗血淋頭。

「邦，追蹤電話的儀器你檢查過嗎？不會像上次一樣出問題吧？」老徐向坐在副駕駛座的魏思邦道。

「檢查好了。」魏思邦簡潔地回答，語氣帶點不滿。先前一次行動中，負責儀器管理的魏思邦一時大意，沒留意一台監聽錄音機的保險絲斷掉，在關鍵時間沒能把嫌犯的對話錄下來，結果多花了一個星期才得到充足的證據，進行拘捕。

「有檢查就好。」老徐似是有心戲弄對方，一再強調。「這次是綁架案，有什麼風吹草動，可不能再來一次，人命關天嘛。」

「我已經檢查了三遍。」魏思邦回頭瞪了老徐一眼，說道。

「嗯嗯。」老徐嘛嘛嘴，避開魏思邦的瞪視，望向窗外道：「這兒果然是高尚住宅區，看，大廈都漂亮得要死，只有有錢人居住，難怪歹徒會打這兒的小孩主意。」

「可是，這次的報案人是廉署從英國聘請的調查主任，應該不是什麼有錢人吧？」開車的阿麥插嘴說。

「嘿，誰說的？」老徐面露鄙夷之色，說：「你知道『邵氏』的Morris吧？聽說那傢伙的家族顯赫，老爸和兄長都有『荷蘭水蓋』，不知道是什麼議員還是高官，他來香港工作，只是掙些實績，幾年後回英國進外交部或情報部門之類的。依我看，綁匪會抓那個廉署主任的小孩，他的背景九成跟那個Morris差不多吧！」

「邵氏」是警隊政治部的綽號，因為政治部英文名字是「Special Branch」，縮寫為「SB」，跟拍電影的「邵氏電影公司」縮寫一樣，警隊中人都會以此代稱。政治部表面上是警隊的一個部門，實際上直屬英國軍情五處，負責反間諜及情報工作，對一般警員而言，政治部成員身分神秘，行動也不會披露，處理的案件往往在結案一段時間後，旁人才能知道一鱗半爪。老徐口中的Morris是政治部的高級警官，父兄都在英國政府工作，獲頒被香港人戲稱為「荷蘭水蓋」[53]的榮譽勳章——事實上，他們並不是什麼有錢人，只是在不少華人眼中，在政府擔當重要職位，擁有

[52] 撇開文法錯誤不談，直譯自「一車來，一車去，兩車接吻」。

[53] 荷蘭水蓋：荷蘭水是汽水的俗稱，傳聞因為香港最早市販的汽水由荷蘭進口，本地人便將汽水稱作「荷蘭水」。「荷蘭水蓋」即是瓶裝汽水的蓋子。

權力的官員，自然「財來自有方」。

「結果『廉記』的傢伙，出狀況時還不是要靠我們。」魏思邦啐了一聲，罵道。「整天到晚只想著如何整治我們，教警隊上下提心吊膽，如今被匪徒盯上了，便向我們求救。真是厚顏無恥。」

「邦，不管他是什麼身分，我們也要做好自己的工作。」一直保持沉默的關振鐸開口說道。

三位部下聽到組長如此說，便沒有繼續談下去。阿麥專心開車，魏思邦和老徐盯著車窗外，而他們都沒有察覺，關振鐸今天比平時寡言，心事重重。

當車子還有一個街口便到達南氏大廈時，關振鐸對阿麥說：「阿麥，停車。」

「咦？阿頭，還未到啊？」阿麥嘴巴上如此問，手卻扭動方向盤，將車子停在路旁。

「我和老徐下車步行過去，你們兩個開車駛進停車場。我們不知道歹徒有沒有在監視。」關振鐸說。「邦，你跟阿麥對管理員說要探望四樓的廖華明消防區長，我和老徐會說約了住在九樓的高級警司Campbell。他們已被知會，就算管理員打電話確認都不會露餡。」

「阿頭，連管理員都要瞞？」

「天曉得他是不是綁匪的同黨。」關振鐸邊說邊離開車廂。「進入大廈後，在四樓走廊等我們。」

四人先後進入南氏大廈，一路上沒有任何阻礙。阿麥和魏思邦搭電梯來到四樓，站在電梯前不到一分鐘，電梯門再次打開，跟站在電梯內的關振鐸和老徐會合，四人乘電梯來到七樓夏嘉瀚家門前。

「叮咚。」關振鐸按下門鈴。阿麥在走廊中張望，因為他從沒到過高級公務員的宿舍大廈。他住在北角警察宿舍，一層有十多戶，既嘈雜又擠迫，而南氏大廈每層只有兩戶，環境清幽，他心裡不禁嘆句差別真大。

「您好，我是九龍偵緝督察關振鐸。」當大門打開，關振鐸出示證件，向開門的夏嘉瀚道。關振鐸說的英式英語字正腔圓，在他身旁的三位部下心想，組長果然喝過洋水，光是這口音，對洋警司們來說已有不一樣的親切感。

「呃……我是夏嘉瀚，請進。」夏嘉瀚微微一怔，打量一下門外的四人，再神態緊張地移過身子，讓眾人進入室內。

在大廳裡，夏淑蘭雖然已止住哭泣，但仍一臉哀愁陷在沙發中，對來訪的警員沒有半點反應，就像靈魂出竅。關振鐸張望一下，找到電話機，再向魏思邦示意。魏思邦便二話不說，提著裝滿追蹤儀器和工具的肩包，替電話線接上錄音和追蹤裝置。

「夏先生，您是報案人吧？可否說明一下情況？」關振鐸、阿麥和老徐坐在長沙發上，跟夏嘉瀚面對面。關振鐸唸對方的姓氏時，連「Hill」的「L」尾音都帶點英國味道。

「嗯，嗯。」夏嘉瀚身子前傾，說：「我妻子在十二點四十五分被電話吵醒……」

夏嘉瀚把從妻子口中聽到的話、打電話到學校確認的情形、發現校服和頭髮的經過，一五一十向關振鐸說明。畢竟夏嘉瀚也是經驗老到的探員，在說明案情時有條不紊，關振鐸不用發問，已大致上了解情況。

「犯人說兩點半會再打電話來嗎……」關振鐸瞧了瞧手錶，時間是下午一點五十二分，距離綁匪預告的時間還有差不多四十分鐘。「雖然對方這樣說，但他也有可能提早致電。邦，儀器弄好了沒有？」

「線已接好，現在測試中，一切運作正常。」魏思邦戴著耳機，向關振鐸做了個ＯＫ的手勢。

「阿麥，你將校服、頭髮和紙箱收好，上面或者有犯人的指紋或線索。打電話通知鑑證科派人來取，不過通知對方偽裝成貨運工人，以免驚動可能監視中的犯人。」

「明白。」

「夏先生，請讓我趁著犯人來電前的這點時間，詢問一下您們一家的生活情形，看看有沒有線索。」關振鐸態度認真地說。「您們最近有沒有遇上任何可疑人物？或者發現任何異常情況？」

夏嘉瀚搖搖頭，說：「沒有。我最近都好忙，經常加班工作，回家也很晚，沒見過什麼人。我也沒有聽過淑蘭提起任何不尋常的事。」

夏嘉瀚轉向妻子，搖了搖她的手臂，問道：「淑蘭，關警官問妳最近有沒有發現可疑的人或事情？」

夏淑蘭茫然地抬起頭，目光掃向面前的警察們，再咬著嘴唇，痛苦地搖頭。「沒有……什麼都沒有……但這是我的錯……」

「您的錯？」關振鐸問。

「我這些年都只顧著工作，沒有好好照顧雅樊，把責任全推給保姆……神是要懲罰我這個失職的母親吧？我今天早上下班回家，也沒有好好跟雅樊說上幾句話……天啊，我真是一個差勁的母親……」

「不，這不是妳的錯，我也太忽略雅樊了……」夏嘉瀚抱住妻子，讓她埋頭在自己的胸口。

「夏先生，可否說一下，除了那位保姆外，還有什麼人經常出入您家？」關振鐸單刀直入地問道。

「還有一位鐘點女傭，她每星期會來清潔兩天。」

「我想要這位女傭和那位保姆的個人資料，麻煩您給我她們的名字、住址等等。」
「關警官，你……是懷疑她們跟案件有關？」
「綁架案中，跟受害人有經常接觸的人都有嫌疑，尤其是沒有血緣關係的傭人。」
夏嘉瀚本來想反駁，但他卻開不了口。身為執法者，他知道關振鐸所言非虛，但情感上他不相信Liz或那位一臉慈祥的鐘點女傭會傷害兒子。
「我認為她們不會對雅樊不利，不過，為了縮小調查方向，我便給你她們的資料吧。」夏嘉瀚站起來，到書房打開抽屜，找出一本記事簿，再回到客廳。
「保姆叫……『梁麗萍』，洋名Liz，四十二歲。」夏嘉瀚翻開記事簿，說道。
「『梁麗萍』……哪一個『萍』？」關振鐸邊把資料記下，邊問道。
「這個。」夏嘉瀚把記事簿的一頁給關振鐸看。
「下面是她的住址和電話？」
「是的。」
關振鐸、老徐和阿麥抄下資料。
「女傭呢？」關振鐸問。
「女傭叫『王帶娣』，五十歲。旁邊的便是了。」夏嘉瀚指著記事簿中寫著Liz資料一頁的旁邊。
「阿麥，你打電話到她們家，看看有沒有發現。」阿麥聞言便走到電話前，拾起話筒。
「Liz她一個人住，而且她平時也經常在我們家過夜，她有自己的房間。」夏嘉瀚說：「雖然她名義上是孩子的保姆，但她也會替我們打理家務，兼任廚師和管家了。」
「她在一星期有多少天會在這兒過夜？」

「不定，視乎淑蘭的工作。」夏嘉瀚回頭瞧了瞧妻子，說：「當淑蘭在九龍醫院值夜班，Liz便會留在這兒陪雅樊，尤其我有時也會晚歸……如果我和淑蘭早回家，她便會回去，說不打擾我們一家三口……唉，我沒把她當成外人啊。」

「女傭王帶娣呢？」

「她的家庭我不大清楚。」夏嘉瀚搖搖頭。「因為不想Liz太辛苦，我請她找一位鐘點女傭清潔家居。王帶娣只懂簡單英語，我跟她沒說上幾句話。聽Liz說，王女士跟一些『姊妹』住在一起，似乎不打算結婚。」

「看樣子，是順德馬姐吧。」老徐插嘴道。來港三年，夏嘉瀚聽過「順德馬姐」這詞語，但他從來沒搞懂，以為這是一種稱謂，用來描述那些從事女傭工作、年邁的獨身女性，而不知道「順德」其實是廣東省的一個地方。

「阿頭，打過電話了。」阿麥回到座位，說：「梁麗萍的家無人接聽，而王帶娣在家。我裝作社區互助委員會，查問工作情況和家庭環境，對方沒半點懷疑，一一作答。我認為王帶娣跟案件無關。」

「那麼，那個什麼Liz便有嫌疑了。」老徐道。「夏先生的孩子失蹤，按道理負責接送的保姆應該最先發現情況，向老闆報告，但她現在既沒回老闆家，也沒回自己的家。她可能是跟綁匪一黨，只要她出手，即使不用任何手段，都可以擄走孩子而不引起注意。」

「Liz她不會……」老徐的話刺痛夏嘉瀚的神經，但他只說出半句，便無法繼續說，因為他知道老徐的話並非沒可能。

「又或者，梁麗萍跟孩子一同被擄走。」關振鐸以平穩的聲調說：「甚至更壞的情況是，梁麗萍已經遇害。綁匪要的是白皮膚的孩子，黃皮膚的成年人保姆根本沒有價值。」

夏嘉瀚倒抽一口涼氣。事發後，他一直擔心兒子安危，沒想過Liz的處境——而關振鐸說的，很可能是事實。天知道校服上的血跡是孩子的，還是保姆的。

「您最近有沒有發覺梁麗萍有任何不尋常的舉動？」關振鐸問。

「沒有——」夏嘉瀚頓了一頓，似是想起某事。

「想起什麼了嗎？」

「沒什麼大不了，只是半個月前某天我下班回家，從浴室洗完澡出來時，看到Liz在我和淑蘭的臥房。她說她有一張購物清單不見了，猜想可能掉在我的房間裡。她平時很少進主人房，至少，當我回家後，她都不會走進去。」夏嘉瀚表情有點複雜，說：「我曾想過，她會不會是想偷錢，但我點算過皮夾裡的鈔票，一張都沒有少。後來，她跟我說在陽台找回清單了，我才發現我真的想太多。」

「所以這個保姆真的有嫌疑？」老徐說。

「不，不。」夏嘉瀚連忙否認。「因為關警官問起，我才想起這件小事，Liz跟雅樊感情很好，她不可能做出任何傷害雅樊的事情。」

「無論如何，」關振鐸站起來，「我們可以看一下保姆的房間嗎？」

「請。」

夏嘉瀚領著關振鐸走到Liz的房間。老徐和阿麥也跟著，只有魏思邦一人守在電話旁。Liz的房間不大，私人物件也不多，就是有幾件衣服，一些日用品之類，沒有任何調查價值。

眾人回到大廳，只能默默地等待綁匪的電話。關振鐸沒有再問任何問題，像是坐在沙發上沉思，阿麥和老徐偶然在客廳中踱步，不想讓氣氛過於凝重。他們都沒有走近窗戶，因為他們不知道匪徒會不會在監視著，萬一被發現警方介入，難保歹徒會乾脆殺掉肉票，中止行動。

等候期間，鑑證科派人來取走紙箱和校服等證物。那兩位警員穿上工人褲，戴著手套，推著一輛板車，車子上有一個偌大的瓦楞紙箱，外觀是一台冰箱。紙箱裡其實空無一物，阿麥將證物交給對方，放進偽裝的紙箱裡，兩位警員便把車子推走。旁人看來，只會以為是送貨工人弄錯地址，把冰箱送錯家，被迫帶回去。

阿麥偶然看到近玄關的架子上有一個廉政公署的紀念獎牌，是夏嘉瀚在上任第二年時，因為順利偵破多宗貪汙案而獲得上級嘉許的禮物。阿麥心想，如果旁人看到這一幕，應該會覺得很不可思議——廉署的調查主任和警隊成員共處一室，並肩作戰，就像野貓和野狗聯袂對付豺狼，換作平時，貓和狗老早大打出手。

「鈴——」

響亮的電話鈴聲突然劃破沉默。時間是下午兩點三十分，犯人一如預告，準時打電話來。

「盡量拖延時間，時間愈久，儀器才能追蹤到來電者位置。」

關振鐸和眾人戴上監聽耳機，示意夏嘉瀚接電話。魏思邦向關振鐸比了個拇指，表示儀器運作正常。

「喂。」夏嘉瀚提起話筒，謹慎地說。

「你是夏雅樊的父親嗎？」

「我是。」

「你的妻子有好好聽話，不錯。有收到『禮物』嗎？」

「你要是動雅樊一條頭髮……」夏嘉瀚聽到對方輕佻的語氣，不禁勃然大怒。

「動了又如何？夏先生，你要搞清楚立場，發命令的人，是我啊。」

「你……」夏嘉瀚洩氣地說：「……你有什麼要求？」

「在說要求前，先問你一句——你沒有報警嗎？」

「沒有。」

「我最討厭說謊的人了，交易中止吧。」

「咔」的一聲，對方掛了線。夏嘉瀚茫然地抓著話筒，聽著話筒中那平板的斷線音，就像聽到劊子手磨刀聲，令他不寒而慄。

「怎麼……」夏嘉瀚無力地放回話筒，徬徨地望向關振鐸。

「鈴——」電話赫然再響。夏嘉瀚沒有等待關振鐸的指示，直接接聽。

「你別亂來，我願意做任何事情……」夏嘉瀚一口氣說道。

「我再給你一次機會——你沒有報警嗎？」話筒裡仍是那男人的聲音。

夏嘉瀚差點想說出「有，很對不起」，但他及時看到關振鐸舉起的一張紙。紙上的文字很潦草，但夏嘉瀚看明白——關振鐸在紙上寫的是「Bluffing」。

對方只是虛張聲勢，正在試探自己——夏嘉瀚了解關振鐸的意思。

「沒有！我不會拿自己孩子的生命作賭注！」夏嘉瀚硬著頭皮說道。他害怕自己的謊言會被對方看穿，也怕關振鐸的判斷有誤，但他此刻只能相信自己的選擇正確。

「好，好。」對方沒有掛線，夏嘉瀚不禁透一口氣。「你是誠實的人，我們便談一下生意吧。剛才你說願意做任何事情？我要的只是錢，給我錢你便可以得回孩子了。」

「那你要多少？」

「我不要很多，五十萬港幣便行。這個價碼很便宜吧？」

「我……我沒有這麼多錢……」夏嘉瀚無奈地說。

「咔。」對方再次突然掛線。

「喂！喂！」夏嘉瀚一臉詫異，他沒料到自己一句實話會惹怒對方。

他放下話筒，關振鐸向魏思邦問道：「有沒有追蹤到？」

「沒有，時間太短。」魏思邦搖搖頭。

「關警官，怎麼辦？」夏嘉瀚問。

「犯人……」

關振鐸話沒說完，電話三度響起。

「犯人仍在試探您，他要把您榨乾。他不會真的中止交易，但您要小心應對。」關振鐸道。

夏嘉瀚點點頭，拾起話筒，說：「請你別掛線！我們可以好好談嘛！」

「你劈頭便說自己沒有錢，教我如何跟你好好談下去呢？」

「但我真的沒有那麼多錢……」

「唉，真是冥頑不靈——」對方話畢，話筒沒有聲音。

「喂？喂！」夏嘉瀚以為對方又再掛線，但電話沒有傳出斷線音。

「……Liz？妳在哪？Liz？」

夏嘉瀚一聽，淚水幾乎奪眶而出。那是兒子夏雅樂的聲音。

「雅樂！你有沒有受傷？別害怕，爸爸很快接你回家……」

「雅樂！」聽到丈夫的話，夏淑蘭回過神來，撲向電話，想聽聽兒子的聲音。

「夏先生，你看我多麼的有誠意啊。」電話再度傳來的，是犯人的冷漠聲線。「你老是說自己沒錢，實在太過分了。我看你每天生意也有幾百萬上落，區區五十萬算什麼？」

「我哪來幾百萬的生意！我不過是個受薪的公務員啊！」

「你別胡扯，公務員住在九龍塘？孩子在貴族學校上課？」

「南氏大廈是公務員宿舍！孩子有學費津貼啊！」

對方突然沉默下來。

「喂？喂？」夏嘉瀚緊張地說。

「……我待會再打給你。」

「喂喂！」

犯人沒理會夏嘉瀚的喊叫，掛了線。

夏嘉瀚在這一刻，才驚覺自己說錯話。雖然他如實相告，但萬一綁匪真的弄錯了，誤以為他是有錢人，所以才擄走雅樊，犯人一旦發現肉票家人付不出鉅款，很可能直接撕票。他不斷後悔自己太魯莽，應該說明即使自己沒有五十萬，也會向朋友籌集。

「關……關警官，我、我是不是搞砸了？」夏嘉瀚慌張地看著眾人，結結巴巴地說。

「言之尚早。綁匪可能事前調查不足，把您當成外資企業老闆了。」關振鐸冷靜地說：「從綁匪之前的態度，我們可以估計他或他背後的主腦是懂得玩弄他人心理的犯人，如果他們真的弄錯您的身分，他們應該會重新考慮金額。這假設建基於兩點——一、您在電話裡表現合作，綁匪應該覺得您還有利用價值；二、如果綁匪在這一刻『放棄』，他們只會空手而回，沒法撈到半點好處。」

夏嘉瀚明白關振鐸口中的「放棄」是「撕票」的意思，只是對方在意自己的妻子，不想她受刺激。

兩分鐘後，電話再次響起。對夏嘉瀚來說．這兩分鐘就像兩個鐘頭那麼長。

「喂？」夏嘉瀚說。

「你……真的只是公務員？」

「對啊！」

「在哪兒工作？」

「廉政公署。」

「嗯，你的兒子也這樣說，證明你沒說謊。」對方的態度稍稍放軟，嘆一口氣，說：「真倒楣，我居然弄錯了。」

「請你放過雅樂！我把我的財產全給你！」

「你有多少錢？」

「七萬元左右……」

「只有七萬？你一家住在九龍塘，吃好的住好的，居然只有七萬元積蓄？」

「我來香港工作，是為了還債……」夏嘉瀚不敢隱瞞。家中的財政狀況，兒子也知道，綁匪只要向兒子追問，便會知道他是否說謊。

「媽的……」男人在電話彼端用粵語罵了一句，再用英語說：「你聽好，我要十萬元，我限你在一個鐘頭之內……不，四十五分鐘之內籌到。否則你的兒子死定了。」

「我怎可能在四十五分鐘之內拿到餘下的三萬元？」

「我哪管你。你沒有現金，便拿些珠寶首飾補足差額。你在那麼高級的政府宿舍居住，職位想必不低吧？我就不信你老婆沒有一些首飾，跟你出席那些高官的宴會時配戴。如果四十五分鐘後沒準備好，你便準備給你兒子收屍吧。」

犯人話音剛落，電話再次掛線。

「邦，找不找得到犯人的位置？」關振鐸脫下耳機，問道。

「不，時間不夠。」

「綁匪中斷通話，表面上是因為被夏先生惹怒，但也有可能是出於提防。」關振鐸略略皺眉，說：「對方可能假設警方已在監聽，所以特意讓通話分開，令我們無法追蹤。如果是這樣的話，犯人比我們想像中還要狡猾和謹慎，大家小心一點。」

關振鐸轉向夏嘉瀚，問：「夏先生，您真的只有七萬港元存款？」

「是的。」

「現在是兩點三十五分，四十五分鐘後，是三點二十分。時間太短，警方無法替您準備有記認的鈔票……我想您只好應匪徒要求，到屳銀行提款。」

「餘下那三萬元怎麼辦？」阿麥插嘴問道。「夏先生可以預支薪水嗎？」

「就算能夠，也不可能在四十五分鐘之內到手，而且那是四個多月的薪金啊……」

關振鐸摸了摸下巴，說：「夏先生，警方無法提供金錢，但我可以用私人名義出借……」

「阿頭，這不合規矩啊！」說話的是老徐。事實上，阿麥、老徐和魏思邦對關振鐸這建議也感到驚訝，他們不是訝異於組長居然要幫助死敵廉署的調查員付部分贖款，而是因為一向精打細算、錙銖必較的關振鐸竟然大方地願意幫忙付這很可能「一去不返」的三萬塊。

「徐警長說得對，這不合規矩。」夏嘉瀚表示感激地點點頭，說：「淑蘭有些首飾，是我們父母留給我們的，我們在欠債時都不願意變賣，但為了雅樊，這些珠寶首飾只是微不足道的東西。」

「那些首飾值三萬元嗎？」關振鐸問。

「我想它們只值一千五百至兩千英鎊，頂多兌兩萬港元吧，不過珠寶價值一向浮動，說不定現在已值三萬了。」

「看，我就說英國人都很有錢吧。」老徐小聲地用廣東話對身旁的阿麥說。

「淑蘭，我動用那些首飾，妳沒有意見吧？」夏嘉瀚對妻子道。

夏淑蘭搖搖頭。她在沒能聽到兒子的聲音後，神態更是沮喪。

關振鐸走到夏淑蘭跟前，握著她的雙手，說：「夏夫人，我們一定會讓您的兒子平安回來，我向您保證。」

夏淑蘭抬頭瞥了關振鐸一眼，憂鬱地點點頭。

「夏先生，銀行近不近？」

「開車五分鐘便到。」

「那麼，您趕緊到銀行提款。阿麥，你躲在夏先生的車子後座，留意任何突發情況。注意別被人看到你。」

「遵命。」阿麥點點頭，跟著夏嘉瀚離開寓所。

兩人離開後，夏淑蘭、關振鐸、魏思邦和老徐在客廳中，彼此沒有交談。關振鐸坐在沙發上，眼睛彷彿看著無盡的地平線。他的兩位部下，以及這房子的女主人，都不知道他正在盤算著另一件事。

關振鐸想著的，是「油麻地果欄販毒案」所牽引出的「警隊集體貪汙案」。

4

下午三點，夏嘉瀚和阿麥歸來。

據阿麥說，一路上沒有任何異常，他偷偷從車窗察看四周，也不見任何跟蹤夏嘉瀚的可疑人物。夏嘉瀚有六萬元放在定期帳戶，還有一個月才到期，為了提取這筆錢，他只能取消戶頭，利息全沒了。從銀行取得七萬元現金後，他把鈔票塞進一個公文袋，回到停在銀行門前的車子，過程很順利。

夏嘉瀚在客廳桌子上倒出一疊疊簇新的鈔票。七萬元的鈔票分成七疊，每疊二十張五百塊紙鈔。雖然三個月前香港匯豐銀行剛發行一千元鈔票，但不少銀行還是提供俗稱「大牛」的五百元紙幣[54]。七萬元已是大部分文員六至七年的薪水總和，但換成鈔票放在桌上，阿麥覺得比想像中少得多。

「阿麥，你記下鈔票的編號。」關振鐸還沒開聲，老徐便對阿麥發出指示。「時間不多，要趕快哪。」

阿麥點點頭，坐在桌子前，拆開綑著鈔票的紙帶，仔細地記下每張鈔票的編號。這些鈔票一旦流入銀行系統，警方便多一條線索，從存款人追查贖款流動去向，找尋犯人。

「用來補足餘額的首飾在哪兒？」關振鐸問。

「我放了在書房。」夏嘉瀚邊說邊往房間走過去。

「不是放主人房嗎？」

「我們家去年之前還負債累累，貴重物品當然要好好保管，放進保險櫃。隨便放在主人房，萬一有竊賊趁我們家裡沒人大肆搜掠，那便連僅餘的財產也沒了……」夏嘉瀚嘆一口氣，說：「不過，沒想到即使收藏得再好，還是得乖乖拿出來雙手奉上。唉。」

關振鐸跟隨夏嘉瀚走進書房，老徐亦像是要一開眼界似的走在後面。夏嘉瀚的書房不算大，

[54] 一九七七年時，香港發鈔銀行有兩家，分別是匯豐銀行及渣打銀行。在一九七七年之前，香港最大面額鈔票為五百元，而匯豐銀行於一九七七年三月三十一日發行一千元紙幣，渣打銀行在兩年之後（一九七九年一月一日）亦開始發行。

但井井有條，書架上有不少有關法律、辦案程序和犯罪鑑識的書籍。在書架旁的牆上，掛著幾幅畫，不過並不是什麼漂亮的畫作，只是一些畫風稚拙的水彩畫。

「這是雅樊畫的。」夏嘉瀚看到關振鐸和老徐瞧著水彩畫，便解釋道。「他很喜歡畫畫。雖然他對一般課外活動沒有興趣，唯獨畫畫例外，只要給他畫筆和畫紙，他可以坐在一旁畫一整個下午。淑蘭讓他參加了課餘的繪畫班，他便更沉迷了，還要我把他的畫掛在書房，說什麼書房應該有些畫點綴……」

夏嘉瀚露出淺淺的笑容，但笑容隨即消逝，換上苦澀的表情。關振鐸和老徐都明白，對夏嘉瀚來說，現在談論這些軼事不過是一種精神上的折磨。

夏嘉瀚打開書架旁的一個木櫃，裡面有一個灰藍色的保險櫃，約有七十公分寬、一百公分高。關振鐸看不出它有多深，因為它嵌在茶色的木櫃之內。

夏嘉瀚掏出鑰匙，插進保險櫃的鎖孔，再轉動櫃門上的轉盤，一時向左，一時向右，輸入正確的密碼後，保險櫃門「咔」的一聲打開。夏嘉瀚小心翼翼地把一個紫色的盒子取出，關上櫃門，拔出鑰匙。他把盒子放在一旁的書桌上，三人的目光都緊盯著這個外層裱襯了紫色絨布的盒子。盒子長寬各約為二十公分，厚約五公分。

夏嘉瀚把盒子從中間打開，關振鐸和老徐都被盒子裡的首飾嚇一跳。盒子裡有一條鑽石項鍊，鍊墜鑲有十數顆晶瑩剔透的鑽石。在項鍊中間有一雙鑽石耳環，設計跟項鍊一樣，而一旁還有三枚指環，其中兩枚跟項鍊和耳環同款，餘下一枚鑲的不是鑽石，是紅寶石。

「這不只值兩萬元吧？」老徐吹了一下口哨，道。

「我不肯定。」夏嘉瀚道。「我在英國時曾找珠寶商估價，對方說約值一千五百鎊。或者那傢伙騙我吧。」

「不管它們真實價值是多少，綁匪以為它們有三萬元以上的價值便足夠。」關振鐸說。

夏嘉瀚闔上盒子，嘆道：「這項鍊和耳環陪伴淑蘭多年，她卻只戴過三、四次，來香港後，也不過在去年十一月跟我出席同僚婚宴時戴過一次。她一直很喜歡這項鍊，雖然她同意拿來當贖款，但她其實捨不得吧……」

三人回到客廳，阿麥已抄好鈔票編號。七疊鈔票中有五疊是新鈔，號碼相連，阿麥只要抄下首尾兩張，便記下全疊二十張的編號。

「阿頭，犯人沒指明要舊鈔和小面額的紙幣，我覺得有點奇怪。」阿麥說。

「或許犯人想速戰速決，所以沒附加這些條件吧。」老徐聳聳肩，搶白道。

「又或者犯人一早已準備好應對計畫。」關振鐸邊說邊走近魏思邦，對他說：「給我『那個』。」

魏思邦知道組長指什麼，從放儀器的袋子中取出一個黑色的小盒。盒子大小跟打火機差不多，用塑膠製造，側面有幾條隙縫，可以看到裡面有雜亂的電線。盒子的正面有四個螺絲孔，中央有一個不起眼的按鈕。

「夏先生，這是發信機。」關振鐸把小黑盒放在桌子上，說：「裡面有電池，足夠用四十八個鐘頭，您按一下按鈕，把它藏進裝贖款的袋子裡，我們便能夠追蹤到訊號，知道它在哪裡。犯人一旦拿到贖金，我們便有同事跟進，直搗綁匪的巢穴，救出您的兒子。」

「可是，萬一被歹徒發現這發信機……」

「您可以選擇不放，警方不能強迫您做這件事。不過，請您明白，綁匪收到贖金後，不一定會遵守承諾，釋放人質。與其說這個發信機是一個賭注，不如說是一份保險。您信任皇家香港警察，便照我所說，將它放進袋子。」

「……我明白了。」夏嘉瀚點點頭。

「我不知道綁匪會不會指示您在交付贖金期間，將鈔票和首飾轉移到另一個袋子，所以您要見機行事。」關振鐸敲了發信機兩下。

阿麥將鈔票紮好，還原成七疊，夏嘉瀚約略點算一下，便把鈔票塞進公文袋。因為首飾盒太大，不方便攜帶，夏嘉瀚找來一個小布袋，將項鍊、耳環和指環放進去，拉緊袋口的繩子後，再把布袋塞進公文袋。他撿起黑色的發信機，打算也把它跟鈔票和首飾放在一起，但臨時改變主意，把黑盒子放進自己的褲袋。他想，還是等待綁匪發出指示，確認對方沒有什麼特殊要求後，才將發信機混進首飾和贖款之中。

關振鐸在等待期間，打了兩通電話，聯絡香港島和九龍兩區的刑事部，打點行動後續。犯人一發出指示，關振鐸便會通知相關區域的警員進行監視和埋伏。雖然事出突然，從案發至今不過三個鐘頭，但關振鐸已靈活地安排好人手，準備應對所有突發情況。

十分鐘後，電話響起。時間是三點二十分——正是綁匪預告的時間。

眾人戴上耳機，魏思邦再次操作追蹤儀器和錄音機，關振鐸向夏嘉瀚點點頭，夏嘉瀚便提起話筒。

「喂。」

「準備好錢了嗎？」仍然是那男人的聲音。

「準備好了，七萬元的現鈔和三萬元的首飾。」

「看，事在人為嘛！」男人訕笑道。

「我想跟雅樊說兩句。」夏嘉瀚看到魏思邦做出拖延的手勢，於是這樣說。

「你憑什麼跟我討價還價？」男人冷冷地說。「我以下的指示只說一次，你給我聽清楚。」

「我要跟雅樊……」

「現在立即帶同贖金，二十分鐘之內，一個人開車到中環威靈頓街樂香園咖啡室，點一杯奶茶。到時你會收到新指示。」

「等等，我要跟雅……」

夏嘉瀚話沒說完，對方已掛線。

「追蹤不到。」魏思邦卸下耳機，說：「每次的通話時間都好短，完全沒辦法鎖定位置。」

「邦，你留在這裡，仔細檢查之前每一段通話錄音，看看有沒有什麼線索，例如背景音之類。」關振鐸把耳機放下，說：「夏先生，對方限時二十分鐘，您要立即出發。您知道樂香園的地址嗎？」

「在威靈頓街近德忌笠街那一間？」

「對，就是那間。這次阿麥不能跟您一起去，因為犯人強調您要一個人交贖金，萬一他發現您的車上有另一個人，我怕會危害您兒子的安全。不過，我、阿麥和老徐會一直待在您附近，一有機會，您便簡單地告訴我們犯人下一道指令，我們會調動警員部署。我們出發後會利用車上的無線電通知港島ＣＩＤ，叫他們派人到樂香園放哨，留意可疑人物。」

夏嘉瀚點點頭。

「阿麥，你立即到停車場開車離開，在街口等我和老徐。」

阿麥明白關振鐸這指示，是以防綁匪仍在監視，他二話不說，點點頭，便搶先一步離開寓所。

夏嘉瀚沒有立即拿起放贖金的公文袋，只走到癱在沙發上的淑蘭跟前，蹲下身子，給妻子一個擁抱。

「不用擔心，我會帶雅樊回來的。」在妻子的耳邊，夏嘉瀚以肯定的語氣說道。夏淑蘭聽罷，眼眶再次泛起淚光，但這一次她強忍著，只是不斷點頭，雙臂緊緊地環抱著丈夫的身軀。她知道，她要堅強地面對這災劫，不能讓孤身犯險的丈夫為自己擔憂。

夏嘉瀚拾起公文袋，走出玄關，來到停車場，坐上車子。他把贖金放在副駕駛座，扭動車匙，心中盤算著開車路線。他離開南氏大廈正門時，從後視鏡看到關振鐸和老徐的身影，他們經過管理員的小亭，往大廈外走去。

在路途上，夏嘉瀚不時留意手錶。從寓所往港島中環大約需時十二分鐘，但萬一遇上交通擠塞，二十分鐘之內未必能趕到。夏嘉瀚每次來到紅色的信號燈前，他都不禁心焦地死盯著燈號，黃燈一亮起，他便全力踏下油門，就像在賽車場上爭逐名次的車手。

幸好，由於未到下班時間，沿途的交通都很順暢。只是經過海底隧道時，那個笨手笨腳的收費員拖慢了十餘秒的行程，夏嘉瀚已經說不用找零錢，對方仍呆頭呆腦地遲遲不放行。

夏嘉瀚在三點三十七分及時抵達咖啡室。樂香園位處中環，被本地人稱為「蛇竇」——粵語中偷懶開小差俗稱「蛇王」，這間咖啡室每天下午茶時間，便會擠滿從中環辦公室偷偷竄出來喝咖啡奶茶的白領，所以有「蛇竇」之名。夏嘉瀚到達時，正好遇上下午茶時段，整間咖啡室所有桌子都有客人，令他有點不知所措。

「蛇竇」一向是平民咖啡室，外資洋行的老闆或高級職員不會光顧，所以當夏嘉瀚走進店內時，招來大部分人的注目禮。有人猜他是不是走錯地方，也有人猜他是不是有急事要找自己的下屬，而這位下屬剛好開小差來吃下午茶，身為老闆迫於無奈要親自到「蛇竇」拿人。

「Sorry, no seat. Do you mind……『搭檯』？」一位四、五十歲的服務生以半鹹淡的英語對夏嘉瀚道。這位服務生想告訴夏嘉瀚沒有空桌，問他介不介意跟其他客人併桌，只是他不知道用英語怎麼說，只好嘴上說廣東話，再比手畫腳示意夏嘉瀚坐在空位上。

夏嘉瀚本來想隨便坐下，但他忽然瞥見認識的面孔——關振鐸和老徐坐在一個四人卡位[55]上。他藉故走近，裝作併桌，坐在關振鐸身旁。關振鐸正單手舉起一份對摺兩次的報紙，擺出讀報的樣子，而老徐則雙手交疊胸前，裝出打瞌睡的姿勢。這些正是「蛇竇」一眾「蛇王」的慣常模樣，沒有人會懷疑他們是警察。雖然夏嘉瀚剛才拚命趕到這兒，但論飆車技術，他不及年紀輕輕的阿麥，關振鐸比他早幾分鐘到達。

關振鐸和老徐沒作聲，繼續本來的動作，只白了夏嘉瀚一眼，就像在說「怎麼有個老外來併桌」。夏嘉瀚也沒有主動說話，只是依照綁匪的指示，向服務生點了一杯熱奶茶。樂香園的奶茶遠近馳名，所以才會招來大量偷懶的白領光顧，可是夏嘉瀚現在沒有任何心情細心品嘗。他啜了一口，便坐在座位上四處張望，等待接頭的犯人。

他看著手錶，分針一點一點往四十分的刻度靠過去。當指針快到達四十分時，那個四、五十歲操半鹹淡英語的服務生走近夏嘉瀚。

「You... Mr. Ha? Telephone。」服務生再次比手畫腳，示意有電話找夏嘉瀚。

夏嘉瀚覺得奇怪，但抓住贖金公文袋，走到電話旁。電話在櫃台旁，話筒擱在電話機上，附近沒有人。

「喂？」他小心翼翼地拾起話筒說。

「你準時到達，好。」又是那可恨的男人。

「你快點現身，我不要錢，我只要我的兒子。」

[55]即卡座。

「你依照我的指示，很快便見到他了。」男人淡然地說：「現在，你到附近找一家金飾店，將七萬元換成黃金。」

「黃金？」夏嘉瀚訝異地反問。

「對，黃金。今天的金價大約是一兩九百元……我給你打個折，你給我買七十五兩吧，餘額就不用給我了。」

不同於歐美使用金衡制盎司和金衡磅，香港買賣黃金，習慣使用金衡兩。一兩等於十錢，一錢約三點七五公克。七十五兩黃金，便是六萬七千元左右。

「你把鈔票換成十五條五兩重金條，然後開車到西環堅尼地城游泳池，到泳池餐廳點一杯咖啡，等候下一道指令。」男人繼續說。

「西環堅尼地城游泳池？」

「對，別要我重複。給你半個鐘頭……四點十五分之前要辦妥事情，並且到達目的地。」

「你會帶雅樊到那兒嗎——」

夏嘉瀚的話沒法傳出去，因為對方早一步掛線。

鈔票號碼能夠記下，追查來源，但黃金不能。有必要時，可以將金條熔掉，犯人要脫手比鈔票容易得多。

夏嘉瀚回到座位，一口氣喝光奶茶，輕聲說道：「犯人要我用現金買七十五兩黃金，然後到西環堅尼地城游泳池餐廳等指示。」

關振鐸沒有回答，目光仍放在報紙上，只是把右手放在桌上，輕輕敲了桌面兩下。夏嘉瀚知道對方已聽到內容，便向服務生叫結帳，付款後抓住公文袋離開咖啡室。

夏嘉瀚離開咖啡室後，連忙沿著皇后大道中找金飾店。中環是港島核心，在皇后大道中往西一段有各式各樣的店舖，金飾店有好幾間。夏嘉瀚沒有多想，隨便走進一間櫥窗放滿金手鐲、金戒指的店子，店員看到有外國人光顧，展現出殷勤的態度——雖然今天本地華人在地位和財富上已差不多趕上外國人，但洋人等於富人的想法，在老一輩的市民中仍是根深柢固的印象。

「歡迎，請問我有什麼能幫到先生您？」頭頂半禿、架著一副眼鏡的店員英語口音雖然不純，但總算流利。

「黃金，我要買金條。」夏嘉瀚一口氣說。

「是要買來保值嗎？這個時間買金最好了。請問要買多少？」店員高興地說。

「五兩重的足金金條，我要十五條。」

「先生，您說……十五條五兩金條？」店員以為自己聽錯。

「沒錯，合共七十五兩的金條。」夏嘉瀚邊說邊從公文袋掏出一疊疊的鈔票。「你們店裡有沒有？我現在就要，沒有的話我便走，我趕時間。」

「有！有！」店員看到一綑綑的「大牛」，眼珠幾乎要掉出來。他不是沒見過如此大的數目，只是，他從沒遇過如此闊綽的外國客人。七萬元，已足夠在灣仔買三分之一層房子了。

店員急忙走進店內，一分鐘後，捧出一個盤子，盤子上有十五個錦盒。店員逐一打開，每個盒子裡都有一片黃澄澄的金塊，金塊上刻著重量和編號，盒內還有金塊生產商的證書。

「先生，我們有天秤，您可以逐一檢查金條……」店員將金塊放在他面前。

「不用了，盒子我都不要，給我金塊就好。」

「價錢方面，今天本店黃金賣出價是每錢八十八元……合共六萬六千元。」店員必恭必敬地指向櫃台上一個立牌，上面寫著「公訂不二價，足金每錢$88.00」，再在算盤上迅速計了一下總額。「請問是付現金嗎？」

夏嘉瀚將七疊鈔票推到店員面前，像是責怪對方問了多餘的問題。

「我想檢查一下鈔票，麻煩您等一下。」店員怕惹對方不高興，謙卑地說。

「快點。」夏嘉瀚邊說邊看手錶。從中環到西環不用十分鐘車程，時間上應該比剛才寬裕。

店員逐一檢查鈔票，由於大部分鈔票都是號碼相連的新鈔，點算和檢查過程比他想像中輕鬆。兩分鐘後，他已點算好六萬六千元。

「這兒是餘款，我現在開一張收據給您。」

「單據便……」

「先生，單據還是保留一份比較好，以免將來有什麼爭議。」店員猜到夏嘉瀚的心意，邊說邊開單。他很奇怪這位外國客為什麼急於購買金條，猜想對方是不是挪用公款，準備挾帶私逃——當然，他才不管客人的背景，總之鈔票是真鈔，這場交易合法，就算警察來到，他也有大條道理保住這筆款項。

在店員寫收據之際，夏嘉瀚將金條塞進公文袋。五兩重的金條尺寸就像一塊有點長的橡皮擦，Ａ４大小的公文袋盛「十五塊橡皮擦」綽綽有餘，但金條重量不輕，七十五兩便是差不多三公斤，公文袋幾乎因為金條重量而破掉。店員瞥見這一幕，撕下單據時，從櫃台下取出一個塑膠袋，連同收據遞給夏嘉瀚。

「謝謝。」雖然夏嘉瀚心焦如焚，但他仍有禮貌地說。

「不，謝謝您光顧。」店員熱情地跟夏嘉瀚握手，說：「先生您以後再有需要，歡迎光臨小店。」

夏嘉瀚點點頭，將公文袋和收據丟進塑膠袋，便趕忙衝出店子。他在離開店舖時，才發覺老徐站在櫥窗外，裝成觀看櫥窗的普通市民，一直看著他買金塊的情形。他倆擦肩而過時，彼此沒看對方半眼，夏嘉瀚沒說半句話，表示沒有異樣。他猜想關振鐸應該先一步致電警署，安排人手到泳池戒備，或者已跟阿麥先開車到泳池餐廳，看看有沒有綁匪的蹤影。

夏嘉瀚一口氣跑回車子，往堅尼地城泳池出發。

堅尼地城公眾游泳池位於港島西環士美菲路[56]，兩年前開幕，為西區的居民服務。泳池除了附設看台和更衣室等設施外，在入口樓上、觀眾席旁邊有一間茶餐廳，市民不用入場也能光顧。每天早上，即使泳客不多，餐廳都會擠滿吃早餐的市民，有些長者更會在晨運後前來，提著鳥籠彼此欣賞對方的鳥兒，場面非常熱鬧。

四點零五分，夏嘉瀚到達堅尼地城泳池。雖然他從沒來過，但因為調查貪汙案，對公營的設施地址心裡有個底，當車子駛進士美菲路時，他便看到目的地。他將車子停在泳池附近的車位，張望一下，發覺路邊有不少小販，馬路對面還有一個市集。士美菲路位於西環最西端，附近有兩個大型公共屋宛觀龍樓和西環邨，加上私人房屋，住了十餘萬市民。除了賣小吃的小販，路邊還有賣衣服的、賣水果的，也有販賣電池和修理鐘錶的老師傅、兼營配匙的補鞋匠，以及替主婦磨菜刀的工人。這些磨刀師傅會提著磨刀石和工具，在街頭吆喝「劏刀磨鉸剪」，主婦聽到後，便會帶著菜刀或剪刀下樓，用一塊幾毛錢請師傅把刀磨利。

由於正值下課時間，街道上賣小吃的小販正忙個不停，不少中學生正在購買魚蛋、牛雜等街頭小吃，嗜甜的便圍著賣砵仔糕、花生糖或龍鬚糖的。夏嘉瀚擠過這些飢腸轆轆的學生，走到泳池入口，看到往餐廳的指示，沿著樓梯走進餐廳。

餐廳不像中環「蛇竇」那麼擠迫，有不少空桌。這次他第一眼便看到關振鐸一人坐在一個卡

[56] 泳池已於二〇一〇年清拆。新堅尼地城游泳池於二〇一一年建成，位置在原址以東五百公尺外的城西道與西祥街交界。

位上，但他怕歹徒正在監視，所以他只坐在關振鐸背後的另一個卡位。兩人背對背，輕聲說話彼此也能聽到。

「嗯……要什麼？」服務生用粵語問道。夏嘉瀚不知道對方在說什麼，但他猜想對方並不是犯人——犯人不會差遣不懂英語的人跟自己交易。他料想對方是問自己點什麼，便指了指餐牌上的咖啡。餐牌上中英對照，即使言語不通也無礙。

夏嘉瀚邊喝咖啡，邊環視四周。他不知道除了關振鐸之外，餐廳內還有多少個正在埋伏的警員。左前方圓桌的兩個男人很壯碩，很可能是警察，但也有可能便是綁匪；後方不遠處的一個二十歲左右的年輕人也有點可疑，他一邊喝冰檸檬茶，一邊盯著自己的方向。夏嘉瀚循著對方視線一看，才發覺對方未必在看自己——在他前面的座位上，有一位頗具姿色的年輕女生，正在吃三明治。

就在他四處張望時，那個不懂英語的服務生來到他面前，指了指櫃台。夏嘉瀚看到一個擱下了話筒的電話，猜想是犯人來電。他想過犯人是不是跟服務生串通，所以才能準確通知到他接電話，不過他猜想對方只要說一句簡單的話便能找到他——「請你叫那位點了一杯咖啡的洋客人聽電話」。綁匪要他到平民化的茶餐廳待機，大概是利用這些餐廳不多見外國人的特質，不過，夏嘉瀚從中知道一個事實。

無論在「蛇竇」還是這裡，有綁匪的同黨正在監視著。

當確保夏嘉瀚到達後，監視者離開現場，或是用某個方法通知外面的同黨，立即打電話到餐廳，便能通知夏嘉瀚下一道指令。

夏嘉瀚往櫃台前接電話時，再掃視餐廳裡每一個客人的面孔。

他想看看，在「蛇竇」和這餐廳中有沒有相同的人。

可是他沒有發現。他身為調查人員，對臉孔雖然不至於過目不忘，但如果同一個人在半個鐘頭內再碰面，他不會記不起來。

犯人可能有兩個同黨——他猜。在中環監視的，跟在西環監視的，是不同人。

「買到金條嗎？」又是那男人的聲音。

「買到。我把金條和首飾給你，你把兒子還給我。」夏嘉瀚說。

「夏先生，請不用心急，我收到贖金，便會放你的兒子回家。不過我不會笨得當面跟你交易。」男人冷冷地說。「我在泳池餐廳門外的花槽旁放了個紙箱，上面寫著你的姓氏，你去打開看看吧。」

男人很快便掛線，夏嘉瀚也沒回座位，直接掏出鈔票，給服務生結帳。他走出餐廳，在綁匪所說的位置看到一個瓦楞紙箱，一面寫上「HILL」四個大楷英文字母。他就地打開，看到裡面有一條紅色的游泳褲、一個形狀古怪的米白色帆布袋、和一張對摺的紙。他翻開紙張，上面以打字機的文字寫著：

「進入泳池，到更衣室換上游泳褲，把金條和首飾放進帆布袋，帶在身上。我在主池中央底部放了一個特別的硬幣，你去把硬幣找出來。你找到便會明白下一步。」

夏嘉瀚不明白這指示有何用意，但為了救回兒子，他只好照做。他檢查了紙箱，確認他沒有錯過任何物件——和線索——帶著游泳褲和帆布袋，下樓梯往泳池的收費處走過去。他走樓梯時，眼角瞟到關振鐸走在自己身後，於是將寫著指令的紙摺好，偷偷放在扶手上。他知道關振鐸會看到這個動作，拿走字條，只有這樣做才可以通知警方綁匪的行動。他不想直接跟關振鐸說話，因為他不知道那個監視的人是不是仍在附近。

付過入場費，夏嘉瀚沿著通道，走進男更衣室。更衣室沒有自助的儲物櫃，不過有一個櫃台，就像銀行或郵局的服務處，有一位職員照顧客人。櫃台旁有很多像抽屜大小的鐵籠，每個都附有兩個金屬牌子，上面有一個相同的編號。泳客在更衣室脫衣後，把衣服和財物放進籠子，交給櫃台後的工作人員，對方便會將其中一個金屬牌子交給泳客，再把鐵籠放到背後房間的架子上。泳客游泳完畢，將牌子交給對方，便能拿回籠子。為了應付大量的泳客，更衣室裡有過百個鐵籠，而職員會將六、七個空籠子放在櫃台讓人取用，當有泳客取走便補上新的。雖然鐵籠的編號雜亂無章，但架子卻仔細編好號碼，職員會把裝好衣物的籠子放在對應的位置，這樣便能加快泳客取回物品的速度，減少更衣室擠迫的情況。

夏嘉瀚不大清楚這個更衣步驟，但他看到其他人這樣做，便有樣學樣。更衣室裡人不多，只有七、八個男性，他不知道那些正在穿衣或脫衣的男人是不是警員，抑或是歹徒。他拿起一個鐵籠，走到更衣室的角落，脫下身上的襯衫、褲子和鞋襪，換上那條顏色誇張的游泳褲。他確保附近沒有人看到，打開公文袋，將一條條金條放進帆布袋裡。

那個帆布袋既長且窄，與其說是一個袋子，不如說是一條腰帶。它就像腰帶一樣，在兩端有金屬釦子和腰帶洞，長度也和腰帶相同，但在中央的位置有一條長長的拉鍊，容許使用者把狹長細小的物件放進去。這袋子手工粗糙，就像走私用的道具，看樣子不是市販的貨物。

「躂——」

一聲腳步聲令他的動作止住，他匆忙回頭一看，看到的是關振鐸。關振鐸坐在夏嘉瀚旁邊，卻沒有跟他有任何接觸，只是自顧自地脫衣——或者該說，是「假裝」脫衣，因為關振鐸根本沒有游泳褲可以替換。

沒有游泳褲便不能進入泳池範圍，管理人員會阻止。

關振鐸已吩咐手下到對街的市集購買，但為了確認夏嘉瀚的行動，他唯有跟進更衣室。

夏嘉瀚繼續將金條塞進帆布袋，最後把裝首飾的小布包也放進去。他正要拉上拉鍊，突然想起關振鐸出發前給他的小黑盒——

「啊！」

夏嘉瀚不自覺地驚叫一聲，連關振鐸也不禁望向他。

進泳池是為了這個啊——夏嘉瀚赫然明白綁匪要他脫光光跳進泳池找硬幣的理由。如果他現在把發信機放進帆布袋，跳進水裡後，九成會把機器浸壞。那個小黑盒看來不防水，帆布袋也有很多小孔，池水會鑽進袋子裡。金條和首飾不怕水淹，但電子儀器會失靈。

該不該冒著被水浸壞的風險，把發信機放進袋子？還是說，把盒子藏在泳池邊，待上水時才放進去？如果放池邊的話，會不會被歹徒發現？萬一沒放進袋子，歹徒直接在泳池裡搶去贖金，警方又能不能抓住犯人？

夏嘉瀚腦海中湧出一堆問題。

他從已脫下來的褲子口袋中掏出發信機，藏在手心，向旁邊的關振鐸打了個手勢。關振鐸伸了個懶腰，再搖搖頭。

夏嘉瀚知道，關振鐸叫他不要將發信機放進袋子裡。的確，如果發信機不能發信，它的存在只會暴露警方介入的事實，危害肉票的安全。

夏嘉瀚將發信機投進籠子，放在手錶和鑰匙圈旁，拉緊帆布袋的拉鍊，再提著籠子走到櫃台前，將衣物交給更衣室職員。職員除下牌子交還給他，牌子附有繩子，可以穿在手腕上。

「那個腰帶不可以帶進去喔。」職員看到夏嘉瀚搭在肩膀上的腰帶狀袋子。他先用廣東話說，發覺對方聽不明白後再用英語說一次。

「不，我一定要帶著它。」

「有什麼私人物品，請放在這裡吧，我們會好好保管。」那職員擺出一副臭臉。

夏嘉瀚一時氣憤，拉開拉鍊，讓對方看到那些閃閃發亮的金條。

「如果放在這裡但不見了，是不是由你負責？」

那職員目瞪口呆，下巴似要掉到地上，只發愣地吐出一句「請、請帶進去」。夏嘉瀚猜，對方這輩子也沒見過這麼多黃金，雖然在半個鐘頭前，他自己亦是一樣。

在離開更衣室前，夏嘉瀚瞄了仍在「脫衣」的關振鐸一眼，對方暗中擺擺手，示意他先進去。夏嘉瀚也明白，時間拖愈久，雅樊的處境愈危險，必須盡快找到綁匪指示的硬幣。

堅尼地城游泳池分主池和訓練池，主池池底較深，綁匪說明硬幣在主池，夏嘉瀚把裝滿黃金的帆布袋掛在腰上，便直接往主池跳進去。泳池裡有十多二十人，他躲過那些泳客，往中央游過去。到達後，他潛進水裡，仔細察看池底——

沒有任何東西。

他焦急地張望，甚至頭下腳上地將臉孔貼近池底，可是明顯地空無一物。

夏嘉瀚從水中探頭出來，深呼吸一口氣，再次潛進水裡。他懷疑自己在的位置不是正中央，或是硬幣隨水流漂走了，於是他擴大搜索範圍，可是仍是一無所獲。

沒有？為什麼沒有？夏嘉瀚猶如熱鍋上的螞蟻，著急地找那枚硬幣。他偶然不小心碰到其他泳客，或是阻礙了人家的游泳路線，但他只吐出一句抱歉，便繼續找那不知道是什麼模樣的硬幣。

「特別的硬幣——不會是透明的吧？」他想。於是他伸手觸摸池底，可是他摸到的，不過是光滑的平面。

他突然想到，歹徒或者弄錯了主池和訓練池，於是立即上水，轉到訓練池搜索。他離開水面時，發覺關振鐸已換上游泳褲，站在池邊，但他沒打算跟他談話。他已經花了十分鐘，但沒有找到那該死的硬幣。

然而訓練池也一樣，池底的每一處都沒有什麼硬幣。訓練池比主池人多，他潛進水中找硬幣時，一些小女生以為他在做什麼可疑的事情，紛紛避開。

「天啊，那硬幣會不會被不知情的人拾起了？」夏嘉瀚驚覺這個可能性。跟在花槽的紙盒不一樣，紙盒不會有人注意，但池底的硬幣，很可能被好奇的人撿走了。

他離開訓練池，回到主池，向一些泳客發問，可是那些人都說沒有看到什麼硬幣，有的人甚至沒理會他便游走了。他向救生員打聽，對方也說不知道。

夏嘉瀚感到一陣暈眩。他沒想到會在這兒出問題。他腰間仍掛著那沉甸甸的腰帶，沒有人突如其來搶去贖金。他企圖向關振鐸求助，但他環顧四周，發現關振鐸並不在視線之內。

發現了可疑的人物？正在追蹤？所以犯人沒能夠放下硬幣？夏嘉瀚想出幾個可能。只是，就算這些是事實，他也沒能做些什麼。他能做的，只有繼續找那枚不知道是否存在的硬幣。

他望向泳池旁的大鐘。四點四十五分，他已經找了半個鐘頭。泳池的人愈來愈多，大概是一些下課的學生來戲水。他再次撥開人群，潛進主池的中央，然而在這一刻，他突然看到了。

一枚銀色的、閃閃發亮的硬幣。

他不知道自己為什麼之前沒看到，就像被人下了巫術，要他視而不見。他趨前一看，發覺那是一枚今年二月剛發行的英國二十五便士，是皇家鑄幣廠為了慶祝女王登基二十五週年的銀禧紀念幣。硬幣被人鑽了一個洞，洞中繫著一條繩子，繩子的彼端，有一個金屬牌子。

你找到便會明白下一步——夏嘉瀚剎那間明白下一個指令。他本來以為硬幣上有什麼特別指示，但其實指示不在硬幣上，而是在附在硬幣的牌子上。夏嘉瀚身上也有一個類似的牌子，那是更衣室用來領取衣物的號碼牌。

夏嘉瀚沒有猶豫，立即跳出泳池，衝進更衣室。更衣室裡，領取衣物的櫃台前竟然排了一條隊伍，似乎工作人員剛才為了上廁所而離開了一陣子，令泳客們必須等一下。夏嘉瀚衝上前去插隊，引來一些抱怨的聲音，但泳客看到對方是個壯碩的外國人，就不敢上前阻止他。

他氣急敗壞地把附著紀念幣的牌子用力拍在櫃台上，嚇得那職員身子仰後，瞄了瞄牌子上的號碼，再急忙從架上取出一個鐵籠。雖然他對串著硬幣的牌子和那籠子裡的物品感到奇怪，但他沒有作聲。

籠子裡，只有一雙拖鞋，以及一張摺了四摺的紙。

夏嘉瀚匆匆取出拖鞋，打開紙條。他已經浪費太多時間了。

「三十秒之內，走到泳池正門入口外的馬路旁，面向北方，用左手高舉裝著金塊的袋子。記住，你只有三十秒，我的同伴正在注視你。」

夏嘉瀚見字後慌張地望向更衣室的眾人，而那些人也因為剛才的一幕紛紛注視著他。他管不了這麼多，連忙穿上拖鞋，渾身濕漉漉地直奔出去。

「讓開！讓開！」他一邊大叫一邊跑，經過通道，看到出口的指示牌，再拐過兩個彎角，推開單向閘門，走出了泳池。他一如指示所說，立即站在路邊，心想士美菲路上坡的方向朝南，於是面向下坡的方向，狼狽地解下腰間仍滴著水的帆布袋，用左手舉起，茫然不知道這樣做是為了什麼。

但在數秒後，他知道了。

一輛電單車57突然飆過，穿黑色外套、戴黑色安全帽的騎士一手抓住腰帶袋子的一端，搶去金塊。看到騎士的背影，夏嘉瀚才發覺手上的贖金被奪，於是邊追邊大喊：「我的兒子在哪裡？

還我兒子！」

街上的人聽到夏嘉瀚的呼叫，都轉頭望向他。而出乎所有人——包括犯人——意料的一場意外，突然出現。

騎士搶去帆布袋不到三秒，一團深色的東西，從他身上掉落。

夏嘉瀚不知道那是什麼，但接下來掉落的，他便看得清楚。

那是一條黃澄澄的、五兩重足金金條。

首先掉出來的那團深色的東西，便是放項鍊的小布包，而隨著第一條金條墜地，其餘的金條也乒乒乓乓地掉到地上。騎士發現時想停車，但與此同時，一輛汽車從夏嘉瀚身後衝出。黑騎士沒有遲疑，立即飛奔而逃，汽車直追上去，餘下地上有一條由金塊連成的斷線的奇景。

夏嘉瀚想起，他本來已把拉鍊拉緊，但為了給工作人員看袋子裡的金條，他拉開了拉鍊一次。

而之後，他沒有好好拉緊拉鍊。

為了找硬幣，他多次潛進水裡，金條不斷碰撞，重量令拉鍊鬆開。

他和那騎士都沒料到，那個拉鍊的開口，在「交易」時，恰好朝下。而騎士伸手搶去袋子的衝擊，成為構成這場意外的最後一個元素。

5

在汽車中追逐電單車⑰的，是港島區ＣＩＤ的成員。他們知道夏嘉瀚兒子被綁架，奉命在場戒

⑰即摩托車。

備，等候指示。當全身濕透、只穿一條游泳褲的夏嘉瀚衝出泳池，舉動怪異，立即引起車中的探員注意。他們雖然不知道夏嘉瀚的樣子，但因為事主是英國人，所以他們料想這老外便是肉票的父親。與此同時，犯人騎電單車飆過，搶去贖金，這些港島區的ＣＩＤ探員立即明白這是交付贖金的過程。他們知道，只要抓住這犯人，便能得到重要的情報，心切之下孤注一擲，不管警方介入的事實曝光，直接追逐犯人。

但他們沒有成功逮住對方。

電單車靈活性高，犯人駛進卑路乍街後，利用車間的空隙，絕塵而去。雖然警方的車子很快追上，在附近的山市街找到賊車，但犯人已逃去無蹤，只留下電單車、外套、安全帽和帆布袋。探員們查問路人有沒有看到嫌犯，可是回答都是不清楚，只有一名休班警員說看到有一個男人匆匆坐上一輛計程車，而他沒留意車牌號碼，也不知道那個人是不是犯人。調查後，確認犯人的電單車是一輛失車。

當夏嘉瀚錯愕地看著金條掉落、犯人狼狽地逃跑時，他的腦海變得一片空白。他沒有上前撿回屬於他的財產，只呆立當場，眼睜睜看著犯人的背影，就像看到兒子逐漸離他遠去。

夏嘉瀚回頭，發覺關振鐸站在他身旁，小聲說道。關振鐸已穿回衣服，話畢便走開，向著對街一輛車子走過去。夏嘉瀚無奈地上前拾起金條和首飾布包，這時候一些注視著汽車追逐的路人才發現剛才掉落的是黃金，更感到無比驚訝。

「快撿回金條，換衣服回家，綁匪有可能會再來電。我去調動警員追捕犯人。」

夏嘉瀚捧著金條，說服了詫異的泳池入口管理員讓他進去更衣室穿上衣服——他身上沒有錢包，無法再付入場費——再從那個對情況一無所知的更衣室職員手上，拿回自己的隨身物品。那個黑色的發信機仍擱在金錶和鑰匙圈旁邊，看到這個沒能用上的儀器，夏嘉瀚將金條丟在長椅上，痛苦地往牆上搥了一拳。他無視自己身上的水滴，穿回衣服，將金條放回膠袋中的公文袋，在旁人好奇的目光之下離開更衣室。

他回到車上，委靡不振地發動引擎，開車回南氏大廈的寓所。這個情況令他感到相當不現實——本來孩子被綁架，已是一件他這輩子沒想過的事情，而剛才一個多小時的遭遇，以及交易失敗的經過，都令他有一種這是夢境的錯覺。一路上，他想著雅樊的樣子，想著兒子嬰孩時的模樣，想著他第一次叫爸爸的笑顏，想著他第一次上學時哭鬧的表情，想著他牽著自己的手，跟著走過馬路的時刻。當夏嘉瀚被妻子告知兒子遭綁架時，他還沒有意會到，他今天早上跟兒子互道的一句「早安」，可能是他們之間最後的一段對話。

你學習上有遇到困難嗎？學校裡有沒有交到好朋友？繪畫班老師有教你什麼嗎？想不想爸爸和媽媽帶你去遊樂場——夏嘉瀚深感懊悔，為什麼平時沒有說上這些話。來港後，他和妻子都將照顧孩子的責任交給保姆，終日埋首工作，這些話全由Liz代說。他想，兒子其實想從父母口中聽到這些問題，只是他害怕會被責罵。離開英國前的一年，每次孩子對他和妻子有要求，他和妻子只會答「現在家裡欠了人家很多錢，爸爸媽媽要努力工作還債，還清後再說」。

——可是債務不是去年已還清了嗎？為什麼自己沒有多注意兒子一下？

夏嘉瀚幾乎有衝動，讓車子朝路邊的燈柱撞過去，懲罰自己。

五點十分，夏嘉瀚回到寓所。夏淑蘭一看見丈夫，立即從沙發跳起，可是當她看到家門前只有他單獨一人，眼神便從渴望變成絕望。

「雅樊呢……」

夏嘉瀚搖搖頭。「交易失敗了，對方沒拿到贖金。」

「為什麼這樣？為什麼！」夏淑蘭抓住丈夫雙臂，大聲哭喊著。本來坐在一旁的魏思邦連忙走近，看看要不要幫忙。

「犯人本來已把贖金拿到手，但他不小心讓贖金從電單車上掉下……」雖然不是他的過錯，夏嘉瀚滿臉悔疚，不敢瞧妻子雙眼。

「雅樊！雅樊啊……」夏淑蘭雙腿一軟，跌坐地上。夏嘉瀚和魏思邦趕緊扶起她，讓她躺在沙發上。

三人在客廳中無奈地等待著。魏思邦雖然對廉署職員沒有好感，但這刻，他也覺得面前的兩人實在可憐。夏淑蘭再次啜泣，就像目睹孩子死去的母親那樣傷心——魏思邦想，從夏嘉瀚所說的情況，孩子恐怕兇多吉少，綁匪為免被抓住，乾脆一拍兩散，殺死肉票，棄屍郊野。

十五分鐘後，門鈴響起。關振鐸、老徐和阿麥回到夏家。從他們難看的臉色便知道，調查遇上麻煩。

「沒抓到駕電單車的犯人。」關振鐸說：「港島ＣＩＤ在山市街找到車子，但人已逃跑。鑑證科已取證，希望找到線索。」

關振鐸的這句話，把夏嘉瀚夫婦僅有的希望之火撲熄。

「那個開車的港島ＣＩＤ太衝動，如果他不動聲色跟蹤，情況可能比較樂觀。不過現在我們把責任問題放一旁，先為目前的形勢作部署。」關振鐸保持著一貫平穩的聲調，說：「犯人可能已發現夏先生您報警，但也有可能只是懷疑，我已通知媒體，將泳池旁的事件說成『劫案』，指有便衣警員碰巧看到電單車搶匪強搶一名外國人的手提包，上前追逐，但被歹徒逃走，而遇劫的外國人自行離去。六點的電視和電台新聞會如此報導，並且說警方正在尋找遇劫的外國人，希望這樣能令綁匪以為一切只是巧合。」

夏嘉瀚微微點頭。這時候，他已經沒有任何想法。

「順利的話，綁匪會再次打電話來，我們現在只好繼續等待。」

關振鐸向夏嘉瀚詢問交付贖款期間的一切細節，夏嘉瀚一一告知，不過他每說出一句，便不由得思考自己到底做錯了什麼，令交易失敗。

「泳池職員有可能記得犯人的樣子吧？」阿麥說：「只寄存一雙拖鞋和白紙的人，應該會惹來職員注意？」

「如果私人物品太多，一個籠子裝不下，便會多用一個籠子。」老徐插嘴說。「犯人只要用這招，更衣室職員便不會在意了。」

時間彷彿回到幾個鐘頭前，六人在客廳裡等候犯人來電的時刻。只是，此刻的氣氛比之前更凝重，一股無形的挫折感，充斥在空氣中。為了確認新聞報導如關振鐸所指示，夏嘉瀚打開了電視，魏思邦和老徐也打開了收音機，留意消息。

客廳的時鐘冷漠地擺動雙臂，讓時間一分一秒溜走。電話一直沒有響起，眾人之間的沉默愈來愈教人難受。放金條和首飾的公文袋擱在餐桌上，夏嘉瀚恨不得這些財物消失，換回再見兒子的機會。

「咔。」

大門突然傳來聲音。

聲音抓住在場所有人的注意，當大門打開時，發出驚呼的是夏淑蘭。

「咦，今天有客人嗎？」

說話的是剛用鑰匙開門的Liz。警員們從客廳的照片中，知道這個四十來歲的婦人便是保姆梁麗萍，但令夏淑蘭發出驚叫、令夏嘉瀚呆住的，是她身後的人。

一頭紅髮、穿著校服的夏雅樊揹著書包，探頭察看客廳中的警察們。

「雅樊！」夏淑蘭連跑帶爬，衝向兒子，一把抱住。夏嘉瀚也一樣，立即走到雅樊跟前，跪在地上，緊緊抱住孩子和妻子。

「發生什麼事？」Liz一臉驚訝，問道。

「我是關振鐸督察。」關振鐸向Liz出示證件。「妳是如何找到雅樊的？」

「什麼？」

「Liz，綁匪有沒有對你們幹什麼？」夏嘉瀚一邊撫著不知所措的兒子，一邊問。

「綁匪？」

「妳跟雅樊被綁架了啊！」夏嘉瀚嚷道。

「什麼啊？今天我一直跟雅樊在一起，沒遇上任何事啊。」

Liz的話令眾人瞪住她。

「你們沒有被綁架？」阿麥插嘴問道。

「我今天接雅樊下課後，便帶他吃午餐，然後直接跟他一起參加繪畫班的寫生活動啊。」

「寫生？」夏嘉瀚反問。

「就是啊，我上星期不是已告訴夏太太了嗎？畫班有特別活動，取消下星期一的課，改成今天喔。」

「有這麼一回事？」夏淑蘭一臉驚訝。

「那天我跟妳說時，妳好像很累，所以不記得了嗎？但妳有簽繪畫班的通知，因為到郊外寫生要得到家長同意，向領隊出示同意書……」

Liz伸手往夏雅樊的書包側袋掏出幾張紙，將其中一張遞給夏淑蘭。夏淑蘭一看，發覺是繪畫班的家長通知，最下方有自己的簽名。

「我哪時簽的啊……我毫無印象……」

「上星期我連同學校的其他文件一塊兒給妳簽，所以妳忘記了？」Liz說。

「可、可是，妳也知道我未必記得，我說過日程有什麼變動，一定要留字條告訴我啊！」夏淑蘭一時慌亂，怪責Liz起來。其實孩子平安歸來，她根本不想追究任何事。

「我有啊！我就是知道妳事忙，所以今早留了字條告訴妳今天我會帶雅樊參加畫班寫生，六點才回來……」Liz邊說邊往那個放廉政公署紀念獎牌的架子前，在架上摸了摸，再蹲下，在架子和一盆大型盆栽之間，抽出一張字條。

「原來掉到地上了。」她將字條交給夏淑蘭，眾人趨前一看，看到上面用英文寫著「今天下午畫班有寫生活動，午飯我會跟雅樊在外解決，黃昏回來」。

「Liz，妳今天一整天都伴著雅樊嗎？」夏嘉瀚問。

「是啊，我十一點半接過雅樊後，跟他去吃了雲吞麵，之後便到集合地點，跟畫班的同學和家長們一起乘專車到西貢。孩子們畫畫，我們就跟其他家長和保姆閒聊，難得到郊外吸吸新鮮空氣啊……」

「真的？」仍抱著兒子的夏淑蘭問。

「妳可以問問雅樊，或者打電話問問畫班的導師。」Liz說。「到底發生什麼事了？」

「有人聲稱綁架了雅樊，勒索夏先生十萬元。」關振鐸說。

「不是吧！」Liz張開嘴巴，轉向夏嘉瀚，問道：「夏先生，你有沒有付錢？不，我記得夏太太提過，你們銀行裡根本沒有十萬元……」

阿麥突然露出一副有所發現的表情，衝往餐桌，打開那個放金條的公文袋。他猜想犯人會不會已偷龍轉鳳拿到贖金，但他打開袋子，將裡面的東西傾倒出來，十五條金條一條沒有少，項鍊和耳環等等也仍在。他撿起一條金條，敲了敲，覺得應該不是贗品。

「天啊！這麼多黃金！」Liz見狀喊道。「原來你們說真的？」

「難道會是戲弄妳嗎？」老徐嘲諷道。

「所以說，犯人不是綁匪，而是騙子？」夏嘉瀚喃喃地說。

「但他怎麼猜到夏太太會忘掉孩子參加畫班的寫生？」老徐說。

「梁女士，」關振鐸向Liz問道：「妳知不知道，雅樊學校裡有沒有同學跟他一樣長一頭啡紅色的頭髮？」

關振鐸的問題，令眾人詫異地看著他。

「好像……有三四個。」Liz答道。

「老徐，你聯絡英童學校，向校方索取學生名單。」

「阿頭，你是說……」

「綁匪可能綁錯人了。」

夏嘉瀚目瞪口呆。雖然兒子無恙歸來他很高興，但聽到關振鐸如此說，他再次擔憂起來。犯人不是騙子，只是因為一連串的巧合，自己的孩子才倖免於難。此時此刻，可能有另一個無辜的孩子，正在代自己的兒子受苦。

「歸納夏先生跟犯人的多次通話，如果對方抓錯人，有以下幾點可以確認——一、那孩子跟雅樊一樣，有紅色的頭髮；二、他的父親也在廉署工作，不過我們不能排除那孩子在驚恐之下，答錯了問題，或是犯人誤以為對方說的是『ＩＣＡＣ』，其實是縮寫為『ＩＣＡ』或『ＩＣＣ』之類的公司；三、受害者家中有成員叫Liz或Elizabeth。」

關振鐸令夏嘉瀚回想起跟犯人的對話。因為憂心忡忡，夏嘉瀚在電話中聽到小孩喊Liz的聲音，便認定是雅樊，他這時才想，透過電話短短的一句話，他根本不知道對方是不是自己的兒子。

「夏先生，我想麻煩您們四位跟我們到警署協助調查。」關振鐸說：「萬一上述的是事實，您們便是案件的關鍵人物，我們需要您們每位的詳細證供，知道您們生活上的細節，看看有沒有可疑人物曾跟您們接觸。」

「可是，如果綁匪不知道自己抓錯人，他們可能再打電話聯絡夏先生吧？」阿麥說。

「提出以金條作交易、利用泳池破壞我們使用發信機的機會、留下校服在寓所外面，這種思慮周全的犯人，一定有同夥正在監視。」關振鐸搖搖頭，說：「保姆和雅樊大搖大擺地回家，他們便會知道出問題，不會再打電話來了。我們在警署能夠知道最新消息，要調動人員也較有效率。別忘記，有一個孩子命在旦夕。」

「淑蘭，我們就去一趟吧。」夏嘉瀚對妻子和孩子說：「如果有一個孩子代替雅樊吃苦，我會盡全力拯救他。」

夏淑蘭點點頭。經過今天，他們才發覺，欠債不過是小事。債務總有一天能還完，但無論你有多少錢，都無法令破碎的家庭重組，無法讓失去的孩子回到懷抱中。

「我也要去嗎？」Liz問道。

「當然，說不定歹徒曾在畫班附近出現，甚至是妳曾見過的人。」關振鐸瞧了Liz一眼，再向夏嘉瀚說：「夏先生，我想您先把金條和首飾收好，之後才處理吧。明天星期六，銀行只工作半天，今天您遇上這番折騰，把黃金換回鈔票再存到銀行這些工作，留待星期一再做吧。」

夏嘉瀚聽從關振鐸的意見，拾起餐桌上的金條，往書房走過去。關振鐸跟隨他走進書房。

「雅樊能回來，就算失去這些金條首飾，也沒有關係了。」夏嘉瀚一邊轉動保險箱的轉輪，一邊說。

「香港有句俗話，叫『錢財身外物』。雖然香港人普遍愛財，但在這點上，輕重倒分得清楚。」

「嗯嗯。」輸入密碼後，夏嘉瀚插進鑰匙，打開保險箱的雙重鎖。他把金條放進保險箱，本來想把項鍊放回那個紫色盒子，但想了想，還是直接將小布包丟進保險箱。錢財身外物，珠寶首飾的價值，遠比不上一家團聚重要。

關好保險箱後，夏嘉瀚和關振鐸回到客廳。夏嘉瀚夫婦換衣服時，關振鐸走出陽台，阿麥猜想這時候不用顧慮正在監視的犯人，組長可能想看看附近的環境，瞧瞧有沒有任何線索。

夏嘉瀚一家四口跟隨關振鐸他們離開寓所。關振鐸召來一輛車子，接送夏家四人——他知道這時候，夏嘉瀚和妻子只想緊握孩子的手，加上之前的奔波，要夏嘉瀚再開車未免太辛苦。

兩輛車子駛往位於旺角的九龍警察總部[58]。關振鐸吩咐部下們替他們進行筆錄，查問每一項細節，以及各人的交友關係、在寓所附近任何異常之處。

「阿頭，你要去哪裡？」老徐問。在筆錄期間，關振鐸穿上外套，往刑偵部門外走去。

「我去打點一些瑣事，這兒你暫時負責。」話畢便離開房間。

「老徐，你覺不覺得今天阿頭有點不對勁？」阿麥問。

「是嗎？或許昨晚睡不好吧？」老徐聳聳肩。

關振鐸離開辦公室後，往停車場直走過去。他拿了阿麥的車匙——嚴格來說，是「刑偵部」的車匙——趕緊離開警署。

這個機會一瞬即逝，必須把握——關振鐸暗想。

他關上車上的無線電，踏盡油門，不一會，車子來到不久前到過的地方。

公主道南氏大廈。

他沒把車駛進大廈，只將它停在大廈附近的一個車位。

「哦，先生，又是您啊。」管理員對關振鐸說。

「金警司今天有一堆事情要我代辦，沒辦法啦。」關振鐸以輕鬆的口吻答道。他每次出入，都以找住在九樓的Campbell當藉口。

關振鐸搭電梯到九樓，再走兩層樓梯到七樓的樓梯間。

「真不想幹這種事情啊……」關振鐸打開梯間的窗戶，探頭往下瞧了瞧，便踏上窗框，望向右方。窗戶兩、三公尺之外，便是夏家的陽台。

關振鐸確認下方無人注意，伸左手抓住外牆一個突起處，再踏在窗子外一道淺淺的石台邊緣。他的右手仍抓住窗框，但身體已在大廈外牆外。

應該帶一根繩子來——關振鐸想。不過他實在不想浪費時間，於是放開窗框，將右手移到左手抓住的突起處，左手再一把抓住陽台的欄杆。關振鐸的手勁很好，雖然這刻看似驚險，但他其實很有信心。

左手抓住欄杆後，關振鐸奮力一拉，整個人半懸在欄杆外，只是不到一秒，他已翻身跨過欄杆，落在陽台上。

他確認室內沒有人之後，按下陽台的門的門把，順利將它拉開，走進客廳。他離開夏宅前，裝作關好陽台的門戶，可是那只是假動作，他根本沒有拉上門閂。他知道不能浪費時間，於是立即掏出手電筒照明，走進書房，打開木櫃的櫃門，看到那個灰藍色的保險箱。

58 九龍總區於一九八二年分成東西兩區，之前總部設在旺角，即今旺角警署。

關振鐸很久之前已見過這種保險櫃。因為是政府宿舍，連家具也是政府提供，所以關振鐸對這款保險櫃毫不陌生。這款英國製的保險箱有雙重鎖，輸入正確密碼能解開其中一道，鑰匙能解開另一道。密碼鎖可以讓使用者隨時更改，只要在打開櫃門後，按住櫃門後的槓桿，便能重新設定密碼組合。謹慎的用家，都會每隔一段時間改一改密碼。

「左、八十二；右、三十五；左、六十一……」關振鐸戴上手套，轉動密碼轉輪。夏嘉瀚在他面前開了兩次鎖，他清楚記得密碼組合。

咔的一聲，其中一道鎖已打開。

而鑰匙方面，關振鐸只能碰一下運氣。

他從口袋中掏出一小片金屬和一個鉗子。那片金屬扁平，兩邊有不同長短的尖齒，就像一支鑰匙。

而這片金屬，的確是複製自夏嘉瀚的保險箱鑰匙。

就在夏嘉瀚在泳池慌張地找尋硬幣時，關振鐸進行了一個詭計。

他趁著更衣室職員上廁所，偷偷竄進保管泳客物品的房間。因為他看著夏嘉瀚更衣，一眼便認出寄存著夏嘉瀚衣物的籠子，急忙從中取出鑰匙圈，檢查一下。當摸到那支保險箱鑰匙時，他便知道他要怎樣做。

他掏出一個像火柴盒尺寸的小盒子。那個盒子像書本一樣打開，裡面是兩塊綠色的泥膠——這是用來複製鑰匙的泥板。關振鐸取出一個裝了滑石粉的小瓶，將粉末撒上兩塊泥膠上，用手指掃平粉末，再把鑰匙放在中央，然後用力將盒子兩邊闔上，緊緊擠壓。他打開盒子，取出鑰匙，泥膠上壓下了鑰匙的倒模。他抹乾淨鑰匙上粉末，放回籠子，趕緊離開。

剛才跟夏嘉瀚他們回到警署後，關振鐸藉故一個人待在自己的房間，取出鑰匙模子，再從抽屜取出一個打火機、一個金屬小勺子，一片低熔點合金。勺子和合金都是跟泥板一起購入的，那是一個複製鑰匙的套裝，數年前他從一間專賣雜貨小玩意的店子無意間看到。他點起打火機，將合金放在勺子裡，加熱熔化。他猜合金主要成分應該是鉛，合金熔化後，他小心翼翼地倒進模子裡。

等待了一陣子，他打開盒子，半支銀灰色的鑰匙鑲在泥板上。

雖然他成功複製了保險箱鑰匙，但他不知道會不會順利。第一，這種複製品手工粗糙，不一定準確複製原來的鑰匙，很可能開不了鎖；第二，低熔點合金很脆弱，有可能在扭動複製鑰匙時，把鑰匙扭斷，留在鎖孔裡無法拔出。比起第一點，第二點會帶來更大的麻煩。

不過，關振鐸決定冒一冒險。

距離倒模完成已有一段時間，合金應該比之前堅硬。他用鉗子箝住鑰匙，慢慢插入鎖孔，確認位置正確後，再緩緩轉動……

「咔。」

第二道鎖成功打開。

關振鐸鬆開鉗子，屏息靜氣地用手電筒照射保險櫃裡的物品。那些金條閃閃發亮，將手電筒的光線反射到關振鐸的眼睛，但他不屑一顧。他的目標不是它們。

他要的是文件，油麻地果欄販毒案中，汙點證人提供的文件。

那些記錄了貪汙警員資料的帳冊。

對廉署來說，這些文件是對付警隊的最有力武器，如果文件落入警方手上，整個行動便前功盡廢。警隊中不少人為這些文件提心吊膽，生怕自己的罪行會被揭發。

而此刻正在審閱文件的，是九龍總區刑偵的關振鐸督察。帳冊上是暗號，但關振鐸熟悉不少黑話，加上一點想像，他大概知道名單涉及哪些部門，甚至涉及誰。他特別留意的，是九龍總區成員的資料。

「嘿，這應該可以讓那傢伙欠下我一份大大的人情。」

關振鐸將文件塞進懷裡，關上保險櫃，用鉗子扭動複製匙，確認沒留下碎片在匙孔內，再關上木櫃門。任務已經完成，接下來便是撤退。

離開夏家時，關振鐸再次在陽台做出那驚險的攀爬，但身手敏捷的他沒半點慌張，一下子回到樓梯間。他向管理員說再見，回到車子上，開車返回警署。他已經離開快一個鐘頭了。

「阿頭！」他剛回到辦公室，阿麥便向他報告：「已跟學校方面確認過，沒有孩子失蹤啊！」

「沒有？」關振鐸裝出一副訝異的表情。

「沒有。紅髮的學生有五人，全部都確定在家，而且也沒有收到任何求助或失蹤報告。」阿麥說：「為了保險一點，我要求校長通知各班的導師，打電話確認孩子安全，結果，聯絡不上的只有夏雅樊和他的家長。」

「因為他們在這兒。」

「就是啊，換言之，全部學生都安然無恙。」

「所以犯人不是綁匪，只是騙徒而已。」關振鐸淡然地說。

「嗯……不過這也太不可思議吧，騙子居然能做到這個地步，他們差點便騙去夏先生的全部財產了。」

「夏先生他們呢？」

「因為確認沒有學生遇害，他們鬆一口氣，現在在警署餐廳用餐。」

「沒有人陪伴他們嗎？」

「沒有。」

「噯，你讓廉署的人大模大樣在警署餐廳吃飯？你不怕有衝動的同僚認出他，大打出手嗎？」

「啊！」

阿麥驚呼一聲，立即衝出走廊，往餐廳跑過去。關振鐸笑了笑，他不過是說笑而已，如果夏嘉瀚一人到餐廳吃飯，說不定真的會惹上麻煩，但跟妻子兒子一起，頂多遭人白眼而已。黑白兩道，「禍不及妻兒」是金科玉律嘛。

關振鐸到餐廳向夏嘉瀚說些門面話，送別他們後，獨個兒回到自己的房間。他反鎖房門，拿出從夏家偷來的文件，一頁一頁仔細閱讀。

把這文件送出去後，可以換來多少好處呢——他想。

6

星期一中午，關振鐸找了個理由，一個人離開刑事偵緝部的辦公室。他搭巴士來到港島南區，在淺水灣的巴士站下車。

因為是週一的關係，海灘遊人不多，而關振鐸來到這兒也不是為了偷閒。他來這裡，是為了一個秘密會面。市區耳目眾多，雖然可以找藉口，但萬一被人看到，他跟對方都可能惹上麻煩。

他沿著海邊的馬路一直走，不久便看到那輛車子。他走近車廂，確認駕駛席上的人物後，便不客氣地打開副駕駛席的車門，坐上座位。

「關，你今天叫我出來是為了什麼？還要約在這種老遠的地方。」

關振鐸二話不說，從懷中取出一個公文袋，丟給對方。對方不明所以，打開一看，立時面色蒼白，不斷翻閱那疊文件。那是以暗號寫成、貪汙案的帳冊名單。

「多虧我，你差點惹上大麻煩啊。」看到對方驚訝的表情，關振鐸笑說。

「你、你……你從哪兒得到這……」

「你以為呢？」關振鐸瞟了對方一眼。「當然是你家裡。」

對方以更為錯愕的目光瞪著關振鐸。坐在駕駛席上的，是廉政公署調查主任夏嘉瀚。

「我家！」夏嘉瀚慘叫出來。「你是什麼時候……」

「上星期五當你們在警署做筆錄時。我想，你這幾天都沒打開過保險櫃吧？」

夏嘉瀚愣了愣，說：「對，這兩天我都跟淑蘭一起陪伴著雅樊。本來她要值勤，我也要在週末加班，但我們都請了假，昨天和前天帶雅樊去看電影和遊樂場。今天我剛回廉署，便收到你的電話，叫我無論如何也要來這個偏僻的地方跟你見面。」

「總之這文件回到你手上，雅樊又平安無事，那便萬事大吉。」

「老天，我還是完全不明白發生什麼事！關，你幹嘛從我家偷取這些機密文件？你不知道這是很嚴重的事件嗎？一旦曝光，你我都要被處分啊！」

「你還是一無所知啊。」關振鐸苦笑道：「我問你，你以為雅樊的綁架案是騙子所為嗎？」

「難道不是嗎？」

「當然不是。這麼高明的騙子真的要動手，別說十萬，一百萬都能輕易到手。當然，要騙一百萬就不會打你主意，畢竟你是個窮光蛋。」

「我搞不懂。」

「我說，綁架案或騙案什麼的，全是偽裝，是用來對付你的偽裝。」

「偽裝？那犯人真正的目的是什麼？」

關振鐸伸手戳了夏嘉瀚手上的文件一下。

「這文件？」

「正是。」關振鐸說：「對犯人來說，你家中最具價值的，不是你那不值一哂的存款，不是那什麼鬼項鍊耳環，而是這份暗號名單。」

「所以……犯人是警察？」夏嘉瀚訝異地問。

「對。而且恐怕不是一個警察，而是一群警察，一群曾受毒販賄賂，知道自己有可能鋃鐺入獄的警察。」

「可是，偷這個有何用？這只是副本，不是真正的帳冊啊！可以拿來當證據、具法律效力的正本在廉署的保險庫，偷走副本，並不能影響將來的起訴嘛！」

「你真是死腦筋。他們要的不是證據，而是情報。」

「情報？」

「你在廉署工作了三年，不會不知道毒販『派片』的原則吧。」關振鐸說：「他們對警察索款有求必應，因為對他們來說，收買的人愈多，自己愈安全。警察一方雖然是『集體貪汙』，但卻不是『有組織貪汙』，沒有一個獨立的統籌者，很多時候，是小隊們口耳相傳，知道哪兒有闊綽的罪犯，於是便去撈油水。當然，『派片』的毒販願意多收買幾個人，卻不願意重複付同一人幾份錢，所以黑警們不知道誰曾收過賄賂，反而毒販會記錄在帳冊。」

「那他們要這份名單……」

「當然就是要『找同伴』了。有一群黑警擔心自己會被廉署拘捕，打算先發制人，先找出涉及貪汙的同僚，團結一致，製造輿論，或威逼利誘他人跟自己合作。如果名單上有督察級甚至警司級的警官，便能有效地影響上級，煽動警廉之間的對立；而更可怕的猜想是，他們害怕名單上的一些中間人會像毒販一樣，為了自保轉為控方證人，這些目標便要先幹掉。」

「你的意思是……暗殺？」

「可能吧。反正要除掉對方，有很多方法，例如誣陷對方被截查時反抗，意圖攻擊警員，警員因為自衛開槍；或是謊稱對方逃走時遇上意外，從高處墜下之類。那些中間人大都跟黑道或毒販有關，要安排一兩條罪名，並不困難。可能只是我多疑，我有時會覺得，某些罪犯的死因不單純，但因為已結案，我無法調查。」

夏嘉瀚倒抽一口涼氣。「那麼，為什麼他們要這份文件，卻謊稱綁架雅樊？兩件事根本無關啊？」

「有關。」關振鐸斬釘截鐵地說。「不過在說明關係前，你應該先問一個問題——他們到底如何騙過你和妻子？」

「對，我現在仍想不通，為什麼那騙子能碰上那麼多巧合，令我以為雅樊真的被抓走了。他們不是真的抓錯孩子吧？」

「你還想著那個我胡說的藉口。」關振鐸笑道。「沒有抓錯孩子，因為根本沒有抓過任何孩子。你說那騙子能『碰上那麼多巧合』，你又能不能指出有哪些巧合？」

「多得很啊。」夏嘉瀚摸著下巴，邊想邊說：「就算犯人知道雅樊那天會跟Liz到郊外寫生，也不可能知道淑蘭會忘記畫班的通知，如果淑蘭記得的話，犯人在第一通電話時便沒戲唱。而且，如果Liz的字條沒碰巧掉到地上，我和淑蘭看到，犯人的詭計也不會成功。再者，如果雅樊在早上跟我和淑蘭說起，下午會去寫生，那整個騙局更不可能做到了。這些純粹是巧合吧。」

「巧合個屁。」關振鐸不屑地笑了一下，說：「你說的三件事，都涉及一個人——保姆梁麗萍，Liz。那些巧合全是她製造的。」

「Liz？」夏嘉瀚詫異地反問：「她被收買了？」

「當然。」

「但我不相信她會幹任何傷害雅樊的事情！」

「她的確沒有啊。她跟雅樊要好，不等於跟雅樊的父母——即是你們——要好嘛。」

夏嘉瀚定睛看著關振鐸。

「因為你認定這是綁架案，所以先入為主，將雅樊當成『受害者』，而同時認為Liz不會傷害雅樊，所以排除Liz的嫌疑。」關振鐸說：「但你一開始便搞錯了，真正的受害者是你，而且論傷害程度，不過是擔憂半天，加上財物損失而已，只要有足夠理由、呃、或足夠金錢，不少人都樂意動手。更誇張的想法是，或許Liz認為這是對雅樊有好處的選擇，你看，經此一役，雅樊不是得到更多父母關愛嗎？」

「但她怎樣製造那些巧合？淑蘭忘掉寫生的事，不是Liz能『製造』的啊。」

「你妻子不是『忘掉』，而是她根本不知道。」

「Liz沒有告訴她？但通告上有她的簽名？」

「簽名可以冒充。」關振鐸攤攤手。「要是讓我經常看到對方簽名，我也能輕鬆模仿。Liz看準你們兩夫婦忙於工作的弱點，加上驚魂甫定，將責任推在你妻子身上，便十拿九穩不會露餡。」

「那字條又如何？」

「字條是她回來時才出現的。她把字條藏在掌心——應該是拿出有簽名的通告時藏在手裡

——然後在架子前裝模作樣，假裝在地上找到。我剛到你家時，有留意過你家中的佈置，那架子旁的地上沒有任何字條。」

「如果早上雅樊跟我們提起寫生的事，怎辦？」

「行動取消，或改變計畫。如果早上雅樊有跟你們說，Liz也會知道，因為她在場。就算真的弄砸了，你妻子會在第一通電話時以為遇上騙徒，對犯人來說損失也不會太大，重點是Liz不會暴露被收買的身分。而事實上，Liz應該很清楚雅樊不會跟你們說什麼吧？你兩夫婦工作忙碌，親子關係疏離，這些Liz都一清二楚。」

夏嘉瀚回憶星期五早上，雖然雅樊沒說，但也略見端倪，平時不喜歡上學的雅樊居然心情雀躍，是因為下午能到郊外畫畫。

「等等，」夏嘉瀚想起兩點，「那麼說，那件校服和頭髮，以及我在電話中聽到的雅樊聲音……」

「校服要到手不困難，反正Liz想多買一件很容易。頭髮應該真的是雅樊的，Liz只要帶他去理髮時藏起一小撮便成。至於聲音，只要用錄音機便搞定。當時那句話是『Liz？妳在哪？Liz？』，很可能是平時你們夫婦不在家，Liz特意躲起來，讓雅樊呼喚自己時錄下。」

夏嘉瀚啞口無言，歸納種種細節，的確Liz是唯一能夠達成所有條件的關鍵人物。

「好了，現在我可以說明，為什麼偽裝綁架跟偷取文件有關。」關振鐸從口袋取出一小片金屬，丟給夏嘉瀚。「綁架的其中一個目的，便是要把類似這個的東西弄到手。」

夏嘉瀚仔細一看，發覺是半截鑰匙。他立即意識到，這是他的保險箱鑰匙複製品。

「你、你如何得到這個的？」

「趁你在泳池『暢泳』時，用很簡陋的方法複製的。」關振鐸微微一笑。「不過你不應該擔心我這個複製品，你要擔心的是犯人手上也有一把相同的。」

夏嘉瀚來回注視手上的金屬片和關振鐸，似乎不能理解他在說什麼。

「我說，表面上綁架案——或騙局——失敗了，但其實犯人真正的目的已達到。他們已具備偷取文件的所有條件。」

夏嘉瀚直盯著關振鐸，等待對方解釋。

「到樂香園等指示、購買金條、限時抵達下一個目的地等等，都只是為了令你深信這是綁架案，忽視其他可能的做法。在泳池搜索硬幣，表面是確保你不能在贖金做手腳，像是放置發信機，但實際上，是要你離開一些你永不離身的私人物件。」

「我的鑰匙……」

「對。如果綁匪真的只是為了令你不能在贖金裝設陷阱，不會讓你在泳池花上半個鐘頭。你看，犯人之前的每個步驟都精確無誤，連打電話都非常準時，為何硬幣的部分會出這種岔子？如果真的被不知情的第三者撿走，你便不可能在半小時後找到。當我在池邊發現你一直找不著硬幣時，我便察覺，犯人正在進行某個計畫，加上我之前的判斷，我便知道他們在打你的鑰匙主意了。」

「等等！」夏嘉瀚打斷關振鐸的話。「『之前的判斷』？你早知道綁架案是假的？」

「我是在樂香園咖啡室跟你並肩而坐時發覺的。」

「那時候？那時候有什麼令你發現這是騙局的線索啊？」

「你記得那個英語不靈光的服務生跟你說了什麼？」

「他……他只叫我接電話啊。」

「他叫了你的名字，但不是你正確的名字。」

夏嘉瀚霍然想起，當時服務生問自己是不是「Mr. Ha」。

「這有什麼問題？一些其他部門的同僚也會因為我的中文譯名誤叫我做『Mr. Ha』。」

「綁匪曾說過他以為你是有錢的商人，換言之犯人們應該對你的身分不大清楚。雅樊唸書的學校所有文件都是英文的，你和雅樊的姓氏，只會出現『Hill』而不是中文的『夏』。那麼，為什麼犯人跟服務生說找你的時候，會說出『夏』這個他不應該知道的細節？我認為，這是因為犯人用粵語跟服務生溝通，叫他找一位外國人顧客，服務生問了名字，對方無意間說出『夏先生』，所以服務生才會問你是不是『Mr. Ha』。在這個時點開始，我便懷疑，犯人一直在說謊。事實上，一開始我便覺得雅樊被綁架很不可思議，綁票案是相當講究事前準備的犯罪，哪有犯人會擺這種大烏龍，抓了個財產不多的公務員兒子？只是世事無奇不有，我不得不認真調查，畢竟這真的可能涉及雅樊的性命啊。」

「就是這句話，令你猜出犯人在說謊？」

「這是開端，第二個證據是那條用來放金條的腰帶，以及在泳池找指示的計畫。那條腰帶狀的帆布袋，放金條剛好吧。」

「對，那又如何？」

「你記得犯人本來勒索多少錢嗎？是五十萬啊。五十萬可以買一百一十三條五兩重金條，那個帆布袋絕對不夠裝，而更重要的是，五十萬的金條重量超過二十公斤，你如何揹著二十公斤的金塊潛水找硬幣？綁匪收贖金的過程有周詳的計畫，絕不是臨時掰出來的方法。所以，犯人一早知道，你只會帶著不到三公斤的金塊潛水，換句話說，對方其實很清楚你的身分、家庭、以及財政狀況，之前一切都是演戲。」

夏嘉瀚拍了額頭一下。他認為自己如果冷靜一點，便不會掉進犯人的圈套。

「雖然知道犯人在說謊，但那時候你有任何異常舉動只會打草驚蛇，為了查出對方的真正目的，我便順著演下去。」關振鐸說：「在泳池，我看你找了快二十分鐘還沒找到硬幣，那個想法在我腦海中冒起。為了證實想法無誤，我立即到更衣室換回衣服。當時我已有八、九成肯定犯人是為了複製你的保險箱鑰匙，於是我走回車子，從後車箱取出複製鑰匙的泥板，再偷偷走到泳池的職員入口，等待機會。」

關振鐸把一個工具箱放在車子的後車箱，裡面放的都是些稀奇古怪的工具，像套取指紋的化學粉末、底片顯影劑、血液試劑之類。守在車子的阿麥奇怪著關振鐸為何行色匆匆，從泳池跑出來拿了東西又立即跑回去。

「我等了一會，遇上更衣室職員上廁所，真是難得。我本來還想要不要動用警察的身分威嚇他，逼他就範。」關振鐸苦笑一下，繼續說：「我竄進保管泳客物品的房間，找出你的物件，檢查鑰匙。一如所料，鑰匙上有不少金屬屑，於是我立即用泥板複製一個模子，再迅速離開。」

「金屬屑？」

「當你在泳池忙碌地潛水時，犯人已拿了你的鑰匙，拿去複製了。」

「咦！」

「我想，更衣室裡有至少一位泳客是犯人的同黨，他比你早一步進入更衣室，暗記住放在櫃台的空鐵籠牌子號碼，當你取走其一時，他便知道你拿的是幾號的籠子。犯人預備了一個模樣相同、但沒有寫上編號的牌子，當你換好衣服，他便在空牌子上寫上號碼，到更衣室外等待一會，再回到更衣室，跟職員說要暫時取一些東西。他出示那個假的號碼牌，從裡面拿了你的鑰匙，交給另一位同黨。那個同黨拿著鑰匙，走到大街找一位配匙匠複製鑰匙，然後回到泳池將你的鑰匙交回，再把鑰匙放回籠子，交給職員。他們時間不多，即使鑰匙沾上複製時飛濺的金屬屑，也沒有處理掉，反正心焦如焚的你之後才不會留意。」

「那麼說，泳池裡的硬幣，其實是他們確認行動成功，才讓扮作普通泳客的同夥丟下的？」

「對，應該是那樣子。」

「所以，那場金條掉落的意外也是故意的吧。」

「不，我認為那真的是意外。」關振鐸露出一個微妙的笑容。「既然做到這個地步，贖金不拿白不拿。你的財產沒落入犯人手上，大概是幸運之神眷顧。」

「那麼，那個開電單車的犯人真倒楣。」夏嘉瀚失笑道。「而且他還差點被抓。」

「不，他應該不會被抓。負責取贖金的位置，一定有充分的準備。依我看，那個說犯人換車逃跑了的休班警員，便是駕電單車的人。」

「什麼！」

「我說過，犯人是一群警察嘛。你試想想，哪種人最不會被懷疑？當然是『同袍』了。犯人丟棄安全帽和外套，然後向追至的同僚說看到犯人逃到哪裡，其他人一定相信。本來那條腰帶狀袋子，是為了讓犯人戴在衣服裡，瞞過追捕者而用的吧，沒有警察會對同僚搜身的。」

夏嘉瀚往後倚在椅背，雙手放在方向盤上。現在回想，他差點被騙走這一年多的積蓄。幾年前以為穩賺的投資令他欠債，這次幾乎全數盡失的財富卻巧妙地留在身邊，他不禁覺得上帝真喜歡開玩笑。

「好了，就算犯人已複製了我的鑰匙，但保險箱還有密碼鎖，光用鎖匙開不到嘛。」夏嘉瀚說。

「但我也開了。」關振鐸指了指對方大腿上的文件。

「你……啊，該死的，你記住了我的密碼！」夏嘉瀚笑著罵道。

「對，我看到了，也默默記住了，」關振鐸突然亮出嚴肅的表情，「但你要知道，最嚴重的是，不只我一個人看到。」

夏嘉瀚緊張地瞪著關振鐸。他回想星期五的每個片段，想起在書房中取出首飾的情形。

他想起那個人。

「老徐一定是受賄的警員之一。」關振鐸蹙著眉，說道。「我一直懷疑，我的部下之中有人收賄賂，可是沒法查證。經過這次事件，那傢伙露出狐狸尾巴了。」

「但……光從這點便斷定他是犯人之一，會不會太武斷？」

「你記得當我提出借錢給你當贖款的情形嗎？老徐立即阻止。他不是在意什麼警察規矩，而是他知道，如果我借錢給你，你就不用打開保險箱拿首飾，他便失去偷看密碼的機會。他還一早提出Liz是共犯的可能，當我們最後發覺綁架案根本沒發生，『Liz是綁架案共犯』的說法便不攻自破，有誰會想到她不是『綁架案的共犯』而是『騙局的共犯』？」

「這個……」夏嘉瀚找不到該說的話。他明白，自己的部下是犯人之一，關振鐸心情一定不好受。

「你不用替我擔心，我自有分寸。」關振鐸換回輕鬆的表情。

「其實犯人怎會知道首飾的事？」

「當然是Liz說的，她應該見過你太太戴過吧。犯人知道你家的細節，大概統統都是從Liz口中洩漏出去。當我告訴她有人勒索你十萬元，她便說你存款沒有這個數目——她暗中記住了不少情報吧。」

夏嘉瀚突然感到很反感。他沒想過，自己身邊居然有一個一直窺覬自己和家人的卑鄙小人。

「對Liz來說，她不覺得自己做的是錯事吧。」關振鐸說：「不過是一點情報，人家給我錢，我不說，總有人會說。『只是行個方便』、『只是用一點金錢換取一點利益』，一切都好像理所當然，社會上就是有這種風氣，港督才要成立廉署吧。」

「Liz怎麼知道我把貪汙案的文件帶了回家？」

「她應該不知道，但只要綜合她的情報，以及犯人所知道的，便能推敲出來了。你在廉署工作不是秘密，各組在調查什麼案子，犯人們心裡有個譜。以你的性格，九成會帶工作回家處理，如果Liz向犯人說出『老闆回家後仍反鎖自己在書房裡工作』，犯人一定能猜出你把重要文件帶了回家。」

「不過，我有點不明白，」夏嘉瀚問道：「如果只是要鑰匙，為什麼要大費周章？反正Liz是內應，叫她偷便可以了啊？」

「她有試過，但失敗了。」

「你怎知道？」

「你說的。」

「我說的？」

「你說半個月前Liz曾趁著你洗澡時走進你的臥房，她應該是受犯人唆使，想偷拿你的鑰匙。我不知道她當時是想整支偷走，還是像我一樣用泥板倒模，但即使她成功，還有密碼一關要過。你有沒有經常改保險箱密碼的習慣？」

「有，每半個月改一次。」

「嗯，這更令犯人們頭痛。所以他們設計了這個一石二鳥的方法。」關振鐸說：「如果把騙取你的存款視為其中一個目標，更是一石三鳥。」

「關，既然如此，你其實該直接告訴我嘛。」夏嘉瀚拾起文件，在關振鐸眼前揚了揚，說：

「你說有人想偷走文件，我趁早拿走或更改密碼便行了。」

「我什麼時候說犯人要偷走文件？」

「不就是你剛才說的嘛！」

「犯人不是要『偷走』文件。他們只是要上面的資料，而且，他們更不想你知道他們已取得資料。」

夏嘉瀚歪著頭，瞪著關振鐸，表示不解。

「你發現文件不見了，只會驚動廉署。對犯人來說，他們不想出現這一幕，他們是暗中行事的人，要反客為主，便不能讓你們知道他們手上有多少籌碼。你和家人週末去了看電影和遊樂場，那麼，Liz有沒有跟你們一起去？」

「啊……沒有……她說讓我們一家人好好聚聚，她不想打擾我們……」

「所以，昨天或前天，她已從犯人得到密碼和複製鑰匙，打開你的保險箱了。」

「啊！」

「犯人應該吩咐她用相機替文件拍照吧，拍攝完後把文件放回原位，你便不知道情報已經洩漏，他們便有足夠時間阻撓你們的調查。」

「那麼，Liz發現文件不在……」

「你看清楚你手上的文件吧。」關振鐸指了指。

夏嘉瀚再次從公文袋抽出文件，冷靜地翻看。

「咦，缺少了八頁的？」

「我把那八頁留在保險箱裡。」關振鐸笑道：「既然犯人想得到情報，我便給他們。相比起隱藏手上的籌碼不讓對手知道，我更喜歡亮出來大大方方給對手看。只是，如果犯人只看到我雙手，以為那是我的全部，而不知道我椅子下還藏著數十倍的籌碼，那一定會變得更好玩。」

「你……你故意誤導犯人？」

「Liz在保險箱只找到八頁，加上你公餘埋首研究，犯人只會以為毒販沒有供出全部帳冊，純粹以一小部分的資料來換取減刑，便會對廉署的調查鬆懈。這樣子，他們也不會再嘗試在你身上找什麼情報，弄出第二起、第三起偽裝綁架案或偽裝殺人案之類。」

夏嘉瀚終於明白，關振鐸偷走文件的意義。他是要將計就計，讓廉署有機會一網成擒。

「對了，關，你有沒有想過，犯人真的綁架了雅樊？我是說，因為我是廉署的調查主任，所以要教訓我，在設計偷文件時，同時綁架雅樊。你應該沒能確認，他們有沒有『玩真的』吧。」

「不，當我確認犯人的目標是複製保險箱鑰匙，我便放心了。因為複製鑰匙，代表了有人負責偷文件，而正如你所說，你保管的只是副本，犯人不會打草驚蛇，所以一定要有內應。如果雅樊被綁，Liz責無旁貸，即使雅樊無事歸來，她一定會被你辭退。犯人何苦令情況變複雜呢？綁走雅樊，是吃力不討好的做法。」

夏嘉瀚再一次佩服關振鐸的才智。雖然他知道關振鐸是個聰明的警探，但他沒想過，這幾年間有如此大幅的長進。在推理和佈局上滴水不漏，還能夠看穿一切細節。想當年自己還裝作前輩的樣子，向對方說教，指導對方辦案技巧，真是令人慚愧。七年前，關振鐸才二十三歲，隻身遠赴英國倫敦受訓，實習期間就是隸屬夏嘉瀚的小隊。

「說起來，我來港三年也沒跟你吃過飯。」夏嘉瀚笑道。

「唉，你現在是廉署主任，我是刑偵大幫，被人發現我們見面，蜚短流長，恐怕會惹出一堆麻煩。在警方和廉署仍有衝突之時，我們還是沒什麼機會碰面了。」縱使二人是舊識，在這個局勢下，關振鐸只能跟夏嘉瀚保持距離，這樣子大家的工作才會順利。星期五中午他接到夏嘉瀚的電話感到相當詫異，而他知道，夏嘉瀚要不是遇上大麻煩，不會主動聯絡他。他從對方口中知道雅樊被綁架，腦中閃過一絲不協調感，但在沒有任何線索下，他只能公事公辦。關振鐸回想，犯人很可能在刑事偵緝部中安插了好幾個內應，如果夏嘉瀚直接報警，由其他人接手調查，也有不同的共犯代替老徐的工作。就算揭發老徐，犯人們仍躲藏在警隊之中，要一網打盡，只能依靠夏嘉瀚和他的同僚。

「關，雖然這麼問有點失禮，你為什麼要如此幫我？警察不是該站在警察的一邊嗎？」夏嘉瀚若有所思，問道。

「我認同警員要互相扶持，同仇敵愾，但首要條件是大家有共同的理念，秉持公義。單純因為穿同一件制服便當成自己人，盲目支持？這太愚蠢了。警隊的貪汙問題已經大到不能自我療癒的地步，要清除瘀血，便要靠外力。我一向很討厭『跟車跑』的懦夫做法，既然擋在車前會被撞，我便在車旁做手腳，偷偷從中破壞，令這台車子被瓦解吧。」

「你認為我們——廉署會成功嗎？」

「我不知道。如果涉及的警員人數太多，只會迫令港督面對現實，頒佈特赦令。不過萬一走到這一步，我仍然希望那些最狠毒、最奸險的害群之馬會被揭發，給送上法庭，在公義面前被定罪、被制裁，令那些僥倖逃過一劫、為了私利包庇罪惡的黑警知道，他們不改過便會落得相同下場。」

關振鐸眼看著蔚藍色的大海，就像遠眺著警隊的將來。他為警隊的未來感到擔憂，但同時有一絲希望。他不知道，坐在他身旁的夏嘉瀚有著相同的想法。縱使立場不一，彼此的意念，卻指向相同的方向。

「你辭不辭退Liz，我便不過問了，反正你自有決定。」關振鐸邊說邊打開車門。「記得快申請一個新的保險櫃，換掉家中那個。」

「你不用我載你出市區嗎？」夏嘉瀚看到關振鐸走出車廂，問道。

「不，被人看到便麻煩了，我搭巴士就好。」

「關，你這次幫了我大忙，我真的很感謝你。我欠你太多人情了，你有什麼需要請跟我說，赴湯蹈火在所不辭。」

「哈，說起來，你這傢伙還欠我一頓飯呢，雖然我想一兩年之內也難以實現。」關振鐸透過車窗，笑著說：「為了替你找那堆學校資料和招生章程，我跑遍港九各區，我未婚妻還以為我有私生子要上小學哩……」

六
Borrowed Time

1

我不知道，香港為什麼變成這樣子。

四個月前，我完全沒想過，我們這個城市今天會是如此模樣。

佇立於瘋狂與理性界線上的模樣。

而這界線逐漸模糊，我們漸漸分不清到底什麼是理智，什麼是瘋狂，什麼是正義，什麼是罪惡，什麼是對，什麼是錯。

也許，我們只能祈求自身的平安，生存變成活著的唯一理由，唯一的目的。

真可笑哩。

或許我想太多了，畢竟我只是個二十歲不到的小伙子，這些深奧的道理，我管不著，也沒有能力去管。

每次我跟大哥提起社會議題，他都會笑著說：「你連工作都沒有著落，那些大道理你管得著嗎？」

他說得對。

大哥比我大三歲，但跟我沒有血緣關係，我們只是相識多年，現在住在同一間板間房[59]的「難兄難弟」。對，就像幾年前胡楓和謝賢主演的那部電影《難兄難弟》[60]，兩個窮光蛋在社會上努力掙兩餐而已。那電影裡，兩位主角分別叫「吳聚財」和「周日清」，諧謔他們窮得要命[61]，每天也要想方法騙飯吃，我們兩兄弟雖然不至於那麼潦倒，但除了勉強有個住處、每天有清茶淡飯充飢，也沒能貯上半分錢。

我父母死得早，結果中學沒唸完便得找工作，這幾年間打過不少短工，可是自從五月那場

「風暴」爆發後，工作便更難找。所有工會都呼籲罷工、抗爭，即使我想在工廠找份普通的工作，也遇上重重困難。這陣子，我只能在房東的士多62替他顧顧店，或者當當跑腿賺點零用。

房東姓何名禧，大約五十多六十歲，跟老婆在灣仔春園街經營一間叫「何禧記」的小士多。何太太叫什麼名字我忘了，事實上，如果不是每天看到招牌上那三個斗大的字，我也很可能忘掉何先生的全名，畢竟我只稱呼他們做何先生和何太太，或是「包租公」和「包租婆」63。士多在一棟四層高房子的一樓，二樓是何先生的住所，因為他們的子女已遷出多年，兩夫婦便把偌大的寓所弄成幾間板間房，出租給我們這種單身的年輕人。雖然房間「冬寒夏暑」，蚊蟲又多，廁所和廚房共用，早上大夥兒都爭先恐後，不過看在便宜的租金分上，我毫無怨言，甚至自問比他人幸運百倍。房東何先生和何太太人很好，從不催繳欠租，逢時按節更會請我們吃飯。即使外表看不出來，我猜想何先生其實有點積蓄，不愁衣食，他每天開店閉店只是習慣，並不在意店子賺蝕。

何先生常常說，年輕人要有大志，別打算一輩子當工人，或者在小店打零工。我很清楚這事實，大哥也有叮囑我，有空要多進修、多翻字典學好英文，將來便能出人頭地。有時美國水兵來士多買汽水啤酒，我也會試著跟他們用英語交談，雖然我不知道他們是否真的明白我在說什麼。

59板間房：香港的唐樓空間大，五〇年代起不少戶主利用木板將空間分隔出一個個小房間出租，這些房間稱為板間房。
60難兄難弟：一九六〇年香港喜劇電影，導演為秦劍，其後多次重拍及改編成電視劇。
61吳聚財、周日清：「吳聚財」粵語諧音「唔聚財」即是「無法累積財富」，「周日清」諧謔「每天都清袋（花光口袋裡的錢）」。
62士多：主要販賣零食、飲料、雜貨的小商店，譯音自英文「Store」。
63包租公、包租婆：粵語中對男房東和女房東的別稱。

其實每天讀報，在招聘廣告中找合適的工作時，我總會想到一條出路。我可以去考警察。雖然俗語說「好仔不當差」[64]，但既可以打抱不平，教流氓忌憚三分，又有穩定收入，婚後更提供宿舍，警察這職業不是相當理想嗎？有人說當警員要被英國人上司頤指氣使，然而，即便我在中環當個文員，搞不好大老闆也是洋人。什麼民族志氣，在這個社會上根本是空談。可是，大哥一直不贊成我去考警察，他說警察命賤，政府出錢買的是死士、是肉盾，警員不過是英國人高官的保鑣，萬一港英政府遇上什麼風波，警察只是可以放棄的棋子。

我沒想到，大哥竟然說中了。

現在回想，事情的開端不過是一件小事。四月時，九龍新蒲崗有一間工廠發生勞資糾紛，僱主訂定一些苛刻的規定，像是不允許工人請假等等，於是工人提出反對。雙方談不攏，僱主更找藉口解僱代表勞方談判的工人，結果變成工潮。部分工人集會聲討無良僱主，阻礙工廠運作，警方奉召清場，工潮變成暴動，工人以石頭和破璃瓶子襲擊警察防暴隊，警隊便以木彈[65]還擊。政府宣佈東九龍實行宵禁，而香港各大工會組織加入戰團，趁著中國大陸的革命狂熱，跟港英政府對立，原本一樁簡單的勞資糾紛，急遽演變成政治鬥爭。

之後情況便失控了。

工人和老闆之間的不和，在一個月之內，上升至中國和英國之間的國家級紛擾。獲北京支持的香港左派工人成立簡稱「鬥委會」的「港九各界同胞反對港英迫害鬥爭委員會」，發動群眾包圍港督府，指責政府是法西斯，殘害香港的民眾，以獨裁手段逼迫左派分子；香港政府卻擺出絲毫不讓的態度，派警員鎮壓示威騷亂，出動催淚彈驅散群眾，動用武力拘捕「刁民」。為了抗議，工人們發起罷工罷市，左派學校罷課，不少市民響應，而政府以宵禁還擊，香港島自二十年前的二次大戰後再次實施宵禁。

七月初，一群中國民眾越境進入香港邊境禁區沙頭角中英街「支援」香港工人，集會抗議，駐守的香港警察開槍驅趕，不料這引來中國民兵還擊，雙方爆發激烈槍戰。死守的警員彈盡被困，在英軍派兵增援時，已有五名警察殉職。

「大陸要提早收回香港嗎？」我記得，那天我在士多聽收音機新聞時，何先生這樣說過。雖然我曾聽說，香港的「租約」在三十年後的一九九七年才到期，但天曉得毛主席會不會叫解放軍進攻香港，趕跑英國人。一九九七和一九六七，不過相差一個數字而已。

槍戰發生數天後，不少人說英國人準備撤退了，撒手不管香港了。香港有大量英國人居住，如果真的爆發中英戰爭，他們要跑，警察便是確保他們順利逃走的棄卒。那時候雖然大哥沒提起我想申請當警察的事，但我知道他心裡一直在說：「看，我早說過嘛。」

縱使今天距離事件接近兩個月，中英雙方的軍人再沒有爆發衝突，但「共產黨打算解放香港」的想法仍不時在我們心中冒出。港英政府在七月二十二日發佈緊急法令，不單收藏武器火藥違法，就連身處藏有違禁品的場所的人、跟身懷武器者同行的人也會一同被起訴。持有具煽動性文章的單張、宣傳反政府的海報一律犯法，而只要三個人聚集在一起，便會被視為非法集會。除了獲北京直接支持、英國人不得不顧忌的大報外，好幾間小規模的左派報館被查封，報紙被勒令停刊，什麼「法治精神」、「新聞自由」，這時候統統是屁話。

只是，「一個巴掌拍不響」，左派工人也用上極端手段「反英抗暴」。

64 好仔不當差：「當差」是「任職警察」的俗語。香港以前普遍認為，警察不是良好職業。

65 木彈：防暴武器的一種。六〇年代香港防暴隊配備一種由催淚彈發射器改裝成的「警棒槍」，能發射直徑三點五公分、長二十二公分、重約二百克的木製「小警棒」（木彈）。木彈撞到地面後會以不規則的方向反彈，但高度不到一公尺，所以只會擊中暴徒的雙腿，並不致命。

左派分子先用魚砲和鏹水做為武器，襲擊警員，而當香港警察聯同英軍出動直升機突襲左派工人和鬥委會的據點，拘捕工人領袖後，左派發動了炸彈襲擊。近一個多月，滿街都是真假炸彈，他們為了令警察疲於奔命，在街道上佈置「真假菠蘿陣」[66]。這些炸彈外表看起來差不多，就是一個鐵盒或紙箱，但有些是混合金屬碎片和泥土的假貨，有些卻是具殺人威力的真炸彈。這些炸彈不單放在政府機構門外，連電車站、巴士上、非左派的學校都被波及。[67]

只要你走在街上，便有可能被炸死炸傷。我本來挺同情工人的，可是，如今我實在無法認同他們。左派說，這是「以暴易暴」，是「必要之惡」，要對付英國人，一點犧牲是值得的。我實在無法理解，傷害自己應該保護的人，有什麼「值得」。

我們是人，不是螞蟻。

在這個人心惶惶的氛圍下，我們只能消極地祈求自身安全。

大哥因為工作關係，尤其令我擔心。他是一位經紀，替相熟的公司搭線，賺取佣金。他沒有固定收入，不走運時只能靠我替房東打工的微薄薪金餬口，不過偶然談得成生意，便跟我上茶樓，還要上三樓，真奢侈[68]。為了找客戶，他每天跑遍香港九龍，所以他遇上示威衝突和炸彈的機會比我大得多。我跟他說要小心一點，他總會回答：「閻王叫你三更死，誰敢留人到五更？怕死的話便賺不了錢，賺不到錢，咱們便會餓死。橫豎都要死，還怕什麼？人要冒險，才能得到世間財嘛！」

雖然我不像大哥那樣子，要來往港九各區，但有時也要替何先生送貨收貨，離開店子。為了察覺危險，我已習慣眼觀四處，打醒十二分精神，每天走在街上時，都會留意附近有沒有可疑的人物或物件。左派分子通常會在炸彈放置位置貼上反政府的標語或口號，就像新春在大門貼春聯似的，左聯「紅燒白皮豬」，右聯「生炒黃皮狗」，橫批「同胞勿近」，不過用的是白紙，我可能該說「像靈堂的輓對」才貼切吧。「白皮豬」指英國人，而「黃皮狗」便是「為虎作倀」的華人警察。我想，對左派支持者來說，甘願替英國人賣命的中國人跟日本侵華時期的漢奸無異，都是背棄了民族大義的賣國賊。

而華人警員似乎比洋警官更憤怒，更痛恨這些左派。

我見過不只一次，警察鐵腕對付市民。

在這個非常時期，一般大眾都知道凡事小心，不要惹禍。如果被警察盤問，千萬別出言頂撞，因為一個不留神，被對方盯上，下場便是被抓進監牢。「五月風暴」發生前，警察已有不少特權，像何先生的貨物稍稍佔用了大街的路面，便會被警察發告票，不過如果事前有打點一下，付一些「茶錢」給巡邏警員，這些小問題便能私下解決。然而，暴動發生後，警察有權拘捕「可疑分子」，「妨礙警務人員辦公」、「拒捕」、「參與騷亂」、「非法集會」等等，都是單憑警員一面之詞便能定罪的指控。

想不到，以「莫須有」入罪，會在今天的香港社會出現。

在灣仔春園街，我經常遇到兩位巡警，一位的編號是六六六三，另一位的編號是四四四七。他們的號碼有夠碰巧的，我暗中稱他們做「阿三」和「阿七」，看樣子阿三年紀比阿七大，大概是阿七的前輩。上個月我看到有人派發反政府傳單，好巧不巧被阿三和阿七逮到，阿三不由分說，左手抓住那人的手臂，右手便賞對方兩三記警棍，打得對方頭破血流。我清楚看到「犯人」沒有反抗，阿三犯不著下重手，不過這時候無人願意為那人作證——你敢開聲，便會被當成同

⑯菠蘿：即鳳梨，香港人對炸彈的俗稱。
⑰一九六七年香港騷亂期間，警方共發現八千三百五十二個懷疑爆炸品，其中一千四百二十個是真炸彈。
⑱香港六〇年代的茶樓，樓層愈高，茶價和食品愈貴，有「有錢樓上樓，無錢地下踎」的俗諺。

黨，一同落難。

雖然阿七從不插手阻止前輩，但我知道他比阿三正直。他們兩人經常在巡邏時到何先生的士多買汽水解渴，阿三不會付錢——何先生說過這點小錢不必計較——但阿七每次都付足款項。我有次跟阿七說，老闆說不付也可以，沒想到他回答：「我不付，你的老闆收入減少，萬一令你失業，你淪為罪犯，我的工作便更多了。」

他的語氣跟大哥有點相像。

街坊們都知道阿七是個好警察，只是辦事有點過於死板，對前輩的命令言聽計從。看到阿七，我便會想警察似乎是個不錯的工作。當然，那是在暴動爆發之前的事。在今天這個風頭火勢，選擇當警察相當不智，英國人一走，「黃皮狗」便成為被批鬥的對象，阿三和阿七大概要掛上木牌遊街示眾，清算「罪行」。

不過，聞說因為暴動，警隊招聘的門檻降低不少。有些華籍警員受到左派感召，不屑跟「法西斯」英國人為伍，自行離職不幹；也有一些人擔心遇上類似沙頭角槍戰的事件，或是在暴動中被暴徒所殺，於是向上級請辭。何先生在灣仔住了很久，跟一些警長相熟，從他們口中知道，這幾個月來所有警員取消休假，二十四小時候命，在家一收到電話便要出勤，而除了本來的工作外，還要到防暴隊值班。政府為了穩定軍心，警察加薪百分之三，還調高加班費，甚至提供免費伙食。何先生說負責分發薪水給下屬的警長的公事包裡，有時會有一疊疊厚厚的鈔票哩。

政府以金錢利誘警察留下，其實左派也差不多。

工人罷工，失去收入，沒飯吃自然沒能力談什麼「鬥爭」。工會領袖會接濟罷工工人，每月發放津貼，付一、兩百元給他們，讓他們去示威集會[69]。我不知道為什麼工會有這麼多錢，有人說是中國政府暗地裡撥下的「革命」資金，我只知道，這場對抗並不是單純的意識形態之爭，還牽涉到不少金錢利益。可能這就是現實。

罷工工人獲得資助的情報，是我親耳聽來的——跟我和大哥為鄰、住在何先生的板間房的，正好有兩位左派分子。何先生租出了三間板間房，一間住了我和大哥，旁邊一間住了一位叫杜自強的記者，另一間的租客叫蘇松，是一位紡織業工人。

蘇先生在五月尾響應工會號召罷工，旋即便被老闆解僱。雖然他失去工作，但他仍有付租金給何先生，我好奇一問，他告訴我「工會領導」有給他薪水，另外完成特別任務更有酬勞。他勸告我加入他們的行列，同心合力推翻英國人的統治，說現在是難得的機會，革命成功的話，我們這些「思想純正」、「及時區分敵友」的同志便能擔當領導工作。我沒有明言拒絕，只說我要跟大哥商量一下，再作打算。我猜如果我婉拒他的要求，他可能會把我當成「反動分子」，將來有什麼後果我真的談不上來。

相比起態度強硬、滿腔熱血的蘇先生，杜自強反而像是個「逼上梁山」的左派。杜先生本來在報館工作，負責經濟新聞，可是因為他工作的報社是被政府查封的左派報社之一，他無辜地被牽連，失去工作。無奈之下他只好加入鬥爭，一來工會接濟可以解決生活上的燃眉之急，二來鬥爭成功，報館重開，他便能再次受僱。他跟我說這些時一臉愁容，我想就連他自己也不認為政府會讓步，報紙會復刊。

這個時代就是如此弔詭。我每天擔心著大哥和自己會被炸彈炸死、治安日壞、政府倒台、社會癱瘓、城市陷入戰爭，而我每天卻裝作若無其事地替房東顧店，跟代表「造反派」的鄰居道早安，賣汽水給代表「法西斯」的警員。電台播音員大罵左派為禍社會、破壞安寧，親中的報紙社

⑲六〇年代，一般工人的月薪大約是二百港元。

論痛斥港英軍警「瘋狂迫害」愛國組織。雙方都自命正義，而我們這群民眾束手無策，在強權和暴力下任人宰割。

在八月十七號之前，我以為自己會繼續這種無奈的生活，直至暴動平息，或是英國人撤走。我沒想到，我偶然聽到的一句話，令我捲進漩渦，置身險境。

2

「『菠蘿』不會在我們運送途中爆炸吧？」

我在朦朧中聽到這句話。我本來還以為自己在作夢，但稍一定神，我才發覺這是現實。聲音是從牆壁後傳過來的。

今天早上，何先生新訂的冰箱送到士多，我們七手八腳把舊冰箱裡的啤酒汽水換到新冰箱，然後我用手推車將舊冰箱送到五個街口外的夜冷店[70]賣掉。我把賣冰箱的錢給何先生後，他說他下午一個人顧店也沒有問題，因為我上午頂著大太陽跑來跑去，似乎有點累，他著我回家休息一下。難得何先生這麼體恤，我便恭敬不如從命，午飯後回到房間睡午覺。

然後我被那句話吵醒了。

我瞧了鬧鐘一眼，時間是下午兩點十分，我睡了一個鐘頭。剛才說話的，應該是那個勸我加入左派的蘇松，他的聲音有點尖，很好認。不過牆壁後的房間明明屬於那位失業記者杜自強，為什麼他在杜先生的房間裡？

「蘇先生，你別這麼大聲，萬一被人聽到……」這回說話的好像是杜自強。

「老何的老婆剛才出去了，老何和隔壁那兩兄弟也在上班，咱們談大計沒人會聽到啦。」蘇松回答。平時這個時間我都在顧店或當跑腿，只是今天巧合地提早回來。

「就算被人聽到又如何？我們堂堂中華兒女，以崇高的革命精神辦事，不惜拋頭顱灑熱血，即使事敗，英帝國主義終有一天屈服在祖國偉大的社會主義之下……」說話的男人嗓門很大，雖然我看不到，也能想像到他一副義憤填膺的樣子。如果我沒記錯，這人應該是蘇松的「同志」，一個叫鄭天生的青年。蘇先生曾介紹我們認識，說他也是被紡織廠辭退的工人之一。

「阿鄭，話倒不是這樣說，英帝奸狡，我們要小心行事，別給敵人有機可乘。」這聲音我從沒聽過。

「鄒師傅說得對，我們這次行動只許成功，不許失敗。」蘇松說。那個鄒師傅是誰我完全摸不著頭腦，不過聽他語氣，應該是其他三人的「領導」。

「總之阿杜和阿蘇從北角出發，我會在這個據點等候。」姓鄒的說。「會合之後，我們便依計行事，完成後立即在佐敦道碼頭解散。」

「執行細節如何？」是蘇松的聲音。

「你跟阿杜做餌，由我動手。」

「鄒師傅，你一句『做餌』說得簡單，但我們毫無頭緒啊。」

「到時見步走步，實際情況我也說不上來。」鄒師傅說：「我只要半分鐘就好，這不算難吧。」

「但我們真的能如此簡單得手嗎？一號不易對付吧……」

「阿杜，你放心，我再三確認了，目標比想像中脆弱，那是盲點。白皮豬不會料到我們走這

⑩夜冷：即買賣二手貨品的商店。語源葡萄牙文Leilao，意即「拍賣」，經過廈門及汕頭等地的方言，傳到廣州時音變成「夜冷」。

一步棋，到炸彈爆炸時，一定目瞪口呆，驚訝於中國人的智慧，震懾英帝國。」

這一刻，我才赫然察覺我聽到不得了的事情。鄰房的四個人，大概在策畫炸彈襲擊。雖然天氣很熱，但我冷汗直冒，不敢移動身子半分，怕老舊的床會發出聲音。我連呼吸都盡量放輕，萬一他們發現我聽到他們的計畫，我不知道他們會不會以民族大義之名殺人滅口。

「另一方面便要看阿鄭了。」蘇松說。他的聲音比之前小，我想他之前說話時靠在牆邊，現在走開了。

「毛主席說，『下定決心，不怕犧牲，排除萬難，去爭取勝利』，我時時刻刻銘記於心。我一定會完成任務，狠狠給敵人迎頭痛擊，捍衛毛澤東思想，堅持鬥爭。」

「阿鄭你放心，事成之後，領導不會虧待你。」

「獎賞於我若浮雲，哪怕被法西斯逼死，我都會鬥爭到底。」

「說得好，阿鄭真是我們愛國同胞的榜樣。」

「可是……」是杜自強的聲音，「我想說，放炸彈真的好嗎？萬一傷害到平民百姓……」

「阿杜，你這話便說錯了。」蘇松說：「帝國主義如此欺侮我們，我們以炸彈還擊，不過是沒有辦法中的辦法。」

「對，『來而不往非禮也』，白皮豬用子彈射殺我們的同胞，誣陷無辜者暴亂傷人，對付我們無所不用其極，我們以『菠蘿』對抗，還不及那些法西斯暴虐手段的十分之一。我們放炸彈不是為了傷人，而是要癱瘓港英軍警，這是聰明的游擊戰略。如果我們真的要殺害平民，我們為什麼要在炸彈旁寫上『同胞勿近』？」鄒師傅說。

「『革命不是請客吃飯』，『死人的事是經常發生的』，阿杜，你忘了領導們的最高指示嗎？如果犧牲幾個平民，換來英帝投降，那些平民的死便十分值得了。他們可不是白白犧牲，是用血汗令祖國大勝一場，是為了同胞、為了國家捐軀啊！」這次說話的是嗓子大的鄭天生。

「對耶。你想想被白皮豬槍殺的蔡南，想想在警署裡被活活打死的徐田波，我們不反抗，說不定下一個死的便是你或我。」蘇松接著說。

「可是……」

「不要可是了。阿杜，你自己也曾親身經歷報館被查封，那些黃皮狗肆無忌憚闖入報館，毆打記者，安插罪名，難道你沒半點憤怒，不想報一箭之仇嗎？」

「你說得沒錯……」

他們三人你一言我一語，將杜自強的意見壓下去。

「總之，後天便是第一波行動。」鄒師傅說：「當第一聲砲響，震得港英心驚肉顫，我們大後天、大大後天的第二波、第三波行動便能叫英帝屈服。澳葡已經認輸，港英的末日還會遠嗎？」

澳門去年十二月發生警民衝突，澳葡政府實行戒嚴，警方槍殺多名華人市民。廣東省政府抗議，多番談判後，葡國向包括中方的華人各界「道歉、認罪和賠款」。這應該給左派打了一支強心針，既然澳門的華人能夠成功「反葡抗暴」，英國人敗陣自是指日可待。

「阿蘇、阿杜，我們今天解散後，便不要聯絡，直至後天開始任務。」姓鄒的繼續說：「有必要時，我們以阿杜的房間做基地，我家已被黃皮狗盯上，不甚安全。」

「反正鄒師傅住得近，互相照應也容易。」蘇松笑著說：「你別給黃皮狗跟蹤到這裡來便行了。」

「哈，我才不會這麼大意！」牆後傳來鄒師傅的笑聲。「你不如擔心一下自己會不會在行動前惹上黃皮狗吧！」

「哼，我總有一天要牠們夾著尾巴逃，再把牠們弄成狗肉鍋！」鄭天生罵道。

「既然各人也明白任務，我們今天便散吧。這兒有些特別任務費，你們拿去，這兩天找點好的吃，喝喝酒壯壯膽。阿鄭，辛苦你啦。」

「鄒師傅，不跟我們一起吃飯嗎？」

「我跟你們一起，怕連累你們。我先走一步，你們最好多待一陣子才出去吧，萬一被人看到，也可以跟我撇清關係。」

「好，好，鄒師傅，後天見。」那是蘇松的聲音，牆後還傳來開門聲。我悄悄地離開臥床，將耳朵貼在房門上，聽到杜自強他們三人跟鄒師傅道別。板間房跟客廳之間的木板牆頂部有通風窗，門板上有毛玻璃，我只能蹲在房門旁，以免他們從玻璃上看到人影晃動。他們三人之後沒有回房間，在客廳中閒聊，在討論哪一間茶館便宜又好吃，半個鐘頭後，三人也離開外出。

直到他們離開，我才鬆一口氣。

我想，我沒有被他們發現吧。我謹慎地打開房門，探頭察看，確認房子裡只有我一人後，才急步到廁所小解。我憋尿憋了很久，差點想找個瓶子解決。

回到房間，我仔細思考剛才聽到的對話。如果現在杜自強或蘇松回來，我可以辯稱剛回家，他們該不會起疑；可是，我不知道我該如何處理那些「機密情報」。

那個姓鄒的，聽聲音似有四、五十歲，可能是某個工會的幹部，杜自強、蘇松和鄭天生只有二十多歲，滿腔熱血，對現況的憤怒無處宣洩，正好是左派渴求的人。或者他們的理念正確，出發點純粹是為了抵抗社會的不公義，但用上炸彈，便是愚蠢的行為。鄒師傅的話說得鏗鏘有聲，可是，依我看，蘇松他們跟他們口中的「黃皮狗」差不多，一樣是「消耗品」。

權力便是這樣一回事，在高位的，拿理想、信念、金錢作為誘餌，叫下方的賣命。人不是想找個偉大的目標生存，便是追求安穩的生活，只要提供足夠的誘因，便甘願為奴為僕。如果我跟姓蘇的這樣說，他一定會痛斥我被法西斯荼毒，偉大的黨和祖國才不會把他們這些愛國同胞置諸不理，但我敢寫包票，他這些小角色只會被人遺忘。兔死狗烹、鳥盡弓藏是千古不變的道理，假如英國人最後沒撤退，那些被港英政府關進監獄的人，出獄後大概會一時被左派追捧成「不屈的戰士」，但長遠而言，他們會被照顧、安頓生活嗎？我很懷疑。這些小角色愈多，便愈不受重視，你以為自己放一次炸彈，完成了一項偉大的任務，卻不知道跟你一樣的死士有上百上千個。因為現實中，權力和財富永遠只握在一小撮人的手裡。

晚上，我跟杜自強和蘇松碰面，蘇松的態度和平時沒分別，一見面便遊說我加入「工會」，不過杜自強顯得比平常拘謹。何先生夫婦似乎沒察覺異樣，而我沒有跟大哥提起事件。雖然告訴他，他或者能替我分擔一下，但秘密一旦說出口便不再是秘密。這一夜我睡得不好，一想到蘇松他們的「行動」，我便思潮起伏，惴惴不安。

翌日，我裝出若無其事的樣子，在房東的士多工作。縱使換了新冰箱，街頭仍舊冷清，行人稀少，顧客自然不多。何先生坐在櫃台後讀報，我則坐在門口旁，一邊搧著扇子，一邊聽著收音機廣播。電台中那位播音員再次大罵「左仔」搞亂社會秩序，是「無恥無良、下流賤格」之徒，語氣刻薄幽默，極盡譏諷之能事。我一笑置之，但對左派來說相當刺耳吧。

大約十一點時，一個男人走近。我覺得他有點臉熟，細想一下，發覺他便是我昨天聽到的聲音的主人之一——他是蘇松的同伴鄭天生。

「一瓶可樂。」他放下四毫[71]，說。

[71] 毫：港幣一毫即一角（十分）。

我從冰箱拿出一瓶可樂給他，收過錢，便回到椅子裝作看報紙。何先生十分鐘前說有點事要離開一會兒，現在只有我一個人在顧店。我舉起何先生留下來的報紙，眼角卻瞄著鄭天生，心想他是不是要來找蘇松。他站在士多前，左手插在褲袋，靠著冰箱喝著可樂，眼睛往街角瞧過去，一副無所事事的散漫模樣。拜託，快快喝完離開吧，我知道阿三和阿七差不多是時候經過巡邏，天曉得這個姓鄭的會不會跟他們起衝突。

當這念頭還未消失時，我便看到那兩個警察出現了。他們一如平時，並肩緩步走著，經過街角的麵店、藥行、裁縫店，再走到士多前。

「麻煩你，一瓶可樂、一瓶哥喇[72]。」阿七說。他就像老樣子，放下三毫，為自己的份付款。

我從冰箱取出兩瓶汽水，交給他們。他們邊喝邊談，不知道我正為情況擔心——在他們身邊，正好有一個「炸彈暴徒」，喝著相同的汽水。

「十一點新聞報導。」收音機傳來女播音員甜美的聲音。「銅鑼灣裁判司署發現炸彈，警方目前封鎖該路段，禁止車輛和行人進入。今早十點十五分，裁判司署職員發現大門放置了可疑物品，於是報警，警方目前正在處理，暫未知道炸彈真偽。」

我看到鄭天生嘴角微微揚起。該不會是他放的吧？

「下一則消息。英國皇家空軍副參謀符利將軍今晨抵港，進行五天的訪問。符利將軍下午會跟港督會面，明天預定到皇家空軍基地慰勞駐港英軍，並出席駐港英軍與警察部聯合設置的晚宴。符利將軍表示，他贊同之前訪港的遠東英軍總司令賈華將軍的意見，認為維持香港安定的第一道防線是香港市民，第二道是警察，第三道是英軍，英軍會在必要時支援政府……」

「哼！放屁的白皮豬！」

這句話傳進我耳朵時，我頓時起雞皮疙瘩。我錯愕地抬頭向鄭天生望過去，只見他一臉輕蔑，喝著只餘下半瓶的可樂。

而跟他距離不遠的阿三和阿七，則一臉詫異地瞪著他。

「喂，你說什麼？」阿三向鄭天生喝道。

「我有說什麼不好？」鄭天生頭也不回，自顧自地繼續喝可樂。

「我剛才聽到你罵『白皮豬』。」阿三再說。

「哦，我看你膚色挺深的，原來你也是白皮豬嗎？」鄭天生沒有退縮，還跟阿三耍嘴皮子。

我想，這回糟糕了。

「放下瓶子，給我站到牆邊！」

「我犯了哪條法例嗎？你憑什麼命令我？」

「我看你游手好閒，懷疑你藏有武器或煽動性物品，現在要搜你身！」

「不過聽到人家罵一句白皮豬便小題大作，正一黃皮狗！」鄭天生不為所動，直罵道。

「死左仔，你夠膽再說一次？」

「黃、皮、狗！」

說時遲那時快，阿三抽出警棍，一下子往鄭天生臉上揮過去。鄭天生手上的可樂瓶飛脫，掉到地上，玻璃碎滿一地。他整個人往右邊倒，阿三隨即揮出第二棍，往對方胸口揪打過去。

「嗚——」鄭天生失去平衡時，抽出口袋中的左手，似要抓住阿三的領口。不過，我被另一件東西分散了注意——一張約有手掌大小的紙從鄭天生的褲袋掉出，落在我跟前。因為就在我的

㉒哥喇：Cola的音譯。可樂指可口可樂，哥喇指屈臣士汽水。後者較便宜。

腳邊，我本能地彎腰拾起，然而瞥了上面的字一眼，我卻驚覺自己不該多管閒事，連忙將字條遞給眼前的兩位警察。

接過字條的是阿七。幸好是他，如果換成阿三，可能會硬指我跟鄭天生是同黨，不由分說地揪我回警署。

阿七瞄了字條一眼，眉頭緊皺，他小聲地跟仍在毆打鄭天生的阿三說了幾句，將字條放在對方眼前，阿三的表情立時出現變化。

「電話在哪？」阿三停下手，緊張地問我。我指了指掛在牆上的電話機。

阿三替血流披面的鄭天生扣上手銬，讓阿七代為看管，拾起話筒撥下號碼。他只說了幾句便掛線。不一會，一輛警車駛至，車上還有幾名警察，他們把鄭天生押上車，而阿三和阿七也一同跟上去。

事件擾攘期間，附近的店員店東都探頭偷看，我想他們並不是好奇，而是擔心發現炸彈，看看要不要逃跑。警車離開後，現場回復平靜，我收拾好碎玻璃，回到原來的位子，繼續顧店。何先生回來時，我只簡單報告一下，說警察抓了個出言冒犯的男人，打破了一個瓶子[73]。何先生嘆了一句：「唉，這個時勢還是別亂說話，煩惱皆因強出頭，保持沉默才能活得長久啊……」

的確是這樣吧？保持沉默才能活得長久……

不過，會不會沉默下去，到頭來默默地遇害呢？

我發覺我知道得太多了。

剛才鄭天生掉落的字條，我瞧了一眼，但已記得紙上的內容。

原來有時記憶力太好，並不是優點。

那張紙上，寫著幾行文字：

18/8

X・10:00am　銅鑼灣裁判司署　（真）

19/8

1・10:30am　尖沙咀警察宿舍　（假）

2・01:40pm　中央裁判司署　（假）

3・04:00pm　美利樓　（真）

4・05:00pm　沙田火車站　（真）

下午電台仍在報導位於電氣道的銅鑼灣裁判司署的炸彈事件。英軍派出拆彈專家，引爆炸彈，確認該炸彈具有足夠殺傷力，是「真菠蘿」。

這跟鄭天生的字條內容吻合。

字條上，無論日期、時間或地點都跟現實相符，而那個「真」字，就像指出那個土製炸彈是真貨。雖然那個「X」的意思不明，但任何人也能聯想到，這字條是左派分子的「任務」分配指示。

今天早上十點，在銅鑼灣裁判司署放真炸彈。明天，則在尖沙咀警察宿舍、中環亞畢諾道的中央裁判司署、沙田火車站，以及作為政府總部建築之一、位於中環的美利樓放置真假炸彈。就

[73] 六〇年代汽水玻璃瓶會被廠家回收，在士多喝汽水必須當場喝掉，如要帶走，需要多付瓶子押金（例如兩毫），之後將空瓶交回士多方可取回。

算阿七和阿三巡邏途中沒辦法收到上級通知銅鑼灣發現炸彈，但他們肯定聽到收音機的新聞，所以當阿七看到字條內容，便立即明白鄭天生跟炸彈案有關。

縱使銅鑼灣的炸彈不一定是鄭天生放的，他身上的字條亦足以證明他和犯人有聯繫。換作以前，這字條無法證明什麼，畢竟上面沒有明確寫上「炸彈」或「襲擊」之類，鄭天生大可以反駁說那只是巧合，但在緊急法令執行的現今，即便沒有時間和日期，光一句「銅鑼灣裁判司署」，亦足以令警察對他嚴刑拷問。

而阿七和阿三大為緊張，當然是因為字條的後四行。預知襲擊的地點，便能佈下天羅地網，守株待兔。

不過，我覺得有點不對勁。

從字條內容來說，那四個襲擊目標很合理，也跟左派一向針對的地點吻合。警察宿舍是「黃皮狗」的住所，中央裁判司署是用來進行不公義審訊的無恥法庭，美利樓更是「白皮豬」的辦公室。沙田火車站不是政府公務建築，但對左派來說，「愈亂愈好」，火車站人多，一旦發現炸彈會造成嚴重的混亂，打擊港英政府的威信。

然而，我覺得不對勁的原因基於一點。

我昨天聽到的對話，鄒師傅和蘇松他們提到「完成後立即在佐敦道碼頭解散」。

名單中，完全沒有「碼頭」啊？

3

八月十九日，星期六，早上十點，我呵欠連連、睡眼惺忪地替何先生點算士多的存貨。我昨晚噩夢連連，半夜驚醒了好幾次，雖然我嘴上說不蹚姓杜和姓蘇弄出來的這渾水，但心裡總是覺得不插手不行。

昨晚回家後，我一直留意著杜自強和蘇松兩人，看看他們得知鄭天生被捕後，會不會有什麼行動。蘇松完全沒有異樣，跟平常的態度一樣，而杜自強明顯坐立不安。今天早上九點我在士多幫忙時，便看到他們兩人一同外出，蘇松還主動跟我打招呼。我有留意他們有沒有拿著可疑的手提袋，但他們兩手空空，看來炸彈不在他們身上。

我心不在焉地點好貨品後，回到店面替何先生顧店——他說他約了很久沒見的朋友飲茶，中午十二點左右回來。

我盯著店裡的時鐘，想著字條上的內容。

還有十分鐘便到十點半。這時候，警方是否在尖沙咀警察宿舍，準備拘捕疑人？假如蘇松或杜自強真的要去放炸彈，他們會不會看穿警察的佈局，及時中止計畫？抑或是，鄭天生被捕的消息已傳到他們耳中，於是領導臨時改變計畫？

今早大哥跟我說，他下午約了客戶到新界看地皮，成事的話佣金很高。他說今晚會在朋友家留宿，叫我不用等他。我想起鄭天生字條中提及沙田火車站放置真炸彈，可是我又不想提及昨天的事，於是叫大哥別搭火車，說這陣子交通工具和車站不時發現「菠蘿」，要他小心提防。

「我的客戶有私家車，你不用擔心啦。」他笑道。

我打開收音機，一直留意著新聞。但新聞沒有提及炸彈，只在說那個英國空軍參謀訪港的事，以及在北京被軟禁的英國記者格雷的最新消息[74]。十一點多，穿著整齊制服的阿七經過，跟

[74] 新華社香港分社記者薛平及多名記者自一九六七年七月開始先後被捕，北京指港英政府無理迫害左派新聞工作者，對英國路透社駐北京記者格雷（Anthony Grey）採取報復行動，將格雷軟禁。北京、倫敦和香港政府三方角力，陷入外交困局，各方曾考慮互相交換「人質」，但並不成功。最後在一九六九年十月，香港所有左派記者獲釋後，格雷重獲自由。

我買汽水。

我將瓶子遞給他後，想了想，下了一個決定。

「長官，今天只有你一個人？」我說。我不知道在這時勢跟警察搭話是不是好事，但至少今天阿三不在，阿七不會胡亂抓人。

「對，人手不足，所以今天我只好一個人巡邏。」阿七態度一如以往，簡潔地回答。

「是……到尖沙咀警察宿舍戒備嗎？」我語氣謹慎地問道。

阿七放下瓶子，轉頭瞧著我。雖然我曾有一絲擔憂，但看到他的表情，我想我的話沒有引起太大的反應。

「你果然看到了。」阿七說。他話畢繼續喝汽水，完全不把我剛才說的話當作一回事。我沒看錯人，他比阿三友善得多，換作阿三，我可能已被狠狠吆喝，給當成「死左仔」看待。

「我……我看到字條上的內容。而且我認識那傢伙。」我大膽地說。

「哦？」

「那傢伙叫鄭天生，本來是個紡織廠工人，但響應工會罷工，加入了那些組織。」

「你也是組織的人嗎？」阿七的語氣沒變，這反而令我有點吃驚。

「不，不是。我跟他們毫無關係，只是那個姓鄭的跟我一位『同屋住』[75]是朋友，我之前見過他幾次。」

「原來如此。所以，你有情報告訴我？」

「有……」我有點吞吞吐吐，不知道如何說才能確保自己不惹上官非。「我前天巧合地聽到鄭天生跟同夥談論策動襲擊的事。」

「前天？那你為什麼沒有立即通知警方？」

糟糕，他好像要把罪責怪到我頭上來了。

「我、我不肯定啊，我只是睡午覺時，朦朧中聽到隻言片語，如果昨天我不是瞄到那張字條，以及知道銅鑼灣裁判司署發現炸彈，我都不敢確定我聽到的是事實。」

「那麼，你聽到什麼？」

我將我聽到的話大略複述一次，再交代一下自己的身分和住處。當然我把那些「白皮豬」、「黃皮狗」刪掉，沒有轉述。

「即是說，那個『鄒師傅』、記者杜自強和工人蘇松應該跟事件有關？好，我會通知雜差房⑯的夥計，他們會拘捕嫌犯。」阿七邊說邊用筆記下名字。「那個記者我以前碰過幾次面，但姓鄒的和姓蘇的沒有印象……」

「長官，你誤會了，我說出來不是為了舉報他們啊。」我搖搖頭。「你不覺得事情有點古怪嗎？」

「古怪？」

「我聽到他們說『佐敦道碼頭』什麼的，但昨天的字條上都沒有。」

「字條上寫了什麼？」

「就是銅鑼灣裁判司署、尖沙咀警察宿舍、中央裁判司署、美利樓和沙田火車站。」

「你記性挺好啊。」阿七的語氣帶點嘲弄。他是不是懷疑我是鄭天生的同黨，正在用詭計騙他？

⑮同屋住：粵語，即室友，但尤指住在套房或板間房的鄰居。
⑯雜差房：六〇至七〇年代刑事偵緝處的俗稱。

「我平時替何先生送貨，一次要記四五個地址，所以才會看一眼便記得。」我解釋道。

「那麼，你認為因為名單裡沒有跟『碼頭』相關的地點，所以有古怪嗎？」

「對。」

「如果犯人真的依照名單放置炸彈，船是必須採用的交通工具，自然會提及碼頭嘛。」阿七輕鬆地說。「杜自強和蘇松跟你住在這兒，蘇松又說過姓鄒的『住得近』，他們要到九龍尖沙咀放『假菠蘿』，便要乘渡輪過海。事實上，如果按名單上的地點和時間，他們還要來回港島九龍兩次，因為他們在尖沙咀放炸彈後，還要回到中環，在中央裁判司署和美利樓動手，之後再遠赴新界的沙田火車站。」

「這不可能啊。」

「不可能？」

「你記得那名單上還寫了時間吧。」我說。

「記得。那又如何？」

「在中環美利樓動手的時間是下午四點，在沙田火車站動手是五點，一個鐘頭之內怎可能從中環跑到沙田？光是渡輪便要花上半個鐘頭了。」

「那可能不是動手時間，而是炸彈爆炸的時間啊。」阿七反駁道：「炸彈在四點爆炸，很可能在兩點便放好了。名單上前一個地點是中央裁判司署，跟美利樓相距不過十數分鐘行程。」

「不對。那一定是『動手時間』。」

「為什麼你如此肯定？」

「因為銅鑼灣裁判司署的炸彈沒在昨天早上十點爆發啊。」

阿七低頭不語，像是在思考我的話。名單上有「早上十點、銅鑼灣裁判司署、真」的字眼，如果那是「爆炸時間」，那昨天職員在十點十五分才發現爆彈便不對了。更何況名單上有兩個地點註明了「假」字，假炸彈根本沒有「爆炸時間」嘛。

「所以，」阿七抬頭瞧著我，「你認為杜自強、蘇松、鄭天生和姓鄒的本來打算分頭行事？」

「這也不對。雖然他們有四個人，每人負責一個炸彈，想來好像挺合理，但我聽到蘇松跟鄒師傅談及『執行細節』，所以他們應該會共同行動。」

「那即是還有更多同黨。」

「雖然這也是可能性之一，但我還有一點搞不懂。」

「搞不懂什麼？」

「今天是星期六，政府部門在週六只有上午辦公吧。」我指了指牆上的日曆。「為什麼他們會選下午到政府大樓放炸彈？既然要冒相同的風險，自然想得到最大的成果啊？他們要放炸彈，對付政府官員，應該在週一至週五，或是週六早上動手，效果才明顯。」

阿七微微露出訝異的表情。警察近期沒有休假，忙得要死，大概連今天是星期幾也忘了。

「那麼，你有什麼想法？」阿七問我。他的表情比之前認真，似乎覺得我言之成理。

「我懷疑那名單是假的。」

「假的？」

「鄭天生是餌，用來誤導警方。」我說：「他知道你們每天這個時間會經過這兒，於是特意在你們面前出言冒犯，再讓你們發現那張寫上假情報的字條。」

「如果這是真的話，他們的目的是什麼？」

「當然是要掩飾真正的目標。如果今天警員和拆彈專家都在名單上的地點戒備，聯絡和調動人手自然比平時更麻煩，其他地點的防備便鬆懈了，而這個真正的目標跟以往不一樣，他們不會在炸彈旁留下明顯的警告，純粹意圖利用爆炸製造恐慌，『震得港英心驚肉顫』。鄒師傅對鄭天生說過『辛苦你了』，鄭天生的語氣也像是準備犧牲似的，蘇松亦說過鄭天生處理的是『另一方面』，我想，這是苦肉計加上聲東擊西，犧牲一名同志，換取行動勝利。」

阿七臉色一沉，沉默片刻後，逕自走到電話前，提起話筒。

「等等！」我喊道。

「什麼？」他回頭問我。

「你要打電話通知上級嗎？」

「當然啊，還要問嗎？」

「可是我們剛才說的，只是一種猜測啊。」

阿七把手指擱在電話號碼盤上。

「萬一你通報上級，重新調配人手後，我們才發覺弄錯了，美利樓和沙田火車站真的發生爆炸，那麼你便會惹上大麻煩。老實說，我自己也不確定這推理正確。」我說。

阿七眉頭一皺，將話筒放回電話機上。他應該覺得我沒說錯吧。

「你有什麼建議？」他問。

「嗯……先找一下證據吧？」我往上指了指。「他們說過把杜自強的房間當作基地，也許會留下線索。反正那是我家，你去搜查，萬一遇上他人，可以推說是我邀請你作客。」

「我不是『雜差』，搜證調查不是我的職務範圍……」

「但你至少是警察啊！難道要我一個人當偵探嗎？」我說。這傢伙真是死心眼。

阿七沉默了好一會，再說：「……好吧。從這邊的樓梯上去嗎？」

「你一身軍裝，怎麼看都是在執行職務，現在上去會打草驚蛇啦！」我嚷道。「而且我現在要顧店，不能離開。何先生說他十二點左右回來。」

阿七瞧了瞧士多牆上的時鐘，說：「我十二點半下班，到時換上便服再來。一點在街角等，你帶我上去？」

「好。最好你戴頂帽子之類的，萬一碰上杜自強或蘇松，我怕他們認得你。」阿七每天巡邏，有不少街坊認得他樣子。

「我盡量想辦法。」他點點頭。

「記得換鞋。」我再說。

「鞋？」

「你們警察的黑皮鞋太顯眼了，即使服裝和樣子做上工夫，一看鞋子，便知道你是警員。」警員都穿同款的皮鞋，因為經常要步操，鞋子特別訂造，跟一般皮鞋不同。

「好，我會留意。」他笑了笑。想不到我居然像他上司，命令起他來了。

阿七離開不久，何先生便回來。我跟他說下午有點私事，他沒過問便讓我請半天假。一點正，我前往街角的藥行門口，可是不見阿七蹤影。一個白領模樣的青年突然走到我面前，似要跟我搭訕。

「……啊！」我瞪著對方的臉，看了幾秒才發現他是阿七。他換上白色短袖襯衫，結領帶，胸口口袋插著一支筆，右手提著一個黑色的公事包，就像週六中午剛下班、在洋行工作的文員。最誇張的是他的臉，他戴上一副眼鏡，用髮蠟弄了個「三七分界」，跟平時判若兩人。

「我們走吧。」他似乎對我詫異的表情甚為滿意。我們經過士多時，何先生還說了句「這是你朋友嗎」，我隱約看到阿七嘴角帶笑。

我謹慎地打開大門，以防跟蘇松或杜自強碰個正著，露出馬腳，但客廳裡沒有人。雖然今早我看到他們外出，他們回家必須經過士多店前，但難保我看走眼。我躡手躡腳地走到杜自強和蘇松的房門外，仔細傾聽，再到廚房和廁所，確認無人後示意站在玄關的阿七可以進來。

板間房的房門沒有門鎖，這給予我們很大的方便，我輕輕推開杜自強房間的門，裡面跟平時看到的沒有分別。因為房間沒有鎖，我們會把貴重的東西鎖在抽屜，不過老實說，我們這些窮光蛋根本沒有「貴重的東西」，會打我們主意的小偷一定是笨蛋中的笨蛋。

「我以為你會拒絕這種非法搜查哩。」我左顧右盼、張望房間的每個角落時，揶揄阿七道。

「緊急法令下，警員可以主動搜查任何可疑人物的居所。這不是我的職務範圍，但我有權力這樣做。」阿七語氣平淡地說，他似乎沒意識到我是尋他開心。

杜自強的房間沒幾件東西，就是有一張床、一張書桌、兩張木椅、一個抽屜櫃。床靠在房間右邊的牆，正好貼著我和大哥的房間，抽屜櫃就在床頭，書桌和椅子在房間左面。牆上有幾個掛鉤，掛著兩件襯衫。我們這些窮鬼，只有「單吊西」[77]，衣櫥什麼的，都是得物無所用，自然不會出現在房間內。

書桌和抽屜櫃上，放著不少書本，也有好些筆記簿，我猜是他當記者時的工作資料。書桌上還有一盞檯燈、一個筆筒、一個暖水瓶、一個杯子，以及一些放雜物的鐵盒。抽屜櫃上有收音機和鬧鐘，而第一層的抽屜有鎖孔，我伸手拉了拉，發覺上了鎖。

「讓我看看能不能打開。」阿七說。

「我猜，裡面沒有重要的東西吧。」我退後兩步，說。

「為什麼？這抽屜上鎖了啊。」

「杜自強或許會把重要的東西鎖進抽屜，但我想那個姓鄒的不會。」我邊說邊跪在地上，探視床底下。「假如我之前說的沒錯，鄭天生被捕是苦肉計，他們準備聲東擊西，使用這種詭計的人才不會把重要的物件放在鎖上的抽屜裡，因為那太明顯了。萬一杜自強被盯上，警察要搜查，那個抽屜大概是第一個會被破開的目標。我猜裡面應該有一堆煽動性傳單之類，但絕不會有跟炸彈相關的線索。警察搜到傳單，已有足夠理由去起訴犯人，便不會再挖下去。」

阿七停下手，對我點點頭。

「有道理。我看看書桌上的書冊和筆記簿有沒有線索。」他說。

我檢查了床底下、床板間，都沒有看到可疑的東西。阿七逐本書翻看，我問他有沒有發現，他只搖搖頭。我們打開沒有上鎖的抽屜，除了一些破舊的內衣褲和雜物外，沒有任何異樣。

「你聽到他們討論陰謀時，有沒有什麼特別發現？」阿七問。

我努力回憶前天聽到的每一個細節。

——「總之阿杜和阿蘇從北角出發，我會在這個據點等候。」

我記得姓鄒的說過這句。

「啊！是地圖！」我靈光一閃，嚷道。

「地圖？」

「鄒師傅說過，他會在『這個據點』等候杜自強和蘇松。我那時以為他說的是這個房間，但現在細心一想，那句話大有問題。如果他叫杜自強他們在這兒等候他便很合理，但反過來他在這兒等他們，實在很奇怪嘛！我和房東夫婦都沒見過那個鄒師傅，杜自強和蘇松讓一個客人留下來

⑰單吊西：俗語，意即「只有一套的西裝」。六〇年代香港普遍有「先敬羅衣後敬人」的觀念，即使工作上不一定要穿西裝，社會上大部分男性至少有一套西服，用作出席某些場合之用。相反，如果工作上有需要穿西裝（例如經紀），便可能同一套穿到底。

等自己，怎看都不合理。所以，他們應該是在看地圖，鄒師傅嘴上說的『這個據點』，其實是指著地圖上的某個地方。」

「換句話說，地圖上很可能記下了他們計畫的細節。」阿七點點頭，表示同意。「不過，地圖在哪？我翻過那些書，沒有地圖。」

我再細心想當天的每句話，可是沒有再找到線索。

「沒有，我想不……啊！」我邊說邊離開床邊，卻猛然想起一件事。房間有兩張椅子，他們有四個人，自然有兩人坐在床邊，當蘇松和鄒師傅討論完「做餌」和「動手」等細節時，他的聲音變小。如果當時他手拿著地圖，討論完準備藏好，那麼他的聲音變小，便是代表他離開貼著我房間的床。

而在房間另一邊的，是書桌。

我走到書桌前，蹲下細看，沒在桌下看到任何東西，再探頭看看桌子和牆壁之間的隙縫，亦沒有發現。我以為自己弄錯了，正要找其他地方時，卻留意到那盞檯燈的底座有點大。我舉起檯燈，用手指甲試著撬開底座的底部，「咔」的一聲，圓形的底盤掉下，那個底座的空間中有一張摺好的地圖。

「哦！你真行。」阿七瞪大眼睛，興奮地說。

我們打開地圖，放在桌上。那是一張香港地圖，上面有好幾處用鉛筆標示的地點，有些地點還附有數字。在銅鑼灣裁判司署的位置上，有一個「X」，旁邊還寫上「八月十八日・上午十點」，而在尖沙咀警察宿舍、中央裁判司署、美利樓和沙田火車站分別標示著「1」、「2」、「3」、「4」，卻沒有日期和時間。反而在中環統一碼頭附近的租庇利街與德輔道中交界，畫著一個圓圈，並且寫著「第一・八月十九日・上午十一點」，另外在九龍油麻地佐敦道碼頭亦有一個圓形。我記得蘇松他們提過北角，可是我找不到明顯的記號，只在北角清華街附近看到一些用鉛筆戳下的點。在統一碼頭和佐敦道碼頭之間，有一條直線，在線上也有一個「X」。除了以上這些之外，沒有其他符號或記認。

「這足以當成證據拘捕杜自強他們了……」阿七喃喃自語。

「可是現在發出通緝令，也阻止不了他們。」我指著中環的圓圈，說：「上面寫著八月十九日上午十一點，已是兩個多小時前的事，他們應該已開始行動。杜自強提過什麼『一號目標』，會不會就是德輔道中這個地點？這兒寫著『第一』。」

「不對吧。」阿七說：「租庇利街與德輔道中交界是中環的老牌茶樓『第一大茶樓』，開業差不多有五十年了。你沒去過嗎？」

我搖搖頭。坦白說，我真的沒去過，我跟大哥只光顧過這兒附近的「雙喜」和「龍門」，中環的茶樓我除了「高陞」和「蓮香」外一概不清楚。我和大哥一年難得幾回上茶樓，平時頂多到附近的廉價茶居吃飯罷了。

「這間『第一茶樓』可能是他們的『據點』。」阿七瞧著地圖，說：「姓鄒的十一點在茶樓等候，跟杜自強和蘇松會合後，便出發經統一碼頭前往佐敦道碼頭……他們的真正目標是碼頭或渡輪嗎？」

「也許『一號目標』是指『統一碼頭』、『渡輪』或『佐敦道碼頭』？中環至油麻地的航線是港九海上交通要道之一，如果設置炸彈，足以癱瘓交通，造成的影響不下於在沙田火車站引爆炸藥。」我說。

「搞不好不是統一『或』佐敦道，而是統一『和』佐敦道——他們要一口氣炸毀兩個碼頭。統一是一號，佐敦道是二號，觀塘和北角等等便是三號四號，碼頭被炸掉，港九之間便缺乏汽車渡輪服務。」

我倒抽一口涼氣。「統一至佐敦道」是香港最繁忙的汽車渡港航線，如果兩邊同時遇襲，修復需要不少時間，汽車只能靠「觀塘至北角」航線和兩年前剛開辦的「九龍城至北角」航線橫過維多利亞港，犯人若再在這些碼頭施襲，車輛便不能有效地來往港九。鄒師傅提過「第二波」、「第三波」行動，統一碼頭很可能只是開端。這是用來拖延警方人員調動的戰略？癱瘓碼頭後，再來便是襲擊警車，減低警方的陸上行動力？

他們打算發動全面戰爭？

我把猜想從腦中驅走，對阿七說：「既然你已找到證據，那我能幫忙的部分也到此為止了。無論他們的目標是什麼，希望你們能盡早制止他們吧。」

阿七面無表情地瞄了我一眼，似在盤算什麼，然後將地圖摺回原狀，塞到檯燈的底座，將檯燈放好。

「咦？」我對他的行動感到奇怪，但又不敢過問。

「你剛才說得對，現在發通緝令已來不及了。」阿七說：「加上我們根本不知道他們的目標，亦不能確保美利樓和沙田火車站是不是真的有炸彈，隨便通報上級，誤調人手，可能會造成更大的傷亡。先把證物放回原位，等杜自強和蘇松回來後來個人贓俱獲，而目前只有靠我們去調查，找出真正的目標，通報拆彈專家處理。」

我沒想到阿七居然也有這種脫線的想法。是近朱者赤、近墨者黑的緣故嗎？還是因為阿三不在，所以他敢放肆了？似乎我灌輸了一些不得了的思想給他啊……

慢著——他剛才說「靠『我們』去調查」？

「你說我們一起去調查？我只是個普通市民……」我說。

「但你的頭腦很好，全靠你我們才找到這地圖，」阿七走到我面前，拍了拍我的肩膀，「單靠我一人一定無法做到什麼，我除了循規蹈矩，聽上級指示外什麼都辦不到。而你不一樣，你的想法粗中有細，留意到很多我看不到的線索，況且你是聽到杜自強他們對話的關鍵證人，只有你才能找出破綻，制止他們。」

我本來想拒絕，但在這情況下，我有點騎虎難下。

我嘆一口氣，說：「好吧，我跟你一起去。」

阿七露出滿意的笑容，可是他沒有跟我一起離開杜自強的房間，反而轉身往抽屜櫃的方向走過去。他打開其中一本書冊，我探頭一看，他從中取出一幅照片。

「剛才我找線索時，看到這些照片。我沒認錯的話，這便是杜自強吧？」阿七將照片遞給我，相中人的確是杜自強。我點點頭。

「有照片的話，打聽消息會較方便。」他邊說邊把照片收進口袋。

我本來想問他這樣算不算盜竊罪，但他大概會以「緊急法令」做理由，解釋他的行動如何合法吧。這個時勢，警察就是比我們老百姓高人一等，可以巧立名目，為所欲為。

4

我們之後也搜查了蘇松的房間，但沒有發現，我想這也正常。大約一點四十分，我跟阿七離開寓所。他沿著春園街往告士打道的方向走，我不敢過問，只默默地跟在他身後。

而他竟然帶我到灣仔警署。

「我們……為什麼要來這裡？」雖然「生不入官門、死不入地獄」是過時的說法，但我還是對平白無端走進「衙門」有點抗拒。

「我打算開車到中環嘛。」阿七回頭道。「如果你不想進來，在對面街口等我吧。」

他似乎了解我的想法。

為了防止暴徒衝擊警署，警署外圍守衛森嚴，架設了鋼鐵造的拒馬，拉起帶刺的鐵絲，入口還堆疊著沙包。看來在警署附近更容易感到山雨欲來之勢，我站在街角一間冰室門前，不知道居民每天看著這種充滿壓迫感的景象，會有什麼感受。

兩分鐘後，一輛白色的福士甲蟲車[78]駛到我面前。阿七仍是一身文員打扮，他在駕駛席對我招招手，示意我上車。

「你竟然有車！」我甫上車，便說。雖然說警員收入穩定，但要買私家車，還是相當困難吧？當然，如果靠包娼庇賭收取「外快」，別說福士，就連「積架」[79]跑車也買得起，只是我認為阿七不是這種人。

「這只是二手……不，三手的舊車。我很辛苦儲了兩年錢才勉強買得起，現在還要每月還款。」阿七苦笑道。「這車子更不時拋錨，有時要狠狠踢上兩腳，引擎才能發動……」

我不大懂得車子的款式，是新是舊、一手二手也不清楚。對我來說，私家車就是奢侈的玩意，搭電車只要一毫，便可以從灣仔到筲箕灣，開車的話，汽油錢都不知道要多少。

因為中環中國銀行總行和木球場[80]附近交通擠塞，我們花了不少時間，差不多兩點半才到達租庇利街。我猜，因為警方在中央裁判司署和美利樓附近戒備封路，經中環的汽車都要改道，導致大塞車。雖然阿七在車上一臉平靜，但從他不斷敲著方向盤的手指，我知道他其實很心急——畢竟犯人這刻可能已離開茶樓，將炸彈放置在某個不為人知的場所。

阿七將車停好，便跟我匆匆橫過馬路，前往第一茶樓。茶樓二、三樓外牆有一個兩層樓高、巨型的綠色招牌，頂部有一個豎拇指的圖案，下面寫著「第一大茶樓」。要不是旁邊「中原電器行」的招牌比它更大，這個位於街角的牌子一定能抓住每個路人的目光。

茶樓一樓是賣外帶糕餅的櫃台，我們便沿樓梯走上二樓。

「先生幾位？」一名提著茶壺、約有四、五十歲的企堂[81]向我們問道。

「我們找人。」阿七說。那企堂聽罷便沒理會我們，繼續招呼其他客人。

雖然已是下午兩點半，茶樓內的茶客仍很多，喧囂的食客幾乎坐滿每一張桌子。點心女郎捧著附肩帶的金屬盤子，盛著一個個堆疊如小山、熱氣騰騰的蒸籠，在桌子之間遊走叫賣，茶客們紛紛向她們招手。

「杜自強他們可能仍未離開。」因為環境嘈雜，阿七在我耳邊嚷道：「他們如果準備動手『幹大事』，要冒被捕的風險，姓鄒的可能會請他們好好吃一頓。你找這一層，我找三樓，如果你發現他們，便到三樓通知我。我改變了裝束，杜自強應該不會認出我，萬一他發現你，你便說約了朋友飲茶，找藉口離開。」

我點點頭。我走在桌子之間狹窄的通路上，不斷張望，找尋杜自強或蘇松的臉孔。我走了一圈也沒有發現。

我仔細打量每一桌的食客，留意沒有同伴的男人——也許，杜自強和蘇松不在，鄒師傅獨自一人正在等待他們。即使機會很渺茫，我覺得仍有一絲可能。大部分茶客都結伴成行，我經過他們的桌子時有聆聽他們的聲音，沒有一個像那個姓鄒的。

[78] 福士甲蟲車：即德國生產的福斯金龜車（Volkswagen Beetle／Volkswagen Type 1）。
[79] 積架：即英國汽車生產商捷豹（Jaguar），積架為粵語音譯。
[80] 即今天香港中環遮打花園。一九七五年之前，原址為香港木球會的草地球場。
[81] 企堂：即茶樓侍應。

獨自一人的男人不多，只有四個。當我正在想方法搭訕，聽聽他們的聲調時，其中一個呼喊一名企堂，叫對方替他沖茶，說著一口潮州口音的廣東話，聲音跟我印象中的完全不一樣。餘下只有三人。

我分別向那三個男人搭話，一個我假裝成認錯人，一個我問對方有沒有看到我之前遺失的物件，最後一個，因為他左手戴著手錶，我便藉故詢問時間。他們三個人的聲線語氣都跟我前天聽過的不同，看來我的猜想沒有成真。現在只能期待阿七在三樓有收穫。

我剛要走上三樓，卻看到阿七步下樓梯。他對我搖搖頭。

「喂，你們還未找到朋友嗎？」剛才那個企堂以不友善的語氣問道。他大概看到我倆站在梯間，懷疑我們沒錢飲茶，只是瞎撞充闊的地痞流氓。

「警察。」阿七淡然地從口袋中掏出警員證。

「啊、啊！原來是長官！多多冒犯，是兩位嗎？請到三樓雅座……」企堂看到警員證，態度一百八十度轉變，腰也彎了起來。

「我問你，你剛才有沒有見過這男人？」阿七向對方出示杜自強的照片。

「唔……沒有。長官要找這個人？我可以替你問問其他夥計……」

「不用，我們自己會問。你別妨礙我們就好。」

「是、是！」

就像太監遇上皇帝老子，那企堂恭敬地走開。警察的身分真是方便，即使只是普通的巡警，對一般人來說已是不敢得罪的大人物。或許這種不平等的待遇，正是火上加油，激發起左派分子辱罵警員做黃皮狗，反抗政府的理由之一？我實在不知道。我現在只知道，如果阿七不是警察，那企堂一定會把我們攆走。

「警察。你今天早上十一點後，有沒有見過這男人？」阿七將警員證跟杜自強的照片抓在手裡，向侍應和點心女郎一一詢問。回答都是「沒看過」、「沒留意」和「我不知道」。我們到三樓重複這做法，但結果也是一樣。

「長官，客人像走馬燈般轉來轉去，眼花撩亂，我們怎會記得他們的長相呢？如果是熟客我們當然能夠一眼認出，可是這男人我完全沒印象，對這種生客我們愛莫能助啊。」一位年長的點心女郎——或者我該稱她為點心大嬸——對阿七說。

「我們會不會誤解了地圖上的文字？」我們無奈地回到二樓，我問道。

阿七正要開口，那個一臉阿諛奉承的企堂主動走過來，說：「兩位長官，沒找到人嗎？」

他把我當成警察了。

「沒有。」阿七答道。

「你們有沒有問過樓下賣糕餅的好姐？她在門口工作，或者會見過你們想找的人。」企堂以討好的語氣說。

阿七想了想，說：「你可以帶我們問問她嗎？」

「當然可以！這邊，請！」

我們跟著那企堂步下樓梯。在賣糕餅的櫃台後，有一個上了年紀但打扮時髦的女性，正和一位顧客笑著談話。

「咦，阿龍，你又開小差？老闆知道一定炒你魷魚。」那位女性對那企堂道。

「好姐，這兩位長官有點事情想問問妳。」企堂阿龍堆著笑臉道。我想他平時一定不是這模樣。

「啊？啊？」好姐一臉錯愕，就像不知道自己做錯什麼事卻被老師抓的學生的樣子。

「我想問妳有沒有見過這個人。」阿七將照片放在櫃台上。「他可能在今天十一點後來過。」

好姐似乎鬆一口氣，盯著照片看了幾秒，說：「這個年輕人啊……有，有。今早十一點半左右，他跟另一個年紀差不多的青年一起來。因為他們在門口探頭探腦，又是生面孔，所以我認得。」

「探頭探腦？」我問。

「他們好像沒來過，所以這副樣子吧。」好姐說。「他們大約十二點四十分離開，同行還有一個四、五十歲、有點胖的大叔。離開時那大叔還買了幾個老婆餅，我便想他們是不是吃不飽。」

「那兩個年輕人來時，手上有沒有拿著東西？」我再問。

「這個啊……好像有？其中一人提著一個黑色的袋子，但我或者記錯。」好姐皺著眉說。

「那麼，他們離開時有沒有仍帶著那個袋子？」阿七問。我猜，他想確認一下杜自強他們沒有把炸彈放在茶樓內。雖說茶樓一向不是襲擊目標，但萬一他們在茶樓裡放計時炸彈，一旦爆炸便死傷慘重。

「應該有吧……啊，對了，有，有。我記起來了，跟這個年輕人一起的青年，他來和離開都提著一個黑色的袋子。我賣老婆餅給那大叔時，還在想他會不會把餅放進手提袋裡，回到家餅都可能給壓扁了，因為我看那個袋子沉甸甸的……」

我心下一凜，我猜阿七跟我一樣。今早九點我看見杜自強和蘇松離家時兩手空空，但他們十一點到茶樓時卻提著手提袋。換言之，他們在這個兩個鐘頭的空檔裡，拿到那個沉甸甸的袋子。

「妳有沒有看到他們往哪個方向走？」阿七問。

「不知道啊，天曉得他們要開車到哪兒。」

「開車？」我問。

「他們離開後，坐上對街一輛停在路邊的黑色私家車……就在那輛白色車子現在的位置。」

我從茶樓大門向外一看，好姐說的白色車子，竟然巧合地正是阿七的福士。

「妳認得那是什麼款式的車子嗎？有沒有看到車牌號碼？」阿七緊張地問道。知道款式和車牌號碼，警察便較容易找出他們。

「隔了一條馬路那麼遠，孫悟空金睛火眼也看不到車牌號碼啦！至於款式什麼的，我對車子全無認識，總之是一輛不大不小、有四個輪子的黑色車子……」

雖然好姐的描述完全無法讓我們了解那是什麼車子，但這樣說，杜自強他們開車到統一碼頭乘汽車渡輪到佐敦道碼頭便合理了。

「好，謝謝妳。」阿七向好姐道謝後，轉身對我說：「雖然現在追一定來不及，但我們可以去碼頭看看……你未吃午飯嗎？」

冷不防地，阿七這樣問我。我好像不由自主地注視著櫃台的糕餅，也許我露出一副很餓的表情吧。我不好意思地點點頭。

阿七回頭向叫阿龍的企堂說：「你給我打包幾籠點心，蝦餃、燒賣之類的，最好有糯米雞或叉燒包。」

「是，是！長官！」阿龍一溜煙地跑上樓梯，不到一分鐘，捧著五、六個紙盒下來。

「這麼多！我倆怎吃得下？」阿七失笑道。

「長官辦案辛苦，自然要多吃一點。」阿龍仍在賠笑臉。

阿七打開其中一盒，我瞄到裡面有十數件點心，擠得滿滿的。阿七說：「給我們三盒就夠了。多少錢？」

「這是我們茶樓一點心意，錢便不用付了。」阿龍笑著說。

「多少錢？別要我再問一次。」阿七板起臉孔，狠狠地瞪著阿龍。我想，阿龍應該沒料到會遇上這種牛脾氣長官吧。

「嗯……嗯……四元二毫。」阿龍戰戰兢兢地說。

阿七付過錢，接過三盒點心，走出茶樓。我趕緊跟著他。

「我沒錢付我的一份……」剛上車，我便對他說。

「我硬要你來幫我，如果連午飯也沒得吃，未免說不過去吧。」阿七除下眼鏡，解開領帶，笑道。「我們當警察的，有時要捱餓工作，為了追捕犯人可能連半滴水都沒得下肚，但你是市民，沒道理要你跟我一樣。其實我也沒吃午飯，如果我一個人追查，我便會跳過不吃，這頓飯算是你帶挈我的。」

我本來想說句謝謝，平時我一餐頂多花一元，今天簡直是豪華大餐；但一想到明明是他辦案，卻拉我下水，我便覺得我應該吃得心安理得。反正我一介平民，抓到蘇松他們，領功的只有阿七，這四塊錢實在太便宜了。

「我開車到碼頭，你先吃吧。」阿七扭動車匙三次，車子引擎才傳來運作的聲音。

從德輔道中駛往統一碼頭不過是一個街口的距離，我只吃了兩隻蝦餃，車子便到了。第一茶樓的點心意外地好吃，看來這個「第一」之名不是蓋的。

車子來到碼頭外，通往汽車渡輪上車處的入口排了長長的車隊。也許因為週末的關係，不少上半天班的人要回海港對面的家，所以如此擠迫。看樣子，光是排隊等候上船也要等三十至四十分鐘。不過，阿七沒有把車子開到隊列中，反而停在路邊。

「你繼續吃，我去碼頭問問職員，看看有沒有可疑的人物或物件。如果犯人在碼頭放炸彈，這兒會很危險，你在這裡等我。」阿七說罷便往碼頭走過去。

我一邊用牙籤吃著美味的點心，一邊打量著阿七的車子。車子內部頗為樸素，沒有什麼裝飾。在我面前的擋風玻璃上貼著一張紙，上面有香港警察的徽章，我猜那可能是方便進出警署的通行證。我把目光移到儀表板，再往下看，看到收音機的按鈕。我打開收音機，調節頻道，喇叭傳出英文歌。

就在我把一整盒點心吃光時，阿七回到車裡。「似乎沒有任何異樣，職員也說中午後沒有任何特別事情發生。」

我把一盒點心遞給阿七，一邊扭動收音機的旋鈕降低音量，一邊說：「即是說，他們應該開車上渡輪，到九龍去了？」現在時間是下午三點半，距離杜自強他們離開茶樓已有兩個半鐘頭，搞不好已經如姓鄒說過的情況，「完成任務」，解散了。

阿七撿起一個叉燒包，兩下便把它全塞進嘴巴裡，含糊地說：「很、很可能是。但我們能做的，只有繼續沿途收、收集情報。我將杜自強的照片給、給職員看，他們都說沒見過他。」

「我其實有好好想過……」我打開另一盒點心，也抓起一個叉燒包，說：「我想，碼頭應該不是目標。」

「為什麼？」

「你記得地圖上的那個『X』嗎？」

「你說銅鑼灣裁判司署那個？」

「那是其一，另一個在統一至佐敦道的直線上。」我邊吃叉燒包邊說：「我想，那個『X』會不會代表了真正的炸彈？」

「真正的炸彈？你指連同美利樓和沙田火車站的那兩個預告？」

「不，不，那兩個我說過，可能是幌子。名單是用來誤導警察的，地圖上才是他們真正的計畫內容。昨天銅鑼灣裁判司署發現真炸彈，地圖上便有一個『X』，那麼，海面上的那個『X』也應該是真炸彈。」

「所以你認為他們目標是要炸渡輪？」阿七問。

「總不會是把炸彈丟進海裡，炸『白炸』[82]吧。」我說了一個很無聊的雙關語。

「但炸沉一艘渡輪有什麼意義？」

我聳聳肩，攤攤手，表示不清楚。

「嗯，我們先排隊上船，期間再慢慢想吧。」阿七邊說邊開車，駛往車隊後方。

在輪候上船的三十分鐘期間，我們不斷討論地圖上每個符號的意思。我認為尖沙咀警察宿舍等四個地點上只有編號而沒有時間便是作為陷阱的佐證，蘇松他們是在研究如何最有效地浪費警力，以及掩飾真正的目標。

「所以，統一碼頭可以剔除。因為如果他們在統一碼頭放炸彈，在美利樓和中央裁判司署的警員可以在短時間之內趕到。」我提出這點時，阿七點頭表示同意。

可是，我們之後便無法推論犯人的下一步。我只能猜測，他們口中的「執行細節」很可能在船上進行，實行某種詭計，姓鄒的要杜自強他們做誘餌，如果他們這樣做的話，渡輪上的水手可能會留意到什麼。可是剛才阿七已問過碼頭的職員，他們都說沒有任何不尋常事件發生。我們的結論便是，要上船親自問問水手。

大約四點，我們等了兩班船後，終於能開車上渡輪。這艘擁有兩層甲板的汽車渡輪叫「民定號」，我約略估計，大概每層可以容納二、三十輛汽車。我雖然不時搭渡輪過海，但坐私家車上汽車渡輪還是頭一遭。在船上，有些司機和乘客留在車廂中打瞌睡、讀報、聽電台或閒聊，但更多人離開車廂，站在甲板上吹海風。

我跟隨阿七向水手們問話。

「警察。」阿七出示證件。「我想問問你們，你們今天十二點四十分後，有沒有見過這個青年？」

幾名在甲板工作的水手聚集過來，仔細看杜自強的照片後，紛紛搖頭。

「那有沒有遇上什麼奇怪的事情？」阿七再問。

「沒有啦，長官。今天只是一樣人多車多，沒有什麼特別事。」一名長鬍子的水手說。

「我們這艘是沒有事，但我剛才換班，聽到民邦號那邊好像發生了小糾紛。」旁邊一名年約四十歲的水手說。

「小糾紛？」阿七問。

「好像說，一個半小時前從中環開往油麻地的航班上，有兩個年輕人不知道因為什麼小事而開罵。水手們都怕他們大打出手，可是鬧了一陣子，他們卻和好了。真是不能理解這些小伙子在想什麼。」

「我有沒有辦法問問民邦號的船員詳細情形？」阿七問。

「當然可以，不過我們剛離開中環，民邦號應該剛離開油麻地。你們在佐敦道下船後，要多等半個鐘頭才等到他們泊岸，到時你們便可以上船查問了。」

我們應該會在四點半下船，換言之，民邦號大約在五點正靠岸。

「我說，杜自強他們的目標，會不會是民邦號？」回到車上，我對阿七說。

⑧²白炸：粵語，即水母。

「又回到炸沉渡輪的假設了？」阿七反問。

「炸沉渡輪的確沒有意義，但別忘了渡輪是運載車子的啊。或者他們要對付的，是某個開車搭渡輪的人，他們想製造海難。」我皺起眉頭，說：「這麼說來，杜自強他們的對話便容易理解了。杜自強和蘇松在船上假裝發生糾紛，鄒師傅趁船員們不注意時，在機房或渡輪上某特別脆弱的位置裝設炸彈。杜自強說過目標不易對付，大概是指船上耳目眾多，而鄒師傅說目標比想像中脆弱，是因為船上各人都沒料到會有炸彈。在鬧市中想暗殺一個人，未必能成功之餘，逃走亦很麻煩，但渡輪在三十分鐘的航程內完全處於孤立狀態，水警輪和消防船要救援有點困難，而船上的救生用具也不見得齊全。最重要的是，犯人一早已逃走了。」

「糟糕了。」阿七立刻跑出車廂，我緊隨其後。他跑到剛才問話的鬍子水手跟前，說：「我要用無線電聯絡民邦號。」

「長官，這我可沒權處理，你得親自跟船長說。不過你要問民邦號的船員有沒有見過你要抓的人，還是等泊岸吧，照片又不能經無線電傳過去……」

「不，我只要通知民邦號一句話，」阿七抓住鬍子水手的手臂，「告訴他們搜索可疑物品，我怕有人在船上放了炸彈。」

一眾水手同時露出錯愕的表情，互望數眼後，鬍子男問：「長官，真的？」

「我不知道，但有這個可能。請民邦號的船員在不驚動乘客之下搜索。」

「明白了，你們請在這裡等一下。」鬍子水手點點頭，往駕駛室走過去。船長在鬍子男陪同下來到我們跟前，阿七向他說明情況，船長便說回去駕駛室聯絡民邦號。我和阿七坐在船頭一個給船員們休息的角落等待回覆，雖然海港的景色很漂亮，迎面吹拂的海風很涼爽，但我們現在沒心情享受。

「那便是民邦號。」一名水手指著海上另一艘迎面而來的渡輪，對我們說。看著那艘船，我不由得幻想它突然在我眼前爆炸沉沒、乘客和水手掉進海裡的地獄情景，心底冒起一份寒意。

不過民邦號沒有爆炸，它只是悄悄地在我們不遠處駛過。

我跟阿七在船頭等了差不多十五分鐘，渡輪快到佐敦道碼頭。鬍子水手匆忙地跑回來，對我們說：「長官，民邦號的船員說沒有發現。」

「沒有？」

「他們已搜了兩次，但沒有找到任何可疑物件。長官，你的情報可靠嗎？對方的船長說，可以在中環泊岸後停航，但如果只是誤報，他會惹上大麻煩，這責任他擔當不起。」

阿七的臉色變得很難看，似乎無法下決定。

「不用停航，請通知民邦號如常行駛。」我插嘴裝出權威的語氣道：「民邦號應該在四點半到統一碼頭，再出發至佐敦道碼頭，約五點正靠岸吧？我們在佐敦道碼頭等候，到時我們親自上船調查。不過請船員們保持警惕，炸彈狂徒可能會在下一班船才放置炸彈。」

「明白了，長官。」鬍子水手再次跑回駕駛室。

「我們在車子裡等，有任何消息請通知我們。」我向著其餘的水手說，他們點點頭。

回到車上，阿七以不快的表情對我說：「你為什麼讓民邦號繼續航行？萬一水手們看走眼，待會在海上發生意外，怎辦？」

「但我們沒有實證，確認船上真的有炸彈啊！」我不客氣地嚷道。我發覺我已習慣跟阿七相處，甚至自覺跟對方平起平坐了。「貿然停航，後果可能很嚴重，可不是你丟掉差事便能了結。而且我剛發現一個奇怪的地方，所以才想，也許我們真的弄錯了。」

「奇怪的地方？」

「剛才水手說，民邦號上的糾紛，是一個半小時從中環開往油麻地的航班上發生吧。」

「對。」

「那即是兩點半的航班。中環至油麻地航程約半個鐘頭，來回要一個鐘頭，根據剛才我們輪候上船時我看到的班次，這航線該有四艘汽車渡輪服務，每十五分鐘一班。第一茶樓的好姐說杜自強他們大約十二點四十分離開，輪候上船需時約半小時的話，他們本該乘一點十五分的班次，但他們沒有，他們一直等到兩點半才上船。這不是很可疑嗎？」

「他們可能要針對民邦號啊？」阿七反問。

「如果要針對民邦號，他們也可以上一點半的航班。」

「或者，他們真的上了一點十五分或一點半的班次，只是在佐敦道碼頭下船後再上船，然後在中環再乘兩點半的班次呢？」

「不可能，因為下船後要重新輪候，時間上來不及啊。如果沒下船，沿線折返，剛才你問有沒有不尋常的事情時，水手們一定會提起這件怪事，更何況船員們應該不允許乘客這樣做吧，輪候上船的車子那麼多。」

阿七沒回答，似在思考當中的過程。

「而且，現在想起來，剛才的假設有一點問題。」我繼續說：「雖然製造海難，掩飾殺害某人的假設滿合理的，但實際上難以操作啊！因為犯人無法確保目標上哪一班船嘛。所以我有新想法了。」

「新想法？」

「汽車炸彈。」

阿七呆然瞧著我。

「如此說來，這一切便說得通了。」我指了指我們身旁的其他車輛。「犯人的目標是某位英國人，他們在碼頭附近等待，對方的車子現身，他們便開車跟蹤，上同一班渡輪。在船上杜自強和蘇松假裝吵架，引開目標人物視線，鄒師傅便在對方的車上裝設計時炸彈。」

「為什麼是英國人？」

「姓鄒的說過『白皮豬不會料到我們走這一步棋』，所以很可能是英國人。」

阿七跟我再次找鬍子水手，要他向民邦號的船員查問一下。

「長官，船要靠岸了，我們的工作很忙啊！」

「一句就好，拜託了。」阿七說。

鬍子男似乎沒想到警察也會低聲下氣求市民協助，他一臉不情願，但還是朝駕駛室的方向走過去。「只是問一句兩點半從中環往油麻地的航班上有沒有老外吧？這是最後一次幫你們喔。」

一分鐘後他便回來。

「沒有啦，他們說一個都沒有。」他以不信任的眼神瞧著我們。

「沒有？」

「沒有，全船都是華人。」鬍子水手嘆一口氣，說：「長官大人，請你們乾脆在碼頭等等吧，五點民邦號便靠岸了，你們親自問，要問多久也可以啊。」

我跟阿七只好答允，然後看著水手們做泊船準備。四點半，我們離開民定號，來到佐敦道碼頭。阿七跟碼頭人員打招呼，表明警察身分，說要上五點到達的民邦號調查。我們便在碼頭上船通路旁等候。

「其實，這年頭沒有幾個英國人會搭汽車渡輪吧？」在等候期間，阿七說。

「但英國人一樣會從港島到九龍，或是從九龍到港島啊？」我說。

「如果是高級官員，都會坐公務船。一般的英國人會因為最近的時局，減少外出，有些更回英國老家避難了。我知道好些洋警官的家人近期都不外出，只留在家中，頂多在家附近活動。他們一樣怕遇上示威民眾，會把怨氣發洩在他們身上。」

阿七的說法也有道理。可是，我覺得我的推理應該沒錯。

這半個鐘頭我和阿七都如坐針氈，坐立不安。阿七將收音機音量調大，他說想知道四點有沒有在美利樓發現真炸彈。

如果美利樓真的有炸彈，我們之前的推論很可能像骨牌一樣，一口氣全倒下。

五點正，民邦號靠近岸邊之際，收音機傳出新聞報導。

「英國皇家空軍副參謀符利將軍於今午到皇家空軍基地慰勞駐港英軍，讚揚英軍在協助港府處理暴動時的英勇表現。今晚符利將軍將出席於基地設置的晚宴，駐港英軍司令華智禮、警務處處長伊達善及輔政司㉝祈濟時都會出席……」

「所以美利樓沒有炸彈啊，有的話一定會先報導。」阿七說。

「啊！」我驚呼一聲。

「怎麼了？」

「啊……不過好像不對……」我再說。

「你在說什麼？」阿七奇怪地問。

「我們似乎誤會了一個關鍵字，不過，我又覺得不大可能。」我搔搔頭髮，說。

「什麼關鍵字？」

「我一直以為杜自強他們有『一號目標』、『二號目標』，但其實『一號』便是目標名字——他們要對付的是掛一號車牌的警務處處長專車。不過，這想法太無稽吧？堂堂警務處處長，又怎會開車搭汽車渡輪呢？而且警務處處長出巡，一定有大大小小警車護送……」

我話沒說完，阿七跳出車子，我見狀連忙跟著他。他抓住碼頭一位職員，大嚷道：「說！一號車今天有沒有經過？警務處處長的一號車有沒有經過？」

被阿七揪住領口的職員一臉慌張，結結巴巴地說：「有、有。一號車月中搭幾次渡輪，不過很平常……」

阿七放開職員，衝回車子，我也立即上車。「怎麼了？一號車不可能被人放炸彈吧？」我緊張地問。

「有！有可能！」阿七臉容緊繃，一邊扭動車匙，一邊說：「處長出席公職宴會，都要坐一號車，這是官方禮節！但如果場地在九龍，一號車便會先過海等待，處長會乘其他公務車到港島皇后碼頭，轉乘水警輪，在九龍的碼頭才上一號車，因為處長和警車隊搭一般汽車渡輪會引起混亂！副官和隨扈跟隨的是處長，而不是一號車，事前渡海的一號車不會有護衛的！」

我愕然地瞪著阿七。

「他們很可能已經在處長的座駕上放了計時炸彈，」阿七踏下油門，車子往前衝，「他們要暗殺警務處處長！」

5

「處長的司機是山東人，所以民邦號的船員說沒看到外國人。」阿七說。車子全速在佐敦道

㉝輔政司（Colonial Secretary）：香港殖民地時代，職級僅次於總督的官員，一九七六年改名為布政司（Chief Secretary），一九九七年主權移交後，改稱政務司司長（Chief Secretary for Administration）。

飛馳，我只能緊抓住扶手。「杜自強他們一定是事先收到情報，知道處長今天會出席宴會，所以設計這種陰謀。他們在統一碼頭附近等候，看到一號車便跟蹤，如你所說的，設置汽車炸彈。姓鄒的買老婆餅，是因為不知道要在車子等多久，所以預先買些糕餅。」

「既、既然我們知道犯人目的，立即通知處長的護衛便可以啊！」看著車子在馬路上左穿右插，險象環生，我說話時幾乎咬到舌頭。

「來不及了！通知上級的話，要經過幾次通報。我看過內部通告，知道晚宴前有酒會，五點半開始，英軍司令、警務處處長出席這類宴會都依官方禮節，準時出席，可不能英軍司令到了，輔政司和警務處處長仍未到，從出發以至交通早編排好時間。處長的官階在英軍軍官、政府輔政司等等之下，他應該會在五點二十五分到達，換言之目前一號車應該在九龍城碼頭等候，而處長差不多下船。我們立即到九龍城碼頭阻止處長上車，比起通知上級來得快……」

「犯人怎會知道處長的行程？」

「官方活動都是公開的資料，更何況我們不知道有沒有洩漏資料。」阿七說。

「我、我們來得及嗎？」我嚷道。

「應該行！我八分鐘便能到！」

從佐敦道碼頭開車到九龍城碼頭，車程應該不只八分鐘吧？不過我不敢開口，萬一阿七分心回應我，跟旁邊的車子來個迎頭相撞，便別說阻止處長座駕爆炸，我們也自身難保。

阿七極速飆車，不到五分鐘，車子已從九龍西面的佐敦道碼頭來到東面的紅磡。一路上我求神拜佛不要出意外，可幸阿七駕駛技術有兩把刷子，雖然有幾次差點撞倒亂過馬路的行人，但一切有驚無險。

不過當車子駛到船塢街附近，我們的運氣似乎用光了。

在我們前方的馬路上，有一群人聚集。他們約有二、三十人，人數雖然不多，但仍霸佔了大部分馬路。人群中有幾個人手持標語，意態激昂，似是在向眾人演說。阿七無奈地減速，當駛近人群時，我清楚看到他們手上的標語是「抗議非法搗亂民居」、「追究血腥屠殺責任」、「愛國無罪，抗暴有理」、「我們必勝，港英必敗」等等。

「糟糕，是非法集會。」阿七邊說邊停車。上個月香港警察突襲位於紅磡的九龍船塢勞工聯合會和勞工子弟學校，爆發巷戰，新聞報導說有工會「暴徒」中槍被殺。如此說來，面前這些人應該是向市民爭取支持，抗議港英政府的左派分子。

阿七沒有響號，反而轉頭向後望，似乎是想把車子調頭，不過剛好有兩輛車子駛至，車子調頭的空間有限。

「為什麼不響號啊？」我邊說邊伸手按阿七面前的喇叭。

「不！」阿七來不及按住我的手，車子發出很響亮的「砵」聲。

然而，不到數秒，我便明白為什麼阿七要阻止我。

人群因為響聲，紛紛注視我們。他們跟我們相距不遠，不過是兩、三個車身的距離，開始時他們只是以不快的表情瞪視我們，但他們交頭接耳，目光之中，似乎泛起一股莫名的殺意。他們一步一步逼近，就像狼群慢慢走近獵物。

啊，對了。該死的。

阿七車子的擋風玻璃上有警察徽號啊。

說時遲那時快，幾個男人突然衝向前，用鐵棒往車頭猛敲，車頭燈應聲碎裂。

「生炒黃皮狗！給同胞們報仇！」

「坐穩！」阿七突然打倒檔，踏下油門，車子往後退。我們車後有一輛紅色的轎車，但阿七完全沒在意，用車尾硬撞向對方。福士甲蟲車的車身很細小，我被震得幾乎連之前吃的蝦餃燒賣都要吐出來，一面瞧著來勢洶洶的群眾，一面緊張地回望車後走避的人，不知所措。

「別放過他們！」我聽到示威者憤怒的吆喝。

甲蟲車沒法推開轎車，阿七忽然轉一檔，令車子往人群中撞過去，那些手持兇器的人受了點驚嚇，停下腳步，不過阿七原來只是嚇唬他們，當人群稍稍遠離，他便再打倒檔，往後逃跑。

有一個男人沒走遠，他追到車子旁邊，「乒」的一聲，用鐵棒打破我身邊的窗子。我連忙掩臉，防止被碎玻璃割傷，眼看那男人要敲出第二擊，阿七扭動方向盤，用車身撞向那男人，及時阻止對方。

後方的紅色轎車司機大概明白發生什麼事，也一同後退，於是我們的車子終於能快速地退離人群。當我以為已經脫險時，我沒想到驚悚的一幕隨即發生。

有一個男人，拿著一個玻璃瓶，往我們筆直衝過來。

那個瓶子的瓶口正冒著火光。

「天啊！是汽油彈！」

我話音剛落，那個瓶子已擊中車頭，擋風玻璃前方變成一片烈焰。火舌從我身旁破碎的窗子竄進，但我沒有感到熾熱，因為我已經慌張到完全失去感覺。

「別慌！」阿七喊道。他繼續以倒檔行車，雖然速度有限，但始終比追趕的人快。因為車子倒後跑，火焰的尾巴在我們的前方，暫時未波及車廂之內。車子後退了接近兩個街口，火勢持續，我不禁害怕起來，料想我們會葬身火海。阿七說過，他的車子有時會拋錨，如果這時候發生故障，我便小命不保了。

「下車！」阿七突然停車，我沒多想便如他所說，打開車門逃出車廂。我們離開燃燒中的福士甲蟲，往車後的方向跑。

「這邊！這邊！」阿七喊住我。

我一味向後逃，卻不知道阿七站在路邊，他面前有一個呆立在電單車旁、正在弄安全帽的男人。

「警察，現在要徵用你的車子。」他對那個男人說。

那男人還沒來得及反應，阿七已跨坐上電單車，示意我上車。逃命要緊，我立刻跳上後座，阿七發動引擎，留下那個茫然無助的車主。那個車主應該不會被暴徒對付吧，他又不是「黃皮狗」——不過其實我也不是，卻差點吃了一棒啊……

「我們去找增援嗎？」風在我耳邊呼呼地吹，我大聲地說，雙手緊抓住阿七，生怕一轉彎我便被摔到路上。

「碼頭！阻截處長上車要緊！而且那兒有很多同僚！可以支援我們！」阿七大嚷。

我這輩子從沒坐過汽車渡輪和電單車，也沒試過被汽油彈襲擊，更沒試過硬搶路人的車子，想不到半天之內全部試過了。不知道今天還會不會遇上更刺激的事，唉。

轉眼間，我們來到九龍城碼頭，可是舉目不見任何水警輪或警車。我望向碼頭的大鐘，時間是下午五點十六分。

阿七張望一下，跳下電單車，衝向一個穿制服的警員。

「處長是不是剛在這兒上車？」阿七邊說邊向警員出示證件。

「對啊，大約走了五分鐘吧。」

「糟！」阿七再張望一下，對那警員說：「快通知上級，處長有危險，車子被人做了手腳。我先去追。」

那警員一臉啞然，似乎搞不懂阿七在說什麼。不過阿七沒在對方身上浪費時間，直接跳上電單車，我們再度上路。我想，我們不能靠那個警員報告上級，而且就算他要報告，他也得用電話聯絡，期間炸彈可能已爆發了。

「空軍基地在觀塘道，」阿七大聲嚷著，「車隊速度不會太快，我們有機會追上！」

電單車沿著馬路直飆，可是路上車子頗多，大概因為這兒近啟德機場，搭飛機來港離港的旅客都要路經此地，交通比較繁忙。

「這樣子未必追得上！」我說。

「那走捷徑吧！」

阿七突然將車子駛進一個露天市場。

「讓開！讓開！警察辦公！」阿七大喊。

路人和小販們看到電單車高速駛過，嚇得紛紛走避，狼狽不堪。市場裡有不少賣魚和賣菜的攤檔，道路狹窄，盛載蔬菜肉類的竹簍和木板從兩旁延伸到路中心。「媽的！」「幹什麼！」「我的菜！」市場裡罵聲此起彼落，阿七撞倒好些攤檔，但我們沒有因此而慢下來。我想如果我在這裡摔車，落在這些憤怒的小販手上，搞不好比被左派暴徒逮到死得更慘。

「前、前面！」我大喊。在電單車前方不遠處，有一個菜販挑著兩大個竹簍，站在路中心，像是不知道該往左閃避，還是向右躲開，於是傻乎乎地佇立在原位。即使阿七能避開那個菜販，我們也應該會撞到那兩個竹簍，但這距離看來煞車是來不及了。

「嘰——」阿七減慢速度，我眼看快撞上菜販時，電單車霍然往左邊轉過去，前輪輾過一塊卡在攤檔的木板，再凌空躍起，越過一個地攤。車子著地時，我差點整個人被甩出去。轉眼間，我們再次駛回主要馬路，不過我仍嗅到那股魚腥味，而且大腿上還附著幾片菜葉。

「看到了！」在阿七前方，有一隊車隊，守在最後的是閃著警示燈的警車。阿七沒有直追上去，反而穿過右方的小巷，抄截到車隊前方。

阿七將電單車停在馬路中心，高舉警員證，對著迎面而來的警察車隊。我站在旁邊不知道該做什麼，只好站遠一點，希望車隊看到我們會停下來，萬一他們不停車，我也能及時跳開，以防被車子輾過。

幸好，開路的交通警員真的揮手示意，讓車隊停下。

「你幹什麼……」交通警員似乎想大聲喝罵，但他似乎看到警員證，話說到一半便止住。

「快停車，一號車可能被人放了炸彈！」阿七大聲嚷道。

本來有三、四個警員趨前，他們聽到阿七的話，立即停止動作，往一號車的方向跑過去。他們一定是去通知處長的隨扈，而在這種情況下，即使這警告不是事實，他們亦會為保險起見，護送處長離開。

我看到幾個穿制服的男人打開那一輛掛著一號車牌的黑色轎車，保護著一個穿制服的外國人，坐上旁邊一輛警車，和兩名騎電單車的交通警迅速離去。與此同時，一個身材魁梧，眉毛濃密的洋警官走到我和阿七面前，他身旁有一位華人警官，看樣子是他的副手。

「你是誰？」他用英語問阿七。我想我應該沒聽錯。

「警員四四四七，駐守灣仔！長官！」阿七立正行禮，用粵語說：「我收到情報，懷疑處長的車被歹徒設置了炸彈！因為事態危急，來不及通知上級，只能以這個方法警告處長，長官！」

那個華人副手將話翻譯成英語，洋警官便向身後的人說了幾句。不一會，一名軍裝警員緊張地走近，向洋警官報告，洋警官一臉愕然。

「車底近油缸的位置發現異物。」阿七悄悄地對我說。

「你聽得懂英文？」我問。

「略懂。」阿七繼續輕聲道：「不過說得不好，在警司面前當然不敢說了。」

原來那個洋人是警司。大哥說得對，學好英文真的很重要。

洋警司對阿七說了幾句，副手翻譯道：「做得好，軍方的拆彈專家快來了，你在一旁向我們說明經過。」

「長官！炸彈可能立即爆發！」阿七仍舊立正，說：「犯人有組織行事，計算精確，我估計車子在五點二十五分駛進皇家空軍基地時便會爆炸！這是犯人的陰謀！」

「所有人遠離一號車！重複！所有人遠離一號車！」副手在警司指示下，向在場所有人員發出警告。部分警員封鎖道路兩端，禁止車輛和行人出入。

「長官，請問現在幾點？」阿七向那副手問道。

「五點二十分。」

「可以讓我接近一號車，檢查一下那個炸彈嗎？」阿七問。副手向洋警司翻譯後，洋警司詫異地盯著阿七。

「為什麼你要冒險？」副手代警司問道。

「一號車代表著香港警察，如果被炸毀的話，警隊士氣會大受打擊。犯人應該早就算好這一步，即使沒成功暗殺處長，光是炸掉一號車，已能大大鼓舞左派暴徒，令市民質疑我們能否好好執行任務。這不是一輛轎車的價值，而是警隊全體的價值。我在防暴隊當值時跟拆彈專家學過一些拆彈知識，有處理爆炸品的經驗，如果炸彈結構簡單，我或者能保住車子。」

洋警司點點頭，對副手說了幾句。副手說：「好，但你一個人能行嗎？需不需要人協助？」

阿七回頭向四周望了一眼，然後瞧著我。

喂，你不是說笑吧？

「這任務太危險，除非協助者自願，否則我不能要求任何人幫忙。」阿七說。你這樣說，即是要我自願出手吧？天啊，我又不是警察，我只吃了一盒半點心……

「我願意，長官。我也讀過一些關於炸彈結構的書。」我還在猶豫之際，旁邊一名警員說道。我回頭看了看，是剛才向洋警司報告一號車油缸有異物的警員，他眉頭緊蹙，似是相當緊張。還好他開聲，我差點想舉手自薦，好險。

「好，你們儘管看看，別勉強，以自己的安全為先。」副手代警司說。

阿七提著臨時找來的工具箱，跟那個自願當助手的警員，跑到一號車旁。我們站在老遠等待。那個副手問我的身分，我便簡單交代一下，他再向洋警司報告。那老外只是不斷點頭，沒有特別回應。

阿七躺在地上，上半身埋在車底，另一人則蹲在旁邊，用手電筒替阿七照明。我不敢直視，只敢盯著副手的手錶，看著分針緩慢地移動。

在渡輪上幻想民邦號爆炸的情景彷彿再次出現眼前。時間變得很慢，很慢。可能下一秒便會出現轟然巨響，要我跟這位相處了一天的新同伴訣別。

分針慢慢移到二十五分的位置……

「隆——」

一架飛機在我們頭上掠過，噪音剎那間令我們無法交談。在震耳欲聾的飛機引擎聲下，我們所有人不約而同地抬頭望向那隻鐵鳥。

當我把目光從天空移回眼前，卻看到意外的景象。

阿七和那個警員站在處長的座駕旁，臉上掛著微笑。阿七舉起右手，比出一個豎著拇指的手勢。

我想，那是代表他們成功拆彈，而不是代表阿七想再到「第一大茶樓」吃點心吧。

6

六點二十分，拆彈專家到場。大概因為之前被派到美利樓和沙田等地方戒備，拆彈人員在差不多一個鐘頭後才趕到。聽說那位專家看過炸彈後，確認引爆裝置被阿七解除，炸彈可以安全地移走，不用即場引爆。炸彈威力不算大，不過因為裝在油缸附近，一旦爆炸必然令汽油洩漏，轎車會瞬間化作一團火球。

那洋警司似乎是現場最高指揮官，六點四十分左右，我和阿七坐警車回到九龍城碼頭，然後乘水警輪到港島。期間幾個高級警官──我想是高級警官──不斷跟我和阿七談話，我們將事情的經過鉅細無遺地一一交代，包括我意外聽到的對話、鄭天生被捕的過程、我和阿七在杜自強房間找到的地圖、在第一茶樓的發現，以及在船上察覺到的真相。

我覺得那些警官一臉慍色，好像隨時會爆發，但阿七小聲地告訴我，他們其實對這結果滿慶幸。雖然事情很麻煩，但損害已減至最小，目前只欠抓住犯人，便可以解決這件事。

「當然，保安出現嚴重漏洞，處長差點遇害，他們或多或少都會被責怪一下。杜自強他們被逮捕後，應該要倒大楣了。」阿七趁著警官們不在時，對我說。

七點半我們到達灣仔警署，結果我還是進了「衙門」。警署外的佈防依舊嚴密，天黑後，那些拒馬和沙包看來更可怕，簡直就像戰時的街道。

在灣仔警署，我和阿七向「雜差房」的便衣警探再說一次經歷，在場還有幾個穿整齊西裝的洋人，聽阿七說他們是政治部的。

「你認一認，這照片中的人是不是杜自強、蘇松和鄒進興？」一位警探對我問道，他在我面前放下三幅照片。

「這個沒錯是杜自強，這個是蘇松，至於姓鄒的我不清楚，我只聽過他的聲音，沒看到樣子。」我說。

「這個鄒進興住在船街，曾在附近開修車行，但早年因為經營不善倒閉了。有線報指他跟左派工會領袖過從甚密，我們盯上他已很久。」對方說。

灣仔船街鄰近春園街，只要兩、三分鐘步程，難怪蘇松說鄒師傅住得近。而且他原來是修車師傅，那麼，杜自強和蘇松當餌，分散一號車司機的注意，由他動手放炸彈便很合理。

「你現在別回家，夥計會在幾個鐘頭內入屋拘捕杜自強他們。」阿七說。

「會用武力嗎？」我問。「房東何先生夫婦是好人，他們是無辜的。」

「我知道，我會跟手足說明，他們不會亂來。」

還好大哥今晚有事不回來，否則我更擔心了。

「我想打電話通知何先生，說我今晚在朋友家過夜。」我說。

「喂，你不是想提示犯人逃跑吧？」一名便衣探員以不友善的語氣說。

「如果他是犯人的同夥，他便不會冒險揭發這陰謀了。」阿七替我解釋道。那位探員努努嘴，沒有繼續找我碴。

我在電話跟何先生說留在朋友家，又說明了大哥因公事晚上不回來，何先生只是簡單地回答一句「嗯嗯」。幾個鐘頭後，一大群武裝警察衝進寓所內，他和太太應該會嚇得半死吧。不過這是無可奈何的事，他只能認命了。

我之後被安排在雜差房一角等候，探員們要我聽聽鄒師傅的聲音，確認他是犯人。雖然之前那個探員對我不甚友善，但他也主動問我要不要吃飯，給我從食堂買了一碗滿好吃的排骨飯。今天沒錯很辛苦，經歷也很可怕，但兩餐都吃得飽飽的，真是塞翁失馬。以前每次大哥賺到錢，都會帶我吃好料，可惜這次我不能反過來請他吃飯。只是我不知道，他會不會覺得在警署吃飯不吉利，吃不下嚥。

晚上十點多，阿七來雜差房探望我。他換上一身制服，還配備了頭盔，腰間的裝備也好像比平時多，看來他們準備行動，便衣探員拿人，軍裝警員便作支援，防止騷亂。一臉無賴相的阿三跟他一起來，害我嚇了一跳，沒料到阿三居然對我笑了笑，說：「好傢伙，幹得不錯。」

他們離去後，我在雜差房的長椅上打瞌睡，被聲音吵醒時已是晚上十二點半。

「你這混蛋，竟敢太歲頭上動土，想殺害我們處長！」

「愛國無罪！抗暴有理！」

「媽的！」

喊口號的聲音有點尖，我認得是蘇松。我坐在房間角落一張木長椅上，前方的桌子堆滿文件檔案，恰好遮擋著我，而我可以在文件堆間的空隙偷看。我旁邊有一位正在處理文件的便衣探員，他看到我的舉動卻沒有制止，我想他也明白，犯人跟我是同屋住，我自然不想被對方看到。

當蘇松被押進房間時，我不由得小聲地驚呼一聲。

他被打得太慘了。

滿臉瘀傷、右眼眼角腫了一大片，雖然臉上沒有流血，但衣服上血跡斑斑，實在很可怕，我幾乎無法認出他便是每天遊說我加入工會的蘇松。杜自強跟著進來，傷勢沒蘇松嚴重，但一樣有被毆打過的痕跡。他低頭不語，拖著左腿一瘸一拐的，我想他被警察打斷了腿。最後進來的是一個身型略胖的中年漢，他跟蘇松一樣，臉孔被打得不似人形，我也不知道他是不是之前我在照片看到的那個鄒進興。他們三人都鎖上手銬，每人被兩、三個警察押解著，另外有幾個軍裝警員在一旁協助，阿七就在其中。

「給我走快點！」一個警察踹了那胖漢一腳。

「黃皮狗！」那胖漢罵道。他的話換來兩記警棍。

不過正因為他開了口，我便確認他的身分了。我對身旁的警員說：「沒錯，那便是鄒師傅，跟前天我聽到的聲音一樣。」

那警員點點頭，離開座位，跟一名穿淺藍色長袖襯衫、看似他上司的男人輕聲說了幾句。杜自強他們分別被押進三個小房間，我想警察們要繼續拷問吧——我可不敢想像，他們三個還要吃多大的苦頭。

阿七向我走過來。「何先生夫婦受了點驚，但夥計們都很小心，沒有拆掉你房間的牆。」他笑道。「作為證物的地圖也找到了，這案件告一段落，今天辛苦你了。」

雖然我想說句客套話，說自己不辛苦，但老實說，今天辛苦得要命。

「Attention！」門口忽然傳來一聲。

之前在攔截一號車時遇上的洋警司走進房間，所有警員立正行禮，那個副手仍在他身旁。那警司樣子比之前輕鬆得多，我猜是因為順利拘捕犯人，可以向處長交代的緣故。

「你們幹得不錯。」副手翻譯警司的話，對我們說。

「你有興趣加入警隊嗎？葛警司聽過你今天的表現，認為非常出色，警方正渴求像你這種頭腦靈活的人才。申請加入警隊要有兩名『舖保』[84]，如果你沒有相熟的老闆，葛警司可以破例

[84] 舖保：六〇年代申請入職警隊，需要兩位相熟的僱主以公司名義作為擔保，證明申請人品格和行為良好，以及跟中國大陸沒有政治聯繫。

充當你的擔保人。」副手問我。我現在才知道那位警司姓葛——不，應該是譯名以「葛」字開頭吧。

「嗯，我會好好考慮一下。謝謝。」我點點頭說。

「那麼你留下資料給警署警長，想申請時到這兒跟他說吧。」副手指了指身旁一位年約四十的警察。

葛警司之後又稱讚阿七，表揚他獨力粉碎了一個重大的陰謀。阿七恭敬地回答，說那只是分內事云云，總之就是對上司說的無聊客套話。

在他們交談時，一名便衣警員走近。

「抱歉打岔，長官。我有事找四四四七。」他說。

「什麼事？」阿七問。

「杜自強說願意招供，但他說要跟四四四七說。」

「我？」阿七露出訝異的表情。

「你別上當。」穿藍色襯衫、貌似雜差房頭兒的男人插嘴，說：「這些人渣會用盡方法狡辯，甚至用詭計誤導我們。他指明要跟你說話，一定有什麼不良動機。我們自有方法要他從實招來，你是軍裝，別插手較好。」

「我……明白了，長官。」阿七回答。

我本來想插嘴，但想了想，還是把話吞回肚子。

負責報告的警員回到房間。我隱約聽到房間裡傳出呻吟和悲鳴，而我眼前一眾警察正愉快地慶祝案子解決，這落差令我有種毫不真實的感覺。

我們的確活在一個相當弔詭的時代啊。

我在警署待了一個晚上。雖然警署的人說可以載我回家，但因為宵禁的關係，如果我在半夜回家，何先生一定會有所懷疑。要瞞便瞞到底，我早上七點才離開灣仔警署，步行回家。阿七替我找了張帆布床，我在一個房間裡睡了一晚，還不錯。至少警署裡的蚊子比我家的少。

我回家後，假裝因為得悉杜自強他們被捕而吃驚，何先生繪聲繪影地描述昨晚警察破門抓人的經過，說得異常驚險聳動。我想，如果我將昨天的經歷告訴何先生，他一定會加油添醋，向街坊鄰里說成比電台廣播劇更誇張的故事。

大哥早上回家後，又匆匆離開，他說生意應該能談得成，表現很雀躍，不過星期日還要約客戶談生意，我想，經紀真辛苦。

我如常替何先生開店顧店，他也一如平常約朋友飲茶。新聞沒有報導昨天的事，看來警方將消息徹底封鎖。這也難怪，畢竟事情嚴重，即使解決了，「處長座駕差點被炸掉」仍是一件不光彩的事。

今天阿七沒經過，巡邏警員換了人。我想，他大概獲特別優待，准許休假一天吧。

黃昏關店時，我將放在店外的糖果罐、餅乾罐逐一搬進店內，何先生則坐在櫃台後搧著扇子，哼著不成調的粵曲。

「新聞報導。北角清華街下午發生爆炸案，兩名小童被土製炸彈炸死。死者為八歲和四歲的黃姓姊弟，據知死者於案發地點附近居住，父親於該處開設五金工場。警方譴責兇徒泯滅人性，並表示會盡快破案，有議員指清華街並無政府建築物，難以理解左派為何在住宅區放炸彈，稱這是共黨分子歷來最邪惡的行動……」

收音機傳出這樣的消息。

「真是恐怖啊……」何先生說：「那些左派愈來愈過分，唉，如果大陸收回香港後，那些傢伙當官，咱們老百姓便慘了……」

我沒回答何先生，只搖搖頭，嘆一口氣。原來是這樣啊。

翌日早上，我再次看到阿七。他跟以前一樣，表情淡然地踱步，從街角走過來。

「一瓶哥喇。」他放下三毫。

我將瓶子遞給他，再默默地坐回原位——何先生去了飲茶，只有我一人顧店。

「你打算當警察嗎？」良久，阿七先開口問。

「考慮中。」我這樣回答。

「有葛警司保薦，你當警察的話，肯定平步青雲。」

「如果加入警隊便要對上級唯命是從，那麼我不想加入。」

阿七以有點詫異的目光瞧著我。

「警隊是紀律嚴明、有制度的部隊，上下級職責分明……」

「你知道昨天北角那對小姊弟被炸死的新聞嗎？」我打斷阿七的說教，平靜地說。

「哦？知道，他們好可憐。可是目前仍未找到兇徒……」

「我知道兇手是誰。」

「咦？」阿七意外地瞧著我。「是誰？」

「害死那兩個小孩的，」我直視他的雙眼，「便是你。」

「我？」阿七瞪大雙眼。「你在胡說什麼？」

「炸彈不是你放的，但因為你的愚昧迂腐，所以他們才會死。」我說：「杜自強要找你，你被那個雜差房探長說兩句便連屁都不敢放。杜自強就是要告訴你北角的事啊。」

「怎、怎麼說？」

「我說過，我聽到鄒進興吩咐杜自強和蘇松從北角出發，跟他在據點會合。杜自強他們出門時兩手空空，到第一茶樓時卻提著炸彈，即是說，他們是到北角接炸彈。我們不知道他們拿炸彈的詳情，但我記得，地圖上北角清華街的位置上有些鉛筆痕，鄒師傅很可能特意點出來給杜自強他們看。從炸彈製造者手上接過炸彈必須很小心，我不是說爆炸的危險，而是製造者曝光的危險，如果放炸彈的人像鄒進興一樣被警方盯上，跟蹤之下，造炸彈的人被捕，左派陣營中珍貴的技術人員便會減少。」

我頓了頓，看到阿七一臉呆然，便繼續說：「所以，我相信他們不會用親自見面交收這種方法。最簡單的，便是預約一個時間地點，炸彈製造者將炸彈提早放在該位置，然後讓『敢死隊』取用。杜自強便是想告訴你這項情報，因為他們深夜被捕，來不及通知造炸彈的人，對方便如約放下第二個炸彈，可是沒人接收，最後被好奇的小孩子當成玩具，釀成慘劇。你記得我說過，姓鄒的提過連續幾天會有第二波、第三波襲擊吧？」

「杜自強……想告訴我這件事？為什麼是我？他可以直接跟雜差房的夥計說啊？」阿七神色緊張地嚷道，他的表情跟他身上的制服毫不搭調。

「在雜差房被毆打、被拷問是常識，你認為告訴那些傢伙，他們會相信嗎？杜自強就是知道你為人正直，在街坊之間有口碑，才指名找你。可是你因為上級的幾句話，便放棄了。當時你也猶豫過吧？因為你知道，杜自強跟蘇松不一樣，他不是狂熱者，只是個不幸的人。可是你無視自己信任的事實，為了保住自己的工作和在警署的人際關係，聽從那你不認同的命令。」

「我……我……」阿七無法反駁。

「你為了什麼『警隊的價值』，連命也可以不要，去拆一號車的炸彈。可是，昨天有兩個無辜的小孩，卻因為你失去寶貴的性命。你要保護的，到底是警察的招牌？還是市民的安全？你效忠的是港英政權，還是香港市民？」我以平淡的語氣問道。「你，到底為什麼要當警察？」

阿七默然無語。他放下只喝了兩口的汽水，緩步離去。

看到他失落的背影，我覺得自己說得有點過分，畢竟我也沒有資格說這些正氣凜然的話。我想，翌日見面時，請他喝可樂當賠罪吧。

可是翌日阿七沒有現身，再之後幾天也沒有。

因為何先生在警署有些人脈，於是我問何先生知不知道為什麼連續幾天沒見到阿七。

「四四四七？誰啊？我不記得他們的號碼啦。」何先生說。

「那個啊……」我努力回憶上星期瞄過、阿七警員證上的名字。「好像叫什麼關振鐸還是關振驛的。」

「啊，阿鐸嘛。」何先生說：「聽說他之前立了大功，給調到不知道是中環還是九龍尖沙咀了。」

原來是升職了。這樣便算吧，我可以省下一瓶可樂的錢。

雖然我大言炎炎，訓斥了阿七，但其實我跟他不過是一丘之貉。

我才不是為了什麼正義而檢舉杜自強他們。

我只是擔心自己和大哥的處境。

在這個時勢，有理往往說不清。跟杜自強和蘇松這些左派分子同住一室，已令我有點焦慮，不知道會不會被牽連，當我意外聽到他們的炸彈陰謀時更教我坐立不安。如果是普通的示威或集會，只要認罪，法庭多數會輕判，但扯上「菠蘿」便不可同日而語，我和大哥有可能被冤枉成杜自強的同黨。

要自保，便要先發制人，解決鄒師傅一夥。

本來，我只打算替阿七找到證據便功成身退。正所謂「朝中有人好辦事」，有阿七證明我是舉報者，蘇松如何說、雜差房的探員如何想多抓幾個人邀功，我和大哥都能夠倖免於難。我亦不用擔心被左派知道我是告密者，警方不會洩漏我的身分和案情，他們恨不得社會上多幾個我這種人。

只是我耳根軟，被阿七說了兩句，便傻乎乎地坐上他的車，跟他港九四處跑。看來我是個容易被人利用的笨蛋吧。

兩天後，大哥回家時興高采烈，說有事要跟我商量。

「我之前的生意談成了，佣金有三千元。」他興奮地說。

「天啊，這樣多！」我沒想到大哥這回的生意做得這麼大。

「不，金額只是次要，最重要的是我跟一位老闆打好關係。他打算擴展業務，開新公司，正在招聘人手。我做成這生意，等於面試成功，雖然只是個普通文員，但說不定他日可以當主任或經理哩！」

「恭喜你啊，大哥！」我本來想說我也「面試成功」，不過那職位是大哥嫌棄的警察，而且我暫時也無意加入。

「不用恭喜我啊，你也有份。」

「我有份？」

「我說我有一個好兄弟，一樣能幹，保證辦事效率高，所以只要你願意的話，咱們兩兄弟可以在同一間公司上班。」

跟大哥一同工作？好啊，比起當那勞什子警察好得多了。

「好啊，是哪一家公司？」

「你聽過『豐海塑膠廠』嗎？那老闆姓俞的，他準備插手物業和地產市場。即使我們只是入職當見習文員，晉升機會也應該不錯！阿棠，雖然你姓王，我姓阮，但這些年來我都當你親兄弟，有福同享，有難同當，這回我們便一起加油，以這份工作為起點，幹一番事業……」

作者後記

我本來沒打算為這部作品寫後記或自序的。因為我想，作品被作者「生」出來後，文本有其生命，讀者從它身上看到什麼、領略到什麼，是讀者的自由，是獨一無二的個人經歷。與其由作者說一堆有的沒的，不如讓讀者自行體會。不過，我將作品交給出版社時附上了作品的簡介和創作緣由，洋洋灑灑地寫了數千字，編輯後來便對我說：「寫一篇後記吧！讀者會有興趣的！」

那我從頭說起吧。

二〇一一年秋天，我幸運地獲得島田莊司推理小說獎後，便開始構思下一部作品的題材。當時沒有什麼想法，而台灣推理作家協會正舉辦內部短篇小說交流比賽，題目是「安樂椅偵探」，即是偵探角色只憑複述的證言，毋須親自到現場也能推理出真相的模式的故事。我想「一位只能說『是』和『非』的安樂椅偵探」應該是個有趣的極端，於是寫了〈黑與白之間的真實〉的初稿。微妙的是我在字數控制上失敗了，恰好超過了規定上限，結果改變主意，打算將這篇短篇留下寫成連作，再寫了另一部科幻推理短篇參與交流。

之後，我開始思考如何擴展關振鐸和駱小明的故事。最初的想法很單純，就是再寫兩個短篇，每篇約三萬字（〈黑〉的初稿約三萬三千字），便能出版。反向年代記（Reverse Chronology）的想法是一早決定好的，只是當時仍然純粹以推理小說的角度去考慮，以「事件」為主軸。

然而，隨著我撰寫大綱、建構謎團時，我的內心愈來愈忐忑。

我在一九七〇年代出生，成長於八〇年代，在那段歲月裡，不少香港小孩的心目中「警察」是一個跟「美國漫畫中的超級英雄」無異的概念。堅強、無私、正義、勇敢、忠誠地為市民服務。即使年紀漸長，明白到世事的複雜性，警察的形象依然是正面多於負面。可是在二〇一二年的時候，看到香港社會的種種現象，眼見跟警察相關的種種新聞，那想法便不斷動搖。我愈來愈懷疑，撰寫以警官作為偵探的推理故事，會像宣傳（Propaganda）多於小說（Fiction）。

連作者自己也質疑的故事，怎可能教讀者信服呢？

於是，這部作品的方向出現一百八十度的變化。我不想再單單藉著故事描寫「案件」，我想描述的，是一個角色、一個城市、一個時代的故事。

然後篇幅便超乎我想像的急速膨脹了。

如果你熟悉推理小說（尤其是日系推理小說），大抵知道「本格推理」與「社會推理」的流派分野，前者以謎團、詭計為主，重點是以線索解開謎底的邏輯趣味，而後者的重心放在反映社會現狀，強調人性和寫實。我本來想寫純本格的故事，可是方向一轉，便傾向於社會描寫。兩者性質未至於完全相反，但要結合混搭並不簡單，很容易讓其中一方的味道蓋過另一方。為了解決（或稱為逃避）這問題，我採用了另一種方式編寫——這部作品由六個獨立的中篇本格推理故事組成，每一篇也跑強調謎團和邏輯趣味的路線，但六篇串連起來便是一幅完整的社會繪圖。我的想法是，微觀之下本作是本格推理，宏觀下卻是寫實派的社會作品。

每篇故事的年分，都是香港社會脈絡的轉捩點，那些元素或許在故事中占重要的部分，也可能僅僅只是襯托。唯一不同的是第一章，畢竟故事中的日期比我完稿的日子還要晚，我不是諾斯特拉姆斯，沒有預知未來的能力。不過，二〇一二至一三年間香港社會對警權的質疑日益嚴重，一三年末更是高峰，或許算是不幸言中。

我不打算一一詳說每個故事背後的想法、角色的意涵、細節裡的譬喻、文本裡外的概念連結之類，這些留給各位讀者感受就好。我只想談談其中兩點。對不熟悉香港地理的台灣讀者來說，這一點我不提便或許不會知道，故事中的地點其實是不斷重複的。例如第二章關振鐸與駱小明碰面的球場，和第五章當作「南氏大廈」藍本的「楠氏大廈」相近，都在亞皆老街附近；第三章傳出可疑人物出現、浪費警力搜查的大型公共屋宛「觀龍樓」，就在第五章「堅尼地城游泳池」旁邊；第二章唐穎遇襲的西九龍填海區，前身就是第六章主角和阿七等候民邦號靠岸的佐敦道碼頭；第三章的嘉咸街市集、第四章關振鐸和小劉吃午飯的餐廳，以及第五章的「蛇竇」樂香園咖啡室，都在中環威靈頓街一帶（第四章的餐廳名字乃杜撰，名字相似的餐廳仍在原址經營所以我按下不表，而樂香園現已結業）。如果有讀者讀完這部小說，想到故事中提及的地點觀光一下，我會非常高興。

至於另一點我想談的，是我覺得今天的香港，跟故事中的一九六七年的香港，同樣弔詭。

我們就像繞了一個圈，回到原點。

而我不知道，二〇一三年後的香港，能否像一九六七年後的香港，一步一步復甦，走正確的道路。

我不知道，堅強、無私、正義、勇敢、忠誠地為市民服務的警察形象，能否再次建立，讓香港的小孩子能再次以警隊為榮。

陳浩基

二〇一四年四月三十日

國家圖書館出版品預行編目資料

13・67 / 陳浩基 著； -- 初版. -- 臺北市：皇冠,
2014.6 〔民 103〕面；公分. --（皇冠叢書；第
4401種)(JOY；170)

ISBN 978-957-33-3080-6（平裝）

857.81 103008564

皇冠叢書第4401種
陳浩基作品 2

13・67

作　　者—陳浩基
發 行 人—平雲
出版發行—皇冠文化出版有限公司
台北市敦化北路120巷50號
電話◎02-27168888
郵撥帳號◎15261516號
皇冠出版社(香港)有限公司
香港銅鑼灣道180號百樂商業中心
19字樓1903室
電話◎2529-1778　傳真◎2527-0904
美術設計—王瓊瑤
印　　務—林佳燕
著作完成日期—2014年04月
初版一刷日期—2014年07月
初版十五刷日期—2022年08月
法律顧問—王惠光律師

讀者服務傳真專線◎02-27150507
電腦編號◎406170
ISBN◎978-957-33-3080-6
Printed in Taiwan
本書定價◎新台幣350元/港幣117元